Die 26-jährige Laura lebt im Verborgenen auf der Farm wortkarger Zwillingsbrüder. Außer einem der beiden Brüder weiß niemand, dass es sie gibt. Und dass Laura eine ganz besondere Fähigkeit besitzt: Sie kann jede menschliche Stimme und jedes Geräusch der Welt nachahmen, ob den Klang einer Harfe oder das Vibrieren eines Handys. Als Solomon, der Toningenieur eines Teams, das einen Film über die Zwillingsbrüder gedreht hat, zufällig auf Laura trifft, ist er sofort magisch von ihr angezogen. Genau wie seine Freundin, die Dokumentarfilmerin Bo. Sie will einen Film über Laura drehen und hat eine Idee, die die junge Frau über Nacht zum Star machen könnte. Doch wer ist Laura überhaupt? Wird sie ihre Geheimnisse schützen und ihren eigenen Weg finden können – und die Liebe?

25 Millionen weltweit verkaufte Bücher und ein Ausnahmetalent: Was Cecelia Ahern als Schriftstellerin auszeichnet, ist ihre Phantasie, mit der sie den Alltag wunderbar macht und Geschichten erzählt, die Herzen berühren. Und sie ist vielseitig wie wenige andere: Cecelia Ahern schreibt Familiengeschichten genauso wie Liebesromane und Jugendbücher, sie verfasst Novellen, Storys, Drehbücher, Theaterstücke und TV-Konzepte. Ihre Werke erobern jedes Mal die Bestsellerlisten, viele davon wurden verfilmt, so zum Beispiel »P.S. Ich liebe Dich« mit Hilary Swank oder »Für immer vielleicht« mit Sam Claflin. Cecelia Ahern wurde 1981 geboren, hat Journalistik und Medienkommunikation studiert und lebt mit ihrem Mann und ihren beiden Kindern im Norden von Dublin.

Weitere Informationen finden Sie auf www.fischerverlage.de

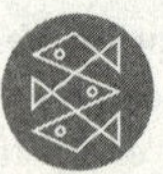

Fischer TaschenBibliothek

CECELIA AHERN

So klingt dein Herz

Roman

Aus dem Englischen
von Christine Strüh

FISCHER TaschenBibliothek

Erschienen bei FISCHER Taschenbuch
Frankfurt am Main, Juni 2019

Die Originalausgabe erschien 2016 unter dem Titel »Lyrebird«
im Verlag HarperCollins, London

Die Auszüge aus Ambrose Pratt, »The Lore of the Lyrebird«
(Endeavour Press 1933) wurden übersetzt von Christine Strüh

Umschlaggestaltung: FAVORITBUERO, München
unter Verwendung von Motiven von Shutterstock
Satz: Pinkuin Satz und Datentechnik, Berlin
Druck und Bindung: CPI books GmbH, Leck
Printed in Germany
ISBN 978-3-596-52249-1

Für Paula Pea

Prolog

Er geht ein Stück beiseite, weg von den anderen, denn ihr ständiges Geplauder verschmilzt in seinem Kopf zu einem nervtötend monotonen Summen. Ist es nur der Jetlag, oder interessiert es ihn einfach nicht, was sie sagen? Könnte beides sein. Irgendwie hat er das Gefühl, dass er ganz woanders ist und ihn das alles nichts angeht. Und wenn er noch ein einziges Mal gähnt, wird sie ihn garantiert deswegen zur Rede stellen.

Die anderen merken gar nicht, dass er sich zurückgezogen hat, oder falls doch, sagen sie nichts dazu. Er schleppt seine ganze Tonausrüstung mit sich herum, die würde er niemals irgendwo zurücklassen – nicht nur, weil sie so teuer ist, sondern weil sie inzwischen zu ihm gehört wie ein Arm oder ein Bein. Die Geräte sind schwer, aber er ist an ihr Gewicht gewöhnt, seltsamerweise ist es ihm sogar angenehm. Ohne sie hat er immer das Gefühl, dass ihm etwas fehlt, und selbst wenn er die Audiotasche nicht dabeihat, geht er so, als würde er sie tragen, und neigt die rechte Schulter automatisch etwas zur Seite. Das könnte bedeuten, dass er seine Berufung als Tontechniker gefunden hat, aber diese unterbewusste Verknüpfung ist überhaupt nicht gut für seine Körperhaltung.

Er entfernt sich von der Lichtung, von dem Fledermaushaus, das der Anlass für das Gespräch der anderen war, und geht auf den Wald zu. Als er ihn erreicht, schlägt ihm angenehm frische, kühle Luft entgegen.

Es ist ein heißer Junitag, die Sonne brennt gnadenlos auf seinen Kopf und die ungeschützte Haut im Nacken. Der Schatten ist einladend, eine Gruppe von Mücken nutzt die einfallenden Sonnenstrahlen für einen Tanz in flirrender Geschwindigkeit. Fast wirken sie wie Fabeltiere. Unter seinen Füßen fühlt sich der mit Blättern und Rinde gepolsterte Waldboden weich und federnd an. Inzwischen kann er seine Kolleginnen nicht mehr sehen, also blendet er sie einfach aus und füllt seine Lunge mit dem erfrischenden Duft der Kiefern.

Er stellt die Audiotasche neben sich ab und lehnt das Galgenmikrophon an einen Baum. Dann streckt er sich ausgiebig und genießt es, wie die Gelenke knacken und die Muskeln sich dehnen. Als er den Pullover über den Kopf zieht, rutscht das T-Shirt mit nach oben und legt ein Stück Bauch frei. Er schlingt den Pullover um die Taille, zieht das Haargummi aus seinen langen Haaren, bindet den Knoten auf dem Kopf fester zusammen und genießt die kühle Luft an seinem verschwitzten Nacken. So lässt er aus einer

Höhe von hundertzwanzig Metern den Blick über Gougane Barra schweifen – bewaldete Berge, so weit das Auge reicht, meilenweit kein Zeichen einer menschlichen Behausung. Einhundertzweiundvierzig Hektar Nationalpark. Friedlich, ruhig und heiter. Im Lauf der Zeit hat sein Ohr sich für alle Arten von Geräuschen enorm geschärft, er hat gelernt zu horchen, vor allem auf das, was man nicht auf Anhieb wahrnimmt. Er hört die Vögel zwitschern, er hört die Bewegungen der Kreaturen des Waldes in seiner Nähe, ein ununterbrochenes Rascheln und Knistern, er hört das leise Brummen eines Traktors in der Ferne, er hört, dass irgendwo im Tal, versteckt unter den Bäumen, Bauarbeiten stattfinden. Es ist still hier, aber sehr lebendig, tief atmet er die frische Luft ein. Auf einmal hört er hinter sich einen Zweig knacken und wirbelt blitzschnell herum.

Eine Gestalt saust hinter einen Baum.

»Hallo?«, ruft er und hört den Ärger in seiner Stimme, weil er unachtsam war und dabei erwischt worden ist.

Aber die Gestalt verharrt reglos in ihrem Versteck.

»Wer ist denn da?«, fragt er.

Einen kurzen Moment lugt sie hinter dem Baumstamm hervor, dann verschwindet sie sofort wieder, als spiele sie Verstecken mit ihm.

Doch dann geschieht etwas Seltsames. Zwar weiß er jetzt, dass er nicht in Gefahr ist, aber auf einmal beginnt sein Herz heftig zu pochen – wo es sich doch eigentlich beruhigen müsste.

Er lässt die Geräte stehen, geht langsam auf den Baum zu, wobei das Knirschen und Knacken des Waldbodens unter seinen Füßen jede seiner Bewegungen verrät. Weil er die Person hinter dem Baum aber auf keinen Fall bedrängen will, nähert er sich in einem großen Bogen. Dann sieht er sie. Sie duckt sich und nimmt Verteidigungshaltung an. Aber er hebt die Hände, die Handflächen flach nach vorn, eine Geste, die ihr zeigen soll, dass seine Absichten friedlich sind.

Ohne die weißblonden Haare und die grünen Augen – die durchdringendsten Augen, die er jemals gesehen hat – wäre die Gestalt im Wald unsichtbar oder zumindest gut getarnt. Er ist vollkommen bezaubert.

»Hi«, sagt er leise. Er möchte sie nicht erschrecken, sie wirkt zerbrechlich, steht sprungbereit auf den Zehenspitzen, um jederzeit weglaufen zu können, sobald er eine falsche Bewegung macht. Also bleibt er stehen, die Hände weiter in die Höhe gereckt, als wolle er die Luft aufhalten – oder vielleicht ist es ja auch die Luft, die *ihn* aufhält.

Sie lächelt. Und er steht unter einem Zauberbann.

Wie bei manchen Fabelwesen ist kaum zu erkennen, wo der Baum beginnt und wo sie aufhört. Die Blätter, die das Dach über ihren Köpfen bilden, wiegen sich im Wind, Licht und Schatten tanzen auf dem Feengesicht.

So sehen sie sich zum ersten Mal, zwei völlig fremde Menschen, und können die Augen nicht voneinander abwenden. In diesem einen Augenblick verändert sich sein Leben, es teilt sich. Nun gibt es den, der er war, bevor er ihr begegnet ist, und den danach.

TEIL 1

Eine der schönsten und außergewöhnlichsten Kreaturen der Welt und wahrscheinlich die intelligenteste von allen ist der Lyrebird, zu Deutsch Leierschwanz, ein wahrhaft unvergleichliches Wesen, ein großer Künstler … Der Vogel ist extrem scheu, unglaublich schwer zu fassen … und gekennzeichnet durch eine außergewöhnliche Klugheit.
Zu sagen, er sei ein Wesen der Berge, erklärt ihn nur sehr unvollständig. Gewiss ist er ein Bergwesen, aber nur ein kleiner Anteil des Hochlands, in dem sich sein Revier befindet, kann ihn tatsächlich als Bewohner in Anspruch nehmen … Sein Geschmack ist so anspruchsvoll und kritisch, sein Naturell so differenziert, dass er selbst in der wunderschönen Bergwelt äußerst wählerisch bleibt, und es ist reine Zeitverschwendung, ihn irgendwo anders zu suchen als in einer einzigartig schönen und erhabenen Umgebung.

Ambrose Pratt, Die Kunde vom Lyrebird

1

Am selben Morgen

»Bist du sicher, dass du fahren kannst?«

»Ja«, antwortet Bo.

»Bist du sicher, dass sie fahren kann?«, wiederholt Rachel die Frage, diesmal an Solomon gewandt.

»Ja«, antwortet Bo erneut.

»Besteht die Chance, dass du mit dem SMS-Schreiben aufhörst, solange du fährst? Meine Frau ist hochschwanger, und ich möchte mein Erstgeborenes gern kennenlernen«, sagt Rachel.

»Ich schreibe nicht, ich checke nur meine Mails.«

»Na dann.« Rachel verdreht die Augen und schaut aus dem Fenster auf die vorübersausende Landschaft. »Du fährst zu schnell. Und du hörst Nachrichten. Und du hast einen Mordsjetlag.«

»Schnall dich an, wenn du dir solche Sorgen machst.«

»Na, das ist echt beruhigend«, murmelt Rachel, rückt rüber auf den Platz hinter Bo und lässt ihren Sicherheitsgurt zuschnappen. Der Platz hinter dem Beifahrersitz wäre ihr wesentlich lieber, denn von dort könnte sie Bo besser im Auge behalten, aber Solomon hat seinen Sitz so weit nach hinten geschoben, dass sie nicht bequem hinpasst.

»Außerdem hab ich überhaupt keinen Jetlag«, verkündet Bo, legt aber zu Rachels Erleichterung wenigstens das Smartphone weg. Doch noch während Rachel darauf wartet, dass Bos Hände wieder zum Steuer greifen, wendet Bo sich stattdessen dem Radio zu und klickt sich durch die Sender. »Musik, Musik, Musik, warum redet denn keiner mehr?«, brummt sie.

»Weil die Welt manchmal den Mund halten muss«, antwortet Rachel. »Aber egal, was mit dir ist – *er* hat eindeutig Jetlag. Und vermutlich keine Ahnung, wo er ist.«

Verschlafen öffnet Solomon die Augen, um zu zeigen, dass er mitgehört hat. »Ich bin wach«, verkündet er träge. »Ich bin bloß, na ja, ihr wisst schon …« Dann fallen ihm die Augen wieder zu.

»Ja, ich weiß, ich weiß, du willst nicht sehen, wie Bo fährt. Klar«, sagt Rachel.

Nach dem Sechsstundenflug von Boston nach Dublin, der um halb sechs heute früh gelandet ist, haben Solomon und Bo schnell am Flughafen Zähne geputzt, ihr Auto und dann Rachel abgeholt, und jetzt sind sie unterwegs ins County Cork, dreihundert Kilometer von Dublin entfernt im Südwesten Irlands. Zwar hat Solomon im Flieger die meiste Zeit geschlafen und ist trotzdem noch müde. Aber Bo war jedes Mal hellwach, wenn er im Flugzeug kurz einmal die Augen öffnete, um zu ihr zu schauen – sie hat buchstäblich jede Sekunde des Fluges genutzt, um sich sämtliche in der Bordauswahl vorhandenen Dokumentarfilme anzusehen.

Manche Menschen machen Witze darüber, dass man von Luft und Liebe leben kann. Solomon ist überzeugt, dass Bo von Information leben könnte, wenn sie wollte. Informationen nimmt sie mit astronomischer Geschwindigkeit auf, sie ist immer hungrig auf Nachschub, sie liest, hört zu, fragt und sucht überall nach Wissenswertem, bis kaum noch Platz für andere Nahrung übrig ist. Daher isst Bo auch kaum einmal in Ruhe, und die Information treibt sie zwar vorwärts, macht sie jedoch nie satt – ihr Hunger nach Wissen ist unstillbar.

Solomon und Bo wohnen in Dublin und sind von dort nach Boston geflogen, um eine Auszeichnung für Bos Dokumentation *The Toolin Twins* entgegenzunehmen, die bei der jährlichen Preisverleihung eines Monatsmagazins als *Outstanding Contribution to Film and Television* ausgezeichnet worden ist. Es war die zwölfte Auszeichnung, die sie in diesem Jahr entgegengenommen haben, und es gab sogar noch einige mehr, bei deren Verleihung sie nicht zugegen sein konnten.

Vor drei Jahren sind sie dem Zwillingspaar Joe

und Tom Toolin, die damals siebenundsiebzig waren, ein Jahr lang mit der Filmkamera gefolgt. Die beiden lebten als Farmer in einem abgeschiedenen ländlichen Teil von County Cork, westlich von Macroom. Bo war auf der Suche nach einem Projekt auf die Geschichte der beiden Männer gestoßen, und sie hatten im Handumdrehen ihr Herz, ihre Gedanken und in der Folge ihr ganzes Leben erobert. Die Brüder wohnten und arbeiteten schon ihr ganzes Leben zusammen, keiner von beiden hatte je eine Beziehung mit einer Frau oder sonst jemandem gehabt. Von Geburt an bewirtschafteten sie dieselbe Farm, zunächst mit ihrem Vater, nach seinem Tod zu zweit. Sie arbeiteten unter harten Bedingungen, bewohnten ein sehr einfach ausgestattetes Farmhaus mit Steinboden, schliefen im selben Zimmer, und zur Unterhaltung gab es lediglich ein altes Radio. Kaum einmal verließen die Toolins ihr Land; ihr bescheidener Wocheneinkauf wurde von einer Frau aus dem nächsten Dorf angeliefert, die auch die nötigsten Haushaltsarbeiten erledigte. Die Beziehung der Brüder zueinander und auch ihre Lebensauffassung hatte nicht nur die Filmcrew, sondern auch das Publikum zu Tränen gerührt, denn unter ihrer Einfachheit war stets ein tiefes und klares Weltverständnis spürbar.

Bo produzierte den Film mit ihrer Produktionsfirma *Mouth to Mouth Productions* und führte Regie,

Solomon war für den Sound zuständig, Rachel für die Kamera. Schon seit fünf Jahren arbeiten sie als Team, und seit der inoffiziellen Abschlussparty der Toolin-Dokumentation vor zwei Jahren sind Bo und Solomon auch als Paar liiert. *The Toolin Twins* war ihre fünfte gemeinsame Arbeit und ihr erster großer Erfolg. In diesem Jahr sind sie um die halbe Welt gereist, von einem Filmfestival und einer Preisverleihung zur nächsten, wo Bo Auszeichnungen entgegengenommen und fleißig an ihrer Dankesrede gefeilt hat.

Nun sind sie auf dem Weg zurück zur ihnen so vertrauten Farm der Toolin-Zwillinge. Aber nicht etwa, um dort ihre Erfolge zu feiern, sondern vielmehr, um dem Begräbnis von Tom Toolin beizuwohnen – dem um zwei Minuten jüngeren Zwillingsbruder.

»Können wir vielleicht mal eine Pause machen und irgendwo eine Kleinigkeit essen?«, fragt Rachel.

»Nicht nötig.« Eine Hand am Steuer, beugt Bo sich zum Beifahrersitz und fängt an, auf dem Boden zu kramen – eine gefährliche Aktion, bei der das Auto mitten auf der Autobahn ins Schlingern gerät.

»O Mann«, stöhnt Rachel und möchte sich am liebsten die Augen zuhalten.

Aber Bo kommt mit drei Energieriegeln wieder hoch und wirft Rachel einen davon zu. »Lunch, bitte schön!«, ruft sie, reißt die Verpackung mit den Zähnen auf und beißt herzhaft in ihren Riegel.

Dann kaut sie aggressiv darauf herum, als wäre der Riegel eine Pille, die sie schlucken muss, notwendige Energiezufuhr, um weitermachen zu können, weiter nichts. Von Genuss keine Spur.

»Du bist kein menschliches Wesen, weißt du«, sagt Rachel, öffnet ihren Energieriegel und starrt frustriert darauf. »Du bist ein Monster.«

»Aber sie ist *mein* kleines unmenschliches Monster«, mischt Solomon sich mit verschlafener Stimme ein, streckt die Hand aus und drückt zärtlich Bos Oberschenkel.

Bo grinst.

»Mir war es lieber, als ihr beiden noch keinen Sex miteinander hattet«, sagt Rachel und schaut weg. »Da warst du immer auf meiner Seite, Solomon.«

»Das ist er doch immer noch«, erwidert Bo in scherzhaftem Ton, obwohl sie es ernst meint.

Solomon ignoriert den Seitenhieb.

»Wenn wir dem armen Joe nur unseren Respekt erweisen wollen, warum habt ihr mich dann eigentlich gezwungen, mein ganzes Arbeitszeug einzupacken?«, fragt Rachel, den Mund voller Nüsse und Rosinen. Eigentlich kennt sie die Antwort genau, aber sie hat Lust, ein bisschen Unruhe zu stiften. Mit Bo und Solomon kann man viel Spaß haben, es ist ganz einfach, sie auf hundertachtzig zu bringen.

Langsam öffnen sich Solomons Augen, und er mustert seine Freundin prüfend. Seit zwei Jahren sind sie liiert, seit fünf Jahren professionell verbunden, und er kann in ihr lesen wie in einem Buch.

»Du glaubst doch nicht etwa, dass Bo aus reiner Herzensgüte zu dieser Beerdigung geht, oder?«, stichelt er. »Preisgekrönte, international renommierte Regisseurinnen müssen jederzeit offen sein, um neue Geschichten aufzunehmen.«

»Das klingt schon wesentlich nachvollziehbarer«, meint Rachel.

»Mein Herz ist nicht aus Stein«, verteidigt sich Bo. »Ich habe unsere Doku auf dem Rückflug noch mal angeschaut. Erinnert ihr euch, wer das letzte Wort hatte? Tom. ›Jeder Tag, den du aus deinem Bett aufstehen und rumlaufen kannst, ist ein guter Tag‹, hat er gesagt. Joe tut mir unendlich leid, von ganzem Herzen.«

»Na ja, zumindest von einem Teil deines ganzen Herzens«, neckt Rachel sie freundlich.

»Was soll Joe denn jetzt machen?«, fährt Bo fort, ohne auf den Spott einzugehen. »Mit wem kann er sich unterhalten? Wird er überhaupt daran denken, dass er essen muss? Tom war doch immer derjenige, der die Lebensmittel organisiert und der auch gekocht hat.«

»Dosensuppe, Baked Beans auf Toast oder Tee und Toast – das würde ich nicht gerade kochen nennen. Ich denke, Joe wird diese Herausforderung bewältigen«, meint Rachel lächelnd und erinnert sich daran, wie die beiden Männer an Winternachmittagen, wenn es schon dunkel geworden war, zusammen am Tisch saßen und hartes, trockenes Brot in ihre wässrige Suppe tunkten.

»Für Bo ist das eine Mahlzeit mit drei Gängen«, witzelt Solomon weiter.

»Stellt euch vor, wie einsam das Leben jetzt für ihn sein wird, da oben auf dem Berg, vor allem im Winter, wenn er eine Woche oder noch länger keinen Menschen zu Gesicht bekommt«, sagt Bo.

Einen Augenblick herrscht Schweigen, während alle drei über Joes zukünftiges Leben sinnieren. Sie kennen ihn besser als die meisten anderen Menschen. Bei den Dreharbeiten haben die beiden Brüder sie an ihrem Leben teilhaben lassen und waren offen für jede Frage.

Während des Filmens hat Solomon oft überlegt, wie die Brüder einzeln funktionieren würden. Tom und Joe verließen die Farm fast nur, um zum Markt zu fahren oder auf der Weide nach den Schafen zu sehen. Um den Haushalt kümmerte sich die Haushälterin, den Brüdern war dieser Bereich immer eher lästig. Mahlzeiten wurden schweigend eingenommen, hastig schaufelten die beiden ihr Essen in den Mund, bevor sie sich wieder an die Arbeit machten. Sie waren einander so ähnlich, so nah, dass der eine die Sätze des anderen vollendete. Jeder ging seinen Erledigungen nach, ohne den anderen zu behindern, es war fast eine Art Tanz, wenn auch nicht unbedingt ein sehr eleganter, sondern eher einer, der sich im Lauf der Zeit eingeschliffen hatte, ohne ausdrückliche Absicht, unbemerkt. Trotz des Mangels an Anmut – oder vielleicht sogar deswegen –, war es schön, ja faszinierend, den beiden bei ihrer Arbeit, ihrem Leben zuzusehen.

Es hieß immer »Joe und Tom«, nie »Tom und Joe«. Joe war zwei Minuten älter. Äußerlich waren die beiden eineiigen Zwillinge vollkommen gleich, und trotz ihrer unterschiedlichen Persönlichkeit verstanden sie sich ausgezeichnet. Obwohl ihr unkonventionelles Arrangement sicher nicht jedem einleuchtete, wirkte es dennoch eigentümlich sinnvoll.

Sie wechselten nie viele Worte, Erklärungen oder Beschreibungen waren unnötig. Stattdessen beruhte ihre Kommunikation oft ausschließlich auf Gesten und Geräuschen, die für sie eine Bedeutung hatten: Kopfnicken, Achselzucken, Handbewegungen, die nötigsten Worte hie und da. Es dauerte eine Weile, bis die Filmcrew die Botschaften verstand, die zwischen den Zwillingen ausgetauscht wurden. Die beiden Brüder waren so aufeinander eingespielt, dass sie die Stimmungen, die Sorgen und Ängste des anderen problemlos erspüren konnten. Sie wussten in jedem Augenblick, was der andere gerade dachte, aber sie verschwendeten keinen Gedanken an die Schönheit ihrer außergewöhnlichen Beziehung. Bos tiefschürfende Analysen ihrer Persönlichkeit brachte sie oft völlig aus dem Konzept. Das Leben ist, was es ist; die Dinge sind, wie sie sind; es hat keinen Sinn, sie zu ergründen, keinen Sinn, etwas verändern zu wollen, was nicht verändert werden kann, oder verstehen zu wollen, was man nicht verstehen kann.

»Sie wollten keinen Kontakt zu anderen Menschen, weil sie einander hatten. Das hat ihnen vollständig genügt«, sagt Bo und wiederholt damit einen Satz, den sie bei Promotionveranstaltungen ihres Films sicher tausendmal gesagt hat. Aber noch immer meint sie jedes Wort davon ernst. »Du meinst also, ich jage nur hinter einer interessanten Geschichte her?«, fragt Bo. »Ach, du kannst mich mal.«

Rachel wirft ihre leere Verpackung über Bos Schulter.

Solomon kichert und schließt wieder die Augen. »Da geht es schon wieder los.«

2

»Wow«, sagt Bo, als das Auto langsam auf die wunderschön gelegene Kirche zufährt. »Wir sind früh dran. Rachel, kannst du deine Kamera aufbauen?«

Jetzt ist Solomon auf einmal hellwach und setzt sich auf. »Bo, wir filmen doch die *Beerdigung* nicht. Das können wir nicht machen.«

»Warum denn nicht?«, fragt sie, und ihre braunen Augen starren in seine.

»Weil du keine Genehmigung hast.«

Sie blickt sich um. »Von wem brauchen wir eine Genehmigung? Wir befinden uns nicht auf Privatbesitz.«

»Okay, ich bin dann mal draußen«, sagt Rachel und steigt aus, um nicht schon wieder in einen Streit zwischen den beiden verwickelt zu werden. Die Turbulenzen beschränken sich nicht auf Solomon, sie treffen jeden, der mit Bo zu tun hat. Sie ist so stur, dass sie den friedlichsten Menschen auf die Palme bringt, als ob die einzige ihr bekannte Art, zu kommunizieren oder etwas in Erfahrung zu bringen, darin besteht, die Dinge so auf die Spitze zu treiben, dass eine Debatte ausbricht. Natürlich tut sie das nicht, weil ihr Streitereien so viel Spaß machen; sie braucht Diskussionen, um zu begreifen, wie andere Leute denken. Sie tickt anders als die meisten, und obwohl sie sensibel ist, bezieht sich diese Sensibilität mehr auf die Geschichten der Menschen und nicht so sehr auf die Methoden, mit denen sie ihnen diese Geschichten entlockt. Damit liegt sie durchaus nicht immer falsch, und im Lauf der Zeit hat Solomon eine Menge von ihr gelernt. Manchmal muss man bei peinlichen oder unbehaglichen Momenten einfach nachbohren, manchmal braucht die Welt Menschen wie Bo, um Grenzen zu überschreiten und die Leute dazu zu bringen, dass sie sich öffnen und ihre Geschichte erzählen – aber es geht eben auch darum, den richtigen Augenblick dafür zu finden, und das schafft Bo nicht immer.

»Du hast Joe nicht gefragt, ob du filmen darfst«, erklärt Solomon.

»Dann frage ich ihn eben, wenn er kommt.«

»So etwas kannst du nicht direkt vor dem Begräbnis seines Bruders ansprechen. Das ist taktlos.«

Bo schaut sich um, und Solomon merkt, dass ihr Gehirn fieberhaft arbeitet.

»Aber vielleicht sind ein paar von den Trauergästen nach der Beerdigung bereit, uns ein Interview zu geben. Vielleicht erzählt uns jemand ein paar Anekdoten über Tom, die wir noch nicht kennen. Oder sagt uns, was er darüber denkt, wie es mit Joe nach

Toms Tod wohl weitergeht. Wer weiß, womöglich will Joe dann ja doch mit uns sprechen. Ich möchte gern ein Gefühl dafür kriegen, wie sein Leben jetzt läuft und wie er sich die Zukunft vorstellt.« Während ihrer ganzen Erklärung wendet sie sich nebenbei hierhin und dorthin, um die Perspektive auszuloten.

»Momentan ist sein Leben wahrscheinlich verdammt einsam und traurig, würde ich sagen«, faucht Solomon, der dabei ist, die Beherrschung zu verlieren, und lieber schnell aussteigt.

Bo schaut ihm verdattert nach und ruft: »Nachher kaufen wir gleich was zu essen, damit du mir nicht den Kopf abbeißt.«

»Ein bisschen Einfühlungsvermögen wäre wirklich angebracht, Bo.«

»Ich wäre doch gar nicht hier, wenn mir Toms Tod egal wäre.«

Solomon mustert sie wütend, aber dann verliert er die Lust zu streiten und ahnt außerdem, dass er verlieren würde. Also entspannt er sich etwas, vertritt sich die Beine und schaut sich ebenfalls um.

Gougane Barra liegt westlich von Macroom im County Cork. Der irische Name Guagán Barra, »Der Fels von Barra«, geht auf den Heiligen Finbar zurück, der im sechsten Jahrhundert auf einer Insel in einem nahe gelegenen See ein Kloster gebaut hat. Dank der einsamen Lage war St. Finbar's Oratory in der Zeit um 1700 sehr populär, denn dort konnte einigermaßen ungestört die von der englisch-protestantischen Herrschaft für illegal erklärte katholische Messe gefeiert werden. Heutzutage ist die Kapelle aufgrund ihrer atemberaubend schönen Umgebung für Hochzeiten sehr beliebt. Solomon fragt sich, warum Joe sie ausgewählt hat; er ist überzeugt, dass Joe nicht irgendwelchen Trends folgt, und auch an der romantischen Kulisse hat er bestimmt kein Interesse. Die Toolin-Farm ist total abgelegen, und obwohl sie ja zu irgendeiner Kirchengemeinde gehören muss, ist Solomon nicht sicher, zu welcher. Er weiß, dass die Toolin-Zwillinge nicht religiös waren; zwar ist das für ihre Generation ungewöhnlich, aber sie sind eben ungewöhnliche Menschen.

Er ist überzeugt, dass es nicht richtig ist, Joe am Tag der Beerdigung seines Bruders zu interviewen, aber er hat selbst eine ganze Menge Fragen an ihn, und obwohl er so frustriert war, dass Bo wieder einmal eine Grenze überschritten hat, weiß er auch, dass er jedes Mal auch davon profitiert.

Er macht sich allein auf den Weg. Hin und wieder bestimmt Bo einen Bereich, eine Perspektive oder ein Objekt, auf das Rachel die Kamera richten soll, aber meistens überlässt sie ihre Mitarbeiter sich selbst. Genau das gefällt Solomon an ihrer Zusammenarbeit so gut. Ganz ähnlich wie die beiden Toolins verstehen auch Bo, Solomon und Rachel genau, wie die jeweils anderen Mitglieder des Teams am liebsten arbeiten, und lassen einander den dafür notwendigen Raum. Dieses Gefühl von Freiheit vermisst Solomon bei den anderen Aufträgen, die er annimmt, um seine Rechnungen bezahlen zu können. Der Winter, den er damit verbracht hat, für eine Fernsehsendung mit dem Titel *Grotesque Bodies* Menschen mit ungewöhnlich geformten Körperteilen aufzunehmen, und der darauffolgende Sommer bei einem Realityformat, bei dem extrem Übergewichtige fitgemacht werden sollten, haben ihm jede Menge Energie geraubt. Er ist dankbar für die Dokumentationen mit Bo, für Bos Neugier. Was ihn an ihr irritiert, ist genau das Gleiche, was ihm andererseits dabei hilft, sich von den Aufträgen zu befreien, die er nur macht, um Geld zu verdienen.

Eine Stunde, nachdem sie begonnen haben zu filmen, trifft der Leichenwagen ein, dicht gefolgt vom inzwischen achtzigjährigen Joe Toolin am Steuer seines Land Rovers. Er steigt aus dem Jeep, in dunkelbraunem Anzug, Pullover und Hemd – dieselben Sachen, in denen sie ihn schon hundertmal gesehen haben, mit Ausnahme der Halbschuhe, die er heute anstelle seiner sonst üblichen Gummistiefel trägt. An diesem sonnigen Sommertag ist er genauso gekleidet wie mitten im Winter, vielleicht mit einer Schicht weniger darunter. Auf dem Kopf hat er eine Tweedkappe.

Bo geht sofort zu ihm, Rachel und Solomon folgen.

»Joe«, sagt Bo und schüttelt ihm die Hand. Umarmen lässt er sich nicht gern, Körperkontakt ist ihm unbehaglich. »Es tut mir so leid.«

»Ihr hättet nicht kommen müssen«, sagt er und schaut die drei überrascht an. »Wart ihr nicht in Amerika, als ich angerufen habe?«, fragt er, und es klingt, als wären sie auf einem anderen Planeten gewesen.

»Ja, aber wir sind sofort nach Hause gekommen, um bei dir sein zu können. Ist es in Ordnung, wenn wir heute filmen, Joe? Wäre das okay? Die Menschen, die eure Geschichte gesehen haben, würden bestimmt gerne wissen, wie es dir jetzt geht.«

Bei Bos Direktheit verkrampft sich Solomon zwar sofort, aber sie amüsiert ihn gleichzeitig, er findet ihren Mumm und ihre Ehrlichkeit bemerkenswert.

»Na klar«, antwortet Joe mit einer wegwerfenden Handbewegung, als sei es ihm vollkommen gleichgültig.

»Können wir uns vielleicht nachher ein bisschen mit dir unterhalten, Joe? Ist ein kleines Zusammensein geplant? Tee, Sandwiches, so was in der Art?«

»Nein, nein, nur der Friedhof, nichts weiter. Kein Rummel, bloß kein Rummel. Zurück an die Arbeit, ich muss ja jetzt für zwei schuften, richtig?«

Joes Augen sind traurig und müde, umgeben von dunklen Ringen. Der Sarg wird aus dem Wagen geholt und von den Sargträgern auf einen Rollwagen geladen. Einschließlich der Filmcrew sind neun Leute in der Kirche.

Die Trauerfeier ist kurz und sachlich, in der Grabrede erwähnt der Priester Toms Arbeitsmoral, seine Liebe zum Land, seine längst verstorbenen Eltern und die enge Beziehung zu seinem Bruder. Als Toms Sarg in die Erde hinuntergelassen wird, bewegt Joe sich das einzige Mal während der ganzen Zeremonie und nimmt seine Kappe ab. Danach setzt er sie wieder auf und geht zurück zu seinem Jeep. In Gedanken hört Solomon ihn sagen: »Das war's dann wohl.«

Nach dem Begräbnis interviewt Bo Bridget, die Haushälterin, obwohl dieser Titel nicht ganz zutreffend ist, da sie nur Lebensmittel bringt und in dem feuchten Farmhaus die Spinnweben entfernt. Sie möchte nicht in die Kamera schauen, denn sie hat Angst, das Ding könnte explodieren, und sie wirkt so defensiv, als enthielte jede Frage einen versteckten Vorwurf. Der Ortspolizist Garda Jimmy, der Tierfutterlieferant der Toolins und auch ein Nachbarfarmer, dessen Schafe gemeinsam mit denen der Brüder auf den hügeligen Weiden grasen, weigern sich allesamt, ein Interview zu geben.

Die Fahrt zur Toolin-Farm dauert dreißig Minuten, das Haus liegt einsam im Herzen des Hügellands.

»Gibt es hier eigentlich Bücher?«, fragt Bo unterwegs plötzlich. Sie platzt des Öfteren mit scheinbar willkürlichen Fragen heraus, während sie in Gedanken dabei ist, die aus verschiedenen Informationsquellen stammenden Schnipsel zu einer erzählbaren Geschichte zusammenzufügen.

»Keine Ahnung«, antwortet Solomon und blickt zu Rachel. Sie hat von ihnen das beste räumliche und visuelle Gedächtnis.

Rachel denkt nach und folgt dabei im Kopf ihrem damaligen Drehplan. »In der Küche bestimmt nicht.« Während sie in Gedanken weiter durchs Haus geht, schweigt sie konzentriert. »Im Schlafzimmer auch nicht«, fährt sie schließlich fort. »Jedenfalls nicht auf offenen Regalen. Aber da stehen zwei Nachtschränkchen, da könnten welche drin sein.«

»Aber sonst nirgends?«

»Nein«, antwortet Rachel überzeugt.

»Warum willst du das eigentlich wissen, Bo?«, fragt Solomon.

»Weil Bridget behauptet hat, Tom sei eine ›richtige Leseratte‹ gewesen.« Bo legt die Stirn in Falten. »Und ich persönlich hätte ihn niemals in diese Schublade gepackt.«

»Ich glaube nicht, dass man einem Menschen ansieht, ob er gerne liest oder nicht.«

»Leseratten tragen doch immer Brille«, scherzt Rachel.

»Aber Tom hat in der ganzen Zeit kein einziges Mal ein Buch erwähnt. Ein ganzes Jahr lang sind wir ihrem Alltag von früh bis spät gefolgt, und ich habe ihn nie beim Lesen erwischt, nicht mal mit einem Buch in der Hand. Auch nicht beim Zeitunglesen. Die beiden haben Radio gehört. Wetterbericht, Sport und gelegentlich auch mal die Nachrichten. Dann sind sie ins Bett gegangen. Von Lesen keine Spur.«

»Vielleicht hat Bridge das nur erfunden. Sie war total nervös vor der Kamera«, gibt Solomon zu bedenken.

»Aber sie hat mir in allen Einzelheiten davon erzählt, wie sie in Secondhandläden und auf Flohmärkten nach Büchern für ihn gesucht hat, und ich komme einfach nicht dahinter, warum dann nie eines im Haus herumlag und warum wir weder Tom noch Joe je beim Lesen ertappt haben. Ich würde gern mehr darüber erfahren. Was hat Tom wohl gern gelesen? Und warum? Und wenn er gelesen hat, wieso war es ein Geheimnis?«

»Ich weiß es nicht«, erwidert Solomon gähnend. Er war nie besessen von den Einzelheiten, die Bo so gründlich analysiert, und jetzt, hungrig und müde wie er ist, schon gar nicht. »Vor der Kamera sagen die Leute oft seltsame Dinge. Was meinst du, Rachel?«

Rachel schweigt einen Moment, sie misst der Sache offensichtlich eine größere Bedeutung zu als Solomon. »Na ja, jetzt liest er jedenfalls nichts mehr«, stellt sie dann nüchtern fest.

Kurz darauf erreichen sie das Farmhaus der Toolins, mitten in der ihnen so vertrauten Umgebung – wie oft sind sie morgens und abends in der Dunkelheit im strömenden Regen über diese unwegsamen Wiesen und Felder getrottet! Die beiden Brüder haben die auf der Schaffarm anfallenden Arbeiten und die damit einhergehende Verantwortung von Anfang an genau aufgeteilt und sich ihr Leben lang daran gehalten. Es war eine Menge Schufterei für einen äußerst geringen Ertrag, aber seit dem Tod ihres Vaters hielt sich jeder zuverlässig an seine Rolle.

»Sag uns, was passiert ist, Joe«, fordert Bo den alten Mann freundlich auf.

Sie und Joe sitzen in der Küche des Farmhauses auf den einzigen beiden Stühlen an dem alten Plastiktisch. Die Küche ist der zentrale Raum des Hauses und enthält einen alten Elektroherd, von dem nur die vier Kochplatten benutzt werden. Es ist kalt und feucht, selbst jetzt im Sommer. An der Wand ist ein einziger Stecker, an dem ein altes Verlängerungskabel mit Mehrfachstecker hängt und alle Geräte in der Küche versorgt: den Herd, das Radio, den Wasserkocher und die Elektroheizung. Ein Desaster ist im Grunde vorprogrammiert. Das Summen des Heizgeräts ist Solomons größter Tonfeind. Im Raum – genau genommen im ganzen Haus – riecht es nach Hund, denn hier leben auch noch zwei Border Collies, Mossie und Ring, benannt nach Mossie O'Riordan und Christy Ring, die im All-Ireland-Hurling-Endspiel von 1952 entscheidend zum Sieg von Cork beigetragen haben. Dieses Spiel war eine der seltenen Gelegenheiten, zu denen die Zwillinge mit ihrem Vater nach Dublin reisten, und auch weiterhin zählt Hurling zu ihren wenigen Interessen außerhalb der Landwirtschaft.

Joe sitzt still auf einem Holzstuhl, die Ellbogen auf den Armlehnen, die Hände vor dem Bauch gefaltet. »Es war Montag. Bridget hatte gerade die Lebensmittel gebracht. Tom sollte sie auspacken und einräumen. Ich bin weggegangen. Als ich zum Tee wiederkam, habe ich Tom hier gefunden, er lag auf dem Boden. Da wusste ich sofort, dass er tot war.«

»Was hast du da gemacht?«

»Ich hab für ihn die Lebensmittel aufgeräumt. Das hatte er nämlich noch nicht erledigt, also muss er, kurz nachdem ich weg bin, gestorben sein. Herzinfarkt. Dann hab ich angerufen …« Er nickt in Richtung des Telefons, das an der Wand hängt.

»Aber zuerst hast du die Lebensmittel weggeräumt?«, hakt Bo nach.

»Ja.«

»Wen hast du angerufen?«

»Jimmy. Auf dem Polizeirevier.«

»Weißt du noch, was du ihm gesagt hast?«

»Nicht mehr so genau. Vermutlich ›Tom ist tot‹ oder irgendwas in der Art.«

Schweigen.

Dann fällt ihm anscheinend wieder ein, dass Bo ihm damals vor drei Jahren geraten hat weiterzureden, damit er selbst es ist, der seine Geschichte erzählt. »Jimmy hat gesagt, er muss auf alle Fälle den Krankenwagen rufen. Obwohl ich wusste, dass man Tom nicht mehr zurückholen kann. Das hat er getan, und dann ist er vorbeigekommen. Während wir auf den Krankenwagen gewartet haben, hab ich uns eine Tasse Tee gemacht.«

»Und Tom lag die ganze Zeit hier auf dem Boden?«

»Klar, wo hätte ich ihn denn sonst hintun sollen?«

»Nirgends vermutlich«, erwidert Bo mit einem kleinen Lächeln. »Hast du irgendwas zu Tom gesagt? Während du mit Jimmy auf den Krankenwagen gewartet hast?«

»Ob ich was zu Tom gesagt habe?«, wiederholt er, als sei das eine von Bos verrückten Ideen. »Aber er war doch tot! Mausetot. Warum sollte ich da noch was zu ihm sagen?«

»Vielleicht zum Abschied oder so. Manchmal machen die Leute das doch.«

»Ach«, meint Joe wegwerfend und schaut weg. Woran er wohl denkt? Vielleicht an den Abschied, den er hätte haben können, vielleicht an die Abschiede, die er bereits erlebt hat, vielleicht an die Schafe, die gemolken werden müssen, oder an den Papierkram, der jetzt ansteht.

»Warum hast du für Toms Beerdigung ausgerechnet diese Kirche ausgesucht?«

»Weil Mammy und Daddy da geheiratet haben«, antwortet er.

»Hat Tom sich gewünscht, dass er dort begraben wird?«

»Hat er nie was davon gesagt.«

»Habt ihr nicht über so was gesprochen? Was nach eurem Tod passieren soll, was ihr euch da wünscht?«

»Nein. Wir wussten ja, dass wir auf der Grabstelle bei Mammy und Daddy beigesetzt werden. Bridget hat die Kapelle erwähnt. Das war eine gute Idee.«

»Wirst du zurechtkommen, Joe?«, fragt Bo mit aufrichtiger Sorge.

»Werd ich wohl müssen. Oder vielleicht nicht?« Ein seltenes Lächeln erscheint auf seinem Gesicht, schüchtern, und auf einmal sieht er aus wie ein kleiner Junge.

»Glaubst du, dass du hier in der Gegend jemanden findest, der dir mit der Arbeit hilft?«

»Ja, das ist schon abgesprochen. Jimmys Sohn hilft mir, wenn ich ihn brauche. Wenn was Schweres gehoben werden muss und so, mit den anstrengenden Sachen eben. Und an den Markttagen.«

»Und was ist mit den Arbeiten, die Tom bisher erledigt hat?«

»Die muss ich jetzt eben übernehmen, richtig?«

Er rutscht auf seinem Stuhl herum. »Ist ja sonst niemand mehr da.«

Joe und Tom haben sich beide oft sehr über Bos Fragen amüsiert. Sie stellte Fragen, deren Antwort für die Toolins überdeutlich auf der Hand lag, sie konnten absolut nicht verstehen, warum Bo alles hinterfragte, alles analysierte, wenn es doch war, wie es eben war, und das die ganze Zeit. Warum etwas kompliziert machen, was so einfach ist? Warum nach einer anderen Lösung suchen, wenn es schon eine gibt? Das genügt doch.

»Zum Beispiel bist du jetzt derjenige, der mit Bridget die Einkäufe besprechen und dafür eine Liste zusammenstellen muss. Und kochen natürlich«, erinnert ihn Bo.

Joe macht ein ärgerliches Gesicht. Hausarbeit war noch nie seine Sache, das war immer Toms Bereich. Nicht dass es Tom so viel Spaß gemacht hätte, aber er wusste, wenn er darauf wartete, dass sein Bruder etwas zu essen machte, würde er verhungern.

»Hat Tom eigentlich gern gelesen?«, fragt Bo.

»Hä?«, fragt Joe nach, offensichtlich verwirrt. »Ich glaube nicht, dass Tom in seinem Leben jemals ein Buch gelesen hat. Jedenfalls seit der Schule nicht mehr. Vielleicht den Sportteil in der Zeitung, wenn Bridget sie vorbeigebracht hat.«

Solomon spürt Bos Spannung fast körperlich, sie strafft den Rücken, und gleich wird sie das Thema anschneiden, das ihr so offensichtlich auf den Nägeln brennt.

»Als du am Montag die Einkäufe eingeräumt hast, war da irgendetwas Ungewöhnliches in den Tüten?«

»Nein.«

Da sie Joes Verständnis der englischen Sprache kennt, formuliert sie ihre Frage noch einmal um. »War irgendetwas anders als sonst?«

Jetzt schaut er sie an, als hätte er einen Entschluss gefasst. »Zunächst mal waren da zu viele Lebensmittel.«

»Zu viele?«

»Zum Beispiel zwei Brotlaibe, nicht bloß einer. Und auch zweimal Schinken und Käse. Aber an mehr kann ich mich nicht erinnern.«

»Waren da vielleicht auch Bücher?«

Wieder schaut er sie an. Er starrt, offensichtlich hat etwas sein Interesse geweckt. »Ja. Ein Buch.«

»Darf ich es sehen?«

Er steht auf und holt ein Taschenbuch aus der Küchenschublade. »Hier. Ich wollte es Bridget geben – weil ich dachte, es gehört ihr, und die ganzen überflüssigen Extrasachen wahrscheinlich auch.«

Bo studiert das Buch. Ein zerlesener Krimi, den Bridget irgendwo gebraucht gefunden hat. Sie schlägt ihn auf, in der Hoffnung, eine Widmung oder etwas Ähnliches zu finden, aber da ist nichts. »Du glaubst also nicht, dass Tom sie darum gebeten hat?«

»Also, warum sollte er? Und wenn er es getan hat, dann hat nicht nur mit seinem Herz was nicht mehr ganz gestimmt.« Das sagt er direkt in die Kamera und lacht leise dazu.

Bo lässt das Buch nicht aus den Fingern. »Noch mal zurück zu Toms Aufgaben. Welche Pflichten hast du jetzt auf der Farm?«

»Na, das Übliche eben.« Joe sieht aus, als mache er sich zum ersten Mal richtig klar, womit Tom eigentlich Tag für Tag seine Zeit verbracht hat und was er nun zusätzlich übernehmen muss. Wahrscheinlich hat er nie darüber nachgedacht – höchstens vielleicht, wenn sie abends einmal etwas Konkretes zu besprechen hatten. »Er hat sich zum Beispiel um den Brunnen beim Fledermaushaus gekümmert. Da war ich schon seit Jahren nicht mehr. Vermutlich sollte ich den jetzt im Auge behalten.«

»Das Fledermaushaus hast du noch nie erwähnt«, sagt Bo. »Kannst du uns hinbringen?«

Begleitet von einem der beiden treuen Hütehunde steigen die vier in den Jeep, und Joe fährt sie über sein Land, auf Feldwegen, die schon jetzt nicht ganz ungefährlich wirken, so dass man sich gut vorstellen kann, wie es im Winter hier aussieht, an stürmischen Tagen oder wenn morgens alles gefroren ist. Ein Achtzigjähriger kann die ganze Arbeit unter diesen Bedingungen unmöglich allein schaffen, das haben die Brüder ja zu zweit nur mit Mühe bewältigt. Bo hofft, dass Jimmys Sohn ein fitter junger Mann ist, der mehr erledigt, als Joe von ihm verlangt – denn Joe ist kein Mensch, der andere gern um Hilfe bittet.

Vor einer rostigen Schranke müssen sie anhalten. Solomon ist schneller als Joe, springt aus dem Jeep und öffnet sie. Dann rennt er dem Jeep nach, holt die anderen ein, als Joe auf einer Lichtung am Waldrand parkt, und lädt seine Geräte aus. Gemeinsam gehen sie los, Mossie, der Hund, flitzt vor ihnen her.

»Schlechter Boden hier, wir konnten nie was damit anfangen, aber wir haben ihn trotzdem behalten«, erzählt Joe unterwegs. »In den dreißiger Jahren hat Dad Sitka-Fichten und Drehkiefern gepflanzt. Die kommen auch auf schlechten Böden zurecht und halten starkem Wind stand. Ungefähr dreizehn Hektar. Von da oben hat man einen guten Blick auf den Gougane Barra Forest Park.«

Sie gehen den Pfad entlang und kommen zu einer Lichtung mit einem Schuppen, der wohl einmal weiß gestrichen war, dessen Farbe aber verblasst ist und abblättert, so dass darunter trister Beton zum Vorschein kommt. Die Fenster sind mit Brettern vernagelt. Im Kontrast zu der herrlichen Umgebung wirkt die Hütte trostlos und karg, selbst an einem schönen sonnigen Tag wie heute.

»Das ist das Fledermaushaus«, erklärt Joe. »Hunderte von den Viechern hausen da drin. Als Kinder haben wir oft hier gespielt.« Er lacht leise. »Als Mutprobe ist einer von uns reingegangen, und der andere hat gezählt, wie lange er es aushält. Und wer am längsten drin war, hat gewonnen.«

»Wann warst du zum letzten Mal hier?«, fragt Bo.

»Hm. Vor zwanzig Jahren. Vielleicht ist es auch länger her.«

»Und wie oft war Tom hier?«, fragt Bo weiter.

»Ein-, zweimal die Woche. Um nachzuschauen, dass der Brunnen nicht verunreinigt ist. Der ist übrigens da drüben, hinter dem Schuppen.«

»Wenn ihr kein Geld mit dem Land verdienen konntet, warum habt ihr es dann nicht verkauft?«

»Nach Dads Tod haben wir es versucht. Irgend so ein Knabe aus Dublin wollte sich hier ein Haus bauen, aber das Fledermaushaus kam dazwischen. Waren umweltbewusste Leute.« Er reckt verächtlich das Kinn in die Luft und erklärt: »Die meinten, die Fledermäuse sind eine bedrohte Spezies, deshalb wollten sie den Schuppen nicht abreißen, und nebendran wollten sie auch nicht bauen, weil das die Flugbahn der Viecher gestört hätte. Damit war die Sache dann vom Tisch, und wir haben das Land wieder vom Markt genommen. Mossie!«, ruft Joe den Hund, der sich selbständig gemacht hat und außer Sicht ist.

Seit sie ausgestiegen sind, hat Rachel eifrig gefilmt, aber jetzt macht sie Pause. Sie geht zum Fledermaushaus, drückt das Gesicht an eins der Fenster und versucht, durch die Ritzen in den Bretterverschlägen zu spähen. Bo bemerkt, dass Solomon sich mit seiner Ausrüstung in Richtung Wald entfernt, aber da sie hofft, dass er unterwegs ist, weil er etwas Interessantes gehört hat, lässt sie ihn gehen. Und selbst wenn das nicht der Fall gewesen ist, weiß sie doch, dass sie ihn und Rachel heute Morgen in aller Herrgottsfrühe ohne Frühstück hierhergeschleppt hat und dass die beiden im Gegensatz zu ihr ohne regelmäßige Nahrungszufuhr nicht gut funktionieren. Allmählich werden sie gereizt, also ist es vielleicht gar nicht schlecht, wenn Solomon eine Weile allein ist.

»Wo ist denn der Brunnen?«

»Dort drüben, gleich hinter dem Fledermaushaus.«

»Würde es dich stören, wenn wir dich filmen, wie du den Brunnen kontrollierst?«

Joe beantwortet ihre zweite Frage nur mit dem typischen Grunzlaut, der signalisieren soll, dass er ganz entspannt und bereit ist, alles zu tun, was Bo von ihm möchte – ganz gleich, für wie seltsam er ihr Ansinnen hält.

Während Rachel, die über jedes Thema Konversation machen kann, mit Joe über Fledermäuse plaudert, wandert Bo zur Rückseite des Fledermaushauses. Hier steht eine baufällige Hütte, äußerlich im gleichen Zustand wie das Fledermaushaus, der weiße

Anstrich fast völlig abgeblättert, der graue Beton öde zwischen dem ganzen Grün der Landschaft. Mossie schnüffelt vor der Hütte auf dem Boden herum.

»Wer hat hier gewohnt?«, fragt Bo.

»Hä?«, ruft Joe zurück, der sie nicht verstanden hat.

Sie betrachtet die Hütte genauer. Anders als im Fledermaushaus gibt es hier Fenster. Saubere Fenster.

Inzwischen sind Joe und Rachel ihr gefolgt und biegen gerade auf den Weg zu der Hütte ein.

»Wer hat hier gewohnt?«, wiederholt Bo ihre Frage.

»Die Tante meines Vaters. Ist lange her. Sie ist ausgezogen, und die Fledermäuse sind eingezogen.« Wieder lacht er leise. Dann schließt er die Augen und versucht, sich an ihren Namen zu erinnern. »Kitty. Wir haben die arme Frau nach Strich und Faden gequält. Und sie hat uns mit ihrem Kochlöffel verhauen.«

Bo geht ein Stück weiter, weg von den beiden anderen, näher zu der Hütte, und schaut sich weiter um. Direkt neben dem Cottage entdeckt sie ein Gemüsebeet und ein paar Beerensträucher. In einem der Fenster steht ein großes Glas mit Blumen.

»Und wer wohnt *jetzt* hier, Joe?«, fragt sie schließlich noch einmal.

»Niemand. Vielleicht Fledermäuse«, scherzt er. »Aber schau doch mal.«

Joe betrachtet all das, was Bo bereits entdeckt hat. Den Gemüsegarten, die Beerensträucher, die Hütte, die blitzsauberen Fenster, die grüngestrichene Tür – frischere Farbe als irgendwo sonst in der Nähe. Aber er macht einen ehrlich verwirrten Eindruck. Bo geht nach hinten und findet eine Ziege und zwei Hühner, die dort herumwandern.

Mit klopfendem Herzen ruft sie: »Hier wohnt jemand, Joe, ganz bestimmt.«

»Eindringlinge? Auf meinem Land?«, brummt er wütend – ein Gefühlszustand, den Bo weder bei Joe Toolin noch bei seinem Bruder in all der langen Zeit, die sie mit ihnen verbracht hat, jemals wahrgenommen hat.

Mit geballten Fäusten läuft er auf das Cottage zu, dicht gefolgt von Mossie. Aber Bo versucht, ihn aufzuhalten.

»Warte, Joe, warte! Lass mich Solomon holen. Solomon!«, ruft sie. Eigentlich möchte sie die Person, die in der Hütte wohnt, nicht auf sich aufmerksam machen, aber sie hat keine andere Wahl. »Rachel, film das bitte.« Rachel ist bereits in Aktion.

Joe kümmert sich nicht mehr um ihre Dokumentation und hat bereits die Hand auf dem Türgriff. Doch dann hält er plötzlich inne – als wäre ihm eingefallen, dass er eigentlich ein Gentleman ist – und klopft stattdessen an.

Bo blickt zum Wald hinüber, zu der Stelle, wo

Solomon verschwunden ist, und wieder zurück zum Cottage. In diesem Moment möchte sie ihrem Freund den Hals umdrehen. Sie hätte ihn nicht gehen lassen dürfen, es war unprofessionell von ihm, einfach wegzulaufen. Sie hat nicht eingegriffen, weil sie gemerkt hat, dass er hungrig ist, und weil sie weiß, wie unleidlich er dann wird. Mürrisch, unkonzentriert, gereizt. Zu den frustrierenden Aspekten einer Beziehung mit einem Kollegen gehört auch, dass es einen tatsächlich kümmert, wenn man eine Entscheidung fällen muss, die daran schuld ist, dass der Betreffende nicht regelmäßig zu essen bekommt. Die Qualität des Sounds gerät in Gefahr. Aber wenigstens haben sie die Bilder, den Ton können sie zur Not auch noch später einfügen.

»Sei vorsichtig, Joe«, mahnt Rachel. »Wir wissen nicht, wer uns da drin erwartet.«

Da aus dem Cottage keine Antwort kommt, öffnet Joe schließlich doch die Tür und geht hinein. Rachel ist mit der Kamera direkt hinter ihm, Bo folgt den beiden.

»Was zum …« Joe steht in der Mitte des Zimmers, schaut sich um und kratzt sich am Kopf.

Schnell zeigt Bo auf bestimmte Gegenstände, die Rachel filmen soll.

Die Hütte besteht aus einem einzigen Raum. Unter einem der kleinen Fenster mit Blick auf das Gemüsebeet steht ein schmales Bett. Auf der anderen Seite ist eine Feuerstelle, ein Herd, nicht unähnlich dem in Joes Farmhaus, und ein Bücherregal mit einem Sessel davor. Die vier Fächer sind vollgestopft mit Büchern, auf dem Boden daneben sind ordentlich weitere Bücher aufgestapelt.

»Bücher!«, staunt Bo.

Auf dem Boden liegen mehrere Teppiche aus Schaffell, zweifellos, um dem kalten Steinboden in den Wintermonaten etwas Wärme zu verleihen, denn außer dem offenen Kamin scheint es in der Hütte keine Heizung zu geben. Auch über Bett und Sessel sind Schaffelle gebreitet, auf einem Seitentischchen steht einsam ein kleines Radio.

Der Raum hat eine eindeutig weibliche Aura, obwohl Bo nicht genau begründen kann, warum sie das so empfindet. Ihr ist klar, dass es voreingenommen wäre, es an dem Glas mit den Blumen im Fenster festzumachen, es riecht auch nicht nach einem Frauenparfüm, aber der Raum wirkt trotzdem weiblich, er strahlt etwas völlig anderes aus als das schmutzig-rustikale Farmhaus der Toolin-Zwillinge. Hier herrscht eine andere Atmosphäre. Gepflegt, wohnlich. Über einer Stuhllehne hängt ordentlich eine rosa Jacke. Bo stupst Rachel an.

»Hab ich schon«, sagt sie. Ihr steht der Schweiß auf der Stirn.

»Mach ruhig weiter, ich bin gleich wieder da«, sagt Bo und rennt aus dem Cottage, in Richtung Wald.

»Solomon!«, brüllt sie aus vollem Hals, denn sie weiß, dass es hier bestimmt keine Nachbarn gibt, die sie stören könnte. Als sie wieder auf die Lichtung vor dem Fledermaushaus kommt, entdeckt sie ihn ein Stück weiter unten zwischen den Bäumen. Er steht einfach nur da und starrt wie in Trance auf irgendetwas, was Bo nicht sehen kann. Seine Audiotasche liegt ein Stück von ihm entfernt auf dem Boden, das Galgenmikrophon lehnt an einem Baum. Die Tatsache, dass er nur rumsteht und nicht arbeitet, gibt ihr den Rest.

»Solomon!«, schreit sie noch einmal, und jetzt blickt er endlich auf. »Wir haben eine Hütte gefunden! Hier wohnt jemand! Geräte, los, Beeilung, auf geht's!« Sie ist nicht sicher, ob ihre Anweisungen einen Sinn ergeben oder auch nur in der richtigen Reihenfolge ausgestoßen wurden, sie weiß nur, Solomon muss sich bewegen, sie braucht Ton, sie muss diese Geschichte einfangen.

Aber als Antwort hört Bo ein Geräusch, das anders ist als alles, was sie jemals zuvor gehört hat.

3

Das Geräusch ist ein Krächzen, wie von einem Vogel, jedenfalls nicht menschlich, aber es kommt von einem Menschen, nämlich von der Frau, die dort unter einem Baum steht.

Bo rennt hinunter in den Wald. Als die blonde Frau sie sieht, lässt sie vor Schreck ihren Korb fallen, der Inhalt ergießt sich auf den Waldboden, und sie reißt ängstlich die Augen auf.

»Alles gut«, sagt Solomon und streckt beschwichtigend die Hände aus. Er steht zwischen Bo und der Fremden und benimmt sich, als wolle er ein Wildpferd zähmen. »Keine Angst, wir tun dir nichts.«

»Wer ist das denn?«, fragt Bo.

»Bleib, wo du bist, Bo«, entgegnet er ärgerlich und ohne sich zu ihr umzudrehen.

Natürlich ignoriert sie ihn und kommt trotzdem näher. Wieder stößt die junge Frau einen Laut aus, diesmal eine Art Zwitschern – vorausgesetzt, man hielte es für möglich, dass ein Zwitschern wie ein Bellen klingt. Und es ist unmissverständlich an Bo gerichtet.

Zuerst ist sie fassungslos, aber dann schleicht sich ein fasziniertes Lächeln über ihr Gesicht.

»Ich glaube, sie will, dass du sie in Ruhe lässt«, sagt Solomon.

»Okay, Doktor Doolittle, aber ich hab nichts Falsches getan«, erwidert Bo und ärgert sich, weil er ihr Anweisungen gibt. »Deshalb geh ich auch nicht weg.«

»Dann komm wenigstens nicht näher«, beharrt Solomon.

»Sol!«, ruft sie empört.

»Hey, hey, alles okay«, sagt er zu der jungen Frau und bewegt sich ein Stück in ihre Richtung. Dann geht er auf Hände und Knie, hebt die Blumen und Kräuter vom Boden auf, legt sie in ihren Korb zurück und hält ihn ihr entgegen. Sie hört auf zu zwitscherbellen, schaut aber immer noch voller Angst und mit großen Augen zwischen Solomon und Bo hin und her.

»Mein Name ist Bo Healy. Ich bin Filmemacherin, und wir sind mit Joe Toolins Erlaubnis hier«, stellt Bo sich vor und streckt der blonden Frau die Hand hin.

Doch die blickt argwöhnisch darauf und stößt noch eine Reihe weiterer gequälter Laute aus, die allesamt keine Worte sind.

»O mein Gott.« Bo schaut Solomon an, holt ihr Handy heraus und ruft Rachel an. »Komm schnell auf die Lichtung, Rachel. Ich brauche die Kamera.« Dann legt sie schnell auf. »Halte das fest, Sol«, formt sie mit den Lippen und blickt vielsagend zu seiner Tonausrüstung – anscheinend hat sie Angst, sich zu bewegen.

Unterdessen feuert die junge Frau ein bizarres Geräusch nach dem anderen ab. Etwas so Seltsames ist Solomon noch nie zu Ohren gekommen, es klingt nicht, als produziere sie die Laute mit ihren eigenen Stimmbändern, es hört sich an wie eine Tonbandaufnahme. Solomon ist so überwältigt und fasziniert, dass er die Augen nicht von ihr abwenden kann, doch so genau er auch hinschaut, es sind keine Kabel an ihr zu entdecken. Es ist alles real.

Er macht ein paar Schritte auf seine Audiotasche zu.

Im selben Moment kommt Rachel mit der Kamera zwischen den Bäumen hervor, dicht gefolgt von Joe.

»Was zur Hölle geht denn da unten vor?«, ruft Rachel und bleibt wie angewurzelt stehen, als sie es mit eigenen Augen sieht.

Sofort wendet sich die junge Frau zu Rachel um und fängt an, die Geräusche einer Autoalarmanlage auszustoßen. Unwillkürlich stellt Solomon sich vor, wie die Szene aus ihrer Perspektive aussieht, umringt von drei wildfremden Menschen, die sie in diesem Wald noch nie gesehen hat – sie muss sich fühlen wie ein Tier in der Falle. Er bringt es nicht übers Herz, irgendetwas davon aufzunehmen. Es erscheint ihm nicht richtig.

Bo spürt sein Zögern und seufzt. »Ach, um Himmels willen«, faucht sie ihn an. Dann tut sie das, was sie schon von Anfang an hätte tun sollen, wenn sie nur daran gedacht hätte, und filmt die Szene mit ihrem Smartphone.

Inzwischen hat sich auch Joe zu ihnen gesellt.

Die blonde Frau schaut Joe an, und auf einmal scheint sie sich zu beruhigen, jedenfalls hört sie mit den Geräuschen auf.

»Wer sind Sie denn?«, ruft Joe, halb hinter einem Baum versteckt, und in seiner Stimme hört man, dass er Angst hat. »Was haben Sie auf meinem Land zu suchen?«

Prompt gerät die junge Frau erneut in Panik und weicht ein paar Schritte zurück.

Solomon beobachtet die anderen: Joe starrt ihn grimmig an, Bo filmt mit dem Smartphone, Rachel hat die Kamera auf sie gerichtet.

Aber Solomon selbst ist fix und fertig, er braucht dringend etwas zu essen.

»Stopp!«, ruft er laut, und tatsächlich sind alle sofort still. »Sie hat Angst vor euch, das seht ihr doch. Also zieht euch zurück und lasst sie gehen.«

Die junge Frau starrt ihn an.

»Du kannst gehen, wenn du willst«, erklärt er ihr.

Aber sie sieht ihn weiter an. Grüne Augen, die ihn unverwandt mustern.

»Ich glaube nicht, dass sie dich versteht«, meint Bo, die immer noch filmt.

»Natürlich versteht sie mich«, faucht Solomon.

»Ich glaube nicht, dass sie sprechen kann … jedenfalls nicht mit Worten. Wie heißt du?«, fragt Bo.

Die junge Frau ignoriert ihre Frage und lässt Solomon nicht aus den Augen.

»Sie heißt Laura«, erklärt er unvermittelt.

Auf einmal kommt Mossie aus Richtung Fledermaushaus in den Wald gerannt, wahrscheinlich um sein Revier vor dem Eindringling zu schützen. Aber statt neben Joe stehen zu bleiben, rennt er weiter, direkt auf Laura zu.

»Langsam, langsam, ruf ihn zurück, Joe!«, sagt Solomon besorgt, denn er macht sich Sorgen, der Hund könnte Laura beißen.

Aber Mossie hält direkt vor ihr inne, umkreist sie dann aufgeregt, hüpft an ihr hoch, damit sie sich ihm zuwendet, leckt ihre Hand.

Sie krault ihn – kein Zweifel, die beiden kennen sich –, behält die Umstehenden dabei aber nervös im Blick. Schließlich streckt sie Solomon die Hand entgegen, und er schaut sie verwirrt an, weil er denkt, sie möchte seine Hand halten. Aber als er die Hand ebenfalls ausstreckt, lächelt sie und schaut hinunter auf den Korb.

»Sie will ihren Korb zurück, Sol«, erklärt Bo.

Verlegen reicht er ihn ihr.

Laura nimmt den Korb und geht los, Mossie im Schlepptau. Um die Menschen macht sie allerdings einen großen Bogen, und als sie an Bo vorbeikommt, knurrt sie leise, genau wie ein Hund, so real, dass es genauso gut vom Tonband oder von Mossie kommen könnte. Sie betrachtet Joe eingehend, und sobald sie die Fremden hinter sich gelassen hat, rennt sie durch den Wald bergauf, vorbei am Fledermaushaus, in Richtung Cottage.

»Hast du das, Rachel?«, fragt Bo.

»Jepp.« Rachel nimmt die Kamera von der Schulter und wischt sich den Schweiß von der Stirn. »Ich hab die blonde Frau, wie sie dich anknurrt.«

»Wo ist sie hingegangen?«, fragt Solomon.

»Hinter dem Fledermaushaus ist ein Cottage«, erklärt Rachel. Bo ist zu sehr damit beschäftigt, ihr Videomaterial zu sichten und sich zu vergewissern, dass sie den Augenblick auch wirklich getroffen hat.

»Kennst du sie, Joe?«, fragt Solomon. Was gerade passiert ist, verwirrt ihn, aber er spürt, wie das Adrenalin durch seine Adern rauscht, und zittert ein bisschen.

»Sie hat unerlaubt Privatgelände betreten!«, schimpft Joe, noch immer wutschnaubend.

»Glaubst du, Tom hat von ihr gewusst?«, fragt Bo.

Die Frage scheint Joe aus der Fassung zu bringen. Nacheinander erscheinen auf seinem Gesicht Gewissheit, Verwirrung, Ärger, Enttäuschung und Fassungslosigkeit. Dann wird er traurig. Wenn sein Zwillingsbruder wusste, dass diese junge Frau in dem Cottage auf ihrem Land wohnt, dann hat er es ihm gezielt verheimlicht. Also gab es zwischen den beiden Brüdern, die alles miteinander teilten, in Wirklichkeit doch ein Geheimnis – und zwar ein ziemlich großes.

4

»Es gibt nur *eine* Möglichkeit, die Antworten zu finden«, sagt Bo, rollt die Ärmel ihrer schwarzen Bluse hoch und lässt ihre bereits gebräunte Haut weiter von der Sonne bescheinen. »Wir müssen mit dem Mädchen reden.«

»Sie ist kein Mädchen. Sie ist eine junge Frau, und sie heißt Laura«, entgegnet Solomon scharf und weiß selbst nicht, worüber er sich eigentlich ärgert. »Und ich bezweifle ernsthaft, dass sie mit uns sprechen möchte, nachdem wir ihr einen derartigen Schreck eingejagt haben.«

»Ich wusste nicht, dass sie … ich wusste nichts von ihrer … Behinderung«, verteidigt sich Bo.

»Behinderung?«, wiederholt Solomon empört.

»Ach, komm schon – wie lautet denn der politisch korrekte Ausdruck dafür?« Bo überlegt. »Entwicklungsbeeinträchtigung, schlichtes Gemüt, wär das besser? Du weißt doch, was ich meine, es ist mir nur so rausgerutscht.«

»Na ja, normal ist sie ja wirklich nicht gerade«, stellt Rachel fest und setzt sich erschöpft und verschwitzt auf einen Felsbrocken.

»Wie auch immer man es nennt, irgendwas stimmt jedenfalls nicht mit ihr, Solomon«, sagt Bo, streicht sich die Haare aus dem Gesicht und zwirbelt ihren Dutt neu zusammen. Man sieht ihr an, dass sie vor Aufregung beinahe platzt. »Wenn ich das gewusst hätte, wäre ich doch ganz anders auf sie zugegangen. Habt ihr zwei euch unterhalten? Abgesehen davon, dass sie dir ihren Namen gesagt hat? Du warst ja schon eine ganze Weile vor uns bei ihr.«

»Ich glaube, was jetzt passiert, muss in erster Linie Joe entscheiden. Schließlich gehört das Land ihm«, sagt Solomon, ohne auf Bos Fragen einzugehen. Sein Magen knurrt laut.

Bo wirft ihm einen genervten Blick zu.

Joe scharrt verlegen mit den Füßen, diese Entwicklung der Dinge ist ihm offensichtlich unangenehm. Er mag die Regelmäßigkeit, ihm ist es am liebsten, wenn alles seinen gewohnten Gang geht. Sein Tag war schon stressig und emotional genug. »Ich will Mossie zurückhaben«, sagt er schließlich. »Und diese Frau sollte nicht hier auf meinem Land wohnen.«

»Ist so ’ne Sache mit dem Siedlungsrecht«, gibt Rachel zu bedenken. »Ein Freund von mir hat das mal durchgezogen. Man braucht einen Gerichtsbeschluss, um so jemanden loszuwerden.«

»Und hat dein Freund es geschafft?«, fragt Solomon.

»Mein Freund war selbst der Landbesetzer.«

Trotz seines Frusts muss Solomon grinsen.

»Sie hat kein Recht, meinen Hund zu behalten. Ich hole Mossie«, verkündet Joe, rückt seine Kappe zurecht und marschiert zum Cottage.

»Folg ihm«, sagt Bo schnell, hebt Rachels Kamera auf und gibt sie ihr, ohne auf ihren erschöpft-wütenden Blick zu achten. Aber im selben Moment geht Joe die Puste aus.

»Vielleicht ist es besser, wenn eine Frau mit ihr spricht.«

»Du brauchst mich gar nicht so anzuschauen«, sagt Rachel warnend zu Bo.

Abgesehen von seiner Mutter, Bo, Rachel und Bridget hatte Joe so gut wie nie etwas mit Frauen zu tun. Rachel tut sich eigentlich leicht mit Menschen, aber Joe hat eine Weile gebraucht, sich mit ihr anzufreunden, vor allem, weil sie nicht die Art Frau ist, die er gewohnt ist – dass eine Frau mit einer Frau verheiratet ist, übersteigt seine Vorstellungskraft. Bridget sieht er nicht als Frau – eigentlich sieht er sie überhaupt nicht. Und Bo, die selbst nicht die sozial Kompetenteste ist, macht ihn immer noch ab und zu verlegen. Ein Gespräch mit einer Unbekannten zu führen würde Joe komplett überfordern. Vor allem, wenn sie so merkwürdig ist wie Laura und es Einfühlungsvermögen braucht. Zu viert gehen sie auf das Cottage zu, aber ihre Bewegungen sind weit weniger entschlossen und angriffslustig als vorhin.

Bo klopft an die Tür, Rachel und Solomon warten in sicherer Entfernung.

»Was meinst du, Rachel?«, fragt Solomon.

»Ich bin am Verhungern.«

»Ich auch.« Solomon reibt sich müde das Gesicht. »Ich kann nicht mehr klar denken.«

Da niemand öffnet, klopft Bo noch einmal.

»Wenn Bo eine neue Geschichte gesucht hat, dann hat sie jetzt eine gefunden, das ist so sicher wie das Amen in der Kirche. Diese junge Frau ist ja ein Kaliber für sich, so etwas Verrücktes hatten wir noch nie«, meint Rachel.

»Aber sie wird uns bestimmt kein Interview geben«, sagt Solomon, ohne den Blick von der Tür abzuwenden.

»Du kennst doch Bo.«

Allerdings. Bo hat ihre ganz eigenen Methoden, mit denen sie Leute, die nicht vor die Kamera wollen, schließlich doch dazu kriegt, sich von ihr filmen zu lassen. Vorausgesetzt, sie hat es sich wirklich in den Kopf gesetzt – die drei Interviews auf dem Friedhof waren ihr nicht wichtig, deswegen hat sie sich nicht mit voller Kraft dafür eingesetzt. Für gewöhnlich gehen Solomon und Rachel ein Projekt auch nicht so lustlos an, aber heute hat sich Bos Stil auch grundlegend verändert. Sie ist nervös, sprunghaft und reißt die Dinge an sich, offensichtlich ohne jeden Plan.

Jetzt erscheint Laura am Fenster, weigert sich aber, die Tür zu öffnen.

»Sag ihr, dass ich Mossie wiederhaben will«, verlangt Joe laut. Die Hände tief in den Taschen vergraben, tritt er unruhig von einem Fuß auf den anderen. Er fühlt sich überhaupt nicht wohl. Der Abschied von seinem Bruder und Seelenfreund hat ihn aufgewühlt, er musste schon den ganzen Tag außerhalb seiner Komfortzone verbringen und aus seiner geliebten Routine aussteigen, die ihm seit fünfzig Jahren unverändert Sicherheit gibt. Seine Welt steht kopf. Das war sehr anstrengend für ihn, jetzt will er nur noch zurück in sein vertrautes Farmhaus, zusammen mit seinem Hund.

»Bitte mach die Tür auf, wir wollen nur reden«, bittet Bo.

Laura starrt aus dem Fenster zu Solomon hinüber. Jetzt schauen ihn auch alle anderen an.

»Sag du es ihr«, weist Bo ihn an.

»Was?«

»Sie sieht dich an, um rauszukriegen, ob es okay ist, wenn sie die Tür aufmacht. Sag ihr, dass wir uns nur mit ihr unterhalten möchten.«

»Und Joe will seinen Hund zurück«, wendet Solomon aufrichtig ein, und Rachel kichert.

Laura verschwindet vom Fenster.

»Das ging ja glatt«, grinst Rachel. Inzwischen sind sie und Solomon halb bewusstlos vor Hunger.

Joe ist kurz davor, gegen die Tür zu hämmern, als sie sich unerwartet öffnet. Mossie kommt herausgerannt, die Tür schließt sich wieder, und von innen wird der Riegel vorgeschoben.

Joe stürmt davon, und Mossie tanzt so aufgeregt um ihn herum, dass er um ein Haar über ihn stolpert.

»Ich rufe Jimmy an«, brummt Joe. »Er soll sich um das Mädchen kümmern.«

»Warte, Joe«, ruft Bo ihm nach.

»Jetzt lass ihn gehen«, blafft Rachel sie an. »Ich bin am Verhungern. Fahren wir zum Hotel. Ich muss was essen. Richtiges Essen. Ich muss Susie anrufen. Dann kannst du meinetwegen Pläne machen. Ich meine es ernst.«

Rachel verliert selten die Fassung, sie braust nur gelegentlich auf, wenn etwas ihre Aufnahme stört – wenn Leute beispielsweise im Hintergrund Grimassen schneiden oder wenn Solomons Galgenmikrophon ins Bild ragt. Aber wenn sie doch einmal die Beherrschung verliert, ist jedem klar, dass es ihr ernst ist. Jetzt sieht sogar Bo ein, dass sie die beiden überfordert hat.

Also gibt sie nach, für den Augenblick.

Im Gougane Barra Hotel stürzen Solomon und Rachel sich wortlos auf ihr Essen, während Bo laut nachdenkt.

»Tom muss dieses Mädchen gekannt haben, richtig? Es gehörte zu seinen Aufgaben, den Brunnen ein paarmal pro Woche zu kontrollieren, und wenn man den Brunnen kontrolliert, sieht man das Cottage, ob man will oder nicht. Und das Gemüsebeet, die Ziege, die Hühner. Es geht gar nicht anders. Und dann sind da noch die Extrasachen vom Einkauf, die Bücherregale, das Buch von Bridget. Außerdem kennt Mossie das Mädchen, also muss Tom den Hund manchmal mitgenommen haben, um sie zu besuchen.«

»Mossie ist ein Hund.« Zum ersten Mal, seit er vor zehn Minuten angefangen hat zu essen, meldet Solomon sich zu Wort. »Hunde streifen in der Gegend herum. Er könnte auch allein ihre Bekanntschaft gemacht haben.«

»Guter Punkt.«

»Ihre *Bekanntschaft gemacht*?«, wendet Rachel ein. »Aber vielleicht kann man's so nennen, wenn jemand so gut Hundesprache kann«, scherzt sie und lacht, aber als die beiden anderen nicht einstimmen, hört sie gleich wieder auf. Bo hat nicht zugehört; Solomon lacht nicht, weil ihm unwohl ist bei dem Gedanken, dass Laura verspottet wird. »Na, egal. Ich rufe jetzt Susie an.« Rachel nimmt ihren Teller mit an einen Nebentisch.

»Was ist das eigentlich, was sie da gemacht hat? Diese Geräusche?«, fragt Bo Solomon. »So eine Art Tourette-Syndrom? Sie hat geknurrt und gebellt und gezwitschert.«

»Soviel ich weiß, bellen Leute mit Tourette niemanden an«, sagt Solomon, während er sich die klebrige Sauce von den Fingern leckt und dann herzhaft in ein Schweinerippchen beißt.

Jetzt hat er die Sauce über sein ganzes Gesicht verteilt, und Bo starrt ihn angeekelt an. Seine Unfähigkeit, ohne Nahrung auszukommen, ist ihr absolut unverständlich. Sie hört auf, in ihrem Salat herumzustochern.

»Jetzt hast du doch was zu essen, warum blaffst du mich dann immer noch an?«

»Ich finde, du bist mit der Situation heute nicht gut umgegangen.«

»Ich glaube, du hattest Jetlag, du warst den ganzen Tag launisch und gereizt«, erwidert sie. »Superempfindlich – was in deinem Fall ziemlich viel heißt.«

»Du hast Laura Angst eingejagt.«

»*Ich* habe Laura Angst eingejagt?«, wiederholt Bo. Diese Angewohnheit ist typisch für sie – als würde sie ihren Gesprächspartner besser verstehen, wenn sie das, was er gesagt hat, noch einmal aus ihrem eigenen Mund hört. Bei Interviews macht sie das mit den Antworten ihrer Interviewpartner genauso, was sehr verunsichernd wirken kann, weil es manchmal klingt, als würde sie dem Betreffenden nicht glauben. Aber sie versucht wirklich nur zu verstehen, was der andere gerade gesagt hat.

»Du hast doch gesehen, dass sie Angst hatte. Du

hattest eine junge Frau im Wald vor dir, umringt von vier wildfremden Menschen. Drei von uns waren obendrein wegen der Beerdigung schwarz angezogen, als wären wir Ninjas. Sie war total verängstigt, und du hast sie gefilmt.«

Jetzt erst scheint Bo die Situation richtig klarzuwerden. »Mist.«

»Ja, Mist.« Solomon leckt sich wieder die Finger und betrachtet Bo dann eingehend. »Was ist los?«

»Was wir heute gesehen haben, war bemerkenswert. Was dieses Mädchen gemacht hat …«

»Laura.«

»Was *Laura* gemacht hat, diese Geräusche, das war wie Magie. Und ich glaube nicht an Magie. So etwas habe ich noch nie gehört.«

»Ich auch nicht.«

»Ich war richtig aufgeregt.«

»Und bist gierig geworden.«

Schweigen.

Solomon isst sein Rippchen auf und schaut dabei zu den Nachrichten, die auf dem Fernseher in der Ecke laufen.

»Du weißt, dass jeder von mir wissen will, was ich als Nächstes vorhabe«, sagt Bo.

»Ja, mich fragt man das auch.«

»Und ich habe nichts Neues. Nichts auch nur annähernd vom Format der *Toolin Twins.* All die Preise, die wir einheimsen – jetzt interessieren die

Menschen sich für meine Arbeit, und ich muss es schaffen nachzulegen.«

Er weiß, dass sie unter Druck steht, und ist froh, dass sie es endlich einmal selbst zugibt.

»Du solltest dich freuen, dass du einen Film gemacht hast, der den Leuten gefällt. Manche deiner Kollegen schaffen das nie. Aber das Geheimnis deines Erfolgs liegt darin, dass du dir Zeit gelassen hast. Du hast die richtige Geschichte gefunden, du hattest Geduld. Du hast zugehört. Aber heute – das war ein heilloses Durcheinander, Bo. Du bist rumgerannt wie ein aufgescheuchtes Huhn. Die Zuschauer wollen aber lieber etwas Authentisches sehen, etwas wirklich Gutes, nicht irgendetwas hektisch Zusammengestückeltes.«

»Ist das auch der Grund, weshalb du *Grotesque Bodies* und diesen Abspeck-Quatsch machst?«

Die Wut kocht in ihm, aber er bemüht sich, ruhig zu bleiben. »Im Augenblick sprechen wir von dir, nicht von mir.«

»Ich stehe *unter Druck*, Solomon.«

»Befrei dich davon.«

»Man kann niemandem befehlen, er soll sich von dem Druck befreien, unter dem er steht.«

»Hab ich aber grade getan.«

»Solomon …« Bo weiß nicht, ob sie lachen oder wütend werden soll.

»Du hast dich dort im Wald verloren«, erklärt er.

Er hat nicht geplant, so etwas zu sagen, es ist ihm einfach rausgerutscht.

Sie mustert ihn. »Sprichst du mit mir oder mit dir selbst?«

»Mit dir natürlich«, sagt er und lässt das Rippchen auf den Teller fallen. Das Geräusch, mit dem der Knochen auf dem Keramikteller aufschlägt, ist lauter, als er es erwartet hat, und er beißt gleich das nächste Rippchen an.

Bo verschränkt die Arme vor der Brust und mustert ihn wieder. Doch er schaut sie nicht an und sagt auch kein Wort.

»Dort im Wald haben wir beide etwas höchst Faszinierendes gesehen. Ich bin sofort aktiv geworden, aber du bist … erstarrt.«

»Ich bin nicht erstarrt.«

»Was hast du dann gemacht, die ganze Zeit, während ich noch beim Cottage war? War sie die ganze Zeit da?«

»Ach, hör auf, Bo.«

»Na ja, das ist eine berechtigte Frage, oder nicht?«

»Ja, natürlich. Wir hatten Sex. In den zwei Minuten, in denen ich nicht bei dir war, hatten wir Sex. Am Baum.«

»Das habe ich nicht gemeint, verdammt, und das weißt du genau.«

Wirklich nicht?

»Ich versuche, aus ihr schlau zu werden, Sol, und

du lieferst mir nichts. Sie hat dir ihren Namen gesagt. Du warst allein mit ihr, bevor ich gekommen bin, ich will nur wissen, worüber ihr gesprochen habt …«

Er geht nicht darauf ein, denn der Wunsch, aus Leibeskräften zu brüllen, ist zu groß. Er verdrängt seine Wut, vergräbt sie ganz tief, bis nur noch ein leichtes Köcheln von ihr übrig bleibt. Mehr schafft er nicht. Wieder schaut er zu den Nachrichten hinüber, aber er sieht sie nicht wirklich.

Schließlich steht Bo vom Tisch auf und verlässt den Raum.

Er könnte über das nachdenken, was Bo gesagt hat, könnte es analysieren, es verstehen, die Antworten in seinem Inneren suchen. Er könnte auch darüber nachdenken, was *er* gesagt hat und warum, er könnte über alles nachdenken, was heute passiert ist. Aber er leidet unter Jetlag, er ist hungrig und verärgert, deshalb konzentriert er sich lieber auf die Fernsehnachrichten, bis die Worte, die aus dem Mund des Moderators kommen, allmählich zu ihm durchdringen und er auch die Worte erkennt, die unten über den Bildschirm laufen. Als er das letzte Rippchen aufgegessen hat, leckt er den Rest der klebrigen Sauce von den Fingern und lehnt sich zurück. Jetzt fühlt er sich aufgebläht und satt.

»Und – bist du jetzt glücklich?«, ruft Rachel durch das leere Restaurant.

»Eine ordentliche Mütze Schlaf, und ich bin wieder wie neu.« Er gähnt und streckt sich. »Wie geht es Susie?«

»Sie ist ein bisschen genervt. Es ist zu heiß, sie kann nicht schlafen, ihre Füße und Knöchel sind geschwollen. Das Baby tritt sie in die Rippen. Meinst du, wir fahren morgen nach Hause?«

Solomon nimmt einen Zahnstocher aus dem Päckchen und pult an den Fleischfasern zwischen seinen Schneidezähnen herum. »Na hoffentlich.«

Er möchte wirklich nach Hause, so viel ist klar. Er möchte nach Hause, weil er Angst hat. Weil er sich tatsächlich im Wald verloren hat. Und weil Bo es gesehen hat. Und genau wie Joe in die Sicherheit seines Farmhauses zurückwollte, will Solomon zurück nach Dublin, zu den *Grotesque Bodies*, dieser Fernsehsendung, die er verachtet, zurück in seine Wohnung, die permanent nach Fischcurry-Dunst riecht, der von seinen Nachbarn herüberwabert. Er möchte zurück in die Normalität. Er möchte dorthin zurück, wo er nicht so genau darüber nachdenken muss, was er fühlt, wo keine Verwirrung und keine Analyse nötig sind, wo er sich nicht zu Menschen hingezogen fühlt, zu denen er sich nicht hingezogen fühlen dürfte, oder Dinge tun möchte, die er nicht tun sollte.

»Schläfst du? Deine Augen sind nämlich offen«, sagt Rachel und schwenkt ein Rippchen vor seiner Nase herum, so dass die Sauce über den Tisch und auf den Boden spritzt. »Mist!«

Im selben Moment stürzt Bo in die Bar, mit einem ganz typischen Ausdruck im Gesicht und dem Telefon in der Hand.

»Das war Jimmy – der Polizist, den wir vorhin kennengelernt haben. Er ist bei der Toolin-Farm. Joe hat ihn angerufen, weil er wollte, dass er mit dem Mädchen redet, aber kurz vor dem Cottage hat Jimmy den Hund angefahren, Mossie. Das Mädchen hat Mossie zu sich in die Hütte geschleppt und veranstaltet jetzt dort ihr verrücktes Stimmen-Ding. Sie hat sich eingeschlossen und lässt niemanden in ihre Nähe und auch niemanden zu Mossie.«

Solomon sieht Bo an, ein stummes: »Und?« Mehr bringt er nicht fertig, aber sein Herz klopft wild.

Bo fixiert ihn mit einem merkwürdigen Blick. »Und sie möchte dich sehen, Sol.«

5

Jimmy steht neben seinem Streifenwagen, die Tür ist offen, das Funkgerät ist an, die Kühlerhaube des Autos weist zu den Bäumen beim Fledermaushaus. Der Sommerabend ist noch hell.

Als sie näher kommen, hebt er mit einer entschuldigenden Geste die Arme. »Mossie ist ums Auto rumgerannt, ich hab ihn nicht gesehen.«

»Wo ist das Mädchen jetzt?«, fragt Bo.

»Sie hat den Hund gepackt, ihn ins Cottage getragen, und jetzt kommt sie nicht mehr raus und lässt auch keinen zu sich rein. Sie ist total hysterisch. Joe meinte, ich soll euch anrufen.«

Er wirkt genauso fassungslos wie sie alle, als sie Lauras stimmlichen Ausbruch zum ersten Mal erlebt haben.

»Und sie wollte Solomon sehen?«, hakt Bo nach, sie will die Sache ins Rollen bringen.

»Zuerst hat sie nach Tom gefragt. Sie wollte unbedingt, dass ich ihn hole, weil er mir angeblich erklären könnte, wer sie ist. Als ich ihr gesagt habe, dass er tot ist, ist sie endgültig ausgetickt. Da hat sie dann nach Solomon gefragt.«

Sie waren im Wald, beide unfähig, den Blick abzuwenden.

»Hi«, sagte er sanft.

»Hi«, antwortete sie leise.

»Ich bin Solomon.«

Sie lächelte. »Und ich bin Laura.«

Bo schaut ihn unsicher an.

»Ich hab ihr meinen Namen gesagt, bevor wir Sex hatten«, blafft er.

Jimmy macht große Augen, Bo starrt ihn zornig an.

»Holst du sie?«, fragt sie.

»Nicht, wenn er sie verhaftet.«

»Ich hab keinen Grund, sie zu verhaften. Ich muss nur mit ihr sprechen, weil ich wissen will, wer sie ist und warum sie auf Joes Grundstück wohnt. Wenn Tom ihr die Erlaubnis gegeben hat, sich hier niederzulassen, können wir nicht viel ausrichten. Ich bin nur hier, um Joe zu beruhigen. Und weil ich den dummen Hund angefahren habe«, fügt er schuldbewusst hinzu.

»Und was genau soll ich jetzt machen?«, fragt Solomon und spürt, dass er zunehmend unter Druck gerät.

»Geh zum Cottage und schau nach, was sie will«, meint Bo.

»Okay. Ich geh ja«, schimpft er, fährt sich mit den Fingern durch die Haare und knotet sie wieder oben auf dem Kopf zusammen. Dann macht er sich auf den Weg zum Cottage; die beiden anderen folgen ihm, bleiben aber beim Fledermaushaus zurück.

Mit wild klopfendem Herzen nähert Solomon sich der Tür. Er hat keine Ahnung, warum er so aufgeregt ist, wischt sich die verschwitzten Hände an der Jeans ab und will klopfen, aber bevor er auch nur die Hand gehoben hat, geht die Tür ganz von allein auf. Da er niemanden sieht, nimmt er an, dass Laura sich hinter der Tür versteckt, und geht schnell hinein. Kaum ist er drin, schließt sich die Tür auch schon wieder. Laura schiebt den Riegel vor und lehnt sich mit dem Rücken gegen die Tür, als wolle sie das Holz verstärken.

»Hi«, sagt Solomon, die Hände in den Taschen.

»Mossie liegt am Feuer«, sagt Laura und kann ihn kaum anschauen. Sie macht einen nervösen, besorgten Eindruck.

Obwohl sie sich im Wald bekannt gemacht haben, ist Solomon beinahe überrascht, sie sprechen zu hören. Im Wald hatte sie die Aura eines wilden Naturmenschen, hier in ihrem Häuschen erscheint sie ihm realer.

Mossie liegt auf einem Schaffell vor dem Holzfeuer, seine Brust hebt und senkt sich mit seinen mühsamen Atemzügen. Seine Augen sind offen, aber er scheint nicht wahrzunehmen, was um ihn herum geschieht. Hinter ihm lodern die Flammen, neben seinem Kopf stehen unberührt ein Napf mit Futter und einer mit Wasser.

»Er will weder fressen noch trinken«, erklärt Laura, kniet sich neben den Hund auf den Boden und legt schützend die Arme um ihn.

Eigentlich müsste Solomon jetzt den Hund ansehen, aber er kann die Augen nicht von Laura abwenden. Verloren, voller Sorge schaut sie ihn mit ihren wunderschönen, hypnotisierenden grünen Augen an. »Blutet er?« Langsam geht Solomon zu Mossie und setzt sich zu ihm. Laura sitzt ihm gegenüber, so nah war er ihr noch nie. »Hallo, mein Junge.« Er legt eine Hand aufs Fell des Hundes und streichelt ihn sanft.

Mossie blickt zu ihm auf, und der Schmerz in seinen Augen ist unverkennbar. Er winselt leise.

Mit frappierender Genauigkeit imitiert Laura das Winseln, und wieder einmal kann Solomon den Blick nicht von ihr abwenden. »Nein, er blutet nicht. Ich weiß nicht, wo der Schmerz sitzt, aber er kann nicht stehen.«

»Er sollte von einem Tierarzt untersucht werden.«

Sie schaut ihn an. »Bringst du ihn hin?«

»Ich? Klar. Aber wir könnten Joe fragen, schließlich gehört Mossie ihm.« Als er ihren Gesichtsausdruck sieht, fügt er schnell hinzu: »Auch.«

»Joe mag mich nicht«, sagt sie. »Keiner von denen mag mich.«

»Das stimmt nicht. Joe ist nicht an Veränderungen gewöhnt, weiter nichts. Veränderungen machen manche Menschen wütend.«

»Verändere dich mit der Veränderung«, sagt sie, aber ihre Stimme klingt auf einmal völlig anders. Leise, tiefer, der Akzent aus dem Norden Englands, nicht ihr eigener.

»Wie bitte?«

»Granny. Meine Großmutter. Das hat sie immer gesagt.«

»Oh. Gut. Begleitest du mich zum Tierarzt?«, fragt er. Er wünscht es sich.

»Nein. Ich bleibe hier.«

Es ist eine grundsätzliche Feststellung. Nicht: Ich *möchte* lieber hierbleiben, sondern: Ich bleibe hier. Immer.

Der Feuerschein fällt auf ihr blasses Gesicht. Die Atmosphäre im Raum ist ruhig und harmonisch, trotz Mossies Überlebenskampf und Lauras stiller Panik.

Sie streichelt den sich langsam auf und ab bewegenden Bauch des Hundes.

»Wann hast du diesen Berg zum letzten Mal verlassen?«, fragt Solomon.

Sie versteckt das Gesicht hinter ihren Haaren, offensichtlich ist ihr die Frage unangenehm.

»Wie lange wohnst du schon hier?«, fragt er stattdessen.

Sie braucht eine Weile, bis sie antwortet. »Seit ich sechzehn bin. Seit zehn Jahren«, sagt sie dann und streichelt Mossie.

»Und seither bist du nicht mehr weg von hier?«

Sie schüttelt den Kopf. »Ich hatte keinen Grund dazu.«

Solomon ist verblüfft. »Na ja, jetzt hast du aber einen. Mossie wäre es bestimmt lieber, wenn du mitkommst«, sagt er.

Und wie zur Bestätigung atmet Mossie aus und schaudert am ganzen Körper.

Draußen gehen Bo und Jimmy nervös auf und ab, machen ungeschickt Konversation, beobachten das flackernde Feuer durchs Fenster, und der Rauchgeruch steigt ihnen in die Nase.

»Interessant, dass Joe den Rauch nie bemerkt hat.« Bo schaut zu den Schwaden, die aus dem Schornstein emporsteigen.

Jimmy folgt ihrem Blick. »Vermutlich wird auf einer Farm immer das eine oder andere verbrannt.«

Bo nickt, eine sehr einleuchtende Erklärung. »Dann wissen Sie also nicht, wer dieses Mädchen ist?«

»Ich hab sie noch nie gesehen«, antwortet er und schüttelt den Kopf. »Und ich kenne alle hier in der Gegend. In einem Dorf wie unserem, mit grade mal ein paar hundert Einwohnern, die überall auf den Hügeln verstreut leben. Ist mir echt ein Rätsel. Meine

Frau meint, sie ist bestimmt eine Touristin, nicht aus der Gegend, sondern eine von den Wanderern, die zufällig über das Cottage gestolpert und einfach geblieben ist. Das passiert hier öfter. Im Lauf der Jahre haben sich hier einige festgesetzt. Sie verlieben sich in die Landschaft oder in jemanden aus der Gegend und beschließen, hier Wurzeln zu schlagen. Möglicherweise ist sie erst seit kurzem da.«

Bo lässt sich die Erklärung durch den Kopf gehen, aber die Schlussfolgerung von Jimmys Frau stillt ihre Neugier nicht, sondern wirft in ihrem Kopf nur noch mehr Fragen auf. Warum hat Tom nie etwas davon gesagt, dass er das Cottage jemandem überließ? Hat er einen finanziellen Vorteil daraus gezogen? Wohl kaum. Vor drei Jahren hat sie mit ihrem Team ganz in der Nähe gefilmt, aber Tom hat sie nie zu diesem Cottage geführt und auch nie davon gesprochen. Sie vermutet, dass das Mädchen damals schon hier war, denn sonst hätten sie bestimmt beim Fledermaushaus gedreht.

»Warum musste es ein Geheimnis bleiben?«, fragt sie verwirrt.

Jimmy macht ein nachdenkliches Gesicht, antwortet aber nicht.

Kurz darauf geht die Cottagetür auf, und Solomon erscheint. Mit seinem Körper füllt er fast den ganzen Rahmen der schmalen, niedrigen Tür aus, ein großer dunkler Schatten vor dem Feuerschein des offenen

Kamins – ein Held, der einen Hund aus einem brennenden Haus rettet.

Bo muss grinsen über dieses Bild.

Dann dreht Solomon sich um und spricht mit der jungen Frau hinter ihm, ermuntert sie herauszukommen.

»Komm schon, Laura, es ist okay.« In der Art, wie er das sagt und wie er aussieht, als er es sagt, ist etwas, was Bos Lächeln gefrieren lässt.

Dann erscheint Laura in einem karierten Hemdblusenkleid mit Gürtel, darüber eine dicke Strickjacke, an den Füßen Converse-Turnschuhe, die langen blonden Haare offen über die Schultern fallend.

»Wir bringen Mossie zum Tierarzt«, erklärt Solomon. »Wo finden wir ihn?«

»Ihr müsst zu Patrick Murphy, an der Hauptstraße. Die Praxis ist um die Zeit natürlich geschlossen. Aber ich rufe ihn gleich an«, sagt Jimmy. Er mustert Laura. »Hallo, Laura«, sagt er freundlich, denn er möchte sein Verhalten von vorhin wiedergutmachen.

Doch Laura starrt nur auf ihre Schuhe hinunter. Sie wirkt verängstigt und streckt die Hand aus, um sich an Solomons Arm festzuhalten. Er spürt, dass sie am ganzen Leib zittert.

»Wir sollten uns beeilen, Garda.« Solomon setzt sich in Bewegung. »Mossie geht es nicht gut. Und ich bin sicher, Joe möchte, dass wir uns erst um den Hund kümmern.«

»Sehr gut«, sagt Jimmy und tritt beiseite. »Laura, wir können gern einen Termin für ein zwangloses Gespräch vereinbaren, irgendwann in den nächsten Tagen. Wenn Sie mögen, kann der junge Mann auch gern mitkommen.«

Mit gesenktem Kopf klammert Laura sich nur weiter stumm an Solomons Arm. Ihre andere Hand ruht schützend auf Mossie. Dann stößt sie einen Ton aus, der klingt wie das Knistern eines Funkgeräts.

Jimmy runzelt die Stirn.

»Wir können einen Gesprächstermin für Sie und Laura abmachen«, sagt Bo zu ihm und geht neben Laura und Solomon weiter. »Und vielleicht haben Sie ja auch Lust auf ein Interview?«

Sie hat ihn vorhin schon gefragt, ob er ihr davon erzählen möchte, wie er Joe im Farmhaus vorgefunden hat, neben seinem Bruder, der tot auf dem Boden lag, denn sie wollte sich diese merkwürdige Szene gern noch einmal aus dem Mund eines anderen erklären lassen. Jetzt ist ein guter Zeitpunkt für Verhandlungen: Sie wird ihm helfen, mit Laura zu sprechen, wenn er bereit ist, mit ihr, Bo, zu reden.

Laura bleibt stehen.

»Komm«, sagt Solomon sanft, in einem Ton, den Bo noch nie von ihm gehört hat, weder ihr gegenüber noch zu sonst jemandem.

Laura starrt zu Bo hinüber, was Solomon in eine schwierige Lage bringt, aber allmählich findet er den ganzen Eiertanz reichlich albern. Er ist todmüde, er will schlafen. Mossie wird immer schwerer.

»Jimmy, wären Sie so nett, Bo zu unserem Hotel zu fahren, bitte?«, fragt er, meidet dabei aber Bos Blick. »Wir sehen uns dann später, Bo.«

Ihr bleibt der Mund offen stehen.

»Du hast mir selbst gesagt, ich soll helfen«, blafft er noch, eher er zu ihrem Auto weitergeht und dabei die Lage des Hundes in seinen Armen vorsichtig verändert. »Und bitte schön – ich helfe.«

Laura setzt sich mit Mossie nach hinten. Der Hund liegt quer auf dem Rücksitz, den Kopf in Lauras Schoß gebettet. Mit wütendem Gesicht steigt Bo zu Jimmy in den Streifenwagen. Die Situation wäre komisch, wenn Solomon noch die Kraft hätte, sich über sie zu amüsieren.

»Danke, Solomon«, sagt Laura, so ruhig, dass Solomons Körper sich sofort entspannt und die Wut ihn verlässt.

»Gern geschehen.«

Im Auto winselt Laura gelegentlich gemeinsam mit Mossie, vermutlich als Zeichen der Unterstützung. Solomon stellt das Radio an, dreht es leise, überlegt es sich dann anders und macht es wieder aus.

Bis zum Tierarzt sind es dreißig Minuten.

»Warum war der Garda da?«, fragt Laura nach einer Weile.

»Joe hat ihn gerufen. Er wollte herausfinden, wer du bist und warum du in diesem Cottage lebst.«

»Habe ich was Falsches gemacht?«

»Das weiß ich nicht, das musst du mir selbst sagen«, lacht Solomon. Als sie nicht antwortet, wird er jedoch rasch wieder ernst. »Du wohnst in einer Hütte auf Joes Land, ohne dass er etwas davon wusste, und das ist … na ja, das ist eigentlich illegal.«

Ihre Augen werden groß. »Aber Tom hat gesagt, es ist kein Problem, wenn ich da wohne.«

»Gut, dann ist es auch in Ordnung, das musst du Joe und Jimmy nur sagen.« Er hält inne. »Hast du vielleicht eine schriftliche Vereinbarung? Einen Mietvertrag oder so?«

Laura schüttelt stumm den Kopf.

Solomon räuspert sich, sie imitiert ihn, was er ziemlich irritierend findet, aber in ihrem unschuldigen Gesicht ist kein böser Wille zu erkennen und auch kein Anzeichen, dass sie überhaupt gemerkt hat, was sie tut.

»Hast du an Tom Miete bezahlt?«

»Nein.«

»Aha. Also hast du ihn gefragt, ob du dort wohnen kannst, und er hat gesagt, das kannst du.«

»Nein. Granny hat ihn gefragt.«

»Deine Großmutter? Könnte sie das bestätigen?«, fragt er.

»Nein.« Laura schaut auf Mossie hinunter, streichelt ihn, küsst ihn auf den Kopf und kuschelt sich an ihn. »Nicht von da, wo sie jetzt ist.«

Mossie winselt und schließt die Augen.

»Stimmt es, dass Tom gestorben ist?«, fragt sie schließlich.

»Ja«, antwortet Solomon und beobachtet ihre Reaktion im Rückspiegel. »Es tut mir leid. Er hatte am Donnerstag einen Herzinfarkt.«

»Am Donnerstag«, wiederholt sie leise.

An der Hauptstraße parken sie und klopfen an die Tür der Tierarztpraxis. Dort rührt sich nichts, aber aus dem Nebenhaus kommt ein Mann, der sich den Mund abwischt, und aus der offenen Tür hinter ihm dringt ein Schwall Bratenduft.

»Oh, hallo«, begrüßt er sie, »Jimmy hat schon angerufen. Ein Notfall, richtig?«, fragt er, als er Mossie auf Solomons Armen sieht. »Kommt rein, kommt rein.«

Während Laura den Tierarzt in den Behandlungsraum begleitet, setzt Solomon sich in den Warteraum. Er stützt die Ellbogen auf die Oberschenkel und legt den Kopf in die Hände. Alles dreht sich, der Boden schwankt unter seinen Füßen – wahrscheinlich immer noch die Nachwirkungen von Müdigkeit und Jetlag.

Wenig später geht die Tür zum Behandlungsraum wieder auf, und Laura erscheint mit tränenüberströmtem Gesicht. Wortlos setzt sie sich neben Solomon.

»Komm her«, flüstert er, legt den Arm um ihre Schulter und zieht sie an sich. Der zweite schwere Verlust für sie, in einer einzigen Woche. Wie lange sie so sitzen, weiß er nicht, aber er würde gern noch länger bleiben, wenn der Tierarzt nicht in der offenen Tür stünde und geduldig warten würde, dass sie die Fassung wiederfinden und die Praxis verlassen, so dass er nach seinem langen Arbeitstag zu seiner Familie zurückkehren kann.

»Entschuldigen Sie«, sagt Solomon und nimmt den Arm von Lauras Schulter. »Gehen wir.«

Draußen ist es Nacht geworden, aus dem Pub treibt Musik herüber.

»Ich könnte echt ein Bier brauchen«, sagt Solomon. »Hast du Lust mitzukommen?«

Im selben Moment wird eine Seitentür des Pubs aufgerissen, und eine leere Flasche fliegt krachend in die Recyclingtonne.

Laura imitiert das Klirren.

Solomon lacht. »Na gut, ich nehme das als ein Ja.«

Zum Glück gibt es vor dem Pub, um die Ecke vom Raucherbereich, ein paar hölzerne Picknicktische. Als Solomon vorhin die Tür geöffnet hat und alle Köpfe sich nach ihnen – den beiden einzigen Fremden – umgedreht haben, wollte Laura sofort das Weite suchen, und Solomon ist sehr froh, dass sie nicht drinnen sitzen und sich von den Einheimischen begaffen lassen müssen. Laura hat ein Glas Wasser vor sich, Solomon trinkt ein Guinness.

»Kein Alkohol?«, fragt er.

Sie schüttelt den Kopf, und bei der Bewegung stößt das Eis in ihrem Wasser klirrend gegen das Glas. Auch dieses Geräusch wird sofort imitiert. Solomon kann sich immer noch keinen Reim auf Lauras seltsame Fähigkeit machen, aber er weiß auch nicht recht, wie er das Thema anschneiden soll, denn er hat den Eindruck, dass sie selbst oft gar nicht merkt, was sie tut.

»Bist du okay?«, fragt er. »Tom und Mossie – du hast in dieser einen Woche viel verloren.«

»An diesem einen Tag«, korrigiert sie. »Dass Tom tot ist, habe ich erst heute erfahren.«

»Tut mir leid, dass du es auf diese Art erfahren musstest«, sagt Solomon sanft und denkt daran, wie unsensibel Jimmy mit der Nachricht rausgeplatzt ist.

»Tom hat donnerstags immer die Einkäufe gebracht. Als er nicht gekommen ist, wusste ich, dass irgendwas nicht stimmt, aber ich konnte niemanden fragen. Als ich Joe heute im Wald begegnet bin, dachte ich zuerst, es ist Tom. Ich hatte Joe noch nie gesehen, und die beiden sind ja eineiige Zwillinge. Aber er war so wütend, so habe ich Tom nie erlebt.«

»Du wohnst seit zehn Jahren in diesem Cottage und hast Joe nie gesehen?«

Sie schüttelt den Kopf. »Tom hat es nicht erlaubt.«

Am liebsten möchte Solomon jetzt fragen, warum, aber er hält sich zurück. »Joe trauert um seinen Bruder, normalerweise ist er viel umgänglicher. Lass ihm ein bisschen Zeit.«

Bekümmert nippt sie an ihrem Wasser.

Plötzlich wird Solomon noch etwas klar: »Dann hast du also seit letzten Donnerstag nichts mehr gegessen.«

»Ich habe den Garten, die Hühner, und das Brot backe ich selbst. Ich habe genug zum Überleben, aber Tom bringt … brachte mir immer gern ein paar Extrasachen. Als ich dir über den Weg gelaufen bin, war ich auf der Suche nach essbaren Wildpflanzen.« Sie lächelt ihn schüchtern an, als sie sich erinnert, wie sie sich begegnet sind. Auch er lächelt und lacht dann über sich selbst und seine Schuljungengefühle.

»Mensch, lass mich dir was zu essen bestellen. Was möchtest du – einen Burger mit Pommes? Ich hol mir auch was.« Damit steht er auf und schaut über die Straße zu der Fish-and-Chips-Bude. »Ich hab schon volle zwei Stunden nichts mehr gegessen.«

Laura grinst.

Als er das Essen bringt, erwartet er, dass sie sich gleich darüber hermacht, aber nichts dergleichen. Alles an ihr ist ruhig und langsam. Anmutig pickt sie mit ihren langen, eleganten Fingern die Pommes vom Pappteller, gelegentlich betrachtet sie prüfend eine, bevor sie zögernd hineinbeißt.

»Magst du die Pommes nicht?«

»Ich glaube nicht, dass da Kartoffeln drin sind«, sagt sie, lässt die Fritte in ihrer Hand auf das fettige Papier zurückfallen und gibt sich geschlagen. »Ich esse so was eigentlich nicht.«

»Im Gegensatz zu Tom.«

Sie blickt ihn an. »Ich habe ihm oft gesagt, er soll sich besser ernähren. Aber er hat nicht auf mich gehört.« Wieder sieht sie traurig aus. Wahrscheinlich sickert die Nachricht von Toms Tod erst allmählich ein, und sie beginnt zu begreifen, was sie verloren hat.

»Joe und Tom sind nicht die Typen, die auf irgendjemanden hören«, meint Solomon, der spürt, dass Laura sich insgeheim Vorwürfe macht.

»Er hat mir mal erzählt, dass sein Abendessen nur aus einem Schinkensandwich bestand, und ich habe ihm eine lange Moralpredigt gehalten. Beim nächsten Besuch hat er mir dann ganz stolz berichtet, dass er sich an diesem Tag stattdessen ein Bananensandwich gemacht hat. Er dachte, mit dem Obst wäre es gesünder.«

Sie lachen beide.

»Vielleicht habe ich mich geirrt«, sagt Solomon leise. »Er hat also doch auf jemanden gehört.«

»Danke«, erwidert sie.

»Woher haben sich deine Großmutter und Tom eigentlich gekannt?«, fragt Solomon.

»Du stellst sehr viele Fragen.«

Er denkt kurz nach. »Stimmt. Das ist meine Art, ein Gespräch zu führen. Welche Methode hast du?«, erkundigt er sich, und wieder lachen sie.

»Gar keine. Abgesehen von Tom hatte ich niemanden zum Reden. Jedenfalls keine Menschen.« Am Tisch um die Ecke steht jemand auf und schiebt die Bank zur Seite, was entsetzlich quietscht. Augenblicklich imitiert Laura das Geräusch. Einmal, zweimal, bis es sich perfekt anhört. Die Kellnerin, die den Tisch neben ihnen saubermacht, wirft ihr einen erstaunten Blick zu.

»Ich führe gute Gespräche mit mir selbst«, fährt Laura unbeirrt fort, ohne den Blick zu bemerken – vielleicht ist er ihr auch gleichgültig. »Und mit Mossie und Ring. Und mit unbelebten Objekten.«

»Da bist du mit Sicherheit nicht die Einzige.« Solomon beobachtet sie lächelnd und vollkommen fasziniert.

Sie bringt ein neues Geräusch hervor, das ihn zum Lachen bringt. Es klingt wie das Vibrieren eines Handys.

»Was war das?«, fragt er.

»Was?« Sie runzelt die Stirn.

Dann hört er das Geräusch erneut. Er muss genau hinsehen, stellt aber fest, dass es nicht von Laura kommt, sondern von seinem Handy, das in seiner Tasche steckt.

»Oh.« Er zieht es heraus.

Fünf verpasste Anrufe von Bo, gefolgt von drei unterschiedlich verzweifelten Nachrichten.

Er legt das Telefon mit dem Display nach unten auf den Tisch und ignoriert alles.

»Woher kanntest du Tom?«

»Schon wieder eine Frage.«

»Weil ich dich interessant finde.«

»Ich finde dich auch interessant.«

»Dann frag mich was.« Er grinst.

»Manche Leute erfahren auf andere Weise etwas über ihre Mitmenschen.« Ihre Augen durchbohren ihn mit solcher Intensität, dass sein Herz wieder heftig zu pochen beginnt.

»Okay.« Er räuspert sich, und sie ahmt auch dieses Geräusch nach. »Wir – Bo, Rachel und ich – haben einen Dokumentarfilm über Joe und Tom gedreht. Ein ganzes Jahr haben wir bei ihnen gelebt und sie von früh bis spät genau beobachtet – zumindest dachten wir das. Denn du bist uns offensichtlich entgangen. Meiner Erfahrung nach hatten Joe und Tom, abgesehen von den oberflächlichen Kontakten mit Lieferanten und Kunden nichts mit anderen Menschen zu tun. Sie waren immer nur zu zweit, jeden Tag, ihr Leben lang. Ich kann mir gar nicht vorstellen, wie Tom deiner Großmutter begegnet sein könnte.«

»Sie hat ihn über meine Mum kennengelernt, die ihnen eine Zeitlang Lebensmittel und so gebracht hat. Und auch bei ihnen geputzt.«

»Dann ist Bridget deine Mutter?«

»Das war vor Bridget.«

»Wie lange ist es denn her?«, fragt Solomon und beugt sich näher zu ihr, bezaubert, und ihm ist vollkommen gleichgültig, ob sie ihre Geschichte erfindet oder nicht. Außerdem ist er fast sicher, dass sie die Wahrheit sagt – das wünscht er sich jedenfalls.

»Sechsundzwanzig Jahre«, antwortet sie. »Oder vielleicht ein kleines bisschen mehr.«

Er schaut sie an, und langsam dämmern ihm die Zusammenhänge. Laura ist sechsundzwanzig. Tom hat ihrer Großmutter einen Gefallen getan. Ihre Mutter hat vor sechsundzwanzig Jahren für die Toolins den Haushalt gemacht.

»Dann war Tom also dein Vater«, sagt er leise.

Obwohl Laura das weiß, scheint es sie aus dem Gleichgewicht zu bringen, dass er es laut ausspricht. Sie schaut sich um und imitiert nacheinander das Klirren der Gläser, das Zerbrechen der Flaschen in der Recyclingtonne, das Knacken der Eiswürfel. Die Geräusche überfluten, überschneiden sich und zeigen ihren Kummer, ihre Bestürzung.

Solomon ist erschüttert, dass seine Schlussfolgerung tatsächlich zu stimmen scheint, legt aber beruhigend seine Hand auf ihre. »Jetzt tut es mir noch mehr leid, dass du auf diese Weise von seinem Tod erfahren hast.«

Sie ahmt sein Räuspern nach, obwohl er sich gar

nicht geräuspert hat. Sicher hat sie eine Verbindung zwischen dem Räuspern und seiner Verlegenheit gespürt, vielleicht will sie ihm dadurch mitteilen, dass sie sich ebenso unbehaglich fühlt, wie er sich in diesen Momenten gefühlt hat. Womöglich steckt in ihrer Mimikry eine Art Sprache. Vielleicht verliert Solomon aber auch endgültig den Verstand – er investiert so viel Zeit und Vertrauen in eine junge Frau, die nach Bos Meinung primitiv oder seltsam ist. Aber an der Person, die hier vor ihm sitzt, kann er absolut nichts davon entdecken. Wenn sie sich von anderen Menschen unterscheidet, dann darin, dass sie deutlich vielschichtiger kommuniziert, als er es je bei jemandem erlebt hat.

»Laura, warum wolltest du mich heute Abend sehen?«

Sie schaut ihn mit ihren faszinierenden grünen Augen an. »Weil du außer Tom der einzige Mensch bist, den ich kenne.«

Solomon war noch nie für jemanden der einzige Bekannte. Ihm kommt dieser Status sehr seltsam vor, aber gleichzeitig auch sehr schön und vertraut. Wie etwas, was man nicht auf die leichte Schulter nehmen sollte. Etwas, was mit einer großen Verantwortung einhergeht. Etwas, was man hegen und pflegen sollte.

6

Am folgenden Morgen versammeln sich die Mitglieder der Filmcrew in Joes Küche. Joe sitzt stumm auf seinem Stuhl, Ring liegt ihm zu Füßen und betrauert den Verlust seines Freundes.

So schonend wie möglich hat Bo ihm beigebracht, dass Laura Toms Tochter ist. Joe hat kein Wort dazu gesagt, sondern sich alles schweigend angehört. Jetzt ist er ganz in seine Gedanken versunken, geht vielleicht all die Gespräche durch, all die Augenblicke, in denen er diese Information übersehen haben könnte, die Augenblicke, in denen er womöglich belogen worden ist, und fragt sich, wie Tom ein Leben gelebt haben kann, von dem er, sein engster und einziger Vertrauter, nichts wusste.

Solomon kann ihn kaum anschauen, es bricht ihm das Herz. Mit respektvoll abgewandtem Blick hält er das Galgenmikrophon in die Luft und versucht, Joe in diesem Moment möglichst viel Freiraum zu lassen, trotz der Tatsache, dass drei Menschen das Farmhaus mehr oder weniger überfallen haben und jetzt auch noch eine Kamera auf ihn richten. Natürlich hat Solomon sich dagegen ausgesprochen, dass

Joe die Nachricht vor laufender Kamera erfährt, aber natürlich hatte die Regisseurin in diesem Fall das letzte Wort.

»Lauras Mutter Isabel war vor über sechsundzwanzig Jahren eure Haushälterin.«

Jetzt blickt Joe zu Bo auf, und auf einmal kommt Leben in ihn. »Isabel?«, bellt er.

»Ja. Erinnerst du dich an sie?«

Er überlegt. »Sie war nicht sehr lange bei uns.«

Schweigen, sein Gehirn arbeitet und geht die entsprechenden Gedächtnisdateien durch.

»Hatten Tom und Isabel deiner Erinnerung nach eine besonders enge Beziehung?«

»Nein.« Schweigen. »Nein.« Noch einmal. »Na ja, er …« Joe räuspert sich. »Also, es war das Gleiche wie mit Bridget – Tom hat sie fürs Putzen und für die Lebensmittel bezahlt, die sie uns gebracht hat. Da war ich immer draußen auf dem Acker. Mit Toms Angelegenheiten hatte ich so gut wie nichts zu tun.«

»Also hattest du nicht die geringste Ahnung von einer Liebesaffäre zwischen den beiden?«

Man hat den Eindruck, dass dieser Ausdruck Joe in diesem Augenblick zum ersten Mal in den Sinn kommt. Tom konnte nur Vater werden, indem er eine Liebesaffäre mit einer Frau hatte. Etwas, was sie beide immer bestritten haben. Zwei siebenundsiebzigjährige männliche Jungfrauen.

»Ist dieses Mädchen sich denn ganz sicher?«

»Nachdem Isabel gestorben ist, hat ihre Großmutter ihr gesagt, dass Tom ihr Vater ist. Lauras Großmutter war damals schon kränklich und hat mit Tom die Vereinbarung getroffen, dass Laura in der Hütte wohnen konnte.«

»Dann wusste er also von ihr«, sagt Joe, und es klingt, als habe ihm diese Frage schon die ganze Zeit auf den Nägeln gebrannt. Wahrscheinlich hatte er Angst, sie zu stellen.

»Tom hat erst nach Isabels Tod erfahren, dass Laura seine Tochter ist, also vor zehn Jahren. Er hat das Cottage so gut es ging modernisiert, aber es gibt immer noch keinen Strom und auch kein warmes Wasser. Und seither wohnt Laura dort allein.« Bo überfliegt ihre Notizen. »Lauras Großmutter Hattie Murphy hat nach dem Tod ihres Mannes wieder ihren Mädchennamen Button angenommen. Isabel ist ihrem Beispiel gefolgt, deshalb heißt Laura auch Laura Button. Hattie ist vor neun Jahren gestorben, sechs Monate nachdem Laura ins Cottage eingezogen ist.«

Joe nickt. »Dann ist sie jetzt also ganz allein.«

»So ist es.«

Joe lässt sich den Gedanken durch den Kopf gehen. »Vermutlich erwartet sie, dass sie Toms Anteil bekommt.«

Solomon schaut ihn verwundert an.

»Seinen Anteil von …?«

»Von unserem Land. Tom hat ein Testament aufgesetzt. Sie steht nicht drin. Falls sie es darauf abgesehen hat.«

Der berüchtigte irische Landhunger spricht aus ihm.

»Laura hat nichts davon erwähnt, dass sie einen Teil von eurem Land haben möchte. Jedenfalls nicht uns gegenüber.«

Auf einmal ist Joe ganz aufgeregt, und Bos Kommentare beruhigen ihn keineswegs. Es hat den Anschein, dass er sich auf einen Kampf vorbereitet. Sein Land, seine Farm, das ist sein Leben, es ist alles, was er je gekannt hat. Um keinen Preis wird er es für die Lüge seines Bruders aufgeben.

»Vielleicht hatte Tom vor, mit dir über Laura zu sprechen«, meint Bo.

»Tja, aber er hat es nicht getan«, entgegnet Joe mit einem nervösen, ärgerlichen Lachen. »Kein Sterbenswörtchen hat er je von ihr gesagt.« Wieder verfällt er in Schweigen. »Nichts.«

Bo lässt ihm einen Moment Zeit.

»Im Licht dessen, was du jetzt weißt – wirst du Laura erlauben, weiter im Cottage zu wohnen?«

Joe antwortet nicht. Wieder ist er ganz in seinen eigenen Gedanken versunken.

»Möchtest du Kontakt zu ihr haben?«, fragt Bo vorsichtig.

Schweigen. Joe sitzt stumm und reglos da, obwohl

es in seinem Kopf höchstwahrscheinlich drunter und drüber geht.

Unsicher blickt Bo zu Solomon hinüber.

»Vielleicht ist es zu früh für dich, über so etwas nachzudenken. Vielleicht wäre es einfacher zu überlegen, ob du in Erwägung ziehst, Laura weiterhin zu unterstützen, so, wie Tom es getan hat.«

Joes Hände umklammern die Armlehnen seines Stuhls, Solomon sieht, dass seine Knöchel weiß werden.

»Joe«, sagt Bo beschwichtigend und beugt sich zu ihm. »Du weißt, das bedeutet auch, dass du nicht alleine bist. Du hast Familie. Du bist Lauras Onkel.«

Jetzt springt Joe auf und fummelt sich mit zitternden Händen das Mikrophon vom Revers. Kein Zweifel, er ist aufgebracht, auf einmal irritiert ihn die Anwesenheit der Filmcrew so immens, als hätten diese drei Leute den ganzen Ärger in sein Leben gebracht.

»Das reicht«, verkündet er und lässt das Mikro auf das dünne Kissen fallen, das auf dem Holzstuhl liegt. »Das reicht jetzt wirklich.«

Es ist das erste Mal, dass er sie im Stich lässt.

Die Crew zieht in Lauras Cottage um. Laura sitzt in ihrem Sessel, trägt dasselbe karierte Hemdblusenkleid mit Gürtel wie gestern und dazu die zerfledderten Converse-Turnschuhe. Offensichtlich hat sie sich gerade die Haare gewaschen, denn sie sind noch feucht. Auf ihrer klaren, schönen Haut ist keine Spur von Schminke zu sehen.

Die Kamera ist ausgeschaltet, Rachel ist draußen mit der Ausrüstung und telefoniert mit Susie. Im Gegensatz zu dem sonnigen, warmen Tag gestern herrscht heute tristes Nieselwetter, und Solomon fragt sich, wie Laura im Winter hier überlebt, wo es sich sogar in seinem modernen Apartment in der Innenstadt von Dublin oft genug deprimierend anfühlt. Während Bo redet, beobachtet Laura Solomon. Mit Bo im Raum ist das etwas peinlich. Er räuspert sich.

Laura ahmt das Geräusch nach.

Er schüttelt den Kopf und grinst.

Da Bo ganz mit ihrem Gesprächseinstieg beschäftigt ist, bekommt sie nicht mit, was zwischen den beiden vor sich geht. »Also, angesichts der Tatsache, dass wir nicht wissen, ob und wie Joe dich in Zukunft unterstützen wird, möchten wir – also Solomon und ich – gerne …«

Er schließt die Augen, als sie ihn erwähnt. Dass sie sich als seine Verbündete und damit indirekt auch als Verbündete Lauras darstellt, ist ein Trick, mit dem sie Lauras Vertrauen gewinnen will. Eigentlich stimmt es ja auch, schließlich ist Bo seine Freundin. Aber es fühlt sich trotzdem an wie ein Trick.

»… würden wir dir gern etwas vorschlagen. Wir möchten dir unsere Hilfe anbieten. Ich habe das

Gefühl, dass wir beide, du und ich, Laura, einen schlechten Start hatten – und ich möchte dir gern erklären, warum. Ich entschuldige mich vorbehaltlos für mein Verhalten bei unserer ersten Begegnung. Ich war furchtbar aufgeregt.« Bo legt die Hand aufs Herz, um zu zeigen, dass sie es ehrlich meint. »Ich mache Dokumentarfilme. Vor ein paar Jahren bin ich deinem Vater und deinem Onkel ein ganzes Jahr lang mit der Kamera gefolgt.«

Solomon merkt, dass Laura bei den letzten Worten zusammenzuckt, als wäre die Wahrheit für sie genauso unangenehm wie für Joe.

»Die beiden sind – beziehungsweise waren – faszinierende Menschen, und ihre Geschichte hat sich in der ganzen Welt verbreitet. Sie wurde in zwanzig Ländern ausgestrahlt, und ich habe dir den Film mitgebracht. Das hier ist ein iPad, wenn du so drüberstreichst …« Sie wischt behutsam, schaut erst zu Laura, um zu sehen, ob sie versteht, dann wieder auf das iPad.

Laura imitiert das Klicken des Geräts.

»Dann drückst du das hier, und du kannst dir alles anschauen.« Bo berührt den Bildschirm, und der Film beginnt.

Sie lässt ihn einen Moment laufen, damit Laura sich ein Stück davon anschauen kann.

»Ich möchte furchtbar gern auch einen Dokumentarfilm über *dich* machen. Dafür würden wir dich am liebsten hier im Cottage und draußen in deinem Garten filmen, denn so können wir ein Gefühl dafür bekommen, wer du bist und wie du dein Leben lebst.«

Laura schaut zu Solomon, der sich räuspern will, es sich aber im letzten Moment verkneift. Stattdessen räuspert sich Laura und klingt genau wie er. Bo bemerkt immer noch nichts.

»Es gibt auch ein Honorar, leider nicht sehr viel. Ich habe die Bedingungen hier.«

Bo nimmt ein Blatt aus einem Ordner und gibt es Laura.

Die starrt verständnislos darauf.

»Ich lass es dir hier, damit du dich frei entscheiden kannst.«

Bo schaut auf das Papier und überlegt, ob sie es noch weiter erklären soll oder ob das herablassend wirken würde. Solomon schaut ihr über die Schulter und beurteilt sie – vielleicht nicht bewusst, aber sie fühlt seine Bewertung wie einen kalten Luftzug, der von ihm ausgeht, wenn sie etwas sagt oder tut. Sie erkennt an, dass er in bestimmten Situationen besser verhandeln kann als sie, aber sie beansprucht trotzdem für sich die Freiheit, das zu tun, was ihr angemessen erscheint, ohne sich vor seinem Feedback fürchten zu müssen, ohne seine Missbilligung und Enttäuschung vorauszuahnen. Ohne das Gefühl, dass sie ihn immer wieder enttäuscht. Und dass sie sich zusammenreißen muss. Sie will keine kalte Luft mehr zwischen ihnen. Aber hauptsächlich hasst sie es, sich ständig selbst in Frage stellen zu müssen – bei einem Job, in dem sie doch mehr als kompetent ist. In gewisser Hinsicht war es leichter, als ihre Beziehung zu ihm noch rein platonisch war. Da hat sie sich mehr um das gekümmert, was er über ihr Projekt denkt, als um das, was er über sie denkt.

Bo kauert ganz vorn auf der Stuhlkante, sie überschreitet Lauras Distanzgrenze. Als sie es endlich merkt, rutscht sie ein Stück zurück, versucht, einen entspannten Eindruck zu machen, und wartet auf positive Rückmeldung.

Konzentriert sieht Laura sich die ersten Minuten des Videos über ihren Vater und ihren Onkel an.

»Ich glaube, ich möchte nicht, dass man so viel über mich erfährt«, sagt sie schließlich, und Solomon stellt überrascht fest, wie erleichtert er ist.

Niemals würde er die Dokumentationen, die sie zusammen gemacht haben, ausbeuterisch nennen, aber … er ist stolz auf Laura, dass sie für das geradesteht, was sie richtig findet, ohne sich von der Aufmerksamkeit und der Aussicht, berühmt zu werden, beeinflussen zu lassen wie so viele Menschen. Es kommt nicht oft vor, dass Bo jemanden überreden muss, vor der Kamera etwas zu sagen, meistens reicht es, den Leuten die Kamera vor die Nase zu halten, und schon sind sie Feuer und Flamme und können es kaum erwarten, ihre fünf Minuten Ruhm einzuheimsen. Ihm gefällt es, dass Laura anders ist. Sie ist normal. Sie ist eine normale Person, die ihre Privatsphäre schätzt. Das – und noch etwas anderes.

»Du brauchst uns nichts zu erzählen, was du nicht erzählen willst«, sagt Bo. »Joe und Tom haben uns erlaubt, ihnen zu folgen und zu beobachten, wie sie leben und miteinander umgehen, und ich glaube nicht, dass sie jemals das Gefühl hatten, wir überschreiten irgendwelche Grenzen. Wir hatten die feste und wohlverstandene Vereinbarung, dass wir sofort mit dem Filmen aufhören, wenn sie sich unbehaglich fühlen.«

Wie heute Morgen in Joes Küche. Bo hatte ein ungutes Gefühl dabei, fast so, als hätte sie sich mit einem guten Freund gestritten.

Laura macht ein erleichtertes Gesicht. »Ich bin gern allein. Ich möchte …« Sie schaut auf den iPad, die Zeitungsartikel und Interviews auf dem Tisch. »… ich möchte das alles nicht.«

Dann zieht sie die Ärmel ihrer Jacke über die Handgelenke, knüllt die Bündchen zwischen den Fingern zusammen und schlingt die Arme um sich, als wäre ihr kalt.

»Das verstehen wir«, sagt Solomon und sieht Bo an. Laura hat ihnen eine eindeutige Absage gegeben, er möchte gehen. »Wir respektieren deine Entscheidung. Aber ehe wir verschwinden – wir haben dir ein paar Sachen mitgebracht.«

Er holt die Einkaufstüten und stellt sie neben Lauras Sessel auf den Boden. Wahrscheinlich hat er ein bisschen übertrieben, aber er wollte unbedingt verhindern, dass sie mit nichts zurückbleibt, vor allem für den Fall, dass Bridget Joes Partei ergreift und Laura auch nicht mehr versorgt. Deshalb hat er nicht nur massenhaft Lebensmittel, sondern auch alle möglichen Decken, T-Shirts und Pullover gekauft. Er mag sich gar nicht vorstellen, wie kalt es hier wird, wenn der Wind durch die Ritzen in den Wänden und die alten Fensterscheiben pfeift, während nur ein paar Meter entfernt die Fledermäuse umherschwirren.

Bo hat seine Besorgungen nicht kommentiert, sie ist im Auto geblieben und hat ihre Mails gecheckt, während er den Kofferraum mit Tüten füllte. Erst jetzt nimmt sie zur Kenntnis, was Solomon alles angeschleppt hat, und mustert ihn einigermaßen erstaunt. Er ist verlegen, aber sie ist durchaus beeindruckt, wie er sich ins Zeug gelegt hat. Nach Bos Meinung könnte der üppige Einkauf schließlich dazu beitragen, dass Laura sich doch noch dafür entscheidet, mit ihnen zu arbeiten.

»Ich dachte, im Winter wird es hier drin bestimmt kalt«, erklärt Solomon etwas unbeholfen, während er an den Tüten herumfingert und wirre Erklärungen zu ihrem Inhalt murmelt.

Bo lächelt und muss sich zusammennehmen, um nicht laut über das Unbehagen ihres Freunds zu lachen.

»Herzlichen Dank für die vielen Sachen«, sagt Laura und späht in die Lebensmitteltüten. Dann wendet sie sich an Solomon. »Aber es ist viel zu viel. Ich glaube nicht, dass ich alles alleine aufessen kann.«

»Na ja, hier sind drei Leute, die dir gern dabei helfen würden«, scherzt Bo ganz zwanglos – sie hat noch immer ihr Ziel vor Augen und kann einfach nicht aufhören zu drängen. Wie immer.

»Ich muss euch alles zurückgeben«, erwidert Laura, erst zu Solomon, dann fügt sie an Bo gewandt hinzu: »Ich kann bei deinem Dokumentarfilm wirklich nicht mitmachen.«

»Die Sachen sind für dich«, entgegnet Solomon bestimmt, »egal, ob du dich von uns filmen lässt oder nicht.«

»Ja, ja, du kannst selbstverständlich alles behalten«, bestätigt Bo fahrig.

Während Solomon sich auf den Weg zur Tür macht, um keinesfalls übergriffig oder unhöflich zu wirken, denkt sie über den nächsten Schritt nach. Dieser Schritt stört sie nie, es ist nur eine kurze Peinlichkeit, schnell vergessen im größeren Zusammenhang. Ihr Bauchgefühl sagt ihr klar und deutlich, dass sie Laura nicht so einfach gehen lassen kann. Sie ist ein bezauberndes, hübsches, interessantes, absolut faszinierendes Mädchen, anders als alles, was ihr bisher begegnet ist. Ihr Leben verfügt über reichlich Stoff für eine Geschichte, und dazu kommt noch ihre besondere Fähigkeit, die sich in einem Film grandios machen wird. Dieses Mädchen ist einfach perfekt. Während Solomon sich verabschiedet, lässt Bo sich alle Zeit der Welt mit dem Einsammeln ihrer Papiere, legt die fotokopierten Zeitungsartikel ordentlich auf einen Stapel und lässt sich dabei durch den Kopf gehen, was sie als Nächstes sagen will.

»Geh ruhig schon mal voraus, Sol, ich komme gleich nach«, ruft sie ihm zu und steckt in aller Ruhe den Ordner in ihre Tasche.

Solomon verschwindet und schließt die Tür hinter sich.

Endlich ist der finstere, missbilligende Freund verschwunden.

Bo schaut zu Laura auf, und das Mädchen sieht so verloren aus, als wäre sie den Tränen nah.

»Was ist los?«, fragt Bo überrascht.

»Nichts, ich … nichts«, wehrt Laura ein bisschen atemlos ab. Dann steht sie auf und durchquert den Raum zu ihrer Kochnische, wo sie sich einen Becher Wasser einschenkt und auf einen Schluck leertrinkt.

Sie ist ein außergewöhnliches Mädchen. Bo möchte alles über sie erfahren. Sie möchte die Welt mit Lauras Augen sehen. Laura muss einfach ja sagen, Bo darf sie nicht verlieren. Ihr ist klar, dass sie ihre

Arbeit manchmal so leidenschaftlich angeht, dass es an Besessenheit grenzt, aber sie braucht das, um ihr Thema hundertprozentig zu durchdringen. Sie muss sich vollkommen von dem anderen Leben absorbieren lassen, das sie darstellt, so *will* sie es. Sie war nach den *Toolin Twins* auf der Suche nach einem neuen Projekt, und hier ist es, auf ganz natürliche Weise ist eine neue Geschichte geboren, buchstäblich aus der vorherigen hervorgegangen. Sie ist perfekt, sie ist richtig, sie hat das Potential, noch besser zu werden als die *Toolin Twins.* Es ist Bos Job, andere Menschen sehen zu lassen, was sie sieht, fühlen zu lassen, was sie fühlt. Das muss sie Laura nur klarmachen.

»Laura«, sagt sie freundlich. »Ich respektiere deine Entscheidung, aber ich möchte ganz sichergehen, dass du es dir wirklich gut überlegst. Ich möchte dir helfen, die Sache zu durchdenken. Diese Woche war aus offensichtlichen Gründen sehr schwer und auch wichtig für dich, eine große Veränderung in deinem Leben, vor allem durch den Tod deines Vaters.«

Laura senkt die Augen, und ihre langen Wimpern berühren die Wangenknochen. Natürlich entgeht es Bo nicht, wie heftig Laura reagiert, wenn man Tom als ihren Vater und Joe als ihren Onkel bezeichnet, also muss sie behutsam damit umgehen. Mit diesen Bezeichnungen fühlt Laura sich allem Anschein nach nicht ganz wohl, und Bo möchte wissen, warum. *Warum, warum, warum?* Anscheinend ist das Leben dieses Mädchens voller Geheimnisse; Zeugung und Geburt waren ein Geheimnis, sie ist im Geheimen aufgewachsen, ihre jetzige Existenz beruht auf einem Geheimnis. Aber Bo möchte diese Kette durchbrechen.

»Du stehst vor einem Neuanfang. Dein Leben entwickelt sich weiter. Es ist unsicher, ob Joe dich hier wohnen lässt, und selbst wenn er es erlaubt, ist es unsicher, ob er dich so unterstützt, dass du hier so leben kannst, wie du es die letzten zehn Jahre getan hast. Ich weiß nicht, ob Joe nun Toms Rolle übernimmt und zwischen dir und Bridget vermittelt, dir Vorräte besorgt und sie auch bezahlt. Ich gehe doch recht in der Annahme, dass Tom die Kosten getragen hat?«

Laura nickt.

»Wenn Joe das nicht tut, wie kommst du dann ohne Auto zu einem Laden? Hast du überhaupt Geld? Kannst du deine Lebensmittel bezahlen? So viel Tom dir auch geholfen hat, er hat dich in einer sehr verletzlichen Situation zurückgelassen.« Behutsam leitet sie so zum nächsten Satz über. »In Toms Testament wirst du nicht erwähnt. Er hat seinen ganzen Anteil Joe vermacht. Vielleicht hatte er vor, deine Anwesenheit mit Joe zu besprechen, aber er hat es nie getan.«

Bo lässt das Gesagte wirken, Laura hält sich krampfhaft an den Armlehnen ihres Stuhls fest. Ihr Blick huscht durch den Raum, sie ist tief in Gedanken – wahrscheinlich begreift sie allmählich, dass sich alles, was ihre Welt war, vor ihren Augen auflöst.

»Wenn du bei der Dokumentation mitmachst, können wir dir helfen. Wir werden alle drei hier sein, wir können dich mit allem versorgen, was du brauchst. Wir können dir sogar helfen, eine neue Bleibe zu suchen, falls du das möchtest. Was immer du dir vornimmst, wir können dir dabei helfen. Du bist nicht allein. Wenn du mitmachst, hast du Freunde – mich, Rachel und natürlich … natürlich Solomon, der dich sehr gernhat, das merke ich ihm ganz deutlich an«, fügt Bo mit einem Lächeln hinzu.

7

»Sie macht mit!«, jubelt Bo, als sie den Weg hinuntergeht, wo Solomon und Rachel neben dem Auto auf sie warten.

»Was?«, wundert sich Rachel und sieht fragend zu Solomon. »Du hast doch gerade gesagt, sie ist draußen.«

»Tja, aber jetzt passiert es doch!« Bo hebt die Hand zum High Five. Die beiden anderen starren sie nur verdattert an.

»Ach, jetzt kommt schon, lasst mich doch nicht so hängen.«

Mit einem überraschten Lachen schlägt Rachel schließlich ein. »Du bist unglaublich. Echt der Hammer.«

Bo zieht die Augenbrauen hoch, genießt das Lob, die Hand noch in der Luft, und wartet auf Solomon.

Aber Solomon verschränkt trotzig die Arme vor der Brust. »Ich klatsche nichts und niemanden ab, ehe du mir erklärst, wie du sie rumgekriegt hast.«

Jetzt lässt Bo die Hand sinken und verdreht die Augen. »Würdest du irgendeinem anderen Produzenten diese Frage stellen? Oder nimmst du dir diese Freiheit nur bei mir? Denn es wäre mir schon recht, wenn du mich mit dem gleichen Respekt behandelst wie die anderen. Findest du nicht auch, das wäre fair?«

»Wenn ich mit einem Produzenten im selben Zimmer wäre und er bekommt ein klares Nein, und sobald ich weg bin, kommt er plötzlich mit einem Ja zurück, jawohl, dann würde ich ihn genau das fragen.«

»Und warum ist der Produzent eigentlich sofort ein *Er*?«, fragt Bo.

»Ich kann gern Produzentin sagen. Das ist doch scheißegal! Also, was hast du gemacht, um Laura rumzukriegen?«

»Okay, Leute, ehe ihr anfangt zu brüllen, können wir bitte erst mal ein paar Fragen der Logistik besprechen?«, geht Rachel dazwischen. »Ich muss wirklich nach Hause zu Susie – am Freitag haben wir einen Ultraschalltermin, den will ich auf keinen Fall verpassen«, sagt sie, sehr ernst. »Ich muss wissen, wie der Plan aussieht. Gibt es denn überhaupt einen?«

Bo schaut ihre beiden Kollegen schockiert an. »Leute«, erwidert sie entnervt. »Können wir bitte für einen Moment aufhören zu jammern und die Tatsache, dass wir das Thema für unser nächstes Projekt gefunden und *bestätigt* haben, wirklich zur Kenntnis nehmen und es auch würdigen? Können wir bitte aufhören, diesen Augenblick mit tausend Fragen kaputtzumachen, und uns darüber freuen?« Wieder schaut sie ihre beiden Mitarbeiter beschwörend an. »Wir sind wieder startbereit! Hurra! Jetzt kommt schon!« Sie zieht alle Register, um ihre Kollegen mitzureißen, und tatsächlich knicken die beiden ein. Es gibt eine Gruppenumarmung, und sowohl Rachel als auch Solomon blenden für den Moment ihre Zweifel und Vorbehalte aus.

»Glückwunsch, du unerbittliches kleines Miststück«, sagt Solomon und küsst Bo.

Bo lacht. »Danke! Endlich kriege ich die Anerkennung, die ich verdiene.«

»Also …?«, hakt Rachel nach.

»Ich weiß, ich weiß, *Susie*«, antwortet Bo und überlegt kurz. »Natürlich musst du zu ihr. Meinem Gefühl nach sollten wir möglichst bald mit dem Dreh beginnen«, fährt sie dann fort. »Ein Argument dafür ist schon mal das Wetter. Wir waren im Winter hier, da ist es trüb, und alles wird kompliziert. Rachel, du bist so oft ausgerutscht und auf den Hintern gefallen, dass ich mich gar nicht mehr daran erinnern möchte, und obwohl es irrsinnig komisch aussah, war es trotzdem gefährlich – worauf du natürlich auch jedes Mal hingewiesen hast.«

Solomon lacht leise.

»Und obwohl ich Lauras Leben in allen Jahreszeiten filmen möchte und auch denke, dass das wichtig ist, finde ich es gut, den wesentlichen Teil jetzt zu erledigen. Ich möchte den Leuten zeigen, wie wir sie gefunden haben. Dornröschen in ihrem versteckten Cottage im Wald. Ich möchte die Farben, das Licht, ich möchte die Geräusche«, erklärt sie, und es ist ihr anzumerken, dass sie alles bereits vor sich sieht. »Dafür brauchen wir die Aura des Sommers. Außerdem besteht, wenn wir die Sache zu lange aufschieben, die Gefahr, dass Laura doch noch einen Rückzieher macht. Ich möchte ihre Gedanken, Wünsche, Träume unmittelbar jetzt, nicht erst, wenn sie ein paar Wochen darüber nachgedacht hat. Ihr Leben hat sich verändert – und zwar *gerade eben*, wumm! Also müssen wir ihr jetzt folgen, direkt auf dem Scheitelpunkt. Dazu kommt noch, dass wir nicht wissen, wie lange Joe sie noch hier wohnen lässt. Wenn wir weggehen, schmeißt er sie womöglich einfach raus. Aber wenn wir hier sind, ist er vielleicht eher bereit, sie bleiben zu lassen. Wenn man das alles berücksichtigt, halte ich es für das Beste, wenn wir heute heimfahren – wir sammeln uns, ich bereite den Papierkram vor, und am Sonntagabend kommen wir zurück. Am Montag beginnen wir hier zu filmen, zwei Wochen, höchstens.«

Die beiden anderen stimmen zu.

»Rachel, ich weiß, dass Susie in drei Wochen ihren Geburtstermin hat – wenn du also aus irgendeinem Grund wegmusst …«, fügt Bo dann hinzu und fängt dabei schon an, über Kameraleute nachzudenken, mit denen sie gearbeitet hat und die vielleicht in der Lage sind, Rachel zu ersetzen. »Ich könnte Andy anrufen und sehen, ob …«

»Andy ist ein Volltrottel und viel, viel schlechter als ich. Ersetz mich bitte nie mit Andy. Das wäre eine Beleidigung für mich. Ersetz mich am besten überhaupt nicht, mit niemandem«, erwidert Rachel mit Nachdruck. »*Das* ist eine Geschichte«, fährt sie fort und deutet den Berg hinauf zum Cottage. »Daran möchte ich arbeiten.«

Bei Rachels demonstrativer Unterstützung bekommt Solomon eine Gänsehaut. Noch nie hat er sie so enthusiastisch gesehen, und auch er selbst hatte noch nie ein solches Gefühl bei einem Projekt. Alle sind begierig darauf anzufangen, können es kaum erwarten, sich in die Entdeckung von Lauras Geschichte zu stürzen.

Ganz aus dem Häuschen vor Aufregung kehrt Bo noch einmal zum Cottage zurück, um den Terminplan mit Laura zu besprechen. Aber schon kurz darauf kommt sie mit wesentlich weniger Elan wieder zurück.

»Sie hat es sich anders überlegt«, rät Solomon und hat ein flaues Gefühl in der Magengrube.

»Nein, nicht ganz. Aber sie schiebt Panik. Sie macht ihre Geräusche. Und sie will dich sehen, Sol. Schon wieder.«

Leise schließt er die Tür hinter sich. Laura wandert in dem kleinen Areal zwischen ihrem Bett, der Kochnische und dem Wohnbereich hin und her.

»Hi«, sagt er.

Sie imitiert einen Laut, von dem er nicht weiß, was er sein könnte, bis die Tür hinter ihm zufällt – mit exakt dem gleichen Geräusch. Das Schloss rastet ein. Vielleicht drückt sie mit ihren Imitationen aus, was sie sich in diesem Moment wünscht. Solomon setzt die Hypothese auf seine mentale Interpretationsliste.

»Ich dachte, es würde morgen anfangen«, sagt sie und dreht nervös ihre Finger.

»Die Dokumentation?«

»Ja.«

»Nein, tut mir leid. Sofort geht das nicht. Wir müssen erst nach Hause fahren und uns ein bisschen vorbereiten. Aber du musst dir keine Sorgen machen, am Montag sind wir wieder da, und dann bleiben wir für zwei Wochen.«

»Wann geht ihr weg?«, fragt sie und nimmt ihre Wanderung wieder auf.

»Heute«, antwortet er. »Was ist denn los, Laura?«

»Wenn ihr geht, bin ich hier ganz allein.«

Wieder beginnt sie, Geräusche auszustoßen, aufgeregte, verzweifelte Vogelstimmen.

»Es sind nur fünf Tage. Und du bist doch in deinem Cottage immer allein gewesen.«

»Joe will mich hier nicht haben.«

»Wir wissen nicht, ob Joe dich wirklich nicht hier haben will«, sagt Solomon. »Er steht unter Schock, er braucht eine Weile, um sich wieder zu erholen.«

»Aber was ist, wenn er herkommt und ihr schon weg seid, und wenn er will, dass ich verschwinde? Was ist, wenn der Polizist wieder auftaucht? Was soll ich dann tun? Wo soll ich hin? Ich kenne niemanden. Ich habe niemanden.«

»Falls das passiert, kannst du mich jederzeit anrufen. Hier.« Er wühlt in der Tasche nach Stift und Papier. »Ich gebe dir meine Nummer.«

»Aber wie soll ich dich denn anrufen? Ich habe kein Telefon.«

Er stockt, den Stift über dem Blatt gezückt.

»Bitte bleibt. Ich möchte morgen anfangen zu filmen«, sagt sie und schluckt nervös. »Wenn ich mitmachen soll, dann müssen wir morgen anfangen«, sagt sie, in dem Versuch, die Fassung zurückzugewinnen.

»Wir können morgen nicht einfach losfilmen, Laura«, erwidert er sanft. »Schau, es ist alles okay. Bitte beruhige dich. Ich muss am Wochenende zu meiner Mam. Sie wird siebzig und wohnt in Galway, ich kann sie nicht im Stich lassen. Rachel – sie ist die mit der Kamera – muss zu ihrer schwangeren Frau, und Bo – sie ist Regisseurin und Produzentin – hat mit der Planung und dem ganzen Papierkram noch eine Menge zu erledigen, bevor wir loslegen können.

Außerdem muss sie noch einen Vortrag halten. Wir brauchen Geräte, es müssen Formulare ausgefüllt und Genehmigungen eingeholt werden. Es ist schlicht unmöglich, morgen anzufangen.«

»Kann ich mitkommen?«, fragt sie abrupt.

Verdutzt starrt er sie an. Was soll er darauf antworten? »Du willst …?«

»Kann ich bei dir bleiben? Hier halte ich es nicht mehr aus, es hat sich alles verändert. Ich muss … ich muss mich auch verändern.«

Sie ist panisch, ihre Gedanken überschlagen sich.

»Entspann dich, Laura, es ist okay, alles ist gut, nichts hat sich verändert.« Er geht zu ihr und hält behutsam ihre Arme fest, damit sie ihn anschaut. Sein Herz klopft. Sie zu berühren bringt ihn völlig aus der Fassung. Als sie ihm endlich in die Augen schaut, durchbohrt ihn ihr Blick, als könnte sie in sein Herz sehen.

»Mein Dad ist tot«, sagt sie, ohne den Blick abzuwenden. »Mein Dad ist tot. Und ich habe nie Dad zu ihm gesagt, kein einziges Mal. Ich war nicht mal sicher, ob er wusste, dass ich seine Tochter bin. Wir haben nicht einmal …« Tränen strömen über ihre Wangen.

»Ach, komm her«, flüstert er, legt die Arme um sie und zieht sie an sich, so dass ihr Kopf an seiner Brust ruht und sie gänzlich von seiner Liebe und Fürsorge umhüllt ist.

»Wie kann ein Ort ein Zuhause sein, wenn niemand dich dort haben will?«, fragt sie unter Tränen. »Das ist doch kein Zuhause.«

Darauf weiß er keine Antwort.

Er ist der einzige Mensch, den sie kennt. Er kann sie nicht allein hierlassen.

»Was zur Hölle …?«, sagt Bo und richtet sich auf, als Solomon mit mehreren Taschen auf sie und Rachel zukommt, dicht gefolgt von Laura.

»Sie fährt mit«, erklärt er, vermeidet aber Bos Blick, während er die Taschen in den Kofferraum packt.

»Wie bitte?« Bo stellt sich neben ihn.

»Sie hat Angst hierzubleiben, sie möchte nicht alleine rumsitzen und warten, bis wir wieder da sind. Ich frage mich, wer ihr so viel Angst gemacht hat, Bo«, zischt er, und seine Halsvenen pulsieren. Er ist richtig wütend.

»Aber – du musst zu deinen Eltern.«

»Ja, und ich werde sie wohl mitnehmen müssen. Sie will nämlich nicht mit dir nach Dublin«, brummt er, während er Lauras Einkaufstüten und ihre Tasche zwischen die Aufnahmegeräte in den Kofferraum stopft.

Eigentlich wartet er nur darauf, dass Bo ihm sagt, dass das nicht geht, dass sein Vorhaben von Grund auf lächerlich ist und dass sie ihren Freund nicht mit einer hübschen jungen Fremden zu seinem Familienfest fahren lässt, aber als er aufblickt, grinst sie übers ganze Gesicht.

»Laura«, ruft sie und reckt beide Daumen in die Höhe. »Das ist eine gute Idee! Die *beste* überhaupt!«

8

»Schneewittchen!«, verkündet Bo und knallt ihre Bierflasche in der Hotelbar wesentlich lauter auf den Tisch, als sie es beabsichtigt hat.

Rachel lacht. Solomon schüttelt den Kopf und greift nach der Schale mit den Erdnüssen.

»Im Ernst, sie ist wie ein Realität gewordenes Schneewittchen«, fährt Bo aufgeregt fort. »Das wäre doch ein richtig guter Werbeansatz. Wohnt im Wald, singt den Tieren was vor.«

Wieder müssen Solomon und Rachel über Bos Leidenschaft lachen. Sie ist leicht beschwipst, ihre Augen blitzen, ihre Wangen glühen. Die Gruppe bespricht Pläne für die neue Doku; Bo hat Rachel dazu überredet, noch zwei Tage zu bleiben. Sie werden noch zweimal in ihrem Hotel in Gougane Barra übernachten, tagsüber im und um das Cottage herum filmen, übers Wochenende dann getrennte Wege gehen und am Sonntagabend zurück nach Cork kommen. Bo ist ganz in ihrem Element, und ihre Begeisterung ist so ansteckend, dass ihre beiden Mitarbeiter ihr momentan nichts abschlagen können. Laura ist oben in ihrem Zimmer, das direkt neben dem von Bo und Solomon liegt. Die Crew hat ihre Ankunft dort und auch den ganzen restlichen Tag dokumentiert: Lauras erste zögernde Schritte in der großen bösen Welt – nicht dass es irgendetwas Dramatisches einzufangen gab. Schließlich ist Laura nicht bei den Wölfen aufgewachsen, sie weiß, wie man sich verhält, und hat sich nichts anmerken lassen. Rachel hat Laura bei ihrer ersten Autofahrt seit zehn Jahren gefilmt, während im Hintergrund das Cottage hinter dem Fledermaushaus verschwand. Kein einziges Mal hat Laura sich umgewandt, sie ahmte nur recht ausführlich das Geräusch des anspringenden Motors nach. Auch beim Verlassen des Toolin-Lands veränderte sich ihr Gesicht nicht im Geringsten. Ruhig und langsam nahm sie ihre Umgebung in sich auf; es war seltsam beruhigend, ihr dabei zuzusehen, ähnlich hypnotisch, wie wenn man ein neugeborenes Baby beobachtet. Doch während sie alles andere in ihrem Inneren verschloss, drangen ihre Laute doch nach außen und offenbarten zumindest einen Teil ihrer Empfindungen.

»Es kommt mir vor, als hätten wir ein Kind bei uns«, meinte Bo scherzhaft zu Solomon mit Blick auf die Verbindungstür zwischen ihrem und Lauras Zimmer, spürte dann aber einen kleinen Schauder.

»Wenn Laura Schneewittchen ist, wer ist dann die böse Hexe, die sie eingesperrt hat?«, fragt Rachel jetzt in der Hotelbar.

»Ihre Großmutter«, antwortet Solomon. Auch seine Zunge hat sich gelockert. Wenn man bedenkt, dass er den ganzen Tag kaum die Augen offen halten konnte, ist er jetzt erstaunlich wach. »Aber böse war sie nicht. Garantiert hat sie es gut gemeint.«

»Alle bösen Menschen glauben, dass sie es eigentlich gut meinen«, sagt Bo. »Charles Manson war der Überzeugung, seine Morde würden den apokalyptischen Rassenkampf beschleunigen … was ist mit Rapunzel?«

»Oder Mowgli«, scherzt Rachel.

Aber Bo ignoriert sie. »Gefangen in einem Cottage auf einem Hügel, abgeschnitten von der Welt. Und sie hat lange blonde Haare und ist sehr schön«, fügt sie nachdenklich hinzu. »Was natürlich keinen Einfluss haben sollte, aber so ist es eben doch, und wir wissen es alle.« Sie wedelt mit dem Zeigefinger vor Solomons und Rachels Gesicht herum, um eventuellen Widerspruch zu verhindern. Nicht dass die beiden vorhatten, ihre Behauptung zu bestreiten.

»Wie kommst du denn auf die ganzen Disney-Filme?«, fragt Rachel. »Wegen der Vermarktung?«

»Weil die Geschichte mich an ein Märchen erinnert. Laura hat diese ätherische Ausstrahlung, irgendwie entrückt. Findet ihr nicht?«

Natürlich stimmt Solomon ihr zu, denn das fühlt er schon die ganze Zeit, und vielleicht war es falsch, womöglich sogar dumm, zu denken, dass er der Einzige ist, der so auf Laura reagiert.

»Sie redet mit Tieren und Vögeln«, fährt Bo fort. »Das ist ziemlich Disney-mäßig.«

»De Niro hat mit dem Spiegel gesprochen«, wirft Rachel ein. »Und Shirley Valentine mit der Wand.«

»Aber das ist nicht das Gleiche«, grinst Bo.

»Sie spricht nicht mit den Tieren, sie ahmt sie nach«, korrigiert Solomon. »Das ist ein großer Unterschied.«

»Die Imitatorin.«

»Klingt wie Gladiatorin«, neckt Rachel und signalisiert dem Barmann die nächste Runde.

»Lauras Echo.«

»Perfekt«, meint Rachel. »Für Fernsehkitsch.«

»Sie ahmt Geräusche nach«, überlegt Solomon laut. »Sie wiederholt Laute, die sie zum ersten Mal hört, probiert sie mehrmals aus, bis sie sie vollkommen beherrscht. Vielleicht tut sie das, um sie zu verstehen. Wenn sie sich bedroht fühlt, macht sie verzweifelte, gequälte Töne, wie beispielsweise das Bellen, das Knurren, die Alarmanlage, als wir ihr das erste Mal begegnet sind. Diese Geräusche assoziiert sie mit Gefahr und Verteidigung.«

Die beiden Frauen lauschen seiner Analyse aufmerksam.

»Interessant«, bestätigt Rachel und nickt. »Ich hab

noch gar nicht daran gedacht, dass es eine Art Sprache sein könnte.«

»Echt nicht?«, fragt Solomon. Für ihn schien diese Folgerung so klar. Die Töne sind alle verschieden. Sie waren voller Mitgefühl, als Laura mit Mossie winselte, abwehrend und angriffslustig, als sie sich von wildfremden Menschen umzingelt sah. Sie imitiert Solomons Räuspern, wenn sie merkt, dass er sich unwohl fühlt, oder wenn eine Situation generell unbehaglich ist. Für ihn sind Lauras Laute absolut stimmig. Natürlich sind sie eigenartig, aber in seinen Augen scheinen sie ein Muster aufzuweisen.

»Lauras Sprache«, schlägt Bo vor, immer noch auf Titelsuche.

»Sie ist eine Imitationskünstlerin«, überlegt Rachel. »Laura die Imitationskünstlerin.«

»Nicht gerade griffig«, kichert Bo.

»Und sie imitiert keine Handlungen oder Bewegungen, sondern nur Laute«, gibt Solomon zu bedenken.

Einen Moment herrscht nachdenkliche Stille.

»Ich meine, sie geht nicht auf allen vieren, wenn sie knurrt wie ein Hund, sie rennt auch nicht durchs Zimmer und bewegt die Arme wie ein Vogel seine Flügel. Sie wiederholt ausschließlich Geräusche.«

»Guter Punkt.«

»Schau an, unser Anthropologe«, ruft Rachel und prostet Solomon zu.

»Anthropologe, das ist ein sehr guter Hinweis«,

erwidert Bo und angelt nach Stift und Papier. »Wir müssen uns unbedingt mit einem von denen über Laura unterhalten.«

»Es gibt irgendwo einen Vogel, der Geräusche imitiert«, sagt Solomon, der den beiden gar nicht zugehört hat. »Ich hab das vor einer Weile mal in einer Naturdoku gesehen.« Er denkt scharf nach, aber sein Gehirn ist vernebelt vom Jetlag und jetzt auch noch vom Alkohol.

»Ein Papagei?«, schlägt Rachel vor.

Bo kichert.

»Nein.«

»Ein Wellensittich?«

»Nein, dieser Vogel imitiert alle möglichen Geräusche. Menschen, Maschinen, andere Vögel. Das war wie gesagt in dieser Dokusendung.«

»Hm.« Bo greift nach ihrem Smartphone. »Vogel, der Geräusche imitiert.«

Sie sucht einen Moment. Plötzlich beginnt ihr Smartphone laut zu dudeln, aber als die anderen Gäste sich zu ihr umdrehen, entschuldigt sie sich schnell und drosselt die Lautstärke ein wenig.

»Sorry. Hier haben wir ihn ja schon.«

Sie drängen sich um das Smartphone und sehen sich den Zweiminuten-Clip von David Attenborough über den Vogel an, der die Geräusche anderer Vögel, einer Kreissäge, eines Handys und das Klicken einer Kamera imitiert.

»Das ist genau wie bei Laura«, sagt Rachel und stupst mit ihrem fettigen Erdnussfinger auf das Display.

»Er heißt Lyrebird, der Vogel«, verkündet Bo, in Gedanken versunken. »Lyrebird-Laura.«

»Laura Lyrebird«, sagt Rachel.

»Nein«, widerspricht Solomon kopfschüttelnd. »Einfach nur Lyrebird.«

»Wunderbar!«, ruft Bo. Und grinst. »Das ist es. Glückwunsch, Solomon, dein erster Titel!«

Als sie um Mitternacht beschließen, den Abend zu beenden und in ihre Zimmer zurückzukehren, sind sie alle bester Laune.

»Ich dachte, du wärst müde«, meint Bo lächelnd, als sie ihre Tür mit dem Kartenschlüssel zu öffnen versucht und Solomon zärtlich an ihrem Nacken herumschnüffelt. Da sie nicht mehr ganz zielsicher ist, gehen ein paar Versuche daneben. »Du bist wie ein Vampir, die werden auch nachts lebendig«, kichert sie.

Er knabbert an ihrem Hals herum und muss dabei auf einmal an eine Fledermaus denken, was ihn an das Fledermaushaus erinnert und damit augenblicklich auch an Laura im Nebenzimmer. Der Gedanke bringt ihn so aus dem Gleichgewicht, dass er Bo loslässt. Zum Glück fällt es ihr nicht auf, denn inzwischen ist es ihr gelungen, die Karte in den Schlitz zu stecken, und sie drückt die Tür auf.

»Ich frage mich, ob sie noch wach ist«, flüstert Bo.

In Gedanken immer noch bei Laura, zieht Solomon Bo an sich und küsst sie.

»Warte«, flüstert Bo. »Lass mich erst horchen.«

Sie macht sich los, geht zu der Zwischentür, die in Lauras Zimmer führt, und drückt das Ohr dagegen. Während sie lauscht, beginnt Solomon, sie auszuziehen.

»Sol!«, lacht sie. »Ich versuche zu recherchieren!«

Er zerrt ihr den heruntergerutschten Slip vom Fuß und wirft ihn hinter sich. Dann beginnt er ihren Knöchel zu küssen, arbeitet sich langsam an ihrem Bein hinauf und leckt zärtlich an der Innenseite ihres Schenkels.

»Ach, egal.« Bo gibt die Recherche auf und wendet der Tür den Rücken zu.

So landen sie schließlich doch im Bett; Bo stöhnt leise und genießerisch.

Solomon zieht sie zu sich, um sie zu küssen, aber gerade als ihre Lippen aufeinandertreffen, hört er erneut das lustvolle Stöhnen. Bos Stöhnen. Aber jetzt kommt es nicht von Bo, sondern von der Zwischentür. Sie erstarren beide.

Bo schaut ihn erschrocken an. »O mein Gott«, flüstert sie.

Solomon blickt zur Verbindungstür. Nur das Licht aus dem Badezimmer erhellt das ansonsten dunkle Zimmer. Zwar ist die Doppeltür geschlossen, durch die man ins Nebenzimmer kommt, aber vermutlich hat Laura den Flügel auf ihrer Seite geöffnet, um besser lauschen zu können.

»O mein Gott«, wiederholt Bo, schiebt Solomon ein Stück von sich weg und zieht schützend das Laken um sich.

»Sie kann dich nicht sehen«, beruhigt er sie leise und amüsiert.

»Pst.«

Solomons Herz pocht wild, und er kommt sich vor, als wäre er bei etwas Verbotenem ertappt worden. Selbst wenn Laura sie nicht sehen kann, ist er doch sicher, dass sie etwas gehört hat.

»Egal, aber das ist krank.«

»Nein, das ist nicht krank.«

»Verdammt nochmal, Solomon«, zischt sie empört.

Eine Weile lauschen sie beide, aber es ist nichts mehr zu hören.

»Was machst du denn?«, faucht Bo, als Solomon nach einer Weile aus dem Bett steigt.

Er geht wieder zur Verbindungstür, drückt sein Ohr an das kalte Holz und stellt sich vor, dass Laura direkt auf der anderen Seite steht und das Gleiche tut. Es ist die erste Nacht, die sie nicht in ihrem Cottage verbringt. Vielleicht war es ein Fehler, sie für mehrere Stunden allein in ihrem Zimmer sitzen zu lassen. Hoffentlich ist sie okay.

»Und?«, fragt Bo, als er wieder ins Bett kommt.

»Nichts.«

»Was, wenn sie irre ist, Sol?«, flüstert sie.

»Sie ist nicht irre.«

»Irre wie ein Psycho-Killer.«

»Ist sie nicht.«

»Woher willst du das denn wissen?«

»Weiß ich nicht … aber es war deine Idee, sie hierherzubringen.«

»Das ist eine große Hilfe.«

Solomon seufzt. »Können wir wenigstens weitermachen?«

»Nein. Ich bin total erschrocken.«

Solomon seufzt wieder, verschränkt die Arme hinter dem Kopf und starrt an die Decke. Auf einmal ist er hellwach. Bo liegt halb auf ihm, ein Bein über seinem Körper, also kann er's sich nicht mal selbst machen, wenn sie endlich eingeschlafen ist. Da liegt er nun, wach und unbefriedigt.

Vorsichtig schlägt er die Decke zurück und schiebt Bos Bein behutsam von sich herunter.

»Wenn du vorhast, im Bad zu wichsen, solltest du das lieber leise tun, sonst wiederholt der Lyrebird von nebenan die nächsten zwei Wochen vor der Kamera jeden Ton, den du dabei von dir gibst«, warnt Bo ihn schläfrig.

Er verdreht die Augen und kriecht zurück ins Bett. Jetzt ist die Stimmung endgültig im Eimer.

Dann liegt er da, lauscht in die Stille und stellt sich vor, wie Laura im Nebenzimmer das Gleiche tut. Bis er irgendwann einschläft.

9

Als Solomon am nächsten Morgen aufwacht, ist das Bett neben ihm leer, aber die Verbindungstür steht einen Spaltbreit offen. Er setzt sich auf und versucht, sich zurechtzufinden. Bos Stimme weht zu ihm herüber, leise, aber in ihrem Organisierungston.

»Joe hat zugestimmt, dass wir heute Zugang zum Cottage haben und dort filmen können. Wir sehen uns an, wie du deinen Tag verbringst, was du machst, wie du lebst, all so was. Dann stelle ich dir ein paar Fragen darüber, wie du dir deine Zukunft vorstellst, was du gerne mit deinem Leben anfangen würdest. Denk doch ruhig schon mal ein bisschen über solche Dinge nach.«

Schweigen.

»Hast du vielleicht schon was parat?«

Schweigen.

Solomon steigt aus dem Bett und tappt nackt durchs Zimmer. Vorsichtig späht er durch den Türspalt, und da sind die beiden – Laura sitzt auf dem Bett, von Bo sieht er nur den Hinterkopf.

»Okay, schon gut, du brauchst die Fragen ja auch

nicht jetzt gleich zu beantworten. Aber hast du verstanden, was wir vorhaben?«

»Ja, das habe ich verstanden.«

»Wir filmen heute und morgen, machen übers Wochenende eine Pause und kommen am Montag zurück. Ist das okay für dich?«

»Ich fahre übers Wochenende mit Solomon nach Galway.«

»Ja, ich weiß.«

Unbehagliche Stille.

»Gestern Nacht, Laura …«, fährt Bo schließlich fort.

Schweigen.

Solomon schließt die Augen. Wenn Bo die letzte Nacht doch einfach auf sich beruhen lassen könnte! Zum ersten Mal seit zehn Jahren hat Laura in einem anderen Bett in einem anderen Zimmer geschlafen. Alles war anders. Bos Geräusche waren neu für sie, und sie nachzuahmen war ihr Versuch, ihre Bedeutung zu verstehen, weiter nichts. Er wünscht sich wirklich, Bo würde das endlich begreifen und aufhören, Laura damit zu belämmern.

»Äh, letzte Nacht habe ich gehört, wie du ein Geräusch gemacht hast. Als ich im Bett war«, setzt Bo erneut an.

Hilfsbereit gibt Laura den Laut noch einmal von sich, eine exakte Wiedergabe von Bos lustvollem

Stöhnen, als hätte sie es aufgenommen und spielte es mit ihren Stimmbändern ab.

Solomon muss sich auf die Lippe beißen, um nicht laut loszulachen.

»Ja. Genau das.« Man hört, dass Bo peinlich berührt ist.

»Möchtest du das gerne in deinem Film haben?«

Erneut späht Solomon durch den Türspalt, denn auf einmal klingt Lauras Stimme so anders, dass er unbedingt ihr Gesicht sehen will. Sie klingt witzig. Verspielt. Sie nimmt Bo auf den Arm. Aber Bo merkt es nicht.

»Nein!«, ruft Bo und lacht nervös. »Weißt du, was du gehört hast, war privat, ein sehr privater Augenblick zwischen mir und …« Bo bricht ab, wahrscheinlich weil sie Solomon nicht erwähnen möchte.

»Sol«, ergänzt Laura unbeirrt und klingt dabei genau wie Bo. Als käme Bos Stimme aus Lauras Mund.

»Himmel. Ja.«

»Bist du mit Solomon zusammen?«

»Ja.«

Solomon schluckt, und jetzt beginnt sein Herz wieder zu klopfen.

»Ist das … okay?«, fragt Bo.

»Okay für wen?«

»Für dich. Ich meine – findest du das in Ordnung?«, antwortet Bo verwirrt.

Laura räuspert sich unbehaglich, aber es ist nicht ihre Stimme, die sich räuspert, sondern die von Solomon. Dabei wirft sie einen kurzen Blick zur Tür – und er begreift: Sie weiß, dass er lauscht. Lächelnd schleicht er weg und geht duschen.

Den Donnerstag verbringen sie damit, in Lauras Häuschen zu filmen. Als klarwird, dass Laura unter Beobachtung dazu neigt, zu erstarren und verloren in die Kamera zu schauen, kommt Bo auf die Idee, sie dabei zu filmen, wie sie Gemüsesuppe vorbereitet und kocht, eine Beschäftigung, bei der Laura sich wohlfühlt. Anfangs reagiert sie generell misstrauisch und befangen auf die Anwesenheit der Filmcrew und auf die Kamera, doch sobald sie sich konzentriert mit etwas beschäftigt, entspannt sie sich zusehends. Die drei anderen halten sich zurück und versuchen, möglichst wenig zu stören, was natürlich für drei Leute mit Filmausrüstung mitten in einem abgelegenen Waldgebiet nicht ganz einfach ist. Wenn Laura so herumwerkelt, hat sie offensichtlich weniger das Bedürfnis, krampfhaft alle fremden Geräusche nachzuahmen.

Sie kümmert sich um das Gemüsebeet und geht auf Wildkräutersuche. Am Rand der Bäche und an schattigen Stellen gibt es viel Bärlauch; sie pflückt die größeren Blätter und verblühten Blütenköpfe.

Sie spricht nicht viel, oft lange Zeit überhaupt

nicht. Zwar bittet Bo sie anfangs, zu beschreiben, was sie gerade auf dem Waldboden gefunden hat, aber dann hört sie damit auf und beschließt, den Ton – ähnlich wie bei *The Toolin Twins* – später einzufügen, wenn direkte Fragen beantwortet werden können. Laura ist keine Erzählerin, aber sie ahmt jede Menge Vogelrufe nach, und die Vögel scheinen zumindest aus der Ferne von ihrer Echtheit überzeugt zu sein, denn sie antworten ihr.

Bo geht offensichtlich ganz in diesem Projekt auf. Auch die anderen sind begeistert dabei, arbeiten so leise wie möglich zusammen und respektieren Lauras Bedürfnis nach Stille. In den Filmpausen begrenzen sie ihre Kommunikation auf das Nötigste, nur das Grundlegendste wird besprochen, oft reichen Handzeichen. Möglicherweise ist es der ruhigste Tag in Solomons bisherigem Arbeitsleben, nicht nur, weil er selbst kaum spricht – daran ist er ja gewöhnt –, sondern weil er auch kaum zuhören muss. Obwohl sie auf demselben Hügel filmen wie bei *The Toolin Twins*, fühlt es sich anders an, auch von der Atmosphäre, den Geräuschen und Rhythmen her. Es ist eine völlig andere Art von Dokumentation. Die jetzige ist poetisch, musikalisch, irgendwie magisch. Die Bilder von Laura, die durch den Wald geht, mit ihren hellblonden Haaren und ihrer ruhigen Art, sind von atemberaubender, fast überirdischer Schönheit, und sie erinnern Solomon an ihre erste Begegnung, bei der ihr Anblick ihm buchstäblich den Atem geraubt hat. Er könnte Laura den ganzen Tag beobachten. Er könnte ihr den ganzen Tag zuhören. Und heute tut er genau das. Da sie mit einem Ansteckmikro am T-Shirt ausgerüstet ist, kann er praktisch jeden Atemzug und jeden Herzschlag hören. Wenn er sie ansieht, wenn ihre Blicke sich begegnen, kann er nichts Gekünsteltes an ihr entdecken. Sie ist stark, stabil. In sich gefestigt.

Nachdem sie eine Weile auf dem Waldboden gepflückt und gesammelt hat, richtet Laura sich auf und streckt sich. Dann blickt sie zum Himmel empor, holt tief Luft, und als sei ihr die Anwesenheit der Filmcrew gerade erst wieder eingefallen, dreht sie sich um und hebt ihren Korb hoch.

»Was hast du gefunden?«, fragt Bo, glücklich, dass Laura Gesprächsbereitschaft signalisiert.

»Hier hab ich Bärlauch, der ist gut zum Würzen der Suppe. Und auch bei Husten. Ich benutze ihn für Bärlauch-, Zwiebel- und Kartoffelsuppe. Außerdem habe ich noch Pilze gesammelt …« Mit ihren langen schmalen Fingern streicht sie über ihren Fund.

»Woher weißt du, dass sie essbar sind?«

Laura lacht, und ihr Lachen klingt älter, als sie aussieht. Sie antwortet mit einem Geräusch, das so echt nach Erbrechen klingt, dass Rachel fast würgen muss. Aber Laura scheint den Laut gar nicht wahrzunehmen, es ist, als wäre durch ihren eigenen Laut eine Erinnerung für sie lebendig geworden, ungefähr so, wie im Kopf eines anderen Menschen irgendein inneres Bild auftauchen würde.

»In den ersten Jahren hab ich das hauptsächlich durch Ausprobieren gelernt«, erklärt Laura und erklärt dann den Rest ihrer Ernte. »Das hier sind Erdkastanien, die manche auch Feenkartoffeln nennen. Sie schmecken besonders gut, wenn man sie röstet. Daneben Pferdeeppich, dessen Wurzeln ein bisschen an Sellerie erinnern. Dann noch frische Brennnesseln. Ginsterblüten für Gelee. Und Knoblauchsrauke, ein Wildkraut, das mit Kohl verwandt ist. Man kann sie gut zum Marinieren von Fleisch verwenden. Ich mag sie sehr, weil man von ihr alle Teile benutzen kann – Wurzeln, Blätter, Blüten und Samen. Mit der Wurzel kann man zum Beispiel einen sehr leckeren Essig herstellen.«

»Okay, großartig, danke.« Bo kann gar nicht aufhören zu lächeln.

Im Innern des Cottages öffnet Laura ihre Schränke und zeigt ihnen ihre eingelegten, eingemachten und getrockneten Lebensmittel. Sie konserviert Früchte und Gemüse, damit ihre Ernährung im Winter nicht zu einseitig wird. Dann ist sie natürlich auch besonders auf das angewiesen, was Tom ihr gibt – beziehungsweise gegeben hat.

Ehe sie fortfährt, hält sie inne. Sie ist selbstbewusst und stolz darauf, wie sie mit den gesammelten

Pflanzen umgeht, und sie spricht auch gern darüber. Zwar nur in kurzen Sätzen ohne Schnörkel, aber für sie ist es ein Zeichen großen Vertrauens, dass sie der Crew unaufgefordert so viel erzählt, und dieses Vertrauen scheint im Lauf des Filmtages beständig zu wachsen.

Dann kocht Laura ihre Suppe und bietet sie dem Team zum Probieren an. Bo schlürft höflich ein Löffelchen davon, Solomon und Rachel dagegen essen ihre Schalen mit sichtlichem Genuss leer.

Inzwischen ist es Spätnachmittag geworden.

»Was würdest du jetzt als Nächstes machen, wenn du allein wärst?«, fragt Bo, um die Dinge voranzubringen.

»Dann wäre ich noch draußen auf der Suche nach Wildpflanzen«, antwortet Laura mit einem höflichen Lächeln. Anscheinend ist ihr bewusst, dass die Zeit für Bo immer ein Anliegen ist.

»Du musst dich unseretwegen nicht beeilen, ich möchte dich ja in deinem normalen Rhythmus filmen.«

»Normalerweise hätte ich meine Suppe aber allein gegessen und nicht drei Leuten serviert«, lächelt Laura. An Solomon gewandt, fügt sie hinzu: »Das habe ich heute zum ersten Mal seit ungefähr zehn Jahren gemacht.«

»Wir sind aber vier Leute«, korrigiert Rachel sie. »Kann ich bitte noch einen Nachschlag haben?«

Laura lacht. Sie mag Rachel, das merkt man, während sie Bo gegenüber immer noch ein bisschen argwöhnisch ist. Dass Solomon über jeden Zweifel erhaben ist, weiß jeder.

Als alle fertiggegessen haben, schlägt Laura vor, dass sie ihnen zeigt, wie sie ihre Kleidung reinigt, aber dafür interessiert Bo sich nicht. Zwar rümpft sie nicht gerade die Nase, aber ihre Reaktion geht eindeutig in diese Richtung.

»Wie wäre es, wenn wir dich beim Lesen filmen?«, fragt sie stattdessen. »Bücher sind doch ein wichtiger Teil deines Lebens, oder nicht?«

»Natürlich. Ich lese jeden Tag.«

»Dann sind Bücher sozusagen deine Verbindung zur Welt?«

»Ich würde es eher so ausdrücken, dass sie das Einzige sind, was mich nicht mit der Welt verbindet«, entgegnet Laura. »Bücher sind Unterhaltung. Flucht.«

»Aha«, sagt Bo, obwohl sie viel zu sehr damit beschäftigt ist, die nächste Einstellung zu planen, um die Antwort wirklich zu begreifen. »Wo liest du denn für gewöhnlich?«

»Eigentlich überall. Hier drin. Oder irgendwo draußen.«

»Dann gehen wir doch nach draußen, und du kannst uns deine Lieblingsstellen zeigen.«

»Das hängt stark von der Jahreszeit ab, vom jeweiligen Tag, vom Licht«, erklärt Laura. »Oft wandere ich eine Weile durch die Gegend, bis ich einen Ort finde, der sich richtig anfühlt.«

»Dann lass es uns genauso machen«, sagt Bo lächelnd, und als Laura gerade wegschaut, wirft sie einen verstohlenen Blick auf ihre Armbanduhr. Nicht etwa, weil sie sich nicht wirklich für Lauras Lesegewohnheiten interessiert – im Gegenteil kann sie gar nicht genug Informationen darüber bekommen –, es ist nur so, dass die Zeit noch nie Bos Freundin war. Fast immer gibt es für sie zu viel zu tun und zu wenig Zeit dafür. Bos Idealziel ist es, *alles* zu tun, und zwar so schnell, dass sie nichts versäumt. Leider versäumt sie manches gerade dadurch, dass sie immer alles so in Eile erledigt, und das hält Solomon ihr auch ständig vor.

Jetzt begleitet er Laura zu ihrem Regal. Es quillt über von Büchern, und überall daneben stapeln sich die, die nicht mehr hineinpassen.

»Hast du ein Lieblingsbuch?«, fragt er.

Laura nimmt ein Buch heraus, einen erotischen Liebesroman namens *Rock and a Hard Place*, zeigt ihn ihm und imitiert dabei wieder das Geräusch, das sie letzte Nacht gehört hat: Bos lustvolles Stöhnen. Allerdings so leise, dass Bo es nicht hören kann, und Solomon lacht.

»Bist du in sie verliebt?«, fragt Laura.

Die Frage trifft ihn so unerwartet, dass er nicht

weiß, was er darauf antworten soll. Das heißt, tief in seinem Inneren weiß er es, kann den Gedanken aber nicht zulassen, geschweige denn aussprechen.

Prompt ahmt Laura sein verlegenes Räuspern nach.

»Ich bin überrascht, dass Bridget dir dieses Buch gebracht hat«, wechselt er hastig das Thema.

»Ich habe sie zwar nie kennengelernt, aber ehrlich gesagt war ich auch überrascht«, lacht sie. »Es war in einer Kiste mit lauter solchen Büchern. Alle secondhand, vom Kirchenbasar. In diesem hier geht es um die Jungfrau Betty Rock und den neckischen Nathan, den Fensterputzer. Sie ziehen sich sehr gern aus, an allen möglichen Orten.«

Sie lachen beide.

»Aber in Wirklichkeit ist das hier mein Lieblingsbuch. Ich habe es bestimmt fünfzigmal gelesen.« Sie reicht ihm ein anderes, reich bebildertes Buch.

»Da gibt es gar keinen Text«, stellt er fest, als er es durchblättert.

»Worte werden oft überbewertet«, erklärt sie.

»Worum geht es denn in dem Buch?«

»Um einen Baum, der sich in eine Frau verwandelt.«

»Genau wie Bo gesagt hat«, meint Solomon sarkastisch. »Bücher sind deine Verbindung zur Welt.«

Laura lacht.

Er betrachtet das Titelbild. *Rooted.* Verwurzelt. »Und was passiert darin?«, fragt er.

»Es geht um einen Baum, der in einem Park steht. In einem vielbesuchten Stadtpark. Der Baum ist viele hundert Jahre alt und beobachtet Tag für Tag die Menschen, die an ihm vorbeikommen. Ballspielende Kinder, Mütter mit Babys im Kinderwagen, Jogger, streitende Pärchen. Kurz gesagt, er beobachtet das Leben der Menschen. Je mehr Zeit verstreicht, desto mehr von diesem Leben nimmt der Baum in sich auf, und desto menschlicher wird er selbst. Die Rinde verwandelt sich in Haut, die Blätter in Haare, die Äste in Arme. Der Baum schrumpft, und eines Tages ist er kein Baum mehr, sondern eine schöne junge Frau. Sie zieht ihre Füße, die einmal Wurzeln waren, aus der Erde und verlässt den Park.«

»Interessant«, sagt Solomon, der immer noch in dem Buch blättert.

»Du kannst es gerne durchsehen, wenn du magst«, sagt sie und hält ihm das Buch hin.

»Ist sie nackt, wenn sie aus dem Park geht?«, fragt er. »Nacktheit ist ein Muss in einem Buch mit Bildern.«

»Das wird erst auf der Pop-up-Seite gezeigt.« Sie grinst.

Er lacht und mustert sie interessiert.

Vollkommen ruhig erwidert sie seinen Blick, sein gieriges Starren bringt sie kein bisschen aus der Fassung. Überhaupt scheint seine Aufmerksamkeit sie nicht im Geringsten zu stören, und so genießt er ihren Anblick noch ein bisschen länger.

Schließlich jedoch holt er tief Luft und atmet langsam wieder aus. »Danke für das Buch. Ich werde es pfleglich behandeln und dir unversehrt zurückgeben. Übrigens hab ich auch ein Buch für dich.« Solomon holt ein Taschenbuch aus seiner Audiotasche. »Bridget hat es am Donnerstag gebracht. Ich bin sicher, dass es für dich gedacht war.«

Das muss man Bo lassen – als Bridget behauptet hat, Tom sei eine Leseratte gewesen, wusste sie sofort, dass etwas im Busch war. Solomon fragt sich, was sie sonst noch alles spürt, ohne es je zu erwähnen.

Laura nimmt das Buch entgegen, und plötzlich verändert sich ihre Stimmung vollkommen. Sie hält das letzte Buch in den Händen, das sie von ihrem Vater bekommen hat. Selbst wenn er es nicht selbst ausgewählt, ihr nicht persönlich gegeben, wahrscheinlich nie angefasst und auch ganz sicher nicht gelesen hat. Er hat immerhin jemanden darum gebeten, es für sie, seine Tochter, zu besorgen. So drückt sie es fest an ihr Herz.

»Gehen wir«, sagt Solomon. »Also, wie reinigst du denn nun deine Klamotten?«, fragt er, während sie ihre Sachen zusammensammeln und nach draußen gehen.

»Die Reinigung ist oben auf dem Hügel, gleich neben dem Nachtclub«, erklärt Laura mit ernster

Stimme. »Aber Bo wollte davon ja nichts wissen.«

Solomon wirft den Kopf in den Nacken und lacht laut und herzlich.

Ein schöner Klang, den Laura sich merkt, um ihn in Gedanken immer wieder abspielen zu können.

10

Bei Nacht merkt man erst richtig, wie dunkel es in Lauras Welt ist, wie einsam und abgeschieden sie lebt. Was tagsüber entlegen, aber friedlich wirkt, erscheint nachts bedrohlich und grausam, als wäre sie ausgesetzt und verlassen worden – sie hat niemanden, keinen Menschen. Sie ist ganz allein. Manchmal kommt Ring, der überlebende Hütehund zu ihr, wenn er nicht bei Joe ist. Er ist ihre einzige Gesellschaft, er und die Vögel und die sonstigen Lebewesen, die sich um sie herum bewegen. Sie hat gelernt, sie zu erahnen, bevor sonst jemand sie wahrnimmt, sie warnt Rachel, wenn sie bei einem unachtsamen Schritt um ein Haar auf einen toten Dachs oder ein heruntergefallenes Vogelnest tritt. Ihre Sinne sind so fein abgestimmt auf die Natur um sie herum, dass es zumindest Solomon vorkommt, als würde sie – Lyrebird, wie Bo sie inzwischen getauft hat – beinahe darin verschwinden. Solomon hat das Gefühl, dass Laura sich selbst nicht als von der Umgebung getrennt wahrnimmt, sondern als Teil von ihr, und dass sie nicht nur die Geräusche, sondern die Quintessenz alles Lebendigen auf diesem Berg in sich aufsaugt – wie der Baum in ihrem Lieblingsbuch. Doch während der Baum das menschliche Leben absorbiert und zu einer Menschenfrau wird, nimmt Laura die Natur in sich auf und wird ein Teil von ihr – oder versucht es wenigstens.

»Eigentlich müsste es für dein Lieblingsbuch eine Fortsetzung geben«, meint er leise, als sie nebeneinander im Cottage am Fenster stehen. Rachel und Bo sitzen auf der Couch und sehen sich das Material an, das sie heute gefilmt haben.

Jedes Mal, wenn er von draußen ein Geräusch hört, spürt Solomon den fast unwiderstehlichen Impuls, hinauszuspähen, weil er sich für Laura verantwortlich fühlt und sie beschützen möchte. Irgendwann wird ihm allerdings klar, wie albern das ist, denn Laura erkennt jedes der Geräusche sofort, erklärt es ihm und beruhigt ihn, wenn er wieder einmal zusammenzuckt. Wer beschützt hier also wen?

»Ich würde gerne wissen«, fährt er fort, »wie diese schuhlose Frau, die mal ein Baum war, in der Welt zurechtkommt. Wird sie eine erfolgreiche Businessfrau und knallhart dabei? Verwandelt sie sich in einen Roboter? Oder verliebt sie sich, heiratet und bekommt fünf Kinder? Oder …« Er lacht.

»Oder was?«

»Ach, nichts.«

»Sag es mir.«

»Oder wird sie, wenn sie den Park verlässt und die

Straße überqueren will, von einem Lastwagen überfahren, weil sie noch nie ein Auto gesehen hat?« Er lächelt, aber Laura macht ein nachdenkliches Gesicht.

»Ich glaube, sie muss einfach jemanden finden, dem sie vertrauen kann. Dann wäre doch alles in Ordnung.«

»Vertrauen«, sagt er, aber das Argument scheint ihn nicht zu überzeugen. »Hat die Baumfrau im Park denn überhaupt gelernt, was das ist?«

»Nein«, antwortet Laura lachend. »Na ja, vielleicht schon. Aber sie muss es auch nicht unbedingt im Park gelernt haben. Vertrauen ist doch etwas, was man im Innern fühlt.«

»Ah. Es entsteht instinktiv.«

»Ja.«

»Verrate mir jetzt bloß nicht, wie die Geschichte ausgeht.«

»Das gehört ja auch gar nicht zur Geschichte.«

Er starrt sie an, und inzwischen ist es ihm gleichgültig, dass sie es mitbekommt. Ihre Augen glänzen sogar im Dunkeln, und ihre Lippen sind so voll und weich, dass er sie am liebsten küssen möchte. Es verwirrt ihn, wie mächtig dieser Wunsch ist. So etwas hat er noch nie empfunden. Hastig schaut er weg und räuspert sich.

»Möchtest du heute Nacht hier schlafen?«, fragt er.

»Bleibst du hier?«

»Nein«, antwortet er leise. »Das kann ich nicht, Laura.«

»Oh, ich weiß.« Jetzt ist auch sie auf einmal ganz durcheinander, aber in der Dunkelheit sieht er nicht genau, was hinter ihren Augen vor sich geht. »Ich meinte euch alle. Ihr seid hier willkommen.«

»Wir alle hier drin?«, fragt er und schaut sich im Cottage um.

»Nein, du hast recht, gehen wir lieber zurück ins Hotel«, sagt sie. »Ich möchte hier nicht alleine bleiben.«

Und in ihrem Inneren fügt sie hinzu: *nicht mehr.*

Am nächsten Morgen fahren sie zum Haus von Lauras Großmutter, in dem Laura und auch ihre Mutter aufgewachsen sind. Vom Ort braucht man mit dem Auto etwa zwanzig Minuten zu dem abgelegenen Bungalow. Von der Hauptstraße ist er nur über einen schmalen Zufahrtsweg erreichbar, den man – wie bei vielen Häusern in ländlichen Gegenden – nur findet, wenn man weiß, wo er ist. So ist das Häuschen vor neugierigen Blicken gut geschützt, und selbst wenn man zufällig auf es stößt, wirkt es völlig uninteressant – man bemerkt nichts von der Wärme und Liebe, die es vor langer Zeit einmal beherbergt hat. Seit Hattie vor neun Jahren gestorben ist, steht es leer, und das sieht man ihm deutlich an.

Obwohl Laura vor über zehn Jahren das letzte

Mal hier war, zeigt sie dem Filmteam den Weg, als wäre sie erst gestern da gewesen, und Bo unterhält sich sehr einfühlsam mit ihr. Offensichtlich ist ihr bewusst, wie schwierig dieser Ausflug für Laura sein muss.

Da Bo Lauras Reaktionen natürlich dokumentieren möchte, hat sie das Auto schon auf der Hauptstraße geparkt. Direkt am Eingang des Wegs ist ein Tor, und Laura erzählt, dass ihre Großmutter es nach dem Tod ihres Großvaters dort als zusätzlichen Schutz hat anbringen lassen.

»Weißt du, ob deine Mutter oder deine Großmutter ein Testament gemacht haben?«, fragt Bo, als sie die lange, von hohen Bäumen gesäumte Auffahrt zum Haus entlanggehen.

Laura schüttelt den Kopf. »Woher könnte ich das wissen?«

»Du hättest das Amtsgericht fragen können oder ihren Anwalt.«

»Bei Granny hatten wir nicht mal eine Dusche, da bezweifle ich stark, dass sie einen Anwalt hatte.«

Rachel und Solomon vermeiden es, sich anzuschauen, weil sie sich sonst das Lachen nicht mehr verbeißen könnten.

»Wenn es keinen Anwalt gab, wäre ein Nachlassverwalter benannt worden. Das wäre der nächste Verwandte. Ich sage das alles nur, weil du möglicherweise ein Anrecht auf dieses Land und das Anwesen hast, Laura. Wenn irgendwo Geld auf der Bank liegt, wenn Anlagen vorhanden sind oder eine Pension, dann könnte das alles dir gehören. Wenn du möchtest, helfe ich dir dabei, es herauszufinden.«

»Danke.« Mehr sagt Laura nicht. Es folgt ein langes Schweigen. Sie bleibt stehen, pflückt eine Freesie und lässt sie zwischen den Fingern kreisen. Rachel richtet die Kamera auf sie, um ihre Silhouette im Wechselspiel von Licht und Schatten einzufangen. Auf dem Weg zum Haus versteckt sich die grelle Sonne immer wieder hinter den Bäumen und glimmt dort für einige Momente, um dann von neuem aufzublitzen – fast wie der Lichtstrahl eines Leuchtturms.

Als Laura sich wieder in Bewegung setzt, schlägt sie einen wesentlich schnelleren Schritt an. »Granny hatte niemanden. Sie war ein Einzelkind, ihre Eltern waren schon lange tot. Sie stammte aus Leeds, hat mit vierzehn die Schule verlassen und als Näherin in einer Fabrik gearbeitet. Dann ist sie nach Irland gezogen und war bei einer Familie hier in der Nähe als Kinderfrau angestellt, aber sie ist dort nicht lange geblieben. In dem Sommer, als sie herkam, hat sie Granddad kennengelernt …« Sie schaut zum Haus, das jetzt vor ihr aufgetaucht ist, und für einen Augenblick stockt ihr der Atem.

Solomon macht sich bereit, sie zu stützen oder aufzufangen, falls sie die Balance verliert.

Stille.

Mit ein paar Schritten ist Rachel hinter ihr und senkt die Kamera, um Lauras Blick von unten auf das Haus wiederzugeben.

Obwohl Solomon ständig darauf achten muss, nicht selbst ins Bild zu kommen, lässt er Laura keine Sekunde aus den Augen, die kleinste Veränderung nimmt er sofort wahr. Wie sie die Schultern hochgezogen hat, erstarrt, stocksteif. Ihre Finger geben die Freesie frei, die Blume fällt zu Boden und landet neben ihrem Stiefel. In seinen Kopfhörern hört er sie atmen, schnelle, flache Atemzüge.

Doch dann reißt er den Blick doch von ihr los, um die Umgebung zu betrachten. Das Gras ist so hoch, dass es bis an die Fenster des Bungalows reicht, der alles andere als märchenhaft wirkt: braune Backsteine, Flachdach, Fenster zu beiden Seiten der Eingangstür. Er hat nichts Bezauberndes an sich, und doch ist er für Laura wie eine Schatztruhe kostbarer Augenblicke.

Eigentlich vermutet Solomon, dass Lauras verbale Reaktion ungefähr so vorhersehbar sein wird wie die von Bo, als sie zum ersten Mal ihre erste Trophäe in die Höhe reckte. »Mann, ist die schwer«, waren ihre Worte, und er hat sie oft und gern damit aufgezogen. Danach hat sie so etwas nicht mehr von sich gegeben, sie hat ihre Dankesrede eloquenter, geübter, weniger überrascht formuliert. »Es ist geschrumpft, viel kleiner, als ich es erwartet habe« – so etwa stellt er sich Lauras sanftes Staunen vor. Die üblichen Worte, wenn ein erwachsener Mensch an einen Ort seiner Kindheit zurückkehrt. Aber zu seiner Überraschung weckt der Anblick des Bungalows etwas ganz anderes in ihr.

»Granny hat mir dieses Haus ganz bestimmt nicht vererbt«, sagt sie mit fester Stimme. »Es gibt nämlich kein Dokument meiner Existenz. Die einzigen Menschen, die wussten, dass es mich gibt, sind jetzt alle tot.« Mit raschen Schritten geht sie dann durchs hohe Gras auf das Haus zu. Rachel sieht Solomon besorgt an.

»Hat sie gerade gesagt, niemand wusste, dass sie existiert?«, fragt Rachel ihre beiden Kollegen mit leiser Stimme, als sie kurz darauf eine Pause machen.

Bo nickt, sie ist nicht überrascht, aber ihre Pupillen sind groß vor Aufregung. »Ich hab im Ort rumgefragt, und keiner von den Leuten, mit denen ich gesprochen habe, wusste, dass Isabel Murphy – oder Isabel Button, wie sie lieber genannt wurde – ein Baby hatte. Die Leute haben mich alle ausgelacht.«

Rachel runzelt die Stirn. »Dann lügt sie also?«

Solomon schaut Rachel an. Einerseits macht ihn ihre mangelnde Loyalität richtig wütend, andererseits weiß er, dass Rachel ein sehr rationaler Mensch ist. Und dass diese Folgerung sehr naheliegt. Trotzdem wird er fast panisch bei dem Gedanken, dass diese Frau, die ihm schon so ans Herz gewachsen ist, die ganze Geschichte frei erfunden haben könnte. Bisher hat er keine Sekunde an ihr gezweifelt. Kurz bevor er hysterisch wird, rettet ihn Bo, bringt ihn zurück auf den Boden der Tatsachen, und was sie sagt, stärkt seine Liebe zu ihr.

»Ich habe mir alles angehört, was die Leute über diese Familie zu sagen hatten, eine Menge Mist, das könnt ihr mir glauben. Nicht dass ich denke, sie lügen alle, aber ich bin absolut sicher, dass jedes Wort stimmt, was Laura uns erzählt hat«, sagt sie bestimmt. Dann saust sie wieder los, um Laura einzuholen.

Laura hat inzwischen versucht, die Tür zu öffnen, aber sie ist abgeschlossen. Sie späht in die Fenster, eines nach dem anderen, hält die Nase dicht an die schmutzigen Scheiben und legt die Hände an die Augen, damit die Sonne sie nicht irritiert. Das Glas ist so verschmiert, dass man kaum durchsehen kann. Laura geht um das Haus herum nach hinten.

»Welches war dein Zimmer?«, fragt Bo, als sie Laura eingeholt hat.

»Dieses hier.«

Drinnen steht ein eisernes Bettgestell ohne Matratze, ein Schrank ohne Türen. Ansonsten ist der Raum leer, keine Spur von Lauras früherem Leben. Solomon versucht, in ihrem Gesicht zu lesen, versucht, eine bessere Sicht zu bekommen, aber Rachel sieht ihn genervt an, weil er im Licht steht, im Weg ist, vom Kurs abkommt.

Endlich legt er seine Ausrüstung ab, entknotet seinen Pullover, den er sich um die Taille gebunden hat, und wickelt ihn um Arm und Ellbogen.

Krachend zersplittert das Glas. Bo, Rachel und Laura drehen sich überrascht zu ihm um.

»Jetzt ist es offen«, sagt er nur.

Und Laura grinst ihn an.

»Wie war es denn, hier zu leben? Erzähl es uns ruhig auf deine Art, ganz egal, wie«, sagt Bo, als sie sich nach dem Rundgang durch den größtenteils von Ratten bevölkerten Bungalow auf der Wiese draußen niederlassen. Für sich und Laura sucht sie einen guten Platz im hohen Gras, so dass hinter ihnen das Haus und der Wald zu sehen sind. Es ist sehr warm und schwül geworden, die Luft fühlt sich nach Gewitter an. Am Himmel ziehen die Wolken so schnell vorüber, als hätten sie etwas Dringendes zu erledigen – ein großartiger Anblick für die Kamera. Laura sitzt auf einem Hocker, Bo vor ihr, sie allerdings außerhalb des Blickfelds der Kamera. Nach der üblichen Aufforderung, die Frage in der Antwort noch einmal einzuflechten, weil das klarer und auch ungezwungener wirkt, beginnen sie.

»Es hat sich überhaupt nicht verändert«, sagt Laura, schließt die Augen und atmet tief ein. »Es fühlt sich noch genauso an. Jedenfalls, wenn ich die Augen zumache.«

»Wie geht es dir damit, das Haus in diesem Zustand zu sehen?«

Laura sieht zurück zum Bungalow, als wäre er ihr fremd. »So habe ich es nicht in Erinnerung. Es war nie wirklich picobello, Granny und Mum waren ordentlich, aber nicht unbedingt auf konventionelle Art. Überall stand etwas herum – Glasbehälter mit irgendwelchen Sachen, mit Fäden, Knöpfen, Kräutern, Steinen, Stoffresten. Emulsionen, Lotionen, Emotionen …« Sie lächelt, als erinnere sie sich an einen Insiderwitz. »Das hat Granny immer über das Haus gesagt. Wir drei haben es gefüllt mit Emulsionen, Lotionen und Emotionen.«

»Granny – darf ich sie so nennen? – und deine Mum haben eine Maß- und Änderungsschneiderei geführt. Ich habe mit Leuten im Ort gesprochen, die meinten, es sei ein erfolgreiches Geschäft gewesen, sehr beliebt.«

Gestern Abend und heute Morgen war Bo aus dem Hotel verschwunden, zu Recherchezwecken. Solomon sollte Laura unterhalten, und sie hatten Karten gespielt, bis Bo um Mitternacht zurückkam, mit einer Bierfahne und nach Rauch stinkenden Klamotten. Solomon war enttäuscht, als sie zurückkam, er hätte gern noch mehr Zeit mit Laura verbracht, ihr zugehört, wie sie das Kartenmischen imitierte und das Eis, das im Glas klimperte. Es war wie Musik. Ihre Gesellschaft entspannte ihn, er spürte keinen

Druck, keine Hektik, keine Panik. Zeit war kein Thema, es war, als existiere sie überhaupt nicht. Laura musste kein Smartphone checken, sie hatte keine Armbanduhr. Sie war einfach nur da, präsent im Jetzt, die sanfte Wölbung ihrer Lippen, ihre langen Haare, die seinen Arm streiften und kitzelten, wenn sie eine Karte vom Stapel holte. Jede Kleinigkeit war groß und wichtig. Noch nie hatte sich sein Herz so zufrieden gefühlt und doch gleichzeitig so geflattert. Nur wenn er nicht bei ihr ist, beginnt das schlechte Gewissen, der Konflikt, das Vergleichen mit Bo, die stille innere Angst, von der ihm ganz kalt wird.

»Ja, das Geschäft war ziemlich erfolgreich«, bestätigt Laura. »Sie hatten einen treuen Kundenstamm, dem sie regelmäßig Kleider schneiderten – für Hochzeiten, Kommunionen, Partys … Es leben so viele große Familien in der Gegend, da gab es immer irgendwelche Anlässe. Ich mochte das Schneidern sehr. Wenn sie etwas abstecken mussten, haben sie mich dafür genommen, weil man an der Schneiderpuppe nicht sieht, wie der Stoff sich bewegt. Ich habe es geliebt, mich für sie im Kreis zu drehen, ich habe mir dann immer ausgemalt, es ist meine Hochzeit oder mein Geburtstag, und das hat sie manchmal wahnsinnig gemacht.« Sie lächelt bei der Erinnerung. »Als immer weniger Maßschneiderei verlangt wurde, blieben eine Weile noch die Änderungen, und dann hat Mum bei ein paar alten Leuten, die allein lebten, im Haushalt geholfen, eingekauft, gewaschen und gebügelt, was eben erledigt werden musste. Viele wohnten sehr abgelegen, deshalb sind ihre Kinder in die Stadt gezogen, zum Studieren oder wegen der Arbeit. Irgendwann kamen sie nicht mehr nach Hause. Und Granny und Mum hatten immer weniger Schneiderarbeit zu tun.«

»Haben sie die Kundschaft im Haus empfangen?«

»Nein. Die Werkstatt da drüben …« – sie deutet zur Garage – »… war ihr Atelier. Sie hatten nicht gern Leute im Haus.«

»Warum nicht?«

»Sie waren ein bisschen eigen und legten Wert auf ihre Privatsphäre. Die wollten sie nicht mit dem Geschäft vermischen.«

»Sie wollten nicht, dass jemand dich sieht, richtig?«

»Genau.«

»Aus welchem Grund? Was meinst du, weshalb ihnen das so wichtig war?«

»Weil sie eben Wert auf ihre Privatsphäre legten.«

»Wärst du so nett, meine Frage in deiner Antwort unterzubri–«

»Sie wollten nicht, dass jemand mich sieht, weil sie Wert auf ihre Privatsphäre legten«, antwortet Laura, und es klingt ein bisschen ärgerlich. Zu schroff für die Doku, so etwas können sie nicht benutzen, es ist zu aggressiv, zu abwehrend.

Bo lässt Laura einen Augenblick Zeit, damit sie sich beruhigen kann, und macht sich zusammen mit Solomon an den Soundgeräten zu schaffen.

»Alles gut«, sagt er und zwinkert Laura zu, als Bo ihnen den Rücken zuwendet. Rachel beäugt ihn kritisch.

»Ich habe zwei Fragen dazu. Eine davon stelle ich dir jetzt, eine hebe ich mir auf für später. Was hat ihr Bedürfnis nach Zurückgezogenheit für dich damals bedeutet?«

Laura lässt sich die Frage eine Weile durch den Kopf gehen. »Ich konnte sehen, dass sie miteinander glücklich waren. Sie haben dauernd geredet und gelacht. Sie haben zusammen gearbeitet, zusammen gelebt, sind zusammen bis spät in die Nacht aufgeblieben, haben getrunken und geredet bis in die frühen Morgenstunden. Sie hatten immer etwas zu tun, immer ein Projekt, ob es um Kleider oder um Kochrezepte ging. Sie planten gern, diskutierten, dachten gemeinsam über die größeren Zusammenhänge nach. Sie waren geduldig, schmiedeten langfristige Pläne, arbeiteten immer parallel an mehreren Ideen, denn das bedeutete, dass immer irgendwas passierte, und wenn ein Projekt oder ein Experiment zu Ende ging, dann war es, als würden sie ein Geschenk bekommen. Beispielsweise legten sie Buchenblätter monatelang in Wodka ein, sie hatten Flaschen über Flaschen davon in der Speisekammer«, erzählt sie lachend. »Und dann blieben sie bis spät in die Nacht auf, tranken und tanzten, sangen und erzählten Geschichten.«

Das erinnert Solomon an seine Familie, bei der ist es genauso.

»Sie brauchten niemanden sonst«, fährt Laura leise fort. Aber es klingt nicht, als hätte sie sich vernachlässigt gefühlt, es klingt, als hätte sie erkannt, dass es wundervoll war. »Sie haben einander voll und ganz genügt. Ich glaube, es war eine Art Liebesbeziehung. Nur sie beide.«

Unwillkürlich denkt Solomon an die Toolin-Zwillinge. Vielleicht hatten Isabel und Tom mehr gemeinsam, als alle denken.

»Bist du dann abends auch mit ihnen aufgeblieben? Durftest du mitfeiern?«, fragt Bo mit leuchtenden Augen. Offenbar gefällt ihr das Bild, das Laura entwirft.

»Manchmal bin ich mit ihnen aufgeblieben, ja. Und auch wenn sie mich mal nicht dabeihaben wollten, habe ich meistens gelauscht. Wie ihr seht, ist das Haus nicht gerade groß, und die beiden waren alles andere als leise.« Wieder lacht sie ihr wunderschönes, melodisches Lachen. Dann beißt sie sich auf die Lippen und schaut zu Solomon.

Er erwidert ihren Blick – mit seinen schönen blauen Augen, die unter langen dunklen Wimpern glitzern –, und bei der Bewegung löst sich eine Haarsträhne und fällt ihm in die Stirn. Schnell sieht er wieder auf seine Geräte hinunter, dreht eine Skala erst ein Stück in die eine und dann zurück in die andere Richtung.

»Erzähl uns doch bitte eine von ihren Geschichten«, bittet Bo.

»Nein«, antwortet Laura freundlich. »Das geht nur die beiden etwas an.«

»Aber sie sind jetzt nicht hier«, scherzt Bo verschwörerisch.

»O doch.« Laura schließt die Augen und atmet wieder tief ein.

Solomon lächelt. Er sieht zu Rachel hinüber, die strahlt und Tränen in den Augen hat. Bo wartet einen Moment, ehe sie weitermacht.

»Du bist zu Hause unterrichtet worden«, sagt sie dann.

»Granny ist auch zu Hause unterrichtet worden. Ihr Dad war der Ansicht, dass Bildung für ein Mädchen reine Zeitverschwendung ist, deshalb hat er ihr verboten, in die Schule zu gehen, und ihre Mutter hat sie dann heimlich zu Hause unterrichtet. Das Gleiche hat sie dann mit mir gemacht.«

»Bedauerst du, dass du die Erfahrung nicht gemacht hast, in die Schule zu gehen?«

»Nein.« Laura lacht. »Ich glaube, eine Menge Leute versäumen das Vergnügen, zu Hause unterrichtet zu werden. Ich erinnere mich gern daran, wie Granny einen Frosch im Bach herumgejagt hat; sie hat mir erzählt, dass in Mums Schule Frösche seziert wurden, um den Schülern zu zeigen, wie sie aussahen, wenn sie tot waren. Aber sie wollte, dass ich die Frösche sehe, wie sie lebendig sind.« Wieder beißt sie sich auf die Unterlippe. Solomon beäugt diese Lippe und schluckt. »Ein toller Anblick war das, wie sie dem Frosch nachgerannt ist. Ich könnte mir keine bessere Nachmittagsbeschäftigung vorstellen. Und ich habe die Anatomie eines Frosches bis heute nicht vergessen.«

Bo lacht mit ihr. Dann fragt sie: »Wusstest du damals, dass du ein Geheimnis warst? Dass niemand von deiner Existenz wusste?«

»Ja, das wusste ich. Ich wusste von Anfang an, dass ich ein Geheimnis war. Mum und Granny haben den Menschen nicht vertraut. Sie waren immer auf der Hut. Sie meinten, wenn wir zusammenhalten, wird alles gut.«

»Was meinst du, wovor sie dich schützen wollten?«

»Vor den Leuten.«

»Haben die Leute ihnen etwas getan?«

Während Laura die richtigen Worte sucht, herrscht eine Weile Stille. »Granny und Mum waren anders, wenn sie alleine waren. Wenn Kunden kamen und ich ihre Stimmen hörte oder sie auch manchmal vom Fenster aus beobachtete, habe ich sie kaum erkannt. Sie haben nie gelacht, sie waren fast wie Roboter, kurz angebunden und sachlich. Nichts Magisches mehr. Sie waren nicht lustig wie sonst, wenn sie zu Hause sangen und lachten. Sie waren ernst. Fast finster. Als hätten sie eine schützende Mauer um sich errichtet. Nicht nur, weil es ums Geschäft ging, sie wollten sich schützen. Vor anderen Leuten haben sie sich einfach in Acht genommen.«

»Deine Mutter hat die Schule sehr jung verlassen. Mit vierzehn. Weißt du, warum?«

Solomon beobachtet Bo. Er ist sicher, dass sie die Frage gestellt hat, weil sie irgendetwas über dieses Thema weiß, das sieht er ihr an – ihrer angespannten Körperhaltung und dem gleichzeitigen Bemühen, ganz locker zu erscheinen. Sie führt etwas im Schilde und wird keine Ruhe geben, bis sie ihr Ziel erreicht hat. Sie hat Solomon nichts von dem erzählt, was sie von den Anwohnern erfahren hat, er war müde gewesen, als sie zurückkam, und mürrisch, weil er lieber noch bei Laura geblieben wäre. Er wollte nur schlafen, während Bo total überdreht war, unfähig zu entspannen. Sie werkelte so geräuschvoll im Zimmer herum, dass er sie ziemlich unfreundlich angefaucht hat. Eigentlich hätte er schon gestern erkennen müssen, dass sie sich so benahm, weil sie etwas herausgefunden hatte, was wichtig war für die Dokumentation, aber er war mit seinen Gedanken anderswo. Jetzt interessiert es ihn, obwohl er misstrauisch geworden ist, als er gemerkt hat, dass Laura so abwehrend reagiert. Er möchte nicht, dass Bo weiterbohrt, er möchte Laura verteidigen, als wäre Bo sein Feind. Dieses Durcheinander macht ihn schwindlig, er verliert völlig die Orientierung.

»Weil Granddad gestorben ist«, antwortet Laura steif. »Granny brauchte Mum, um ihr bei der Schneiderei zu helfen. Granddad war Farmarbeiter. Sie hatten kein Geld. Also hat Mum die Schule verlassen, und Granny hat sie zu Hause weiterunterrichtet. Außerdem haben sie auch noch Heilmittel hergestellt, Naturheilmittel, und auf Märkten verkauft. Mum hat erzählt, dass die Kinder in der Schule sie immer Hexen genannt haben.«

»Hat sie das verletzt?«

»Nein. Granny und Mum haben darüber gelacht. Sie haben meistens gekichert, wenn sie ihre *Emulsionen* hergestellt haben.« Jetzt lächelt Laura wieder.

»Kinder können grausam sein«, meint Bo leise. »Was haben die Kinder sonst noch zu deiner Mum gesagt?«

Du musst darauf nicht antworten, möchte Solomon rufen. Rachel schaut auf ihre Schuhe hinunter und kontrolliert nur gelegentlich den Monitor – ein sicheres Zeichen, dass sie sich unbehaglich fühlt.

»Mum war nicht wie die meisten anderen Menschen«, sagt Laura nachdenklich. Sie spricht langsam und wählt jedes Wort sehr sorgfältig. »Granny hat alle wichtigen Entscheidungen getroffen, und Mum war froh, wenn Granny die Führung übernommen hat«, sagt sie diplomatisch. »Aber sie hatte ihre ganz eigene Art. Wenn du mich fragst, was manche Kinder über sie gesagt haben, dann würde ich vermuten, dass sie meinten, Mum ist langsam. Das hat Mum mir auch mal erzählt. Aber sie war nicht *langsam* – das klingt immer, als wäre jemand faul. Mum dachte anders, sie musste Dinge auf andere Art lernen als die meisten anderen, weiter nichts.«

Da Lauras Körpersprache immer noch Verschlossenheit signalisiert, ändert Bo die Taktik.

»Wie bist du dann im Cottage der Toolins gelandet?«

»2005 wurde meine Mum krank, sehr krank. Wir sind nie zum Arzt gegangen, weil Granny und Mum nicht an deren Medizin glaubten, sie verließen sich lieber auf ihre Naturheilmittel und waren auch nur sehr selten krank. Aber ihnen war klar, dass mit Mum etwas Schwerwiegendes nicht stimmte und dass ihre eigenen Heilmittel das nicht heilen konnten, deshalb gingen sie schließlich doch zu einem Arzt, der Mum auch gleich ins Krankenhaus schickte. Sie hatte Darmkrebs. Aber sie verweigerte im Krankenhaus alle Behandlungen und sagte, sie wolle sich lieber auf natürliche Art verabschieden – so, wie sie auch gekommen war. Also haben Granny und ich sie gepflegt.«

»Wie alt warst du damals?«, fragt Bo sanft.

»Als Mum die Diagnose bekam, war ich vierzehn, und sie ist gestorben, als ich fünfzehn war.«

»Das tut mir sehr leid«, flüstert Bo und legt ein respektvolles Schweigen ein.

Ein Vogel fliegt über sie hinweg, ganz in der Nähe brummt eine Fliege. Laura ahmt sie beide nach, was ihren Schmerz verdeutlicht, aber sie versucht, sich rasch wieder zu fassen.

»Dann warst du mit Granny also allein hier im Haus. Erzähl mir ein bisschen von dieser Zeit.«

»Es war schwer für Granny, weil sie die ganze Änderungsschneiderei alleine machen musste. Ich half ihr, aber sie hatte gerade erst angefangen, mich anzulernen, und ich konnte noch nicht sehr viel. Sie hatte Probleme mit den Händen, Arthritis, ihre Finger bogen sich nach innen, und sie konnte nicht mehr so gut nähen, jedenfalls nicht mehr so schnell. Außerdem gab es ja auch immer weniger Kundschaft. Bisher war das Geld, das Mum bei ihren Haushaltsarbeiten verdient hatte, eine Hilfe gewesen, aber ich konnte sie in dieser Hinsicht nicht ersetzen.«

»Auch mit fünfzehn hattest du noch keinen Kontakt mit der Kundschaft? Du durftest dich der Welt noch immer nicht zeigen?«

»Wie hätte Granny mein plötzliches Erscheinen denn erklären sollen?«, fragt Laura. »Das ging nicht. Sie hat sich alles Mögliche überlegt, aber das regte sie sehr auf. Sie wurde nervös und ängstlich.

Sie wollte nicht lügen, denn sie hatte Sorge, dass sie durcheinanderkommen und die Geschichte mittendrin vergessen würde. Damals vergaß sie ja tatsächlich schon eine ganze Menge. Und sie hatte auch das Gefühl, mit meinen fünfzehn Jahren wäre ich immer noch zu verletzlich, immer noch ein Kind.«

»Woher rührte diese Angst, Laura?«

Wieder diese Frage, aber diesmal findet Solomon sie angebracht. Sogar er möchte es jetzt wissen. Aber Laura hat sich verschlossen. Und Bo drängt sie nicht.

»Hast du je gefragt, wer dein Dad ist?«

Solomon schaut Laura an. Sie senkt den Blick, ihre Augen schimmern grün, als spiegle sich das hohe Gras in ihnen. Er möchte mit dem Finger über ihre Wange streichen, über ihre Lippen. Schnell wendet er den Blick ab.

»Nein.« Und dann beginnt sie noch einmal, als wären ihr gerade Bos Anweisungen eingefallen. »Ich habe nie gefragt, wer mein Dad ist«, sagt sie leise. »Ich habe nie gefragt, weil es nie wichtig war. Mir war klar, dass es nichts ändern würde. Ganz egal, wer es war. Ich hatte alle Menschen, die ich brauchte.«

Sichtlich gerührt presst Rachel die Lippen aufeinander.

»Wie war es, als deine Mutter gestorben ist?«

»Als Mum tot war, habe ich überlegt, ob ich sie vielleicht hätte fragen sollen, weil ich dachte, sie wäre die einzige Quelle, es herauszufinden. Vermutlich werde ich es nie mit Sicherheit wissen, aber ich hatte stark das Gefühl, dass Granny es mir nicht gesagt hätte. Mum hatte die Gelegenheit, es mich wissen zu lassen, und hat entschieden, es nicht zu tun – ich wusste, dass Granny das respektieren würde. Vielleicht ergibt das keinen Sinn, aber ich habe auch nicht oft darüber nachgedacht, wer es sein könnte. Es war einfach nicht wichtig.«

Sie denkt einen Moment nach.

»Ich habe an ihn gedacht, als ich gesehen habe, wie Granny immer älter wurde, und mich der Gedanke, allein zu sein, dadurch immer stärker beschäftigt hat. Sie schien so rasch zu altern. Sie und Mum waren ein Team. Sie haben nur einander gebraucht auf dieser Welt, was ja schön war, aber sie haben sich eben *gebraucht.* Sie konnten nicht ohneeinander leben. Als Mum gestorben ist, war es, als würde Granny auf einmal auch anfangen, sich zu verabschieden. Und sie wusste es. Deshalb hat sie sich Sorgen um mich gemacht und versucht, für mich zu planen. Sie konnte nicht schlafen, ich weiß, dass es ihr die ganze Zeit auf der Seele lag.«

»Haben die beiden keinen Plan für dich gemacht, bevor deine Mum gestorben ist?«

»Das habe ich sie nie gefragt.« Laura schluckt. »Aber Mum war auch keine große Planerin. Granny hat geplant, Mum hat geholfen, die Pläne zu verwirklichen. Ich glaube, Mum hätte es in Ordnung gefunden, wie es am Ende gekommen ist. Wir haben so eng miteinander gelebt, Seite an Seite, wir haben manches nicht besprochen, weil wir wussten, wie die anderen sich fühlten, wir brauchten nicht zu fragen.« Verlegen sieht sie Bo an, versucht aber trotzdem, ihr plausibel zu machen, was sie meint.

»Das verstehe ich«, sagt Bo, und es klingt ehrlich, obwohl Solomon sich fragt, ob es stimmt. Normalerweise gehört Bo zu den Menschen, die fragen müssen. »Wann hast du dann erfahren, dass Tom dein Vater ist?«

»Als Granny mir von ihrem Plan erzählt hat, dass ich ins Cottage ziehen soll. Da hat sie mir gesagt, dass Tom Toolin mein Vater ist, aber bisher nichts davon wusste. Sie hatte sich mit ihm getroffen, und er hat zugestimmt, dass ich auf seinem Land wohne. Außerdem hat sie mir gesagt, dass er einen Zwillingsbruder hat, der nichts darüber erfahren durfte. Das war Toms einzige Bedingung.«

»Wie hast du dich da gefühlt?«, fragt Bo, und ihrem Ton ist deutlich anzuhören, dass sie Toms Forderung unmöglich findet.

»Ich war daran gewöhnt, Dinge geheim zu halten.« Laura lächelt, aber ihre Augen sind traurig.

Jetzt beschließt Bo, vom Thema abzulenken. »Du hast hier sechzehn Jahre gelebt, ehe du ins Cottage umgezogen bist. Wolltest du dieses Haus je verlassen? Weg von hier?«

»Wir haben oft darüber geredet, wegzugehen«, antwortet Laura und wird wieder etwas munterer. »Bevor Mum krank wurde. Wir haben in Dingle Urlaub gemacht. In Clogherhead bin ich beinahe beim Baden ertrunken«, lacht sie. »Und in Donegal waren wir auch. Mum und Granny haben beide leidenschaftlich gern geangelt. Sie haben die Fische ausgenommen und gebraten. Oder Fischöl hergestellt.«

»Dann hast du also schon andere Orte kennengelernt?«, hakt Bo erstaunt nach.

»Ja – sie haben mich nicht im Haus eingesperrt.« Laura lächelt und freut sich, dass sie Bo überrascht hat. »Im Gegenteil. Sie haben mir viel Freiheit gelassen. Ich konnte sein, wie ich wollte, ohne dass jemand mich beurteilt oder mir gesagt hat, was ich tun muss. Ich glaube nicht, dass ich große Opfer gebracht habe. Für die Änderungsschneiderei gab es Termine, niemand konnte einfach so reinschneien, deshalb konnte ich überall spielen – bis jemand kam. Und dann habe ich im Haus meine Schulaufgaben erledigt.«

»Aber du hast nie eine Prüfung gemacht.«

»Jedenfalls keine staatliche.«

»Weil der Staat dich nicht zur Kenntnis genommen hat.«

»Es wusste ja niemand, dass ich existiere«, entgegnet Laura schlicht. »Mum hat mich hier im Haus geboren. Aber sie hat mich nicht ins Geburtenregister eintragen lassen.«

»Was meinst du, warum sie dich geheim gehalten hat? Der Welt vorenthalten?«

Wieder diese Frage.

»Mum hat mich nicht der Welt vorenthalten. Ich war die ganze Zeit hier, mitten in der Welt«, widerspricht Laura mit großer Bestimmtheit.

Bo hält kurz inne und drosselt das Tempo etwas. »Vorhin habe ich dich gefragt, was du, als du klein warst, geglaubt hast, warum deine Mum und Granny dich geheim gehalten haben. Darauf hast du vorhin schon geantwortet, aber ich möchte dir auch noch den zweiten Teil der Frage stellen: Was meinst du heute – als erwachsene Frau, jetzt, wo Granny und Mum nicht mehr da sind: Warum haben sie dich geheim gehalten? Hat sich deine Meinung verändert?«

Anders als vorhin macht Laura nicht sofort dicht. Es liegt an der Art, wie Bo die Frage formuliert hat. Diesmal hat sie betont, dass Laura eine erwachsene Frau und kein Kind mehr ist, dass ihre Mutter und ihre Großmutter nicht mehr da sind, dass sie also die beiden nicht mehr verteidigen oder für sie geradestehen muss. Jetzt kann sie sagen, was sie selbst darüber denkt.

Laura knurrt. Sie knurrt niemanden direkt an, es ist eher ein allgemeines Knurren. Anscheinend fühlt sie sich bedroht. Dann geht Glas zu Bruch, ein Funkgerät rauscht und knistert. Ob Laura merkt, dass sie diese Geräusche hervorbringt, ist nicht zu erkennen.

»Damals hatte ich das Gefühl, dass sie glücklich waren – zwar anderen Menschen gegenüber misstrauisch, aber trotzdem zufrieden mit ihrem Leben. Wenn ich jetzt zurückblicke, denke ich, sie hatten Angst.«

Bo hält den Atem an.

»Sie hatten Angst, jemand würde mich ihnen wegnehmen. Sie hatten Angst, dass man ihnen nicht zutrauen würde, für ein Kind zu sorgen. Es gab … Gerüchte.« Wieder zerbricht Glas, wieder knistert ein Funkgerät. »Die Leute haben über Mum und Granny geredet. Dass sie Hexen sind, dass sie verrückt sind. Die Leute ließen sich zwar Kleider von ihnen schneidern, aber sie haben sie nie zu ihren Festen oder Hochzeiten eingeladen. Mum und Granny waren immer Außenseiterinnen.«

»Warum?«, fragt Bo leise.

»Granny hat gesagt, dass sie nie wirklich reingepasst hat, vom ersten Augenblick an. Aber sie hat meinen Granddad geliebt, deshalb ist sie geblieben und hat es immer wieder versucht. Aber es ist schlimmer geworden. Die Gerüchte wurden schlimmer.«

»Wann?«

Laura denkt nach. »Als mein Granddad gestorben ist«, sagt sie schließlich – und macht wieder dicht.

Aber dann fährt sie fort, fast so, als wäre ihr eingefallen, dass sie doch weiterreden möchte – oder als hätte sie die Nase voll von den Fragen, die unweigerlich kommen, wenn sie schweigt.

»Mit Grannys Gesundheit ging es nach Mums Tod immer mehr bergab. Sie wollte nicht, dass ich allein zurückbleibe. Sie wollte, dass ich in Sicherheit bin, das hat sie immer gesagt. Manchmal hat sie mich mitten in der Nacht geweckt, um es mir zu sagen, und da wusste ich, dass sie den Gedanken nicht mehr aus dem Kopf kriegte.« Sie hält einen Moment inne. »Ich habe mal gelesen, dass der Nestbau bei schwangeren Tieren von dem biologischen Instinkt ausgelöst wird, den Nachwuchs und auch sich selbst vor Gefahren zu schützen. Nester werden angelegt, um die Eier vor Räubern zu verstecken, sie abzusichern. Ich glaube, das haben Granny und meine Mum auch gemacht. Das Cottage, in das Granny mich gebracht hat, war ihr Vogelnest. Weg von der Gefahr, in die Nähe meines Vaters. Sie hat das Beste getan, was sie konnte.«

Stille.

»Warum bist du in dem Cottage geblieben? Du bist jetzt sechsundzwanzig, Laura, also schon eine ganze Weile erwachsen – du hättest schon vor langer Zeit weggehen können. Du hättest keine Angst mehr haben müssen, dass jemand dich gegen deinen Willen mitnimmt.«

Laura schaut zu Solomon. Bo nimmt es zur Kenntnis. Solomon lässt Laura nicht aus den Augen. Es ist ihm egal, denn es wäre unhöflich, ihrem Blick auszuweichen, nachdem sie alle sich ihre Geschichte angehört haben. Außerdem fühlt er sich magnetisch zu ihr hingezogen.

»Ich bin aus dem gleichen Grund geblieben, aus dem meine Mum und Granny getan haben, was sie getan haben. Weil ich gern dort war. Weil ich Angst hatte wegzugehen.«

»Aber jetzt hast du keine Angst mehr wegzugehen? Weil Tom gestorben ist? Oder bist du jetzt bereit für eine Veränderung?« Bo stellt eine Frage nach der anderen, um Laura auf die Sprünge zu helfen.

»Veränderungen gibt es immer, auch auf dem Berg. Man muss sich mit den Veränderungen ändern«, erwidert Laura, und ihre Stimme wird tiefer, als sie wieder ihre Großmutter nachahmt. Bo und Rachel hören es zum ersten Mal, und ihre Augen werden groß, denn es wirkt, als hätte ein anderer Mensch Lauras Körper in Besitz genommen. »Ich habe das gesucht, was Granny und Mum miteinander hatten. Und Tom mit Joe. Es reicht, wenn man nur einen einzigen Menschen hat, dem man vertrauen kann.«

Sie hebt den Blick zu Solomon, dessen Herz so heftig pocht, dass er Angst hat, dass das Mikro es aufnimmt.

11

Am Samstagmorgen sitzen alle vier zum Frühstück im Hotelrestaurant. Laura schaut sich um, vielleicht nicht gerade, als wäre sie vom Mars, aber mit den Augen eines Menschen, der sich noch nicht oft in einer solchen Situation befunden hat. Wenn überhaupt jemals.

»Guten Morgen, sind Sie schon bereit? Möchten Sie Ihr Frühstück bestellen?«, fragt eine Kellnerin.

Sie kann das R nicht aussprechen und benutzt stattdessen eine Art W-Laut. Fasziniert mustert Laura sie, und ihre Lippen bewegen sich, um das W nachzuahmen.

Solomon beobachtet sie und hofft, dass sie es nicht laut tut.

»Ja«, antwortet Rachel, die so hungrig ist, dass sie gleich ins Tischbein beißen möchte, und macht energisch den Anfang.

»Das waren dann zwei Würstchen, zwei Eier, zweimal Tomaten, Pilze, zwei Speckscheiben … der Speck ist von Rafferty's, einem Bauern hier in der Nähe. Schmecken großartig. Hat schon Preise gewonnen.«

»Guten Mowgen«, sagt Laura plötzlich in einer

perfekten Imitation der Kellnerin. Sie schaut die Frau nicht einmal an, sie streicht Butter auf ihren Toast und spricht, als merke sie gar nicht, dass Worte aus ihrem Mund kommen. »Beweit zum Fwühstück.«

Die Kellnerin stockt im Aufnehmen der Bestellung und starrt Laura verdattert an.

Bo hat wenig Mitgefühl für die Frau, die natürlich glaubt, Laura mache sich über sie lustig, sondern schaut amüsiert und interessiert zu. Sie ist genauso begierig auf diese Szene wie Rachel auf ihr doppeltes irisches Frühstück. Solomon dagegen ist so gestresst von der unangenehmen Situation, dass ihm der Schweiß über den Rücken läuft.

»Wafferty«, fügt Laura hinzu.

»Sie will Sie nicht ärgern«, erklärt Solomon etwas hölzern und merkt, dass die anderen sich wundern, weil er überhaupt etwas dazu sagt.

Der Ärger, der in den Augen der Kellnerin aufgeflammt ist, verschwindet, und sie sieht Laura plötzlich mit ganz anderen Augen an. Im selben Moment wird Solomon klar, was sie jetzt über Laura denkt – nämlich, dass etwas mit ihr nicht stimmt.

»Nein, sie ist nicht … Sie wissen schon … Sie lernt. Der Laut ist neu für sie. Sie …« Verzweifelt sieht er Laura an, ob ihm noch etwas einfällt, das ihr Verhalten besser erklärt, und sie erwidert vergnügt seinen Blick. Als ginge der Witz auf seine Kosten.

»Okay, Leute, wenn ihr noch was braucht, dann

sagt Bescheid. Ich bring die Bestellung jetzt mal rasch in die Küche«, verkündet die Kellnerin und grinst vielsagend Rachel an.

Laura kann nicht anders, sie macht das »rasch« als »wasch« nach, eine exakte Kopie der Stimme der Kellnerin, und Rachel verzieht das Gesicht, als hätte sie Schmerzen, so sehr muss sie sich anstrengen, um ihr nervöses Lachen zu unterdrücken.

»Stopp«, sagt Bo leise.

»Ich weiß, ich kann nicht, tut mir leid«, entgegnet Rachel ernst, aber der Ernst hält nicht lange, und sie fängt wieder an zu lachen.

Die Kellnerin zieht sich zurück, erneut unsicher, ob Laura geistig zurückgeblieben ist oder ob sie verspottet wird.

»Sie wird dir in den Cappuccino spucken«, sagt Solomon und streicht sich Butter auf seinen Toast.

»Warum hast du gelacht, Rachel?«, fragt Laura.

»Ich kann nicht anders.« Sie wischt sich mit einer Serviette den Schweiß von der Stirn. »Das geht mir immer so in peinlichen Momenten. Schon als Kind. Beerdigungen sind am schlimmsten.«

Laura lächelt. »Du lachst bei Beerdigungen?«

»Ja, immer.«

»Sogar bei der von Tom?«

Rachel sieht sie finster an. »Ja.«

Solomon schüttelt den Kopf. »Unglaublich.«

»Warum hast du gelacht?«, fragt Laura noch einmal, mit großen neugierigen Augen. Von Rachels Geständnis nicht im mindesten gekränkt.

»Weil Bridget gepupst hat«, erklärt Rachel.

»Ach komm.« Solomon kann nur noch den Kopf schütteln.

»Rachel«, sagt Bo tadelnd.

»Laura hat mich was gefragt, und ich gebe ihr eine ehrliche Antwort. Ich stand direkt hinter Bridget. Als sie aufgestanden ist, um sich hinzuknien, da war er, der kleine Pups.« Rachel macht den entsprechenden Laut.

Laura imitiert Rachels Pupsgeräusch einwandfrei, was Rachel noch mehr zum Lachen bringt. Jetzt können Bo und Solomon sich auch nicht mehr zurückhalten.

»Man nennt das Rhotazismus«, sagt Solomon, als das Lachen verklingt. »Genau genommen ist es ein umgekehrter Rhotazismus.«

»Was nennt man so?«, fragt Bo verwirrt und abgelenkt, weil sie gerade ihre Mails auf dem Smartphone durchsucht.

»Die Rs der Kellnerin. Ich hatte das als Kind«, erklärt er Laura.

Überrascht blickt Bo auf. »Davon hast du mir nie was erzählt.«

Solomon zuckt die Achseln und wird sogar noch bei der Erinnerung ein bisschen rot. »Ich musste zu einem Logopäden, bis ich sieben war, um die

Störung zu beheben. Meine Brüder haben es mich nie vergessen lassen und mich ständig damit gequält. Meinen Bruder Rory nennen wir bis zum heutigen Tag noch Wowy.«

»Ich hab mich schon gefragt, warum sie das immer sagen«, lacht Bo. »Ich dachte, es käme daher, dass er das Nesthäkchen ist.«

»Ist er ja auch. Mein kleiner Wowy«, sagt Solomon, und alle lachen.

Plötzlich wird eine Cappuccinomaschine zum Milchschäumen angeworfen. Laura zuckt heftig zusammen, schaut sich erschrocken nach dem Ursprung des Lärms um und ahmt das Geräusch sofort nach.

»Was macht sie denn da?«, fragt Bo leise.

»Cappuccino, würde ich sagen«, antwortet Rachel.

»Wow«, sagt Bo, packt ihr Telefon und nimmt die Szene auf.

Auch die Gäste am Nebentisch haben sich zu ihnen umgedreht, zwei Kinder starren Laura mit offenem Mund an.

»Hört auf zu glotzen«, sagt ihre Mutter leise, beobachtet Laura aber ihrerseits die ganze Zeit über den Rand ihrer Teetasse hinweg.

Solomon muss den Impuls unterdrücken, noch mehr Leuten zu erklären, dass mit Laura alles in Ordnung ist.

»Das ist bloß die Kaffeemaschine«, sagt er und legt beruhigend die Hand auf Lauras Schulter.

Mit großen, ängstlichen Augen schaut sie ihn an.

Solomon deutet zur Theke auf der anderen Seite des Raums. »Siehst du die Kaffeemaschine hinter der Theke? Da wird die Milch für den Latte macchiato und den Cappuccino aufgeschäumt.«

Nachdem Laura den Vorgang noch eine Weile beobachtet und den Laut noch ein paarmal imitiert hat, freundet sie sich mit ihm an und wendet sich wieder den anderen zu. Auch am Nachbartisch kehren die Kinder zu ihren Spielkonsolen zurück.

Sofort haben sie Lauras volle Aufmerksamkeit. Sie imitiert das Piepen, die ratternden Schüsse. Der kleine Junge legt sein Spiel weg und kniet sich auf seinen Stuhl, um Laura über die Lehne hinweg zu beäugen. Sie lächelt ihm zu, und als der Kleine merkt, dass sie ihn bemerkt hat, setzt er sich schnell wieder hin. Die Mutter befiehlt den Kindern, die Geräte auf lautlos zu stellen.

Dann bringt die Kellnerin endlich das Bestellte. Irisches Frühstück mit allem Drum und Dran für Solomon und Rachel, eine Grapefruit für Bo, die sie nicht einmal zur Kenntnis nimmt, weil sie auf ihrem Handy herumtippt, und zwei gekochte Eier für Laura.

»Danke«, sagt sie zu der argwöhnischen Kellnerin.

Schweigend stürzen sich alle auf ihr Essen, dann

blickt Laura nachdenklich auf Rachels Teller, prüft, was darauf zu sehen ist, und imitiert dann die Kellnerin – perfekt, unschuldig und ohne einen Hauch von Zynismus. »Beweit zum Fwühstück mit Waffertys.«

Die anderen prusten vor Lachen.

»Ich glaube wirklich, ich sollte euch nach Galway begleiten«, sagt Bo auf einmal, als sie auschecken. Laura hilft Rachel, die Taschen zum Auto zu tragen, Solomon und Bo stehen noch am Tresen.

»Das höre ich zum ersten Mal von dir, wenn ich meine Familie besuche«, scherzt er leichthin, obwohl das, was er sagt, natürlich stimmt. Bo lächelt, schaut zu ihm auf und schlingt die Arme um seine Taille. »Deine Familie hasst mich.«

»Hass ist ein ziemlich starkes Wort«, meint er und küsst sie. »Meine Familie mag dich nicht besonders.«

Sie lacht. »Eigentlich müsstest du lügen und sagen, dass sie mich toll finden.«

»Toll finden ist auch ein ziemlich starker Begriff.«

Sie grinsen beide.

»Ich glaube, wir haben etwas ganz Besonderes, Solomon.«

»Das ist so romantisch, Bo«, imitiert er ihren verträumten Ton, denn er weiß genau, dass sie Laura meint und nicht ihre Beziehung.

Sie lacht wieder. »Ich denke, wir sollten die Reise

nach Galway filmen. Schließlich geht Laura zum ersten Mal wieder in die Welt hinaus, das wollen wir doch nicht verpassen. Wie heute Morgen beim Frühstück, so was ist doch einfach unbezahlbar. Mit ihr ist man in einer Art O-Ton-Paradies.«

»Du weißt aber schon, warum wir nicht filmen können«, meint er achselzuckend und löst sich von ihr, plötzlich verärgert über ihre unersättliche Gier. »Wir sind noch nicht so weit. Rachel muss nach Hause, du musst deinen hochgestochenen Univortrag halten. Die verlorene Studentin kehrt zurück.«

Bo stöhnt. »Wenn der Vortrag nicht wäre, würde ich mitkommen.«

»Ich erinnere mich, dass du den Termin extra so gelegt hast, dass du den Geburtstag meiner Mutter verpasst.«

»Stimmt.«

»Tja, schlechtes Karma, würd ich sagen.«

Sie lacht. »Das ganze Familiending liegt mir einfach nicht. Ich komme aus einer verklemmten Kleinfamilie, dieses ganze gefühlsbetonte Singen und Tanzen im großen Kreis – das macht mich nervös.«

Solomon hat drei Brüder und eine Schwester, die dieses Wochenende alle da sein werden, mit Partnern, Ehefrauen, Kindern. Dann gibt es noch seine Onkel, Tanten, Cousins und Cousinen, von den verrückten Nachbarn und Zufallsbekanntschaften ganz zu schweigen, die einfach reinschneien, weil sie im

Vorübergehen Musik gehört haben. Es ist laut, für Ungeübte nicht leicht zu verkraften, und Bo hat nicht das entspannte Naturell, um ein ganzes Wochenende Witze und Sticheleien genießen zu können. Im Vorstadthaus ihrer Eltern fühlt Solomon sich gleichermaßen unwohl. Da geht es viel zu leise, zu überlegt, zu höflich zu. In Solomons Familie redet man über alles, es gibt ständig erhitzte Debatten über Politik, Zeitgeschehen, Sport und was bei den Nachbarn so unter der Bettdecke passiert. Seine Familie missbilligt jede Form von Stille, akzeptiert wird sie nur beim Geschichtenerzählen, um des dramatischen Effekts willen. Ansonsten sind Worte, Musik oder Lieder dazu da, die Stille auslöschen.

Aber in Wahrheit ist es Solomon wesentlich lieber, wenn Bo sich ihnen nicht anschließt. Es ist nämlich leichter für ihn, wenn sie nicht dabei ist – jedenfalls wäre es so, wenn Laura ihn nicht begleiten würde.

»Ich glaube nicht, dass Laura am Montag als völlig veränderte Person zurückkommen wird, wenn es Zeit zum Filmen ist. Sie wird immer noch diese Töne hervorbringen«, sagt er.

»Meinst du?«

»Ja. Das gehört einfach zu ihr.«

»Vielleicht können wir ihr bei der Suche nach einem geeigneten Therapeuten helfen. Und dann ihre Fortschritte dokumentieren. Oder so«, sagt Bo und begibt sich wieder in den Produzentinnenmodus.

»Als Teil ihrer Entwicklung. Es gibt so viele Möglichkeiten, diese Doku anzugehen, ich muss echt einen klaren Kopf behalten.«

»Warum sollte sie ihre Laute denn verlieren wollen?«, fragt Solomon.

Bo sieht ihn verwirrt an.

Dann hören sie Rachel zurückkommen, und Bo gibt ihm noch schnell einen Kuss.

»Du würdest nicht mit Laura hierbleiben wollen, oder?«, fragt sie. »Und alle ihre neuen ersten Male aufnehmen, bis ich zurückkomme?«

Bei der Bemerkung schlägt Solomons Herz schneller, und er strengt sich an, ihren Ton zu interpretieren. Natürlich meint sie nicht *dieses* erste Mal für Laura – falls es das überhaupt wäre. Er hat ziemlich viel darüber nachgedacht und ist zu dem Schluss gekommen, dass sie wahrscheinlich noch Jungfrau ist, schließlich wohnt sie in diesem einsamen Cottage, seit sie sechzehn ist. Und wenn es vorher in ihrem Leben jemanden gegeben hätte? Das hätte sie bestimmt erwähnt. Er bemüht sich zu verbergen, was Bos Bemerkung bei ihm ausgelöst hat.

Er räuspert sich.

»Ich will den siebzigsten Geburtstag meiner Mum nicht verpassen.« Er vertreibt das Zittern aus seiner Stimme. »Laura kann mit dir nach Dublin fahren, wenn du das wirklich möchtest. Dann kannst du ihre Fortschritte aus erster Hand beobachten.« Die Worte sind noch nicht aus seinem Mund, da will er sie am liebsten wieder zurücknehmen. Während er auf Bos Antwort wartet, klopft sein Herz noch schneller, aber die Strategie funktioniert. Bo sieht regelrecht erschrocken aus – wie eine junge Mutter, die zum ersten Mal mit ihrem Baby allein bleiben muss.

»Nein, bei dir ist sie besser aufgehoben. Sie mag dich lieber als mich.«

Er verbirgt seine Erleichterung vor ihr, sie verheimlicht ihre Angst vor ihm – und er fragt sich, ob sie ihn ebenso durchschaut wie er sie.

Solomon fährt Bo und Rachel zum Bahnhof. Ursprünglich war der Plan, dass Bo und Rachel mit dem Auto nach Dublin fahren, während Solomon den Bus nach Galway nehmen sollte, aber dann kamen sie übereinstimmend zu der Erkenntnis, dass es für Laura vielleicht nicht die beste Art zu reisen wäre, wenn sie drei Stunden in einem Bus voller neuer Geräusche eingesperrt ist. Auf dem Weg zum Bahnhof sitzt Rachel neben Laura. Die beiden kommen gut miteinander aus, und ihre Gespräche sind einfach und leicht.

»Du wirst ja in letzter Zeit richtig zum Softie«, neckt Solomon sie, als er Rachel hilft, die Kameraausrüstung aus dem Auto zu laden. »Das muss die bevorstehende Mutterschaft sein. Die Hormone.«

»Ja klar, vor allem die«, entgegnet Rachel.

»Nein, im Ernst. Laura mag dich«, sagt Solomon.

»Ja. Aber dich mag sie mehr«, sagt Rachel und fixiert ihn mit einem vielsagenden Blick. Einem warnenden Blick. »Sei brav. Wir sehen uns am Montag.«

12

»Hallo, Mam, ich bin's, Solomon.«

»Hallo, Liebling, alles in Ordnung?«

»Ja. Alles gut … Äh, ich bin auf dem Weg zu euch, und ich bringe jemanden mit.«

»Wen, Bo?«, fragt sie in einem Ton, dem die Skepsis deutlich anzuhören ist, obwohl sie ihre Vorbehalte besser versteckt als die anderen Familienmitglieder und immer respektvoll mit den diversen besseren Hälften umgeht, die ihr nicht so richtig ans Herz wachsen wollen.

»Nein, nicht Bo – es tut ihr echt leid, aber sie konnte ihren Gastvortrag nicht verschieben. Ihn zu halten ist eine große Ehre für sie, deshalb kann sie ihn nicht einfach sausen lassen«, erklärt er, obwohl er selbst nicht weiß, warum er sich eigentlich die Mühe macht und sich ständig bei anderen für andere entschuldigt, vor allem, wo es keinen der Betreffenden im mindesten interessiert.

»Selbstverständlich, sie ist eine sehr beschäftigte Frau.«

»Darum geht es gar nicht so sehr, es ist einfach wichtig. Womit ich natürlich nicht sagen will, dass dein Geburtstag unwichtig ist«, rudert er schnell zurück.

»Solomon, Schatz«, beruhigt sie ihn, und er hört das Lächeln in ihrer Stimme. »Mach dir nicht so viele Gedanken. Du sorgst dich viel zu viel, davon wirst du nur nervös. Wen bringst du denn nun mit? Kann er bei dir in deinem Zimmer übernachten? Der Platz ist ein bisschen knapp.« Sie senkt die Stimme. »Maurice kommt mit Fiona und den drei Kindern. Gott segne ihn, er ist Witwer und alles – aber drei Kinder! Ich hab ihnen das Zimmer gegeben, das ich eigentlich für Paddy und Moira vorgesehen hatte, aber Moira kann leider nicht kommen. Ihr Rücken mal wieder. Deshalb schläft Paddy bei Jack, obwohl er sich furchtbar darüber ärgert – ich weiß, die beiden kommen überhaupt nicht miteinander klar. Aber was soll ich denn tun?«

Solomon lächelt. »Jetzt machst *du* dir aber zu viel Gedanken! Die sollten dankbar sein, dass sie überhaupt eingeladen sind. Ich kann gut bei Pat übernachten.«

»Du wirst doch nicht bei Pat übernachten, wenn du hier dein Zimmer hast. Davon will ich nichts hören.«

»Aber es ist eine Sie, Mam. Also wird es schwierig für dich. Wenn du darauf bestehst, dass wir bei dir übernachten, dann kann sie in meinem Zimmer schlafen, und ich nehme die Couch.«

»Keiner meiner Söhne wird auf der Couch schlafen. Wer ist denn diese Frau, Solomon?«

»Sie heißt Laura. Laura Button. Du kennst sie nicht. Sie ist aus Macroom, und wir machen unsere nächste Doku über sie. Sie ist sechsundzwanzig. Wir sind, na ja, wir sind nicht zusammen.«

Pause.

»Dann kriegt sie Caras Zimmer.«

»Nein, Mam, das musst du nicht, echt. Sie kann mein Zimmer haben. Ich schlafe auf der Couch. Es ist besser, wenn sie ein Zimmer für sich hat.«

»Niemand schläft auf der Couch«, widerspricht sie mit großer Bestimmtheit. »Vor allem nicht mein eigener Sohn. Meinst du, ich plane das alles seit einem Jahr, damit die Leute dann auf Sofas nächtigen müssen?«

Als Betreiberin eines Gasthofs mit acht Zimmern ist Solomons Mutter eine Kümmerin, eine Frau, die darauf besteht, es allen so gemütlich wie möglich zu machen – auch wenn es bedeutet, dass es für sie selbst ungemütlich wird. An sich selbst denkt sie zuletzt. Aber so gastfreundlich sie auch ist, in ihren Ansichten ist sie manchmal recht altmodisch: Sie gestattet es keinem ihrer Kinder, in einem Zimmer mit ihrer Freundin oder ihrem Freund zu übernachten, bevor sie verheiratet sind.

»Wenn du sie kennenlernst, wirst du es verstehen. Sie ist anders, ungewöhnlich.«

»Ach ja?«

»Nicht so, wie du denkst.« Er grinst.

»Na, wir werden ja sehen«, sagt sie leichthin, mit einem Lachen, das in ihren Worten nachklingt. »Wir werden sehen.«

Solomon beendet den Anruf und wartet auf Laura. Sie werden es sehen, allerdings. Laura steht neben den Absperrkegeln einer Baustelle, in der vier Männer in Signaljacken und tiefsitzenden Jeans zu arbeiten versuchen, während sie die Geräusche ihrer Pressluftbohrer imitiert.

Als sie sieht, dass Solomon fertigtelefoniert hat, und die Imitation ihren Ansprüchen genügt, kommt sie zu ihm.

»Wir sollten jetzt wirklich weiterfahren, aber wenn du unterwegs nach Galway noch irgendetwas sehen oder hören möchtest, sag einfach Bescheid. Dann machen wir wieder eine Pause. Halte dich bloß nicht zurück, denn je länger wir brauchen, desto länger brauchen wir eben.«

Laura lächelt. »Du kannst dich glücklich schätzen, dass du diese Familie hast, Sol«, sagt sie mit Bos Stimme.

»Sag es auf deine Art«, fordert er sie auf.

»Solomon«, sagt sie, und er lächelt.

Jedes Mal, wenn dieser Kontakt zwischen ihnen entsteht, muss er sich bewusst auskoppeln. Das passiert sehr oft. Und gerade als er dabei ist, seine Seele von ihrer zu lösen, imitiert sie sein unbehagliches Räuspern, und er muss lachen.

Sie kehren zum Auto zurück, das Solomon an einer eher ungeschickten Stelle geparkt hat, als sie an einer roten Ampel halten mussten und Laura beschloss, aus dem Wagen zu springen und den Ursprung des Pressluftbohrerkrachs zu erforschen.

»Was ist ein Lyrebird?«, fragt sie, als sie wieder unterwegs sind.

Er wirft ihr einen kurzen Blick zu, dann konzentriert er sich wieder auf die Straße.

»Ich habe gehört, wie Bo das am Telefon erwähnt hat. Dass sie einen Lyrebird gefunden hat. Hat sie damit mich gemeint?«

»Ja.«

»Warum nennt sie mich so?«

»Das ist der Titel unseres Films. Der Lyrebird ist ein Vogel, der in Australien lebt und berühmt dafür ist, dass er alle möglichen Geräusche nachahmt.« Was er wirklich sagen möchte, was er sich zu sagen vorgenommen hat, war etwas anderes: *Ein Lyrebird ist eine der schönsten und seltensten und intelligentesten wilden Kreaturen der Welt.* Das hat er bei seinen Recherchen entdeckt und geplant, es ihr zu sagen, aber jetzt bekommt er die Worte nicht über die Lippen. Seit Bo sich für den Titel entschieden hat, verbringt er viel Zeit damit, Nachforschungen über diesen kuriosen Vogel anzustellen. Jetzt hat er es zum ersten Mal gewagt, das Thema von Lauras Imitationskunst anzuschneiden, und er ist furchtbar nervös, dass sie den Vergleich übelnehmen könnte. Bisher gab es kein Anzeichen, dass sie sich ihrer Geräusche überhaupt bewusst ist, obwohl sie gerade vorhin erst eine Menschenmenge um sich geschart hat, die von ihrer Imitation des Presslufthammers vollkommen fasziniert war.

»Schau« – er durchsucht sein Smartphone, eine Hand am Lenkrad, ein Auge auf der Straße. Dann drückt er ihr das kurze Video über den Vogel in die Hand, das er auf YouTube gefunden hat. Er gibt sich alle Mühe, beim Fahren ihre Reaktion zu beobachten, und denkt daran, dass Bo sich ärgern würde, weil dieser Moment nicht festgehalten wird. Laura lächelt, als sie sieht, wie der Vogel von seinem Balzplatz im Wald andere Vogelstimmen imitiert.

»Warum tut er das denn?«, fragt sie, und die Frage macht Solomon neugierig. Er würde ihr nämlich zu gern die gleiche Frage stellen.

»Um ein Weibchen anzulocken«, erklärt er.

Laura schaut ihn an, und ihre Augen bringen ihn so durcheinander, dass er um ein Haar auf das Auto auffährt, das gerade vor ihm an der Ampel hält. Er räuspert sich und tritt heftig auf die Bremse.

»Das Lyrebird-Männchen singt in der Paarungszeit. Es baut eine Art Wall oder Erdhügel, stellt sich darauf und los geht's. Und die Weibchen werden von seinem Gesang angelockt.«

»Dann bin ich also ein Vogelmännchen, das ein bisschen Unterhaltung sucht?«, folgert Laura.

»Aber es fällt unter künstlerische Freiheit.«

Laura sieht sich das Video weiter an, und als der Vogel die Geräusche einer Kettensäge und dann das Klicken einer Kamera nachahmt, fängt sie an zu lachen, lauter und ausgelassener, als Solomon sie bisher hat lachen hören.

»Wer ist denn auf die Idee gekommen, mich danach zu benennen?«, kichert sie und wischt sich die Lachtränen aus den Augen.

»Ich«, antwortet er verlegen und nimmt ihr sein Smartphone schnell wieder ab.

»Ich«, ahmt sie ihn nach, und nach einer kurzen Pause, in der er sich fragt, was ihr durch den Kopf geht, fügt sie hinzu: »Du hast mich gefunden. Du hast mir einen Namen gegeben.«

Solomon zuckt zusammen.

Laura fährt fort. »Ich habe mal ein Buch über die amerikanischen Ureinwohner gelesen. Sie glauben, wenn man jemandem einen Namen gibt, kann es dessen Identität erweitern. Namen können sich im Laufe des Lebens verändern, genau wie die Menschen selbst. Sie glauben, dass Spitznamen nicht nur etwas über den Benannten sagen, sondern auch etwas über die, die ihn so nennen. So werden

Menschen zu einem Prisma statt einem Einwegspiegel.«

Solomon nimmt jedes Wort begierig in sich auf.

Dann macht Laura auf einmal eine Autohupe nach, was ihn zuerst verwirrt, aber dann merkt er, dass tatsächlich jemand hinter ihnen hupt, und zwar ziemlich aggressiv. Während er sich in Lauras Worten verloren hat, ist die Ampel auf Grün gesprungen. Rasch fährt er weiter, aber die Ampel ist schon wieder gelb, und er lässt einen sehr verärgerten Fahrer hinter sich.

»Was ich damit sagen will –«, fügt Laura lächelnd hinzu, »ist, dass mir der Name gefällt. Ich bin Lyrebird.«

13

»Oh, Solomon, sie ist ja so hübsch!« Solomons Mutter Marie begrüßt die beiden vor dem Haus, so hingerissen, als hätte er sein erstgeborenes Kind gerade aus dem Krankenhaus abgeholt und mitgebracht. Zwar umarmt sie ihren Sohn zuerst, lässt Laura dabei aber keine Sekunde aus den Augen. Vor Staunen scheint ihr fast die Luft wegzubleiben. »Meine Güte, schau dich nur an!« Sie ergreift Lauras Hände und schenkt ihrem Sohn von nun an keine Beachtung mehr. »Du bist ja ein leibhaftiger Engel! Wir werden uns gut um dich kümmern.« Dann zieht sie Laura an sich und legt ihr den Arm um die Schultern.

Zusammen mit Finbar, seinem Vater, trägt Solomon das Gepäck ins Haus und bekommt dabei einen so heftigen Rippenstoß, dass er die Tasche fallen lässt. Aber Finbar lacht nur und eilt voraus.

»Wo soll ich die Sachen hinbringen, Liebling?«, fragt Finbar dann seine Frau.

»Laura bekommt das Orchideenzimmer«, antwortet sie.

»Das ist aber meines!«, ertönt eine Stimme, und ein Kopf erscheint an einer Tür auf der rechten Seite des Gangs. »Hi, Bruder.« Dann kommt Donal zum Vorschein – äußerlich eine etwas ältere Version von Solomon –, nimmt seinen Bruder in den Arm und begrüßt auch Laura herzlich.

»Du kannst bei Hannah übernachten, sie hat Platz für dich«, erklärt Marie. »Wenn du nicht allein wärst, Donal, würden wir hier was anderes für dich finden, aber so ist es nun mal, und damit musst du leben.«

»Autsch«, lacht Solomon und boxt seinen Bruder in den Arm. Marie bestraft ihren Sohn, weil er die einzige Frau verlassen hat, von der alle dachten, er würde sie heiraten.

Laura beobachtet die familiäre Interaktion mit einem Lächeln.

»Ist Solomon auch im Orchideenzimmer?«, fragt Donal betont unschuldig, und seine Mutter wirft ihm einen übertrieben bösen Blick zu, über den er seinerseits nur kichert. Solomon macht sich am Gepäck zu schaffen und versucht, Laura möglichst schnell wegzulotsen.

»Solomon ist in seinem eigenen Zimmer«, schnaubt Marie, der das Necken großen Spaß macht. »Jetzt aber fort mit euch beiden. Laura, mein Engel, ich bringe dich zu deinem Zimmer. Und fang da drin nicht gleich wieder irgendeinen Krach an, Donal«, warnt sie, als die beiden Brüder in Solomons Zimmer verschwinden.

Donal lacht. »Mam, ich bin zweiundvierzig.«

»Es ist mir vollkommen gleichgültig, wie alt du bist, du hast den armen Solomon schon immer gern untergebuttert. Ich weiß nämlich, dass du es warst, der ihn vom Doppelstockbett geschubst hat.«

Donals Grinsen wird noch breiter. »Ach, das arme Baby Solomon.«

»Ich war nie das arme Baby, und das weißt du auch genau«, wehrt Solomon sich etwas halbherzig, denn er versucht gleichzeitig, mit Laura Blickkontakt aufzunehmen, um sich zu vergewissern, dass sie mit der Situation zurechtkommt. Er macht sich ein bisschen Sorgen, denn es muss doch anstrengend sein, nach so langer Zeit fast ohne menschlichen Kontakt ausgerechnet in den Schoß seiner Familie zu geraten.

»Wowy«, sagt Laura, eine perfekte Imitation von Solomons Kindheitssprachfehler, und Donal brüllt vor Lachen. Er hält die Hand für ein High Five in die Höhe, aber Marie zieht Laura schnell weg, ehe ihre Söhne sehen, dass sie ebenfalls lacht. In ihren Augen gehört eine gewisse Strenge zu den Aufgaben einer Mutter, und wenn die Kinder mitkriegen, dass sie die Fassung verliert, ist es um ihre Autorität geschehen. Jetzt versuchen sie ständig, sie aufzustacheln, und es ist ihr kleines Spiel, ernst zu bleiben und Haltung zu bewahren.

Laura wird in den neuen Flügel geführt, zwei neue Zimmer für das B&B, die angebaut worden sind, als die Kinder das Haus verlassen hatten – nur Rory, der Jüngste, wohnt noch hier und wird, wie es aussieht, wahrscheinlich auch den Rest seines Lebens in diesem Haus verbringen.

Nachdem er Laura ein paar Minuten Zeit gelassen hat, um sich einzugewöhnen, klopft Solomon an ihre Tür.

»Herein«, antwortet sie leise, und er streckt den Kopf zu ihr ins Zimmer. Sie sitzt auf dem Doppelbett und schaut sich um, das Gepäck steht unberührt auf dem Boden vor ihren Füßen.

»Es ist sehr schön hier«, sagt sie verträumt.

»O ja. Das Orchideenzimmer ist Mams Lieblingszimmer«, sagt Solomon und kommt herein. Dass seine Mutter Laura in diesem Zimmer untergebracht hat, spricht Bände. »Meine Schwester Cara ist Fotografin, das sind ihre Fotos, auf Leinwand aufgezogen. Aus irgendeinem Grund fotografiert sie gern Blumen. Und Steine. Aber die sind natürlich im Steinzimmer. Dort übernachtet der verrückte Onkel Brian. Steine sind nicht so Mams Ding.«

Laura lacht. »Deine Familie ist lustig.«

»So kann man es auch ausdrücken.« Er räuspert sich. »Die Festlichkeiten beginnen in einer Stunde. Ungefähr ganz Spiddal wird hereinstürmen, mit Liedern, Instrumenten, Geschichten und Tanz. Wenn du magst, kannst du selbstverständlich hierbleiben, dann bist du in Sicherheit.«

»Ich möchte aber gern mitkommen.«

»Im Ernst?«, fragt er überrascht.

»Wirst du singen?«, fragt sie zurück.

»Ja, alle müssen etwas zum Besten geben.«

»Ich möchte dich singen hören.«

»Ich warne dich, womöglich wirst du auch zum Singen gezwungen, und ich kann zwar versuchen, sie davon abzuhalten, aber ob ich damit Erfolg habe, ist zumindest zweifelhaft. Sie sind manchmal echt hart drauf, und ich habe wenig Einfluss auf sie.«

»Dann verstecke ich mich eben ganz hinten«, sagt Laura, und Solomon lacht.

»Warum lachst du?«

»Weil ich mir vorstelle, wie du dich versteckst. Dabei würdest du selbst in einem Raum voller Leute sofort auffallen.«

Sie beißt sich auf die Lippe, und Solomon wünscht sich, sein Kompliment hätte nicht so kitschig geklungen. Verlegen zieht er sich zur Tür zurück.

Laura imitiert sein Räuspern.

»Genau«, bestätigt er. »Das war peinlich, tut mir leid. Ich lass dich jetzt lieber in Ruhe, falls du dich frisch machen möchtest, duschen oder was auch immer. Reichen dir dreißig Minuten?« Für Bo wären dreißig Minuten genug, sie denkt nie viel über ihr Äußeres nach. Sie ist von Natur aus schön und stellt in ihrer Kleidung ganz locker irgendetwas zu einem coolen, smarten Look zusammen. Halbschuhe, Hosen mit Aufschlag, dünne Kaschmirpullis und Blazer, eine Art Harvard-Stil. Aber Solomon hatte auch schon Freundinnen, denen eine halbe Stunde nicht mal zum Haaretrocknen gereicht hat.

Laura nickt. »Warte.« Auf einmal sieht sie nervös aus. »Muss ich mich schick machen? Ich besitze nämlich nichts Schickes. Ein paar Sachen hab ich mir selbst geschneidert, aber … die passen nicht hierher.«

»Was du jetzt anhast, ist doch perfekt. Schön leger.«

Sie ist offensichtlich erleichtert, und Solomon fragt sich, ob sie sich womöglich schon die ganze Zeit deswegen Sorgen gemacht hat. In solchen Situationen kommt Bo natürlich besser zurecht.

»Was hat es mit der Blondine auf sich?«, fragt Donal, der es sich auf dem Bett in Solomons Zimmer gemütlich gemacht hat, als Solomon aus der Dusche kommt. Und er scrollt sich durch Solomons Smartphone.

»Nur zu, schau dir ruhig mein persönliches Zeug an, warum nicht?«

»Wo ist Kuh?«

»Sie heißt Bo. In Dublin, wo sie heute Nachmittag an der Uni einen Vortrag vor Filmstudenten halten musste. Deshalb kann sie nicht rechtzeitig hierherkommen.«

Donal macht ein anerkennendes Geräusch, aber irgendwie klingt es sarkastisch. »Bestimmt konnte sie den Vortrag unmöglich verschieben.«

»Ich hab ihr gesagt, sie soll es nicht mal versuchen. Das ist eine große Sache.«

»Klingt ganz danach.« Donal mustert seinen Bruder eindringlich.

Weil ihm dieser Blick nicht gefällt, lässt Solomon das Handtuch fallen, das er sich um die Taille geschlungen hat, und streckt die Hände in die Luft. »Schau, freihändig!«

»Sehr erwachsen.«

»Tja«, Solomon kramt in seiner Tasche nach einem sauberen T-Shirt. »Es ist leichter für mich, wenn sie nicht da ist«, sagt er mit dem Rücken zu Donal und hört dessen Smartphone klicken. »Ihr macht es mir nämlich ganz schön schwer.«

»Überhaupt nicht.« Donal hält das Smartphone in Richtung von Solomons Hintern und macht noch ein Foto. »Wir passen bloß auf dich auf.«

»Indem ihr sie Kuh nennt.«

Donal lacht. »Du hast gesagt, wir sollen mit ihr Englisch reden.« Bò ist das irische Wort für Kuh, und es macht Solomons irischsprechender Familie sehr viel Freude, sie so zu nennen.

»Ihr gebt ihr einfach keine Chance.«

»Das ist doch nur Spaß.«

»Sie hat aber nicht den gleichen Humor.«

»Falsch. Sie hat *keinen* Humor. Aber sie kommt ja auch nur sehr selten, also muss sie sich nicht sonderlich oft mit uns rumschlagen.«

»Bitte hör auf, meine Eier zu fotografieren.«

»Aber sie sind so hübsch. Ich werde sie Mam schicken. Sie kann ein neues Zimmer dekorieren und es Eierzimmer nennen.«

Solomon muss lachen.

»Also, gehst *du* denn mit zu Bos Familie, zu Partys, Brunch, Soirees und Ähnlichem?«, fragt Donal mit einem aufgesetzten Dubliner Schickeria-Akzent.

»Manchmal schon. Aber auch nicht sehr oft. Einmal. Ich und Bo sind besser, wenn wir alleine sind. Ohne Familie.«

»Ohneeinander.«

»Ach komm.«

»Na gut. Letzte Frage. Wollt ihr heiraten?«

»Wollen wir heiraten?« Solomon seufzt. »Du klingst wie eine alte Frau. Warum zur Hölle interessiert es dich, ob ich heirate?«

»Mann, ich glaube, dein Pimmel ist geschrumpft, als ich dich das gefragt habe. Schau …« Er hält das Telefon hoch, um es ihm zu zeigen. »Hier ist er, bevor ich dir die Frage gestellt habe.« Er streicht zum nächsten Bild. »Und hier danach.«

Solomon grinst. »Schön, dass du mir all diese Fragen stellst. Single-Mann Anfang vierzig. Du hättest Priester werden sollen.«

»Vielleicht hätte ich dann mehr Sex gehabt«, meint Donal, und Solomon rümpft die Nase. Aber Donal lacht über seinen eigenen Witz.

»Im Ernst, ich hab zufällig gehört, wie Mam und Dad sich darüber unterhalten haben, dass du vielleicht schwul bist.«

»Ach, sei still«, sagt Donal, tut so, als wäre es ihm gleichgültig, legt das Smartphone aber weg.

Solomon holt es sich und findet darauf zweiunddreißig Fotos von seinen Hoden.

Donal wechselt das Thema. »Mam sagt, du warst in Boston. Wie ist das denn passiert?«

»Der *Irish Globe* hat uns einen Preis verliehen.«

»Herzlichen Glückwunsch.«

»Danke.«

»Dann bist du also glücklich.«

»Ich bin immer glücklich.«

»Dann willst du sie also heiraten?«

»Leck mich.«

»Was hat es mit der Blondine auf sich?«, wiederholt er seine Einführungsfrage.

»Sie heißt Laura.«

»Was hat es mit Laura auf sich?«

Solomon klärt ihn über Lauras Geschichte und ihre Lyrebird-Talente auf und erzählt alles, was er über sie weiß.

»Warum wollte sie nicht mit Bo nach Dublin?«

»Weil sie bei mir bleiben wollte. Ich habe sie

gefunden. Sie vertraut mir«, antwortet er achselzuckend. »Na los, sag mir, dass das schräg ist.«

»Ist es doch gar nicht.«

Solomon sucht im Gesicht seines Bruders nach Sarkasmus.

»Mann, würdest du bitte endlich mal deine Unterhose anziehen?« Donal wirft ein Kissen nach ihm.

»Das hast du davon, wenn du meinen Dödel fotografierst. Ich werde dir die Fotos schicken, dann kannst du ihn anstarren, so lange du willst.«

In diesem Moment geht die Tür auf, und zwei weitere Brüder erscheinen. »Hello-ho!«, brüllen sie und drängeln sich mit einem Sixpack Bier ins Zimmer.

Solomon lacht und fängt geschickt die Boxershorts auf, die Donal ihm zuwirft.

»Was geht denn hier ab?«, fragt Cormac, der Älteste, und mustert Solomon von oben bis unten. »Hübsche Ausrüstung.«

»Dein Date steht am Fenster im Orchideenzimmer und imitiert den Kuckuck«, erzählt Rory, der Jüngste, und öffnet mit den Zähnen eine Bierflasche.

»Ach ja? Und?« Solomon reagiert etwas angespannt, während er in seine Jeans schlüpft und den anderen dann die Stirn bietet, streitlustig, verteidigungsbereit. Es wäre nicht das erste Mal, dass er einem seiner Brüder einen Faustschlag ins Gesicht verpasst.

»Und sie ist heiß«, antwortet Rory grinsend und reicht ihm die Bierflasche.

Auf dem Weg nach unten hört Laura den Lärm der versammelten Menschenmenge und hält einen Moment ängstlich inne. Die Brüder bemerken es zwar, gehen aber wortlos weiter, wofür Solomon ihnen sehr dankbar ist. Hätte es sich um Bo gehandelt, wären sie nicht so rücksichtsvoll gewesen. Wahrscheinlich hätten sie Bo einfach hochgehoben und auf ausgestreckten Armen nach unten geschleppt.

»Alles gut, das verspreche ich«, sagt Solomon leise. Er möchte Laura zu gern den Arm um die Taille legen, sie führen, ihre Hand halten. Aber er tut nichts davon. Er schaut auf sie hinab und sieht durch ihre dichten Wimpern die blassen Sommersprossen auf ihrer Nase. Sie hat sich doch umgezogen und trägt jetzt ein Kleid, das sie bestimmt selbst genäht hat. Ein simpler Schnitt, lange Ärmel, kurzer Rock, alles in einem Mix unterschiedlicher Stoffe. Als sie ins Cottage der Toolins gezogen ist, hat sie offenbar die Vorräte aus der Werkstatt mitgenommen.

»Bleibst du in meiner Nähe?«, fragt sie und blickt schutzsuchend zu ihm hoch.

Er möchte ihr die Haare aus dem Gesicht streichen, die ihr über die Augen gefallen sind.

Sie stehen so dicht zusammen auf der Treppe, dass sie seine Wärme spürt. Sie möchte das Gesicht an seine Brust drücken, dort, wo die Haut unter den offenen Knöpfen seines T-Shirts zu sehen ist, sie möchte seinen Geruch einatmen, seine Wärme auf der ihren spüren.

So stehen sie da und sehen sich an. Solomon spürt die Kraft ihres Blicks. Er räuspert sich.

»Natürlich bleibe ich in deiner Nähe. Wenn du auch versprichst, bei mir zu bleiben. Die könnten mich da unten bei lebendigem Leib verschlingen.«

Sie lächelt.

Dann hakt sie sich bei ihm unter, drückt seinen Arm eng an ihren Körper – sie kann nicht anders.

»Es wird dir bestimmt gefallen«, sagt er leise zu ihrem Oberkopf, der so nah ist, dass seine Lippen ihre Haare streifen und ihm der Duft ihres Parfüms in die Nase steigt.

14

Die Verbindungstüren zwischen Wohnzimmer, Esszimmer, Hobbyraum und Küche sowie die Türen zum Wintergarten sind allesamt geöffnet, so dass sich ein großer Partyraum ergibt. Der Esstisch biegt sich unter der Last der teils von Marie zubereiteten und teils von den Nachbarn mitgebrachten Leckereien. Insgesamt drängen sich etwa hundert Menschen im Erdgeschoss des Hauses.

Finbar steht schon auf der kleinen Bühne und erzählt eine Sonderausgabe der Geschichte, wie er Marie kennengelernt hat. Er spricht Englisch, damit auch Maries Dubliner Familie und Freunde ihn verstehen können.

Am Ende der Geschichte überreicht er seiner Frau ein Herz, das er aus dem Holz eines im Sturm umgestürzten Baums geschnitzt hat. Angeblich war es der Baum, unter dem sich die beiden zum ersten Mal geküsst haben, aber Solomon hält es für wesentlich wahrscheinlicher, dass es sich um einen ganz gewöhnlichen Baum aus irgendeinem Park handelt, in dem sie mal spazieren gegangen sind. Doch es ist der Gedanke, der zählt. In den vier »Herzkammern« des kleinen Kunstwerks befinden sich vier Schubladen, und in jeder davon versteckt sich ein Gegenstand, der ein besonderes Ereignis ihres langjährigen Zusammenseins symbolisiert.

Alle haben Tränen in den Augen, Handys werden gezückt, um den Moment einzufangen, in dem Marie, die während der Darbietungen immer bei Finbar auf der Bühne sitzt, in seiner Umarmung versinkt. Als Nächstes ist sie selbst dran. Vor der Geburt ihrer fünf Kinder und der Eröffnung ihrer eigenen Pension war Marie professionelle Harfenistin, sie hat die Welt – vor allem die USA – bereist und bei Geburtstagen, Hochzeiten und Bühnenaufführungen gespielt, klassische oder traditionelle Musik, was immer gerade verlangt wurde. Seit jeher ist die keltische Musik ihr persönlicher Favorit, und in dem keltischen Konzert, bei dem sie damals in Galway aufgetreten ist, hat Finbar sie auch zum ersten Mal zu Gesicht bekommen. Die rothaarige Göttin hinter ihrer riesigen Harfe faszinierte alle.

Nicht dass es Maries Talent schmälern würde, aber Solomon und seine Geschwister haben die Nummer schon so oft gehört, dass die Musik für sie ein wenig von ihrem Glanz verloren hat. Doch jedes Mal, wenn sie die Begeisterung auf den Gesichtern der Gäste sehen, die Marie zum ersten Mal spielen hören, erinnern sie sich wieder daran, wie leicht es ihrer Mutter fällt, das Publikum in ihren Bann zu schlagen.

Marie beginnt »Carolan's Dream« zu spielen, und Laura, die bisher still neben Solomon gesessen hat, richtet sich sofort auf und lauscht hingerissen. Solomon lächelt, als er ihren Gesichtsausdruck sieht, und lehnt sich, um Laura besser beobachten zu können, ganz entspannt zurück.

Leider dauert das Vergnügen nicht lange, denn kurz darauf beginnt sein Handy in der Tasche zu vibrieren. Es ist Bo. Hastig entschuldigt er sich bei den Umsitzenden und steht auf. Keiner bemerkt ihn, und es interessiert auch niemanden, weil alle momentan nur Augen für Marie haben. Leise verlässt er den Raum und geht nach nebenan in die Küche.

»Hi«, sagt er und stochert ein bisschen in den Partysnacks auf der Kücheninsel herum.

»Hi«, antwortet Bo, so laut, dass er das Telefon schnell ein Stück von seinem Ohr weg hält. Im Hintergrund hört er lautes Stimmengewirr, das Bo offenbar zu übertönen versucht. Pubgeräusche, die ungefiltert in Solomons heiter-gelassene Umgebung eindringen.

»Ich dachte, du arbeitest zu Hause«, sagt er und versucht, leise zu reden.

»Was?«, brüllt sie.

»Ich dachte, du arbeitest zu Hause«, wiederholt er etwas lauter. Prompt ermahnt ihn jemand von drüben und schließt die Tür. Solomon öffnet die Hintertür und geht hinaus in den Garten. Der Geißblattduft erinnert ihn an ein Leben, das hauptsächlich im Freien stattfand, an lange warme Sommer, an Spiele und Abenteuer in jeder Ecke des Gartens.

»Hab ich auch. Tu ich auch. Recherche«, ruft Bo, und an ihrer Stimme erkennt er, dass sie schon einiges getrunken hat. Allerdings braucht Bo nicht viel Alkohol, um beschwipst zu werden. »Ich hab ein Treffen mit einem Anprothologisten«, sagt sie, verhaspelt sich noch einmal und fügt dann kichernd hinzu: »Ach, du weißt schon, was ich meine. Jedenfalls habe ich einen gesucht und ein paar Aufnahmen von Laura eingeschickt. Jack liebt sie. Er möchte, dass sie bei *StarrQuest* mitmacht, er glaubt, sie wäre phantastisch. Aber wir dürfen niemandem verraten, dass er sie gesehen hat, denn eigentlich dürfen die Juroren die Nummern ja vorher nicht kennen, aber er findet sie einfach unglaublich. Ich weiß, was du von der Show hältst, aber ich denke an die Publicity für Laura und wie sich das auf unsere Doku auswirken könnte.«

Bo ist atemlos vor Aufregung, und sie klingt, als gehe sie die längste, lauteste, belebteste Straße von Dublin entlang. Vielleicht wandert sie aber auch nur im Pub auf und ab.

Solomon kommt fast die Galle hoch. »Moment mal. Jack Starr möchte, dass Laura sich für *StarrQuest* bewirbt?«

»Überleg doch mal, Sol – das könnte super

werden. Wir könnten ihre ganze Reise filmen. Sie wünscht sich doch einen Neuanfang, da wäre so eine Gelegenheit doch total aufregend, oder? Jack möchte sie auch nicht nur in der Vorauswahl, er möchte sie gleich für die Liveshow. Definitiv. Aber noch mal – rede bitte mit niemandem darüber, die dürfen eigentlich nicht im Voraus zusagen. Aber stell dir doch bloß vor, wie spannend das für Laura wäre!«

»Ich stelle es mir ja vor, und ich finde, es ist eine verdammte Sauerei, dass du überhaupt auf so eine Idee kommst.« Vor Wut spuckt er fast ins Telefon.

Sie schweigt und zählt bis drei. »Ich hätte es mir eigentlich denken können, dass du meine Idee runtermachen würdest. Ich hab dich angerufen, ich war *begeistert*, Sol. Warum kannst du dich nie mitreißen lassen von dem, was ich toll finde? Oder wenigstens die Freude mit mir teilen. Du ziehst alles in den Dreck. Jedes Mal.«

»Wie kommst du überhaupt dazu, mit Jack in den Pub zu gehen?«, will er wissen.

Jack ist Bos Exfreund, die beiden hatten eine fünfjährige Beziehung, er ist der Mann, mit dem sie vor Solomon zusammen war. Eine abgehalfterte Berühmtheit mittleren Alters, ehemaliger Leadsänger eines amerikanischen Softrock-Duos mit einer Handvoll Hits. In den Achtzigern ist er nach Irland gezogen, war mit einer langen Reihe von Models liiert und hat die ganze Zeit vom Abglanz seines

Namens gelebt. Jetzt ist er Radio-DJ, moderiert eine Talentshow im Fernsehen, für die Solomon einmal gearbeitet hat – wegen des Geldes natürlich –, und macht Solomon wahnsinnig. Jack genießt es, dass er vor Solomon mit Bo zusammen war, und lässt einen nervenden und abschätzigen Kommentar nach dem anderen fallen, um Solomon zu ärgern.

»Ich hab mich ja nicht mit Jack zum Weggehen verabredet«, verteidigt sie sich. »Ich habe ihm die Aufnahmen von Laura gemailt, weil ich dachte, vielleicht kennt er einen Anthropologen …« Diesmal kommt das Wort korrekt über ihre Lippen, sie hat anscheinend aufgepasst.

»Warum sollte Jack einen Anthropologen kennen, Bo? Er ist ein abgewrackter Kuschelrocksänger. Das ist Schwachsinn – du hast ihn angerufen, weil ich nicht da bin und du jemanden brauchtest, den du abschleppen kannst.« Er ist selbst nicht ganz sicher, woher all die Wut kommt und wo genau die Eifersucht ihren Ursprung hat. Er weiß, dass er durchaus ein Recht auf ein bisschen Entrüstung hat, aber ganz sicher nicht in diesem Ausmaß. Trotzdem kann er nicht anders. Es ist sein schlechtes Gewissen wegen Laura, weil er zusätzlich zu der Beschützerrolle, die er übernommen hat, etwas für sie fühlt. Das feuert ihn an.

Bo schreit ins Telefon, sie ist empört, dass Solomon ihr Vorwürfe macht. Aber er schreit lauter, keiner hört mehr zu, aber beide stürzen sich auf jede mögliche Beleidigung. Sie drehen sich im Kreis. Und schließlich verstummen sie.

»Wenn Laura sich für die Show bewirbt, würde es der Finanzierung und dem Interesse an unserer Dokumentation helfen«, sagt Bo dann sachlich.

»Ich dachte, du brauchst keine Finanzierung. Ich finde die Idee geschmacklos. Und ich kann mir nicht vorstellen, wie es dir als ernstzunehmender Dokumentarfilmerin helfen könnte. Ich glaube, es würde alles Gute kaputtmachen, was du dieses Jahr hingekriegt hast«, erwidert er kalt, wobei er hofft, dass seine Kälte bei ihr ankommt, und überlegt, ob er noch deutlicher werden muss.

Sie schweigt, und er fragt sich, ob er sie zum Weinen gebracht hat, was für Bo allerdings eine äußerst untypische Reaktion wäre. Bei ihrer nächsten Wortmeldung ist sie denn auch genauso klar und sachlich wie zuvor.

»Als Produzentin halte ich mir alle Optionen offen. Es gibt eine Planänderung. Ich fahre am Sonntag nicht nach Cork, sondern du musst Laura zum Vorsprechen nach Dublin bringen. Sag deiner Mutter bitte herzliche Glückwünsche zum Geburtstag. Gute Nacht.«

Ehe Solomon etwas erwidern kann, beendet sie das Gespräch.

Bo starrt auf das Telefon in ihrer Hand, der Bildschirmschoner leuchtet noch – ein Bild von ihr und Solomon, wie sie einen Preis für *The Toolin Twins* in die Höhe recken. Tränen der Enttäuschung brennen in ihren Augen. In diesem Augenblick hasst sie ihren Freund von ganzen Herzen, aber hauptsächlich ist sie verletzt. Sie ist irritiert, frustriert, sie fühlt sich abgewürgt, in eine Schublade gepackt. Solomons Verhalten ist so vorhersehbar. Sie wusste, dass er so reagieren würde, dass er diese einmalige Gelegenheit rundheraus ablehnen würde, aber obwohl sie es wusste, ist sie in ihrer Begeisterung trotzdem zu ihm gegangen und hat sich von seiner Reaktion verletzen lassen. Immer wieder tut sie das Gleiche und erwartet ein anderes Ergebnis – wie blöd ist sie eigentlich?

Sie spürt, wie sich ein Arm um ihre Taille legt, schließt die Augen, erinnert sich an das Gefühl und genießt es, macht sich dann aber los.

»Lass das, Jack«, murmelt sie.

Er sieht sie an. »Der Anruf beim Märchenprinzen war wohl nicht so erfreulich?«

Sie kann nicht einmal lügen, kann weder sich selbst noch Solomon verteidigen. Jacks Blick lastet auf ihr, auch dieses Gefühl kennt sie. So war es immer: Er hat sie angestarrt, bis sie Dinge gesagt hat, die sie überhaupt nicht hatte sagen wollen. Aber jetzt wird sie nicht klein beigeben.

Jack zieht den Reißverschluss seiner Lederjacke

hoch und die Mütze tiefer in die Stirn, eine Gruppe von Passanten glotzt und tuschelt. »Er ist mit einer anderen Frau in Galway, und du bist hier, bei mir. Mit euch beiden stimmt doch irgendwas nicht.«

»Wir vertrauen einander, Jack«, entgegnet sie müde.

»Komm zu mir zurück«, sagt er, und sie lacht.

»Damit du mich wieder betrügen kannst?«

»Ich hab dich nie betrogen. Das habe ich dir immer gesagt. Du bist die einzige Frau, die ich nie betrogen habe.«

Sie wirft ihm einen misstrauischen Blick zu. Das hat sie ihm nie geglaubt. Wahrscheinlich war ihre Definition von Betrügen schon immer eine andere als seine. Genau genommen war es ja kein Fremdgehen, wenn Jack sich in irgendeinem Club von einer Schar halbnackter junger Frauen anflirten ließ, aber er hinderte sie auch nie daran, auf Tuchfühlung zu gehen. Und umgekehrt hielt er sich genauso wenig zurück.

»Was macht mich denn so besonders?«, fragt sie zynisch. Es kommt ihr wie eine Phrase vor.

»Das solltest du eigentlich nicht fragen müssen«, antwortet er. »Du müsstest doch wissen, was dich besonders macht. Das sollte man dir jeden Tag sagen«, fügt er sanft hinzu.

»Er sagt es mir die ganze Zeit«, erwidert sie mit matter Stimme. »Gute Nacht, Jack.«

Er streckt die Hand aus und streicht mit dem Daumen über ihr Kinn; auch das hat er schon immer gern getan. Seine Finger riechen nach Rauch.

»Du solltest wirklich mit dem Rauchen aufhören.«

»Würdest du dann zu mir zurückkommen?«

Sie verdreht die Augen, aber ihre Gereiztheit verschwindet. »Würdest du dann aufhören?«

Er lächelt. »Komm gut nach Hause, Bo Peep.«

Dann steht sie allein vor dem Pub, umgeben von einem Dutzend Rauchern, die lachen und reden, aber trotzdem allein. Und sie denkt über das nach, was Jack gesagt hat. Wann hat Sol sie das letzte Mal richtig gelobt oder ihr gesagt, dass sie etwas Besonderes ist? Sie kann sich nicht erinnern. Aber sie sind jetzt ein Jahr zusammen, da passiert das schon mal, oder nicht? Die Leidenschaft kühlt ab, das ist normal. Wenigstens ist er treu, das glaubt sie ihm – oder hat es jedenfalls bisher immer geglaubt. Sie hat sich nie Sorgen gemacht, wenn er abends weggegangen ist oder spät nach Hause kam. Er war einfach nicht der Typ. Jetzt kann sie auf einmal nur noch an Situationen denken, in denen er sie schlechtgemacht oder versucht hat, ihr etwas auszureden. In diesem beschwichtigenden Ton, der sich für sie jetzt plötzlich herablassend anfühlt. Aber auch das ist normal, es kommt daher, dass sie zusammen arbeiten und zusammen leben. Sie sind fast immer zusammen, Privates und Berufliches überschneiden sich, die

Grenzen verschwimmen. Trotzdem klappt es doch ganz gut zwischen ihnen, findet sie. Aber vielleicht brauchen sie mehr Regeln, ein paar gute Tipps, wie sie Arbeit und Beziehung vereinbaren können. Zum Beispiel kann man nicht einfach die Produzentin runterputzen; das würde Solomon schließlich bei anderen Jobs auch nicht machen. Auf der anderen Seite weiß Bo allerdings auch, dass sie deutlich geäußerte Kritik zuweilen braucht. Wenn sie sich Hals über Kopf in eine Sache stürzt, öffnet Solomon ihr oft die Augen und hilft ihr, auch andere Perspektiven in Betracht zu ziehen. Perspektiven, die ihr, sobald er sie ausspricht, ganz offensichtlich erscheinen, aber für sie im Eifer des Gefechts nicht sichtbar waren. Solomon und sie sind einfach ein gutes Team.

Aber manchmal, vor allem jetzt, fühlt es sich einfach nicht so an. Trotzdem – das ist doch sicher auch normal.

Die Idee mit *StarrQuest* findet Bo trotz Solomons Vorbehalten, die sie anfangs sogar selbst hatte, immer noch gut. Wie Laura gesagt hat: Manchmal reicht es, einem einzigen Menschen zu vertrauen. *StarrQuest* ist Jacks Show, und trotz allem, was sie zusammen durchgemacht haben, vertraut Bo ihm noch immer.

Solomon flucht und stopft sein Handy wieder in die Tasche. Draußen ist es noch hell, nur ganz allmählich beginnt die Dämmerung, und der Sommerabend senkt sich herab. Er holt tief Atem, in Gedanken immer noch mit seiner Wut auf Bo beschäftigt. Laura nach Dublin zu schleppen und bei *StarrQuest* mitmachen zu lassen scheint ihm die geschmackloseste, mieseste Idee zu sein, die Bo je hatte, aber er kann sie auch nicht strikt ablehnen. Er kann nichts anderes tun, als Laura davon zu erzählen und abzuwarten, was sie sagt. Es ist ihr Leben, nicht seines. Er muss aufhören, sich so in die Angelegenheiten anderer hineinziehen zu lassen, er muss aufhören, so sensibel auf jede Kleinigkeit zu reagieren, die um ihn herum passiert. Es ist nicht seine Aufgabe, für andere Leute die Feuerwehr zu spielen, es ist nicht seine Aufgabe, die Probleme anderer selbst zu fühlen, aber so ist er nun mal, so war er schon immer. Er kann nichts dagegen machen. Er war immer derjenige, der sich bemüht hat, Paare miteinander zu versöhnen, Missverständnisse auszuräumen, Trennungen zu verhindern. Er war immer derjenige, der versucht hat, bei Kneipentouren den Streit zwischen betrunkenen Kumpeln zu schlichten. Jedes Missverständnis, auch wenn es rein gar nichts mit ihm zu tun hat, bringt ihn dazu, in die Bresche zu springen und die Wogen zu glätten. Er ist der geborene Vermittler. Der Berater. Der Friedensstifter. Die Meinungsverschiedenheiten anderer stressen ihn mehr, als wenn er selbst in welche involviert ist; er spürt die Wut, die Verletzung, die Ungerechtigkeit der anderen vervielfacht in sich selbst. Er weiß, dass er so reagiert, es ist ihm klar, dass er es wahrscheinlich bleiben lassen sollte, aber er kann einfach nicht damit aufhören.

Als sein Ärger abkühlt, wird ihm auch selbst kühl. Der Wind vom Meer macht ihm eine Gänsehaut. Er überlegt, irgendwo eine Zigarette schnorren zu gehen – er raucht nur, wenn er extrem nervös oder betrunken ist, und momentan fühlt er sich wie beides davon –, aber auf einmal hört er von drinnen einen Laut, der sein Herz zum Rasen bringt, und bleibt stehen wie angewurzelt.

»Carolan's Dream« ertönt ein zweites Mal, aber er weiß, dass nicht seine Mutter spielt. Marie würde niemals dasselbe Stück zweimal am selben Abend zum Besten geben, das hat sie noch nie getan, und er kann sich nicht vorstellen, warum sie es heute tun sollte. Die Version ist ihrer sehr nah, aber nicht ganz identisch. Jemand anderes spielt die Melodie, ganz eindeutig, aber er kann nicht genau sagen, was ihn da so sicher macht. Es werden keine falschen Saiten angeschlagen, nichts klingt falsch, aber etwas fehlt. Außerdem würde keiner im Saal versuchen, es seiner Mutter gleichzutun, niemand hier ist auch nur annähernd so talentiert wie sie. Schließlich setzt Solomon sich wieder in Bewegung, wie in Zeitlupe, distanziert, als stünde er an einer Kamera, die langsam über die Szene fährt. Er spürt kaum, dass sich seine Füße bewegen, sein Kopf ist ganz in der Musik, die Musik ganz in seinem Kopf. Er folgt ihr, sie ruft ihn. Die Küchentür, die zu ihr führt, ist wieder offen, und alles, was er sieht, ist die versammelte Menge. Alle blicken nach vorn, mit offenem Mund, kopfschüttelnd, die Augen weit aufgerissen und erfüllt von der Schönheit dessen, was sie hören und sehen. In der Tür bleibt Solomon stehen, niemand bemerkt ihn. Er schaut zur Bühne, und dort sitzt Laura auf einem Hocker, ganz allein, mit geschlossenen Augen, den Mund geöffnet, und imitiert den Klang der keltischen Harfe.

Solomons Mutter, die neben Finbar auf der Seite des Podests steht, dreht sich um, und als sie Solomon entdeckt, läuft sie zu ihm, einen Ausdruck im Gesicht, der fast beunruhigt wirkt, die Hände vor den Mund geschlagen.

»Oh, Solomon«, flüstert sie, legt den Arm um seine Taille und zieht ihn an sich. Dann wendet sie sich wieder Laura zu.

»Alles in Ordnung?«, fragt er verwirrt. Einen Moment fürchtet er, dass sie einen Diven-Koller bekommt, weil Laura bei ihrem Geburtstagsfest ihr Lied spielt. Zwar wäre das vollkommen untypisch für Marie, aber in diesem Augenblick kann er ihre Gefühle absolut nicht einschätzen.

Sie antwortet nicht gleich, ganz in Lauras Bann geschlagen. Doch dann wendet sie sich ihm wieder zu. »Ich habe noch nie in meinem Leben jemanden wie sie gesehen oder gehört. Sie ist ein Märchen.«

Solomon lächelt erleichtert. Und stolz. »Jetzt kannst du endlich auch mal selbst hören, wie wunderschön du spielst«, sagt er leise.

»Ach du liebe Zeit«, sagt sie nur und drückt die Hände an ihre heißen Wangen.

Solomon schaut in die Gesichter der Gäste, alle sind völlig fasziniert, denn sie erleben etwas ganz Neues und Einzigartiges.

Vielleicht war er unfair zu Bo. Vielleicht hat er sich geirrt. Vielleicht hat Laura ein Publikum verdient, und nicht nur eines von der Art, die ein Dokumentarfilm ihr verschaffen würde. Sie braucht lebendige Zuhörer, den direkten Kontakt, die echten Reaktionen. Laura leibhaftig zu sehen ist eine tiefe Erfahrung, sie trifft mitten ins Herz, erst diese Unmittelbarkeit macht sie und ihre Talente lebendig. Vielleicht ist sie tatsächlich dafür geschaffen, auf einem Podium zu stehen – genau wie der Lyrebird.

15

Als Laura ihre Imitation von »Carolan's Dream« beendet, bricht tosender Beifall aus. Die Gäste springen auf, rufen und pfeifen, verlangen eine Zugabe. Aber die Reaktion erschreckt Laura so, dass sie wie erstarrt dasteht und stumm in die begeisterte Menge blickt.

»Rette sie, Solomon«, sagt Marie und packt ihn am Arm.

Sofort rennt er zum Podium und nimmt Laura bei der Hand. Als sie sich berühren, sieht sie ihn überrascht an, und da er an seinen Streit mit Bo denkt, lässt er sie sofort wieder los. Sie folgt ihm trotzdem, aber seine Brüder nehmen ihn in die Zange, und die anderen, Familie und Nachbarn, fordern nun von ihm einen Gesangsauftritt. Solomon weiß, dass er nicht mehr vom Podium gelassen wird, ehe er nicht mindestens ein Lied zum Besten gegeben hat. Rory kommt Laura zu Hilfe und führt sie an ihren Platz zurück, was Solomon etwas verunsichert, während er sich mit seiner Gitarre auf der Bühne niederlässt. Als er sieht, dass Rory ihr etwas ins Ohr sagt und sie sich zu ihm beugt, um ihn besser zu verstehen, beginnt sein Herz wieder heftig zu pochen, aber von der Bühne kann er natürlich nicht eingreifen. Eigentlich kann er sowieso nichts unternehmen, er hat ja keinen Anspruch auf Laura. Rory ist das Nesthäkchen der Familie, achtundzwanzig Jahre alt, vom Alter Laura also näher als Solomon. Außerdem ist er Langzeit-Single, bringt zu Familienfesten ein attraktives Mädchen nach dem anderen mit nach Hause, bleibt aber nie länger als ein paar Monate mit derselben liiert. Offenbar kann er sich seine Freundinnen aussuchen und wählt sehr gut – immer sind es hübsche, nette Mädchen, die seinem Charme erliegen. Sie schwärmen von ihm, dem süßen, lustigen Rory, und er genießt es.

Zu Donals spöttischem Zwischenruf: »Geh zum Friseur!«, zieht Solomon seinen Dutt fest, und alles lacht. Solomon greift einmal kräftig in die Saiten, um die Aufmerksamkeit wieder auf sich zu lenken, und Laura blickt sofort auf. Doch auch Rory, der sich kaum weniger dafür interessieren könnte, dass Solomon zum hundertsten Mal dasselbe Lied singen wird, hat es darauf abgesehen, Lauras Interesse zurückzugewinnen.

»Ich habe diesen Song geschrieben, als ich siebzehn war. Damals hatte mir ein Mädchen, dessen Namen ich hier nicht nennen will, das Herz gebrochen«, beginnt Solomon.

»Sarah Maguire!«, ruft Donal, und wieder lachen alle.

»Ihr habt den Song alle schon gehört, mit Ausnahme einer einzigen Person, die wir heute Abend hier herzlich willkommen heißen – war sie nicht wundervoll, Leute?«

Alle jubeln Laura zu.

»Der Song heißt ›Twenty Things That Make Me Happy‹ …«

Ein kollektives »Ahhh« geht durch die Reihen.

»… ›And None of Them Are You‹«, vollendet er den Titel, und das Publikum applaudiert freundlich. So läuft das immer, es ist jedes Mal das Gleiche. Die Wiederholungen gehören zur Gemütlichkeit dieser Zusammenkünfte – alle kennen ihre Rolle, lassen sich darauf ein und spielen sie, so gut sie können. Und obwohl jeder den Titel schon oft gehört hat und wahrscheinlich inzwischen den ganzen Text auswendig kennt, wird dabei viel gelacht.

Solomon beginnt. Es ist ein schwungvoller Song über die einfachen Freuden des Lebens, wie wichtig sie sind, wie glücklich sie ihn machen, so viel glücklicher als das Mädchen, das sein Herz gebrochen hat. Jetzt hat sie keine Bedeutung mehr für ihn, und genau das hat er sich damals gewünscht, als er siebzehn war, wütend und schrecklich verletzt, weil sie ihn mit einem seiner Kumpel betrogen hatte. Sie war nicht seine erste Liebe, er war vorher schon ein paarmal verliebt gewesen – das passierte ihm damals leicht, er war ins Verliebtsein verliebt, ein junger Romantiker, der Liebeslieder für den eigenen Gebrauch und Rocksongs für seine Band schrieb.

Eigentlich wollte Solomon immer Rockstar werden. Plan B war Tonmann in einem Aufnahmestudio, Plan C Tontechniker auf Tour. Die Arbeit als Dokutonmann ist für ihn eine Herzensangelegenheit, die Arbeit für die Realityshows macht er nur, um die Miete bezahlen zu können. Er schreibt immer noch Songs und spielt auch weiterhin Gitarre, wenn auch weniger, seit er mit Bo zusammenwohnt. Jetzt hat er weniger Zeit für sich, und da die Wände seiner Stadtwohnung papierdünn sind, ermöglichen sie ihm nicht den Luxus, seinem persönlichen, etwas umständlichen kreativen Prozess, der ihm oft peinlich ist, in Ruhe nachzugehen.

Die Zuhörer stimmen sofort ein, als er seine kleinen Alltagsfreuden aufzuzählen beginnt.

Eins: Ein frisch bezogenes Bett.
Zwei: Ein Tag ohne Desaster.
Drei: Feierabend, wenn es draußen noch hell ist.
Vier: Ein freier Tag, an dem die Sonne scheint.
Fünf: Post, die keine Rechnungen enthält.
Fünf Dinge, die mich glücklich machen – uhuuu …

Er hört auf zu spielen, und das Publikum füllt die Stille mit:

Und keins davon bist du-huu.

Die Zuhörer applaudieren sich gegenseitig, und Solomon fährt fort:

Sechs: Ein Speckbrot mit Ketchup.
Sieben: Der Duft von frischem Heu.
Acht: »Scarface« und ein Bier.
Neun: Unsere Jungs bei der 90er WM.
Zehn: Wenn ich Geld in der Hosentasche finde.
Zehn Dinge, die mich glücklich machen, uhuuu …

Wieder hält er inne, und die Menge singt:

Aber keins davon bist du-huhuu.

»SARAH!«, brüllt Donal, und alle krümmen sich vor Lachen.

Elf: Ein Lieblingssong auf Endlosschleife.
Zwölf: Morgens früh den Bus erwischen.
Dreizehn: Blisterfolie knallen lassen.
Vierzehn: Mams Apfelkuchen. (Hier wird im Publikum kräftig applaudiert.)
Fünfzehn: Socken, die zusammenpassen.
Fünfzehn Dinge, die mich glücklich machen, uhuuu …
UND KEINS DAVON BIST DU-HUU.

Sechzehn: Bonners gehaltener Elfer gegen Rumänien.
(Jubel.)
Siebzehn: Frühstück im Bett.
Achtzehn: Frisch rasierte Haut.
Neunzehn: Der erste Tag der Ferien.
Zwanzig …

Er schlägt schnell und wild auf die Gitarre, erhöht die Spannung, damit auch wirklich alle in die letzte Zeile einstimmen:

… deine beste Freundin küssen!

Ursprünglich hieß es »vögeln«, denn das hatte er damals getan, um sich zu trösten – was natürlich nicht funktioniert hatte –, aber seinen Eltern zuliebe hat er auf das Wort verzichtet.

Alles freut sich, und als Solomon die Bühne verlässt, übernimmt sein ältester Bruder Cormac seinen Platz und rezitiert ein Stück aus *Dancing at Lughnasa* von Brian Friel.

Als Solomon sich einen Weg durch die Menge gebahnt hat und oft genug stehen geblieben ist, um mit Leuten zu reden, die er seit Monaten nicht gesehen hat, ist Laura von ihrem Platz verschwunden. Eine Weile schaut er sich suchend um, dann bemerkt Donal seine Ratlosigkeit, deutet zur Tür in die Küche, und Solomon beeilt sich hinzukommen.

Aber dort stehen nur ein paar Partygäste herum, die während Cormacs Darbietung lieber das Essensangebot probieren. Cormac ist gut darin, das Publikum zu vergraulen, nicht etwa, weil es ihm an Talent mangelt – er rezitiert großartig, keiner kann ihm das Wasser reichen –, sondern weil er keine Ahnung von Timing hat. Wenn die Zuhörer gerade dabei sind, vor Begeisterung durch die Decke zu gehen, beginnt er mit seinem düsteren, nachdenklichen Vortrag, der in diesem Moment das glatte Gegenteil von dem ist, was die Leute gerne hören würden. Die Stimmung ist dahin, das mitreißende Hochgefühl verschwunden. Bei Gesprächen ist es genauso – wenn alle herzhaft lachen, schneidet Cormac garantiert ein deprimierendes Thema an.

Auch Solomons Schwester Cara hat die Flucht ergriffen, aber als sie sieht, wie Solomon sich umschaut, ahnt sie sofort, was mit ihm los ist.

»Da draußen«, sagt sie und deutet zum Fenster. »Er wollte ihr die Kuckucke zeigen, unser kleiner Kuckucks-Experte.« Zum Glück hat sie das Feingefühl, nicht zu lachen. Solomon reißt sich zusammen, versucht, sein wild klopfendes Herz zu beruhigen, und bahnt sich einen Weg durch die immer voller werdende Küche zur Hintertür, die direkt in den Garten führt. Doch an der Tür hält er inne, die Hand schon auf der Klinke.

Was ist denn eigentlich daran auszusetzen, dass

Laura mit Rory im Garten ist? Abgesehen davon, dass es Solomon wahnsinnig macht, kann eine sechsundzwanzigjährige junge Frau doch tun und lassen, was sie will. Was hat er vor? Er kann die beiden ja nicht auseinandertreiben und ihnen den Kontakt zueinander verbieten. Er kennt seinen Bruder gut, er weiß genau, was er von Laura will – das Gleiche, was jeder junge Mann von einer jungen hübschen Frau in einem ungestörten Moment will. Aber sein Bruder ist schließlich kein Triebtäter. Er wird Laura nicht zu Boden geworfen und sich über sie hergemacht haben; sie muss nicht gerettet werden.

Vielleicht weiß Laura ja auch ganz genau, was Rory von ihr will, und vielleicht will sie es auch. Zehn Jahre allein in einem Cottage, ohne jede Intimität – wäre es da nicht ganz normal, wenn sie sich Sex wünscht? Jedenfalls weiß Solomon, dass es bei ihm so wäre. Aber ist er verpflichtet, Laura zu beschützen? Es ist doch nicht seine Aufgabe, auf sie aufzupassen, oder? Vielleicht hat er sich diese Aufgabe selbst aufgehalst, vielleicht hat er sich seinem eigenen Ego zuliebe in eine wichtige Position manövriert. Erinnerungen an kindische Geschwisterstreitereien von früher werden wach: *Ich hab sie zuerst gesehen! Sie gehört mir!* Aber Laura hat ihn ausgesucht, er ist derjenige, bei dem sie bleiben wollte – aber wahrscheinlich nicht in Watte gepackt. Er ist ja auch nicht gerade ihr Ritter in schimmernder Rüstung, wenn man manche Gedanken in Betracht zieht, die er schon hatte. Dabei ist er in einer festen Beziehung und hat seine Freundin gerade beschuldigt, sie hätte versucht, sich von ihrem Exfreund abschleppen zu lassen. Er hat sein eigenes Problem auf sie projiziert. Garantiert wird Bo ihn durchschauen. Wenn sie es nicht schon längst getan hat. Die meisten Frauen würden ihren festen Freund niemals mit einer anderen verreisen lassen, vor allem nicht zu einem Familienfest, vor allem nicht, wenn diese Frau jung, schön und obendrein Single ist. Wollte sie ihn auf die Probe stellen, oder verfügt sie über geradezu unglaubliche Reserven an Vertrauen? Oder wollte sie vielleicht, dass er tut, was er so gerne tun möchte? Wollte sie ihn womöglich anstacheln, ihn herausfordern, sich von ihr zu trennen? Das zu tun, wovor sie zurückschreckt? Denn wenn er es nicht tut, würden sie sich dann jemals trennen? Würden sie für immer zusammenbleiben, weil keiner von ihnen den Mumm hat, sich zu trennen? Weil es keinen zwingenden Grund gibt, sich zu trennen?

Die Dinge waren nie schlecht zwischen ihm und Bo, aber er weiß einfach nicht recht, wo es hingehen soll. Sie arbeiten zusammen, das bindet sie aneinander. Dass sie zusammengezogen sind, war eher ein Zufall, nichts wirklich Durchdachtes oder gar Romantisches. Und für wen hält er sich überhaupt, dass er sich vorstellt, er hätte eine Chance bei Laura? Als müsste er einfach nur zugreifen.

Auf einmal ist er so frustriert von sich selbst, wie er da auf seinem hohen Ross sitzt, obwohl er ganz allein schuld ist und nur versucht hat, das zu rechtfertigen, was im Wald passiert ist an dem Tag, an dem er Laura begegnet ist.

»O Mann«, unterbricht Cara seine Grübelei. »Wenn du nicht gehst, dann gehe ich.« Sie drückt ihm ihre Bierflasche in die Hand, schiebt ihn zur Seite und marschiert hinaus in den Garten. Die kühle Luft, die durch die Tür weht, trifft Solomon wie ein Weckruf. Er kippt den Rest Bier aus der Flasche hinunter und folgt Cara in den inzwischen dunkel gewordenen Abend hinaus. Sofort erwacht der Bewegungsmelder zum Leben, erleuchtet den Garten, aber Rory und Laura sind nirgends zu sehen.

Es gibt genau drei Verstecke, die man von hier aus gut erreichen kann: das Labyrinth hinter dem Bogengang; die gepflegten Hecken, in denen sie sich früher gern verkrochen haben, um Unsinn zu machen; und den Strand.

»Hier rauf«, sagt Cara, und sie lassen den ordentlichen Garten hinter sich und klettern ins wilde Niemandsland. Als Kinder durften sie hier nicht spielen. Jeder kannte die Geschichten von der hier ansässigen alten Hexe, die vorbeikommende Kinder einfing, weil sie selbst keine haben konnte – Maries persönliche Version des Schwarzen Manns. Sie funktionierte, bis ihre Kinder ins Teenageralter kamen und begannen, dort herumzuhängen. Cormac und Donal brachten die vierzehnjährigen Gastschülerinnen hierher, die bei ihnen untergebracht waren, wenn sie im Sommer für drei Wochen aus Dublin nach Galway kamen, um am Irish College Irisch zu lernen. Dann wurde getrunken, geraucht und geküsst, jeder irgendwie erreichbare Körperteil begeistert befummelt, alles ziemlich harmlos. Aber eines Abends knickte Donal mit dem Fuß auf einem Felsbrocken um, brach sich den Knöchel, und sie mussten ihre Eltern alarmieren. Damit war das Spiel natürlich aus. Aus Dublin reisten sofort die tiefenttäuschten Eltern an, um ihre Töchter abzuholen, und die Mädchen kehrten weinend und voller Scham zurück, das Gesprächsthema des Schuljahrs, die Schande der Schule, der Stoff für Legenden. Cormac und Donal hatten den ganzen Sommer über Hausarrest, und Marie nahm erst wieder Schülerinnen aus dem Irish College in ihrem Haus auf, als ihre eigenen Kinder bedeutend älter waren.

Jetzt folgt Solomon seiner Schwester über den dunklen Hügel.

»Da seid ihr also«, ruft sie plötzlich, und Solomon beeilt sich, sie einzuholen.

Laura und Rory sitzen auf einem glatten, flachen Felsbrocken, außer Sichtweite des Hauses, mit einem wunderschönen Blick über den Strand. Der Mond scheint, die Wellen schlagen ans Ufer. Rory hat den

Arm um Lauras Schulter gelegt. Solomon bringt kein Wort heraus, er hat einen dicken Kloß im Hals.

»Ihr ist kalt«, erklärt Rory mit einem frechen Grinsen.

Rory hatte schon immer ein Talent dafür, Solomon auf die Palme zu bringen. Mit den anderen Geschwistern gab es dieses Problem nie – und wenn doch einmal, regelten sie es mit den Fäusten –, aber Rory hat es wie kein anderer geschafft, ihn wahnsinnig zu machen. Dass Solomon den Namen seines jüngsten Bruders nicht richtig aussprechen konnte, brachte ihn an sich schon auf, und die anderen machten sich deswegen gnadenlos über ihn lustig. Rory nutzte die Situation zu seinem eigenen Vorteil und reizte Solomon, wo er nur konnte.

»Ja, es ist kalt hier draußen«, sagt Cara. »Und auch kein einziger Kuckuck mehr in der Nähe. Bisschen spät dafür, was?«

Rory beißt sich auf die Lippe, aber das Grinsen bleibt. Er blickt von Bruder zu Schwester und genießt das Gefühl, sie beide verärgert zu haben. Vielleicht auch nur einen, aber wenigstens ist der andere zur Verstärkung mitgekommen. Wie auch immer – Rory scheint regelrecht stolz auf sich zu sein.

»Was macht ihr beide überhaupt hier draußen?«, fragt er.

»Wir fotografieren«, antwortet Cara.

»Ihr habt aber gar keine Kamera dabei.«

»Nein.« Sie hält seinem Blick stand. Rory geht auch ihr auf die Nerven.

Aber ihr jüngster Bruder schüttelt nur lachend den Kopf. »Tja, Laura, ich glaube, wir sollten lieber wieder reingehen. Scott und Huutsch machen sich Sorgen um dich.«

»Okay«, sagt Laura und schaut die drei Geschwister etwas verunsichert an. Sofort fühlt Solomon sich schrecklich, weil er ihr das zugemutet hat.

»Wenn du mich brauchst, weil dieser Depp dich langweilt, ruf einfach«, fügt Rory noch, an Laura gewandt, hinzu, ehe er sich auf den Rückweg zum Haus macht. Cara folgt ihm.

»Alles klar bei dir, Laura?«, fragt Solomon, als er endlich seine Stimme wiederfindet.

»Ja.« Laura lächelt, dann senkt sie den Blick. »Du hast dir also Sorgen um mich gemacht?«

»Ja«, meint er verlegen.

Sie sind einander so nahe, dass sie in der kühlen Luft seinen warmen Atem auf der Haut spürt. Er riecht nach Bier. Es ist dunkel, aber die Lichter aus dem Haus beleuchten sein Gesicht zur Hälfte. Ausgeprägtes Kinn, perfekte Nase. Sie möchte seinen Dutt lösen, ihre Hände durch seine Haare gleiten lassen. Sie möchte wissen, wie sich das anfühlt. Dann sieht sie, wie sein Adamsapfel sich bewegt – er schluckt.

»Du musst dir meinetwegen keine Sorgen machen.«

Sie wollte damit sagen, dass sie sich nicht für seinen Bruder interessiert, nicht auf die Art, wie sie sich bei ihm fühlt, aber sie weiß, dass es falsch herausgekommen ist, denn er sieht aus, als hätte sie ihn verletzt. Als wäre es bei ihm so angekommen, dass er sich keine Sorgen zu machen braucht, weil sie *ihn* nicht will. Ihr Herz pocht. Sie möchte es sofort zurücknehmen, ihm erklären, wie es wirklich ist.

»Sei vorsichtig mit den Steinen«, sagt er leise, dreht sich um und macht sich auf den Weg zurück zum Haus.

16

Am nächsten Morgen ist es im Haus vollkommen still, trotz der vielen Menschen, die hier nicht nur jedes Zimmer, sondern – trotz Maries sorgfältiger Planung – auch jede Couch in Anspruch nehmen. Erst gegen sechs Uhr früh war die Party zu Ende. Laura war über sich selbst und das, was sie gesagt hatte, so verärgert, dass sie gleich nach ihrer Diskussion mit Solomon ins Bett gekrochen ist, und Solomon schämte sich dafür, dass er sich zum Narren gemacht hatte, blieb aber trotzdem noch ein paar Stunden auf und behielt Rory und die Treppe im Auge, um sich zu vergewissern, dass Laura in Sicherheit war. Rory seinerseits blieb auf Abstand – allerdings nur körperlich. Jedes Mal, wenn sich ihre Blicke zufällig trafen, zwinkerte er seinem Bruder zu oder grinste unverschämt, was ausreichte, um bei Solomon erneut die stille eifersüchtige Wutspirale in Gang zu setzen. Gegen zwei Uhr früh zog er sich dann in sein Zimmer zurück, aber das Singen und die lauten Gespräche im Erdgeschoss hielten ihn ebenso wach wie Donal, der irgendwann gegen fünf ins Bett fiel und schnarchte, kaum dass sein Kopf das Kissen berührt hatte.

Solomon würde am liebsten den ganzen Tag im Bett bleiben oder sich mit seiner Gitarre an einen ruhigen Ort verkriechen, um zu spielen oder zu schreiben – er spürt, dass sich in ihm die Inspiration regt, ein Gefühl, das sehr selten geworden ist. Aber er sieht keine Möglichkeit, sich abzusetzen. Vermutlich wird Laura früh aufstehen, und er möchte nicht, dass Rory sie wieder irgendwohin entführt. Zwar hat er nicht vor, den ganzen Tag ihren Leibwächter zu spielen, aber er wird auch nicht zulassen, dass sie wieder in die Fänge seines kleinen Bruders gerät.

Also duscht er rasch und geht nach unten. Sämtliche Fenster stehen offen, um den abgestandenen Rauch und Alkohol auszulüften. Marie sitzt im Morgenmantel mit ihren Nachbarn am Küchentisch; alle trinken Bloody Marys.

»Möchtest du warmes Frühstück?«, fragt sie mit müder Stimme. Offensichtlich hat das Fest sie ziemlich geschafft.

»Alles gut, Mam, danke. Wart ihr noch gar nicht zu Hause, Leute?«, scherzt Solomon und gießt Milch auf sein Müsli.

»Doch, aber wir sind zurückgekommen zur zweiten Runde, dingdong!«, lacht ihr Nachbar Jim und hebt seine Bloody Mary. »*Sláinte.*« Trotz seiner guten Stimmung herrscht eine eher ruhige Atmosphäre, und sie gehen die Ereignisse der letzten Nacht noch einmal ausführlich durch. »Dein Lyrebird ist ja ein echter Schatz, Solomon«, sagt Jim.

»Woher weißt du, dass man sie Lyrebird nennt?«

»Das hat sie uns erzählt. Sie sagt, du hast ihr diesen Namen gegeben. Ich kenne den Vogel nicht, aber er hört sich echt faszinierend an. Wenn auch nicht annähernd so faszinierend wie das Mädchen. Also wirklich, bei der hat die Natur sich selbst übertroffen, oder nicht?«

»Das kannst man wohl sagen«, ertönt Rorys verschlafene Stimme, er schlurft in die Küche und kratzt sich am Kopf.

»Sie ist zum Strand runtergegangen«, sagt Marie, ohne Solomon aus den Augen zu lassen, versucht aber, ihr wissendes Lächeln zu verbergen, als er plötzlich sein Müsli mit dreifacher Geschwindigkeit in sich hineinschaufelt, um möglichst schnell nach draußen zu Laura zu kommen.

»Entschuldigt ihr mich …?« Er steht auf und deponiert die Müslischale im Spülbecken.

»Geh ruhig.« Jetzt lächelt Marie ganz offen. »Aber vergiss nicht, dass du deinem Dad versprochen hast, mit ihm schießen zu gehen.«

Laura steht am Rand des Wassers. Sie trägt wieder eine ihrer interessanten Modeschöpfungen, ein Männerhemd – wahrscheinlich hat es einmal Tom gehört –, etwas geändert und mit kontrastierendem

Stoff verlängert, so dass sie es als Kleid anziehen kann, einen Ledergürtel um die Taille, an den Füßen schwarze Doc Martens, dazu bis fast zum Knie hochgezogene Wollsocken, die an ihren langen schlanken Beinen richtig gut aussehen, und eine Jeansjacke. Mit Mode kennt Solomon sich nicht allzu gut aus, aber selbst er nimmt wahr, dass Laura ganz bestimmt keinem gängigen Trend folgt und trotzdem cool aussieht – eine Frau, die er in einer Bar ansprechen würde, eine Frau, die ihm den Kopf verdrehen könnte. Und das Herz.

Laura genießt es unendlich, so am Strand zu stehen, sie hat das Meer seit Jahren nicht mehr gesehen – das letzte Mal, als sie mit Granny und Mum in Dingle war. Sie könnte einfach für immer hier stehen bleiben, aber genau das ist ja ihr Problem – sie kann überall bleiben, wenn sie sich dazu entschließt, überall und für immer. Es fällt ihr nicht schwer, ganze Tage im Wald an einem Baumstamm zu lehnen und durch die Blätter zum Himmel hochzuschauen. Ein Tag voller Gedanken, Erinnerungen, Tagträume. Aber damit ist jetzt Schluss, sie muss sich verändern, auf etwas ganz Neues vorbereiten.

Sie schließt die Augen und lauscht dem sanften Plätschern der Wellen, so entspannt, dass sie fast ins Schwanken gerät. Über ihr kreischen die Möwen, und sie gibt sich ganz der Schönheit und Vollkommenheit des Augenblicks hin. Solomons Ankunft macht alles noch schöner, noch vollkommener. Sie riecht ihn, bevor sie ihn hört.

»Hi, Solomon«, begrüßt sie ihn, ehe er etwas sagen kann, ehe sie sich auch nur umdreht.

»Hi!« Er lacht. »Bist du auch noch Hellseherin?«

»Das würde ja bedeuten, dass ich weiß, was in der Zukunft passiert«, sagt sie und wendet sich ihm zu. »Ich wünschte, ich wüsste es.«

Er trägt ein blaues Longsleeve, die Knopfleiste ist offen, und ein paar dunkle Brusthaare lugen daraus hervor. An den Seiten sind seine Haare kurz und glatt, aber der Rest seiner schwarzen Locken ist wieder zu einem hohen Dutt gebunden. Laura hat noch nie einen Mann mit einem Dutt gesehen, aber es gefällt ihr. Solomon ist trotzdem männlich, ein Kämpfer, das zeigt sich auch in seinem Gesicht, den hohen Wangenknochen, dem kräftigen Kinn, das immer stoppelig ist. Zu gern möchte Laura mit der Hand darüberstreichen, wie er es tut, wenn er nachdenkt, in sich versunken und konzentriert.

»Was war das?«, fragt er und runzelt die Stirn.

»Was denn?«, fragt sie zurück.

»Das Geräusch grade.«

Sie war sich dessen nicht einmal bewusst, aber sie hat tatsächlich an einen Laut gedacht. An den Laut, wenn seine Finger über die Stoppeln reiben, diese nachdenkliche Bewegung. Sie mag das Geräusch sehr.

»Würdest du wirklich gerne wissen wollen, was die Zukunft bringt?«, fragt er, stellt sich neben sie und blickt mit ihr hinaus auf das Meer.

»Manchmal interessiert es mich mehr, was in der Vergangenheit passiert ist«, räumt sie ein. »Ich denke über Gespräche nach, die ich mal geführt oder mit angehört habe. Teilweise auch solche, die ich mir ausdenke. Ich lasse mir alles durch den Kopf gehen und stelle mir vor, wie die Unterhaltung auch hätte gehen können.«

»Zum Beispiel …?«

»Zum Beispiel meine Mum und Tom. Ich stelle mir ihre geheime Liebesbeziehung vor – nein, du weißt schon, natürlich nicht jedes Detail, aber …«

»Ich weiß, was du meinst«, sagt er und wartet gespannt, dass sie weiterspricht.

»Ich denke, das war wahrscheinlich mein Fehler. Also der Grund, warum ich den Berg nie verlassen habe. Ich war so damit beschäftigt, über die Vergangenheit nachzudenken, dass ich vergessen habe, die Zukunft zu planen.«

Beinahe hat sie das Gefühl, dass sein Blick sie verbrennt, und sie schaut schnell weg, denn sie erträgt diese Hitze nicht.

»Und wie ist das bei dir?«, fragt sie ihn.

»Wie ist was bei mir? Ich habe vergessen, worüber wir geredet haben.« Das ist kein Witz. Solomon ist nervös.

»Zukunftsdenker oder Vergangenheitsdenker?«

»Zukunft«, antwortet er im Brustton der Überzeugung. »Schon als Kind habe ich in meinem Kopf gelebt. Ich wollte unbedingt Rockstar werden und dachte ständig an meine Zukunft, habe mich danach gesehnt, älter zu sein, die Schule zu verlassen, die Welt mit meiner Musik zu erobern.«

Laura lacht. »War das dein Fehler?«

»Nein.« Wieder sieht Solomon sie an, und ihr Bauch ist voller Schmetterlinge. »Ich glaube, wir haben den gleichen.«

»Nämlich?«

»Dass wir nicht in der Gegenwart leben.«

Doch gerade als er das sagt, fühlt Laura plötzlich das Jetzt. Als wären sie in einen Zauberbann geschlagen worden. Lauras ganzer Körper kribbelt, sie fühlt sich so lebendig, aber irgendwie auch schwach, so hat sie sich noch nie bei jemandem gefühlt, und obwohl sie ja wenig Erfahrung mit Menschen hat, weiß sie, dass dieses Gefühl nichts Alltägliches ist. Es ist etwas Besonderes.

Solomon wendet den Blick ab und bricht den Bann. Laura versucht, sich ihre Enttäuschung nicht anmerken zu lassen.

»Alle waren gestern Abend total begeistert von dir«, sagt er, fast geschäftsmäßig, nüchtern. Sie hat ihn wieder verloren, an das, was immer sich in seinem Kopf abspielen mag, wenn er dieses distanzierte

Gesicht aufsetzt. »Sie dachten, du bist von einem anderen Planeten hier gelandet. So ein Talent ist ihnen noch nie untergekommen.«

Sie lächelt dankbar. »Dabei ist deine Mutter diejenige mit dem Talent.« Sie denkt an Marie, wie sie an der Harfe saß, so anmutig und aufrecht, und sie hört auch das Stück, das sie gespielt hat. Dann merkt sie plötzlich, dass sie seinen Klang wieder imitiert.

»Hat es dir gefallen, auf der Bühne zu stehen?«, fragt er, erneut bezaubert.

Sie merkt, dass ihn etwas beschäftigt. So wie gestern Abend, als er sich über sie geärgert hat, weil sie bei seinem Bruder war. Noch nie ist ihr jemand begegnet, dem so viel im Kopf herumgeht, ohne dass etwas davon ausgesprochen wird. Es ist alles in seinen Augen und hinter seiner Stirn. Die Gedanken scheinen Gestalt anzunehmen und dort in Grüppchen umherzuhuschen. Laura wünschte, sie würden herauskommen, damit sie sehen könnte, was sie sind. Sie möchte die Hände auf seine Stirn legen und *Stopp* rufen. Seine Stirn glätten, ihm Ruhe schenken. Noch besser – ihre Lippen auf die Falten dort drücken. Jetzt ist ihm offensichtlich unbehaglich zumute, etwas in ihm hat sich blitzschnell verändert, innerhalb von wenigen Sekunden ist aus Entspannung Anspannung geworden.

Er reibt sich das Kinn. Sie ahmt das Geräusch nach, das sie so liebt. Auf einmal sind die huschenden Gedanken verschwunden, und stattdessen zeigt Solomon ihr breit lächelnd seine schönen geraden Zähne. Das ist viel besser.

»Das Geräusch hast du vorhin auch gemacht«, sagt er und freut sich, dass er es jetzt einordnen kann. Vielleicht auch, dass es sein Geräusch ist.

Wenn er sie dafür den ganzen Tag so anlächeln würde, hätte Laura kein Problem damit, diesen Laut den ganzen Tag zu produzieren. Aber das würde nicht funktionieren, irgendwann würde es ihm langweilig werden, der Funke würde verglühen, sie würde neue Laute finden müssen. Diese neue Welt ist voll davon. Manchmal sind es zu viele, dann bekommt sie Kopfschmerzen bei dem Versuch, sie alle zu verarbeiten. Anfangs war sie ganz erpicht darauf, alles zu hören und zu verstehen, aber als sie dann von Macroom nach Galway gefahren sind, wurden die Geräusche immer intensiver. Vor allem gestern Abend. Sie ist erschöpft von dem Trubel und freut sich darauf, nach Cork zurückzukehren. Wo auch immer sie in Zukunft wohnen wird, kann sie von dort bestimmt gelegentlich ein bisschen Zeit auf ihrem Berg verbringen, umgeben von den ihr vertrauten Geräuschen.

Doch es war erstaunlich, wie lebendig die Darbietungen gestern gewesen waren – obwohl alle außer Laura die Songs schon so oft gehört hatten, war der Funke nie erloschen, alles klang wie neu. Vor allem bei Solomons Auftritt. Er brachte richtig Leben in die Bude, und beim Klang seiner Stimme hatte Laura einen Kloß im Hals, die ganze Zeit, während er davon sang, was ihn damals, als er siebzehn war, so glücklich gemacht hat.

Inzwischen ist die Sorge in sein Gesicht zurückgekehrt, und Laura ahnt, dass ihn irgendetwas bedrückt. »Ich frage dich aus einem ganz bestimmten Grund, ob es dir gefallen hat, auf der Bühne zu stehen. Gestern Abend hatte ich nämlich einen Anruf von Bo.«

Dass Bo in ihrem Gespräch vorkommt, verändert alles, und die Distanz zwischen ihnen wird größer. Wer ist dafür verantwortlich, Laura oder Solomon? Sie schaut hinunter in den Sand, sie sieht, dass ihre Füße nicht mehr an derselben Stelle stehen wie vorhin, und seine auch nicht. Auch körperlich haben sie sich voneinander entfernt.

»Sie hat den Plan geändert«, sagt Solomon, und seine Stimme klingt gepresst und gezwungen.

Lauras Herz pocht heftig, und sie kann nur hoffen, dass Bo die Dokumentation nicht abgeblasen hat. Nicht dass der Film an sich wichtig für sie wäre, aber sie braucht ihn. Er ist die einzige Brücke, die es ihr ermöglicht, ihre Insel zu verlassen. Wenn sie die drei Filmleute verliert, weiß sie nicht, was aus ihrem Leben wird.

»Sie möchte, dass wir heute Abend nach Dublin

fahren. Sie hat ein paar Interviews für den Film organisiert.«

Also machen sie weiter. Laura ist so erleichtert darüber, dass es ihr egal ist, nicht gleich wieder nach Hause zu kommen, und sie bemüht sich, ein Grinsen zu unterdrücken.

»Und sie hat einen Freund …« – sein Gesicht verdüstert sich, und er legt die Stirn in Falten – »… einen Freund, der eine Talentshow im Fernsehen moderiert, *StarrQuest.* Sie wollen, dass du dort auftrittst.«

Aus irgendeinem Grund wirkt er hin- und hergerissen, und das verunsichert sie. Mal hat sie das Gefühl, sie versteht ihn, dann wieder nicht – wie ein Signal, das stärker und schwächer wird. Während er weiterredet, strengt sie sich an, aus ihm schlau zu werden.

»Bo hat diesen Fernsehleuten Filmmaterial von dir gezeigt. Erinnerst du dich an die Kaffeemaschine gestern beim Frühstück?«

Sofort macht Laura das entsprechende Geräusch.

»Ja, genau die.« Auch Solomons Lächeln wirkt seltsam angespannt.

»Und diese Leute mögen das Geräusch?« Laura klingt noch einmal wie die Maschine beim Milchaufschäumen und hört sich dabei selbst so aufmerksam zu, als wollte sie herausfinden, was daran so besonders ist.

»Das ist einzigartig, Laura. Niemand sonst macht dieses Geräusch. Niemand außer … außer der Kaffeemaschine.«

»Dann hat die Kaffeemaschine vermutlich eine gute Chance, bei der Show zu gewinnen«, meint Laura in dem Versuch, die Situation etwas aufzulockern.

Er lacht tatsächlich laut auf, anscheinend hat ihr Scherz seinen Zweck erreicht.

»Ich habe schon von *StarrQuest* gehört«, sagt sie. »Ich habe immer mal wieder Zeitschriften gelesen, daher kenne ich die Gewinner der aktuellen Castingshows. Im Radio habe ich Berichte über sie gehört und natürlich auch ihre Songs. Meinst du, ich soll mitmachen?«

»Wenn ich ehrlich bin …« Er unterbricht sich und legt die Hand ans Kinn.

Sie macht das Geräusch des Stoppelreibens, und er hält inne und steckt die Hände hastig in die Hosentaschen.

»Als Bo mir gestern Abend davon erzählt hat, war ich nicht glücklich darüber. Ich fand die Idee furchtbar. Aber dann habe ich dich auf der Bühne gesehen – und die Gesichter der Zuschauer beobachtet. Sie waren hingerissen. Deshalb wäre es vielleicht falsch, den Menschen diese Erfahrung vorzuenthalten. Die Erfahrung, dich zu sehen. Ich habe diese Erfahrung, vielleicht wollte ich sie einfach mit niemandem teilen. Natürlich hätte ich das für die Doku auch ertragen müssen. Aber vielleicht ist es auch falsch, *dir* die Erfahrung vorzuenthalten, die Erfahrung, bewundert zu werden, die Erfahrung, dass dein Talent gefeiert wird.«

Laura spürt, dass sie rot wird. Solomon hat gesagt, er will sie mit niemandem teilen. Aber sie ist verwirrt. »Mein Talent?«

Er ist unsicher, wie er das Thema ihrer Imitationen ansprechen soll. Er weiß ja nicht einmal, ob sie sich bewusst ist, dass sie diese Geräusche hervorbringt.

»Das, was du zum Beispiel gestern Abend bei der Party gemacht hast. Hat dir das Spaß gemacht?«

Sie denkt an die heitere Gelassenheit, die sie im Haus seiner Eltern empfunden hat. Die Ruhe, mit der sie sich an die Harfentöne erinnert hat, die mit anderen geteilte Energie. Die explosive Reaktion ihrer Zuhörer hat ihr zwar Angst gemacht, aber hauptsächlich deswegen, weil sie so etwas nicht erwartet hatte. Sie hat sich allein gefühlt, was ihr angenehm ist, aber gleichzeitig, als teile sie das Alleinsein mit anderen.

»Ja«, sagt sie. »Es hat mir gefallen.«

Er nimmt es zur Kenntnis. Schweigt. Ihre Reaktion scheint ihn zu überraschen, vielleicht sogar zu enttäuschen. Auch das ist verwirrend. Er macht es nicht leicht für sie. Er fordert sie auf, etwas zu tun, obwohl sie nicht sicher ist, ob er es gut findet.

»Warum genau würdest du wollen, dass ich an dieser Show teilnehme?«, fragt sie.

»Es ist nicht meine Idee«, entgegnet er schnell. »Sondern die von Bo. Sie meint, dass es gut wäre für die Dokumentation. Wenn die Leute dich schon kennen, hilft es dem Film.«

Laura darf die Arbeit an der Dokumentation nicht aufs Spiel setzen. Ohne die Filmcrew hat sie niemanden, sie muss sich an ihr festhalten, als wäre sie ihr Rettungsboot.

»Bei der Show mitzumachen, um der Dokumentation zu helfen, klingt doch nach einer guten Idee von Bo«, sagt sie.

Solomon nickt. »Ja, vermutlich.«

»Du magst Bos Ideen nicht immer«, meint Laura und lächelt.

Er sieht erleichtert aus – dann kann er ja die Wahrheit sagen. »Das stimmt. Und um ganz ehrlich zu sein, Laura, bin ich mir auch diesmal nicht sicher. Aber es ist ganz allein deine Entscheidung.«

»Was hältst du denn von dieser Talentshow?«, fragt sie.

Er verzieht das Gesicht und kneift die Augen zusammen, während er über die Antwort grübelt. »Ich habe dort mal gearbeitet«, sagt er schließlich. »Beim Ton.«

»Das ist keine Antwort.«

»Dir entgeht einfach nichts.« Er lächelt. »Es ist ein Risiko. Vielleicht kommst du nicht in die nächste Runde. Vielleicht würde das Publikum dich lieben, aber es könnte aus irgendeinem unerfindlichen Grund auch eine Abneigung gegen dich entwickeln. Du könntest ausgebuht werden. Aber natürlich könntest du auch gewinnen. Wenn das passiert, wirst du natürlich viele verschiedene Optionen haben. Im Grunde hängt alles davon ab, was du mit deinem Leben anfangen möchtest.«

»Und wenn ich nicht gewinne?«

Er denkt darüber nach. »Dann wird man dich im Handumdrehen vergessen.«

Laura denkt angestrengt nach. Möglichkeiten, denkt sie. Chancen. Verschiedene Optionen, das klingt gut. Denn sie kann auf keinen Fall zurück. Wenn sie sich blamiert, wird sie vergessen, das erscheint ihr nicht so schlimm. Sondern sogar fast wie ein Vorteil.

»Ich mache es«, sagt sie dann – zu Solomons Überraschung.

Von einer Brücke zur nächsten.

Als Solomons Brüder am Nachmittag aufgestanden und wieder zum Leben erwacht sind, machen sie sich auf den Weg zu einer nahe gelegenen Tontaubenschießanlage. Konkurrenz ist bei ihnen immer angesagt, das war zwischen den Geschwistern und ihrem Dad immer so, Cara natürlich ausgenommen. Auch heute bleibt sie lieber zu Hause, um mit ihrer Mutter über die neuesten Neuigkeiten zu plaudern.

Als leidenschaftlichem Pokerspieler war es für Finbar immer wichtig zu gewinnen, und das hat er seinen Söhnen ebenfalls anerzogen. Jedes Jahr gehen sie gemeinsam auf die Jagd: Fasane, Waldschnepfen, Tauben, Wild, was immer gerade da ist, und die Trefferquote definiert die Qualität des Schützen. Da Vögel jetzt keine Jagdsaison haben, müssen sie mit den Tontauben vorliebnehmen, aber Finbar hat sich bereits eine Bewertungsmethode und diverse Regeln ausgedacht.

Eigentlich wollen Solomon und Laura den anderen in Solomons Auto folgen, aber als sie losfahren, wird im letzten Moment die Autotür aufgerissen, und Rory springt zu ihnen herein. Solomon ist wütend, lässt sich aber nichts anmerken. Aber da Laura sich zu freuen scheint und über Rorys alberne Witze und Anekdoten lacht, versucht er, sich zu beruhigen und das meiste, was sein Bruder von sich gibt, zu ignorieren. Leider kann er aber nicht ignorieren, wie lebhaft Laura in der Gesellschaft seines Bruders geworden ist.

Sie schlendert mit Rory zur Schießanlage, die aus einer Reihe einfacher Holzhütten besteht. Möglichst unauffällig bleibt Solomon an Lauras Seite, um sie zu beschützen, obwohl er absolut nicht sicher ist, ob sie ihn nicht lieber loswerden möchte. Fünf Hütten, in denen jeweils sechs Personen Platz haben, sind besetzt. Das gute Wetter am Wochenende hat die Leute aus ihren Häusern gelockt.

Zufrieden nimmt Laura auf einer Bank Platz, um dem familieninternen Wettkampf zuzuschauen. Rory setzt sich zu ihr, was Solomon in höchstem Maße irritiert. Jetzt kommt er sich endgültig vor wie das fünfte Rad am Wagen, gleichzeitig fühlt er sich genötigt, in der Nähe zu bleiben und so gut er kann das Gespräch der beiden zu belauschen. Ganz offensichtlich mag Laura seinen jüngsten Bruder. Nach einer Weile entfernt Solomon sich doch von ihnen, lässt den beiden ihren Freiraum, fühlt sich aber ausgestoßen und hasst dafür nicht nur Rory, sondern auch sich selbst.

Um sich abzulenken, konzentriert er sich angestrengt auf die Tontauben. Bestimmt ist Rorys Verhalten nur ein Trick, um ihn abzulenken. Doch dann wird ihm plötzlich klar, wie arrogant dieser Gedanke ist, und er verfehlt prompt die erste Tontaube.

»Haltet doch gefälligst mal den Mund«, schnauzt er, und da auch Finbar mehr Ruhe fordert, verstummt Rory tatsächlich. Solomon freut sich und trifft die nächsten fünf Tontauben. Leider ist es nur die Aufwärmrunde. Als Nächster ist Rory an der Reihe, und Solomon geht zu Lauras Bank.

Laura streckt ihm die Hand zum Abklatschen entgegen.

Lächelnd schlägt Solomon ein und hält dabei ihre Hand fest. Laura erwidert sein Lächeln, und langsam lassen sie ihre ineinander verflochtenen Hände sinken. Aber dann denkt Solomon wieder an Bo, fragt sich, was zur Hölle er da tut, und lässt Laura schnell wieder los.

Rory trifft mit jedem Schuss.

»Siehst du, Solomon, man darf eben die Weihnachtsjagd nicht verpassen«, kommentiert Finbar.

»Ach, sei nicht so hart mit ihm, er war nur deshalb nicht dabei, weil er einen wichtigen Preis entgegennehmen musste«, meint Donal, nimmt das Gewehr und geht in Stellung. »Diese Dokumacher sind heutzutage eben Jetsetter.«

»Ich hab keinen Preis gekriegt, Leute, der war für *Mouth to Mouth.*« Solomon verschränkt die Arme und stellt sich neben Laura. Eigentlich möchte er sich neben Laura auf die Bank setzen, aber da hat sich schon wieder Rory niedergelassen.

»Was denn, kriegt man da einen Preis für Mund-zu-Mund-Beatmung?«, fragt Donal, ehe er auf den Abzug drückt.

Solomon erklärt Laura: »*Mouth to Mouth* ist der Name von Bos Produktionsfirma. Weil man mit einer Dokumentation einer Geschichte Leben einhaucht. Ihr sozusagen hilft, lebendig zu werden.«

Rory macht ein Geräusch, als wollte er sich übergeben.

»Ach, werd erwachsen, Rory.«

»Wowy«, sagt Laura, eine perfekte Imitation von Solomons Stimme.

Sie will Solomon nicht aufziehen. Für Laura erklärt dieses eine Wort einfach nur die gespannte Atmosphäre zwischen ihm und Rory. Aber offenbar interpretieren die anderen es nicht so – die Jungs lachen laut, weil sie denken, Laura schließe sich ihrem Familienscherz an, während Solomon die Arme verschränkt und ins Leere starrt. »Na los, vorwärts, wir wollen doch nicht den ganzen Tag hier verbringen«, knurrt er dann.

Laura sieht ihn schuldbewusst an.

Als alle außer Cormac einmal an der Reihe waren, führt Finbar punktgleich mit Rory, der immer am besten ist, wenn er vor jemandem angeben kann. Cormac ist das Schlusslicht, er denkt einfach zu viel nach, ehe er abdrückt.

»Cara schießt bessere Fotos«, neckt ihn Solomon.

Als Rory diesmal an die Reihe kommt und der Platz neben Laura frei wird, beschließt Solomon, sich hinzusetzen. Doch im nächsten Augenblick fällt ihm ein, dass die anderen es bestimmt falsch verstehen, ihn womöglich für verklemmt halten und ihn verspotten. Also bleibt er neben der Bank stehen, und Laura interessiert sich sowieso viel mehr für Rorys Treffer. Wieder geht bei ihm kein Schuss daneben. Kein Wunder – er hat von allen Brüdern am meisten Übung, denn da er als Einziger noch zu Hause wohnt, geht er natürlich auch öfter mit seinem Vater auf die Jagd als die anderen.

Zur allgemeinen Belustigung imitiert Laura die Gewehre, die Wurfmaschine, den Knall, wenn die Tontauben losfliegen, den Knall, wenn sie getroffen werden. Fasziniert beobachtet Solomon, wie schnell alle sich an ihre Laute gewöhnen. Schon nach kurzem scheinen sie selbstverständlich zu werden, keiner schaut mehr zu ihr, meistens machen alle weiter, als hätten sie gar nichts Besonderes gehört. Nur gelegentlich lacht einer von ihnen freundlich, Finbar ruft: »Der war gut, Laura«, oder einer stößt ein Brummen aus, überrascht und beeindruckt. In solchen Augenblicken möchte Solomon sie allesamt küssen.

Inzwischen liegt Rory vorn. Dafür hat Solomon mit Finbar gleichgezogen, während Cormac und Donal deutlich abgeschlagen die letzten Plätze einnehmen. Wenn Solomon in der nächsten Runde sechs Treffer macht und sein Dad ein einziges Mal verfehlt, hat er seinen kleinen Bruder eingeholt. Er tritt an die Markierung und legt das Gewehr an.

»Viel Glück, Solomon«, ruft Laura, und ihm wird leicht ums Herz.

Hinter ihm greift auch Rory nach seinem Gewehr und winkt Laura, mit ihm zu kommen. Stirnrunzelnd folgt sie ihm ein Stück zur Seite. Hier kann der Rest der Familie, der ohnehin in diesem Moment nur Augen für Solomon hat, sie nicht sehen. Als Laura erkennt, worauf Rory sie aufmerksam machen will, lächelt sie begeistert – ein Stück von ihnen entfernt springt ein Hase im Gras herum. Ein Hase, der wohl vom Weg abgekommen und dummerweise direkt hier auf einem gefährlichen Schlachtfeld gelandet ist. Auf der Suche nach einem Fluchtweg hüpft er aufgeregt herum, überall um ihn herum wird geschossen.

Laura beobachtet das Tier besorgt. Seit Jahren schon hat sie keinen Hasen mehr gesehen. Auf ihrem Berg gibt es keine, dort sind Dachse und Ratten die größten Säugetiere, und beide hat sie in der direkten Umgebung ihres Cottages nicht sonderlich geschätzt.

Während sie wie gebannt auf den Hasen starrt, hebt Rory das Gewehr an die Schulter. Und zielt.

»Was machst du da?«, fragt Laura beunruhigt.

Ohne eine Sekunde zu zögern, drückt Rory ab. Die anderen zucken zusammen. Auf einen Schuss, der so nah ist, aber nicht von Solomon kommt, war niemand gefasst.

Laura schreit auf, vor Schreck drückt Solomon auf den Abzug, verpasst die Tontaube – die ihm vollkommen gleichgültig ist – und dreht sich voller Sorge zu Laura um. Doch er sieht nur noch, wie sie sich duckt, unter dem Holzgeländer hindurchkriecht und auf die Wiese hinausläuft.

»Was macht sie denn?«, fragt Donal entsetzt.

»Nicht, Laura, nein!«, brüllt Solomon, wirft sein Gewehr weg und rennt ihr nach.

»Komm zurück!«, schreit Finbar, die anderen stimmen ein, aber er ignoriert sie alle. Überall um sie herum wird geschossen – Laura könnte getroffen werden!

Als der Eigentümer der Anlage sie bemerkt, befiehlt er allen mit lauter Stimme, das Feuer einzustellen. Ein paar Schüsse pfeifen noch durch die Luft, während Laura und Solomon über die Wiese laufen, dann wird es allmählich still.

»Laura! Bleib stehen!«, schreit Solomon, wütend, dass sie sich so in Gefahr gebracht hat. Endlich holt er sie ein, schlingt den Arm um ihre Taille und zieht sie an sich, eng an seinen Körper. Aber sie schiebt seinen Arm weg und blickt panisch um sich, als suche sie etwas, dreht sich im Kreis und macht Geräusche, Töne, die er nicht entschlüsseln kann. Tierlaute und Schüsse.

»Laura, was tust du denn?« Jetzt, wo die Waffen schweigen, ist er etwas ruhiger geworden. Aber alle Schützen haben sich an der Absperrung versammelt, um das Spektakel zu beobachten – und Solomon möchte nicht, dass Laura ein Spektakel wird, Teil eines Zirkus.

Immer noch läuft sie aufgeregt auf der Wiese herum, den Blick zu Boden gerichtet, stößt panisch ein Geräusch nach dem anderen aus.

»Laura«, sagt Solomon ruhig. »Ich möchte dir helfen. Was machst du?«

Er spürt, dass seine Brüder in der Nähe sind. Sein Dad. Verwirrt mustert er sie, bis ihm auffällt, dass Rory zurückbleibt und sehr schuldbewusst aussieht.

»Was hast du getan?«, fährt er ihn an.

Aber Rory antwortet nicht.

»Er hat auf irgendwas geschossen«, erklärt Cormac an seiner Stelle, dann wendet er sich ärgerlich an seinen kleinen Bruder: »Rory, verdammt nochmal, du hättest einen von uns treffen können. Was hast du dir bloß dabei gedacht?«

»Wir sind doch hier nicht in Platoon«, blafft Donal.

»Auf was hast du denn geschossen?«, fragt Solomon. »Auf einen Vogel?«

»Hier gibt's keine Vögel«, antwortet Rory, der jetzt ebenfalls sauer ist, weil plötzlich alle auf ihm herumhacken. »Warum sollte ein Vogel denn hier rumfliegen?«

»Oh, fass das nicht an, Liebes«, ruft Finbar auf einmal und läuft zu Laura, die im Gras kniet. Neben einem Hasen. Einem angeschossenen Hasen, der im Sterben liegt. Laura schluchzt, Tränen strömen ihr über die Wangen, und sie imitiert verzweifelt die Laute des sterbenden Tieres.

»Also echt«, brummt Rory und schaut sie an, als wäre sie sonderbar. »Ist doch bloß ein blöder Hase.«

»Du kannst doch hier nicht irgendwelche blöden Hasen erschießen«, faucht sein Dad ihn an und versucht, so gut er kann, unter den Augen der Schaulustigen einigermaßen die Fassung zu bewahren. »Gott im Himmel, was hast du dir bloß dabei gedacht? Man wird uns rausschmeißen, wir kriegen Hausverbot, Rory!«

»Er hat eine Show abgezogen, das war's doch mal wieder«, ruft Cormac.

»Wir sollten wirklich zurück in die Hütte, Solomon«, meint Finbar und beäugt Laura dabei sorgenvoll. Die neugierigen Blicke, die sie auf sich gezogen haben, sind ihm äußerst unangenehm.

»Ich weiß.« Solomon reibt sich müde die Augen. »Aber lass ihr noch eine Minute Zeit.«

Er sieht Laura an, die noch immer bei dem sterbenden Hasen kniet und schluchzt. Vielleicht halten die anderen sie für verrückt, aber er versteht ihren Schmerz. Noch ein Verlust, den sie ertragen muss.

In diesem Moment kommt der Besitzer der Anlage auf sie zu, sein Gesicht ist rot vor Wut.

Solomon geht zu Laura und legt den Arm um ihre Schulter. »Er ist tot, wir können nichts mehr für ihn tun. Lass uns jetzt lieber gehen.«

Er fühlt ihr Zittern, als sie langsam aufsteht und sich umschaut. Auf einmal nimmt sie die Blicke wahr, das Kichern, das Stirnrunzeln, die gezückten Smartphones. Rory hat sich inzwischen auf den Weg zurück zur Hütte gemacht. Laura wischt sich die Augen und versucht, ihre Fassung zurückzugewinnen.

Als sie die Hütte erreichen, ist Rory bereits verschwunden, wahrscheinlich hat er sich von jemandem mitnehmen lassen. Die Stimmung ist ruiniert, sie sind nicht mehr vollzählig, das Spiel ist vorbei, also fahren sie nach Hause.

Marie und Cara sehen sie fragend an, als sie so viel früher als erwartet wieder auftauchen, aber niemand gibt eine Erklärung ab, sie grummeln nur vor sich hin und zucken abwehrend die Achseln. Solomon bringt Laura nach oben in ihr Zimmer und bleibt an der Tür stehen.

»Bist du in Ordnung?«

Sie legt sich auf das Bett, rollt sich zusammen und beginnt wieder zu weinen. Am liebsten möchte Solomon sich zu ihr legen, sich an sie schmiegen und sie in seinen Armen beschützen.

»Möchtest du weg von hier?«, fragt er.

»Ja bitte«, schluchzt sie.

Still verabschieden sie sich von Finbar und Marie, die Laura sanft in den Arm nimmt und ihr zuflüstert, sie soll auf sich aufpassen. Aber Laura bringt nur ein geflüstertes »Danke« zustande. Im Auto besteht sie darauf, hinten zu sitzen, sie will für sich sein. Nach einer Weile legt sie sich auf die Rückbank und wendet Solomon den Rücken zu. Als er leise das Radio anstellt, kommt ausgerechnet ein Song von Jack Starr. Normalerweise würde er ihn sofort abschalten, aber diesmal dreht er ihn sogar ein bisschen lauter.

»Das ist Jack Starr«, sagt er zu Laura. »Der Typ, der bei *StarrQuest* das Sagen hat.«

Doch Laura reagiert nicht. Solomon schaut in den Rückspiegel, und als er sieht, dass sie ihm noch immer den Rücken zuwendet, drosselt er die Lautstärke wieder und sucht einen anderen Sender. Nach einer Weile entschließt er sich, die Musik ganz abzuschalten.

Immer wieder hört er Laura wimmern wie der sterbende Hase, und allmählich mischt sich der Ton mit Mossies Winseln, damals, als sie mit dem Hund zum Tierarzt gefahren sind und sie auf demselben Rücksitz saß.

Den Rest der Fahrt nach Dublin lässt Solomon das Radio ausgeschaltet. Und Laura versucht, auf die einzige Art, die sie kennt, mit einem weiteren Verlust klarzukommen, den sie in dieser einen Woche erlebt hat.

Sie liegt auf der Rückbank in Solomons Auto. Ihr Kopf dröhnt, eine Migräne, direkt hinter den Augen, als hätte sich der Schmerz in das Organ verlagert, das all das Schreckliche gesehen hat. Die Stirnhöhlen pochen. Sie kann den Schmerz nicht unterdrücken, sie kann nur die Augen schließen und sich auf die Dunkelheit konzentrieren.

In der Dunkelheit flackern Bilder, Mum, Granny und Tom, und sie denkt an all die Dinge, die sie ihm hätte sagen können und vielleicht auch sagen sollen.

Anfangs, als sie ins Cottage eingezogen ist, wussten sie beide nicht, wie sie miteinander umgehen sollten. Tom war menschliche Gesellschaft noch weniger gewohnt als Laura. Sie näherte sich ihm sehr behutsam und versuchte mit großer Geduld, sich in ihn einzufühlen; wenn er länger bei ihr im Cottage bleiben wollte und nicht in der Stimmung war zu reden, nahm sie sich einfach ein Buch und las, um ihn nicht unter Druck zu setzen. Später kam er dann oft zum Essen, und vor allem donnerstags kochte sie regelmäßig etwas Besonderes für ihn.

Manchmal saßen sie einfach nur schweigend beieinander, er hing seinen Gedanken nach, sie beobachtete ihn und versuchte, Ähnlichkeiten zwischen ihm und sich zu entdecken. Manchmal aber redeten sie während seines Besuchs auch lange, über alles Mögliche – über die Natur, über Sport, über irgendetwas, was Laura gerade in einer Zeitschrift gelesen oder im Radio gehört hatte. Obgleich sie diejenige war, die sich versteckte, hatte sie immer das Gefühl, dass sie ihn mit Informationen über die Welt draußen versorgte. Toms Universum war die Farm, und obwohl ihres nur aus dem Cottage und seiner direkten Umgebung bestand, hörte sie viel Radio, las und blieb immer in Kontakt mit dem, was in der weiten Welt passierte – er musste ihr nur die nötigen Batterien mitbringen. Sie war ziemlich sicher, dass er ihr gern zuhörte. Vielleicht suchte auch er Teile seiner selbst in ihr. Es war nicht leicht, ihn zum Lachen zu bringen, er war unkompliziert, zuverlässig, ein guter Zuhörer und ein exzellenter Beobachter. In dieser Hinsicht waren sie sich ähnlich.

Sie denkt daran, wie sie ihn das letzte Mal gesehen hat. Wie er winkend, Mossie dicht hinter sich, zwischen den Bäumen verschwand. Eigentlich hatte er vorgehabt, später noch einmal wiederzukommen und ihr Fenster zu reparieren, das dringend Kitt brauchte. Er wanderte gern im Cottage umher, klopfte, hämmerte, rückte zurecht. Zuerst fand Laura das ein bisschen unhöflich, und sie dachte, er wäre einfach nicht in der Lage, sich auf sie zu konzentrieren, aber dann wurde ihr klar, dass das Werkeln seine Art war, ihr zu helfen und zu zeigen, dass sie ihm am Herzen lag. Viele Jahre lang war er alles gewesen, was sie hatte, und sie liebte ihn.

Sie denkt an Mossie, an Rory und an das freche Grinsen auf seinem hübschen Gesicht, als er auf den Hasen geschossen hat. An den Laut, den der Hase von sich gegeben hat, als er getroffen wurde. Er war ziemlich weit entfernt, und der Schuss dröhnte noch in ihren Ohren, aber sie ist sicher, dass sie den Ton genau gehört hat. Den Ton, mit dem das Tier sich von der Welt verabschiedet hat.

Eine unnütze Grausamkeit.

Was hat sie in dieser Welt zu suchen? Wohin geht sie?

Sie weiß, dass sie einen langen Weg vor sich hat und dass sie noch nicht sehr weit gegangen ist. Sie könnte jederzeit zurück. Ihre Brücke wankt, es ist bestenfalls eine Hängebrücke, und wenn die Seile noch mehr Gewicht aufnehmen müssen, werden sie auf eine harte Zerreißprobe gestellt.

Sie denkt an Joe, der Tom so ähnlich ist, dass sie ihn bei ihrer ersten Begegnung für Tom gehalten hat. Sie hört seine ärgerliche Stimme, er hat sie beschimpft, es war der falsche Ton, der aus seinem Mund kam. Plötzlich muss sie die Augen öffnen. Sie fühlt Solomons Nähe, stellt sich vor, dass sein Blick auf ihr ruht, fühlt seinen Körper an ihrem, wie auf der Wiese vorhin, als er versucht hat, sie in Sicherheit zu bringen. Seine starken Arme um ihre Taille. Selbst wenn er sie nicht körperlich berührt, hat er diese Präsenz. Als würde sich sein Arm um sie schlingen und sie aus der Gefahrenzone führen.

Sie ist nicht sicher, wohin sie geht, aber auf einmal weiß sie, dass sie nicht zurückkann.

17

Erst am Abend treffen Solomon und Laura in Dublin ein. Auf der Fahrt hat sie kein einziges Wort mit ihm geredet, obwohl er sie ein paarmal angesprochen hat, um zu sehen, ob alles in Ordnung mit ihr ist oder ob er vielleicht anhalten soll. Auch jetzt sagt sie nichts, und er vermutet, dass sie schläft, denn sie hat schon eine ganze Weile keine Laute mehr von sich gegeben. Zu wissen, dass sie im Schlaf ganz ohne ihre Geräusche ist, fühlt sich sehr intim an. Noch nie hat Solomon sich so für einen anderen Menschen interessiert, noch nie wollte er so viel über jemanden erfahren. Wieder beobachtet er sie im Rückspiegel, dann seufzt er und setzt sich am Lenkrad zurecht.

Solomons Wohnung liegt am Grand Canal, in einer neuerschlossenen Gegend, mitten zwischen modernen Bürobauten. Unter jedem Apartmenthaus gibt es Restaurants und Cafés, und als Solomon im Sommer eingezogen ist, saß er oft mit einem Bier auf seinem Balkon und hat allen möglichen fremden Gesprächen gelauscht. Völlig wahllos hat er sich alles angehört, was von unten zu ihm heraufdrang, hat sich für alles interessiert, und eines Nachts war er dumm genug, sich bei einer stark alkoholisierten Streitigkeit als Schlichter zu versuchen. Doch statt Frieden zu stiften, erntete er ein blaues Auge.

Nach und nach begannen die Unterhaltungen ihn zu irritieren, und auf einmal interessierte ihn gar nichts mehr: Er hörte nur noch Smalltalk, Klatsch, Gelaber, Meckerei, linkische erste Dates, mühsame Konversation schweigsamer Langzeitpaare, lärmende Freundesgruppen. Deshalb mied er entweder den Balkon, oder er hustete und räusperte sich demonstrativ und stellte seine Musik laut, um die Leute auf die Tatsache aufmerksam zu machen, dass hier jemand wohnte, der sie hören konnte.

Aber dann hörte er die Gespräche irgendwann nicht mehr. Allerdings merkte er gar nicht, wann es passierte – erst als Bo bei ihm einzog, fiel es ihm plötzlich auf. Sie konnte eines Nachts nicht schlafen, weil es draußen so laut war. Dann konnte sie sich tagsüber nicht auf ihre Arbeit konzentrieren, weil die Leute beim Wakeboarden auf dem Kanal so viel Lärm veranstalteten. Und als er ihr beim Lunch eine Geschichte erzählte, stellte er fest, dass sie gar nicht richtig bei der Sache war.

»Hast du das gehört?«, unterbrach sie ihn plötzlich, sprang vom Tisch auf, eilte auf den Balkon und beugte sich über die Brüstung, um den Ursprung irgendeiner geheimnisvollen Äußerung ausfindig zu machen.

Er hört in seiner Wohnung nichts mehr von draußen. Und soweit er weiß, ist Bo inzwischen das Gleiche passiert. Anscheinend hat auch bei ihr der Gewöhnungsprozess eingesetzt.

Sobald sie Dublin erreichen, setzt Laura sich auf. Bestimmt hat sie bemerkt, dass es heller und lauter geworden ist und dass sie ständig stoppen und wieder anfahren. Sie streckt sich und schaut sich um. Solomon studiert ihr Gesicht, auf das er zum ersten Mal seit Stunden einen direkten Blick werfen kann. Falls sie geschlafen hat, sieht man es ihr nicht an – sie sieht hellwach aus, schön wie immer. Unschuldig blickt sie von einem Fenster zum anderen und nimmt alles in sich auf. Sie war noch nie in einer Großstadt. Lichter und Trubel verschwinden, als sie in die Tiefgarage unter dem Apartmentblock einfahren.

»Meine Wohnung ist oben«, erklärt Solomon, als Laura sich verwirrt umschaut.

Er schlägt die Autotür zu, und der Krach hallt durch die Tiefgarage. Erschrocken zuckt Laura zusammen. In der Ferne wirft jemand einen Müllbeutel in den Hauscontainer, auch das provoziert ein Echo, und Laura erschrickt wieder.

Solomon beobachtet sie aus dem Augenwinkel und macht sich Sorgen, dass er sie hierhergebracht hat. »Im nächsten Block gibt es ein Hotel. *The Marker* heißt es. Modern, schicke Bar auf dem Dach, von dort sieht man die ganze Stadt.« Er kann es sich nicht leisten, Laura dort unterzubringen, aber vielleicht könnte Bo etwas arrangieren. Schließlich geht es um die zentrale Figur ihrer Dokumentation. »Du kannst auch dort wohnen, wenn du magst.«

»Nein«, antwortet Laura ohne Zögern. »Ich möchte bei dir bleiben.«

»Okay, kein Problem«, antwortet er leichthin, und ein wohlig warmes Gefühl durchströmt ihn.

Dann holt er das Gepäck aus dem Kofferraum und schließt ihn behutsam. Im selben Augenblick jedoch öffnet sich die schwere Feuertür am Ausgang, fällt donnernd ins Schloss, und der ganze Raum hallt wider. Hohe Absätze klacken über den Beton, der Wagen neben ihnen leuchtet auf und piept. Erschrocken ahmt Laura das Geräusch nach und weicht einen Schritt von dem Auto zurück. Beim Einsteigen mustert die Wagenbesitzerin sie stirnrunzelnd, als hätte Lauras Imitation sie beleidigt. Dann lässt sie den Motor an.

»Okay, ich bring dich rein«, sagt Solomon hastig, nimmt die Taschen und führt Laura zum Ausgang.

Bo steht schon an der Wohnungstür. Solomon und Laura müssen demnächst eintreffen. Sie ist nervös, ohne zu wissen, warum. Nein, das ist eine Lüge. Sie ist ziemlich sicher, woher die Nervosität kommt, aber sie möchte sich einreden, dass es keinen Grund zur Sorge gibt. Sie möchte gern die Art Freundin sein, für die es kein Problem ist, dass Solomon und Laura zwei Tage allein unterwegs waren. Eifersucht ist ein tödliches Gift, Eifersucht zerstört alles. Eigentlich war Bo ja auch nie eine sonderlich eifersüchtige Person, jedenfalls nicht in Beziehungen – da hat sie sich nie bedroht gefühlt. Die Arbeit ist für sie ein anderes Thema, denn wenn jemand einen besseren Dokumentarfilm dreht, wenn jemand erfolgreicher ist als sie, dann wird sie rasch neidisch, das gibt sie offen zu. Sie nutzt dieses Gefühl, um sich noch mehr anzustrengen. Aber was das Persönliche angeht – sie weiß nicht, auf welche Weise sie besser sein kann als Laura, und sie will es auch gar nicht.

Das, was Jack gestern Abend gesagt hat, ist jedenfalls nicht der Grund, weshalb sie nervös ist. Er hat die Alarmglocke in Bezug auf Bos Beziehung zu Solomon nicht zum ersten Mal ausgelöst. Er hat den Zweifel nicht gesät, er hat ihr nichts wirklich Neues eingeflüstert, bevor er in der Nacht verschwunden ist. Dieses Gefühl hat in ihr längst existiert. Bei jeder sich bietenden Gelegenheit hat Laura laut und deutlich darauf bestanden, bei Solomon zu sein. Welche feste Freundin würde so etwas zulassen? Nicht nur zulassen, sondern sogar noch unterstützen? Bo treibt Laura ja geradezu in Solomons Arme. Und das ist es, was ihre Sorge, ihre Nervosität verursacht, der Grund für das mulmige Gefühl in ihrer Magengegend: die Tatsache, dass sie es geschehen lässt, obwohl sie es so deutlich sieht. Auch wenn sie sich das lieber nicht eingestehen würde.

Sie hört, wie der Lift sich in Bewegung setzt und auf ihrem Stockwerk hält. Bestimmt rechnen die beiden nicht damit, dass sie schon wartet, hier an der Tür. Sie möchte ihre Gesichter sehen, aber nicht diejenigen, die sie aufsetzen, wenn sie die Wohnung betreten. Wenn sie die beiden in Augenschein nehmen kann, ehe sie die Chance hatten, sich auf die Begegnung vorzubereiten, dann wird sie erkennen, ob etwas zwischen ihnen passiert ist. Die Türen gehen auf, ihr Magen verkrampft sich noch mehr. Solomon steigt aus dem Lift. Er ist allein, wirft Bo einen warnenden Blick zu, als er sie entdeckt, und dreht sich dann zum Lift um.

»Komm, Laura, wir sind da.«

Bo geht ein Stück nach links und späht in die Kabine, wo Laura in der Ecke kauert und sich die Ohren zuhält. Zwar steht sie auf und nimmt eine ihrer Taschen, aber sie wirkt so verschüchtert wie eine kleine Maus. Beinahe augenblicklich entspannt sich Bo, obwohl sie sich sofort über ihre Erleichterung schämt. Darüber, dass es ihr gefällt, Laura in einem solchen Zustand zu sehen.

»Sie mag keine Aufzüge«, erklärt Solomon, seinerseits ein bisschen nervös.

Bo begrüßt Laura ausnehmend freundlich. »Hi, Laura, herzlich willkommen.«

Lauras »Danke« ist kaum hörbar. Zusammen gehen sie in die Wohnung.

»Wie war euer Ausflug?«, fragt Bo vorsichtig, während Laura sich umschaut.

Solomons Kopfschütteln, das dieses Thema verhindern soll, kommt zu spät.

Laura öffnet den Mund, und ein Wasserfall von Geräuschen kommt heraus, verschmolzen und vermengt, überlappend wie ein schlecht abgemischter Song.

Bo hat keine Ahnung, was sie von dieser Kakophonie halten soll, und schaut sprachlos zu, wie Solomon Laura in das kleine Gästezimmer führt – er behandelt sie wie ein verletztes Vögelchen. Doch so angestrengt Bo auch versucht, die Geräusche zu entschlüsseln, es gelingt ihr nicht. Hat sie da etwa einen Schuss gehört?

Solomon dagegen versteht jeden einzelnen Laut, alle Geräusche, die sie ständig wiederholt und ihm damit einen Einblick in ihren verwirrten Kopf, in ihr verletztes Herz gewährt. Mossies Winseln. Ein wütender Joe. Der erschossene Hase. Der Schuss selbst, Türenschlagen, hochhackige Schuhe auf Beton. Das Piepen eines Autoalarms, das Donnern der Feuertür in der Tiefgarage, das Zischen des Lifts, als er auf den Knopf gedrückt hat. Eine Polizeisirene.

Und mittendrin, versteckt, der Laut von Bo, die mit Solomon Sex hat.

Verräterische Laute. Ein Potpourri aller Geräusche, die Laura nicht mag.

In Dublin wimmelt es von Geräuschen, die Laura neu sind. Die Menschenmassen, die aus dem Theater gegenüber strömen, in ihre Autos steigen oder sich ein Taxi heranwinken, um in ihre Stadtteile zurückzukehren und ihr Leben fortzuführen. Die Taxifahrer, die sich unter dem Balkon versammeln, als es plötzlich zu regnen anfängt. Auch der Klang des Regens ist anders. Er fällt auf Beton und in den Kanal auf der anderen Straßenseite. Es gibt keine Blätter, von denen die Regentropfen aufgehalten werden, bevor sie auf der Erde aufschlagen, und es gibt auch keine Erde, die sie aufsaugt. In der Ferne eine Polizeisirene, Rufe und Schreie, das Lachen einer Gruppe … bei jedem Geräusch stürzt Laura zum Fenster.

Zum Glück ist ihr Zimmer klein. Mit einem großen fremden Raum würde sie noch schlechter zurechtkommen. Sie braucht einen Kokon. An der Wand steht ein schmales Bett, und auf der anderen Seite der Wand befindet sich Solomons und Bos Schlafzimmer. An einer Kleiderstange hängen seine Hemden, deshalb riecht es im ganzen Gästezimmer nach ihm. Er hat ihr erklärt, dass Bo den Schrank in ihrem Schlafzimmer benutzt. Er redet mit ihr, wenn er merkt, dass sie durcheinander ist, das kann er gut. Es beruhigt sie. Seine Stimme ist wohltuend, besänftigend. Vor allem seine Singstimme. Laura schließt die Augen, um ihn noch einmal bei der Party singen zu hören, um diesen Moment noch einmal zu durchleben, aber sie hat sich kaum wieder hingesetzt, als ein Geräusch von draußen sie erneut aufspringen lässt. Ein Mädchen lacht mit einem Freund. Lauras Herz klopft heftig.

Auch im Cottage gab es ständig Geräusche. Es war nie ganz still, trotz allem, was die Filmcrew über die Ruhe dort behauptet. An diese Geräusche war Laura gewöhnt. Aber sie erinnert sich noch an ihre erste Nacht in ihrer Hütte. Sie war sechzehn Jahre alt und hatte große Angst. Erst vor kurzer Zeit hatte sie ihre Mutter verloren; Granny und sie hatten sich tränenreich von ihr verabschiedet. Laura zog ins Cottage um – Granny schlief nun zwar nicht mehr im Nebenzimmer, aber zu wissen, dass sie nicht weit weg war, hatte sie immer getröstet und ihre Angst gemildert. Als sie sechs Monate später erfuhr, dass ihre Großmutter ebenfalls gestorben war, fiel Laura in ein tiefes Loch. Sie fühlte sich schrecklich allein, aber letztlich festigte Grannys Tod ihre Verbindung mit Tom. Er hatte ihr die Nachricht auf seine typische Art nicht sonderlich einfühlsam überbracht. Aber mit der Zeit schien er eine gewisse Sensibilität zu entwickeln. Seit er wusste, dass sie allein auf der Welt war, wurden seine Besuche bei ihr länger, er bot ihr häufiger seine Hilfe an und reparierte auch Dinge, wenn sie ihn gar nicht ausdrücklich darum gebeten hatte. Er wurde insgesamt fürsorglicher. Tom in der Nähe zu haben, der ihr half, wenn sie ihn brauchte, war lebenswichtig. Zwar reparierte Tom ihre Toilette, beschaffte Farbe oder nagelte etwas im Cottage zusammen, er brachte auch Medikamente, aber zum größten Teil versorgte sie sich selbst. Ihr gefiel dieses Gefühl, es gab ihr Kraft, aber das Wissen, dass die Zwillinge in der Nähe waren, verlieh ihr Sicherheit, selbst wenn Joe nichts von ihr wusste.

Es gab nie Umarmungen, keine Küsse, nicht einmal eine Berührung zwischen ihr und Tom, aber das Wichtigste war, dass er für sie die Verbindung zu einer Welt aufrechterhielt, aus der sie sich manchmal ausgeschlossen fühlte.

»Joe darf nichts davon wissen«, war alles, was Tom gesagt hatte, als sie ihn einmal nach seinem Bruder fragte, und so war es eben.

Es ist lange her, dass sie sich so lebhaft an ihre erste Nacht im Cottage erinnert hat. Sie hatte im Bett gelegen und durch die vorhanglosen Fenster in den schwarzen Himmel geblickt, sie hatte sich beobachtet gefühlt, obwohl Tom und Joe die einzigen Menschen in einem Umkreis von mehreren Meilen waren. Tom hatte das Cottage zwar für ihre Ankunft vorbereitet, aber es war kalt. Sie hatte sich in eins der Schaffelle gewickelt, sich zusammengerollt und auf die Geräusche gehorcht, die ihr fremd waren. Sie hatte jedes einzelne einzuordnen versucht und sich bemüht, ihre neue Welt zu verstehen. Zehn Jahre später, mit sechsundzwanzig, fühlt sie sich nun wieder genauso wie in ihrer ersten Nacht im Toolin-Cottage.

»Ich hab das Gefühl, ich bin in Cork und übernachte im Toolin-Cottage«, flüstert Bo und kichert.

»Pst«, macht Solomon leise, denn er möchte nicht, dass Laura sie lachen hört. »Eine Eule«, flüstert er, in dem Versuch, die Laute zu identifizieren, die aus Lauras Zimmer zu ihnen dringen. Er erinnert sich daran, wie er in ihrem Cottage am Fenster stand und bei jedem Geräusch zusammenzuckte. Damals hat Laura ihm jeden einzelnen Ton erklärt, um ihn zu beruhigen. Müsste er jetzt nicht das Gleiche für sie tun? Er horcht angestrengt, nicht nur auf Lauras Laute, sondern auch auf die Laute innerhalb und außerhalb der Wohnung. Auf einmal hört er Dinge, die ihm noch nie aufgefallen sind.

Schweigend lauschen sie eine Weile. Flach auf dem Rücken liegen sie im Bett und starren an die Decke.

»Fledermaus?«, sagt Bo, die meint, ebenfalls einen Ton erkannt zu haben.

»Nein, irgendein Vogel«, erwidert Solomon achselzuckend. »Aber das ist ein Frosch«, flüstert er beim nächsten Laut.

»Wow, Regen auf dem Dach«, flüstert Bo und kuschelt sich zusammen. »Und jetzt der Wind?«

»Wer weiß«, antwortet er, froh, hier zu sein, bei Bo. Er mag ihre Nähe. Sie sind nackt, die Decke nur bis zum Bauch hochgezogen. Die Nacht ist schwül, obwohl der Regen versucht hat, die Luft zu reinigen. Sie lauschen den Nachtgeräuschen eines weitentfernten, abgelegenen Hügels. Wenn er die Augen schließt, fühlt er sich magisch an den Ort versetzt. Es ist ein intimer Einblick, wie es wäre, mit Laura die Nacht in ihrem Cottage zu verbringen.

»Das ist so romantisch, ich komme mir vor, als wären wir beim Camping«, sagt Bo, schmiegt sich an ihn und steckt den Kopf in seine Achselhöhle. »Hattest du schon mal Sex unter dem Sternenhimmel?« Sie beginnt, seine Brust zu küssen und arbeitet sich langsam über seinen Bauch zum Becken hinunter.

Aber ihm dämmert, dass nichts an dieser Situation romantisch ist. Laura ist allein an einem völlig fremden Ort und ruft sich die Dinge in ihrem Zuhause ins Gedächtnis. Dinge, die sie vermisst. Sie beschwört vertraute Klänge herauf, um ihre Einsamkeit zu bewältigen. Er versucht, den Gedanken an sie zu verdrängen und sich auf Bo zu konzentrieren. Aber er schafft es nicht, denn selbst wenn Laura still ist, ist sie trotzdem in seinem Kopf.

18

Die Filmcrew und Laura sitzen im Labor von David Kelly vom irischen Ornithologen-Verband. Rachel betrachtet den Monitor neben sich, ein hübsch ausgeleuchtetes Arrangement: im Hintergrund Vogelkäfige, davor strategisch im Bild verteilte wissenschaftliche Geräte. Mr Kelly schaut zu und fühlt sich machtlos. »Nun, okay, aber normalerweise wären sie da nicht«, sagt er, ein bisschen durcheinander, weil Bo seine Vogelposter energisch von einer Wand abnimmt und an die andere hängt, wo sie besser ins Bild passen.

Dann ist es endlich so weit, er darf Platz nehmen, und auch Bo ist außerhalb des Bildfelds bereit, mit dem Interview zu beginnen. Solomon ist startklar, das Galgenmikrophon über den beiden ausgestreckt, Laura steht hinter seiner linken Schulter. Alle sind guter Dinge, auch Solomon, obwohl der Sound einem Albtraum gleicht: Jedes Mal, wenn David Kelly spricht, krächzt ein Vogel. Und als wäre das nicht schon störend genug, ahmt Laura ihn auch noch nach.

Genau wie Rachel die Geduld verliert, wenn etwas ihre Kamera stört, so verändert sich eigentlich auch Solomons Stimmung, wenn etwas den Sound beeinträchtigt. Aber heute ist alles anders. David Kelly schaut Laura verzweifelt an, weil er zum wiederholten Mal zu seiner Antwort ansetzen muss, aber Solomon fühlt nicht die leiseste Unruhe. Er ist einfach nur glücklich, dass Laura bei ihm ist und ihn mit ihren Lauten immer wieder an ihre Anwesenheit erinnert. Angesichts seines Temperaments, grenzt das an ein Wunder. Sie schaut David an, unschuldig und mit großen Augen, als könnte sie kein Wässerchen trüben.

Vor dem Interview fand Solomon es eher unangemessen, Laura mitzunehmen, weil er einfach nicht sicher ist, wie viel sie von dem, was andere über sie oder über bestimmte Aspekte ihrer Persönlichkeit sagen, mit anhören sollte. Warum sollte es sie kümmern, was andere Leute hinter ihrem Rücken über sie sagen? Er hat mit Bo über seine Bedenken gesprochen, aber obwohl sie grundsätzlich der gleichen Meinung war, haben sie nicht viele Optionen – Laura weigert sich, allein in der Wohnung zu bleiben. Sie möchte bei Solomon sein.

»Okay, Mr Kelly, bitte noch einmal von vorn. Die gleiche Frage, die gleiche Antwort, bitte«, sagt Bo.

»Selbstverständlich. Der Lyrebird ist ein auf dem Boden le-«

»Tut mir leid, aber könnten Sie das ›Selbstverständlich‹ bitte weglassen?«

»Oh, entschuldigen Sie, natürlich.« Er hält inne,

Rachel gibt ihm mit einem Nicken zu verstehen, dass er anfangen kann. Kamera läuft. »Der Lyrebird ist ein auf dem Boden lebender australischer Vogel, bekannt für …«

»Moment«, unterbricht Bo. »Sorry, aber das war zu schnell«, stoppt sie ihn. Und zwar völlig zu Recht. Mr Kelly hat versucht, seinen Satz fertigzukriegen, ehe wieder ein Vogel krächzt – und Laura ihn imitiert. »Ein bisschen langsamer – wie vorhin, das war perfekt. Bitte fahren Sie fort.«

Kopfhörer auf. Kamera läuft.

»Der Lyrebird ist ein auf dem Boden lebender australischer Vogel, bekannt für seine …«

Kräääächz. Vogel.

Kräääächz. Laura.

»… beeindruckende Mimikry«, fährt er fort. »Er nistet in dichtbewaldeten …«

Kräääächz. Vogel.

Kräääächz. Laura.

»… Berggegenden. Nur sehr wenige Menschen bekommen ihn je zu Gesicht. Obgleich sie …«

Klopf, klopf. Ein Picken an den Käfig, das diesmal Bo nachmacht.

Frustriert sieht Solomon sie an. Inzwischen herrscht totales Chaos. Selbst David Kelly ist völlig aus dem Konzept, fährt zwar fort zu sprechen, sieht dabei aber aus, als würde ein unsichtbarer Angreifer ihm permanent Rippenstöße verpassen.

»Nein«, ruft Rachel plötzlich und unterbricht das Ganze. Solomon nimmt die Kopfhörer ab und versucht, sein Lächeln zu verbergen. »So geht das nicht.«

»Vielleicht sollten wir es anderswo versuchen, wo es keine Vögel gibt«, schlägt Bo munter vor – sie will die Energie nicht absacken lassen.

David Kelly wirft einen verstohlenen Blick auf seine Armbanduhr. Doch er willigt ein, umzuziehen.

Das Sitzungszimmer ist ruhig. Kein Verkehr, keine Leute, keine Telefone, keine summende Klimaanlage. Gute Bedingungen für Solomon. Zwar gibt es viel dunkles Mahagoni, und Rachel hat etwas mehr Arbeit mit dem Licht, aber es funktioniert. In einer Glasvitrine sitzen Vögel auf Ästen, auch sie kommen ins Bild. Das einzige Problem ist, dass sie tot und ausgestopft sind, was Solomon etwas beunruhigt.

Als Laura hereinkommt, fällt ihr Blick sofort auf die Vitrine mit den Vögeln. Solomon sieht die Verwirrung in ihrem Gesicht, aber sie sagt nichts. Er setzt die Kopfhörer auf. Vorsichtig fährt Laura mit dem Finger über das Glas – sie versucht, die Vögel zu berühren, und diesmal beginnt sie mit ihren Lauten, ehe David Kelly auch nur den Mund aufmacht: der Schuss, der schwerverwundete Hase, sein Wimmern, Mossies Sterbegeräusche. Ein neuer Klang, die Schüsse des Computerspiels, das der kleine Junge vor ein paar Tagen beim Frühstück im Hotel gespielt hat, verbindet die beiden Ereignisse.

Mr Kelly steht auf und starrt Laura an. »Meine Güte. Das ist wirklich *bemerkenswert.*«

Laura blickt auf, sieht, dass alle sie anstarren, und verstummt. Ihre Hand rutscht vom Glas. »Wie sind sie gestorben?«

»Lügen Sie«, flüstert Solomon dem Ornithologen zu und versucht, die Anweisung mit einem Hüsteln zu überdecken.

»Oh. Äh. Sie waren alt«, behauptet er gehorsam.

Laura runzelt die Stirn und schaut zu Solomon. Dann imitiert sie sein Hüsteln so lange, bis die Worte »Lügen Sie« deutlich herauszuhören sind. Solomon seufzt.

»Schauen Sie, ich denke, wir sollten das Interview in Ihrem Büro machen. Das ist am besten geeignet«, beschließt Bo nun.

»Sie haben doch vorhin gesagt, mein Büro gefällt Ihnen nicht«, wendet David Kelly ein, im gleichen Ton wie ein beleidigtes Kind.

»Jetzt finden wir es perfekt«, entgegnet Bo, packt ihre Sachen zusammen, und alle ziehen weiter.

»Ich muss aber wirklich gleich gehen, ich habe einen Vortrag …«

»Es dauert nicht mehr lange«, verspricht Bo mit einem ermutigenden Lächeln. »Und auf diese Weise können Sie noch ein bisschen Zeit mit Lyrebird verbringen. Betrachten Sie es doch einfach als Recherche.«

Dieser Gedanke gefällt Mr Kelly offensichtlich – Laura fasziniert auch ihn. Während die anderen die Ausrüstung weiterschleppen, mustert er sie von oben bis unten und kichert albern in sich hinein.

Laura erwidert seinen Blick, taxiert ihn von oben bis unten, genau wie er es bei ihr macht, und ahmt dann sein Kichern nach. Er klatscht begeistert in die Hände.

Schließlich sitzen sie in Mr Kellys Büro, einem kleinen, von Papierkram und einem riesigen Schreibtisch dominierten Raum, und beginnen erneut mit dem Interview.

»Professor Kelly«, fordert Bo den Wissenschaftler auf, »erzählen Sie uns doch bitte etwas über den männlichen Lyrebird, insbesondere über sein Talent für Mimikry.«

»Das Lyrebird-Männchen ist im Wald als Entertainer beliebt und wird von anderen Sängern bewundert und geschätzt. Es beschäftigt sich ausführlich mit der Imitation von Liedern anderer Vögel, ist aber auch selbst ein talentierter Sänger. Etwa ein Drittel seines Gesangs ist original, ein Drittel könnte man als halboriginal bezeichnen, weil es eindeutig auf Waldgeräuschen basiert, die es zu einer harmonischen und einheitlichen Melodie verfeinert. Das letzte Drittel ist schlicht und einfach Mimikry. Allerdings so akkurat, dass es unmöglich ist, zwischen Original und Fälschung zu unterscheiden. Es scheint keinen Klang zu geben, den der Lyrebird nicht reproduzieren kann.

Lyrebirds sind Gewohnheitstiere. Sie mögen Routine. Die Paarungszeit beginnt im Mai und endet im August. Zu Beginn der Balz baut das Männchen für seine Vorführungen mehrere Erdhügel und umwirbt das Weibchen eifrig mit Lied und Tanz. Seine Partnerin folgt ihm, wo immer es hingeht, und beobachtet jede Vorführung von ihrem Ehrenplatz. Wenn die Darbietung beendet ist, gehen beide gemeinsam auf Futtersuche, aber sobald das Männchen zu singen beginnt, hält das Weibchen inne, um ihrem Partner zu lauschen. Balzgefährten sieht man selten allein, und ihre hingebungsvolle Fürsorge für den Nachwuchs deutet auf einen ausgeprägten Familiensinn hin.«

Bei dieser Beschreibung kann Solomon ein Lächeln nicht unterdrücken. Bo wendet den Kopf, um ihn anzuschauen, und er sieht schnell weg und tut so, als müsste er an seinen Geräten etwas einstellen.

»Wenn ein Lyrebird-Pärchen sich gepaart hat, sucht es sich einen Nistplatz. Keiner von beiden geht jemals fremd. Sie sind monogame Kreaturen, und wenn sie einen Gefährten gewählt haben, sind sie sich lebenslang treu.«

Solomon beißt sich auf die Lippen, aber sein Lächeln wird trotzdem unaufhaltsam breiter. Für einen kurzen Moment wendet er sich Laura zu, und sie starrt ihn an. Grüne Augen, die ihn aufmerksam fixieren.

Es ist zehn Uhr abends. Normalerweise gehen Bo und Solomon nicht so früh ins Bett – heute haben sie sogar schon miteinander geschlafen. Aber da sie einen so beengten Lebensraum mit Laura teilen, ist es für alle leichter, gute Nacht zu sagen und sich zeitig ins Schlafzimmer zurückzuziehen und wenigstens dort noch ein bisschen ungestört zu sein.

Nach der Erfahrung im Hotel haben sie sich so leise wie möglich geliebt. Zwar machte Solomon einen unkonzentrierten Eindruck, aber für Bo war das okay, denn ihr ging es nicht anders. In ihrem Kopf nehmen Formulierung und Planung der Doku immer mehr Platz ein.

Jetzt liegen sie beide wieder auf dem Rücken, starren an die Decke und lauschen Lauras Nachtgesang. Bo gefällt es, sie findet es entspannend, wickelt eine Haarsträhne um den Finger und schließt die Augen.

»Sie geht ihren Tag durch«, flüstert sie.

»Da ist der Geldautomat«, meint Solomon lächelnd. »Sie war mit mir dort, als du noch mit Rachel gefrühstückt hast. Sie hatte so was noch nie gesehen.«

Laura piept sich durch den Automaten. Schließlich wird das Bargeld ausgegeben.

»Ich wollte, sie würde echtes Geld ausspucken«,

scherzt Bo. »Wenn diese Doku so gut wird, wie ich glaube, dann wird das tatsächlich der Fall sein.«

»Sie könnte wahrscheinlich helfen, Geheimcodes zu entziffern, indem sie sich die einprägt«, sagt Solomon. »Auf so ein Talent wäre doch sicher jeder Geheimdienst scharf.«

Bo kichert leise. »Also *das* würde ich gern filmen.« Sie hält inne, um zu lauschen. »Es ist, als würde sie sich den vergangenen Tag noch einmal vor Augen rufen, genau wie ich es mit den Fotos auf meinem Handy mache.«

Sie lauschen eine Weile. Entspannt. Ruhig. Friedlich.

Dann hören sie Solomons Lachen. Ein seltenes herzliches Lachen.

»Bist du das?« Bo sieht ihn an.

»Ja«, antwortet er, meidet aber ihren Blick. »Ich kann mich gar nicht erinnern, was so lustig war«, lügt er, denn er erinnert sich sehr wohl daran, wie Laura und er sich aneinander festgehalten haben und gar nicht aufhören konnten zu lachen. Sein Bauch tat schon weh, ihm liefen die Tränen über die Wangen. Als er sich heute Morgen angezogen hat, dachte er, Laura würde Speck braten, denn aus der Küche hörte er das wundervolle Geräusch einer brutzelnden Pfanne, in der das Fett knistert und zischt. Er beeilte sich, in die Küche zu kommen, doch da stand Laura ganz allein vor einem leeren Kühlschrank und imitierte die Geräusche. Sie hatte Hunger. Solomon war so verwirrt über die leeren Kochfelder und den leeren Küchentisch und obendrein so enttäuscht, dass sie sich über seinen Gesichtsausdruck ausschütten wollte vor Lachen. Und als ihm klarwurde, was passiert war, stimmte er sofort ein.

Nach seinem Lachen ahmt sie sein Hüsteln mit dem darin versteckten »*Lügen Sie*« nach.

Solomon zuckt zusammen.

Laura stellt es seinem Lachen gegenüber. Zurück zur Lüge, dann wieder zum Lachen. Das macht sie ein paarmal.

»Sie versucht, etwas zu entscheiden«, meint Bo und schaut Solomon wieder an. Jetzt, wo sie verstanden hat, was Laura tut, ist sie richtig aufgeregt. »Sie versucht, dich zu durchschauen.«

Wieder imitiert Laura Solomons Lachen.

»Sol«, sagt Bo, und ihre Stimme klingt besorgt.

»Hm?« Er kann sie nicht anschauen. Sein Herz pocht heftig in seiner Brust, er hofft, dass Bo es nicht fühlen kann, aber er selbst hat das Gefühl, dass es in seinem ganzen Körper dröhnt.

»Sol.«

Lügen Sie. Sein Lachen. *Lügen Sie.* Sein Lachen. Immer hin und her.

Dann sieht er Bo endlich an, setzt sich auf und stützt den Kopf in die Hände. »Ich weiß. Mist.«

19

Am nächsten Morgen steht Laura auf dem Balkon, beide Hände um einen Becher Tee gelegt. Sie gibt Pfeifgeräusche von sich.

»Was macht sie da?«, fragt Solomon, der gerade aus der Dusche zu Bo in die Küche kommt. Er küsst sie. Das hat er sich vorgenommen – sie zu küssen, und es nicht mehr zu verstecken. Gestern Abend sind sie übereingekommen, dass es am besten ist, wenn er sich fürs Erste von Laura fernhält, damit Bo und Laura ungestört versuchen können, eine Bindung zueinander aufzubauen. Solomon muss morgen sowieso für ein paar Tage in die Schweiz fahren, um für *Grotesque Bodies* einen Mann zu filmen, dem sie schon ein Jahr lang folgen und der sich dort einer Operation unterziehen will. Zusammen mit Bo hat Solomon entschieden, dass es für Laura und für die Dokumentation gesünder ist, wenn er eine Weile verschwindet, und er weiß, dass er sich damit auch selbst einen Gefallen tut. Er ist dabei, sich zu verlieren, und ihm gefällt nicht, was aus ihm zu werden droht – ein Mann, der an eine andere Frau denkt, wenn er mit seiner Freundin im Bett ist. Das passt nicht zu ihm. So möchte er nicht sein. Er muss sich aus der Situation zurückziehen.

»Sie redet mit dem Vogel von nebenan«, antwortet Bo. »Möchtest du Rührei und Speck?«, fragt sie und stellt einen Teller vor ihn auf den Tisch. »Hat Laura gemacht. Aber sie fragt mich dauernd nach Sachen, von denen ich noch nie was gehört habe. Kräuter und all so was.«

»Du musst mal mit ihr in den Supermarkt«, meint Solomon und gibt sich alle Mühe, nicht zu Laura draußen hinzusehen. »Das würde ihr bestimmt gefallen.«

»Ja«, antwortet Bo, unsicher, wie sie die nächsten vier Tage allein mit Laura aushalten soll. Wenn Solomon bleiben würde, wäre sie beinahe bereit, ihre Meinung über sein enges Verhältnis zu Laura zu revidieren.

Draußen auf dem Balkon zwitschert Laura.

»Welcher Vogel von nebenan eigentlich?«, fragt Solomon unvermittelt und stürzt sich auf das Rührei, das verführerisch aussieht.

»Der Nachbarsjunge hat einen Wellensittich. Oder so was Ähnliches. Erzähl mir jetzt nicht, dass du ihn noch nie gehört hast.«

»Welcher Nachbarsjunge denn?«, fragt er.

Sie lacht und schlägt mit dem Geschirrtuch nach ihm. Dann setzt sie sich mit einem Espresso und einer Grapefruit zu ihm.

»Möchtest du dabei sein, wenn ich Laura über das Casting informiere?«, fragt sie ihn leise.

»Wir haben doch gestern darüber gesprochen«, erwidert er und konzentriert sich auf sein Rührei. »Es ist Zeit, dass du sie besser kennenlernst. Sie muss Vertrauen zu dir gewinnen.« Laura hat dieses Rührei gemacht, und es ist das leckerste Rührei, das er jemals gegessen hat. Er leckt praktisch den Teller ab. Er muss so schnell wie möglich raus aus dieser Wohnung.

»Ja, ich weiß schon, aber du kannst echt besser mit ihr umgehen.«

Solomon sieht sie an und merkt, wie nervös sie ist. »Du kriegst das hin. Aber rede einfach mit ihr wie mit einer Freundin, nicht wie mit jemandem, den du *informieren* musst.«

»Acht Uhr morgens ist wahrscheinlich zu früh für eine Flasche Rotwein«, witzelt sie, kann ihre Unsicherheit aber nicht verbergen.

Zum ersten Mal, seit er sich an den Küchentisch gesetzt hat, schaut Solomon zu Laura hinaus. Sie hat Zeit gebraucht, um nach dem Vorfall an der Schießanlage wieder aus ihrem Schneckenhaus zu kommen. Sie hatten eine schöne Zeit zusammen, er hat es genossen, ihr neue Dinge zu zeigen, sie zu beobachten, ihr zuzuhören, alltäglichen Geräuschen zu lauschen, die er seit langer Zeit nicht mehr bemerkt. Das Zischen eines Busses, der an der Haltestelle hält, das

Pfeifen des Postboten, ein Motorrad, eine Fahrradklingel, hochhackige Schuhe auf dem Asphalt. Lauras Geräusche waren endlos, sie flossen mühelos aus ihrem Mund, ohne dass sie es selbst bemerkte. Bos Sorge, Lauras Geräusche könnten übers Wochenende verschwinden, war zum Glück unbegründet gewesen; wenn überhaupt, sind sie häufiger geworden. Sie hatten Spaß zusammen, und Solomon kann sich nicht erinnern, wann er das letzte Mal so viel gelacht hat. Obwohl er sich zwischendurch immer wieder bei diesem Gefühl erwischt und sich schnell in sich zurückgezogen hat. Vollkommen zu Recht hat Laura gestern seinen Charakter in Frage gestellt. Was machte er da? Wer war er überhaupt? Im einen Moment war er ganz offen mit ihr, im nächsten verschlossen wie eine Auster. Von heiß zu kalt im Handumdrehen. Laura zuliebe, sich selbst und Bo zuliebe würde er sich von ihr fernhalten müssen.

Wieder weht Lauras Zwitschern durch die offene Balkontür zu ihnen herein.

»Sie redet übrigens nicht mit dem Vogel«, sagt Solomon, während er die Teller abwäscht.

»Hm?«

»Du hast gesagt, sie redet mit dem Vogel.«

»Ja. Das tut sie doch auch.«

»Meinst du das ernst?«

»Ja – für meine Ohren klingt es wie ein richtiges Gespräch.«

»Nein.« Er lacht, fühlt aber die vertraute Aufregung in sich aufsteigen. Vielleicht ist es auch Sodbrennen, ein Brennen im Zentrum seiner Brust. Ist es dieses Brennen, das ihn dazu bringt, auf Bo herumzuhacken, oder ist es Bo, die das Brennen verursacht? Er ist nicht sicher, aber er weiß, dass beides eng miteinander zusammenhängt.

»Der Vogel glaubt, sie unterhalten sich«, meint sie locker, greift dann zu ihrem Smartphone und checkt ihre Mails.

»Also, ich weiß nicht, was der Vogel denkt. Ich verstehe nur Menschen.« Nicht sonderlich gut verborgen steckt in dieser Bemerkung der Vorwurf, dass Bo die Menschen *nicht* versteht.

»Na gut, Solomon, dann unterhält sie sich eben *nicht* mit dem Vogel.« Bo lacht. »Aber dann sag du mir doch, was sie da macht. Du verstehst sie ja offensichtlich so viel besser als ich.«

Sie meint das nicht sarkastisch oder zynisch, ihr Ton enthält keine Wertung.

»Okay, dann unterhalten wir uns mal so, wie die beiden sich gerade ›unterhalten‹. Fangen wir an.«

»Möchtest du, dass ich pfeife?«, kichert sie.

»Möchtest du, dass ich pfeife?«, wiederholt er, kichert ebenfalls und imitiert sie, so gut er eben kann.

Sie lacht.

Er ahmt sie nach.

»Vielleicht sollte ich zwitschern.«

»Vielleicht sollte ich zwitschern.«

Allmählich verblasst ihr Lächeln. »Okay, Sol, ich hab's kapiert.«

»Okay, Sol, ich hab's kapiert.«

»Sie unterhält sich nicht mit dem Vogel.«

»Sie unterhält sich nicht mit dem Vogel.«

»Sie imitiert den Vogel.«

»Sie imitiert den Vogel.«

Bo schweigt.

Draußen auf dem Balkon grinst Laura in ihren Teebecher, aber die beiden können sie nicht sehen.

Solomon starrt Bo an und wartet, dass sie wieder etwas sagt. Er fühlt sich wie ein kleiner Junge, der gerade absichtlich seine Brüder genervt hat.

»Meine Freundin Bo«, beginnt sie langsam und nachdenklich, »ist die tollste Produzentin der Welt.«

Er wiederholt ihren Satz und rückt mit seinem Stuhl näher zu ihr, Auge in Auge. »Mit den tollsten Brüsten.«

Sie lacht. »Das habe ich nicht gesagt.«

»Das habe ich nicht gesagt.«

Sie klingen glücklich, lustig und innig. Aber dann macht Bo es kaputt.

»Ich werde meine Freundin Bo heiraten.«

Solomon zögert. Starrt Bo an, weicht ein bisschen zurück, um ihr Gesicht richtig sehen zu können – das ganze Bild, um erkennen zu können, ob sie es ernst meint oder einen Witz gemacht hat.

Ihr Lächeln ist verschwunden, seines ebenfalls. Die Spannung zwischen ihnen ist bedrückend. Warum musste sie das sagen? Warum musste sie den schönen Augenblick ruinieren und so ein heikles Thema anschneiden?

»Möchtest du das?«

Sie studiert sein Gesicht, er will es offensichtlich nicht, er kann es nicht einmal aussprechen, auch nicht als Teil eines albernen Spielchens. Genau genommen will sie es auch nicht. Das war nicht das Ziel dieser Beziehung. Mit Jack war es das einmal gewesen, aber damals war sie jünger und hat sich gern etwas vorgenommen – dieser Mann war ein Projekt. Das hätte es aber wahrscheinlich gar nicht gebraucht; mit Jack hätte sie schneller vor den Altar treten können als jemals mit Solomon. Das ist beunruhigend, nicht weil sie selbst es sich tatsächlich wünscht, sondern weil so klar ist, dass er es nicht will. Sie ist nicht sicher, ob es demütigend ist, mit einem Mann zusammen zu sein, der sie nicht heiraten will, selbst wenn sie selbst das auch nicht möchte. Doppelmoral. Davon besitzt sie einige Beispiele.

Ohne dass Solomon ein Wort sagt, kann sie seine Argumente hören, sie sieht es an seinem panischen Gesichtsausdruck, seiner Haut, die glänzt, als hätte er einen nervösen Schweißausbruch. Sie hört seine Argumente laut und deutlich, sie setzt sie sogar gegen sich selbst ein, aber sie hat den Satz für ihn gesagt, damit er ihn trotzdem wiederholt, um ihn zu testen. Was im Grunde unfair war.

»Tja, *das* ist mal eine Unterhaltung«, sagt sie und steht auf. »Du solltest gehen, sonst kommst du noch zu spät zur Arbeit.«

Auf dem Balkon atmet Laura langsam aus. Sie hat den Schluss des Gesprächs ebenfalls mitgehört.

Der Vogel im Käfig auf dem Nachbarbalkon zwitschert laut, rappelt in seinem Käfig herum, springt von seiner Schaukel auf den Boden, hackt in seinem Futter herum, hackt gegen die Käfigstäbe. Neben ihm sitzt ein kleiner Junge, spielt mit zwei roten Autos, lässt sie zusammenstoßen und macht dazu die entsprechenden Soundeffekte – Motorengeräusche und Zusammenstöße. Laura imitiert die kindlichen Laute.

Die beiden letzten Morgen hat sie es genossen, auf dem Balkon zu sitzen und nachzudenken. Obwohl es laut ist, hat sie hier wenigstens frische Luft, was ihr das Ganze enorm erleichtert und die Kopfschmerzen wegzublasen scheint.

Bo gesellt sich zu ihr, Laura wirft ihr einen kurzen Blick zu. Alles an Bo ist präzise, akkurat, ordentlich, perfekt. In ihrer Kleidung gibt es keine Falte, nichts knittert, ihre Haut ist glatt und makellos, ihre Augen ein klares Schokoladenbraun. Ihre kastanienbraunen Haare, die immer glänzen, sind zu einem hohen Pferdeschwanz zusammengebunden, aber weil sie eigentlich zu kurz dafür sind, fallen an den Seiten dicke Strähnen heraus, die sie akkurat hinter die Ohren klemmt. Wenn sie lächelt oder manchmal auch bei bestimmten Worten erscheinen zwei tiefe Grübchen in ihren Wangen. Sie trägt ⅞-Jeans und Slipper, dazu ein Polo-Shirt mit hochgestelltem Kragen. Die Stoffe sehen teuer aus, alles ist gut geschnitten. Das Ganze wird durch eine dezente Perlenkette vervollständigt, und insgesamt wirkt sie, als sollte sie bei einem Fotoshooting für ein Segelmagazin mitmachen. Sie scheint nie ungeschickt, unsicher oder ungehalten zu sein. Laura hat das Gefühl, dass Bo immer genau weiß, wo es langgeht, und dass Bo insgesamt das exakte Gegenteil von ihr ist.

»Na, schließt du hier draußen Freundschaften?«, fragt Bo.

Laura schaut sie etwas verwirrt an. Sie war doch allein auf dem Balkon.

»Der … ach, vergiss es.« Bos Lächeln verblasst, und sie konzentriert sich auf den Laptop, den sie vor sich auf den Tisch gestellt hat. »Ich hab ihn mitgebracht, um dir *StarrQuest* zu zeigen. Es ist wichtig, dass du dir im Klaren bist, was dir bevorsteht, wenn du da reingehst – ich möchte nicht, dass du es tust, obwohl dir irgendwas daran nicht ganz geheuer ist.«

Schmetterlinge flattern in Lauras Bauch, als sie den Termin erwähnt. Das Casting ist heute Nachmittag.

»Das hier ist Jack«, erklärt Bo und deutet auf den Bildschirm. Als Laura hört, wie sanft ihre Stimme dabei klingt, blickt sie unwillkürlich auf.

»Was ist?« Bo wird rot.

»Nichts«, sagt Laura leise.

»Ich, äh, ich hol dir noch ein bisschen grünen Tee«, sagt Bo und eilt nach drinnen.

Laura konzentriert sich auf den Bildschirm. Bo hat eine ganze Reihe von YouTube-Videos für sie aufgerufen. *StarrQuest*-Kandidaten bekommen zwei Minuten Zeit, um ihr besonderes Talent zu präsentieren. Unglaubliche Akrobaten, Sänger, Musiker, Zauberer, alle möglichen Talente werden gezeigt, von denen Laura nichts wusste.

Nach einer Weile kommt Bo zurück und stellt den frischen Tee vor Laura auf den Tisch. Er ist randvoll mit kochendem Wasser, ein bisschen läuft an einer Seite herunter. Offensichtlich kocht Bo nicht sehr oft grünen Tee. Laura überlegt, warum sie Bos Fehler aufspürt, aber sie hat auch noch nie einen scheinbar so perfekten, selbstbewussten Menschen gekannt.

»Was hältst du davon?«, fragt Bo.

»Die Teilnehmer haben unfassbar viel Talent«, antwortet Laura. »Ich würde mich fehl am Platz fühlen, wenn ich mitmache.«

»Laura, du bist einzigartig und talentierter als alle anderen zusammen«, beteuert Bo. »Und Jack Starr, der Vorsitzende der Jury, hat darum gebeten, dich persönlich kennenzulernen.«

»Und du vertraust ihm«, sagt Laura. Das ist keine Frage, sie hat ja gehört, wie Bo seinen Namen gesagt hat. Herzlich. Vertrauensvoll. Liebevoll.

Bo erstarrt ein bisschen. »Ob ich … ja, ich meine, er ist … er ist ein echter Talentsucher. Und ein Musiker. Er ist selbst sehr talentiert, aber das wissen die wenigsten. Er spielt Gitarre, Klavier und Mundharmonika. Zwar ist er nur mit ein paar Hits bekannt geworden, aber er hat noch viel mehr drauf. Viele von seinen Songs kennt noch kein Mensch, und sie sind besser als die Hits. Außerdem hat er sehr viel Erfahrung, er sieht sofort, wenn jemand Talent hat. Und er ist immer auf der Suche nach etwas wirklich Einzigartigem.«

Jetzt hat Bo schon zum zweiten Mal das Wort »einzigartig« verwendet. Soll Laura bei dieser Show mitmachen, weil sie einzigartig ist? Doch wohl eher, weil sie Talent hat, oder? Sie hat Angst nachzufragen, denn sie ist nicht sicher, ob sie die Antwort hören möchte. Also klickt sie schnell auf einen anderen Videolink. Dort verkündet ein Sprecher mit dramatischer, sonorer Stimme, wie die Show das Leben ihrer Teilnehmer verändert. Möchte Laura, dass sich ihr Leben verändert? Lauras Leben hat sich schon verändert, sie kann die Veränderung nicht aufhalten. Und sie hat Mühe, Schritt zu halten.

»Was denkst du, was ich tun soll?«, fragt Laura.

Bo denkt keine Sekunde darüber nach. »Du solltest mitmachen. Letzten Endes läuft es doch darauf hinaus: Für die Dokumentation spielt es keine Rolle, ob du dich an der Show beteiligst – es ist ja keine Doku über eine Talentshow –, aber ich denke, wenn du dadurch ein Profil bekommst, würde das die Dokumentation nicht nur inhaltlich bereichern, sondern ihr mit Sicherheit auch zu größerem Erfolg verhelfen. Über solche Dinge musst du dir natürlich keine Sorgen machen, aber für mich als Produzentin wird durch solche Faktoren die Vermarktung des Films wesentlich leichter. Eine erfolgreiche Dokumentation verschafft dir wiederum mehr Optionen, eröffnet dir zusätzliche Möglichkeiten für deinen weiteren Lebensweg. Das ist an sich schon ein Geschenk. Gelegenheiten, Optionen, Chancen. Und ich weiß ja, dass du danach im Moment suchst.«

Laura nickt. Bo scheint sie gut zu kennen. Wenn Laura gerade verwirrt ist, sagt sie all die richtigen Dinge.

»Mach mit«, wiederholt Bo aufgekratzt, grinst, und ihre Energie ist ansteckend. »Lass dich auf ein Abenteuer ein. Was hast du zu verlieren?«

»Nichts.« Laura streckt die Hände hoch und lächelt.

20

Um zwölf Uhr mittags treffen Solomon und Rachel im *Slaughter House* ein, von wo die Kandidatenvorstellung von *StarrQuest* live übertragen wird.

»Hier werden also die Lämmer zur Schlachtbank geführt«, sagt Rachel und betrachtet die Örtlichkeit mit einigem Abscheu.

Das *Slaughter House* ist berühmt für intime Clubkonzerte großer Namen; es war früher tatsächlich ein Schlachthaus, wurde dann aber renoviert und in einen Veranstaltungsort umfunktioniert. Die *StarrQuest*-Vorrunde läuft anders ab als bei den meisten Shows: Es gibt keine endlosen Schlangen, sondern alle Teilnehmer sind bereits von einer Jury für das heutige Live-Casting ausgewählt worden – nach ihrem Unterhaltungsfaktor ebenso wie nach Originalität. Innerhalb der einstündigen Liveshow von *StarrQuest* haben zehn Kandidaten jeweils zwei Minuten Zeit, ihre besondere Begabung zu zeigen. Jack Starr sitzt auf einer Art Thron, das Publikum im Kreis um die Bühne herum, die dadurch einer Gladiatoren-Arena ähnelt. Nach jeder Zwei-Minuten-Vorführung betätigt Jack einen Knopf, woraufhin auf einem

Bildschirm ein riesiger goldener Daumen nach oben oder nach unten erscheint. Das Format wurde von Jack Starr und seiner Produktionsfirma entwickelt, die in Anspielung auf Jacks Band-Tage, als er Leadsänger der Gruppe »*Starr Gazer*« war, den Namen *StarrGaze Entertainment* trägt. In einem langwierigen Gerichtsverfahren hat er voriges Jahr das Recht erkämpft, diesen Namen für sein Produktionsunternehmen, seine Plattenfirma und seine Talentagentur zu benutzen, nachdem ein ehemaliges Bandmitglied versucht hatte, ihn daran zu hindern.

Die Lizenz für *StarrQuest* wurde weltweit bereits von zwölf Ländern erworben und wird von verschiedenen Moderatoren präsentiert, die Jack nicht nur im Stil, sondern auch in ihrer Pop-Vergangenheit ähneln. Leider hat der immer schwer zugängliche US-Markt noch nicht angebissen, aber jetzt, wo *American Idol* abgesetzt worden ist, verfolgt Jack dieses Ziel natürlich umso energischer. Da Irland zu seiner zweiten Heimat geworden ist und außerdem als bisher einziges englischsprachiges Land das Format gekauft hat, hat er beschlossen, die Show hier persönlich zu moderieren. Die Gewinner bekommen einen Vertrag mit *StarrGaze.* Im Moment schwimmt Jack ganz oben auf der Erfolgswelle – bis irgendwann die nächste neue Talentshow auftaucht –, und genießt sein Comeback in vollen Zügen, fast zwanzig Jahre, nachdem sein Debütalbum mehrere Grammys gewonnen und ihn auf eine Welttournee geführt hat. Endlich verdient er wieder Geld, zum einen mit der Show, zum anderen mit der Neuauflage seines Albums. Es macht ihm Freude, wieder Livekonzerte zu spielen wie früher, und er versucht, einem Publikum, das eigentlich nur seine alten Hits hören will, so viel neues Material wie möglich nahezubringen. Sein größter Wunsch ist es, mit den neuen Songs in die Charts zu gelangen. Zwar sind die neuen Sachen tatsächlich wesentlich besser als das, was er vor zwanzig Jahren, oft unter dem Einfluss von Alkohol und Drogen, produziert hat, aber die Popularität der Show hat bisher noch nicht auf seine Musikerkarriere übergegriffen. Seit *StarrQuest* auf Sendung ist, hat es noch kein neuer Song von ihm in die Top Forty geschafft.

Im Zentrum der *StarrQuest*-Bühne steht ein vierseitiger Bildschirm. Während der Entscheidungsphase flattert ein goldener Handschuh darüber, aus dem sich dann der nach oben oder nach unten gerichtete Daumen entwickelt. Das Besondere daran ist, dass das Publikum an der Entscheidung beteiligt ist, und zwar die Leute im Studio als auch die Fernsehzuschauer. Wenn das Publikum mit »Daumen hoch« stimmt, während Jack »Daumen runter« gewählt hat, gilt das Votum der Zuschauer. Wenn er mit »Daumen hoch« stimmt, überstimmt er ein »Daumen runter« des Publikums. Die Botschaft ist, dass ein Ja immer die Oberhand behält. Nachdem er durch sein wildes Leben nicht nur seine Ehe, sondern auch seine Karriere und beinahe auch sich selbst verloren hat, ist Jack zum Buddhismus übergetreten und versucht, in allem, was er tut, das Positive zu sehen. In früheren Ausgaben der Show wurden die Kandidaten, die das »Daumen runter«-Urteil erhalten hatten, in einem von Gladiatoren getragenen Käfig von der Bühne gehievt, aber nach der ersten Staffel wurde diese Praxis eingestellt. Die Zuschauer hatten protestiert, als eine Zweiundneunzigjährige nach ihrer persönlichen Version von »Danny Boy« auf diese demütigende Weise abtransportiert wurde, vor den Augen ihrer Kinder und Enkel im Publikum. Ebenso wenig begeistert war man, dass ein weinender Zehnjähriger nach einem misslungenen Zaubertrick eine Panikattacke bekam, als er in den Käfig sollte.

Obwohl die Darbietungen, die heute hier gezeigt werden sollen, bereits Wochen und Monate zuvor beurteilt und terminiert wurden, hat Jack Starr durchgesetzt, dass Laura in die Liveshow an diesem Wochenende aufgenommen wird. Die Produzenten haben Bos iPhone-Aufnahmen von Lauras Imitation der Kaffeemaschine und auf Anforderung auch noch ein paar weitere Proben ihres Könnens zu sehen bekommen und wissen also, was sie heute Abend hier erwartet. Zur Sicherheit wurden aber ein persönliches Treffen, ein Soundcheck und eine Durchspielprobe anberaumt. Zu vertrauensselig sollte man als Macher einer solchen Show natürlich nicht sein.

Die Sicherheitsvorkehrungen am Eingang sind extrem streng. Michael, Jacks persönlicher Sicherheitsmann, kümmert sich persönlich um Solomon und Rachel.

»Du kannst rein«, sagt er zu Rachel, weist Solomon aber mit erhobener Hand zurück. Zwar ist es schon über zwanzig Jahre her, dass Michael Preise dafür bekommen hat, wenn er seine Gegner im Boxring k. o. schlagen konnte, doch seinen wuchtigen Körperbau hat er behalten. Mit strengem Blick mustert er Solomon, der die Augen verdreht und sein Sound-Equipment auf die Schulter hievt.

»Ich bin zum Arbeiten hier«, erklärt er genervt. Am liebsten möchte er noch ein »Big Mickey« hinzufügen – unter diesem Namen hat Michael in den USA geboxt. Dort klang das vielleicht cool, aber hier in Irland bedeutet Mickey nun mal Pimmel.

»Das ist ja lustig. Dabei erinnere ich mich noch gut, dass man dich gefeuert hat, nachdem ich deinen Arsch an die frische Luft gesetzt habe.« Mit seinen annähernd zwei Metern überragt er Solomon deutlich. Er war Jacks Tour-Manager, und sie haben einander auch beim derzeitigen Comeback die Treue gehalten. In dieser Hinsicht ist Jack ein Ehrenmann. Einer Frau kann er nicht treu bleiben, aber einen Freund vergisst er nie.

Normalerweise wäre es Solomon vollkommen egal, dass man ihn nicht in dieses Gebäude lässt. Er wäre sogar froh, sich nie wieder in Jack Starrs Nähe aufhalten zu müssen, aber bei der heutigen Veranstaltung muss er anwesend sein, der Dokumentation zuliebe. Das jedenfalls redet er sich ein. Er möchte glauben, dass es mit Laura nichts zu tun hat. Morgen ist er in der Schweiz, dann ist endlich Schluss mit diesem ständigen Gedankenkampf in seinem Kopf.

Laura und Bo sind schon drinnen. Sie haben den Großteil des Tages zusammen verbracht, während Solomon bei den Vorbereitungen für den Schweiz-Dreh von *Grotesque Bodies* war. Es fiel ihm schwer, sich zu konzentrieren, und er hat sich den ganzen Tag Sorgen um Laura gemacht. Ein paar kurze Nachrichten von Bo haben ihn auf dem Laufenden gehalten, aber ihre letzte war ein wütendes »*Verdammt nochmal, sie ist eine erwachsene Frau, hör auf damit!*«, und auf seine Erwiderung hat sie nicht geantwortet. Er hat keine Ahnung, wo die beiden den Tag verbracht und was sie zusammen gemacht haben – wenn er ehrlich ist, kann er sich diese Zweisamkeit überhaupt nicht vorstellen.

Rachel kommt zurück und stellt sich neben Solomon nach draußen. »Ich denke, er wird dich irgendwann schon reinlassen, er möchte dir nur erst mal seine Macht demonstrieren.«

»Soll er halt«, sagt Solomon, setzt seine Tasche ab

und lehnt sich an die Hausmauer. Bestimmt wird es eine Weile dauern.

»Hast du heute schon was von Bo gehört?«, fragt er Rachel möglichst unverfänglich.

»Ja und nein«, antwortet Rachel.

»Was soll das denn heißen?«

»Sie hat mich ein paarmal angerufen, als ich beim Ultraschall war, obwohl sie genau wusste, um welche Zeit wir den Termin hatten. Sie hat eine Nachricht hinterlassen, ob ich bitte kommen und mich mit ihr und Laura treffen kann.«

»Zum Drehen?«

»Nein, einfach so.«

Rachels Gesicht spricht Bände. Sie ist verärgert, weil sie in ihrer persönlichen Zeit gestört worden ist. Aber Solomon ist froh, dass Rachel über Bo redet, wie es ihr gefällt, ohne Rücksicht darauf, dass Bo und er eine Beziehung haben. Anscheinend fühlt sie sich bei ihm so wohl, dass sie aussprechen kann, was ihr durch den Kopf geht, und dass sie beide kein Blatt vor den Mund nehmen müssen, wenn sie über ihre Chefin reden. Solomon beklagt sich nur ungern über Bo, aber Rachel weiß ohnehin immer, wenn ihn etwas stört – sie spürt es einfach. Und was Solomon an Bo stört, stört die meisten Leute an Bo.

»War mit Laura alles okay?«, fragt er und runzelt die Stirn, weil Bo Rachel um Unterstützung gebeten hat.

»Ich bin sicher, dass es Laura gutging. Aber es könnte durchaus sein, dass Bo zu kämpfen hatte.«

Solomon fragt sich, warum. In den Nachrichten, die Bo ihm geschickt hat, war nie die Rede davon, dass sie ihn brauchte. Und er hat ihr wahrhaftig genügend Gelegenheiten dazu gegeben. Obwohl er die Arbeit natürlich nicht hätte hinschmeißen und ihr zu Hilfe kommen können. Na ja, er hätte es vermutlich trotzdem getan.

Die Tür geht auf, und endlich erscheint Bo. Sie wirkt ungewöhnlich nervös. Jack und Solomon im selben Gebäude – ein Exfreund und der aktuelle Freund, der den Exfreund verprügelt hat und deshalb gefeuert worden ist – das ist keine ganz einfache Situation. Aber sobald sie Solomon und Rachel entdeckt, verschwindet die Besorgtheit aus ihrem Gesicht. »Hallo, Leute«, ruft sie, und ihre Erleichterung ist ihr deutlich anzusehen. »Was macht ihr denn hier draußen?«, fragt sie dann allerdings etwas verwirrt.

»Er will mich nicht reinlassen«, erklärt Solomon und deutet auf Michael.

»*Sie* kann rein«, verkündet Michael und beißt in einen Apfel. In seiner riesigen Pranke verschwindet der Apfel, und der eine Biss macht ihm fast den Garaus.

»*Sie* hat einen Namen«, sagt Rachel.

»Entschuldigung.« Michael senkt den Kopf. »Aber das Arschloch hier kann nicht rein.«

»Michael«, sagt Bo, »Jack hat gesagt, es ist okay, er kann rein.«

»Tja, *mir* hat er das nicht gesagt.«

»Das kann ich mir vorstellen.«

»Warum will er dich denn nicht reinlassen, Solomon?«, ertönt plötzlich Lauras Stimme, und alle drehen sich nach ihr um. Mit großen ängstlichen Augen steht sie hinter Michael.

»Laura«, sagt Bo irritiert, als spräche sie mit einem Kleinkind, »ich hab dir doch gesagt, du sollst drin warten.«

»Das Arschloch darf nicht rein«, erklärt Michael bereitwillig, »weil es das letzte Mal, als ich es gesehen habe, einen kleinen Wutanfall hatte. Ich musste es gegen seinen Willen raustragen.«

»Ich finde, er hat ganz gut gekämpft, dafür, dass er kleiner ist als du«, ergreift Rachel Solomons Partei. »Ich war nicht dabei, aber ich hab auf den Fotos in der Zeitung die blauen Flecke gesehen.«

Jetzt wendet Michael seine Aufmerksamkeit Rachel zu.

»Das Arschloch ist kein Fan von dicker Hose, Big Mickey«, sagt Solomon, und Rachel verdreht über den Scherz die Augen.

»Herrgott, wahrscheinlich kommt keiner von uns rein, wenn wir so weitermachen. Ich regle das, Moment mal«, sagt Bo und wühlt in ihrer Tasche nach ihrem Telefon.

»Bo, bitte sag Jack Starr vielen Dank für die Chance, aber ohne Solomon gehe ich nicht wieder rein«, mischt Laura sich ein, höflich, aber bestimmt.

Solomon sieht sie überrascht an, versucht aber nicht, sein Grinsen vor Michael zu verbergen.

Lauras Edelmut beeindruckt Michael nicht, er hat schon zu viele ruhmgierige hübsche Blondinen durch diese Tür gehen sehen.

»Schon okay, Laura, ich rufe Jack an«, sagt Bo schnell und entfernt sich mit ihrem Handy ein paar Schritte, was Solomon ärgert, denn er möchte zu gern wissen, was sie ihrem Exfreund erzählt. Doch was es auch sein mag, es vergehen keine fünf Minuten, bis sie von Bianca, einer mit Clipboard und Headset ausgerüsteten Betreuerin, abgeholt, nach drinnen geleitet und durch ein Netzwerk von Korridoren geführt werden.

»Hey«, sagt Rachel zu Laura, »ich hab dich da draußen gar nicht richtig begrüßt.« Sie streckt die Hand zum High Five hoch, Laura schlägt lächelnd ein.

»Wie geht's eurem Baby?«, fragt sie.

»Groß und gesund«, antwortet Rachel lächelnd.

»Hattet ihr einen schönen Vormittag?«, schaltet sich Solomon betont locker ein, studiert aber währenddessen Bos und Lauras Gesicht nach verräterischen Hinweisen.

»Ja, wunderbar«, antwortet Bo, ein bisschen zu

zackig. »Wir waren im Supermarkt, dann haben wir Kaffee beziehungsweise Tee getrunken, dann haben wir einen Spaziergang in Stephen's Green gemacht. Ich hab Laura ein paar tolle Klamottenläden gezeigt, für den Fall, dass sie wissen möchte, wo man am besten hingeht.«

»Aha«, nickt Rachel und schaut von Bo zu Laura.

»Ich hab dich angerufen, Rachel, weil ich dich fragen wollte, ob du vielleicht Lust hast mitzukommen«, fügt Bo hinzu.

»Ach ja? Hab ich gar nicht gesehen«, schwindelt Rachel. »Wir hatten heute unseren Ultraschall.«

»Oh, natürlich!«, ruft Bo. »Das hab ich total vergessen! Wie war es denn?«

»Großartig. Wie gesagt, die Ärztin meint, es ist tatsächlich ein Baby, also freue ich mich«, antwortet Rachel.

Laura lacht.

»Und bei euch?«, wendet Solomon sich an Laura, als Bo und Rachel ein Stück vor ihnen hergehen.

Laura macht ein amüsiertes Gesicht, dann öffnet sie den Mund, und Bos Stimme kommt heraus: »Vielleicht sollten wir lieber zurück in die Wohnung.«

Wie sie das auf den Punkt bringt – den Ton, die abgehackte, hektische Sprechweise –, ist so einzigartig, dass Solomon den Kopf zurückwirft und lacht. Er erkennt den Klang von Bos Stimme, wenn sie sich um Höflichkeit bemüht, aber gleichzeitig nichts anderes im Sinn hat, als sich möglichst schnell aus der Situation zu entfernen.

Bo dreht sich um und mustert sie beide etwas unsicher, geht aber wortlos weiter.

»O nein«, seufzt Solomon. »War es wirklich so schlimm?«

Als Laura antwortet, erklingt von neuem Bos Stimme: »Kannst du das vielleicht bitte nicht hier machen?«

Solomons Lächeln verblasst.

»Schon okay«, beruhigt Laura ihn rasch und legt die Hand auf seinen Arm. Er trägt ein T-Shirt, ihre Haut berührt seine, und sofort passiert etwas. Ein Prickeln durchläuft sie beide. Laura schaut auf seinen Arm, so dass er weiß, dass sie es auch gefühlt hat. »Ich hab wirklich mehr Geräusche gemacht als normal«, erklärt sie. »Sie macht mich nervös.«

»Ich glaube, das beruht auf Gegenseitigkeit«, meint Solomon.

»Ich mache *sie* nervös?«

»Du bist anders«, erklärt er, denn er möchte nicht sagen, dass Bo sich wahrscheinlich bedroht fühlt, vor allem, nachdem sie gehört hat, wie Laura sein Lachen imitiert hat, und weil Bo weiß, dass Laura ständig bei ihm sein möchte und eindeutig und ehrlich sonst niemandem traut. »Manchmal macht es die Leute nervös, wenn jemand anders ist.«

Laura nickt, sie hat verstanden. »Mich auch.«

»Bist du jetzt nervös?«

Sie nickt wieder.

»Alles wird gutgehen«, sagt er.

»Bleibst du da?«

»Ja, klar.« Er klopft auf seine Audiotasche. »Ich werde zuhören.«

Schließlich führt Bianca sie zu einer Garderobe mit dem Namen *LYREBIRD* an der Tür.

»So, Lyrebird, da wären wir«, sagt sie. »In etwa fünf Minuten bringen wir dich zum Styling, und gegen vier gibt es den Soundcheck.« Sie schaut auf ihr Clipboard. »Du hast den letzten Auftritt der Show, also kommst du um acht Uhr fünfzig für deine zwei Minuten auf die Bühne. Du bist …« Sie zieht ihre Notizen zu Rate. »… Stimmenimitatorin. Cool.« Dann blickt sie zu Solomon. »Bist du ihr Agent?«

»Ja«, antwortet Solomon ernst. »Ja, das bin ich.«

Laura kichert. Bo verdreht die Augen. »Nein, ist er nicht. Er gehört zur Dokumentationscrew.«

Bianca sieht Solomon mit unverhohlener Antipathie an, und ihre Eyeliner-Augen werden schmal. »Cool.« Aber es klingt, als wäre es alles andere als cool für Bianca. »Die Produzenten würden gerne wissen, wie viele Imitationen du vorführen wirst.«

Sie schaut zu Laura. Wieder schaut Laura zu Solomon.

»Wir besprechen das gleich«, antwortet er.

»Jetzt erst?« Bianca macht große, erschrockene Augen. »Cool.« Dann fügt sie hinzu: »Ich bin in fünfzehn Minuten wieder da, in Ordnung?«

Ihr Walkie-Talkie knistert.

Laura imitiert das Geräusch und setzt sich hin. »Cool«, sagt sie dann mit Biancas Stimme.

Bianca reißt die Augen auf. Niemand lacht, alle anderen im Raum sind inzwischen an solche Beiträge gewöhnt. Aber Bianca verlässt diese seltsamen Menschen, so schnell sie kann, und geht nach nebenan zu dem zwölfjährigen Turnermädchen.

»Ich dachte, du wolltest heute Vormittag mit ihr an ihrer Nummer arbeiten?«, sagt Solomon leise zu Bo, während sie die Geräte für ein Interview in Lauras Garderobe aufbauen.

Bo wirft ihm einen bösen Blick zu. »Sol, an der Fleischtheke im Supermarkt hat sie die Stimmen von jedem verdammten toten Tier nachgemacht, das in der Auslage zu besichtigen war. Dann hat sie an der Kasse bei jedem einzelnen Artikel gepiept, als wäre sie persönlich der Scanner. Damit hat sie die arme Kassiererin so verwirrt, dass sie nicht mehr wusste, was sie schon durchgezogen hatte und was noch nicht.«

Solomon schnaubt und lacht, womit er Lauras und Rachels Aufmerksamkeit auf sich zieht.

»Das ist nicht witzig«, schimpft Bo mit schriller

Stimme. »Wie kommst du auf die Idee, das könnte witzig sein?«

Aber Solomon lacht weiter, bis Bo keine andere Wahl mehr hat, als nachzugeben und wenigstens schwach zu grinsen.

»Wie fühlst du dich, Laura?«, fragt Bo.

Sie filmen. Die Beziehung zwischen Bo und Laura fließt sehr viel besser, wenn sich zwischen ihnen eine Kamera befindet.

»Ich fühle mich eigentlich ganz gut«, antwortet Laura. »Und ich bin auch ein bisschen nervös.« Laura imitiert den letztjährigen Gewinner, einen siebzigjährigen Folksänger und Mundharmonikaspieler. Rachel schmunzelt.

»Es wirkt aufregend«, fährt Laura unbeirrt fort, als hätte sie gerade nicht wie eine Mundharmonika geklungen. »*Ich* bin aufgeregt. Vielleicht fängt heute für mich etwas ganz Neues an. Obwohl natürlich schon die ganze letzte Woche neu für mich war.«

»Weißt du, was du vorführen willst? Solltest du etwas einüben? Einen Ablauf planen?«

Laura schaut auf ihre Finger. »Nein, ich plane das nicht wirklich. Es … es passiert einfach.«

»Erinnerst du dich noch, wann du dein unglaubliches Talent für Imitationen zum ersten Mal wahrgenommen hast?«

Einen Moment schweigt Laura. Fast wartet Solomon darauf, dass sie sagt: *Welches Talent denn*? Ihre Laute scheinen so unmittelbar zu ihr zu gehören, als wäre sie sich ihrer gar nicht bewusst. Sie denkt scharf nach und lässt die Augen dabei von links nach rechts wandern, als würde sie nach der Erinnerung suchen. Schließlich kommt ihr Blick zur Ruhe, und Solomon ist sicher, dass es ihr eingefallen ist, und Bo ebenfalls.

»Nein«, antwortet Laura, meidet aber den Blickkontakt. Sie ist eine schlechte Lügnerin.

Die Enttäuschung ist Bo anzuhören. »Dann hast du es also schon immer gemacht?«

Wieder eine Pause. »Ja. Sehr lange schon.«

»Von Geburt an womöglich?«

»So weit reicht mein Gedächtnis nicht zurück.« Sie lächelt.

»Das erwarte ich auch gar nicht«, erwidert Bo in neutralem Ton. »Ich meine, glaubst du, dass diese … diese ›Fähigkeit‹ …«

Solomon hätte »Talent« gesagt. Oder »Gabe«. Er ist sicher, dass Bo es noch immer nicht so sieht. Für sie ist es eine Art Tick. Interessant nur im Zusammenhang mit ihrer Dokumentation. Immerhin ein positives Zeichen, dass sie diesmal nicht »Behinderung« gesagt hat.

Es klopft an der Tür, ein schnelles lautes Trommeln, und Bianca kommt herein.

»Ich bringe dich jetzt in die Garderobe, Lyrebird.«

Am liebsten würde Solomon ihr sagen, dass Lyrebird nicht ihr richtiger Name ist, sondern dass sie Laura heißt. Aber »Lyrebird« ist offenbar der Name von Lauras Nummer, also hält er sich zurück. Loslassen, Solomon, loslassen.

Ohne ihre Mikros abzunehmen, folgen Laura und die Crew Bianca zur Garderobe, wo sie eingekleidet und dann frisiert und geschminkt werden soll.

Als Laura den Korridor hinuntergeht, dreht sie sich zu Solomon um; er sieht die Unsicherheit in ihrem Gesicht und zwinkert ihr aufmunternd zu, bis sie schließlich lächelt und weitergeht.

»Dafür ist es hier ein bisschen eng, Leute«, faucht die Chefstylistin, als erst Rachel mit ihrer Kamera und dann auch noch Bo sich hinter Laura hereinzudrängen versucht. Und sie hat recht – der Raum ist von einer Wand zur anderen mit Kleiderständern vollgestellt, man kann sich kaum rühren.

»Ich warte draußen. Rachel?«, fragt Bo.

»Alles gut«, antwortet Rachel, die aus Erfahrung weiß, dass Bos Ton bedeutet, sie soll alles filmen.

»Wow«, sagt Laura, geht an den Kleiderständern entlang und streicht mit der Hand behutsam über die Stoffe.

»Ich bin Caroline, ich werde dich stylen«, sagt die Frau, während sie Laura von oben bis unten mustert und mit den Augen Maß nimmt. »Und das ist Claire.«

Claire lächelt nicht und sagt keinen Ton. Sie ist

eine von Carolines Assistentinnen und hat wahrscheinlich gelernt, den Mund nie unaufgefordert aufzumachen.

Laura lächelt hingerissen. »Für Mum und Granny wäre das hier ein Paradies. Sie waren Schneiderinnen.«

Caroline scheint von der Information nicht übermäßig beeindruckt. Sie muss zehn Leute in diesem fensterlosen Raum stylen, mit extrem wenig Zeit und mit einem Produktionsteam, das ständig seine Meinung ändert und erwartet, dass sie damit blendend zurechtkommt. Ein frustrierender Job. Aber Laura ist anders als alle, die Carolines Reich je durch diese Tür betreten haben. Sie schließt die Augen, und auf einmal ist das Zimmer erfüllt vom Surren einer Nähmaschine. Rhythmisch und beruhigend, wie das gleichmäßige Rattern eines Zugs, ein Geräusch, zu dem man sich am liebsten hin und her wiegen möchte.

Carolines Augen füllen sich mit Tränen. »Meine Güte!« Sie legt eine Hand auf den Bauch und drückt die andere aufs Herz. »Jetzt hast du mich direkt zurückversetzt. Das war eine Singer.«

Langsam öffnet Laura die Augen wieder und lächelt. »Ja.«

»Meine Mutter hatte früher auch so eine«, sagt Caroline, und ihre harte Stimme ist auf einmal voller Gefühl, ihr Gesicht wird weich. »Ich hab den ganzen

Tag unter dem Nähtisch gesessen, dem Geräusch gelauscht und beobachtet, wie neben mir die Spitzenborte zu Boden geschwebt ist.«

»Ich auch«, sagt Laura. »Aus den Resten habe ich Kleider für meine Puppen gemacht.«

»Genau, ich auch!«, ruft Caroline, und jeder Stress ist aus ihrem Gesicht verschwunden.

Aber Laura ist noch nicht fertig. Sie gibt immer neue Laute von sich: eine Schere, die – schnipp-schnipp – durch Stoff schneidet, das Geräusch, wenn Stoff zerrissen wird, dann wieder zurück zur Nähmaschine, die sich mit unterschiedlicher Geschwindigkeit durch den Stoff manövriert, mal schnell, dann wieder langsamer, wenn es um die Ecke geht.

»Ach du liebe Zeit. Schätzchen, Liebes, komm, wir ziehen dir etwas Wunderschönes an, du zauberhafte Kreatur«, sagt Caroline, völlig hingerissen von dem, was sie gerade gehört hat.

Fünfzehn Minuten später kommt Laura aus der provisorischen Umkleidekabine.

»Nun?« Caroline sieht Rachel fragend an. Natürlich reagiert Rachel nicht, das erledigt ihre Kamera für sie. Was sie vor sich hat, ist Laura, aber eine für sich selbst und andere unbekannte Laura. Unsicher, mit einem scheuen Lächeln blickt sie in die Runde. Sie gefällt sich in dem Outfit und hofft, dass es den anderen auch so geht.

Dann sucht Claire noch die richtigen Accessoires für sie aus.

»Warte nur, bis die Kollegen von Haar und Make-up dich in die Finger kriegen. Du wirst hinreißend aussehen«, sagt Caroline. »Aber bei den Schuhen bin ich nicht sicher«, fügt sie hinzu. »Deine Beine zittern ja, du armes Schätzchen.«

Erleichtert zieht Laura die Plateauschuhe wieder aus.

»Flache Sandalen mit Riemchen«, ruft Caroline plötzlich. »Das passt zu deiner Ausstrahlung. Griechisch, engelhaft, göttinnengleich. Und du bist auch groß genug, du brauchst keine Absätze.«

Als Lauras Styling fertig ist, hat das Team tatsächlich eine Göttin erschaffen, in einem sehr kurzen weißen Kleidchen, das ihre muskulösen Oberschenkel gerade bis zur Hälfte bedeckt – wenn sie die Arme hebt, sieht man ihre Unterwäsche. Die langen blonden Haare sind auf dem Oberkopf zu einem straffen Dutt festgesteckt, an den Füßen hat sie goldene, metallisch glänzende Sandalen mit bis zum Knie gebundenen Riemchen, und um ihren Oberarm schmiegt sich eine goldene, mit einem großen Smaragd besetzte Spange.

Alle verstummen, als Laura so vor ihnen steht.

»Also von Jack kriegst du dafür bestimmt den Daumen nach oben«, sagt die Visagistin.

»Dafür kriegt sie bei Jack noch was ganz anderes

nach oben«, meint Caroline, und alle lachen, ehe ihnen einfällt, dass die Kamera läuft. Schnell werden sie wieder ruhig und zerstreuen sich.

Solomon wartet mit Bo neben der Bühne und unterhält sich angeregt mit seinen ehemaligen Kollegen, als Bianca mit Laura auftaucht und sie zum Soundcheck und zur Kostümprobe auf die Bühne führt. Laura scheint sich all der gierigen Blicke, die sie mustern, überhaupt nicht bewusst zu sein, sie schaut sich um, als wäre sie gerade auf einem neuen Planeten gelandet. Die Scheinwerfer, die leeren Sitze rund um die Bühne, der riesige Bildschirm über ihrem Kopf, auf dem der Daumen nach oben oder unten angezeigt werden wird, Jacks goldener Thron, auf dem er nachher ein Urteil über sie fällen wird.

Solomon wendet der Bühne den Rücken zu, vertieft in sein Gespräch mit der Crew, die er seit seiner Auseinandersetzung mit Jack nicht mehr gesehen hat, aber auf einmal spürt er, dass sich die Luft im Raum verändert hat. Auch wenn es albern klingen mag – er weiß sofort, dass Laura hereingekommen ist. Er sieht, wie alle aufblicken und bei dem, was sie gerade tun, innehalten, er bemerkt ihre Blicke, die Veränderung in ihren Gesichtern. Sein Freund Ted unterbricht sich mitten in seiner Geschichte, so abgelenkt ist er von dem, was auf der Bühne vor sich geht.

»Wow!«

Solomons Herz schlägt schneller, er räuspert sich und wappnet sich innerlich. Erst dann dreht er sich um.

»Meine Herren«, sagt Ted. »Das ist Lyrebird?«

»Sie wird gewinnen«, meint Jason, und Ted lacht.

Solomon muss sich noch einmal räuspern. Er weiß nicht, wohin mit sich. Wenn er Laura noch einmal ansieht, werden alle Bescheid wissen, jeder Einzelne wird erkennen, was er fühlt. Er kann Laura nicht anschauen, er verkraftet es nicht, er hat sich nicht unter Kontrolle – das Zittern, die Verlegenheit, den primitiven Wunsch, sie zu besitzen, für sich ganz allein, all die Dinge mit ihr zu tun, über die wahrscheinlich die meisten Männer hier im Raum ebenfalls phantasieren.

Bo beobachtet ihn, er spürt ihren Blick, wendet sich hastig von der Bühne ab und macht sich an den Audiogeräten zu schaffen.

»Was meinst du?«, fragt Bo.

»Wozu?«

»Laura.«

Er schaut wieder auf, als hätte er sie beim ersten Mal gar nicht wahrgenommen. »Oh. Sie sieht anders aus.«

»Anders?« Bo mustert ihn. »Sie ist nicht wiederzuerkennen. Ich meine, sie ist unglaublich. Selbst *ich* möchte mit ihr schlafen, aber weißt du …«

Überrascht sieht Solomon sie an. »Was?«

»Es ist nicht, was ich erwartet habe …« Bo mustert Laura noch einmal, analysiert und denkt nach.

»Ja«, pflichtet Solomon ihr bei. Diese Aufmachung hat er auch nicht erwartet. Ganz und gar nicht.

Während Laura von den plötzlich über-hilfsbereiten Crewmitgliedern umringt wird und Bo mit etwas anderem beschäftigt ist, nimmt Solomon sich die Zeit, sie richtig anzuschauen. Er sieht Lauras Aufregung. Sie schaut zu ihm herüber, eine Frage im Gesicht. Sie sucht Trost, Zuversicht, Ermutigung, aber er kann nichts für sie tun. Wenn er sich ihr nähert, wissen alle, was mit ihm los ist. Laura wird es wissen, Bo wird es wissen. Deshalb kann er es sich nicht erlauben, auch nur einen Schritt auf sie zuzugehen, hier, im Scheinwerferlicht, vor den Kameras, für jeden sichtbar. Er hält Abstand und wirft ihr von fern Blicke aus dem Augenwinkel zu.

Der Aufnahmeleiter lenkt ihre Aufmerksamkeit auf sich, Rachel hält alles mit der Kamera fest. Jetzt eilt auch Solomon hinüber, die Kopfhörer auf den Ohren, das Galgenmikro in der Hand, versucht aber, Lauras Blick zu meiden.

»Lyrebird, ich bin Tommy«, stellt der Aufnahmeleiter sich vor und streckt Laura zur Begrüßung die Hand hin. Laura nimmt sie. »Willkommen – ich weiß, das alles ist echt nervenaufreibend, das geht jedem so, der heute Abend mitmacht. Aber was uns angeht, kannst du dich entspannen, wir sind eine ziemlich nette Truppe. Ich bin übrigens auch aus Cork. Und die Leute aus Cork halten zusammen.«

Laura lächelt und unterhält sich kurz mit Tommy, der es tatsächlich schafft, sie etwas zu beruhigen.

»Euer König und Oberster Richter sitzt dort oben auf seinem Thron. Bei deinem Auftritt ist das hier die Hauptkamera. Dahinter steht Dave.«

Dave winkt hinter der Kamera hervor und bringt Laura mit seinen Faxen zum Lachen.

»Hier ist dein Platz, hier musst du nachher stehen. Hast du vor, bei deinem Auftritt herumzulaufen?«

Wieder schaut Laura hilfesuchend zu Solomon, aber er senkt den Blick sofort wieder auf seine Geräte und spielt an den Skalen herum.

»Na ja, wir machen einen Probelauf, dann sehen wir es selbst«, meint Tommy gutmütig. Keine Panik. Noch nicht. Noch ein paar Stunden bis zur Livesendung. »Dafür sind wir ja da.«

Er erklärt ihr das Timing, zeigt ihr, wo sie stehen soll, während das Urteil gefällt wird, wohin sie gehen muss, wenn sie fertig ist. Schließlich ist es Zeit für den Probelauf. Solomon, Bo und Rachel verlassen die Bühne zusammen mit den anderen, während Scheinwerfer und Beschallung in Aktion treten. Laura schaut sich um und zuckt zusammen, als dramatische Musik aufbrandet. Es folgt der Countdown, zehn Sekunden, in denen die Bühne in rotes Licht getaucht ist, dann wird es grün, und Lauras zwei Minuten beginnen. Der Zeitmesser auf der Uhr über ihrem Kopf zählt die Sekunden, in denen sie die Chance hat, König Jack Starr davon zu überzeugen, dass sie es wert ist, in die nächste Runde zu kommen.

Laura hält sich das Mikrophon vor den Mund und blickt um sich. Aber sie sagt nichts. In der Stille ist nur ihr Atem zu hören.

Tommy, der am Bühnenrand steht, gestikuliert heftig, hebt die Hände und ruft: »Sag etwas, irgendwas, ganz egal, wir müssen dich nur hören.«

Bo sieht nervös aus, Solomon ist nicht sicher, ob sie sich Sorgen um Laura oder um ihren eigenen Ruf macht. Rachel beißt sich auf die Unterlippe und schaut zu Boden, eine wütende Energie geht von ihr aus. Solomon nimmt sich vor, sie später danach zu fragen.

Der Zehn-Sekunden-Countdown wird erneut abgespielt.

Laura schaut Solomon an und verbringt dann die ganzen zwei Minuten mit dem Geräusch der Kaffeemaschine. Solomon lacht so, dass Bo ihm den Ellbogen in den Bauch stößt, der ganze Produktionsstab ihn anfunkelt und er das Studio verlassen muss, weil er sich einfach nicht wieder in den Griff bekommt.

Stunden später, als die Show bereits begonnen hat – vier Leute haben den Daumen nach oben bekommen, fünf den Daumen nach unten –, filmen

Solomon, Rachel und Bo Lauras nervöses Warten hinter den Kulissen. Vor Aufregung kann sie kaum sprechen. Als ihre Betreuerin weicht Bianca nicht von ihrer Seite, und Laura imitiert, angespannt wie sie ist, jeden Mucks des Walkie-Talkies in Biancas Hand und auch ansonsten alles, was Bianca tut. Bianca ignoriert es komplett.

Schließlich beginnt sie mit dem Countdown für Lauras Auftritt. »In zwei Minuten gehen wir ins Studio.«

Laura stockt der Atem, sie weicht einen Schritt zurück.

»Ich muss zur Toilette.«

»Warte, warte, das geht jetzt nicht mehr«, sagt Bianca erschrocken, und ihre ganze Coolness ist verschwunden.

Solomon legt das Galgenmikro ab, auch Rachel hört auf zu filmen.

»Was macht ihr denn?«, fragt Bo verwirrt.

Rachel verweigert die Antwort. Die Kamera liegt neben ihr auf dem Boden, sie hat die Arme vor der Brust verschränkt und starrt auf den Boden.

»Solomon?«

Stumm nimmt er Lauras Arm und führt sie um die Ecke, wo die anderen sie nicht hören können. Trotzdem hält er den Mund ganz dicht an ihr Ohr, so dicht, dass ihn ihre Haare an der Nase kitzeln und seine Lippen ihr weiches Ohrläppchen berühren, als er flüstert: »Du hast die Gabe, die Menschen zu verzaubern. Sie an einen Ort zu entführen, den sie nicht sehen, aber fühlen können. Wenn du nicht weißt, was du tun sollst, wenn dir gar nichts einfällt, dann schließ einfach die Augen und denk an etwas, was dich glücklich macht. Denk an deine Mum und Granny.«

»Okay«, sagt sie, ganz leise, und er spürt ihren Atem auf seiner Wange.

Er atmet sie ein. »Du siehst wunderschön aus.«

Sie lächelt.

Dann geht er weg, mit raschen Schritten und gesenktem Kopf, den Blick zu Boden gerichtet, denn Bo und Rachel beobachten ihn mit Argusaugen.

»Bist du bereit?«, fragt Bianca, noch immer beunruhigt, und meint damit im Klartext: *Mach gefälligst voran.*

»Ja«, antwortet Laura fest.

»Cool.« Sie hebt ihr Walkie-Talkie an den Mund und verkündet: »Lyrebird ist unterwegs.«

Dann steht Laura auf der Bühne, der Begrüßungsapplaus des Publikums verstummt, es wird still.

»Hallo«, sagt Jack von seinem Thron, betrachtet die neue Kandidatin unauffällig von oben bis unten, kann aber nicht verhehlen, dass ihm ihr Anblick gefällt.

»Hallo«, sagt Laura ins Mikrophon. Solomon platzt fast vor Stolz, Rachel kaut auf den Fingernägeln. Bisher hat Jack ihnen das Filmen großzügig erlaubt, aber während der Live-Übertragung können sie nicht drehen, dieses Material müssen sie wohl oder übel von der Show übernehmen.

»Wie ist dein Name? Erzähl uns doch ein bisschen von dir.«

»Ich bin … Lau … Lyrebird«, korrigiert sie sich rasch. »Ich bin sechsundzwanzig und komme aus Gougane Barra in Cork.«

Ein Teil des Publikums applaudiert.

Jack nimmt es freundlich zur Kenntnis. Und er mag Lyrebird, das ist unverkennbar. Er hat sein charmantes Gesicht aufgesetzt.

»Und was wirst du uns heute Abend zeigen?«

Laura schweigt einen Moment. »Das weiß ich noch nicht.«

Die Zuschauer lachen. Jack lacht mit. Laura nicht.

»Okay, gute Antwort. Nun, ich hoffe, dass du dich bald entscheidest, denn deine zwei Minuten werden gleich anfangen. Viel Glück, Lyrebird.«

Die Studioscheinwerfer färben sich rot, die ganze Bühne ist nun in blutrotes Licht getaucht. Auf dem Bildschirmzeitmesser laufen die zehn Sekunden rückwärts. Dann wird das Licht grün, und Lauras zwei Minuten beginnen.

Die ersten zehn Sekunden sagt sie nichts, keinen Ton. Sie blickt sich um, beinahe wie unter Schock, benommen, als müsste sie sich erst wieder zurechtfinden. Zehn Sekunden Stille in einer Liveshow sind eine lange Zeit. Das Publikum wird unruhig, ein paar Leute fangen an zu kichern.

Dann ruft ein Mann mit tiefer Stimme und einem starken Dubliner Akzent: »Na los, Lyrebird!«

Laura zuckt erschrocken zusammen, aber dann imitiert sie den Zwischenruf exakt.

Die Zuschauer lachen.

Das Lachen kommt so plötzlich und explosionsartig aus der Dunkelheit, dass sie es ebenfalls sofort nachahmt. Ein paar Laute des Erstaunens sind zu hören, dann herrscht wieder Stille. Aber jetzt hat Laura die Aufmerksamkeit der Zuschauer. Sie sieht das rote Lämpchen an der Fernsehkamera vor sich, der Rest des Studios ist dunkel. Auf seinem Thron wird Jack Starr angestrahlt, als wäre er tatsächlich ein König. Laura denkt an den Gewinner des Vorjahrs, und plötzlich ertönt die Mundharmonika. Das Lachen verebbt, leise, erstaunte Laute sind aus dem Publikum zu hören. Natürlich kann Laura nicht die ganze nächste Minute die Mundharmonika nachahmen, das ist ihr klar, und sie kennt auch nicht den ganzen Song auswendig.

Die Scheinwerfer sind heiß auf ihrem Gesicht, die Luft ist schwer und voller Erwartung.

Laura denkt daran, was Solomon ihr gesagt hat, und schließt die Augen. Sie denkt an ihre Mutter, die bestimmt nicht glauben würde, wo ihre Tochter gerade steht, an ihre Granny, die sie zu ihrem Schutz auf den Berg in das kleine Cottage gebracht hat, weil sie dachte, in der Abgeschiedenheit wäre sie sicher, aber jetzt ist sie hier, und die ganze Welt kann sie sehen. Davor haben ihre Mutter und Großmutter sich immer am meisten gefürchtet.

Plötzlich ertönt ein Summer, und Laura öffnet überrascht die Augen. Die Scheinwerfer sind an, keine Dunkelheit mehr im Zuschauerraum, das Grün ist wieder zu Rot geworden.

Verwundert blickt Laura um sich. Bestimmt hat sie alles vermasselt. Sie hat nichts gesagt. Sie hat ihre Chance verspielt. Sie hat nicht nur Bo blamiert, sondern auch Solomon, und das ist weitaus schlimmer. Sie senkt das Mikrophon und wartet, dass man sie auslacht und ihr den Daumen nach unten zeigt. Ihr Herz klopft, sie schämt sich. Es gibt keinen Applaus, das Rot verschwindet, das Licht ist wieder normal, sie kann die Gesichter im Publikum sehen. Was hat sie getan? Im Studio ist es mäuschenstill. Die Zuschauer blicken zu ihr, schauen einander an, überrascht, verblüfft. Manche mit Bewunderung. Was hat sie getan?

Laura schluckt und sieht hinauf zu Jack Starr, der zu reden begonnen hat und ihre Darbietung analysiert, aber sie kann sich nicht auf die Bedeutung seiner Worte konzentrieren. Sie hört sie einzeln, in ihrer Gesamtheit ergeben sie in ihren Ohren keinen

Sinn. Ihr Herz hämmert. Alles ist so peinlich. Sie hatte die Chance, etwas Neues anzufangen, und hat versagt, so früh schon.

Die Zuschauer haben zehn Sekunden Zeit, um ihr Votum abzugeben, genau wie die Leute zu Hause am Bildschirm. Und auch Jack Starr.

Das Ergebnis des Publikums wird als Erstes bekanntgegeben. Laura wappnet sich, sie nimmt sich vor, stark zu sein und das Urteil hocherhobenen Hauptes hinzunehmen.

Doch auf einmal erstrahlt die Bühne in goldenem Licht, und der nach oben gereckte goldene Daumen des Publikums erscheint.

Nun warten alle auf Jacks Urteil, und schon zeigt sich der riesige goldene, nach oben gereckte Daumen auf dem Bildschirm über Lauras Kopf. Natürlich kann sie ihn nicht sehen, aber sie hört die triumphierende Musik, sieht das goldene Licht, und sie sieht auch Tommys aufgeregte Handzeichen, mit denen er ihr zu verstehen gibt, dass sie zu ihm kommen soll. Unbeholfen schaut sie sich noch einmal um und verlässt die Bühne.

Sie ist im Halbfinale.

21

»Das war unglaublich, einfach unglaublich«, ruft Jack Starr durch den ganzen Korridor.

Alle drehen sich um, natürlich auch die Kamera, Bo und Solomon verschwinden rasch aus dem Bild.

Jack holt Laura ein, legt ihr die Hände auf die Schultern und schaut ihr ins Gesicht.

»Lyrebird, das war unglaublich … geradezu magisch. Bist du sicher, dass du kein Tonband irgendwo da drin hast?« Er tut so, als wolle er ihr in den Mund schauen. »Nein, im Ernst …« Er kann sich gar nicht beruhigen, anscheinend hat Laura ihn ehrlich beeindruckt. »Das war phänomenal. So etwas habe ich noch nie gesehen oder gehört, echt noch nie. Und ich glaube auch nicht, dass irgendjemand auf der Welt so etwas je gesehen hat. Ich meine, natürlich haben wir alle diese Töne schon einmal gehört, aber nicht aus dem Mund eines einzelnen Menschen.« Er lacht. »All diese Laute, Wasser, Wind, Leute, Lachen, du musst mir gelegentlich mal eine Liste davon erstellen. Ich meine – wow. Wir machen einen Star aus dir!«

Laura wird rot. Solomon zuckt innerlich zusammen, und als hätte Jack gemerkt, was für einen

Kitsch er da gerade – und auch noch in Solomons Anwesenheit – von sich gegeben hat, blickt er unsicher zu Bo.

»Cut!«, ruft sie augenblicklich.

»Unterhalten wir uns lieber in deiner Garderobe, Lyrebird«, fügt Jack leise hinzu, denn wie es aussieht, steht nicht nur das ganze Produktionsteam auf dem Gang, sondern es haben sich auch sämtliche Kandidaten der Show hier versammelt, um zu lauschen. Laura, Bo, Jack und sein Produzent Curtis ziehen sich in die Garderobe zurück. Als Solomon und Rachel, die die Nachhut bilden, dort ankommen, schließt sich die Tür gerade vor ihrer Nase. Rachel bleibt gleichgültig zurück, aber Solomon versucht dagegenzuhalten, bis Jack den Kopf durch den Spalt streckt. »Im Augenblick brauchen wir weder Kamera noch Ton, danke«, meint er und schließt mit einem Zwinkern die Tür.

Rachel mustert Solomon kritisch. »Jetzt bleib mal locker«, sagt sie, und es klingt wie eine Warnung, während sie sich an die Wand des Korridors lehnt, Solomon aber im Auge behält.

»Eines Tages werde ich es diesem Arschloch ordentlich besorgen.«

Rachel zieht eine Augenbraue hoch. »Manch einer würde dafür bezahlen.«

Solomon grinst. »Würde mich bei ihm nicht wundern.«

»Nee. Es gibt genug Frauen, die es bei ihm gratis machen würden«, kontert Rachel. »Manche tun einfach alles, um berühmt zu werden.«

»Du findest das hier wirklich schrecklich, was?«

»Ich finde Talent bewundernswert. Susan hat eine zwölfjährige Nichte, die mit geschlossenen Augen Vivaldis ›Vier Jahreszeiten‹ auf der Geige spielt. Unglaublich. Aber sie spielt es bei Schulveranstaltungen und Familienfeiern. Ich sehe absolut keinen Grund, sie auf die Bühne zu stellen und ihr so einen Mist zuzumuten«, sagt sie, senkt aber die Stimme, als die zwölfjährige Verrenkungskünstlerin, die an der Show teilnimmt, mit ihren Eltern vorbeikommt – das Gesicht noch voller Make-up, die Kostümtasche über der Schulter.

»Vermutlich sind sie stolz«, meint Solomon mit Blick auf die Eltern. »Sie wollen der Welt zeigen, was ihre Tochter kann. Ihr Talent mit anderen teilen.«

»Genau das ist ja das Problem – die Eltern von Susans Nichte werden ständig gefragt, warum sie die Begabung der Kleinen nicht intensiver fördern. Sie in eine Fernsehshow bringen oder so. Warum? Weil sie etwas gut kann?« Rachel schüttelt befremdet den Kopf. »Warum reicht es nicht, dass sie etwas richtig gut kann? Warum muss man es immer gleich am besten können? Also, ich finde …« Sie sucht nach den passenden Worten, inzwischen ist sie richtig in Fahrt. »… eigentlich ist es schön, wenn jemand seine

Gabe mit anderen Menschen teilt, aber man muss aufpassen, sie dabei nicht zu … nicht zu verwässern. Verstehst du? Jetzt haben sie Laura als schöne Helena verkleidet, wer weiß, was sie als Nächstes mit ihr anstellen. Aber das ist bloß meine unmaßgebliche Meinung. Ich schau mir so was auch nicht freiwillig im Fernsehen an.« Sie seufzt.

Solomon brummt etwas vor sich hin und verdrängt Rachels Worte schnell, weil er nicht darüber nachdenken will, was er eigentlich davon hält, dass Laura bei dieser Show mitmacht. Ihm gefällt der Gedanke nicht, Rachel könnte womöglich recht haben, schließlich ist er ja dafür verantwortlich, dass Laura an dieser Veranstaltung teilnimmt. Stattdessen malt er sich lieber alle Möglichkeiten aus, wie er Jack Starr fertigmachen könnte. Ihn bewusstlos zu schlagen hat ihn vor zwei Jahren seine Arbeit gekostet. Damals hatte Jack eine abschätzige Bemerkung über Bo gemacht, um Solomon zu ärgern, und Solomon hatte umgehend angebissen. Allerdings ist er bis heute froh darüber, er denkt immer noch mit Befriedigung an den Moment, als seine Faust mit Jacks Wange kollidiert ist – auch wenn er eigentlich auf seine Nase gezielt hatte. Bis heute reicht die Erinnerung an dieses Gefühl und an Jacks hysterischen Schmerzensschrei, damit er abends fröhlich einschläft und schöne Träume hat. Er möchte nicht ausschließen, dass er es noch einmal versucht, aber er wird den richtigen Zeitpunkt abwarten. Er muss sich lohnen, und er möchte keinen Augenblick von Lauras Reise verpassen.

»Leute, wie geil war das denn!«, ruft Jack, der in der Garderobe auf dem Tisch sitzt, perfekt vom Licht der Glühbirnen am Spiegel umrahmt. »Denk bloß nicht, ich hätte dir bloß Honig ums Maul geschmiert, Laura – ich meine alles ernst!«

Curtis nickt; er steht neben Jack, stemmt beide Hände gegen die Tischkante und starrt auf seine Füße. Der große hagere Mann mit der spitzen Nase und den weißblonden Haaren ist äußerst wortkarg. Meistens hört er zu, nickt, verschränkt die Arme und blickt ins Leere. Er ist einfach da, eine dunkle Macht im Hintergrund.

»Du bist unglaublich«, beteuert Jack unterdessen zum wiederholten Mal und fährt fort: »Mach dir keine Sorgen wegen der Aufregung, ich versteh das, der erste Abend auf der Bühne ist beängstigend, das geht jedem so. Vor der nächsten Show arbeiten wir mit dir daran, okay? In der nächsten Runde können wir ja nicht noch mal dreißig Sekunden Schweigen riskieren«, lacht er, und seine Anspannung von vorhin zeigt sich.

Laura nickt.

»Mir platzt schon fast der Kopf, so viele Ideen hab ich fürs Halbfinale. Curt, erinnere mich dran, sie dir nachher im Meeting zu erzählen«, fährt er aufgeregt fort und kaut hektisch auf seinem Kaugummi.

»Mach ich, Jack, klar«, nickt Curtis, ohne den Blick von seinen Schuhen zu wenden – marineblaues Wildleder mit orangefarbenen Sohlen.

Dann redet Jack noch kurz über den Rest der Show, eine Menge technischer Jargon über Licht, Bildschirme und Ähnliches in Höchstgeschwindigkeit, aber Curtis nickt verständnisvoll, als hätte er alles mitbekommen. Kein Problem, Jack, kein Problem.

Schließlich kommt er auf Lyrebird zurück. »Wir machen zusammen die beste Show aller Zeiten, okay?«

Doch im nächsten Moment kommt sein Redeschwall zu einem jähen Ende, er schaut irritiert in die Runde und sieht aus, als suche er etwas. Schließlich landet sein Blick auf Laura.

Denn sie imitiert unverkennbar das Geräusch seines Kaugummis. Sogar Curtis blickt auf und runzelt die Stirn, offensichtlich verärgert, dass Laura es wagt, den Star der Show so respektlos zu behandeln.

»Nein, Curtis, sie, äh … keine Sorge … sie ist … das passiert. Spontan. Es ist nicht, sie ist nicht … wir können später darüber reden«, stammelt Bo, die sich mit in den Raum geschummelt hat und seinen Gesichtsausdruck sofort richtig interpretiert. »Wir haben gestern bei einem Anthropologen gedreht, der das, was Laura tut, ziemlich treffend beschrieben hat. Ich weiß nur nicht mehr, wie er es genau ausgedrückt hat … Solomon kann das echt viel besser erklären.«

Laura imitiert Solomons Husten mit dem darin enthaltenen *»Lügen Sie«* und dann sein Lachen.

Jack und Curtis starren sie fassungslos an.

»Wenn das spontan passiert, kannst du dann überhaupt etwas für die Show planen?«, fragt Jack sie interessiert.

»Gute Frage!« Curtis reibt sich das Kinn und starrt Laura so durchdringend an, als könnte er ihr damit eine Beichte entlocken, die sie als Hochstaplerin entlarvt.

Laura macht das Geräusch, wie Solomon sich am Kinn kratzt, ohne Curtis eine Sekunde aus den Augen zu lassen. Er zögert und lässt die Hände sinken, aber weil er nicht weiß, was er jetzt mit ihnen tun soll, legt er sie wieder auf die Tischkante.

»Was du heute Abend gemacht hast – war das geplant?«, fragt Jack.

»Nein«, antwortet Laura ruhig. Sie sitzt aufrecht auf ihrem Stuhl und versucht, eine bequeme Haltung zu finden, in der ihr knappes kurzes Kleidchen nicht zu weit hochrutscht. Sie weiß selbst nicht so recht, was sie heute Abend getan hat.

»Hm.« Jack schaut zu Curtis und malträtiert dabei geräuschvoll seinen Kaugummi.

Da summt Curtis' Telefon. Er liest die Nachricht,

die ihn offensichtlich schockiert – wahrscheinlich der erste ehrliche Gesichtsausdruck, seit er den Raum betreten hat. »Ich glaub's nicht.« Er schaut zu Jack.

»Was?«

»Auf YouTube hat das Video von Lyrebird schon hunderttausend Klicks.«

»Wie bitte?« Jack springt vom Tisch, greift ebenfalls zum Smartphone und scrollt nach unten. »Es ist doch erst – wie lange? – grade mal dreißig Minuten her, dass wir nicht mehr auf Sendung sind!«

Curtis nickt. Diesmal nickt er wirklich, ein echtes, ernstgemeintes Nicken.

Noch einen weiteren Moment tippt Jack auf seinem Smartphone herum, dann sieht er Laura an.

»Curt und ich müssen ein paar Dinge unter vier Augen besprechen, Lyrebird, aber lass dich hier bitte gut versorgen, ja? Und gibt mir sofort Bescheid, falls irgendwelche Probleme auftauchen.«

Laura nickt.

»Halt mich bitte auf dem Laufenden, Jack«, ruft Bo, steht auf und greift dann sofort ebenfalls zum Handy. Auch ihr sieht man die Aufregung an.

»Na klar, wie immer, Bo Peep.« Jack wirft ihr eine Kusshand zu und verschwindet mit Curtis.

Bo verdreht die Augen, grinst aber dabei. Nachdem sie sich einen Moment gefasst hat, setzt sie sich zu Laura. »Also …« Augenblicklich fühlt sie sich bei

Laura wieder so, wie sie sich den ganzen Tag über in ihrer Gegenwart gefühlt hat: Sie weiß nicht, was sie tun und sagen soll, sie ist völlig verunsichert, unfähig, die Zeit zu füllen oder Sätze zu bilden. Natürlich ist es nicht unbedingt nötig, dass sie und Laura beste Freundinnen werden, sie erfährt sowieso lieber vor laufender Kamera etwas über die Personen ihrer Dokumentationen, und vielleicht ist es genau das, was sie im direkten Kontakt mit Laura so nervös und unruhig macht. Wie eine Kettenraucherin, die ohne Zigarette nichts mit ihren Händen anzufangen weiß, oder ein Musiker, der sich ohne seine Gitarre auf der Bühne nackt vorkommt, fragt sich Bo, ob sie die Fähigkeit verloren hat, eine Verbindung zu einem Menschen herzustellen, wenn keine Kamera zwischen ihnen ist. Aber dann fragt sie sich auf einmal, ob sie diese Fähigkeit überhaupt je hatte.

Eine andere Seite von Laura, mit der Bo – neben der Tatsache, dass sie an der Fleischtheke die Stimmen von toten Tieren nachahmt – nicht gut zurechtkommt, ist Lauras aufmerksamer Blick. Bo hasst das Gefühl, beobachtet zu werden, und Laura scheint alles in sich aufzusaugen, was sie wahrnimmt, jede Kleinigkeit. Wenn Bo seufzt, kann Laura es sofort imitieren. Sie fühlt sich, als stünde sie im Rampenlicht, und darauf reagiert sie regelrecht klaustrophobisch. Normalerweise ist sie die Beobachterin, aber in Lauras Gesellschaft fühlt sie sich beobachtet, und das gefällt ihr ganz und gar nicht, denn dadurch wendet sich ihr Blick viel zu deutlich auf sich selbst.

Auch jetzt sieht Laura sie an und blickt ihr tief in die Seele. Bo müsste ihr die YouTube-Klicks erklären, sie müsste mit ihr besprechen, wie sie weitermachen wollen, einen Plan formulieren, aber die grünen Augen bereiten ihr so viel Unbehagen. Sie haben gesehen, wie Jack ihr eine Kusshand zugeworfen hat, und Bo daraufhin angeblickt. Sie haben gesehen, dass Bo gegrinst und sich über Jacks Aufmerksamkeit gefreut hat. Sie scheinen alles wahrzunehmen, was Bo vor ihnen verstecken will, und nichts von dem, was Bo ihnen gern zeigen möchte.

»Warum gehst du nicht in den Stylingraum und ziehst dich um?«, fragt sie schließlich stattdessen.

22

In der Nacht nach dem *StarrQuest*-Auftritt kommen Solomon, Bo und Laura nicht zur Ruhe. Es ist, als ob sie alle high sind. Solomon und Bo sitzen abwechselnd am Computer oder am Handy und lesen die Beiträge zu Lauras Auftritt vor, die unablässig in den sozialen Netzwerken gepostet werden. Laura kauert sich auf der Couch zusammen und trinkt einen Kräutertee nach dem anderen, gänzlich überwältigt vom Feedback dieser wildfremden Menschen. Bis Mitternacht haben zweihunderttausend Leute das Video mit Lyrebirds Darbietung gesehen, und die meisten Entertainment-News tragen die gleiche kurze Kennzeichnung, nämlich »LYREBIRD«.

Über Nacht wächst die Geschichte weiter, nimmt Tempo auf und kommt richtig in Schwung. Solomon ist schon unterwegs zum Flughafen, als Laura aufwacht, und seine Abwesenheit bringt sie völlig durcheinander. Die Internetaufrufe des Videos nehmen weiter zu. Mit Bo in die kleine Wohnung gepfercht, beobachtet Laura in ihrem stillen Zimmer, wie sich ihre Welt verändert, ohne dass sie selbst real daran beteiligt ist.

In den darauffolgenden Tagen versucht sie gelegentlich, Bo zu überreden, mit ihr auszugehen, aber Bo möchte sie unbedingt vom Scheinwerferlicht der Öffentlichkeit fernhalten. Wenn sie die Wohnung doch einmal mit Laura verlässt, benimmt sie sich wie eine paranoide Gouvernante, schaut sich ständig um, kneift misstrauisch die Augen zusammen, wenn ein Pärchen das Smartphone zum Fotografieren hebt, und mustert jeden, der eine SMS verschicken will, mit strafenden Blicken, weil sie glaubt, dass er insgeheim vorhat, Laura zu fotografieren. Sie ist total verspannt und nervös, und Laura ist nicht sicher, wen Bo eigentlich beschützt – ob es ihr um Laura geht oder um die geplante Dokumentation. Ein paarmal am Tag stellt Bo die Kamera an und versucht, sich einen Einblick zu verschaffen, wie Laura sich angesichts all der neuen Erfahrungen fühlt. Aber Laura kennt ihr neues, verändertes Leben ja noch gar nicht – wie soll sie es auch kennenlernen, wenn sie Tag für Tag nur in dieser kleinen Wohnung herumsitzt? Alles, was sie über die mutmaßlichen Veränderungen weiß, ist das, was Bo ihr vorliest – die Posts in den sozialen Medien, die Artikel in den Zeitungen. Aber das sind nur die Worte anderer Leute.

Sie gehen zusammen an der Liffey spazieren, wo es ruhig ist, und am dritten Abend nimmt Bo widerwillig Lauras Vorschlag an, das Musical anzuschauen, das im Theater gegenüber gespielt wird. Laura hat seit ihrer Ankunft in Dublin Abend für Abend beobachtet, wie die Menschen mit strahlenden Gesichtern aus der Vorstellung kamen. Aber als Laura bei der Vorführung ahnungslos Laute von sich gibt und das zu einer erhitzten Diskussion mit einem Securitymann führt, komplimentiert Bo sie noch vor der Pause wieder aus dem Theater.

»Tut mir wirklich leid«, entschuldigt sich Laura und zieht ihre Jacke enger um sich, als sie in die kühle Abendluft hinaustreten. Sie machen sich auf den Rückweg zur Wohnung, und Laura kommt sich vor wie ein gescholtenes Kind.

»Schon gut«, sagt Bo, aber der Stress in ihrer Stimme sagt etwas anderes. »Hast du Lust auf Sushi?«, fragt sie dann und schaut zu dem Restaurant gleich bei ihrem Wohnblock. Laura würde gern Sushi essen, aber Bos Ton macht ihr klar, dass sie für heute Abend die Nase voll hat.

»Nein, schon okay«, antwortet sie deshalb, obwohl ihr Magen knurrt. Vielleicht ist es auch nicht ihr Magen, der den Laut hervorbringt. »Ich geh lieber früh ins Bett.« Wieder einmal. Bo wird sicher den Laptop mit ins Schlafzimmer nehmen und den Rest des Abends dort verbringen. Seit Solomon weg ist, ist sie die meiste Zeit dort, als könnte sie es nicht ertragen, mit Laura allein zu sein.

Auch jetzt sieht Bo erleichtert aus. Und als sie

wieder in der Wohnung sind, tut sie genau das, was Laura erwartet hat.

»Gute Nacht«, sagt sie und schließt leise die Schlafzimmertür.

Laura geht auf den Balkon hinaus und beobachtet, wie die Welt vorüberzieht.

Fünf Tage nach Lauras Auftritt ist das Lyrebird-Video millionenmal geklickt worden. Die Medien können nicht genug von ihr kriegen. Sie gieren nach mehr Information über dieses mysteriöse Wesen, das inzwischen das Interesse der ganzen Welt auf sich gezogen hat. In den Boulevardblättern trompeten die Schlagzeilen: »UNBEKANNTER VOGEL LANDET RIESENERFOLG.«

Bos selbstauferlegter Hausarrest endet erst, als *StarrGaze Entertainment* eingreift. Man bringt Laura ins *Slaughter House*, wo sie zwei volle Tage lang ein Interview nach dem nächsten gibt. Nicht nur die Medienvertreter strömen in Massen herbei, auch die Fans, um sie zu fotografieren, ihr Briefe und Geschenke zu überreichen und sie anzufeuern.

Und ihr jede Menge Fragen zu stellen, beispielsweise:

Kannst du dich selbst mit fünf Worten beschreiben?
Hast du einen festen Freund?
Möchtest du später Kinder haben?

Was hältst du von der ungleichen Bezahlung für Männer und Frauen?
Wenn du ein Nahrungsmittel wärst, welches wäre es?
Was ist dein Lieblingsfilm?
Welche zehn Songs stehen ganz oben auf deiner Playlist?
Magst du lieber Twitter oder Instagram?
Welches Buch würdest du mit auf die einsame Insel nehmen?
Was inspiriert dich?
Was sind deine Lieblingslaute?
Wer sind deine Lieblings-Imitationskünstler?
Was denkst du über den amerikanischen Präsidenten?
Hast du vielleicht ein paar gute Ratschläge für junge Frauen?
Was ist der beste Rat, den du selbst je bekommen hast?
Gibt es eine Frage, die man dir nie gestellt hat, die du aber gern beantworten würdest? Und wie lautet sie?

Während Laura, bewacht von Bianca, für zwei Tage im *Slaughter House* sitzt, beginnen Bo und Jack zu streiten.

Laura hört die beiden, als sie in einer Pause zwischen zwei Interviews mit angezogenen Beinen auf dem Toilettendeckel kauert, um Biancas ständigem Smartphone-Getippe zu entgehen. Sie hört die Tasten im Kopf, wie sie ineinander verschwimmen, immer schneller, eine tickende Zeitbombe.

»Hallo?« Jemand klopft an die Tür, und Laura merkt, dass sie das Tastengeräusch nachgeahmt hat. Sie verstummt sofort.

»Jack«, sagt auf einmal Bos Stimme, laut und wütend, und Laura reißt erschrocken die Augen auf. Die Stimme kommt aus dem Lüftungsschacht.

»Bo«, erwidert Jack im Scherzton, »wie nett, dass du mich auch mal besuchst. Als hättest du mir in den letzten beiden Tagen nicht schon genug Mails geschickt – es ist doch immer schön, auch mal persönlich beschimpft zu werden.«

»Jack, Lyrebird zwei ganze Tage hier festzuhalten ist eines, aber deine Crew kann sie echt nicht einfach nach Cork schleppen.«

Eine Tür knallt zu. Kurzes Schweigen tritt ein.

»Natürlich können wir das. Wir brauchen Filmmaterial für die Presse und für die Show. Das ist die beste Möglichkeit. Es sei denn, du möchtest, dass Lyrebird mit jedem einzelnen Pressemenschen, der um ein Interview bittet, nach Cork runterfährt. Nein? Das hab ich mir gedacht. Also ist es so wohl am besten.«

»Aber ich habe das Material doch schon. Exklusiv für meine Doku. In den letzten zwei Tagen konnte ich damit nicht weitermachen, weil du volle Medienkontrolle über Lyrebird hast.«

»Weil sie ein Teil der Show ist, Bo!«, entgegnet er entnervt. »Das ist kein Trick. Sie hat einen Vertrag unterschrieben, in dem steht, dass zu ihren Pflichten auch Promotion gehört. Das weißt du, du hast es gelesen.«

»Aber es steht nicht drin, dass ich nicht einbezogen werden kann«, faucht Bo.

»Ach komm, Babe, du bist die Einzige, der wir filmischen Zugang zu Laura gewährt haben. Du kriegst das ganze Material von hinter den Kulissen, um das alle anderen betteln. Curt macht mich dafür schon fertig – was verlangst du denn noch von mir?«

»Ich bin nicht dein *Babe.* Und Curt ist nicht der Chef von *StarrGaze*, sondern du. Also zeig doch endlich mal, dass du ein Mann bist, verdammt.«

Wieder tritt ein kurzes Schweigen ein.

»Ein Mann. Hm. Ja, ich denke, das bin ich, und ich glaube, das weißt du auch.«

Laura hört ein leises Lachen von Bo, und auf einmal bringt sie das Gespräch zum Grinsen.

Als Bo wieder etwas sagt, wirkt sie deutlich entspannter. »Jack, ich will keine Schlüsselloch- oder Reality-Doku machen, und auch keine Enthüllungsstory. Es soll auch kein *StarrQuest*-Spin-off werden, sondern ein Einblick in Lyrebirds Leben. Von innen, nicht von außen. Und wenn du mich nicht mit ihr reden lässt, dann habe ich keine Chance mitzukriegen, wie sie sich fühlt.«

»Du wohnst doch mit ihr zusammen«, lacht er. »Und da kriegst du das trotzdem nicht mit?«

In der Kabine neben Laura wird die Wasserspülung betätigt, und sie ärgert sich, dass sie deswegen Bos Antwort nicht verstehen kann.

»Ich spreche mit Curt«, hört sie Jack als Nächstes sagen, »wenn du mit mir essen gehst. Das wäre günstig für mich, vor allem, wenn man bedenkt, dass es echt harte Arbeit ist, das Rauchen aufzugeben, um deine Zuwendung zu bekommen.«

»Jack!«, lacht Bo. »Du bist unmöglich. Ich habe einen festen Freund, schon vergessen?«

»Ah ja, der langhaarige Traumprinz mit den schlechten Manieren. Aber ist der zurzeit nicht außer Landes?«

»Jack … bitte … Ich mache ernsthafte Dokumentationen auf Kino-Level. Du schadest meiner künstlerischen Arbeit – das solltest gerade du verstehen können. Wie oft musstest du für das kämpfen, was du im Musikbereich machen wolltest? Ich habe Laura zu dir gebracht, aber ich muss präsenter sein, du kannst mich nicht einfach rausdrängen.«

Der Händetrockner übertönt den Rest dessen, was Bo sagt, dann hämmert Bianca an die Toilettentür und erschreckt Laura fast zu Tode. Die nächste Aufgabe wartet schon auf sie. Ein Spiel mit anderen *StarrQuest*-Teilnehmern für ein Spin-off mit dem Titel Freiheit oder Pflicht. Angeblich gehört dazu, dass die Kandidaten sich ein halbes Dutzend hartgekochter Eier an die Stirn knallen. Verlierer ist der arme Schlucker, der das rohe Ei erwischt … dessen Inhalt ihm dann übers Gesicht läuft.

Und Laura verliert.

Die nächste Runde findet erst in der übernächsten Woche statt. Erst gibt es noch ein weiteres Live-Casting, und am darauffolgenden Montag beginnt die Woche der abendlichen Halbfinals. Jeden Abend treten fünf Kandidaten auf, und einer davon kommt ins Finale. Das Casting direkt nach Lauras Auftritt lockt dank Lyrebirds weltweiter Publicity mehr als doppelt so viele Zuschauer an, die Einschaltquoten überholen die der Neun-Uhr-Nachrichten. Die Zahl der Lyrebird-Fans, die sich vor dem Studio versammeln, wächst täglich an; sie kampieren im Freien und hoffen, einen Blick auf Laura zu erhaschen. Nachrichtensender und andere Medien berichten sowohl über Lyrebird als auch über das ständig größer werdende Interesse an ihr, das allmählich fast in Besessenheit ausartet. Beides verstärkt sich gegenseitig. Jeden Tag kommen Anfragen für Interviews oder Auftritte, aus den USA, aus ganz Europa und aus Australien. Aus Japan trifft ein Angebot ein, Lyrebird solle einen neuen Softdrink bewerben. Nach langwierigen, von Curtis geleiteten Verhandlungen wird es allerdings zurückgenommen, weil man sich nicht auf das Honorar einigen kann.

Außerdem gibt es Wünsche, Lyrebird für private Veranstaltungen, für Firmenevents und für Wohltätigkeitsveranstaltungen zu buchen. Agenten und PR-Agenturen wetteifern darum, sie vertreten zu dürfen. Doch Lyrebird hat natürlich schon eine

Agentur, denn nach dem Vertrag, den Jack sie hat unterzeichnen lassen, wird sie ja von *StarrGaze* vertreten. Bo hat längst keine Kontrolle mehr über die zentrale Figur ihrer Dokumentation.

Sie ruft Solomon an, der sich immer noch beim Dreh von *Grotesque Bodies* in der Schweiz aufhält. »Ich fürchte, dass diese ganzen lächerlichen Lyrebird-Interviews die Dokumentation entwerten werden. Sonst habe ich jahrelang an einem Projekt gearbeitet, ehe ich es der Welt gezeigt habe, ich habe mir Zeit gelassen, habe recherchiert, geschnitten, die Sache in Form gebracht. Aber diesmal geht alles so schnell. Dabei habe *ich* Lyrebird gefunden. *Ich* habe als Erste ihre Geschichte gehört, und ich fürchte, jetzt wird sie bekannt, ehe ich sie erzählen kann. Und bitte sag jetzt nicht, dass du mich gewarnt hast, das möchte ich jetzt nämlich echt nicht hören.«

»Tja, dann habe ich gar nichts zu sagen«, erwidert Solomon verärgert.

Bo seufzt, Solomons Negativität ist wirklich nicht hilfreich. Genau aus diesem Grund hat sie es bis zu diesem Moment aufgeschoben, ihm ihre Vorbehalte mitzuteilen, aber jetzt braucht sie seine Hilfe, sie muss die Sachlage mit jemandem besprechen.

Seit dem ersten Castingauftritt ist eine Woche vergangen, und der Lyrebird-Irrsinn ist in vollem Schwung, man könnte sogar sagen, er hat einen Siedepunkt erreicht. Aber wie lange wird es andauern?

Wenn Bos Dokumentation fertig ist, könnte Lyrebird bereits Schnee von gestern sein. Im schlimmsten Fall könnte eine Art Lyrebird-Kater eintreten, und dann würde niemand die Geschichte anfassen wollen. Bo befürchtet, dass sie, obwohl sie Lyrebirds Potential als Erste erkannt hat, die Letzte sein wird, wenn es ums Erzählen ihrer Geschichte geht. Sie hasst es, dass es sich anfühlt wie ein stressiger Wettkampf, so hat sie noch nie gearbeitet.

Sie hat das Gefühl, dass sich von überallher Klauen nach Lyrebird ausstrecken und sich alle ein Stück von ihr abreißen wollen. Und wenn schon Bo sich so fühlt, wie mag es dann erst Lyrebird ergehen? Das kann sie sich nicht einmal ansatzweise vorstellen. Wann ist sie eigentlich dazu übergegangen, sie Lyrebird zu nennen?

Während Bo ihn über die Entwicklungen informiert, wird Solomon immer wütender. »Wie geht es Laura?«, fragt er.

»Ihr geht es gut«, antwortet Bo. »Sie ist sehr beschäftigt. Ich sehe sie kaum.«

»Weiß sie, dass sie nichts tun muss, was sie nicht tun möchte?«

»Aber sie muss es tun, Sol – sie hat einen Vertrag unterschrieben.« Bo spricht leise, damit Laura sie im Nebenzimmer nicht hört.

Solomon schweigt einen Moment. »Ist sie glücklich, Bo?«

»Woher zum Teufel soll ich denn das wissen?«, antwortet sie müde. »Sie behält alles für sich.«

»Ihre Laute«, sagt er und bemüht sich ehrlich, ruhig zu bleiben. Wenn er bei Laura wäre, würde er es ganz von selbst wissen. »Nachts – welche Geräusche gibt sie da von sich?«

»Ich hab nicht darauf geachtet, ich bin immer so müde. Vermutlich bin ich inzwischen auch so daran gewöhnt, dass ich sie gar nicht mehr wahrnehme.«

Bo schafft es, Solomon die Idee auszureden, dass er sofort heimkommt. Er könne nicht einfach verschwinden – dann würde man ihn nie wieder buchen. Außerdem hätten die Dinge hier noch nicht den Krisenpunkt erreicht. Und sie erklärt ihm auch, sie sei inzwischen ganz sicher, dass Laura in ihn verliebt ist, und er solle deshalb besser wegbleiben. Das ist keine Lüge.

Bo weiß, dass noch niemand gesehen hat, was Laura wirklich kann, und dass sie noch so viel zu geben hat. Allerdings kann sie nur hoffen, dass Laura ihr Talent im Griff behalten und für die zweiminütige Darbietung komprimieren kann, die ihr bevorsteht. Wenn Laura im Halbfinale gut performt, wird sich das für Bo günstig auswirken. Vielleicht kann sie nicht allein mit Laura arbeiten, aber die Show kann es. Hastig greift sie wieder zum Smartphone, um Jack eine Nachricht mit ein paar Ideen für Lyrebirds nächsten Auftritt zu schreiben.

Als sie sich schlafen legt, beginnt der neue Hundewelpe des Nachbarn zu jaulen.

Und genau wie letzte Nacht gesellt sich Lauras leises trauriges Jaulen im Handumdrehen dazu. In Bezug auf Lauras Laute hat Bo vorhin bei Solomon schlicht gelogen, sie konnte es ihm einfach nicht sagen. Aber war es nicht Solomon, der ihr erklärt hat, diese Laute wären nur Mimikry und keineswegs eine Unterhaltung?

Sie knipst das Licht aus, zieht die Decke eng um sich und steckt den Kopf unter Solomons Kissen, um die Geräusche auszublenden.

23

Genau eine Woche nach Lauras erstem Liveauftritt sitzen Solomon und sie auf den Plastikstühlen vor dem Produktionsbüro im *Slaughter House*, die Köpfe bequem an die Wand gelehnt. Solomon ist gerade erst aus der Schweiz zurück, und sie hatten noch keine Gelegenheit, sich in Ruhe zu unterhalten. Er beobachtet sie möglichst unauffällig, um herauszufinden, wie es ihr geht; er ist einfach nicht sicher, ob er Bos Bauchgefühl trauen kann, wenn es um Lauras Wohlbefinden geht.

»Ich fühle mich, als hätten wir Ärger und müssten zum Direktor«, sagt Solomon, aber als er Laura anschaut, wird ihm plötzlich klar, dass sie wahrscheinlich keine Ahnung hat, wovon er spricht, denn sie ist ja nie zur Schule gegangen. »Sorry«, sagt er schnell. »Vergiss es.«

»Ich verstehen Scherz«, erwidert sie mit Tarzan-Akzent. »Lyrebird schauen fern. Lyrebird lesen Bücher.«

Solomon lacht. »Okay. Verstehe.«

Immer wieder schlendern Leute durch den Korridor, spähen zu Laura und Solomon herüber, flüstern:

»Das ist sie!«, und verschwinden wieder. Andere machen offensichtlich Umwege, um an ihnen vorbeizukommen, mustern Laura aus dem Augenwinkel, merken dann, dass der Gang an dieser Stelle nirgendwo hinführt, und kommen notgedrungen noch einmal vorbei.

»Irgendwelche Neuigkeiten? Ruhige Woche?«, witzelt Solomon. Laura lacht.

Er hat sie so sehr vermisst. Es war die reinste Folter, nicht bei ihr zu sein. Aber notwendig. Seit er in jener Nacht gehört hat, wie sie im Bett sein Lachen imitiert hat, wusste er, dass er weggehen musste. Das war er Bo schuldig. Und Laura ebenfalls. Wegzugehen war die einzige Möglichkeit, Lauras Nachtgeräuschen zu entfliehen. Sie zu hören war wie eine Einladung in ihr Herz. Oder eine Aufforderung, ihr Tagebuch zu lesen. Und das stand ihm beides nicht zu – umso mehr, weil er es sich so sehr wünschte.

Die Faszination, die jetzt die ganze Welt für Laura empfindet, ist genau die gleiche, die er im Wald bei ihrer ersten Begegnung gefühlt hat. Aber er hat den Verdacht, dass sich in der kurzen Zeit seit letztem Montag viel verändert hat. Niemand hätte dieses Aufmerksamkeitsniveau vorhersehen können, aber *StarrGaze* sollte wenigstens in der Lage sein, damit umzugehen. Solomon fragt sich, wer wohl dafür zuständig ist.

»Wie kommst du denn mit der neuen Situation

zurecht?«, fragt Solomon im selben Moment, als wieder jemand das Smartphone in Lauras Richtung hält und unter dem Vorwand, eine SMS zu schreiben, rasch ein Foto schießt. »Es war eine verrückte Woche, und wir hatten überhaupt keine Chance zu reden.«

»Ja, stimmt.« Sie imitiert sein verlegenes Räuspern und sein Kinnstoppelkratzen.

Sein Aufenthalt in der Schweiz hat ihm nicht geholfen, Laura zu vergessen. Er wollte von ihr weg, um sie aus dem Kopf zu kriegen, doch das Universum hatte sich gegen ihn verschworen. Die ganze Woche war sie das Gesprächsthema Nummer eins. »Hast du dieses Mädel gesehen?« Sogar Paul, der Star von *Grotesque Bodies*, wegen dessen Operation sie in der Schweiz waren, hat Solomon eines Tages im Warteraum nach ihr gefragt, wenn auch natürlich nicht vor der Kamera.

Zuerst wollte Solomon nicht über Laura reden, aber bald merkte er, dass es, wenn er so tat, als hätte er keine Ahnung, nur dazu führte, dass sein Gegenüber ihm alles über sie erzählte – wie sie aussah, wie sie ihre Auftrittszeit einfach verschwendet und geschwiegen und dann alle bezaubert hatte. Also hat er seine Reaktion geändert, hat zugegeben, dass er sie kennt, und gehofft, das Gespräch damit abzuwürgen. Doch nun musste er sich endlose Spekulationen darüber anhören, ob sie nicht doch irgendwo ein

Tonband versteckte – und wie sie das machte, wo sich unter ihrem knappen Kleidchen doch wirklich nichts verstecken ließ, hahaha.

Zum Glück haben bisher weder die Fans noch die Presseleute herausgefunden, wo Laura wohnt. Wenn sie nicht im Studio ist – wo sie ihre Fans trifft, wo fotografiert und gefilmt und für ihr nächstes Outfit Maß genommen wird –, ist sie in der Wohnung. Es gab zwei Fototermine im Freien, einmal beim Blumenkaufen in der Grafton Street, einmal beim Spazierengehen in Stephen's Green. Vor allem beim Entenfüttern. *Lyrebird füttert die Vögel.* Wenn sie mit *StarrQuest* fertig ist, wird sie, wie ein schlauer Boulevardjournalist es formuliert hat, sicher ganz ordentlich verdienen, denn mit Realityshows, Zeitschriftenstrecken, Interviews und Auftritten kommt bekanntlich einiges zusammen. Wenn die Medien wüssten, wie Laura ihre Zeit wirklich verbringt – sie sitzt im Wohnzimmer, ohne den Fernseher anzumachen, oder auf dem Balkon, blickt auf den Kanal und imitiert den Vogel im Käfig auf dem Nachbarbalkon –, wären sie entweder fasziniert oder gelangweilt von ihr. Sie würde gern kochen, aber Bo interessiert sich überhaupt nicht fürs Essen, und so werden die Spannungen zwischen ihnen nicht geringer.

»Mit der Situation geht's mir okay«, beantwortet Laura Solomons Frage. Dann macht sie Schmatzgeräusche, als kaue sie Kaugummi.

Natürlich weiß Solomon sofort, dass Jack gemeint ist. »Was ist mit ihm?«, fragt er.

Für Laura ist es eine enorme Erleichterung, mit jemandem zusammen zu sein, der sie mühelos versteht, denn bei Bo ist das nach wie vor nicht der Fall. Sie hält Laura für eine Art kaputte Maschine, die nach dem Zufallsprinzip irgendwelche Laute ausspuckt, die mitschwingenden Bedeutungen erschließen sich ihr nicht. Jack und Bianca haben das gleiche Problem. Bei Rachel ist es anders, aber Solomon versteht es einfach am besten. Für ihn ist es völlig unkompliziert, da kann Bo solange sie will behaupten, sie hätten sich eine Geheimsprache ausgedacht. Es ist überhaupt kein Geheimnis, man braucht nur ein bisschen Aufmerksamkeit. Weiter nichts.

»Jack mag dich nicht«, sagt Laura.

»Ja. Schockierend, was?«

Laura lacht nicht. Ihr Herz ist schwer. Natürlich wusste sie, dass sie die Entscheidung, ob sie bei der Show mitmacht oder nicht, für sich allein treffen musste. Doch sie hat sich hauptsächlich deshalb für die Teilnahme entschieden, weil sie dachte, dann könnte sie bei Solomon bleiben. Stattdessen hat es nun aber aus irgendeinem Grund dazu geführt, dass er sich aus dem Staub gemacht hat. Sie hat ihn die ganze Woche über nicht gesehen, und er schien so weit weg für sie. Nicht ein einziges Mal hat er sie angerufen.

Sie flicht die Wildlederfransen am Saum ihres Kleids zu einem Zopf, dröselt ihn wieder auf und fängt von neuem an zu flechten.

»Du solltest da drin bei ihnen sein«, meint Solomon. »Bo und Jack reden über dich, sie planen deine Zukunft.«

»Ich bin aber lieber hier«, erwidert sie unverblümt. Dann wechselt sie das Thema und hofft, die Stimmung dadurch etwas aufzuhellen. »Was habt ihr letzte Woche eigentlich gedreht?« Sie bemüht sich, so zu tun, als wäre sie nicht sauer auf ihn, weil er sie einfach verlassen hat, als wäre sie nicht sauer auf sich selbst, weil sie sauer auf ihn ist. Bo ist seine feste Freundin. Bo. Nicht Laura. Bo ist alles, was Laura nicht ist, was Laura niemals sein könnte und auch niemals sein wollte.

»Wir haben einen Mann mit fast hundertdreißig Pfund schweren Hoden gefilmt.«

Ihre Augen werden groß, und sie fängt an zu lachen.

»Ich weiß, das klingt komisch, aber eigentlich ist es traurig. Er konnte kaum laufen, die Dinger sind einfach immer größer geworden. Er hatte kein Leben – bis zu der Operation letzte Woche. Es wird eine Weile dauern, aber irgendwann wird er wieder einigermaßen normal laufen können, dann kann er sich einen Job suchen, kann sich Hosen kaufen, die ihm passen. Genau wie bei der Frau mit den drei Brüsten.«

»Ich hätte eher in die Show gehört.«

»An deinem Körper ist nichts grotesk«, sagt Solomon, und sosehr er versucht, es zu verhindern, spürt er, dass er rot wird. Wieder lehnt er sich mit dem Kopf an die Wand, schließt die Augen und wünscht sich, dass sein Gesicht sich abkühlt. »Ich meine, es ist nichts Groteskes an den Körpern all dieser Menschen. Es ist ein ganz blöder Titel. Sie sind einfach anders.«

»Hm. Aber ich bin sonderbar.«

»Laura …« Er sieht sie an, doch sie weicht seinem Blick aus, scheinbar ganz auf ihre Hände konzentriert, die immer noch die Wildlederfransen flechten. »Du bist überhaupt nicht sonderbar«, widerspricht Solomon mit fester Stimme.

»Aber ich lese es doch auch in den Zeitungen. ›Lyrebird ist mysteriös, übernatürlich, fremdartig, nicht von dieser Welt.‹ ›Lyrebirds eigentümliche Fähigkeiten …‹ Sie sagen alle, dass ich sonderbar bin.«

»Laura«, wiederholt Solomon so bestimmt, dass es fast ärgerlich klingt.

Sie sieht ihn überrascht an und hört auf, an ihren Rockfransen herumzufingern.

»Lies diesen Quatsch nicht, hörst du?«

»Bo meint aber, ich soll die Zeitungen unbedingt lesen.«

»Lies diesen Quatsch nicht, niemals. Und wenn du

es doch tust, dann glaub es wenigstens nicht. Weder das Gute noch das Schlechte. Du bist nicht sonderbar.«

»Okay.«

Er scheint so wütend zu sein, dass sie einen Moment stumm bleibt, denn sie weiß nicht, was sie darauf erwidern soll. Ob sie will oder nicht, es fällt ihr auf, dass sein Hals angeschwollen ist, dass seine Augen sich verfinstert haben und dass eine steile Zornesfalte auf seiner Stirn erschienen ist. Seine Stimme ist tiefer geworden, sie hat einen harten Unterton. Den Kopf an die Wand gelehnt, schaut er ins Licht hinauf, atmet dabei mit geblähten Nasenflügeln langsam ein, und sogar sein Adamsapfel scheint größer zu sein als sonst. Vielleicht ist es der Ärger, vielleicht aber auch nur ihre Perspektive. Selbst seine Wut hat Geräusche.

Dann schaut er sie plötzlich wieder an.

»Was?«

»Klinge ich so?«, fragt er.

Laura ist nicht sicher, was für einen Laut sie von sich gegeben hat, vermutet aber stark, dass sie Solomon imitiert hat.

»Ich keuche also wie ein Pferd, das gerade ein Rennen gelaufen ist.«

Laura zuckt die Achseln. Ihr geht irgendetwas im Kopf herum. »Bo und ich waren neulich im Theater gegenüber.«

Überrascht schaut er sie an, er hatte keine Ahnung davon. »Das ist ja toll.«

»Es war meine Idee. Leider eine dumme Idee. Wir mussten wieder gehen. Der Sicherheitsmann meinte, meine Geräusche lenken die Darsteller ab.«

»Wer war dieser Mann?«, fragt Solomon und plant insgeheim schon, bei Dienstschluss am Theatereingang auf den Typen zu warten.

»Er war freundlich, aber er dachte wohl, es wäre irgendwas nicht in Ordnung mit mir. Ich meine, wir mussten gehen, also *ist* doch offensichtlich etwas nicht in Ordnung mit mir.« Ihre Augen füllen sich mit Tränen, und sie schaut schnell weg. Sie hasst es, in Solomons Gegenwart die Fassung zu verlieren, aber sie konnte noch mit niemandem darüber sprechen, nur mit sich selbst, und das macht sie wahnsinnig. Mit Bo kann sie nicht über solche Dinge reden – es ist, als redete man mit einem nicht saugfähigen Schwamm.

»Laura«, sagt Solomon leise und nimmt ihre Hand.

Seine Berührung bedeutet ihr alles. Wenn er sie berührt, wird sie wieder lebendig, und ihr Herz befreit sich aus der Enge.

»Das tut mir leid, ich wusste nichts davon. Bo hat es mir nicht erzählt …« Er ist wütend. Auf Bo. Auf die Welt. Er hält ihre Hand ganz fest, dann lässt er ein bisschen locker, fest und locker, immer wieder, als massiere er sie. »Ich sag dir mal was über deine

Gabe, Laura. Die Leute sagen immer, sie hören den Klang ihrer eigenen Stimme nicht gern, wusstest du das? Wenn Leute sich selbst zum ersten Mal hören, zucken sie normalerweise zusammen oder sind zumindest erstaunt, dass sie so klingen. Wir hören uns selbst anders. Was du tust …« Er unterbricht sich, weil wieder jemand auf sie zukommt. »Hier geht's nicht weiter«, sagt er etwas barsch. Das junge Mädchen wird knallrot und geht denselben Weg wieder zurück. Als sie um die Ecke biegt, hört man Gekicher, wahrscheinlich haben ihre Freundinnen dort auf sie gewartet. »Ich glaube, du gibst den Menschen die Möglichkeit, die Welt genau so zu hören, wie sie ist. Ohne Filter. Und in dieser Welt ist alles Naturbelassene, Unberührte eine verdammte Seltenheit. Die Menschen sind aus dem gleichen Grund begeistert von dir, aus dem sie gerne Filme sehen oder Gemälde anschauen oder Musik hören. Du fängst die Welt für sie ein. Das zu können ist ein großes Geschenk. Du bist nicht sonderbar – lass dir das niemals einreden, von niemandem.«

Laura hat Tränen in den Augen, und Solomon möchte sie in den Arm nehmen. Aber er kann nicht, weil er weiß, dass es falsch wäre. Sie möchte sich an ihn kuscheln, aber sie kann nicht, weil er sich wieder hinter der Schutzwand verkrochen hat, die er – mal höher, mal niedriger – so oft um sich aufbaut, wie die Trennscheibe in einer Limousine.

Dann öffnet sich die Tür des Produktionsbüros, und Bo kommt heraus. Sie sieht die beiden und sieht auch, dass Solomon Lauras Hand hält.

Schnell zieht Laura ihre Hand weg.

»Jack möchte dich sprechen«, informiert Bo sie kühl.

»Möchtest du, dass ich mit dir reingehe?«, fragt Solomon.

»Nein, das ist vertraulich«, antwortet Jack über Bos Schulter hinweg.

Also betritt Laura das Büro allein, während Solomon auf die Wand vor ihm starrt und gegen die Wut kämpft. Zum ersten Mal hört er sich selbst keuchen wie ein atemloses Pferd. Er erinnert sich an das Gefühl von Haut und Knochen an seiner Faust. Jack starrt ihn an, fordert ihn mit seinem Blick heraus, es noch einmal zu versuchen, stachelt ihn an, ihm eine Entschuldigung dafür zu liefern, dass er ihn endgültig rauswerfen lassen kann. Jack möchte, dass Solomon es tut, und Solomon möchte es tun. Und das wird er auch, wenn der richtige Zeitpunkt gekommen ist.

»Hat ja nicht lange gedauert, bis ihr wieder beim Händchenhalten angekommen seid«, sagt Bo gehässig, setzt sich auf den Stuhl neben Solomon und schaut auf ihr Smartphone, während sie hinzufügt: »Das ist also deine Art, die Finger von ihr zu lassen.«

»Sie war durcheinander.«

»Und du hast sie getröstet. Absolut angemessen.«

Solomon unterdrückt den Impuls wegzulaufen. Er sitzt es aus.

»Sie hat mir erzählt, was im Theater passiert ist.«

Bo sieht ihn an, bereit für den nächsten Streit, aber sie hat nicht mehr die Energie. Müde reibt sie sich die Augen. »Sie hat das Orchester nachgemacht, Sol, und die Posaune hat sie mehrmals durchprobiert. Ich wusste nicht mehr, was ich tun soll, also bin ich mit ihr rausgegangen. Ich wollte es dir nicht erzählen, weil ich sicher war, dass du dich ärgerst und aufregst.«

»Und genau das ist jetzt passiert«, faucht er.

»Und was sollte es bringen, du warst weit weg in der Schweiz«, sagt sie leise. »Ich bin damit umgegangen, so gut ich konnte.«

»Laura war aber total durcheinander deswegen.«

»Ich hab ihr gesagt, dass es nicht ihre Schuld ist.« Bo seufzt tief. »Sie kann sich dir leichter öffnen als mir, das weißt du doch.«

Sie schweigen. Solomon beruhigt sich etwas. Er kann doch nicht auf Bo wütend sein. Er ist wütend auf sich selbst, weil er nicht da war.

»Das war ein verdammtes Katastrophenmeeting«, sagt Bo schließlich, legt das Telefon aus der Hand und reibt das Gesicht. »Jack will, dass Laura für ein paar Tage nach Australien fliegt. Melbourne und vielleicht Sydney. Er sagt, bis zum Halbfinale am Montag ist sie wieder da.«

»Australien? Für ein paar Tage? Das ist doch lächerlich. Sie wird völlig erschöpft sein«, sagt Solomon und setzt sich auf.

Anscheinend kommt dieser Gedanke Bo zum ersten Mal.

»Wenn es nicht die Anstrengung ist, worüber hast du dir denn dann Sorgen gemacht?«, hakt Solomon nach.

»Darüber, dass wir nicht mitkommen dürfen. Wegen irgendeines Exklusiv-Deals mit einer Zeitschrift und einer TV-Show in Australien. Die erlauben keine Medien, die keine Verbindung zu *StarrQuest* haben. Wir sollen eine Doku über Laura drehen, und Jack nimmt sie uns einfach weg. Schon wieder.«

Er fühlt die vertraute, überwältigende Frustration wie jedes Mal, wenn Bo diesen kalten Egoismus an den Tag legt. »Du bist furchtbar, Bo.« Er steht auf und geht davon.

»Na, wie geht es meinem Lyrebird?«, fragt Jack mit einem breiten Grinsen, nimmt Laura am Arm und drückt sie fest. »Mann, was eine verdammt aufregende Woche, was?«

Laura nickt nur stumm.

»Entschuldige bitte meine Wortwahl, in deiner Nähe kommt es mir nicht richtig vor zu fluchen. Weil du so ein Engel bist.« Er bringt sie zu ihrem Stuhl und setzt sich dann hinter seinen Schreibtisch. »Du bist aber keiner, oder?«

»Kein was?«

»Kein Engel?«

»Nein.« Laura lächelt.

Er erwidert das Lächeln und trommelt mit den Fingern auf den Tisch.

Sie imitiert das Geräusch.

»Du hast recht. Aber ich brauche eine Zigarette. Vor einer Woche hab ich mit dem Rauchen aufgehört.«

»Für Bo«, bemerkt sie.

Er schaut sie überrascht an, dann grinst er wieder. »Dir entgeht wirklich nichts.«

Sie macht das Kaugummigeräusch.

»Gute Idee. Wo sind meine Kaugummis?« Während er in den Schreibtischschubladen wühlt, studiert Laura die Wände.

»Du weißt nicht zufällig auch noch, ob ich überhaupt eine Chance habe, oder? Bei Bo, meine ich.«

»Bo Peep?« Laura hebt eine Augenbraue. »Sie ist mit Solomon zusammen.«

»Ja, mit ihrem langhaarigen Lover. Aber sie sollte ihn verlassen, diesen Loser. Sag mal, du wohnst doch bei ihnen – sind die zwei glücklich?«

Laura knurrt ihn an, genau wie Mossie es immer getan hat, wenn er in den Bäumen ein Geräusch gehört hat, das er nicht kannte.

»Okay, okay«, rudert Jack zurück und steckt sich einen Kaugummi in den Mund.

Laura betrachtet wieder die Wände. Gerahmte Schallplatten, Preise, Künstler, die sie kennt, andere, die sie noch nie gesehen hat, und Bilder von ihm und seiner Band – Jack Starr und die *Starr Gazer*.

»Magst du Musik?«, fragt Jack.

Sie nickt und macht das Knistern einer LP nach, wie Holzscheite auf einem Feuer, diesen gemütlichen, heimeligen, unvergleichlichen Laut.

Jack reißt die Augen auf. »Wow. Du hast Vinyl gehört?«

»Mum und Granny haben Jazz geliebt. Billie Holiday, Miles Davis, Nina Simone, Louis Armstrong …« Sie summt die Melodie von »I'm a Fool to Want You«, aber ihre Stimme klingt jetzt tief und rau, nicht wie die Stimme einer jungen Frau. »Das war Grannys Lieblingssong«, erklärt sie.

Jack schüttelt ehrfürchtig den Kopf.

Sein Blick ist ihr unbehaglich, sie schaut schnell weg.

»Du warst wahrscheinlich noch nie in Australien«, sagt er unvermittelt.

»Nein«, antwortet Laura lächelnd.

»Tja, aber die wollen dich dort. Mann, Mann, Mann, und wie die dich wollen! Die größte australische Talkshow hat dich eingeladen. In Australien haben sie für kein Lebewesen so viel Hochachtung wie für den Lyrebird, mit Ausnahme von Koalas. Aber ihr könntet kaum verschiedener sein. Koalas sind wie nur nette Popstars, easy und zugänglich, aber du bist schwer fassbar, sehr exklusiv. Mann, dass du aufgetaucht bist, das ist … na ja, es war für uns, für die Show genau der richtige Zeitpunkt. Wir versuchen schon eine Weile, auf den australischen Markt zu kommen, und ich denke, jetzt haben wir es geschafft. Die Sender wollten erst mal sehen, ob wir das öffentliche Interesse wecken können, und jetzt ist es passiert. Einhundert Millionen Aufrufe …« Er checkt sein Smartphone. »Einhundertelf Millionen Aufrufe!« Er lacht. »Jedenfalls brauchst du dir um das alles keinerlei Gedanken zu machen, du kriegst die Reise gratis, steigst einfach ins Flugzeug, trittst bei der größten australischen Talkshow auf, posierst für die Presse mit einem Lyrebird und machst ein Fotoshooting. Dann fliegst du zurück und bist rechtzeitig zum Halbfinale am Montag wieder daheim. Was sagst du dazu?«

»Das klingt alles … echt unfassbar.« Laura lächelt, sie weiß nicht, wie ihr geschieht. »Kommen die anderen auch mit?«

»Welche anderen?«

»Die anderen Kandidaten. Ich glaube, die meisten mögen mich nicht besonders.«

»Sie sind nur neidisch.« Jack lächelt. »Es ist ein Wettkampf, und du hast sie alle abgehängt. Aber nein, sie kommen nicht mit. Bei dieser Reise geht es ganz allein um dich.«

Laura kaut auf der Unterlippe, dieses Arrangement ist ihr unangenehm.

»Keine Sorge, die anderen geben auch ihre Interviews und so. Wahrscheinlich haben sie sogar mehr gemacht als du, aber du kriegst die ganze Berichterstattung. Wenn ich einen von denen zu so einer Reise einladen würde, würden sie keinen Gedanken daran verschwenden, ob die anderen hierbleiben. Es ist ein Konkurrenzkampf, Lyrebird. Also, du musst Bianca deine Reisepassdetails geben, damit wir deine Flüge buchen können.«

»Oh … ich habe keinen Ausweis.«

»Das ist okay«, meint er aufmunternd. »Wir haben noch ein paar Tage, wir können einen organisieren. Die Show musste schon öfters einen vorläufigen Ausweis für einen Kandidaten beantragen. Das Passamt ist da sehr zuvorkommend. Da sitzen Fans unserer Show. Dafür braucht Bianca lediglich deine Geburtsurkunde. Falls sie in Cork liegt, ist das auch kein Problem, wir können uns im Dubliner Amt eine Kopie besorgen.«

Mit offenem Mund starrt Laura ihn an, sie weiß nicht, was sie sagen soll. Jack versteht ihr Schweigen völlig falsch.

Er lacht. »Ich hab dir ja gesagt, du sollst dir keine Sorgen machen, die Show kümmert sich um alles, was du brauchst«, verkündet er mit großer Geste.

Laura schluckt. »Nein, das ist es nicht … ich besitze keine Geburtsurkunde.«

Jetzt verblasst Jacks Grinsen.

Bianca, Curtis und Jack sitzen im Büro und halten, soweit Laura es versteht, eine Krisensitzung ab. Curtis und Jack beobachten Laura, Laura sieht zu Bianca, die eine Liste vorliest, was man alles braucht, um einen Pass zu bekommen.

»Taufeintrag?«

»Sie hat doch schon nein gesagt«, antwortet Jack, und die Atmosphäre wird zunehmend angespannt.

»Schulzeugnisse.«

»Ich bin zu Hause unterrichtet worden.«

»Ja, aber die Abschlussprüfung ist doch sicher irgendwo dokumentiert.«

»Ich hab keine gemacht.«

»Okay, cool«, sagt Bianca und schaut auf den Ausdruck des Passamts. »Einen Brief von jemandem, der dich schon von klein auf kennt und nach bestem Wissen und Gewissen bezeugen kann, dass du in Irland geboren bist.« Sie schaut Laura an. Alle schauen Laura an.

Jack lacht. »Na, das dürfte doch ganz einfach sein. Irgendjemand, der weiß, dass du geboren bist?«

Curt kichert Jack zuliebe.

»Nein.« Laura hat Tränen in den Augen. »Tut mir leid.«

»Okay, wartet. Da steckt doch was dahinter. Du musst es uns erzählen«, sagt Jack leise.

Curtis setzt sich auf und spitzt die Ohren.

TEIL 2

Als einzelgängerische Kreatur ist der Lyrebird ein Wesen der Wildnis, das in gerodeten und besiedelten Gegenden nicht leben kann oder will. Viele der friedlichen, scheuen Vögel sind eingefangen und von erfahrenen Naturforschern untersucht worden. Dabei wurde festgestellt, dass Lyrebirds in Gefangenschaft rasch traurig werden, resignieren und zugrunde gehen.

Ambrose Pratt, Die Kunde vom Lyrebird

24

Nachdem sie Curtis und Jack ihre Geschichte erzählt hat, schickt *StarrGaze Entertainment* Laura in Irlands größte Radiotalkshow für ein ausführliches Interview, das exklusive Details ihrer zehn Jahre allein im Toolin-Cottage enthüllt. Dann folgt ein Bericht über ihre Schwierigkeiten, einen Pass zu bekommen, und darauf eine Livedebatte, wie Laura – oder ein beliebiger Mensch in Lauras ungewöhnlicher Situation – in den Besitz eines Ausweispapiers kommen kann. Normale Bürger und Amtsleute rufen mit Tipps und Ratschlägen an oder erzählen ihre eigenen Geschichten. Der Abgeordnete ihres Wahlkreises verspricht seine Hilfe.

Nach dem strapaziösen Tag kehrt Laura völlig erschöpft in die Wohnung zurück. Sie hat wildfremden Menschen ihre Lebensgeschichte erzählt und ihnen tiefe Einblicke in ihre Seele gewährt. Mit geschlossenen Augen lehnt sie sich an die Tür, sie hat die schlimmste Migräne ihres bisherigen Lebens.

»Du hast gerade dem ganzen verdammten Land unsere exklusive Story mitgeteilt!«

Mühsam öffnet Laura die Augen wieder.

Vor ihr steht Bo, die Hände in die Hüften gestemmt. So wütend hat Laura sie noch nie gesehen.

»Ist das ein Problem?« Nervös schaut sie zu Solomon, der gerade aus dem Schlafzimmer kommt, um nachzusehen, was los ist.

Dass Laura sich wie immer hilfesuchend an Solomon wendet, verärgert Bo noch mehr. In jeder heiklen Situation liefert er ihr die Ausstiegsklausel. Das arme kleine Naturkind, das keine eigenen Entscheidungen treffen und dazu stehen kann. Dabei hat sie sich als weit schlauer herausgestellt, als irgendjemand von ihnen es geahnt oder erwartet hätte.

»Natürlich ist das ein Problem«, blafft Bo sie an. »Du hast mir gesagt, du machst diese Sendung, um über deinen Pass zu sprechen. Nicht um alles preiszugeben.«

Überrascht starrt Laura sie an.

»Du machst eine Dokumentation mit mir, erinnerst du dich? *Mir* sollst du deine Geschichte erzählen, und stattdessen planst du eine Reise auf die andere Seite der Welt, um mit irgendwelchen Revolverblättern zu reden. O ja, das hab ich auch gehört.«

Laura schluckt nervös. Und gibt einen Laut von sich.

»Nein, fang jetzt bloß nicht damit an, ich meine es ernst, Laura. Manchmal glaube ich, du machst das mit den Geräuschen, wenn du einem unangenehmen Thema ausweichen willst. Wir sind erwachsene

Menschen. Also fang endlich an, dich entsprechend zu benehmen.«

»Bo«, schaltet Solomon sich ein. »Hör auf damit.«

Aber Bo ignoriert ihn und fährt fort: »Ich hab dich gefunden, ich hab dich hierhergebracht, ich hab dir einen Platz bei *StarrQuest* besorgt, du wohnst bei mir, ich ernähre dich, du übernachtest hier …«

»Stopp, Bo …«

»Nein, unterbrich mich gefälligst nicht!« Sie hebt die Stimme. »Die Abmachung war, dass du uns deine Geschichte erzählst, nicht dass du uns als Sprungbrett benutzt, um lukrativere Sachen zu machen.« Sie mustert Laura von oben bis unten, ihre Klamotten, den Stapel Zeitschriften in ihrer Hand. »Ich sehe dich den ganzen Tag in diesen Blättern lesen, ich sehe deine neuen Klamotten und deine Designersonnenbrille. Du willst berühmt werden, geht es dir darum, Laura?«

»Bo! Jetzt hör endlich auf!«, brüllt Solomon aus vollem Hals, was Laura Angst macht. Aber Bo zuckt nicht mit der Wimper.

»Halt du dich da raus, Sol – Laura sollte wirklich nicht deine Sorge sein«, zischt sie. Was so vieles bedeuten könnte.

»Nein, richtig, sie ist dein und Jacks Baby, stimmt's? Ihr beide dürft Gott spielen und über das Leben anderer Menschen bestimmen. Du wirfst Laura vor, sie wäre scharf darauf, berühmt zu werden? Ihr beide könntet kaum schlimmer sein.«

Beunruhigt blickt Laura zwischen den beiden Streitenden hin und her, wieder steigen ihr Tränen in die Augen, sie hält sich die Ohren zu, sie möchte nicht hören, welches Gift, welche Wut, welcher Hass von zwei Menschen ausgeht, die sich doch angeblich lieben.

»Hört auf!«, kreischt sie.

Die beiden starren sie an. Sie zittert. Und sieht Bo direkt ins Gesicht.

»Die Klamotten habe ich in der Show bekommen, ich muss sie zurückgeben, wenn alles vorbei ist. Die Zeitschriften hat mir Bianca aufgedrängt. Sie haben mich alle um ein Interview oder einen Fototermin gebeten. Ich sollte sie durchsehen. Ich habe die Angebote abgelehnt bis auf eines, nämlich das, bei dem ich bezahlt werde. Falls du es noch nicht bemerkt hast – ich habe kein Geld.« Als sie das sagt, ist Ärger in ihrer Stimme zu hören. »Ich kann nicht für mein Essen bezahlen, weil ich kein Geld habe. Ich kann meine Kleidung nicht selbst kaufen, weil ich kein Geld habe. Ich kann keine Geschenke für euch kaufen, weil ich kein Geld habe, ich kann mich nicht für das revanchieren, was ihr für mich getan habt.

Abgesehen davon, dass ich kein Geld habe, konnte ich auch keinen Pass bekommen. Ich habe keine Geburtsurkunde. Ich stehe nicht im Taufregister, ich habe keine Schulakte, ich habe nicht mal einen Brief, in dem jemand bezeugen kann, dass ich in Irland geboren bin. Um einen Pass zu bekommen, musste ich bei einer Radiosendung mitmachen und meine persönliche Geschichte erzählen«, sagt sie frustriert, die Augen voller Tränen. »Kannst du dir vorstellen, wie demütigend das war? Glaubst du, ich *wollte* das? Anscheinend steht in dem Vertrag – und *du* hast mir geraten, ihn zu unterschreiben –, dass ich alle Promotion machen muss, die *StarrQuest* mir aufträgt. Darunter fällt auch Australien, aber du musst dir keine Sorgen machen, denn es sieht so aus, als bekäme ich sowieso keinen Pass, weil es niemanden auf der Welt gibt, der meine Geburt oder meine Existenz bezeugen kann.

Bo, wir hatten vereinbart, dass ihr mir mit der Kamera folgt, während ich versuche, mein Leben weiterzuleben. Und ich hab mitgemacht, weil mir nichts anderes übrigblieb. Du hast mir gesagt, dass Joe mich nicht mehr im Cottage haben will, und da ich nirgendwo anders hingehen konnte, hatte ich keine andere Wahl, als euren Vorschlag anzunehmen. Du hast mich ermutigt, bei dieser Talentshow mitzumachen, weil du meintest, dadurch eröffnen sich mir mehr Möglichkeiten. Deshalb versuche ich jetzt, es irgendwie richtig zu machen, mir etwas aufzubauen, so gut, wie ich's eben kann. Ich habe keine Ahnung, wie es jetzt weitergeht, aber ich habe dir vertraut.« Die letzten Worte sagt sie zu Solomon, und ihre Stimme bricht. Dann wendet sie sich wieder an Bo und fährt fort: »Ursprünglich solltet ihr mir folgen, aber im Endeffekt war ich es, die euch gefolgt ist. Ihr wart die einzigen Menschen, die mir helfen konnten, und ihr habt keine Ahnung, wie dankbar ich euch für alles bin, was ihr für mich getan habt. Ich koche so viel wie möglich für euch, um meine Dankbarkeit zu zeigen, ich bleibe so oft wie möglich in meinem Zimmer oder gehe auf den Balkon, damit ihr ungestört seid. Bo, ich gebe mir ehrlich Mühe, dir nicht im Weg zu sein. Ich tue, was ich kann.«

Sie hält einen Moment inne. Dann scheint sie eine Entscheidung zu treffen, denn ihre Tränen trocknen, und ihr Gesicht nimmt einen entschlossenen Ausdruck an. »Leider sieht es ganz danach aus, dass ich keineswegs etwas aufbaue, sondern eher etwas zerstöre. Ich möchte die Dokumentation weitermachen, weil ich es versprochen habe, weil ich mein Wort halten will und weil ich euch dankbar bin, aber ich glaube, es ist das Beste, wenn ich aus dieser Wohnung verschwinde. Ich muss euch in Ruhe lassen. Ich möchte euch nicht noch mehr Ärger machen.« Sie schaut zu Solomon, und wieder hat sie Tränen in den Augen. »Und ich möchte ganz bestimmt nicht zwischen euch kommen.« Damit dreht sie sich um und geht zur Tür des Gästezimmers.

»Laura, du musst doch nicht gehen!«, ruft Solomon und spürt den Schmerz in seiner Brust.

»Doch, ich muss«, entgegnet Laura leise und schließt die Tür hinter sich.

Mit wutverzerrtem Gesicht wendet Solomon sich Bo zu.

»Na los, Solomon«, sagt sie herausfordernd. »Wenn du mich noch einmal für etwas fertigmachen willst, was ich gesagt oder getan habe, werde ich schreien. Und Laura wird sowieso hierbleiben.« Bo senkt die Stimme. »Wo will sie denn sonst hin?«

Solomon denkt nach. Bo hat recht. Laura kann nirgendwohin, was ihn enorm erleichtert, ihn aber auch traurig macht. Aber er muss weg von Bo, und zwar schnell, ehe er etwas sagt oder tut, was er später bereut. »Ich verschwinde«, sagt er und greift nach seiner Jacke. »Im Moment ertrage ich es nicht, dich anzusehen oder auch nur in deiner Nähe zu sein.«

»Gut. Das beruht auf Gegenseitigkeit.«

»Außerdem steige ich aus der Doku aus. Ich möchte nichts mehr damit zu tun haben«, fügt er ärgerlich hinzu, ohne wirklich darüber nachgedacht zu haben.

Bo stutzt und antwortet dann etwas weniger selbstbewusst: »Gut.«

»Es hat als etwas sehr Schönes angefangen, aber jetzt ist es einfach nur noch unschön. Und daran bist du schuld.«

»Toll, danke.«

»Hast du mich gehört, Bo?«

»Laut und deutlich, die üblichen Beleidigungen. Ich bin eine schreckliche Person, und du, Solomon, du bist ein Heiliger. Ich hab es kapiert. Lauf einfach weg und lass andere die Drecksarbeit erledigen. Dann kannst du dich wie gewohnt aufs hohe Ross setzen und allen die Schuld geben, nur nicht dir selbst.«

»Rutsch mir doch den Buckel runter«, sagt er, packt seinen Schlüssel und knallt die Tür hinter sich zu.

In der Stille, die er hinterlässt, sitzt Bo auf der Couch, und das Adrenalin jagt durch ihre Adern. Sie beißt an ihren Nagelhäutchen herum, ihr Fuß wippt auf und ab, sie redet sich ein, dass ihr weder an Laura noch an Solomon irgendetwas liegt. Aber sie fühlt das Brennen um die Nägel herum, sie schmeckt Blut. Natürlich macht ihr diese verfahrene Situation zu schaffen. Für sie hängt alles von dieser Dokumentation ab. Finanzierung, Verpflichtungen gegenüber den Investoren, ihr Ruf. Ihre Beziehung. Einfach alles.

Von Laura ist nichts zu hören, anscheinend bewegt sie sich nicht im Gästezimmer, nichts deutet darauf hin, dass sie ihre Sachen packt. Bo bezweifelt stark, dass sie gehen wird. Was sie vorhin zu Solomon gesagt hat, ist die Wahrheit: Laura kann nirgendwohin. Während die Minuten in der Stille weiterticken, beruhigt Bo sich etwas. Vielleicht war sie wegen der Radiosendung zu hart mit Laura. Wie hätte sie darüber sprechen können, warum sie keinen Pass bekommt, ohne ihre Geschichte zu erzählen?

Es ist nicht nur Lauras Fehler, die Situation ist außer Kontrolle geraten und wurde nicht gut gehandhabt. Aber wer hätte denn auch für diesen Irrsinn planen können?

Dann klopft es an der Tür. In der Annahme, dass es Solomon ist, steht Bo auf, um zu öffnen, aber als sie nach der Klinke greift, fällt ihr ein, dass er den Schlüssel mitgenommen hat.

Sie hält inne und fragt: »Wer ist da?«

»Bianca von *StarrQuest*. Jemand hat mich unten reingelassen.«

Bo macht die Tür auf. »Was machst du denn hier?«

»Freut mich auch, dich zu sehen«, erwidert Bianca beleidigt. »Ich bin hier, um Lyrebird abzuholen. Ich habe ein Hotelzimmer für sie gebucht.«

Mit offenem Mund starrt Bo sie an. »Aber du kannst sie doch nicht einfach so mitnehmen.«

Bianca runzelt die Stirn. »Ich nehme sie nicht einfach so mit, sie hat mich angerufen. Hi«, fügt sie hinzu und schaut an Bo vorbei.

Bos Gedanken rasen. Sie sollte Sol anrufen, er würde verhindern, dass Laura ins Hotel zieht, aber als sie den Gedanken verarbeitet und den Entschluss gefasst hat, ihr Handy zu suchen, ist Laura schon mit Bianca und einer Handvoll Taschen durch die Tür.

Sie dreht sich noch einmal zu Bo um. »Vielen Dank für alles, was du für mich getan hast. Danke, dass ich in eurer Wohnung bleiben durfte, aber du hast recht, Bo, ich bin erwachsen und brauche niemanden, der auf mich aufpasst.«

Wieder bleibt Bo vor Erstaunen der Mund offen stehen, und Lyrebird fliegt aus ihrem Leben davon.

In einem Hotel im Zentrum wandert Laura in dem winzigen Zimmer auf und ab, und ihr Herz klopft panisch.

Was hat sie getan, was hat sie nur getan? Sie hat sich von den Leuten getrennt, die sie wirklich braucht. Doch trotz der Angst weiß sie, dass es das Richtige war. Die Atmosphäre in der Wohnung ist schädlich für sie alle. Sie musste weg von den beiden, und war es nicht Solomon, der sich als Erster von ihr zurückgezogen hat? Anfangs war es ein Hin und Her, aber dann ist er verschwunden und hat die Verbindung endgültig gekappt. Obwohl sie den größten Teil ihres Lebens allein war, kann sie die Menschen trotzdem durchschauen.

Das Telefon klingelt, und sie erschrickt.

»Hallo?«

»Hier ist Jane von der Rezeption. Ms Button, ein Mann namens Solomon möchte Sie sehen. Soll ich ihn hochschicken?«

Lauras Herz klopft heftig.

»Ja, danke.« Sie kann kaum atmen.

Eilig läuft sie ins Bad und spritzt sich Wasser ins Gesicht. Was soll sie ihm sagen? Wie soll sie sich weigern, in die Wohnung zurückzukommen? Vielleicht wird sie sich ja auch gar nicht weigern, vielleicht ist es das, was sie sich wünscht. Solomon hat sie wieder einmal gerettet, er wird sie aus diesem Hotel holen, in dem sie sowieso nicht bleiben will.

Es klopft an der Tür.

Sie traut sich nicht, im selben Zimmer mit ihm zu sein. Was sie für ihn empfindet, ist falsch. Bevor sie die Tür öffnet, legt sie die Kette vor.

Solomons dunkler Blick brennt sich in ihren. Sie schluckt. Er schaut auf die Kette.

»Ich verstehe es, wenn du mich nicht sehen willst, ich würde dir keinen Vorwurf machen nach allem, was wir getan haben. Ich möchte mich entschuldigen. Was Bo heute gesagt hat, tut mir leid. Dass ich dich darin bestärkt habe, bei *StarrQuest* mitzumachen, tut mir leid, es tut mir leid, dass ich dich die ganze letzte Woche allein gelassen habe, es tut mir leid, dass ich dich aus deinem Zuhause weggeholt habe. Das tut mir alles sehr leid.«

Lauras Herz pocht. Sie kann nicht klar denken, wenn sie ihn solche Dinge sagen hört.

»Ich mache dir keinen Vorwurf, dass du aus der Wohnung weg bist. Du hast vollkommen recht, und ich würde es dir auch nicht vorwerfen, wenn du keinen von uns je wiedersehen willst.« Er senkt den Blick. »Ich bin nur hergekommen, um dir zu sagen, dass es mir leidtut. Du hast recht, ohne uns bist du besser dran. Die Show wird sich um dich kümmern, mit deinem Talent kannst du so viel erreichen.«

Auf einmal spürt sie seine Haut auf ihrer, und als sie hinunterschaut, sieht sie, dass er die Hand durch den Türspalt gesteckt hat. Es ist nur eine zarte Berührung, aber ihr ganzer Körper prickelt. Sie fühlt einen Adrenalinstoß und gleichzeitig eine bittersüße Traurigkeit. Sie fühlt den Schmerz des Abschieds. Er geht weg von ihr, sie sieht zu, wie es geschieht, ihr Herz klopft und pocht wie eine warnende Trommel. Sie hat sich gewünscht, dass er sie von hier wegholt. Sie wollte, dass er sagt, sie soll zurückkommen. Stattdessen lässt er sie gehen.

»Wenn du mich irgendwann brauchst«, sagt er, beschämt, dass er so etwas vorschlägt – nach allem, was er seiner Meinung nach falsch gemacht hat. »Ich bin da. Ich bin immer für dich da.«

Ehe das letzte Wort ganz heraus ist, verschwindet seine Hand, und er ist fort. Atemlos bleibt Laura zurück, atemlos starrt sie auf den leeren Türspalt.

Der Schmerz in ihrem Kopf scheint auf ihr Herz überzugreifen, ihr ganzer Brustkorb tut weh. Langsam lässt sie sich an der Wand hinunterrutschen, schiebt die Tür zu und bleibt einfach auf dem Boden sitzen, bis das Zimmer dunkel ist. Noch ein Verlust, den sie in dieser kurzen Zeit verarbeiten muss.

Was hat sie nur angerichtet?

25

Was Australien angeht, hat Laura sich geirrt. Je mehr Leute sich für Lyrebird einsetzen, desto schlechter werden die Bedingungen für Bos Dokumentation. Ehe Laura weiß, wie ihr geschieht, hat sie einen vorläufigen Pass, mit dem sie nach Australien fliegen kann, aber Bos Produktionsfirma *Mouth to Mouth* darf sie nicht begleiten. Seit die Menschen von Lyrebirds traurigem und einsamem Leben erfahren haben, haben alle sie ins Herz geschlossen, und jeder möchte ihr helfen.

Am Dienstagabend geht Laura mit einem nagelneuen Kabinenkoffer in der Hand an Bord ihres Flugs nach Australien. Am Donnerstagmorgen um 6.25 Uhr soll sie in Melbourne eintreffen. Im Lauf des Tages wird sie dann Interviews geben und ein Fotoshooting machen, abends ist der große Fernsehauftritt, und am Freitag wird sie Australien mit dem Flug um 22.25 Uhr wieder verlassen und am Samstagabend um 23.20 Uhr wieder in Dublin sein. Knapp zwei Tage in Australien. Zu ihrem Auftritt beim Halbfinale am Montag ist sie also rechtzeitig zurück.

Obwohl sie so früh am Morgen ankommt, wird Laura gleich am Vormittag anfangen müssen zu arbeiten, denn man geht davon aus, dass sie während der dreiundzwanzigstündigen Reise in der ersten Klasse reichlich Zeit hat, sich auszuruhen. In Wirklichkeit jedoch tut sie fast kein Auge zu, weil sie viel zu viele Eindrücke aufnehmen und verarbeiten muss. Sie war noch nie auf einem Flughafen und auch noch nie in einem Flugzeug. Kaum ist sie an Bord, fängt sie an, die neuen Geräusche nachzuahmen – was den Steward beinahe zur Verzweiflung bringt, denn zu diesen Geräuschen gehört auch das Pling der Ruftaste. Nachdem er viermal umsonst bei ihr war, ignoriert er sie, und als sie ihn dann wirklich braucht, um sich mit ihrem Tablett helfen zu lassen, ist er nicht zur Stelle.

Auf dem Flughafen wird sie von Fotografen und Reportern empfangen, kurz darauf sitzt sie in einem schwarzen SUV, der sie zum Langham Hotel bringt. Auf der ganzen Fahrt starrt sie hellwach und mit großen Augen aus dem Fenster – es gibt so viel zu sehen.

Ihre Hotelsuite ist wunderschön. Laura nimmt ein ausführliches Bad und ist gerade dabei einzunicken, als Bianca anruft und ihr sagt, dass der Wagen bereitsteht, um sie zum Fotoshooting in die Dandenongs zu bringen.

Schweigend sitzt sie auf dem Rücksitz des Autos.

Zwischen ihr und Bianca gibt es wenig Gesprächsstoff, aber das ist ihr recht, denn sie ist vollauf damit beschäftigt, all die neuen Akzente, Geräusche, Gerüche, diese ganze unbekannte Umgebung in sich aufzunehmen. Aber obwohl sie sich ganz in diese neue Welt versenken will, fühlt sie sich seltsam unbeteiligt. Als fehle ein Stück von ihr, ein Stück, das sie zu Hause gelassen hat. Sie hat Heimweh. Zweimal in ihrem Leben hat sie so etwas empfunden: Als sie aus Mums und Grannys Haus ins Toolin-Cottage und als sie von dort nach Dublin gezogen ist. Sie fühlt sich abgekoppelt, deplatziert. Ein surreales Gefühl, während alle anderen ihr normales Leben weiterführen.

Fotos mit Lyrebird steht auf dem Terminplan, aber bei der Ankunft stellt Laura fest, dass es sich bei dem Ort für die Session um eine bezaubernde Hochzeitslocation namens Lyrebird Falls handelt, mitten im immergrünen Wald der Dandenongs am Rand von Melbourne gelegen.

Die Crew erwartet sie bereits, und sie schüttelt so viele Hände und hört so viele neue Namen – die sie sofort wieder vergisst –, dass sie kaum Gelegenheit hat, sich umzuschauen, ehe sie zum Make-up und Frisieren Platz nehmen muss. Alle um sie herum sind schwarz angezogen, ausgesprochen freundlich und gesprächig, aber noch immer hat Laura dieses losgelöste Gefühl, als wäre sie zwar da, stünde aber abseits, am Rand, als Beobachterin. Sie schafft es nicht, sich ganz in den Augenblick sinken zu lassen.

Die Crewmitglieder haben allesamt Lauras Auftritt bei *StarrQuest* gesehen und erkundigen sich sehr interessiert nach ihrem ungewöhnlichen Talent – vor allem, wo und wie sie das Imitieren gelernt hat. Als klarwird, dass Laura darauf keine Antwort hat, verstummen die Fragen allmählich, und Bianca schlägt ihr vor, für künftige Interviews ruhig ein paar Antworten vorzubereiten. Noch nie war Laura gezwungen, so viel über sich selbst und über das, was sie tut, nachzudenken. Warum tut sie das, was sie tut? Warum ist sie der Mensch, der sie ist? Aber vor allem fragt sie sich, warum das für andere Menschen überhaupt wichtig sein könnte.

Obwohl auch die Stylistinnen Lauras Auftritt kennen, reagieren sie etwas verunsichert auf Lauras spontane Reaktionen. Beispielsweise als eine von ihnen einen Beutel öffnet und Laura den Laut eines Reißverschlusses augenblicklich imitiert.

»Alles klar mit dir?«, wird sie daraufhin besorgt gefragt.

Aus dem relativ kleinen Behälter zaubert die Stylistin dann ein erstaunlich großes aufklappbares Gestell, und während Laura frisiert wird, hängt sie daran die mitgebrachten Outfits auf.

Als Laura beim Frisieren das Geräusch der Haarspraydose imitiert, sind die Kommentare ähnlich.

»Möchtest du vielleicht ein Glas Wasser?«

»Probst du schon für nachher?«

Weder in den Zeitschriften noch in den sozialen Medien, die sich so ausführlich mit Laura Lyrebird Button befasst haben, ist jemand darauf eingegangen, dass Lauras »Gabe« etwas ganz und gar Natürliches ist. Sie denkt nicht darüber nach, sie legt sich nichts zurecht, sie plant nichts davon als Pose. Lauras Talent ist ein Teil ihrer Persönlichkeit, ihres Charakters. Es ist ihre Veranlagung. So funktioniert und kommuniziert sie – so wie jeder seine eigene Weise dafür hat. Nirgends wird über ihre Spontaneität berichtet, über ihre Eigenheiten, ihre Macken, wenn man es so ausdrücken möchte. Man könnte beinahe den Eindruck gewinnen, dass niemand diesen Aspekt sehen will – er passt nicht ins Bild, er ist nicht wünschenswert. Als wären die einzigen Talente, die heutzutage ernst genommen werden, diejenigen, die man zu Paketen schnüren, sorgfältig einpacken und der Welt hübsch präsentieren kann. Laura kann ihre Laute nicht willentlich an- und abstellen wie einen Wasserhahn, doch nun verlangt man eigentlich genau das von ihr – sie soll sie unter Kontrolle halten und gezielt zum Einsatz bringen. Dabei wussten die Verantwortlichen von Anfang an, was Laura mitbringt.

Kein einziges Mal hat Solomon sie gebeten, still zu sein, oder sie gefragt, warum sie ein bestimmtes

Geräusch macht. Nie. Laura wird fast schwindlig vor lauter Sehnsucht nach ihm.

Sie absorbiert die neuen Geräusche, die neuen Akzente, die andersartige Satzmelodie.

Am Abend soll sie in der *Cory Cooke Show* auftreten. Jack wird ein Interview geben, Will Smith wirbt für seinen neuen Film. Und nach ihm ist Lyrebird an der Reihe.

»Was soll ich denn bei der Show überhaupt tun?«, erkundigt Laura sich bei Bianca.

»Auf dem Programm steht *TBC*«, erklärt Bianca und blickt vom Kleiderständer auf, wo sie sich Outfits auswählt, an sich hält und vor dem Spiegel posiert.

»Und was bedeutet *TBC*?«

Bianca mustert sie einen Moment, um zu sehen, ob die Frage ernst gemeint ist. »*To be confirmed.* Es muss noch bestätigt werden. Das heißt, wir erfahren erst später, was du zu tun hast.«

Eine Stunde später ist Laura geschminkt und frisiert, als Nächstes geht es um ihr Outfit – für die geplanten sechs Fotos sechs verschiedene Möglichkeiten. Sicherheitshalber hat die Crew acht Outfits vorbereitet. Inzwischen haben die Talkshowleute Kontakt mit Bianca aufgenommen und ausgemacht, dass Lyrebird im Studio in der ersten Reihe sitzen wird. Jack wird sein Interview auf der Talkshow-Couch geben, und wenn er über Lyrebird und ihren

Effekt auf die Show berichtet, schwenkt die Kamera zu ihr. Anscheinend darf sie sich glücklich schätzen, dass sie in diesem Studio, bei der großen *Cory Cooke Show*, in der ersten Reihe sitzen darf.

Als kurz darauf die ersten Fotos von Lauras Ankunft auf dem Flughafen auftauchen und in den sozialen Medien der Wirbel um Lyrebirds Anwesenheit in Australien einen Höhepunkt erreicht, wird Bianca von den Zuständigen der Fernsehshow erneut angerufen, denn es gibt eine Planänderung: Laura soll nicht nur den privilegierten Platz in der ersten Reihe bekommen, ihr Status wird noch weiter aufgewertet, indem der Moderator Cory Cooke ihr persönlich zwei Fragen stellen wird. Die Fragen selbst bleiben *TBC* bis nach der Mitarbeiterbesprechung.

Wenig später kommt die Nachricht, dass Lyrebird noch höher gestuft worden ist: Nun soll sie auch noch die berühmte Treppe hinunterschreiten, deren Betreten ausschließlich A-Promis vorbehalten ist. Anscheinend ist dies eine große Ehre, und selbst die coole Bianca scheint Laura plötzlich mit anderen Augen zu sehen. Was Lyrebird tun wird, wenn sie am Ende der Treppe ankommt, ist allerdings noch *TBC*.

Endlich gibt es eine kurze Pause, und Laura kann auf der Veranda ein bisschen frische Luft schnappen und sich entspannen, bevor sie das erste Outfit anprobiert. Zwar hat sie den Druck gar nicht bewusst wahrgenommen, aber hier im Wald breitet sich eine

Ruhe in ihr aus, die sie in letzter Zeit, angetrieben von all ihren neuen Verpflichtungen, beinahe vergessen hat. Sie versinkt in eine Art Trance, ganz im Einklang mit sich selbst. Nicht einmal in den entspanntesten Augenblicken, wenn sie in Dublin mit einer Tasse Tee neben Solomon auf dem Sofa saß und sich mit ihm unterhalten hat, hat sie dieses altvertraute Gefühl erlebt.

Laura schließt die Augen und atmet tief ein. Sie liebt die frische Luft, die Vogelstimmen. Erst als sie sich umdreht, bemerkt sie, dass die gesamte Crew, der Journalist und der Pressefotograf alle zusammen an der Tür stehen und sie anstarren.

»Was ist?«, fragt sie verlegen. »Hab ich meine Frisur ruiniert?«

Wanda, die nette Visagistin, schaut sie amüsiert an und antwortet: »Nein, nein, aber du klangst gerade wie ein Kookaburra.«

»Wirklich?« Laura lächelt.

»Und wie ein Wippflöter«, fügt die Haarstylistin hinzu.

»Dabei weiß ich nicht mal, was ein Wippflöter ist«, grinst Laura.

Alle gesellen sich zu ihr und kommen auf die Veranda, nur Bianca bleibt zurück und schaut nervös auf die Uhr. Man hat sie mit Laura auf diese Reise geschickt, weil sie ungefähr gleich alt sind – Bianca ist ein Jahr jünger als Laura, und diese Tour bedeutet für sie einen großen Karrieresprung. Trotzdem weiß Laura, dass ihre Betreuerin mindestens so aufgeregt ist wie sie, auch wenn sie es hinter ihrem coolen und selbstbewussten Auftreten zu verbergen versucht.

»Da«, sagt Wanda. »Das war ein Kookaburra. Jane, wie klingt der Wippflöter?«

Alle spitzen die Ohren.

»Da«, flüstert Jane und schaut Laura an. »Das war einer.«

Laura schließt die Augen und lauscht. Sie selbst merkt gar nicht, wie sie versucht, den Vogel zu imitieren, aber auf einmal fangen die anderen an, begeistert zu lachen.

»Du bist wirklich ganz erstaunlich!«, rufen sie und machen Laura auf andere Vögel aufmerksam, wobei es sich hauptsächlich um Elstern und Kakadus handelt, weil sie sich weiter gar nicht groß auskennen. Aber Laura braucht auch gar nicht zu wissen, wie die Vögel alle heißen, sie genießt einfach die neuen Stimmen und ist dankbar, dass sie zusammen mit den anderen einen Moment Pause machen darf – obwohl Bianca mit zunehmender Sorge darauf hinweist, dass sie den Zeitplan inzwischen deutlich überschritten haben.

»Das ist so schön«, sagt Jane, hebt das Gesicht zum Himmel und schließt die Augen. »Manchmal tut es so gut, einfach … innezuhalten.«

In schweigendem Einverständnis nicken die anderen, atmen tief die frische Waldluft ein, nehmen begierig diesen Augenblick in sich auf, bevor das Hamsterrad sich wieder zu drehen beginnt – weitere Termine, dann nach Hause zur Familie oder zurück ins Studio, immer in Bewegung, immer das nächste Projekt vor sich. Aber gerade, in diesem Moment, sind sie ganz im Hier und Jetzt.

»Du bist gerade zur rechten Zeit gekommen«, meint Wanda. »Lyrebirds paaren sich nämlich mitten im Winter, die Männchen fangen eine halbe Stunde vor Sonnenaufgang an zu singen – und zwar, als ginge es um Leben und Tod«, fügt sie lachend hinzu.

»Und wisst ihr, was das Verrückte ist?«, ruft Bianca plötzlich. »Das Verrückte ist, dass es womöglich nicht mal ein echter Kookaburra ist, den du imitierst«, erklärt sie, an Laura gewandt.

Alle drehen sich zu ihr um.

»Vielleicht imitierst du ja einen Lyrebird, der einen Kookaburra imitiert.«

Ein interessanter Einwurf – ausgerechnet von Bianca! Sie wirkt selbst überrascht, aber sie lacht zusammen mit Laura wie über einen gelungenen Insiderwitz.

Im Outfit Nummer eins folgt Laura dem Team zur ersten Aufnahme nach draußen. Alle mustern sie neugierig – die Stylistinnen, der Pressefotograf, der Fotograf der Zeitschrift und seine Kollegin, die Journalistin Grace. Ihre Blicke machen Laura ein wenig verlegen.

Obgleich der Juni in Australien eigentlich zum Winter gehört, ist die Vegetation üppig grün. Die Luft ist frisch, und nach den klimatisierten Flugzeugen und Hotelzimmern ist Laura froh darüber, dass sie endlich ihre Lungen füllen kann. Sie würde liebend gern einen Spaziergang machen, aber die Stylistin möchte nicht, dass ihre Schuhe, die viel zu groß sind und mit einem Papiertaschentuch ausgestopft werden mussten, schmutzig werden. Auch das Kleid ist zwei Nummern zu groß und musste im Rücken mit Klammern zusammengerafft werden, so dass Laura sich kaum bücken kann und obendrein aufpassen muss, dass die Klammern nicht ins Bild geraten.

Während ihr Make-up noch einmal aufgefrischt wird und der Fotograf das Licht überprüft, hört Laura, wie Bianca am Telefon jemandem die tolle Neuigkeit erzählt, dass Lyrebird in der *Cory Cooke Show* die berühmte Treppe hinabschreiten wird. Auch das Team ist beeindruckt. Lyrebird wird nicht auf der Couch und auch nicht in der ersten Reihe sitzen. Ob sie überhaupt sitzen wird, ist *TBC*. Laura lacht leise in sich hinein. Und da hält man *sie* für sonderbar? Sie muss wieder lachen. Ob die Leute das wohl immer noch denken?

Dann nimmt einer der Fotografen sie beiseite, um

unter vier Augen mit ihr zu sprechen, anscheinend über etwas sehr Wichtiges. Der Mann sieht gut aus, sein T-Shirt spannt sich über seinem Bizeps, die schwarze Jeans sitzt tief auf den Hüften und offenbart eine beeindruckende V-Linie. Laura überlegt, ob er wohl Unterhosen trägt. Irgendwie hat sie das Gefühl, dass er mit ihr flirtet, obwohl er eigentlich nur die Aufnahmen bespricht. Aber da ist etwas in seinem Gesicht. In den Lippen, in den Augen. Der Gedanke – und die Unterwäsche-Frage – ist reizvoll. Doch dann merkt sie plötzlich, dass er nicht nur ihr diese intensive Aufmerksamkeit zuteilwerden lässt, sondern seiner ganzen Umgebung – ein Blick aus konzentriert zusammengekniffenen Augen, ein gespitzter Mund, eine Hand, die versonnen durch die Haare fährt. Er flirtet mit allem, was er sieht.

Auf einmal ist Laura sehr müde. Im Hotel hat sie zwar etwas Obst gegessen, aber vielleicht war es nicht genug. Sie fühlt sich ein bisschen schwach, ein bisschen schwindlig. Alle diese Leute, so viele neue Eigenarten, so viel zu analysieren und zu verstehen, um mit diesen Menschen zusammenarbeiten zu können; das ist anstrengend. Bianca scheint es ähnlich zu gehen, denn sie sitzt ein Stück abseits und nippt mit halb geschlossenen Augen an einer Flasche Wasser.

Laura schaut sich im Wald um. »Warten wir darauf, dass ein Lyrebird ins Bild fliegt …?«

»Nein, nein, es wird einer hergebracht«, erwidert Grace und lächelt.

Und genauso ist es. Laura haben sie einfliegen lassen, und auf ähnliche Weise trifft nun der echte Lyrebird ein, herbeigetragen von einem Ranger, der den verschreckten Vogel in seinem Käfig auf dem Waldboden absetzt. Er sieht aus wie ein Perlhuhn mit einem langen Hals und einem beeindruckenden Gefieder.

Nun erklärt der Fotograf Laura noch, wo sie stehen soll. Ihre Schuhsohlen sind mit Klebeband geschützt, damit sie nicht schmutzig werden, und man hat sie gebeten, die Spitzen möglichst nicht zu verschrammen, weil die Schuhe heute Abend ins Geschäft zurückgebracht werden müssen. Alle beobachten Laura gespannt.

Aber sie hat keine Ahnung, was von ihr erwartet wird. Glaubt hier jemand, dass sie mit dem Vogel plötzlich ein Gespräch in der geheimen Lyrebird-Sprache anfangen wird? Es ist ein Vogel! Ein gestresster Vogel obendrein, den man seiner Freiheit beraubt und in einen Käfig gesperrt hat. Man hat ihn im Auto durch den Naturpark transportiert und dann neben einer von Jetlag geplagten jungen Frau abgesetzt. Laura weiß, dass sie trotz ihres Spitznamens ein Mensch ist, und zwar keiner, der Superkräfte besitzt, durch die er mit gefiederten Kreaturen kommunizieren oder sie auch nur verstehen kann.

Auch der Lyrebird besitzt diese Eigenschaften nicht, er ist ein Imitator, genau wie Laura. Trotzdem ruhen die Augen aller Anwesenden gespannt auf ihnen, sichtlich ergriffen von der Begegnung dieser beiden Spezies.

Der Fotograf will den Lyrebird erst in die Freiheit entlassen, wenn sie noch ein weiteres Mal die Belichtung überprüft haben. Der gefangene Lyrebird ist verzweifelt. Laura imitiert seine Geräusche und beobachtet ihn aufmerksam. Sobald die Käfigtür offen ist, ergreift er die Flucht und versucht, sich hinter einem Baum in Sicherheit zu bringen.

»Das kann ich dir echt nicht verübeln«, sagt Laura laut und folgt dem Vogel, ohne auf die warnenden Rufe zu achten, dass ihr Rücken samt den Klammern an ihrem Kleid ins Bild zu kommen droht. Sie streift die Schuhe ab, und die Stylistin stürzt sofort herbei, um sie aufzuheben. Als Laura sich ziemlich nah an den Vogel herangepirscht hat, bleibt sie stehen und betrachtet ihn, nimmt ihn ganz genau in Augenschein.

Der Lyrebird imitiert das Klicken der Kamera. Laura lacht und kauert sich nieder. Der Fotograf fordert sie auf, näher heranzugehen, aber sie weiß, dass der Vogel dann wieder die Flucht ergreifen würde – sie würde das Gleiche tun. Und vielleicht sollte sie es auch.

Auch der Fotograf ist in die Hocke gegangen und versucht, die richtige Perspektive zu bekommen.

Dabei spricht er unablässig mit Laura, erklärt ihr, dass sie das Gesicht hierhin und dorthin wenden soll, das Kinn senken oder heben, ihre Hand öffnen, eine Faust machen, den Arm ablegen, den Arm entspannen. »Schau den Lyrebird an, schau über ihn drüber. Tu so, als würdest du den Lyrebird ansehen, schau über seinen Kopf hinweg in die Ferne. Kneif nicht die Augen zusammen. Mach sie zu und bei drei wieder auf. Nicht so ungeschickt, spitz die Lippen, beug das Knie, neig das Kinn, nein, nicht so herum, in die andere Richtung. Nimm Kontakt mit dem Lyrebird auf.«

Wenn der Fotograf noch einen Schritt näher kommt, wird Laura weglaufen und sich verstecken. Sie wird genau das Gleiche tun, was diese seltsame kleine Kreatur tut.

Auf einmal erinnert sie sich daran, wie sie als Kind einmal draußen gespielt, aber die Zeit aus den Augen verloren hat. Sie sollte zum Lunch wieder zurück sein, aber als sie heimkam, war eine Kundin da. Ein Auto stand in der Auffahrt, Kinder spielten im Garten, während sie auf ihre Mutter warteten. Noch nie war Laura anderen Kindern so nah gewesen. Sie hatte in Büchern von Kindern gelesen, hatte im Fernsehen Kinder gesehen, sie bei Ausflügen durchs Autofenster draußen beobachtet. Aber jetzt versteckte sie sich vor ihnen im Wald, so nah, dass sie das Gefühl hatte, zu ihnen zu gehören, aber so weit weg, dass sie nichts von ihrer Existenz mitbekamen. Als sie im Bach Winnie-Puuh-Stöckchen spielten, warf sie sogar ein eigenes Stöckchen und tat so, als gehöre sie dazu, während die Kinder dachten, das Stöckchen wäre einfach vom Baum gefallen. Danach plante sie ihre Versteckabenteuer genauer. Beobachtete ungesehen Wanderer und Spaziergänger, Jäger und Jogger.

Als Laura aufblickt, sieht sie Tränen in den Augen der Visagistin. Beide Fotografen sind in ihre Arbeit vertieft. Laura ist nicht sicher, welche Laute sie bei ihrer Kindheitserinnerung von sich gegeben hat, aber anscheinend haben sie die anderen traurig oder vielleicht wehmütig gemacht. Erst als der Lyrebird sie nachahmt, wird ihr klar, wie sie geklungen hat, denn der Vogel gibt ein ausgelassenes Kinderlachen von sich. Laura schaut ihn verblüfft an. Und er erwidert ihren Blick ganz direkt.

Dann schweigen sie beide. Laura blickt tief in seine kleinen Knopfaugen und fragt sich, ob sie vielleicht tatsächlich Kontakt zueinander aufgenommen haben, vielleicht haben die anderen doch recht, vielleicht verstehen sie einander, der Vogel und sie.

Der Fotograf kommt näher, und der Lyrebird macht sich aus dem Staub. Enttäuscht lässt der Fotograf die Kamera sinken. Laura schaut dem Vogel nach, froh, dass er entwischt ist. Sie hofft, er findet seine Gefährtin. Und sie sehnt sich nach einem Gefährten für sich.

Um 21.42 Uhr an diesem Abend, nach Jacks Interview, in dem er über seine früheren Erfolge gesprochen hat, über seine Drogenexperimente, seinen Entzug, seine gescheiterte Ehe, schließlich über seinen Weg zurück nach oben und den unerwarteten Durchbruch mit *StarrQuest*, kündigt Cory Cooke seinen nächsten Gast an: Lyrebird.

»Seit Michael Winslow, dem Mann der zehntausend Soundeffekte, bekannt auch durch die *Police Academy*-Filme, haben wir so etwas nicht mehr erlebt. Unter dem Namen Lyrebird ist unser nächster Gast bei der Talentshow *StarrQuest* in Irland aufgetreten und hat zweihundert Millionen Aufrufe auf YouTube dafür geerntet. Das ist schlicht überwältigend.«

»Inzwischen genau genommen zweihundertzwanzig Millionen«, unterbricht Jack, und das Publikum lacht.

»Noch besser«, meint Cory und stimmt in das Lachen ein. »Hier ist sie – Lyrebird!«

Die Zuschauer begrüßen sie begeistert, beinahe so begeistert wie vorhin Will Smith.

Laura trägt ein apartes rotes Kleid, das so eng ist, dass die Stylistin es spöttisch als Bandage bezeichnet hat. Lauras Lippen sind knallrot geschminkt, und sie hat Angst, den Mund zu bewegen, weil sie den Lippenstift nicht verwischen möchte. Die Absätze ihrer offenen Pumps sind so hoch, dass sie beim

Schreiten spürt, wie ihre Knöchel zittern. Oben an der berühmten Treppe hält sie, wie man es ihr gesagt hat, kurz inne, winkt dem Publikum im Saal und den Zuschauern am Fernsehbildschirm anmutig zu, und steigt dann die Stufen hinab, die nur von den größten Berühmtheiten betreten werden dürfen. An der Stelle, die man ihr zugewiesen und mit einem Klebeband markiert hat, bleibt sie stehen und begrüßt den Moderator. Sie nimmt weder auf der Couch noch in der ersten Reihe Platz. So ist es dreißig Minuten vor diesem Augenblick bestätigt worden.

»Willkommen in der Heimat des echten Lyrebird, Lyrebird.«

»Danke.« Sie lächelt.

»Wie war dein Flug?«, fragt Cory. »Ich habe gehört, du bist zum ersten Mal geflogen?«

Laura ahmt die Durchsagenglocke nach, dann das Pling der Ruftaste für den Steward und zuletzt das Klicken des Sicherheitsgurts.

Die Zuschauer lachen.

»Soweit ich weiß, hattest du heute ein Fotoshooting mit einem Lyrebird. Wie war es denn, die Familie zu treffen?«

Die Zuschauer lachen.

Laura ahmt das Klicken der Kamera nach, den Kookaburra, die Elster, den Wippflöter und den Kakadu.

Die Zuschauer sind hingerissen.

»Vorhin haben wir mit Jack über die unglaubliche Reaktion auf deine Darbietung gesprochen, darüber, was es für ihn und für seine Show bedeutet. Ich kann mir gar nicht vorstellen, wie es für dich war. Bist du nach diesen Reaktionen froh, dass du mitgemacht hast?«

»Das bin ich«, antwortet sie. »Es war überwältigend, alle sind so nett zu mir, und hierherzukommen …« – sie macht wieder das Geräusch den Sicherheitsgurts, der Ruftaste, der Kamera – »… war eine phantastische Erfahrung. Mein Leben hat sich vollkommen verändert.«

»Worauf hoffst du nach dieser Erfahrung? Auf eine eigene Sendung? Möchtest du im Fernsehen arbeiten oder vielleicht auf der Bühne?«

Laura überlegt. Offensichtlich zu lange für eine Livesendung, denn Cory schiebt direkt weitere Fragen hinterher: »Warum hast du dich bei *StarrQuest* beworben? Kanntest du Jack schon vorher? Warst du Fan von ihm?«

»Nein.« Laura schüttelt den Kopf, und die Zuschauer lachen. Jack greift sich in gespieltem Entsetzen an den Kopf.

»Du wolltest, dass sich dein Leben verändert«, sagt Jack zusammenfassend. Er hofft auf ein zügiges Ende mit einer guten Antwort.

»Mein Leben hatte sich schon total verändert«,

antwortet sie. »Mein Vater ist gestorben. Mein Onkel wollte mich nicht mehr auf seinem Land wohnen lassen, meine Mutter und meine Großmutter sind seit vielen Jahren tot. Ich hatte keine Wahl. Ich musste mich auf die Veränderung einlassen. Ich musste ins kalte Wasser springen und ein neues Leben beginnen.«

Ihre Antwort scheint den Moderator zu rühren, und er schaut sie mit aufmerksameren Augen an, ein Blick, dem man für einen Moment ansieht, dass er nicht nur den Stimmen in seinem Ohr lauscht.

»Nun, Lyrebird, im Namen von ganz Australien wünschen wir dir alles Glück der Welt und hoffen, dass dein Leben sich zu weiteren Höhenflügen aufschwingt.«

»Das war einwandfrei«, sagt Jack und nimmt sie hinter der Bühne in den Arm. »Hast du gesehen, wie glatt das alles lief? Bis du zum Halbfinale ins Studio gehst, bist du ein alter Profi.«

Jack, Curtis und das Team gehen zusammen essen. Jack möchte, dass Laura beim Dinner noch ein paar weitere Leute kennenlernt, aber sie besteht darauf, ins Hotel zurückzukehren. Sie braucht Schlaf, sie muss allein sein, sie muss sich eine Weile zurückziehen. Sie weiß nicht, wie Jack es aushält, die ganze Zeit mit so vielen Menschen zusammen zu sein, immer auf Draht. So viel Energie zu investieren hat sie völlig ausgelaugt. Dazu kommt noch der Jetlag, und inzwischen schwankt der Boden unter ihren Füßen, als befände sie sich auf hoher See.

Sie läuft zum Aufzug und trifft dort zu ihrer Überraschung auf Bianca.

»Gehst du nicht mit den anderen aus?«, fragt Laura erstaunt.

Bianca schließt die Augen und stöhnt leise. »Nein, ich bin abgehauen. Hattest du schon mal das Gefühl, wenn jemand dir noch *eine* Frage stellt, springst du ihm ins Gesicht?«

Laura ist perplex.

Bianca lacht. »Ich hab nicht dich gemeint.«

»O gut«, antwortet Laura erleichtert, und hat auf einmal das Gefühl, dass der Kontakt zwischen ihr und Bianca allmählich Fortschritte macht.

»Ich bin todmüde. Und ich bin nicht gern mit so vielen Leuten zusammen.«

Wieder ist Laura verwirrt. »Aber du machst das doch so gut.« Den ganzen Tag hat Bianca alles für Laura organisiert, hat Leute begrüßt und Termine geplant.

»Eine Zeitlang geht es«, erklärt sie, »aber irgendwann kriege ich das Gefühl, dass die Leute mir jede Energie abgesaugt haben und ich dringend meine Batterie aufladen muss.«

Überrascht sieht Laura sie an. »Dann bin ich also nicht die Einzige, der es so geht.«

»Nein, ganz bestimmt nicht«, bestätigt Bianca mit einem Gähnen. »Meine Mom sagt immer, das kommt daher, dass ich ein empathischer Mensch bin. Ich spüre die Energien anderer Menschen, und das zehrt an mir. Aber ich glaube, meine Mom will mir einfach nur was Nettes sagen.« Der Aufzug hält, und die Tür geht auf. »Ich glaube nämlich, es kommt eher daher, dass ich so ein Biest bin.«

Der Ton, in dem sie das sagt, bringt Laura zum Lachen, und auch Bianca kichert, während sie zu ihrem Zimmer geht. »Gute Nacht!«

Laura sitzt nackt auf dem riesigen Hotelbett, sie hat alles abgestreift, was man ihr vor der Show zum Anziehen gegeben hat. Diese Klamotten fühlen sich an wie eine Uniform, aber die Sachen, die sie in ihrem alten Leben getragen hat, kommen ihr nicht mehr angemessen vor.

Als sie in ihrer Tasche nach dem Terminplan wühlt, fällt ihr das Blatt in die Hand, das Bianca ihr vor ein paar Stunden in die Hand gedrückt hat.

Interview mit Cory Cooke:

Frage 1: Lyrebird, wie war die Reise nach Australien? Dein erster Flug?
Lyrebird: Flugzeuggeräusche. Sicherheitsgurt, Ruftaste.
Frage 2: Wie war die Begegnung mit dem echten Lyrebird?

Lyrebird: Kookaburra, Kameraklicken, Elster, Kakadu, Wippflöter.

Frage 3: Bist du froh, dass du in der Show aufgetreten bist?

Lyrebird: Es war überwältigend, und alle waren so nett zu mir, und hierherzukommen war eine phantastische Erfahrung. Mein Leben hat sich völlig verändert.

Sie zerknüllt das Blatt und ekelt sich vor sich selbst. Sie führt sich auf wie ein dressierter Affe. Jack hat es ihr als Feinschliff ihres Talents verkauft, aber sie muss unwillkürlich an den Schleifstab denken, an dem Granny das Tranchiermesser für den Sonntagsbraten geschliffen hat. Das hat ihr als Kind immer Angst gemacht, das Geräusch, der Anblick und der Ausdruck auf Grannys Gesicht, wenn sie die Klinge über den Stahl gezogen hat – vor allem, weil sie wusste, was alle über Granny dachten.

Als das Telefon auf dem Nachttisch klingelt, flammen die Kopfschmerzen wieder heftig auf, direkt hinter ihren Augen. Die Migräneanfälle werden immer schlimmer. Sie ignoriert das Telefon, weil sie denkt, es ist sicher *StarrGaze* mit irgendwelchen neuen Aufträgen. Sie ahnt nicht, dass es Solomon ist, der gerade aufgestanden ist und verzweifelt wissen möchte, wie sie zurechtkommt. Stattdessen verkriecht sie sich unter der Decke und vergräbt den Kopf unter einem Kissen, um das Klingeln nicht zu hören. Keine Geräusche mehr.

So schläft sie ein, nackt unter der Decke, zum Klang von Grannys Messerschleifen. Mit konzentriertem Gesicht richtet sie das Messer aus, immer wieder.

26

Der Boden schwankt unter Lauras Füßen. Sie hat das Gefühl, in einem Boot zu sitzen. Vorgestern um diese Zeit war sie noch in Australien. War es vorgestern? Oder vielleicht vorvorgestern? Wie viel Zeit hat sie auf dem Flug verloren? Sie ist nicht sicher. Sie weiß, es ist Montagabend, der Tag des Halbfinales. Gestern waren den ganzen Tag Proben. Vor ein paar Tagen war Winter, jetzt ist Sommer. Sie erinnert sich nicht mehr. Der Sturm wird stärker, die Wellen werden heftiger. Sie streckt den Arm aus, um sich an der Wand festzuhalten. Jemand ergreift ihre Hand.

Es ist Gloria, die Choreographin von *StarrQuest*. Sie wirft ihr einen tadelnden Blick zu. »Das ist die Kulisse«, zischt sie.

Natürlich. Wenn Laura sich dagegengelehnt hätte, wäre der ganze Aufbau zusammengebrochen. Oder nicht? Kulissen müssten doch eigentlich aus festerem Material sein. Die Wand ist mit Blümchenmuster tapeziert, das soll wohl aussehen wie ein Wohnzimmer – wie das Wohnzimmer einer Seniorin. Ob die Nummer, die gerade beginnt, etwas mit dem Wohnzimmer einer alten Frau zu tun hat? Laura kann sich nicht richtig auf die Darbietung konzentrieren. Seit ihrer Rückkehr ist Laura ständig von nicht realen Dingen umgeben. Die künstlichen Zimmer, die provisorischen Leitungen, die falschen Wände, die freiliegenden Decken, die Kehrseiten, die Hintertüren – der Blick hinter die Kulissen der glamourösen Fernsehwelt. Sie hat Hotels durch die Küche verlassen, Restaurants durch den Notausgang, sie hat mehr Gebäude durch zugemüllte Hintertüren betreten als durch normale Eingänge. Sie kriecht durch Zwischenwelten, an Rändern und Rückseiten entlang, um dann plötzlich nach vorn ins Scheinwerferlicht gestoßen zu werden. Man erwartet von ihr, dass sie durch die Dunkelheit geht und strahlend wieder aus ihr hervorkommt. Erneut bewegt sich der Boden unter ihren Füßen, der Jetlag schlägt zu. Sie kneift die Augen zu und holt tief Atem.

»Okay?«, fragt Bianca, die nach der Australienreise zwar ein paar Tage freihatte, um sich zu erholen, aber schon nach einem Tag zurückgekommen ist, pünktlich zu Lauras Auftritt heute Abend – eine Geste, für die ihr Laura sehr dankbar ist.

Nur noch wenige Momente bis zu ihrer Halbfinalnummer. Sie haben Laura als Letzte eingeplant, damit sie sich ein bisschen ausruhen kann. Anscheinend war auch das Biancas Idee. Aber als Laura sich hingelegt hat, drehten sich die Gedanken in ihrem Kopf und wollten sich nicht abschalten lassen, gnadenlos kauten sie alles durch, was in der letzten Woche passiert ist, immer wieder. Vermutlich wäre es einfacher gewesen, in Bewegung zu bleiben, denn in einer kleinen Studiogarderobe war es unmöglich für sie, zur Ruhe zu kommen. Das Gebäude pulsiert förmlich, Kandidaten und Produzenten verströmen gleichermaßen ihre nervöse Energie. Die Show ist unter mikroskopischer Beobachtung, denn seit Lauras Auftritt ist sie weltberühmt, und der Druck, eine ständig wachsende Zuschauerzahl unterhalten zu müssen, ist enorm.

Menschen, die selbst supernervös sind, haben Laura eingeschärft, bloß nicht nervös zu sein, panische Produzenten haben ihr geraten, bloß nicht panisch zu werden. Ein erschöpfter Moderator hat ihr erklärt, sie könne unmöglich müde sein, weil er selbst in ihrem Alter um die Welt gereist ist, jeden Tag ein anderes Land, jeden Abend eine andere Bühne. Laura war in Versuchung, ihn daran zu erinnern, dass er mit diesem Terminplan nicht sonderlich gut zurechtgekommen ist – Alkohol- und Drogenexzesse, Scheidung, Zusammenbruch, Verzweiflung, dann ein mühevoller Entzugsprozess, ein ruhiges Leben und ein Neustart mit einer Realityshow. Anscheinend dürfen junge Leute nicht unter Jetlag leiden – als wären junge Leute immun gegen die Strapazen, die man ihnen zumutet.

Wieder schwankt der Boden unter Lauras Füßen.

Sie atmet tief durch die Nase ein und durch den Mund langsam wieder aus. Auf dem Heimflug hat Bianca ihr sofort das »Skript« für ihren nächsten *StarrQuest*-Auftritt in die Hand gedrückt. Da Lauras einstudierter Auftritt in der *Cory Cooke Show* ein Riesenerfolg war, der sich rasend schnell in den Medien verbreitete, hat man beschlossen, ihre nächste Darbietung in eine andere Richtung zu lenken, nämlich eine Richtung, die man vorausbestimmen, managen, kontrollieren und planen konnte.

»Du wirst großartig sein. Alle brennen darauf, dich zu sehen«, sagt Tommy, der Aufnahmeleiter, und tätschelt Lauras Arm.

Laura lächelt nur schwach, mehr Energie bringt sie nicht auf. »Ach, da bin ich nicht so sicher. Aber es ist nicht das Lampenfieber, es ist der Jetlag …«

»Ach, du bist doch viel zu jung, um Jetlag zu haben«, lacht Tommy.

Einen Moment überlegt Laura, ob man diesen Satz allen Mitarbeitern eingetrichtert hat, um sie bei der Stange zu halten, oder diese Überzeugung wirklich so verbreitet ist.

Auf einmal hört sie Wasser plätschern, Ruder gegen Bootswände schlagen, und merkt im nächsten Moment, dass die Geräusche von ihr selbst ausgehen. Es ist eine Erinnerung an einen Bootsausflug mit Mum und Granny. Auf dem Tahila Lake im County Kerry, in einem ihrer seltenen Urlaube, außerhalb der Saison natürlich, um möglichst keinem Menschen zu begegnen. Wenn sie verreisten, geschah es immer außerhalb der Saison. Granny hasste das Wasser und konnte auch nicht schwimmen. Stattdessen setzte sie sich auf einen Felsen am Ufer und strickte. Aber sie half, den Fisch auszunehmen und zu braten, den Mum und sie gefangen hatten.

Mit einem traurigen Lächeln im Gesicht schaut Tommy sie an.

»Alles gut mit dir?«, fragt Laura.

»Ja. Ja«, antwortet er kopfschüttelnd. »Mein Vater war Fischer. Ich war manchmal im Boot mit ihm draußen.« Er will mehr sagen, verstummt aber. »Na egal, du musst dir das nicht anhören … Ich bin sicher, dass dich ständig irgendwelche Leute mit ihren Geschichten zutexten. Du hast mich einfach in die Vergangenheit zurückversetzt, das war alles.«

Das Publikum applaudiert, die Nummer ist fertig. Lauras Herz hämmert, ihr Mund ist trocken, ihre Beine zittern. Sie braucht dringend ein Glas Wasser. Jetzt grölt das Publikum, es gibt eine Werbepause, und Laura hat das Gefühl, dass ihre Rippen vom Lärm der Menge vibrieren. Das Adrenalin des fünfhundertköpfigen Studiopublikums sendet elektrische Impulse in ihr Herz und ihren Bauch.

Die Tänzer reihen sich um sie herum auf, strecken die Beine bis hinauf zu den Ohren, klopfen einander auf den Rücken, auf den Hintern, wünschen einander

Glück. Gloria, die Choreographin, überwacht alles. Wie immer ist sie ganz in Schwarz gekleidet, mit dickem schwarzem Lidstrich und dem üblichen grimmigen Gesicht. Aufmerksam wandern ihre Blicke umher, sie beurteilt, kalkuliert und bewertet, nicht nur das Tanzen, sondern alles, was jeder Einzelne sagt und tut. Als sie merkt, dass Laura sie anschaut, gibt sie ihr noch ein paar letzte Anweisungen. Laura versucht, sich zu konzentrieren, aber Glorias Gesicht ist so angespannt, dass Laura nur das Geräusch eines Korkenziehers hören kann, der sich dreht und dreht, bis der Korken schließlich aus der Flasche hüpft.

Gloria runzelt die Stirn noch mehr. Laura weiß nicht, wie sie sich verständlich machen soll.

Jetzt gibt Tommy ihr das Zeichen. Sie ist dran. Ihr Magen flattert. Als alle sie verwundert anschauen, merkt sie, dass sie ein Geräusch von sich gegeben hat, als würde sie sich übergeben. Wie damals, als sie sich mit den Wildpflanzen noch nicht richtig auskannte und die falschen Pilze gepflückt hat. Auch Tommy schaut sie an, mit großen, erschrockenen Augen, unsicher, ob sie es ernst meint oder nicht. Aber das Geräusch war anscheinend so überzeugend, dass er sie behandelt, als hätte sie sich tatsächlich übergeben. Als Laura das letzte Mal so nervös war, hat Solomon ihr geholfen. Sie erinnert sich an das Gefühl, sein Atem an ihrem Ohr, sein Geruch in ihrer Nase, seine Nähe. Er hat ihr gesagt, sie sei schön. Immer hat seine

Anwesenheit sie beruhigt, und sie sehnt sich so nach ihm. Wenn er doch nur hier wäre. Aber sie weiß, dass sie es war, die sich von ihm zurückgezogen hat. Es ist ihre Schuld, dass er nicht hier ist.

»Geht es wieder? Wasser?«

Tommys Pupillen sind groß. Er hat Panik. Sie sind mitten in einer verfluchten Liveshow, und der Star des Abends dreht durch.

»Alles gut«, erwidert Laura zittrig.

Sie folgt ihm auf die Bühne, und kaum geht sie die wenigen Stufen hinauf, bricht das Publikum in donnernden Applaus und lauten Jubel aus. Laura lächelt scheu, aber sie fühlt sich ein bisschen weniger allein. Sie winkt und nimmt ihren Platz auf der weißen Markierung ein. Hier beginnt ihr Auftritt. Eine Frau in der ersten Reihe lächelt ihr zu und reckt den Daumen in die Höhe. Laura erwidert das Lächeln. Es sind nur Menschen, die hier sitzen. Eine Menge Menschen. In diesem einen Raum befinden sich mehr Menschen, als sie in ihrem ganzen Leben kennengelernt hat. Aber wegen dieser Menschen macht sie sich keine Sorgen – der Grund für ihre Verunsicherung liegt in ihr selbst.

Tommy zählt die Zeit bis zum Wiederbeginn der Show herunter. Eine Minute. Die Tänzer nehmen ihre Eröffnungspositionen ein. Lauras Herz klopft laut, und sie ist sicher, dass man es überall im Saal hören kann. Plötzlich beginnen die Zuschauer zu lachen, und ihr wird klar, dass sie gerade ihren eigenen Herzschlag imitiert hat.

Sie blickt zu Jack, auch er grinst breit. Und zwinkert ihr verschwörerisch zu. Harriet von der Maske pudert sein Gesicht, er sieht erschöpft aus. Er sieht genauso aus, wie Laura sich fühlt.

Sie steht im Zentrum der riesigen Bühne, die Tänzer sind bereit, die Kameras in Stellung, und nun wird ihr Erkennungsvideo eingespielt.

»Die letzte Woche hat für mich alles verändert. Vorher habe ich völlig zurückgezogen im Wald gelebt, und jetzt kennen plötzlich alle meinen Namen.« Man sieht Laura die Grafton Street entlanggehen, dann eine Menschenmasse, die sie verfolgt. Alles wird im Zeitraffer gezeigt, wie in einem alten Stummfilm. Alles natürlich absichtlich so in Szene gesetzt. Hat man es gestern gefilmt – oder heute Morgen?

Dann kommen die Sätze, die Laura völlig verunsichert haben. Sie wollte alles umformulieren, was man ihr auch freundlich gestattete. Doch die Version, die jetzt läuft, ist natürlich die ursprüngliche, die der Produzenten. Die Sätze sind sorgfältig bearbeitet, Lauras Gesicht wird bei jedem davon herangezoomt und von einem Trommelschlag begleitet, um das Ganze dramatischer zu gestalten und zu betonen, was auf dem Spiel steht.

»Ich möchte nicht wieder dorthin zurück, wo ich war.« Bumm.

»Das ist meine Chance, groß rauszukommen.« Bumm.

»Die ganze Welt beobachtet mich.« Bumm.

»Ich werde um meinen Platz im Finale kämpfen.« Bumm.

»Aufgepasst, Leute!« Bumm.

»Hier kommt Lyrebird.« Bumm.

Beim Klang ihrer eigenen Stimme zuckt Laura jedes Mal zusammen. Die Sätze klingen genauso hohl, wie sie sich beim Sprechen angefühlt haben. Sie mag die Frau in diesem Video nicht besonders. Sie mag die Frau nicht, die hier porträtiert wird. Sie mag es nicht, dass Mädchen und Frauen jetzt zu Hause sitzen und über diesen einen Moment in ihrem Leben nachdenken, in dem sie sich werden beweisen müssen. Diesen Moment gibt es nicht. Niemals hängt etwas Großartiges von einem einzigen solchen Moment ab.

Plötzlich beginnt die Musik, Laura fühlt den Rhythmus in der Brust, die Lichter werden heller, die Zuschauer jubeln. Showtime!

Sie setzt sich in Bewegung. Sie befindet sich auf einem Laufband, hinter ihr sieht man auf einer großen Leinwand Waldszenen. Animierte Waldszenen. Sie bewegen sich so, dass es aussieht, als spaziere Laura durch den Wald. Ihre langen blonden Haare sind zu Zöpfen geflochten und mit zwei mädchenhaften roten Schleifen zusammengebunden. Sie trägt ein Minikleid mit Puffärmeln und eine blau-weiß karierte Schürze. In der Hand hält sie einen Weidenkorb. Ihr ist nicht klar, ob sie eher Dorothy aus dem *Zauberer von Oz*, Rotkäppchen oder Gretel darstellen soll. Als man ihr das Kostüm kurz nach ihrer Rückkehr aus Australien gezeigt hat – sie hatte gerade erst das Flugzeug verlassen –, war es ihr ziemlich egal.

Zur Vervollständigung des Looks trägt sie weiße Kniestrümpfe und rote Spangenschuhe mit kleinen Absätzen.

Die Musik spielt »If You Go Down to the Woods Today«, allerdings in einem Remix, einer Art Dance-Version. Laura imitiert den Klang ihrer Absätze auf dem Boden, und das Publikum lacht. In der Realität würden ihre Absätze auf dem Waldboden niemals solche Geräusche machen – das hat sie Gloria und jedem, der bereit war, ihr zuzuhören, auch erklärt, aber alle meinten, es handle sich ja um eine erweiterte Realität. Auf diese Weise gelangt Laura zu einem Häuschen im Wald, das aus Süßigkeiten besteht. Sie isst ein paar Sachen, leckt an ein paar Sachen, macht die entsprechenden Geräusche, und das Publikum lacht wieder. Dann ahmt sie ein Klopfen nach, die Tür geht auf, und drei sexy aufgemachte Schweinchen kommen herausgerannt, verfolgt von einem männlichen Wolf. Laura späht hinein und entdeckt in der Hütte drei hübsche Bärenmänner – drei Tänzer mit freiem Oberkörper. Sie probiert die drei Männer nacheinander aus, bis sie den Richtigen findet. Dabei bewegt sie sich über die Bühne, gibt die Laute von sich, die man ihr aufgetragen hat, Slapstick à la Laurel und Hardy, mit den richtigen Geräuschen an den richtigen Stellen. Insgesamt eine recht aufwändige Produktion – der Fundus musste dafür wahrscheinlich sämtliche verfügbaren Kostüme aus den Weihnachtsshows der letzten Jahre zur Verfügung stellen.

Nach dem Tanzstück, in dem Laura etwas ungeschickt mit den drei attraktiven Schweinchen, den drei attraktiven Bären und den anderen, als hübsche Waldkreaturen gekleideten Tänzern und Tänzerinnen mitzuhalten versucht, bekommt sie am Ende den attraktivsten Bären von allen. Er ist der Richtige, und ein roter, herzförmiger Scheinwerfer umrahmt die beiden.

Für das Halbfinale hat *StarrQuest* als Gastjurorin Lisa Logan angeheuert, eine bekannte Bühnen- und Fernsehschauspielerin, die auch eine eigene Schauspielschule leitet. Am Ende von Lauras Nummer springt sie sofort laut applaudierend auf und hofft dabei, dass sie es in den *StarrQuest*-Trailer schafft, was ihrer in letzter Zeit etwas nachlassenden Karriere wieder auf die Sprünge helfen könnte. Laura geht unterdessen zur Daumenmarkierung in der Mitte der Bühne und wartet auf das Feedback der Jury.

»Lyrebird, hi«, ruft Lisa aufgeregt, »von allen Auftritten des heutigen Abends habe ich – wie wahrscheinlich der Rest der Welt – deinen mit der größten Spannung erwartet. Ich muss zugeben, trotz deines offensichtlichen Talents war ich nicht sicher, wie sich deine Begabung ins Showbusiness übertragen lässt – wie kann man Laute und Geräusche dafür brauchbar machen? Relevant? Vermarktbar? Aber heute Abend hast du uns allen gezeigt, dass es möglich ist. Diese Kombination von Kabarett und Las-Vegas-Stil ist genau der Weg, den du beschreiten solltest. Du bist jung, du bist sexy, du bist talentiert. Du hast die heutige Show mit einem Höhepunkt beendet. Jaaa!«, ruft sie, stößt die Faust in die Luft, und das Publikum macht sofort mit.

Lisa Logan bewertet Lauras Darbietung mit einem goldenen Daumen nach oben.

Laura ist überrascht von ihrer aufgeregten Reaktion. So wollen die Leute sie also sehen, in diesem Stil soll ihre Karriere weitergehen? Möchte sie das?

Schweigen tritt ein, alles wartet auf Jacks Urteil.

»Lyrebird«, sagt er und reibt sich verlegen das Kinn, als wüsste er nicht, wie er sich ausdrücken soll. »Das war furchtbar.«

Aus dem Publikum ertönen Buhrufe.

»Nein, im Ernst.« Das Buhen und Zischen übertönend, fährt er fort. »Es war plump, es war … wenn ich ehrlich sein soll, muss ich sagen, es war peinlich. Ich bin innerlich zusammengezuckt. Ich hatte den

Eindruck, du fühlst dich extrem unbehaglich. Du bist einfach keine Tänzerin …«

»Nein, sie kann nicht tanzen«, fällt Lisa ihm ins Wort. »Aber das war ja Teil der Komödie. Es war witzig!«

»Ich glaube nicht, dass es ein Witz sein sollte. Du etwa, Lyrebird?«

Beide schauen Laura an. Schweigen.

»Es sollte gute Unterhaltung sein, und ich hoffe, dass die Leute hier und zu Hause meine Nummer unterhaltsam fanden«, antwortet sie lächelnd.

Das Publikum jubelt.

»Nein, Lyrebird. Ich glaube, deine Stärke liegt in dem, wie wir dich in der Vorrunde gesehen haben. In bodenständigen, naturverbundenen Auftritten. In bewegenden Szenen, mit denen du die Zuschauer an andere Orte entführst. Aber das hier war ganz falsch. Das war reiner Zirkus.«

Buhrufe werden laut.

»Wie du weißt, kann bei jeder Halbfinalrunde nur ein Darsteller ins Finale kommen, an jedem Abend dieser Woche. Warst du heute gut genug? Wenn du weiterkommst, lautet mein Rat: Bleib bei den aufrichtigen Stücken, die von Herzen kommen. Du bist in Schwierigkeiten, Lyrebird. Ich hoffe, die Zuschauer geben dir noch eine Chance, denn mir persönlich ist bange um deinen Platz im Finale.«

27

Nach der Show sitzt Laura vor Jacks Schreibtisch. Sie ist doch ins Finale gekommen. Sie hat es geschafft. Aber sie hat sich längst nicht so darüber gefreut, wie sie sich hätte freuen müssen. Jack sieht erschöpft aus, besonders ohne die Schminke, die er sich gerade mit einem Baby-Feuchttuch vom Gesicht wischt.

»Wie kann es sein, dass ich immer noch wach bin?«, fragt er hinter seiner Hand, mit der er kräftig rubbelt. Dabei verwischt er die Wimperntusche, aber Laura bringt es nicht übers Herz, ihn darauf hinzuweisen.

»Wie hältst du dich?«, fragt Jack sie dann. »Wahrscheinlich wesentlich besser als ich, schließlich bist du zwanzig Jahre jünger.«

»Ich bin fix und fertig«, antwortet Laura wahrheitsgemäß.

Anscheinend hört er die Veränderung in ihrer Stimme, denn er sieht sie an und lässt das Tuch sinken.

»Hartes Geschäft, was?«

Sie nickt, stumm und völlig ausgelaugt.

»Ja, glaub mir, ich kenne das. Bei mir war es genauso. Wahrscheinlich war ich sogar im gleichen Alter wie du jetzt, als mein Album in fünfzig Ländern auf Platz eins lag. Der glatte Wahnsinn.« Er schüttelt den Kopf. »Ich hatte keine Ahnung, was da abging. Ich wusste nicht …«

In diesem Moment tritt Curtis ins Zimmer, und Jack setzt sich schnell ein bisschen aufrechter. Curtis stellt einen Becher Kaffee vor ihn auf den Schreibtisch, dann nimmt er seine übliche Seitenposition ein.

»Danke, Mann.« Jack trinkt einen Schluck, schaltet um zum Geschäftlichen, und nun bekommt Laura das Feedback von ihm, das er auch allen Kandidaten gibt, die sich von ihm beruhigen lassen wollen. Vor und nach der Show scharen sie sich um Jack, suchen Zuwendung und Lob. In den letzten zwei Tagen hat Laura sich aus purer Erschöpfung zurückgehalten, hat nur zugesehen und kam sich vor, als wären ihre Mitkandidaten Vögel, die vor einem Restaurant im Freien herumlungern und auf Krümel und Essensreste hoffen. Gespannt warten sie, stets bereit, alles aufzupicken, was Jack ihnen zuwirft – ein Kompliment, einen Ratschlag, einen Tipp oder auch eine spärlich verhüllte Warnung, eine subtile Kritik. Sie fangen alles auf, und dann wird gepickt, pick, pick, pick, sie analysieren, zerlegen, wollen davon satt werden, schaffen es aber nicht, denn sie bekommen nie genug vom Urteil des Meisters, von der

Aufmerksamkeit für ihre Person und ihr spezielles Talent.

»Hör mal, Lyrebird, mach dir keine Gedanken wegen heute Abend, das gehört nun mal zum Showgeschäft. Jeder macht Höhen und Tiefen durch, es ist gut, wenn dir nicht alles auf Anhieb gelingt und du zeigen kannst, dass du genau wie alle anderen um deinen Erfolg kämpfen musst. Aber das Publikum hat beschlossen, dich zu retten. Schau dir Rose und Toby an, die Armen, ihre Nummer war ein Desaster. Sie ist auf die Nase gefallen – in ihrem Hotdog-Kostüm!« Er fängt an zu lachen, das heisere Lachen eines Rauchers. »Hast du gesehen, wie der Ketchup …?« Als Laura nicht mit ihm lacht, verstummt er.

»Mein heutiger Auftritt ist von deinen Leuten für mich geschrieben worden, während ich in Australien war«, entgegnet Laura verwirrt. »Ich hab ein Skript bekommen, das ich auf dem Flug lernen sollte. Für den Tanz hatte ich einen einzigen Tag Zeit.«

Jack seufzt. »Ja, die Probenzeit war kurz, das stimmt. Ich verstehe dich, aber glaub mir, die Reise nach Australien war eine einmalige Chance für dich. Wir haben alles durchdiskutiert, aber ich war der Meinung, es ist das Beste, was du machen kannst. Und wir brauchten dich beim Halbfinale – mit der *Cory Cooke Show* im Rücken, ehe das Interesse der Öffentlichkeit wieder nachließ. Diese Reise war die Chance deines Lebens, und jeder andere hätte sich auch für sie und nicht für eine längere Probenzeit entschieden.«

»Die anderen würdigen mich kaum eines Blickes.«

»Sie sind doch nur neidisch. Lyrebird, du wirst diese Show gewinnen, das weiß jeder.«

Ihr bleibt der Mund offen stehen. »Jack, du hast gesagt, mein Auftritt war furchtbar, und ich kann nicht tanzen. Du hast dich für mich geschämt – es war dir peinlich …«

»Ja, stimmt schon«, lacht er. »Es war wirklich furchtbar.« Wieder lacht er – und wieder allein. »Ach, komm schon. Sei nicht so trübsinnig.«

»Ich wollte diese Nummer nicht machen. Ich hab dir gleich gesagt, dass ich keine Tänzerin bin. Und dass diese Nummer nicht zu mir passt. Genau hier haben wir gesessen, als ich dir erklärt habe, dass mir das Skript nicht gefällt. Aber du hast gemeint, ich soll es trotzdem machen.«

»Lyrebird …«

»Ich heiße Laura!«, fällt sie ihm ins Wort und schlägt mit der Faust auf den Tisch.

»Reiß dich gefälligst zusammen, junge Dame!«, mischt Curtis sich warnend ein. »Pass auf, dass du nicht größenwahnsinnig wirst.«

»Schon okay«, wiegelt Jack ab. »Es ist ja nur eine Show, und so was gehört nun mal dazu. Der große böse Juror hat dem Schätzchen der Nation gemeine Dinge an den Kopf geworfen. Du hast ja gehört, wie das Publikum reagiert hat, morgen werden alle darüber reden und dich noch mehr lieben. Vertrau mir, so läuft das. Weißt du, wie viele Stimmen unser Gewinner letztes Jahr bekommen hat? Fünfundsechzigtausend. Weißt du, wie viele Leute heute Abend dafür gestimmt haben, dass du ins Finale kommst?«

Laura schüttelt den Kopf und hasst sich dafür, dass sie es wissen möchte.

»Dreihundertdreißigtausend.«

Verblüfft starrt sie die beiden Männer an, aber nicht aus dem Grund, den sie wahrscheinlich annehmen. Sie fühlt sich geehrt, geschmeichelt, überrascht von den Zahlen, aber etwas anderes erstaunt sie noch mehr.

»Für euch ist es bloß ein Spiel«, sagt sie mit leiser, betroffener Stimme.

Vielleicht ist es diese Betroffenheit, die Jack am meisten berührt. Sie liefert ihm keinen Grund, keinen noch so kleinen Ansatzpunkt dafür, sich im Recht zu fühlen oder entrüstet zu reagieren. Laura ist nicht wütend, sie hatte keine Zeit zum Nachdenken oder gar Taktieren, bevor sie den Satz ausgesprochen hat. Aber ihre Seifenblase ist geplatzt, sie macht sich keine Illusionen mehr. Jack hat den Augenblick mitbekommen, in dem es passiert ist. Wie erstarrt mustert er sie.

»Okay, dann kommen wir jetzt mal zum Schluss«, sagt Curtis unbeirrt, löst sich vom Schreibtisch, den er wieder einmal als Stütze benutzt hat, und richtet sich auf. »Du kannst jetzt gehen«, sagt er zu Laura und wendet ihr den Rücken zu.

»Eins noch«, beharrt Laura und muss dabei gegen eine große innere Leere kämpfen. »Wegen Bo. Sie hat das Gefühl, dass sie ausgebootet wird. Ich weiß, ich habe einen Vertrag bei euch unterschrieben, aber ich habe auch mit ihr eine Vereinbarung. Schon vor eurer. Bo hat mich zu euch gebracht, und ich habe ihr gegenüber eine Verpflichtung zu erfüllen. Ich fühle mich nicht wohl, wenn ich mein Versprechen nicht halte.«

Vielleicht ist es nur der Jetlag, aber eigentlich glaubt sie das nicht, sie ist fast hundertprozentig sicher, dass sie klar denken kann. Ihr Leben ist ziemlich in Schieflage geraten. Manches – nein, vieles fühlt sich gar nicht gut an, und dieses Gefühl breitet sich immer weiter aus. Seit der Australienreise sieht sie einiges aus einer anderen Perspektive, und die Show heute Abend hat sie an das erinnert, was sie zu verdrängen versucht hat. Und dieses Treffen hat ihre Meinung nur erhärtet. Hier stimmt etwas nicht. Was auch immer vor ihrer Reise zwischen ihr, Bo und Solomon geschehen sein mag, ist sie dennoch sicher, dass es ein Schritt in die richtige Richtung wäre, wenn sie die Arbeit an der Dokumentation fortsetzen.

»Die Angelegenheit mit *Mouth to Mouth Pro-*

ductions geht dich nichts an«, entgegnet Curtis. »Das ist eine vertragliche Sache, die derzeit von unseren Anwälten verwaltet wird.«

»Von euren Anwälten?« Laura schaut Jack an. »Aber es wäre doch viel einfacher, mit Bo zu reden.« Auf einmal spürt sie Panik in sich aufsteigen. Statt – wie sie dachte – in die Freiheit aufzubrechen, ist sie anscheinend hilflos auf einer Insel gestrandet.

»Ich muss mit Jack unter vier Augen sprechen. Du kannst gehen«, wiederholt Curtis, stellt sich neben Jacks Schreibtisch und beugt sich zu ihm, als wollte er ihm etwas ins Ohr flüstern. Oder als gehörte ihm Jacks Ohr.

Schockiert und mit klopfendem Herzen sieht Laura ihm zu, sie möchte dazwischengehen, sie möchte noch einmal versuchen, zu Jack durchzudringen.

Aber Curtis redet weiter, als wäre sie nicht mehr im Raum. »Alan Murphy möchte mit dir darüber sprechen, dass er keine Auftritte machen kann, während die Show auf Sendung ist, Jack. Er sagt, er kann so kein Geld verdienen. Aber es steht in seinem Vertrag, er hat es so unterschrieben, ich habe ihm gesagt, er kann nicht alles haben. Du musst darüber Bescheid wissen, falls er das Thema bei dir anschneidet.«

Alan Murphy, einer der Kandidaten, ist Bauchredner und hat sich mit seiner Puppe Mabel viele Sympathien geschaffen.

»Hallo? Das hier ist momentan die größte Plattform der Welt, und er beklagt sich?«, erwidert Jack irritiert und wirft das zerknüllte Feuchttuch auf den Schreibtisch.

Langsam steht Laura auf und geht zur Tür, aber ehe sie den Raum verlässt, wendet sie sich noch einmal an Jack: »Alans Nichte hat an dem Tag Kommunion. Sein Bruder hat ihn gebeten, bei der Feier etwas zu spielen, und das will die Show nicht zulassen. Für diesen Auftritt bekommt er kein Geld.«

Jack sieht Curtis fragend an. »Stimmt das?«

»Na ja, die Einzelheiten kenne ich nicht. Aber ein Auftritt ist ein Auftritt.«

Jack schaut zu Laura und überlegt. »Finde heraus, worum es genau geht. Wenn er tatsächlich bei der Kommunionsfeier seiner Nichte auftreten will, dann lass ihn das verdammt nochmal machen, Curtis.«

Laura dankt Jack mit einem Nicken für seine menschliche Reaktion. Als sie die Tür öffnet, fühlt sie Curtis' bösen Blick im Rücken.

Aber Jack ist noch nicht fertig. »Mach dir keine Gedanken, Lyrebird, ich rede mit Bo. Wir regeln das. Es ging lange genug, und du hast recht: Wenn die Anwälte sich um die Geschichte kümmern, kriegen wir nie eine Lösung zustande.«

Vor Erleichterung schwebt Laura fast den Korridor hinunter, vorbei an den gierigen Blicken, vorbei an den erhobenen Kamerahandys, vorbei an den grellen Blitzlichtern, die nichts unversucht lassen, um durch die geschwärzten Scheiben des SUVs, in dem Michael wartet, in ihre Seele zu dringen.

Laura schaudert und hofft, dass es nur ihr eigenes Spiegelbild ist, das sie einfangen.

28

Nachdem sie tagsüber kaum die Augen offen halten konnte, ist Laura jetzt hellwach. Auf der Fahrt zum Hotel denkt sie voll Grauen an die nächste Nacht in ihrem Zimmer, wach, von Jetlag geplagt, so einsam, dass es weh tut. Bei seinem letzten Besuch hat Solomon ihre Hand gehalten und ihr gesagt, sie solle sich melden, wenn sie ihn braucht. Jetzt braucht sie ihn, sie hat ihn die ganze Zeit gebraucht, aber sie hat es nicht über sich gebracht, zum Telefon zu greifen und sein Leben erneut aus dem Gleichgewicht zu bringen. Sie kann nicht leugnen, dass sie, indem sie versucht, die Sache zwischen sich und Bo zu klären, auch bewusst Schritte unternommen hat, um ihn wiederzusehen. Sie hat sich von Bo und ihm mit dem Versprechen verabschiedet, nicht zwischen sie zu kommen, die Beziehung zwischen den beiden nicht weiter zu gefährden. Wie kann sie also bestreiten, dass ihr Wunsch, ihn zu sehen, zutiefst egoistisch motiviert ist? Und dass sie in ihrer Schwäche Jack in den Ring geschickt hat, um die Drecksarbeit für sie zu erledigen? Je mehr Zeit sie mit Menschen verbringt, desto mehr treten ihre eigenen Charaktermängel zutage. Im Cottage war sie großzügig, liebenswürdig, positiv. Aber in dieser Welt tauchen ganz neue Seiten an ihr auf, und die gefallen ihr nicht. Sie hat sich für einen besseren Menschen gehalten.

Entschlossen bahnt sie sich einen Weg durch die Masse der Fotografen, die auf sie warten, als sie zum Hotel zurückkommt. Aber sie bleibt stehen, um für die Lyrebird-Fans, die Tag und Nacht hier kampieren und ihren wirren Auftritt loben, Fotos zu signieren. Dann holt sie an der Rezeption ihren Schlüssel.

»In der Bar wartet ein junger Mann auf Sie«, informiert sie die Rezeptionistin. »Mr Fallon.«

Lauras Herz beginnt freudig zu pochen. Solomon! Sie lächelt. »Danke.«

Sie sprintet praktisch durch die Lobby zur Bar, wo sie sich angestrengt nach Solomon umschaut, den schwarzen Dutt, der alle überragt. Aber sie kann ihn nirgends entdecken. Verwirrt tritt sie den Rückzug an.

Plötzlich legt sich eine Hand auf ihre Taille. »Hey!«, ruft eine Männerstimme. »Erinnerst du dich an mich?«

Rory.

Laura stößt ein Geräusch aus, es klingt wie ein Schuss. Ein angeschossener Hase. Ein wimmerndes sterbendes Tier.

»Ja.« Rory senkt die Augen und kratzt sich verlegen am Kopf. »Darüber wollte ich mit dir reden.

Ich bin hier, um mich zu entschuldigen.« Er macht einen ehrlich zerknirschten Eindruck, er schämt sich immer noch. »Können wir uns irgendwo unterhalten? Ich wüsste einen guten Platz.«

So sitzen sich Rory und Laura im *Mulligan's* gegenüber, einem dunklen Pub. Sie haben sich in das ruhigste Eckchen zurückgezogen, das sie finden konnten, so weit wie möglich von den anderen Gästen entfernt, denn sobald Laura die Kneipe betreten hatte, wurde sie gnadenlos angestarrt. Ganz gleich ob jung oder alt, jeder wusste, wer sie ist, und selbst denen, die sie nicht erkannt haben, ist ihr Name und ihr besonderes Talent ein Begriff. Das erste Getränk geht als Willkommensgruß für Lyrebird aufs Haus. Rory bestellt ein Guinness, Laura ein Wasser. Er kommentiert ihre Wahl nicht, er hat schon zu viel verbockt und achtet sehr darauf, möglichst nichts mehr falsch zu machen.

Er hat Solomon angerufen, um sich für das zu entschuldigen, was auf dem Schießplatz passiert ist, obwohl ihm das speziell bei Solomon sehr schwergefallen ist. Natürlich wollte er auch Laura sprechen, aber Solomon hat darauf bestanden, dass das nicht ginge. Was Rory noch mehr ärgerte – sein Bruder will Laura doch nur für sich selbst haben! Dabei hat er doch schon eine Freundin, da kann er doch nicht so tun, als gehöre Laura ihm! Aber so was ist so typisch für Solomon. Er möchte nichts preisgeben, er ist ein Geheimniskrämer, der Rory immer auf Distanz hält. Seit jeher ist das Verhältnis der beiden Brüder etwas verkrampft und irgendwie unbehaglich, zwischen ihnen gibt es kein entspanntes Geplänkel wie zwischen den anderen. Die anderen Geschwister lachen über Rorys Humor, und selbst wenn sie mal nicht lachen, kapieren sie ihn trotzdem. Ganz anders Solomon. Er ist immer sofort beleidigt, und er urteilt ständig über Rory.

Rory schämt sich ehrlich wegen des Vorfalls auf dem Schießplatz. Im Rückblick kann er sehen, dass das, was er getan hat, albern und dumm war, aber in der Situation war er so dringlich darauf bedacht, auf Laura Eindruck zu machen, dass er überhaupt nicht an die Folgen seines Streichs dachte. Nicht an die Gefahr, nicht daran, dass dieser Schuss komplett irre wirken würde. Es war eine Sache, allein Mist zu bauen, aber es war etwas ganz anderes, sich vor den Augen seiner Brüder und seines Vaters so zu benehmen – von Laura einmal ganz zu schweigen.

Natürlich wollte Solomon seine Entschuldigung nicht gelten lassen, er streute munter Salz in Rorys Wunden, und Rory war sofort klar, dass sein Bruder nichts von dem, was er ihm auszurichten auftrug, an Laura weitergeben würde. Seit er im Fernsehen ihren Auftritt gesehen hat und die ganze Welt plötzlich über sie redet, ist ihm klar, dass er zu ihr gehen und persönlich mit ihr sprechen muss. Sie war nicht schwer zu finden, jede Zeitung kann über ihren Aufenthaltsort Auskunft geben, und als er erfuhr, dass sie in einem Dubliner Hotel wohnt, wusste er, dass es seine beste Chance wäre, sie dort abzupassen – ohne Solomon etwas davon zu verraten.

Er mustert Laura aufmerksam. Sie ist ungewöhnlich, auf eine wunderschöne Art und Weise. Ursprünglich wie die Berge im County Cork. Er überlegt, was in der Wohnung passiert ist, was sie wohl dazu gebracht hat, Solomon und Bo zu verlassen. Aber wenn Solomon etwas verliert, profitiert Rory davon, so war es schon immer.

Zuerst wird er seine Entschuldigung vorbringen – die er sehr ernst meint. Er hat sich vorgenommen, es ihr so glaubwürdig wie möglich zu vermitteln. Mit großen, unschuldigen Augen, das hat er drauf. Und die Mädels lieben so etwas.

Laura hat zwei Gläser Weißwein getrunken, jetzt ist ihr Kopf ganz leicht und ihr ist ein bisschen schwindlig. Mit Alkohol hat sie keinerlei Erfahrung. Aber die Wirkung gefällt ihr, sie könnte gut noch mehr vertragen, denn sie fühlt sich auf einmal gar nicht mehr so durcheinander, und die fürchterlichen Kopfschmerzen, die nach Rorys Schuss auf den Hasen anfingen, dieser schlimme Schmerz, der sich direkt hinter ihren Augen eingenistet hat, ist völlig verschwunden.

Sie hatte ihn seither praktisch ununterbrochen, und in stressigen Momenten hat er sich verstärkt. Irgendwie passt es, dass die Kopfschmerzen jetzt weg sind, denn schließlich war es Rory, der sie hervorgerufen hat, und jetzt vertreibt er sie. Vielleicht ist es auch der Wein, aber egal, in jedem Fall ist Rory dafür verantwortlich. Er ist echt lustig. Seit er angefangen hat zu reden, kann sie kaum aufhören zu lachen. Zwar reitet er für ihren Geschmack ein bisschen zu sehr darauf herum, wie zerknirscht er ist, aber Laura glaubt ihm trotzdem, dass ihm das, was er getan hat, ehrlich leidtut. Er hat die gleiche Flirtmethode wie der Fotograf in Australien, diesen interessierten, einfühlsamen Blick. Natürlich ist das nichts Reales, aber anscheinend glauben manche Männer, dass es funktioniert – was immer sie genau damit erreichen wollen. Nicht dass ihm das, was er getan hat, unbedingt leidtun müsste, Laura hat nicht vor, sich zum Richter aufzuschwingen. Sicher, es hat sie tief verletzt, aber sie ist nicht der Meinung, dass sie eine höhere Autorität besitzt als sonst jemand, und das sagt sie Rory auch.

Mit seinen weitschweifigen Geschichten über feuchtfröhliche Ausgehabende, über sich und seine Brüder, als sie noch Teenager waren, erinnert er sie an seinen Vater. Er scheint mehr Zeit damit verbracht zu haben, seine Brüder in Schwierigkeiten zu bringen, als mit irgendetwas anderem, aber er findet das offensichtlich lustig. Laura hört sich Rorys Geschichten gern an, vor allem, wenn sie von Solomon handeln und sie etwas darüber erfährt, wie er früher war. Sobald sie jedoch spürt, dass sie zu viele Fragen stellt und Rory nervös wird, hört sie lieber wieder einfach zu und wartet gespannt darauf, dass er das nächste Mal erwähnt wird. Wenn Rory etwas über Solomons Exfreundinnen erzählt, versucht sie, sich nicht anmerken zu lassen, wie sie interessiert die Ohren spitzt. So erfährt sie, dass die Mädchen, mit denen Solomon früher ausgegangen ist, immer ungewöhnlich und manchmal ein bisschen sonderbar waren. Eine von ihnen, eine Kunststudentin, mit der er über mehrere Jahre ernsthaft liiert war, hatte zum Beispiel an der Uni eine Ausstellung zum Thema Füße gemacht, und die ganze Familie war hingegangen, um sie sich anzuschauen. Haarige Füße mit gelben Nägeln – Rory lacht herzhaft darüber, und Laura ist nicht ganz sicher, ob die Geschichte wahr ist oder nicht.

»Was glaubst du, warum er mit solchen Mädchen zusammen sein wollte?«, fragt sie möglichst sachlich.

»Weil Solomon selbst stinklangweilig ist«, antwortet Rory, und seine Stimme hat einen harten Unterton.

Seltsamerweise fühlt Laura sich in Rorys Gesellschaft näher bei Solomon. Zum einen sehen sie sich sehr ähnlich. Zwar hat Rory kurze, glatte Haare, er ist auch etwas kleiner, sein Gesicht ist weniger markant, aber er wirkt wie eine Art Miniaturausgabe von Solomon, allerdings etwas unauffälliger, weniger männlich. Solomon ist stärker, härter, kantiger, alles an ihm ist intensiver, seine Bewegungen, sein Auftreten – und vor allem seine Augen. Rorys Körperhaltung ist laxer, er schaut Laura kaum einmal für längere Zeit ins Gesicht, sein Blick wandert ständig im Raum umher. In seinen Augen ist ein verspieltes Schimmern, das seine Energie und sein stets zu Streichen aufgelegtes Naturell zeigt. Aber sein Blick kommt nirgendwo zur Ruhe, und da er sich überhaupt nie für längere Zeit auf etwas Bestimmtes konzentrieren kann, ist seine Gesellschaft ausgesprochen unterhaltsam und abwechslungsreich. Während er erzählt, huscht sein Blick rastlos umher, er redet mit verstellter Stimme und denkt sich Szenen aus, die sich an den Nachbartischen abspielen. Das ist alles so witzig, dass Laura vor Lachen Bauchschmerzen bekommt und ihn bitten muss, damit aufzuhören.

Rory ist Schreiner, und Laura geht davon aus, dass er in einer romantischen Umgebung schöne Möbel schnitzt – ähnlich wie das Herz, das sein Vater Marie zum Geburtstag geschenkt hat –, aber er erklärt ihr, dass seine Arbeit völlig anders ist.

»Meistens bin ich auf einer Baustelle oder in einem Betrieb und führe langweilige Anweisungen aus«, erzählt er, und es klingt gelangweilt. »Um ehrlich zu sein«, fügt er dann verschwörerisch hinzu, reißt die Augen auf und beugt sich vor, als wolle er Laura ein Geheimnis anvertrauen. »Ich hasse meinen Job. Aber das weiß niemand. Dad kann ich es nicht erzählen, weil es ihm das Herz brechen würde – schließlich bin ich der Einzige, der den gleichen Beruf hat wie er. Alle anderen haben sich ja rechtzeitig aus dem Staub gemacht. Mich haben sie zurückgelassen«, meint er, mit einem Lächeln, das seine Augen nicht erreicht.

Laura spürt, dass er ehrlich ist, vielleicht zum ersten Mal, seit sie sich hierhergesetzt haben. In gewisser Weise kann sie sich sogar mit ihm identifizieren. Trotz seines Selbstbewusstseins und seiner interessanten Persönlichkeit gehört er beruflich zu den Verlierern.

Inzwischen ist Rory bei der vierten Flasche Bier angekommen, und Laura merkt, dass er unruhig wird. Nervös rutscht er auf seinem Stuhl herum, und das macht es schwer für sie, entspannt zu bleiben, obwohl sie sich – vor allem nach den zwei Gläsern Wein – in dem Pub wohlfühlt und gerne noch bleiben möchte.

»Rory, es tut mir echt leid, aber ich kann die Getränke nicht bezahlen, ich besitze nämlich keinen Penny.«

Überrascht schaut er sie an.

»Ich kann nicht mal alleine mit dem Bus fahren, ich habe kein eigenes Geld«, erklärt sie, und als sie es ausspricht, merkt sie, wie viel Angst es ihr macht. »Im Cottage konnte ich im Wald alles Mögliche sammeln, ich habe Obst und Gemüse angepflanzt, und ich hatte ein Regal, das vollgestopft war mit Konserven und Eingemachtem, ich hab Früchte getrocknet und aufbewahrt. So bin ich über den Winter gekommen, wenn es draußen nicht mehr viel zu holen gab. Notfalls hätte ich sogar ohne Toms Lebensmittellieferungen überleben können, aber hier in der Stadt kann ich nicht selbst für mich sorgen.« Wie absurd es ist, von allem umgeben zu sein, was man sich erträumen kann, und doch befindet sich alles außer Reichweite.

Plötzlich leuchten Rorys Augen auf.

»Da irrst du dich gewaltig, liebe Lyrebird. Im Moment bist du die berühmteste Person der Welt.« Und obwohl sie seine Bemerkung als lächerlich abtun will, bleibt er eisern bei seiner Meinung. »Ich werde dir zeigen, wie man sich in der Stadt ohne Geld über Wasser halten kann.«

So landen sie in einem exklusiven Club. Eigentlich kostet der Eintritt zwanzig Euro, aber Rory macht Lyrebird mit den Sicherheitsleuten bekannt, und sie werden umsonst eingelassen – Laura muss als Eintrittskarte herhalten. Kaum sind sie drinnen, demonstriert Rory sehr erfolgreich, wie man mit den richtigen Leuten ins Gespräch kommt, sich von ihnen einladen und Getränke spendieren lässt.

Es ist fast Mitternacht, als Laura plötzlich das Gleichgewicht verliert. Der Mann, mit dem sie sich unterhält, hält sie am Arm fest und redet einfach weiter, als wäre nichts geschehen, doch er lässt ihren Arm nicht wieder los. Und auf einmal ist es vorbei mit Lauras Zufriedenheit. Sie entschuldigt sich, befreit sich aus seinem Griff und macht sich, obwohl der Boden unter ihren Füßen gefährlich schwankt, auf den Weg zur Toilette. Unterwegs überfällt sie der Lärm von allen Seiten, die Musik dröhnt in ihrem Kopf und pocht in ihrer Brust. Sie wird gerempelt, die Menschen sind viel zu nah, schlagartig wird ihr die Enge unerträglich, die ihr gerade noch ganz normal erschien.

In der Toilette verblasst die Musik zu einem dumpfen Pochen in ihrer Brust, aber ihre Ohren sind belegt wie auf dem Flug nach Australien, und sie schluckt krampfhaft. Vor ihr steht eine lange Schlange wartender junger Frauen. Alles wirkt seltsam weit entfernt, obwohl Laura weiß, dass sie sich mittendrin befindet, es ist ein Gefühl, als stünde sie neben sich. Alles bewegt sich sehr schnell, ihre Augen haben Mühe, Schritt zu halten und sich zu fokussieren: auf den Schuh einer Frau, einen Kratzer auf ihrem Knöchel, auf verwischte Sonnenbräune, nassen Boden, Waschbecken, durchweichte Papiertücher. Abrupt schaltet sich neben ihr der Händetrockner ein, sie zuckt zusammen, hält sich die Ohren zu und blickt zu Boden. Auf ihre eigenen Stiefel, die fleckig sind von Bier, Wein und wer weiß, was noch. Sie schließt die Augen. Erst als der Trockner verstummt, nimmt sie die Hände wieder von den Ohren und schaut auf, mitten ins Gesicht der Frau vor ihr, die sich umgedreht und sie offensichtlich erkannt hat. Laura fragt sich, ob sie etwas sagen soll, doch die Frau kommt ihr zuvor. Im selben Augenblick wird der Trockner lebendig, und Laura muss sich wieder die Ohren zuhalten.

»Arrogante Tusse«, liest sie von den Lippen des Mädchens.

Ein stetiger Strom von Geräuschen umwogt sie – Toilettentüren werden entriegelt und geöffnet, mit Klicken und Klacken schwanken hohe Absätze über den Fliesenboden, Türen fallen krachend ins Schloss. Inzwischen wird Laura von allen angestarrt. Der Boden schwankt immer mehr, sie muss sich irgendwo festhalten. Aber wo? Lieber nicht an dem Mädchen mit der Mahagonihaut und den großen Brüsten in einem bauchfreien Top. Türkisfarbenes Bauchnabelpiercing. Lippenkonturenstift.

Ein Waschbecken wäre ein guter Halt, aber alle sind besetzt. Frauen, die ihr Make-up auffrischen, ihre Handykameras auf Laura richten und sie mit ihren Blitzlichtern blenden. Niemand hilft ihr, aber sie ist auch nicht sicher, ob sie wirklich um Hilfe ruft. Vielleicht sollte sie.

Die Frauen um sie herum schauen sie zwar an, aber nur durch ihre Smartphones. Als wäre Laura gar nicht real, als würde sie nicht leibhaftig vor ihrer Nase stehen. Sie starren sie an, als wäre sie im Fernsehen.

Im Cottage und natürlich auch zu Hause bei Mum und Granny konnte Laura sich andere Menschen nur im Fernsehen, in Büchern, in Zeitungen und Zeitschriften anschauen. Oder aus der Entfernung. Manchmal hat sie sich danach gesehnt, Menschen direkt zu sehen und anfassen zu können. Aber in dieser Welt hier können die Leute von diesem Privileg jederzeit Gebrauch machen und haben trotzdem nichts Besseres im Sinn, als einander auf einem Bildschirm anzuglotzen.

Kabinenriegel klicken, Türen knallen, Toilettenspülungen rauschen, Absätze klappern – ein ununterbrochener Hagel von Geräuschen. Plötzlich fangen die Frauen um Laura herum an zu lachen, werfen die Köpfe zurück, lachen laut und dreckig. Vielleicht kommen die Töne aber auch aus Lauras Mund, sie ist nicht sicher, ihr ist so schwindlig. Sie ist anwesend, aber sie fühlt sich nicht, als wäre sie wirklich hier. Verzweifelt presst sie die Hand an ihre benebelte Stirn. Sie braucht Hilfe, unbedingt, und in ihrer Not streckt sie die Hand nun doch nach dem Mahagonimädchen aus. Als sie auf der dunklen Haut das Tattoo einer schwarzen Schlange entdeckt, die sich den Arm emporwindet, begrüßt sie sie mit einem Zischen, doch im nächsten Moment kippt sie um und prallt mit voller Wucht gegen das Mädchen, das sie ärgerlich von sich wegschubst. Ein paar der anderen brüllen: »Los, schlagt euch!«

Laura ist verwirrt, sie will sich nicht schlagen, sie will aber auch nicht umfallen.

Dann schlingen sich plötzlich von Arme von hinten um sie, und sie wird unsanft weggezerrt. Sie will nicht kämpfen. Die Frauen lachen immer lauter, halten ihre Smartphones in die Luft, fotografieren und filmen, damit ihnen auch bestimmt nicht entgeht, wie Lyrebird hilflos aus der Toilette und hinaus auf den Gang geschleppt wird.

Als Laura endlich merkt, dass es ein Mann ist, der sie festhält, wird sie panisch und beginnt, sich zu wehren. Warum lachen die Frauen, warum kommt keine von ihnen auf die Idee, sie zu beschützen, warum hilft ihr niemand?

Ein Glas taucht vor ihrem Gesicht auf. Der Mann – ein Unbekannter – versucht, ihr etwas einzuflößen. Aber sie möchte es nicht trinken. Sonst ist niemand in der Nähe, die Musik ist so laut, dass sie kaum hören kann, was der Mann sagt. Außerdem hat sie gehört, dass es Menschen gibt, die Drinks mit Drogen versetzen. Er drückt ihr das Glas an die Lippen, seine Arme fesseln sie so fest, dass sie sich kaum rühren kann. Sie will das nicht. Sie schlägt ihm das Glas aus der Hand, und es zerschellt klirrend am Boden. Sein Gesicht sieht wütend aus. Laura weiß nicht, was sie tun soll.

Der Mann schleift sie einen Gang entlang, sie versucht, sich zu orientieren, aber es ist alles verschwommen, wie soll sie sich auf irgendetwas konzentrieren? Sie kann nicht sehen, sie kann nicht hören, sie kann nicht denken. Sie will Solomon, sie braucht Solomon, sie kann an niemand anderen denken.

Auf einmal ist sie im Freien, und der wütende Mann lässt sie alleine stehen. Kurz darauf kommt er zurück und gibt ihr ihren Mantel. Allmählich wird ihr klar, dass er sie weder entführen noch unter Drogen setzen will – er ist von der Security. Da sie erbärmlich friert, zieht sie den Mantel an. »Es tut mir leid«, sagt sie leise, aber das interessiert den Mann offensichtlich nicht im Geringsten. Sein Anzug ist nass. Ruppig teilt er ihr mit, sie soll sich gefälligst nicht vom Fleck rühren, und verschwindet wieder nach drinnen.

Kurz darauf taucht er wieder auf, mit Rory, der gerade in seine Jacke schlüpft und zunächst etwas verwirrt wirkt. Aber als er Laura sieht, fängt er an zu grinsen. »Was hast du denn angestellt? Die konnten mich ja gar nicht schnell genug nach draußen komplimentieren.«

In Lauras Kopf dreht sich alles, sie muss weg von hier. Aber als sie sich umdreht, sieht sie sich mit einer Menschenmenge konfrontiert, die vor dem Club steht und eingelassen werden will. Hastig tritt sie zur Seite, um die Leute durchzulassen, wird aber stattdessen von ihnen umringt. Auf einmal steht sie vor einer Wand aus Menschen. Dann bemerkt sie die Kameras, schon wieder wird sie fotografiert. Die Blitzlichter blenden sie, sie sieht den Boden vor ihren Füßen nicht mehr, stolpert und fällt hin. Es tut nicht weh, aber sie braucht einen Moment, um sich zu sammeln, bevor sie sich wieder aufrichten kann. Zum Glück ist Rory da, packt sie unter den Achseln und zieht sie lachend hoch.

Für sie ist nichts Lustiges an der Situation, aber Rory hört gar nicht mehr auf zu lachen.

Zu ihrem Entsetzen bemerkt sie, dass sie nicht mehr geradeaus gehen kann. Kichernd hält Rory sie fest. Ihr ist übel.

Das ist alles falsch. Jetzt sind sie in einer schmalen Gasse, aber Laura kann nicht sehen, wo sie endet, es sind zu viele Leute da, sie bekommt Panik. In dieser Stadt ist alles so eng. Es gibt viel zu viele Menschen. Jetzt wird ihr richtig schlecht, und sie beginnt zu würgen.

»Nein, nicht hier!«, sagt Rory streng, er lacht nicht mehr. »Laura!« Auch seine Stimme ist dunkler, warnend – und sie sind auf allen Seiten von Paparazzi umzingelt. Laura entgleitet seinem Griff, ihr Körper gehorcht ihr nicht mehr, ihre Beine sind wie

Pudding. Da sie ein ganzes Stück größer ist als Rory, muss er sich anstrengen, sie aufrecht zu halten.

»Haut ab!«, ruft Rory den Fotografen zu.

Der Weg zur Hauptstraße erscheint Laura endlos. Auch dort hat sich bereits eine Gruppe Schaulustiger eingefunden, die ganz erpicht darauf sind zu erfahren, wem der ganze Trubel gilt, sie wollen sehen, welche Berühmtheit da den Club verlässt.

»Lyrebird, Lyrebird«, hört sie, ein Wispern, ein Raunen, wie der Wind, der auf ihrem Berg durch die Blätter rauscht. Aber sie ist nicht auf dem Berg, sie ist hier, und von überallher richten sich Kamerahandys auf sie, Autogrammhefte und Stifte werden gezückt.

Eine Gruppe junger Männer imitiert höhnisch Kuckucksrufe, und das Geräusch verfolgt sie die Straße hinunter, wo sie endlich einen Taxistand erreichen und so schnell wie möglich in den ersten Wagen der Schlange steigen. Völlig erschöpft lässt Laura sich auf die Rückbank sinken, schließt die Augen und lehnt den Kopf zurück. Von draußen schlagen Kameras gegen das Autofenster, sie wird auch hier drinnen fotografiert. Laura gibt sich Mühe, ruhig zu atmen und den Brechreiz zu unterdrücken. In ihrem Kopf dreht sich alles.

»Wohin?«, fragt der Taxifahrer. Dass sein Wagen von Fotografen umzingelt wird, bringt ihn offensichtlich etwas aus der Fassung.

»Zu Solomon«, antwortet Laura, ohne die Augen

zu öffnen und ohne den Kopf von der Lehne zu heben.

Die Kameras geben keine Ruhe.

»Hey, wo wollt ihr denn hin?«, fragt der Taxifahrer noch einmal ziemlich aufgeregt, lässt dann sein Fenster herunter und brüllt wütend nach draußen: »Lasst gefälligst meine Stoßstange dran!« Als trotzdem weiter gegen sein Auto geklopft und geschlagen wird, steigt er aus. Doch das bringt die Blitzlichter erst recht auf Hochtouren – Lyrebirds Fahrer sucht Streit, während Lyrebird selbst halb ohnmächtig auf dem Rücksitz liegt!

»Verdammt«, sagt Rory – jetzt sitzen sie ohne Fahrer im Taxi und sind vollständig umringt. »Verdammte Scheiße.«

»Solomon«, wiederholt Laura matt.

»O nein, Laura, nicht Solomon. Okay, neuer Plan.« Er schüttelt sie, damit sie nicht einschläft, öffnet dann hastig seine Tür, geht um das Auto herum, zerrt Laura vom Rücksitz und versucht, sie aufzurichten. Aber sie schafft es nicht, erschöpft und betrunken, wie sie ist. Als die Paparazzi sie entdecken, lassen sie den aufgebrachten Taxifahrer stehen und nehmen wieder Laura und Rory aufs Korn.

»Hey! Wo wollt ihr hin?«, brüllt der Taxifahrer ihnen nach.

»Ich bleib doch nicht in Ihrem Auto sitzen, während Sie sich streiten«, brüllt Rory zurück.

»Das war bloß Ihretwegen, für wen halten Sie sich überhaupt? Und jetzt hab ich jede Menge Kundschaft verpasst!« Verfolgt von den wütenden Beschimpfungen des Taxifahrers kämpft Rory sich weiter durch die Menge, wobei er Laura abwechselnd tragen und hinter sich herzerren muss. Inzwischen sind die anderen Taxis allesamt weggefahren.

Doch im nächsten Moment hält mitten auf der Straße ein bereits besetztes Taxi. Die Tür wird aufgerissen, eine Stimme ruft: »Steigt ein, schnell!«

Als Rory in das Auto späht, erkennt er zwei Typen aus dem Club. Rasch verfrachtet er Laura auf dem Vordersitz, und zieht ihr Kleid herunter – sie trägt wieder ein umgearbeitetes Karohemd mit schwarzen Doc Martens und Wandersocken –, das über ihre langen schlanken Beine nach oben gerutscht ist. Dann quetscht er sich neben die beiden Männer auf die Rückbank.

»Wohin wollt ihr?«, fragt einer der beiden. Rory glaubt sich an seinen Namen zu erinnern – Niall, ein Immobilientyp. Oder war das doch ein anderer? Als er ihn anschaut, fragt er sich plötzlich, ob er den Kerl überhaupt aus dem Club kennt.

»Irgendwohin«, antwortet er und versteckt hastig sein Gesicht vor den Kameras, die sich bereits wieder an die Fensterscheiben drücken.

Die Männer lachen. Das Taxi fährt los.

29

Laura erwacht in der Dunkelheit. Ihr Kopf, ihr Hals, ihre Augen, alles tut weh. Sie hört ein Summen, das vertraute Vibrieren eines Handys, und denkt sofort an Solomon. Als sie sich umschaut, sieht sie, dass Licht aus einem Schuh kommt: Das Telefon liegt in einem Turnschuh. Es summt noch einmal, dann folgt das Warngeräusch des sterbenden Akkus, das Licht geht aus, und Laura hat das Gefühl, soeben Zeugin eines weiteren Todesfalls geworden zu sein. Da ist er wieder, dieser dumpfe Kopfschmerz, der in Galway aufgetaucht, in Dublin schlimmer geworden und nach zwei Gläsern Wein verschwunden ist. Stärker denn je. Es tut weh, den Kopf zu heben, die Schwerkraft scheint intensiver geworden zu sein und sie zurück nach unten zu ziehen. Laura hat Angst, sie weiß nicht, wo sie ist, und so setzt sie sich schließlich doch auf. Sie befindet sich auf einer Couch neben einem Doppelbett. Eine Gestalt liegt auf der Decke, eine darunter.

Sie riecht Erbrochenes, merkt, dass der Geruch aus ihren Haaren und Klamotten kommt, und im Handumdrehen kehrt eine Erinnerung zurück: Sie hängt mit dem Kopf über der Kloschüssel, über einer verdreckten Kloschüssel, an deren Seiten Kacke klebt. Jemand versucht, ihre Haare aus dem Weg zu halten, von den Frauen neben ihr und um sie herum wird viel gelacht. Eine Stimme verspricht dicht an ihrem Ohr, dass alles gut wird. Eine freundliche Stimme. Auch eine weibliche Stimme. Sie denkt an Rory, an den Club, an den Mann, der sie gepackt und nach draußen geschleppt hat. An die Blitzlichter, die Kameras, das erste Taxi, das zweite Taxi, die Übelkeit.

Aber sie hat keine Ahnung, wo sie jetzt ist. Sie weiß nicht, wie sie hierhergekommen und in diesem Zimmer gelandet ist, sie weiß nicht, wer dort neben ihr liegt. Sie schaut noch einmal zu den Schuhen mit dem toten Telefon – jetzt erkennt sie, dass sie Rory gehören. Dann ist er also auch hier, vermutlich die Gestalt auf dem Bett. Er hat sie hergebracht. Aber sie kann ihm nicht die Schuld an dem geben, was passiert ist, dafür ist sie selbst verantwortlich. Schließlich ist sie erwachsen, sie hätte es besser wissen müssen. Sie schämt sich schrecklich für ihren Kontrollverlust, für ihre Verantwortungslosigkeit, dafür, dass andere Leute sie in diesem Zustand gesehen haben. Das ist ihr alles so peinlich, dass sie es nicht über sich bringt, Rory zu wecken.

Zum Glück hat sie ihre Stiefel noch an. Nach ihrer Jacke zu fahnden ist ihr zu viel Mühe, sie will nur weg. Vorsichtig steht sie auf und versucht, sich zu stabilisieren; ihr Kopf schwirrt. Einen Moment wartet sie, bis der schlimmste Schwindel sich beruhigt hat, atmet tief, regelmäßig und so leise wie möglich. Hoffentlich wacht niemand auf. Im Zimmer ist es heiß und stickig. Es riecht nach Alkohol und heißen Körpern, um ein Haar dreht sich ihr wieder der Magen um. Sie macht sich auf den Weg, steigt über Schuhe und Flaschen, stolpert aber und kracht gegen die Wand. Hinter ihr rührt sich jemand, doch Laura dreht sich nicht um, richtet sich an der Wand wieder auf und geht einfach weiter. Sie muss weg sein, bevor alle aufwachen.

So verlässt sie das Schlafzimmer und gelangt auf einen Korridor. Ein Stück weiter erkennt sie die Wohnungstür, gleich neben ihr ist das Bad. Sie kommt am Wohnzimmer mit offener Küche vorbei, überall schlafen Leute, auf dem Boden, auf den Sofas. Ein Pärchen ist ganz in einen Kuss vertieft, die Hand des Mannes bewegt sich unter dem Top der Frau, die ein leises genussvolles Stöhnen von sich gibt.

Sofort muss Laura an Solomon und Bo denken, damals im Hotel, als sie im Nebenzimmer gelauscht hat. Anscheinend macht sie irgendein Geräusch, denn das Pärchen unterbricht seinen Kuss, und beide blicken irritiert auf. Aus der Küche streckt jemand den Kopf herein.

»Was war denn das für ein Geräusch?«, fragt das Mädchen.

»Das war der Vogel«, antwortet der Typ auf der Couch.

»Lyrebird«, sagt sie und kichert.

»Wie auch immer. Hi«, begrüßt er Laura. Er kommt ihr vage bekannt vor, wahrscheinlich aus dem Club. Er war freundlich zu ihr, hat ihr Getränke ausgegeben und einen Mann angebrüllt, der sie im Vorbeigehen angerempelt hat. Außerdem war er ein Meister darin, blitzschnell die Aufmerksamkeit des Barkeepers auf sich zu ziehen. Er hat ihr Dinge ins Ohr geflüstert. Hat er ihr Ohr vielleicht auch geküsst? Ihren Hals? Er ist derjenige, der sie am Arm festgehalten hat, als sie gestolpert ist.

»Ich bin Gary. Schauspieler. Gestern Abend hatten wir Premiere beim Festival«, erklärt er, und sie erinnert sich, dass sie beeindruckt war, einem echten Schauspieler zu begegnen.

»Gary, du Scheißkerl!«, ruft das Mädchen empört, boxt ihn in die Rippen und springt so schnell von der Couch auf, dass sie ihm aus Versehen das Knie zwischen die Beine rammt. Er ächzt laut. »Du hast ihr erzählt, du wärst Schauspieler? Wer bist du denn – Leonardo DiCaprio?«

»Ich hab doch bloß Spaß gemacht, Babe, entspann dich.«

»Lass mich in Ruhe mit deinem blöden Babe!« Sie schlägt ihn noch einmal, und immer mehr von den noch schlafenden Gästen werden wach.

Auch die Stimme der jungen Frau klingt vertraut in Lauras Ohren, sie mustert sie und versucht, sich an sie zu erinnern. Dann fällt es ihr ein. Sie war im Bad, als Laura mit dem Kopf über der Kloschüssel hing und das Lachen gehört hat. Es waren mehrere Stimmen, und darunter war auch die dieses Mädchens. Als Laura zwischen zwei Würganfällen aufblickte, hat sie ein Kamerahandy in ihrer Hand gesehen.

»Hör bitte auf«, hat sie gebettelt und versucht, ihr Gesicht zu verstecken.

»Raus hier, Lisa«, kam von hinten eine andere Stimme.

»Das poste ich bei Facebook«, beharrte die erste. »Lyrebird, du kleine Schlampe«, fügte sie im Weggehen kichernd hinzu.

Diese Szene wiederholt Laura jetzt anscheinend – laut, deutlich, für alle Anwesenden zu hören.

»Hast du tatsächlich Fotos auf Facebook gepostet, wie sie kotzt?«, fragt Gary. »Und woher nimmst du dir dann jetzt das Recht, mich zu beschimpfen?«

»Alles in Ordnung?«, unterbricht ihn eine Stimme aus der Küche. »Möchtest du eine Tasse Tee?«

Laura erkennt ihr Gesicht nicht, aber die Stimme erkennt sie sofort. Es ist die Stimme, die sie beruhigt und besänftigt hat, als sie sich übergeben musste. *»Sch-sch. Alles wird gut.«*

Die Frau lächelt – anscheinend hat Laura auch

diesen Teil der Situation gerade imitiert – und hält ihr eine Tasse Tee entgegen.

Obwohl Laura sich freut, sie zu sehen, schüttelt sie den Kopf und geht schnell weiter. Eigentlich müsste sie ins Bad und sich ein bisschen säubern, aber sie muss weiter, sie will nicht mehr hier sein, wenn Rory aufwacht, sie möchte nicht mit ihm über das sprechen, was heute Nacht passiert ist.

Allerdings weiß sie immer noch nicht, wo sie ist – wahrscheinlich irgendwo in einem Apartmentblock. Als sie endlich einen Ausgang findet, eilt sie im Laufschritt zur Treppe. Sie fühlt sich verfolgt. Zum Glück hört sie keine Schritte, aber sie hat Angst, stehen zu bleiben, es ist wie in einem Albtraum, den sie in ihrer überaktiven Phantasie auslebt. Ans Geländer geklammert, rennt sie die Stufen hinunter, fühlt die Splitter abblätternder Farbe in der Handfläche, und es kommt ihr vor, als wäre sie für immer in diesem Treppenhaus gefangen, als würde die Treppe niemals enden – bis sie endlich das Erdgeschoss erreicht. An der Wand hängen graue Briefkästen, aber sie sind nur nummeriert, nirgends steht eine Adresse – nicht, dass ihr das etwas nützen würde. So stürmt sie hinaus auf die Straße, hofft inbrünstig, dort irgendetwas Bekanntes zu entdecken, eine Stelle, an der sie mit Solomon, Bo oder Rachel schon einmal gewesen ist. Aber nichts dergleichen. Gegenüber ist ein identisches Gebäude, überall um sie herum die gleichen Wohnblocks.

Im nächsten Moment erschreckt ein ohrenbetäubendes Klingeln sie fast zu Tode, und als sie aufblickt, sieht sie, dass eine Straßenbahn direkt auf sie zuhält. Gerade noch rechtzeitig springt sie auf den Gehweg zurück und bleibt dort mit klopfendem Herzen stehen, während der Fahrer sie im Vorbeifahren anbrüllt.

Als sie sich ein bisschen beruhigt hat, schaut sie nach rechts und nach links, beschließt, nach links zu gehen, in die Richtung, in der die Bahn gerade verschwunden ist. Eine Straßenbahn muss ihre Passagiere doch irgendwohin transportieren, und irgendwo ist besser als nirgendwo. Seit Bo und Solomon in ihr Leben getreten sind, hat sie sich dieses Denkmuster immer wieder eingeprägt. *Folge ihnen, sie gehen irgendwohin, und irgendwo ist besser als nirgendwo.* Während sie weiterwandert, denkt sie an das Geräusch der Straßenbahn, das ihr Herz fast zum Stillstand gebracht hat. Sie hört sich das Geräusch nicht imitieren, doch sie hört das Klingeln – wie ein Lied, das sie nicht aus dem Kopf bekommt. Aber die Leute in ihrer Umgebung erschrecken davor und springen weg, und einige lachen, wenn sie sich ihnen nähert.

Vielleicht gibt sie gar keine Töne von sich, vielleicht sind die Leute nur von ihrem Äußeren und von dem Gestank schockiert, den sie verbreitet. Das Erbrochene in ihren Haaren. Das Erbrochene auf ihren Stiefeln, das sie jetzt erst wahrnimmt. Sie sieht furchtbar aus und riecht noch viel schlimmer. Als schon wieder jemand sein Smartphone auf sie richtet, bindet sie sich hastig die Haare zurück, in der Hoffnung, dass sie so wenigstens ein bisschen ordentlicher aussieht. Denn sobald ein Passant sein Handy zückt, scheint das allen anderen Handybesitzern das Recht und das nötige Selbstvertrauen zu übertragen, seinem Beispiel zu folgen. Der Effekt ist so unaufhaltsam wie der Gezeitenstrom.

Noch immer fühlt sie den Rhythmus der Musik von gestern Nacht in der Brust, die überlaut sprechenden Menschen, das zerbrochene Glas, dumpfe Geräusche, die sich zu einer unruhigen, aufwühlenden Kakophonie vermischen. Sie hält sich die Ohren zu, um den Lärm auszublenden. Die Menschen, die sie anstarren, die hochgereckten Smartphones, die Blitzlichter der Fotografen, jetzt erinnert sie sich.

Die Fotografen. O Gott, man wird Lyrebird in den Zeitungen zeigen. Werden solche grässlichen Bilder überhaupt abgedruckt? Laura denkt an Solomon, stellt sich vor, wie er beim Frühstück die Zeitung aufschlägt. Wenn er sie so sieht, kann sie ihm nie mehr in die Augen schauen, sie schämt sich viel zu sehr.

Sie hört das Rascheln seiner Zeitung, während Bo auf ihrem Telefon herumklickt – für sie ist alles auf einem Bildschirm, er muss die Dinge berühren. Rascheln, Klicken, Straßenbahnklingeln, zersplitterndes Glas. Ein wütender Taxifahrer, der sie aus dem Auto bugsiert. Eine grobe Hand auf ihrem Arm. Jetzt erinnert sie sich. Sie hat sich im Taxi übergeben, und der Fahrer hat sie rausgeworfen. Dann kniete sie am Straßenrand und hat sich weiter erbrochen. Die Jungs haben gelacht. Blaue Turnschuhe standen neben ihr, Erbrochenes spritzte auf die weißen Gummikappen. Gelächter. Noch mehr Gelächter. Hin und wieder eine Hand auf ihrem Kopf, ein Arm um ihre Taille. Sie konnte nicht stehen, sie wurde weggetragen. Eine Frau, die nette Frau aus dem Bad. Sie fragt den Mann, der seinen Arm so fest um Lauras Taille schlingt, was er sich eigentlich einbildet. Rory, der einen anderen Mann anblafft, er soll die Finger von ihr lassen. Was wollte er von ihr, was hatte er vor? Sie wird rot vor Scham, dass sie das alles zugelassen hat, dass sie sich in diese Situation gebracht hat.

Dann das Bad. Die Toilettenschüssel. Der Kackefleck an der Seite. Eine warme Decke. Ein Glas Wasser. Fernes Lachen und Musik.

Wieder hält sie sich die Ohren zu. Sie lässt sich zu Boden sinken, um den Kameras zu entgehen. Ihre Mum und Granny haben recht daran getan, sie zu verstecken, sie kommt nicht zurecht in dieser Welt, sie ist absolut unfähig. Aber sie kann auch nicht weglaufen. Wenn doch nur Mum und Granny noch da wären, um sie zu verstecken.

Als sie an die beiden denkt, schwillt der Lärm in ihrem Kopf langsam ab. Auf einmal kann sie wieder klarer denken, aber als die Gedanken leiser werden, hört sie sich selbst wimmern, schluchzen, atemlos, als hätte sie Schluckauf. Sie sitzt auf dem Boden, und um sie herum bildet sich eine Menschentraube. Manche sind zu höflich, um sie direkt anzustarren, aber sie bleiben trotzdem in der Nähe. Laura schaut zu der Person, die neben ihr steht. Es ist eine Polizistin. Mum und Granny haben immer gesagt, sie darf den Garda nicht vertrauen. Aber diese Polizistin scheint nett zu sein. Sie sieht besorgt aus, beugt sich zu Laura herab, bis sie auf Augenhöhe mit ihr ist, und lächelt. »Magst du mit mir kommen?«

Dann streckt sie ihr die Hand entgegen, und Laura ergreift sie. Wo soll sie sonst hin? Irgendwo ist besser als nirgendwo.

30

Laura sitzt in der Polizeistation, ganz in eine Ecke des Raums gedrückt, eine Decke um sich geschlungen. Mit beiden Händen umklammert sie einen Becher heißen Tee, der geholfen hat, sie zu beruhigen. Sie wartet darauf, abgeholt zu werden. Solomons oder Bos Namen wollte sie nicht angeben, sie möchte nicht, dass einer von ihnen sie so sieht. Ihr Stolz ist verletzt. Sie wollte beweisen, dass sie ohne die beiden zurechtkommt, und sie hat es nicht geschafft.

Um sie herum arbeiten die Polizisten, stempeln Pässe, Führerscheine und was die Leute sonst noch brauchen. Eine Menge Papierkram – das, wofür die Gesetzeshüter hinter den Kulissen eben zuständig sind. Offensichtlich hat man Laura in einen sicheren Bereich gebracht – hier sieht man keine üblen Diebe, die in ihre Zelle geschleppt werden.

Wenn ihre Mum und Granny wüssten, wo sie ist, wären sie entsetzt, denn ihre schlimmsten Befürchtungen hätten sich bestätigt, aber es herrscht keine Terroratmosphäre, ganz im Gegenteil. Es ist ganz ruhig. Als Laura an Granny denkt, hört sie das Geräusch des Tranchiermessers auf dem Schleifstab.

Für ein Polizeirevier vermutlich kein sehr passendes Geräusch, und schon dreht man sich nach ihr um. Vielleicht imitiert sie das Geräusch genau deshalb – weil es nicht passt. Ist sie nur fertig mit den Nerven, oder möchte sie rebellieren, anders sein, gesehen werden? Diese Fragen hat Bo ihr gestellt, als sie allein waren. Über so etwas denkt Laura viel intensiver nach, seit sie Bo kennengelernt hat. Sie ist nicht sicher, warum sie ihre Laute von sich gibt, warum sie etwas Bestimmtes imitiert. Jedenfalls nicht immer. Manchmal ist es einleuchtend. Aber auf einem Polizeirevier das Geräusch des Messerschleifens nachzuahmen, ist wirklich keine schlaue Idee. Wenn sie entspannt auf ihrem Berg sitzt, ist nichts dagegen einzuwenden, wenn sie dort sitzt, ein Buch liest und über ihrem Kopf ein Rotkehlchen sein Nest baut. Auf einmal kann sie nicht anders, als das Zwitschern des Rotkehlchens nachzuahmen.

»Das ist ein Rotkehlchen«, sagt einer der Polizisten plötzlich. »Hab ich sofort erkannt.«

»Ich hatte keine Ahnung, dass du über Vögel Bescheid weißt, Derek.«

»Wir haben eine Rotkehlchenfamilie im Garten.« Er wirbelt auf seinem Drehstuhl herum, um seinen Kollegen direkt ansprechen zu können. »Papa Rotkehlchen ist ziemlich gemein.«

»Rotkehlchen sind sehr territorial«, wirft Laura ein.

»Genau«, bestätigt Derek und lässt den Stift auf den Schreibtisch fallen. »Gegen unseren Hund würden die Rotkehlchen jedenfalls garantiert gewinnen, wenn es zu einer Auseinandersetzung käme. Daisy hat große Angst vor ihnen.«

»Daisy würde jeden Kampf verlieren, egal, gegen wen«, meint sein Kollege, der immer noch in seinen Papieren kramt. »Mit einem Namen wie Daisy.«

Die anderen lachen.

Langsam entspannt sich die Situation wieder, aber das Lachen löst irgendetwas in Laura aus. Plötzlich spürt sie den dröhnenden Rhythmus der Nachtclubmusik wieder, er pocht in ihrem Herzen.

Arrogante Tusse. Das Mädchen dachte wohl, Laura würde sich die Ohren zuhalten, weil sie nicht mit ihr sprechen wollte. Dabei ist Laura doch nur über den Lärm des Händetrockners erschrocken. Es war ein Missverständnis.

Bo hat ihr einmal den Begriff *Misophonie* erklärt – Menschen, die unter Misophonie leiden, hassen bestimmte Geräusche – Trigger-Geräusche – so sehr, dass sie darauf mit Stress, Ärger, Irritation und in Extremfällen heftigen Wutanfällen reagieren. Damals hat Laura das nicht auf sich selbst bezogen, aber vielleicht hatte Bo ja recht. Jetzt denkt sie genauer darüber nach, versucht, sich die Situation mit dem tätowierten Mahagonimädchen noch einmal genau vor Augen zu führen.

Die lachenden Frauen im Toilettenraum, die hochgehaltenen Smartphones. Der Mann, der ihr die Hand an die Taille legte, sie wegführte, »Sch-sch« in ihr Ohr flüsterte, um sie zu beruhigen. Die nette Frau, die ebenfalls »Sch-sch« in ihr Ohr sagte, ihre Haare zurückhielt, ihr den Rücken massierte.

Nein. Das kann es nicht sein. Sie hat nicht übertrieben reagiert, sie hat sich nur die Ohren zugehalten.

Bei einer anderen Gelegenheit meinte Bo zu ihr, sie sei überempfindlich gegen Geräusche.

Der Polizist mit der Rotkehlchenfamilie im Garten rollt auf seinem Bürostuhl zu Laura herüber und mustert sie mit väterlich besorgtem Gesicht. »Wenn es irgendwas gibt, was du uns über die letzte Nacht erzählen möchtest, kannst du das gerne tun.«

Laura schluckt, schaudert und schüttelt entschieden den Kopf.

Ein Garda, den sie bisher nicht gesehen hat, trifft zu seiner Schicht ein und lässt eine mitgebrachte Boulevardzeitung auf den Schreibtisch fallen. Auf der Titelseite sieht Laura sich selbst. Die Schlagzeile lautet: *BETRUNKENER LYREBIRD.* Panik steigt in ihr auf. Der Mann starrt sie verwundert an, er hatte keine Ahnung, Lyrebird hier auf dem Revier anzutreffen. Die nette Polizistin, die Laura gefunden hat, verdeckt die Zeitung schnell und versucht erneut, sie zu beruhigen.

Doch Laura kann kaum hören, was die Polizistin sagt, ihre Panikgeräusche sind zu laut – das Flugzeug, Mossies Knurren, die Fledermäuse bei Nacht, Sirenen in der Stadt, Kameraklicken, das Klicken des Lyrebird-Käfigs, das Klicken des Sicherheitsgurts im Flugzeug, Toilettenspülungen, klackende Absätze auf dem Fliesenboden, ein lautstarker Händetrockner. In ihrem Kopf verzahnt sich alles ineinander.

Obwohl die Polizisten nett zu ihr waren, hätte Laura eigentlich wissen müssen, dass es nicht lange so friedlich bleiben würde. Irgendwie hat die Presse Wind davon bekommen, dass Lyrebird auf dem Revier ist, und nun stehen die Reporter vor dem Polizeirevier und warten darauf, dass sie endlich erscheint.

Inzwischen sind Bianca und Michael eingetroffen, um Laura abzuholen. Michael bleibt draußen und hält für Laura vorsorglich den Weg zu dem Wagen mit den schwarzen Scheiben frei. Da Laura Solomon und Bo nicht kontaktieren wollte, war Bianca die einzige Person, die in Frage kam.

»Bist du okay?«, fragt Bianca besorgt, als Laura an der Rezeption erscheint.

Laura wimmert, reproduziert Mossies Sterbelaute, den angeschossenen Hasen.

»Sie hat eine schlimme Nacht hinter sich«, sagt die nette Garda-Frau. »Sie muss sich unbedingt ausruhen.«

»Will dieses Mädchen Anzeige erstatten, ist Lyrebird in Schwierigkeiten?«, fragt Bianca.

»Bisher hat niemand Anzeige erstattet«, antwortet die Polizistin.

Bianca wendet sich an Laura. »Ein Mädchen aus dem Club behauptet nämlich, du hättest sie geschubst. Eine Tätlichkeit. Curtis will Informationen darüber, er muss eine Presseerklärung vorbereiten.«

Laura schluckt nervös und versucht nachzudenken. »Nein, ich hab niemanden geschubst. Mir war schwindlig, ich hab versucht, mich festzuhalten. Ich brauchte Hilfe, ich war … kriege ich jetzt Ärger?«

»Nein«, schaltet sich die Garda ein. »Niemand hat Anzeige erstattet. Du solltest lieber uns glauben als den Zeitungen. Ich hoffe, Sie bringen sie irgendwohin, wo sie sicher ist«, wendet sie sich dann an Bianca.

Laura stößt ihre Laute aus, sie ist aufgeregt, durcheinander, sie versucht, noch einmal zu durchleben, was passiert ist, um es besser verstehen zu können.

Vorsichtig beäugt Bianca sie. Natürlich hat sie Lauras Laute schon öfter gehört, aber so verzweifelt klangen sie noch nie – sie kommen heraus wie zittrige Atemzüge, wie Schluckauf nach langem Weinen. »Alles okay, Laura?«, fragt sie sanft, bekommt aber keine Antwort.

»Haben wir das richtig verstanden, dass diese

Geräusche normal für sie sind?«, hakt die Polizistin noch einmal nach.

»Ja, aber …« Bianca sieht sehr besorgt aus.

»Es geht schon«, meint Laura, ein wenig ruhiger. »Ich möchte nur weg …« Fast hätte sie ein »nach Hause« hinzugefügt. Nach Hause. Aber sie weiß nicht mehr, wo sie zu Hause ist. Eine große Erschöpfung überkommt sie.

»Okay, wir bringen dich in ein Haus, in dem du es gemütlich hast und in Sicherheit bist, keine Sorge«, verspricht Bianca. »Aber vor dem Revier stehen Unmengen von Fotografen«, fügt sie etwas nervös hinzu und mustert Lauras mitgenommenes Äußeres. »Hier, nimm die«, sagt sie dann entschlossen und gibt Laura ihre überdimensionale Sonnenbrille. Gehorsam setzt Laura sie auf und fühlt sich augenblicklich vor der Welt geschützt. »Und die auch.« Sie schlüpft aus ihrer Pelzweste und hält sie Laura hin. Aber Laura zögert. So hat Bianca sich noch nie benommen.

»Es ist kein echter Pelz«, erklärt sie – als wäre das Lauras Problem.

Aber schließlich streift Laura die Weste über, denn sie sieht ein, dass sie vielleicht nicht hundertprozentig zu ihrem umgearbeiteten karierten Männerhemd passt, aber wenigstens die schlimmsten Flecken verdeckt. Zum Schluss bedankt sie sich noch bei den Polizisten und stellt sich dann dem Kreuzfeuer der Fotografen. Als sie eine TV-Kamera entdeckt und dahinter Rachel zu erkennen glaubt, schöpft sie sofort Hoffnung, dass auch Solomon in der Nähe ist und dass sie gleich in sein hochkonzentriertes Gesicht blicken wird, mit dem er den Geräuschen der Umgebung lauscht. Aber er ist nirgends zu sehen, und sie begreift, dass es die Kamera eines Nachrichtensenders ist, dessen Korrespondent ihr Fragen entgegenbellt und ihr ein riesiges Mikrophon unter die Nase hält.

Bianca und Michael führen sie so schnell zum Auto, dass Laura ihre Umgebung nur noch verschwommen wahrnimmt. Auf den Fotos sieht sie später wie ein anderer Mensch aus – um die Reste des Erbrochenen in ihren Haaren zu verstecken, hat Bianca ihr die Haare auf dem Oberkopf zu einem Knoten frisiert, dazu trägt sie die Pelzweste über dem Karohemd, die riesige Sonnenbrille, ihre abgewetzten Doc Martens, die sie seit zehn Jahren besitzt, und ihre Wandersocken. Eine neue Stil-Ikone für die Modezeitschriften – Pelz und Karos, Doc Martens und Wollsocken. Alle lieben den unkonventionellen Lyrebird-Look. Als Laura die Bilder zu Gesicht bekommt, erkennt sie sich selbst nicht.

Der SUV fährt los, Bianca wirft ein paar Zeitungen neben Laura auf den Rücksitz.

»Das sind die wenigen, die es rechtzeitig in Druck geschafft haben. Aber morgen wird es garantiert noch mehr davon geben.«

»Sie muss diesen Schund doch nicht unbedingt sehen«, wirft Michael ein.

»Curtis hat mir aber aufgetragen, ihr die Zeitungen zu zeigen«, erwidert Bianca. Michael ist anderer Meinung, beißt aber die Lippen aufeinander und schweigt. Laura blickt auf die Schlagzeilen.

BETRUNKENER LYREBIRD
EIN VÖGELCHEN DREHT DURCH
SPATZENHIRN NACH DURCHZECHTER NACHT

Lauras Herz pocht, ihr ist übel. Sie lässt das Fenster herunter, um ein bisschen Luft zu bekommen, und fragt sich, warum die Zeitungsleute eigentlich so wütend auf sie sind. Sie spürt ihre Wut in Wellen von den Zeitungsseiten aufsteigen, und das jagt ihr Angst ein.

Bianca dreht sich auf dem Beifahrersitz um, nimmt Laura den Stapel wieder weg und wirft sie vor sich auf die Fußmatte. Michael mustert Laura im Rückspiegel. Aber Laura hat längst genug gesehen, um sich für immer daran zu erinnern. Die Fotos von ihr sind entsetzlich – ein lachender Rory hält sie mit Mühe aufrecht, die Haare verdecken ihr halbes Gesicht. Alles ist aus dem Gleichgewicht geraten, ihre Beine, ihre Füße in seltsam verdrehten Winkeln. Auf manchen Bildern wirkt sie mit ihren halb geschlossenen Augen wie im Drogenrausch, oder ihre

Augen sind wie tot, die Pupillen so groß, dass das Grün um sie herum kaum noch zu erkennen ist. Auf anderen liegt sie, alle viere von sich gestreckt, in einer schmutzigen Gasse, der Boden ist nass – verschütteter Alkohol oder der Himmel weiß, was. Im Schein der Blitzlichter ist ihr Gesicht schlohweiß.

Doch auf keinem Foto sieht sie hilflos oder ängstlich aus. Auf einmal beginnt Laura zu begreifen, warum alle so wütend auf sie sind. Man hält sie für eine Lügnerin! Sie ist gar nicht das unschuldige Mädchen, das keinen Alkohol trinkt und eine tiefe, innige Verbindung zur Natur hat, wie bisher behauptet wurde. Nein, Lyrebird sieht aus wie jemand, der die Kontrolle verloren hat, wie ein Junkie. Sie sieht aus wie eine Person, deren Bekanntschaft sie entschieden meiden würde. Die Zeitungen sind wütend, weil sie sich belogen und verarscht fühlen.

Vielleicht ist es so. Vielleicht haben sie recht.

Sie holt sich die Zeitungen wieder von Bianca zurück. Anscheinend hat sich das schlimmste Klatschblatt die Fotos des Mädchens angeeignet, das mit Laura auf der Party war – der Party, auf der sie schließlich die Besinnung verloren hat. Aber warum sieht man auf den Bildern nicht, wie übel ihr war, wie viel Angst sie hatte, wie sehr sie sich nach ihrem Zuhause sehnte? Lyrebird sieht aus, als hätte sie Heroin gespritzt. Immer wieder muss Laura die Fotos anschauen, sie kann die Zeitung nicht zusammenfalten. Aber sie schafft es einfach nicht, sich selbst auf den Bildern zu finden, sie stimmen überhaupt nicht mit den Gefühlen überein, an die sie sich erinnert: Angst, Verwirrung, blankes Entsetzen. Das Mädchen auf diesen Fotos ist selbstzufrieden, high und hochnäsig.

»Wir bringen dich ins Kandidatenhaus. Im Hotel haben wir dich ausgecheckt, da sind zu viele Presseleute. *StarrGaze* stellt ein Haus zur Verfügung, in dem alle Finalisten bis zur großen Show wohnen können. Bisher also nur du. Dort bist du vor der Presse in Sicherheit, und auch für deine Mitkandidaten ist es nicht mehr so leicht, der Presse etwas über dich zu erzählen. Obwohl ein paar leider schon geplaudert haben.« Bianca dreht sich zu Laura um. »Nimm dich vor allem vor Alice in Acht, sie ist ein Schlitzohr. Ihr Halbfinaltermin ist morgen Abend, und sie wird aller Wahrscheinlichkeit nach genug Stimmen bekommen, um es ins Finale zu schaffen. Und Curtis will dich auch sprechen.«

Doch statt sich Sorgen zu machen wegen ihrer potentiellen Mitbewohnerin, mit der sie nie sonderlich gut zurechtgekommen ist, oder Angst vor dem Gespräch mit Curtis zu bekommen, fühlt Laura nur eine große Erleichterung, dass sie in dieses Haus gebracht wird. Es gibt also doch noch eine Brücke, sie ist nicht vollständig isoliert. Ein neues Zuhause, ein Ort, an dem sie sich verstecken kann, eine Brücke, die sie nutzen kann, um sich dem Unbekannten zu nähern. Jetzt gibt es kein Zurück mehr, damit ist es endgültig vorbei. Es wäre ja für sie auch schlicht unmöglich, ihr altes Zuhause zu erreichen.

Das Kandidatenhaus liegt außerhalb von Dublin in den Wicklow Mountains, und Laura ist glücklich, endlich wieder in der Natur zu sein, umgeben von Bäumen, Bergen – und Raum. Aber zunächst kann sie die Aussicht kaum genießen, weil sie geradezu zwanghaft immer wieder auf die Zeitungsfotos schaut, um die fremde Gestalt zu betrachten, die ihre Kleider trägt. Wenigstens hilft es ihr beim Atmen, auf die Bäume zu schauen.

Als sie die Tore erreichen, sind die Fotografen schon da, und genau wie gestern wird wieder an die Autofenster gehämmert. Laura hört sich selbst, wie sie ihre Laute ausstößt, und Michael beobachtet sie besorgt im Rückspiegel, während sie warten, dass das Tor endlich geöffnet wird.

»Wir sind fast da«, sagt er leise und beruhigend.

Leider ist das Haus vom Tor aus sichtbar, viel Privatsphäre wird es also nicht geben. Alle Vorhänge sind offen, man sieht deutlich jemanden am Fenster stehen und dann rasch verschwinden. Laura macht sich eine Notiz im Hinterkopf, das niemals zu riskieren.

Simon, ein Mitglied des Produktionsteams, wird bei den Kandidaten wohnen und sich um ihre Bedürfnisse kümmern. Er begrüßt sie freundlich, aber Laura kann ihm kaum ins Gesicht sehen. Eigentlich möchte sie sich bei ihm und auch bei Michael und Bianca dafür entschuldigen, dass sie der Show so viel unerwünschte Aufmerksamkeit beschert hat, aber sie bringt vor lauter Scham kein Wort heraus. Mit gesenktem Kopf geht sie die Treppe zu ihrem Zimmer hinauf und ist erneut dankbar für Biancas Sonnenbrille. Michael trägt ihr Gepäck, Bianca bleibt noch einen Moment bei ihr im Zimmer und informiert sie in betont leichtem Ton, dass Curtis morgen vorbeikommen wird. Trotzdem klingt es wie eine Warnung.

Sobald sie allein ist, löscht Laura sofort das Licht und zieht die Vorhänge zu. Zum Glück ist sie auf der Rückseite des Hauses untergebracht und sieht durch die Fenster nur den Garten – Bäume, eine Wiese mit einer Schaukel und einer Rutsche. Als Erstes duscht sie ausführlich, und als sie sich endlich wieder sauber fühlt, steigt sie sofort ins Bett. Ihr ist immer noch übel vom Alkohol, sie fühlt sich zutiefst gedemütigt, und obwohl ihr Magen knurrt, will sie nicht nach unten gehen, um jemanden nach etwas Essbarem zu fragen. Sie will niemanden sehen. So liegt sie zusammengerollt in ihrem neuen Bett und zieht sich die Decke über den Kopf. Endlich kann sie sich wieder verstecken. Irgendwann schläft sie ein.

31

»Vom anonymen Waldmädchen zum Internet-Superstar – es scheint, als ob der Druck ihres neugefundenen Ruhms dem StarrQuest-*Liebling Lyrebird nun doch zuzusetzen beginnt, denn Laura Buttons Sprecherin bestätigt Berichte, dass sie letzte Nacht in einen Vorfall in der Toilette eines Dubliner Nachtclubs verwickelt war. Fotos in den heutigen Tageszeitungen zeigen Lyrebird, wie sie von einem Sicherheitsmann des Clubs, der sich zum Eingreifen gezwungen sah und von ihr mit einem Glas Wasser beworfen wurde, an die Luft gesetzt wird.«*

Der Bericht springt zu einer Videoaufnahme von Laura.

»Ihr Auftritt bei der Talentshow StarrQuest *hat sie innerhalb weniger Wochen auf der ganzen Welt berühmt gemacht, aber Berichten zufolge wurde sie in Dublin auf der Straße, wo sie völlig verzweifelt umherirrte, aufgegriffen und zu ihrer eigenen Sicherheit aufs Polizeirevier gebracht. Inzwischen befindet sie sich wieder in der Obhut der Produzenten der Talentshow und wohnt in einem* StarrQuest-*Privathaus, in dem die Finalisten untergebracht sind.*

Die Produzenten von StarrQuest *haben Lyrebird heute in Schutz genommen und eine lange Presseerklärung veröffentlicht, in der sie unter anderem dazu aufgerufen haben, mit den Gehässigkeiten aufzuhören. Jack Starr beschreibt Lyrebird als eine sanfte, freundliche junge Frau, die es in ihrer Kindheit und Jugend nicht leicht hatte. Laura wurde im Alter von sechzehn Jahren nach dem Tod ihrer Mutter von ihrer Großmutter in einem Cottage allein gelassen und lebte dort zehn Jahre lang. Abgesehen von ihrem Vater wusste niemand von ihrer Existenz, und auch ihr Vater versuchte, sie geheim zu halten. Starr meint, dass Laura verständlicherweise nur schwer mit den Veränderungen in ihrem Leben klarkommt und dass die Entwicklung seit ihrem ersten Auftritt sie überwältigt hat. Seiner eigenen Erfahrung nach ist es für einen jungen Menschen in höchstem Maße furchteinflößend und verunsichernd, in so kurzer Zeit zum größten Star des Planeten aufzusteigen, und genau das habe Laura nun gerade am eigenen Leib erfahren.*

Lyrebird hatte mehr als die sprichwörtlichen fünfzehn Minuten Ruhm und wird aus Buchverträgen, Werbeverträgen und Auftritten sicher Millionen verdienen. Aber auch der Ruhm hat seinen Preis, und wie es aussieht, beginnt Laura Button gerade, ihn zu bezahlen.«

Solomon steht auf und schleudert die Fernbedienung an die Wand über dem Kamin. Sie kracht gegen das Mauerwerk, der Rücken fällt ab, die Batterien verteilen sich quer über den Boden. Etwas erschrocken duckt Bo sich zusammen und verkriecht sich tiefer in der Couchecke. Er schaut sie an, aber keiner von beiden sagt etwas, das ist auch nicht nötig. Bo sieht mindestens so schuldbewusst aus, wie er sich fühlt.

»Wir müssen etwas unternehmen«, sagt Solomon, und er fühlt und hört die Emotionen in seiner Stimme. Er erträgt es kaum, hier zu sitzen und zuzuschauen, wie Laura auseinandergenommen wird.

»Ich versuch es doch, Solomon«, antwortet Bo mit Tränen in den Augen.

»Ich hab genug davon, dass wir versuchen, über *StarrQuest* mit ihr zu reden.« Wütend geht er im Zimmer auf und ab. »Wir müssen direkt mit ihr Kontakt aufnehmen. Wo ist denn dieses Kandidatenhaus, das sie in den Nachrichten erwähnt haben?«

»Keine Ahnung«, sagt Bo und denkt nach. Dann hat sie eine Idee. »Aber die Fansites werden es wissen.«

»Ich bin ein Freund von Laura Button und würde sie gerne sehen«, sagt Solomon zu dem Securitymann am Tor.

Der Mann lacht und kommt mit einem Clipboard auf ihn zu. »Da sind Sie wahrhaftig nicht alleine.«

Solomon schaut sich um. Ein Dutzend Fotografen

und eine Kameracrew beobachten ihn, anfangs mit Interesse, dann amüsiert und spöttisch, weil auch ihm ein Wunsch abgeschlagen wird. Hinter einer Absperrung stehen ein paar Hardcore-Fans, ihre Schlafsäcke liegen am Wiesenrand, sie haben ein selbstgemaltes Banner mit der Aufschrift *We ♥ Lyrebird* gehisst.

»Lass sie in Ruhe«, ruft ein Mädchen ihm zu.

Solomon ärgert sich.

»Wenn Sie ihr ausrichten könnten, dass ich hier bin, würde sie Ihnen bestätigen, dass sie mich sehen möchte.«

Der Sicherheitstyp mustert ihn von oben bis unten. »Warum rufen Sie Laura Button nicht erst mal an? Und sagen ihr, sie soll mich anrufen und bitten, Sie reinzulassen?«

Solomon knirscht mit den Zähnen. »Ich kann sie nicht anrufen. Deshalb bin ich ja hier.«

»Tja, dann kann ich Sie leider nicht reinlassen. Ihr Name muss auf einer Liste stehen, und weil er da nicht ist, kann ich Sie auch nicht reinlassen.«

Solomon stellt den Motor ab und steigt aus.

»Sir, ich empfehle Ihnen, im Auto zu bleiben. Es besteht keine Veranlassung auszusteigen.«

Der Mann steht so dicht an der Autotür, dass Solomon sie nicht öffnen kann. Er drückt ein bisschen kräftiger, die Tür geht auf, stößt den Mann an, der einen Schritt zurück macht.

»Hey, was haben Sie vor? Ich hab Ihnen doch gesagt, Sie sollen im Auto bleiben!«

»Dann blockieren Sie nicht meine Tür! Machen Sie, dass Sie wegkommen!«, brüllt Solomon und geht auf den Mann los, und dann brüllen sie beide, Nase an Nase. Ein gelangweilter Fotograf macht ein paar Bilder von der Szene.

Aus einer Hütte erscheint ein weiterer Sicherheitsmann. »Ist was, Barry?«, fragt er besorgt.

»Großartig, vielleicht können Sie mir ja helfen«, ruft Solomon, streicht sich die Haare aus dem Gesicht und versucht, sich zusammenzunehmen. »Ich muss mit Laura Button sprechen, ich bin ein Freund von ihr. Ich weiß, dass ich nicht auf der Liste stehe, aber wenn Sie Laura anrufen, was Sie höchstens eine Sekunde Ihrer Zeit kosten würde, wird sie mich sofort empfangen. Okay?«

»Wer?«, fragt der Mann und schaut zwischen seinem Kollegen und Solomon hin und her.

»Lyrebird«, antwortet Barry.

»Sie heißt Laura. Laura Button«, erklärt Solomon und echauffiert sich schon wieder.

»Lass Lyrebird in Ruhe«, ruft das Mädchen wieder. »Leute wie du helfen ihr überhaupt nicht!«

Solomon ignoriert sie.

»Dann kennen Sie also ihren wirklichen Namen, Sie verfolgen die Nachrichten«, stellt Barry unbeeindruckt fest.

»Okay, okay, immer mit der Ruhe«, mischt sich der zweite Securitymann wieder ein. »Kein Grund, sich so aufzuregen.«

Solomon beruhigt sich wieder. Dieser Mann gefällt ihm, vielleicht sieht er ja ein, dass Solomons Bitte ganz einfach zu erfüllen ist.

»Kommen Sie mal mit.« Solomon folgt ihm in die Securityhütte, außer Sichtweite der Schaulustigen. Endlich nimmt ihn jemand ernst.

»Ich bin übrigens Richie, und jetzt erkläre ich Ihnen mal, wie das hier funktioniert«, sagt der Mann ruhig, als sie dort angekommen sind.

»Ich hab's ihm schon erklärt«, unterbricht Barry, der ihnen gefolgt ist.

»Barry«, meint der andere warnend, und der Angesprochene verlässt leise schimpfend die Hütte.

»Wir bekommen eine Liste der Leute, die hier Besuche machen dürfen. Es ist eine sehr strenge Liste. Wenn Sie jemanden in diesem Haus sehen wollen, müssen Sie mit dem Produktionsbüro Kontakt aufnehmen, und die geben dann uns Bescheid. Wir dürfen nicht jeden x-Beliebigen reinlassen. Und Sie gehören nicht mal zur Familie. Außerdem ist es zehn Uhr abends. Zu spät für Besucher.«

»Das leuchtet mir ja ein und ist auch gut so. Aber ich weiß hundertprozentig, dass Laura mich sehen will. Ich bin nicht auf der Liste, weil sie nicht sicher war, ob ich sie besuchen kann. Wenn Sie ihr jetzt sagen, dass ich hier bin, ist das ganz bestimmt keine vertane Zeit, das schwöre ich Ihnen.«

Richie taxiert Solomon, als versuche er, aus ihm schlau zu werden.

Dann greift er zum Telefon, und Solomon stößt einen tiefen Seufzer der Erleichterung aus.

»Simon, ich bin's, Richie. Ich hab hier einen Besucher für Lyrebird. Ja. Er steht vor mir. Nicht auf der Liste, nein, aber er möchte sie unbedingt sehen.«

»Solomon Fallon«, mischt Solomon sich ein, weil ihm plötzlich auffällt, dass Richie ihn nicht einmal nach seinem Namen gefragt hat.

»Solomon Fallon«, wiederholt Richie ins Telefon. Dann lauscht er. Sie warten. »Die müssen das überprüfen«, erklärt er hilfsbereit, und sie warten weiter.

Aber irgendwas stimmt nicht. Solomon spürt es genau. Er schaut auf das Telefon und sieht auf einmal, dass Richie gar nicht telefoniert hat. Er hat nur so getan, das Ganze ist eine Farce. Wenn Solomon die Ohren spitzt, kann er am anderen Ende der Leitung das Freizeichen hören.

»Das ist Unsinn, verdammter Unsinn.« Mit einer Handbewegung wischt er sämtliche Papiere vom Tisch, stürmt hinaus und steigt in sein Auto. Barry salutiert, Richie zuckt die Achseln, als wollte er sagen, dass es einen Versuch wert war.

»Kontaktieren Sie das Produktionsbüro«, wiederholt er mit fester Stimme und klopft dabei mit der Hand auf die Kühlerhaube.

Solomon tritt aufs Gaspedal und fährt in Höchstgeschwindigkeit davon, sein Blut kocht, sein Herz rast vor Wut.

Ein Klopfen an der Tür weckt Laura am folgenden Morgen, und Simon von *StarrGaze Entertainment* informiert sie, dass Curtis da ist. Hastig schlüpft sie in eine Jeans, ein T-Shirt und schlingt zum Schutz noch einen übergroßen Cardigan um sich. Solomon hat ihn für sie in Cork ausgesucht. Ihre frisch gewaschenen Haare lässt sie offen, damit sie im Notfall ihr Gesicht dahinter verstecken kann. Dann tappt sie barfuß zum Versammlungsraum.

Curtis sitzt am Kopfende eines großen Esstischs. Der Saal liegt nach vorn, und Laura hält an der Tür kurz inne und schaut zum Fenster.

»Setz dich«, sagt Curtis.

»Können sie uns von draußen sehen?«

Er schaut aus dem Fenster. »Du hast Angst, dass man dich sieht?«, fragt er verwundert, steht aber trotzdem auf und schließt die Vorhänge.

»Danke«, sagt sie leise und nervös.

»*StarrGaze* hat eine Menge für dich getan. Wir haben dich mit offenen Armen bei uns aufgenommen, dich gut behandelt, dir eine internationale Plattform gegeben, den Flug nach Australien für dich bezahlt und sind auch für deine Klamotten, für den Friseur und das Hotel aufgekommen. Kurz gesagt – wir waren sehr großzügig.«

»Ich weiß, und ich bin wirklich …«

Aber Curtis lässt sie nicht zu Wort kommen, sondern spricht weiter, als hätte sie nichts gesagt. »Wir sind eine Familiensendung. Die Altersgruppe zwischen sechzehn und vierunddreißig macht über siebzig Prozent unserer Zuschauer aus.« Noch immer starrt er sie feindselig an, als hätte er den Eindruck, sie würde ihn nicht verstehen. »Wir erwarten, dass du dich an deinen Vertrag hältst, den du unterzeichnet hast und in dem wir abgemacht haben, dass du nichts tun wirst, was das gute Image und den Namen von *StarrQuest* und *StarrGaze Entertainment* beschädigen könnte.«

Wieder lässt er sie nicht zu Wort kommen, sondern fährt ohne Pause fort: »Wir haben die Sache besprochen und sind zu der Entscheidung gekommen, dass du weitermachen kannst. Wir erlauben dir, im Finale aufzutreten.«

Nun hält er inne, und Laura starrt ihn verwundert an. Sie ist überhaupt noch nicht auf den Gedanken gekommen, dass man sie aus der Show werfen könnte.

Aber Curtis sieht sie an, als warte er auf etwas.

»Danke«, flüstert Laura schließlich mit erstickter Stimme und fühlt sich, als hätte man ihr ein zweites

Leben geschenkt, obwohl sie gar nicht wusste, dass sie es brauchen würde.

»Gern geschehen«, antwortet Curtis düster. »Aber du hast einen harten Kampf vor dir. Du musst eine Menge Menschen davon überzeugen, ihre Meinung zu ändern.«

Laura nickt, ihre Gedanken rasen.

Curtis steht auf und spricht weiter – es klingt, als hätte er einen Vortrag einstudiert. »Ich gebe zu, dass dein Leben sich immens verändert hat. Das war sicher sehr anstrengend. Wenn du es wünschst, stellt dir *StarrQuest* gern einen qualifizierten Therapeuten zur Verfügung. Ich rate dir sehr, mit ihm zu sprechen. Soll ich einen Termin für dich vereinbaren?«

Laura stellt sich vor, sich einem weiteren Angestellten von *StarrQuest* erklären zu müssen. Es würde nichts besser machen, sie müsste alles noch einmal durchleben, was sie eigentlich doch nur vergessen möchte.

Sie schüttelt entschieden den Kopf.

»Falls du es dir anders überlegst, solltest du es deiner Betreuerin sagen. Ansonsten schlage ich vor, dass du vor deinem Auftritt beim Finale mit niemandem redest. Keine Medien. Genau genommen ist das kein Vorschlag, sondern eine direkte Anweisung von *StarrQuest.*«

»Okay.« Laura räuspert sich, »Was ist mit der Dokumentation? Jack wollte mit …«

»Ja, er wollte mit *Mouth to Mouth* sprechen – und du hast ihnen gegenüber keine Verpflichtungen mehr, die Sache ist beendet.« Es klingt endgültig.

Laura kommen die Tränen. Nun ist es also wahr geworden. Ihre Verbindung zu Solomon ist endgültig zerrissen, und das bricht ihr das Herz. Ihr Gesicht wird heiß, die Tränen brennen in ihren Augen. Sie hat Angst zu fragen, ob es daran liegt, dass Bo und Solomon nach dem Vorfall Montagnacht nichts mehr mit ihr zu tun haben wollen, oder ob Curtis einfach seinen Kopf durchgesetzt hat. Immer wieder hat sie sich einzureden versucht, dass Solomon die Zeitungen vielleicht gar nicht zu Gesicht bekommen hat, aber sie muss realistisch bleiben – auch sein Bruder ist auf den Fotos, seine Familie wird sie sehen, seine Freunde, seine netten Nachbarn, die sie beim Fest seiner Mutter kennengelernt hat. Alle diese Menschen, die so gut zu ihr waren, werden erfahren, welchen Mist sie gebaut hat.

Als Curtis aufbricht, zögert er einen Moment, fast so, als würde er es sich anders überlegen, als hätte er vielleicht doch ein Herz. Zitternd wartet Laura darauf, dass er sagt, sie könne Solomon sehen. Oder sie dürfe bei der Show doch nicht mehr mitmachen.

»Diese Geschichte hier wird in ein paar Tagen veröffentlicht. Man hat mir eine Kopie gegeben, die du dir anschauen solltest – damit du die Möglichkeit hast, darauf zu antworten.«

Er legt einen großen braunen Umschlag auf den Tisch, dreht sich um und geht davon.

Laura starrt auf den Umschlag, ihr Herz rast.

Es klopft, und sie dreht sich um. Langsam öffnet sich die Tür, aber niemand kommt herein. Dann erscheint ein Gesicht, aber kein menschliches. Es ist Alans Bauchrednerpuppe Mabel. Von Alan selbst keine Spur.

Mabel räuspert sich.

»Hi, Mabel«, begrüßt Laura sie und lächelt.

»Mabel möchte wissen, ob Lyrebird vielleicht Lust hat auf eine Tasse Tee. Soweit ich gehört habe, hat Lyrebird nichts gegessen, seit sie gestern hier angekommen ist. Alan kocht ihn gerade. Den Tee.«

»Danke, Mabel«, sagt Laura. »Du bist sehr nett. Aber nenn mich bitte Laura.«

»Okay, Laura«, antwortet Mabel schüchtern. Laura muss lachen. Obwohl Mabel natürlich nicht rot werden kann, ist sie trotzdem so lebensecht, dass sie real erscheint. So bewegt Alan ihr Gesicht.

Jetzt streckt endlich auch Alan den Kopf durch die Tür. Laura mag Alan. Er ist in der Vorrunde am selben Abend aufgetreten wie sie, ein netter, ungewöhnlicher Mann. Mit seinen vierzig Jahren wohnt er immer noch bei seinen Eltern und steckt sein ganzes Geld in Mabel und in die Perfektionierung seiner Darbietung. Er hat ein gutes Herz und ist enorm talentiert.

»Herzlichen Glückwunsch, Alan. Ich wusste noch gar nicht, dass du ins Finale gekommen bist, ich hab die Show gestern verpasst.« Es ist ihr peinlich, dass sie von dem Abend, der für ihren Mitkandidaten so wichtig war, einfach nichts mitbekommen hat. Daran ist nur ihr Egoismus schuld.

»Danke. Ich fühle mich heute nicht besonders, Mabel hat mich gestern nämlich gezwungen, aufzubleiben und zur Feier des Tages eine Flasche Jameson mit ihr zu trinken.«

Laura muss lachen.

»Mabel hat mir gesagt, dass sie dich Laura nennen darf – gilt das auch für mich?«

»Selbstverständlich.«

Jetzt kommt Alan ganz herein, auf Zehenspitzen, als hätte er das Gefühl zu stören. So verhuscht benimmt er sich meistens – als dürfte er gar nicht da sein, als wäre er den anderen im Weg. Doch sobald er Mabel auf dem Arm hat, wird er ein ganz anderer Mensch, witzig, charmant, manchmal sogar frech. In seiner Rolle als Mabel sagt er manchmal Dinge, von denen Laura sich nicht vorstellen kann, dass er sie auch nur ansatzweise denkt. Seine Auftritte sind für die Zuschauer ein reines Vergnügen.

»Wollte nur sehen, ob bei dir alles okay ist«, sagt er leise.

Sofort hat Laura wieder Tränen in den Augen, und sie schaut schnell weg.

»O nein, jetzt hast du sie zum Weinen gebracht, du alter Dummkopf«, ruft Mabel entsetzt, und Laura muss lachen.

»Und du bringst sie zum Lachen«, erwidert Alan.

»Ja, was wärst du ohne mich?«, trumpft Mabel auf.

Laura wischt sich die Augen.

Alan setzt sich neben sie.

»Ich schäme mich so, Alan. Ich kann keinem Menschen mehr richtig in die Augen schauen.«

»Du hast überhaupt keinen Grund, dich zu schämen. Wir haben alle schon solche Nächte hinter uns.«

Laura sieht ihn fragend an.

»Also, ich nicht. Aber Mabel schon.«

Mabel wirft ihm einen vielsagenden Blick zu.

Und wieder lacht Laura.

»Schau, wir sitzen alle im selben Boot. Ein paar von den anderen …«

»Alice zum Beispiel«, fällt Mabel ihm ins Wort und hüstelt.

»… ein paar sehen diese Veranstaltung als Wettkampf. Wir alle gegeneinander. Aber für mich ist es anders. Ich bin im Wettkampf mit mir selbst. Schon immer. Es liegt ganz an mir, mein Bestes zu geben.«

»Und an mir«, unterbricht Mabel ihn.

»Und an dir, Mabel, klar. Solche Veranstaltungen können ein Leben verändern. Als ich gestern in der Apotheke war, hat man mich tatsächlich erkannt. Ich wollte ein Ped Egg kaufen. Weißt du, was das ist?«

Laura schüttelt den Kopf.

»Ein sogenannter Fußhobel, damit kann man sich die Hornhaut von den Füßen schrubben.«

»Sexy«, bemerkt Mabel.

»Und wie«, stimmt Alan zu. »Also hab ich mein erstes Autogramm gegeben und dabei über ein Ped Egg diskutiert.«

Laura lacht.

»Ich bin nicht annähernd so bekannt wie du, und sogar ich quäle mich damit rum. Aber du bist eine Zielscheibe für die Medien. Zweihundert Millionen Menschen interessieren sich dafür, was du als Nächstes vorhast.« Alan zuckt die Achseln. »Also – hau sie um!«

»Danke. Die Show will mir jedenfalls noch eine Chance geben.«

Überrascht sieht Alan sie an. »Ist es das, worüber Curtis …«

»Dieses Arschloch«, wirft Mabel ein.

»… mit dir reden wollte?«

Laura nickt.

Alan beugt sich vor, lässt Mabel auf den Tisch fallen, und sie ruft beleidigt: »Autsch!«

»Du weißt hoffentlich, wie die ohne dich dastehen würden. Dann haben sie nur noch eine mittelmäßige irische Unterhaltungssendung, die kaum jemand zur Kenntnis nimmt – ohne dich.«

Schockiert starrt Laura ihn an.

»Du hast *StarrQuest* erst richtig bekannt gemacht. Deinetwegen haben sie ihr Format an zwölf weitere Länder verkauft, und wahrscheinlich werden es noch mehr. Wenn du jetzt aussteigst, gehen sie baden.«

»Wenn du das sagst«, sagt Mabel vom Tisch, wo sie auf dem Rücken liegt und an die Decke starrt.

Laura versucht, die Information zu verdauen.

»Was ist das?«, fragt Alan und blickt auf den braunen Umschlag.

»Ein Artikel, der demnächst in der Zeitung stehen wird. Curtis hat ihn mir zum Lesen gegeben.«

»Lies das lieber nicht«, meint Alan.

»Sollte ich aber.«

»Nein, solltest du nicht. Nichts von der Art solltest du jemals wieder lesen«, beharrt er, und jetzt ist in seiner Stimme keine Spur von Humor mehr zu hören. »Vergifte dich nicht mit diesem Schund, Laura. Du bist der echteste, natürlichste Mensch, den ich je kennengelernt habe. Ich möchte, dass du gewinnst.«

»Und ich möchte, dass *du* gewinnst«, widerspricht Laura mit einem Lächeln.

Sie schauen sich an, und Laura ist über die Maßen dankbar für diese Unterstützung. Als der Blick unangenehm wird, meldet Mabel sich zu Wort.

»Und was ist mit mir, verdammt?«

Alan und Laura lachen beide.

»Stimmt – jetzt bringe ich dir aber erst mal eine Tasse Tee. Wir sollten die Ruhe genießen, ehe heute

Abend der nächste Finalist hier eintrudelt. Und ich mach uns auch was zu essen. Leider kann ich nicht kochen. Ist ein Schinken-Käse-Sandwich okay?«

»Wunderbar, danke.«

»Also ich würde das an deiner Stelle nicht essen«, flüstert Mabel Laura noch schnell ins Ohr, als die beiden sich auf den Weg machen. »Ich glaube nämlich, er will mich vergiften.«

Laura lacht. Dann sitzt sie allein im Raum.

Mit etwas mehr Selbstbewusstsein starrt sie auf den braunen Umschlag. Alan hat recht, sie muss sich ein dickeres Fell zulegen, sie muss lernen, sich nicht alles so zu Herzen zu nehmen. Nach dem Gespräch mit ihm fühlt sie sich zwar ein bisschen stärker, aber sie möchte immer noch wissen, was die Leute über sie denken.

Vorsichtig öffnet sie den Umschlag und lässt die Papiere herausrutschen.

Die erste Seite ist ein Anwaltsbrief, in dem steht, dass der beiliegende Artikel am nächsten Tag veröffentlicht werden soll. Wenn Laura Button darauf antworten will, soll sie dies bitte vor Geschäftsschluss tun.

Sie legt den Brief beiseite und beginnt zu lesen.

LIARBIRD – LÜGENVOGEL?, so lautet die Schlagzeile. In dem Artikel geht es um Garda Liam O'Grady, einen Polizisten aus Gougane Barra, der überzeugt war, dass Lauras Großmutter Hattie Button ihren

Ehemann umgebracht hat und dass auch ihre vierzehnjährige Tochter Isabel, die nach dem Tod ihres Vaters den Namen Button annahm, an der Tat beteiligt war. Der Polizist ist vor einigen Jahren gestorben, aber jetzt hat seine Tochter Sheila der Zeitung ein Interview gegeben.

Dort erzählt sie, wie ihr armer Vater sein Leben lang versucht hat, die beiden Frauen, die er für den Tod seines Freundes Sean Murphy verantwortlich machte, ihrer gerechten Strafe zuzuführen. Sean hatte seine Frau Hattie, eine Engländerin, kennengelernt, als sie bei einer Familie aus der Gegend als Kinderfrau arbeitete. Er verliebte sich Hals über Kopf in sie, die beiden heirateten und bekamen eine Tochter. Aber Hattie war eine unkonventionelle Frau, sie ließ sich nur selten im Dorf sehen, engagierte sich wenig im dortigen Leben und galt immer als Außenseiterin. Sicher, Sean trank gern, aber er war ein fleißiger Farmarbeiter und ein guter Mann. Auf die Frage, ob Sean gewalttätig war – man hatte nach seinem Tod bei Hattie verheilte und frische Prellungen und Platzwunden festgestellt –, antwortete Sheila, dass sie das nicht beurteilen könne und dass es außerdem nichts an der Tatsache ändere, dass Hattie Button und ihre Tochter Lauras Großvater Sean Murphy ermordet hätten.

Laura wird flau im Magen.

Sean wurde mit dem Gesicht nach unten im

Bach auf dem Grundstück gefunden, ertrunken im flachen Wasser. Man stellte Alkohol in seinem Blut und am Hinterkopf eine durch stumpfe Gewalteinwirkung verursachte Verletzung fest. In ihrem Interview betont Sheila immer wieder, ihr Vater habe sein Leben lang fest daran geglaubt, dass Hattie für Seans Tod verantwortlich sei, habe es aber nie beweisen können.

Nach Seans Tod nahm Hattie ihre Tochter von der Schule, und von nun an lebten die beiden wie Einsiedlerinnen. Ihr einziger Kontakt zur Dorfgemeinde war das Familiengeschäft, die Änderungsschneiderei, die sie am Laufen hielten, um zu überleben. Garda O'Grady blieb Hattie auf den Fersen, immer in der Hoffnung, sie zu überrumpeln, aber es sollte nicht sein. Er starb mit dem Gefühl, seinen Freund im Stich gelassen zu haben.

Nach Sheilas Meinung war Lauras Mutter ein bisschen beschränkt. »*Irgendetwas stimmte nicht mit ihr*«, erklärt sie im Interview. Ganz gleich, welche Rolle sie beim Tod von Sean Murphy gespielt haben mag, sei es beschämend, »*was Tom Toolin ihr angetan hat, denn er hat eine kranke Frau ausgenutzt. Kein Wunder, dass sie und ihre Mutter das Kind versteckt haben.*«

Von Lyrebirds Verhalten im Nachtclub zeigt Sheila sich wenig überrascht. »*Sie ist nicht lieb und nett, sie ist nicht so, wie sie zu sein vorgibt. Sie ist ein Liarbird, kein Lyrebird. Eine Lügnerin, genau wie ihre Mutter und Großmutter.«*

Laura stockt der Atem. Sie bekommt keine Luft. Sie bringt keinen Ton heraus. Aber sie liest alles noch einmal, liest, wie ihre geliebte Granny und ihre geliebte Mam noch im Tod verleumdet werden. Ihre Geheimnisse werden ausgeplaudert, all diese dreckigen, schrecklichen Lügen verbreitet, die sie so mühevoll in Schach gehalten haben. Nichts wird erwähnt von ihrem Mut, ihrer Tatkraft und ihrem Temperament, von der Freude und dem Glück, das ihren kleinen Bungalow damals umgab. Nur kalte, hässliche, dunkle, furchtbare Lügen.

Es ist Lauras Schuld. Sie hat das auf sie herabbeschworen. Sie hätte im Wald bleiben sollen, unsichtbar in ihrem Versteck.

32

»Ich glaube, sie steht unter Schock«, sagt Selena, die Opernsängerin. Sie riecht nach Rauch, denn sie kommt gerade aus dem Garten zurück, wo sie ihre stündliche Mentholzigarette geraucht hat, von der sie meint, dass niemand sie bemerkt.

Inzwischen sind sämtliche Halbfinale von *Starr-Quest* abgeschlossen, alle Kandidaten, die es geschafft haben, befinden sich im Haus, die letzten sind gestern am späten Abend eingetroffen – Sparks, ein neunzehnjähriger Zauberer, und Kevin, ein junger, stattlicher Countrysänger. Zwar hätte nur einer von ihnen ins Finale kommen dürfen, aber bei der Abstimmung gab es zwischen ihnen ein Patt – die Zuschauer sind dem Charme beider junger Männer gleichermaßen erlegen. In einem Augenblick der Schwäche brachte Jack es ebenfalls nicht über sich, einen von ihnen rauszuvoten und ließ am Ende beide durch – ein dramatisches Halbfinale voller Spannung und Tränen. Als Ergebnis wird es beim Finale jetzt sechs Nummern geben. Alle Beteiligten müssen nun eine Woche im Kandidatenhaus zusammenleben und sich auf ihre Schlussdarbietungen vorbereiten.

Im Augenblick stehen die fünf anderen Finalisten um Lauras Bett herum und betrachten sie – reglos, zusammengerollt wie ein Fötus liegt sie da und starrt ins Leere, ohne die geringste Reaktion zu zeigen.

»Sie steht definitiv unter Schock«, meint auch Brendan von der Zirkusnummer *Alice und Brendan.* »Wenn schon ich diese ganze Showgeschichte manchmal seltsam finde, stellt euch doch mal vor, wie das für sie sein muss.«

»Ich finde es alles toll!«, ruft Kevin, der Countrysänger. Nachdem er in seinem Song seine heimliche Liebe gestanden hat, gab es fünfhunderttausend Klicks bei YouTube. Gewissensentscheidung hin oder her, letztlich hätte es sich Jack gar nicht leisten können, ihn nicht im Finale zu haben. Und Kevin hat den Fokus seiner Zuneigung inzwischen auf Zirkus-Alice verlagert.

»Kann sie uns hören?«, fragt Alice laut. »Vielleicht hatte sie einen Schlaganfall oder einen Nervenzusammenbruch oder was und kann uns nicht hören.«

»Natürlich kann sie uns hören«, widerspricht Alan entschieden. »Sie möchte uns nur einfach nicht antworten.«

»Dumme Gans«, sagt Mabel.

»Hey, lass Alice gefälligst in Ruhe«, verteidigt Kevin seine Angebetete.

»Und du solltest dir mal ein kleines bisschen Humor zulegen«, faucht Zirkusdirektor Brendan ihn an, denn er ist schon seit Jahren in seine Verrenkungskünstlerin verliebt, der nun dieser dahergelaufene Countrysänger schöne Augen macht. Brendan hat Alice kennengelernt, als sie vierzehn war, und es kam ihm einfach nie richtig vor, ihr seine Liebe zu gestehen. Aber inzwischen ist sie zweiundzwanzig und er zweiunddreißig, und es wäre eigentlich okay, wenn dieser Country-Depp jetzt nicht in die Quere gekommen wäre.

»Habt ihr bemerkt, dass sie keinen Ton von sich gegeben hat?«, fragt Selena.

»Ich bin ja nicht taub«, antwortet Mabel.

»Ich meine nicht das Sprechen«, erklärt die Sängerin, an Mabel gewandt. Die Puppe besitzt eine solch reale Präsenz, dass alle im Haus sie als Mitglied des Teams sehen und völlig vergessen, dass es in Wahrheit Alan ist, der sie kontrolliert. »Ich meine, dass sie auch keinen ihrer Laute von sich gibt«, fährt Selena fort. »Sonst macht sie das doch immer.«

Wieder blicken alle auf Laura, die sich nicht gerührt hat, sondern immer noch zusammengekauert daliegt und reglos an die Wand starrt, als stünden nicht sämtliche Kandidaten einer Fernsehshow um sie herum. Sie gibt keinen Laut von sich. Und das ist für sie wirklich sehr ungewöhnlich.

Alice freut sich anscheinend darüber. Eine Konkurrentin weniger.

»Es ist wie in einem Krimi«, kichert sie. »Wer von uns hat Lyrebirds Laute gestohlen? Na, ich war's jedenfalls nicht.«

»Die waren es«, sagt Alan und schaut auf die Zeitungen, die überall um Lauras Bett herum auf dem Boden liegen. Er bückt sich und hebt eine davon auf. Sie ist gestern, am letzten Tag der Halbfinale, erschienen, und auf der Titelseite wird berichtet, dass Lauras Mutter und Großmutter angeblich für den Tod ihres Großvaters verantwortlich sind. LYREBIRDS LÜGENNEST. Zwar war Laura seit Alans Ankunft vor vier Tagen schon ziemlich still, aber nachdem sie das hier gelesen hat, ist sie in ihren jetzigen Zustand verfallen. Alan macht sich Sorgen. Er faltet die Zeitung zusammen und klemmt sie sich unter den Arm. Seine Wut wird immer größer, er möchte die Zeitung zerreißen, damit Laura sie nie mehr anschauen muss. In einem anderen Klatschartikel wird die schockierende Nachricht enthüllt, dass für den berüchtigten Fototermin »Laura trifft Lyrebird« in Melbourne einer dieser prächtigen Vögel im Dienste der Werbewirksamkeit eingefangen wurde. Dazu gibt es ein großes Foto von Laura neben dem im Käfig schmachtenden Vogel, was zu einem Aufschrei unter Tier- und Vogelschützern geführt hat.

»Wir sollten es den Produzenten sagen«, meint Sparks nervös.

»Nein«, entgegnet Alan schnell. »Das tun wir

nicht. Sie haben Laura ja selbst erst in diese Lage gebracht. Die würden sie im Notfall sogar in diesem Zustand ins Studio schleppen.«

»Was ist mit Bianca? Sie war vor ein paar Tagen hier, weil sie Laura sagen wollte, sie soll irgendwen anrufen. Sie hat eine Nummer dagelassen, aber Laura hat sie sich nicht mal richtig angeschaut.«

»Wir müssen sie dazu bringen, mit Menschen zu sprechen, die ihr helfen«, sagt Alan, ohne weiter auf die Bemerkung einzugehen. »Was ist mit dem Therapeuten, von dem man uns erzählt hat?«

»Du meinst Larry«, antwortet Sparks. Er ist durch seine absolut verblüffenden Kartentricks ins Finale gekommen, doch jetzt hat er ein Zittern in den Fingern entwickelt, das er nicht unter Kontrolle bekommt. Heute Morgen war er zu einer dreistündigen Therapiesitzung bei Larry.

»Taugt er was?«, fragt Selena.

»Zeig uns deine Hände«, ruft Mabel, und Alan schaut sie wegen ihrer unpassenden Bemerkung böse an.

»Tut mir leid«, entschuldigt er sich für sie.

»Schon okay«, antwortet Sparks und vergisst schon wieder, dass Mabel und Alan eigentlich dieselbe Person sind.

»Rufst du den Therapeuten für sie an?«, fragt Alan.

»Ja.«

»Guter Mann.«

»Auf Sparks kann man sich verlassen«, sagt Mabel, als Sparks den Raum verlassen hat. »Zuverlässig und stabil, das ist unser Sparks.«

Die anderen lächeln und schütteln die Köpfe, sie wollen nicht lachen.

Alan ermahnt Mabel wieder.

Laura hört sie alle. Natürlich. Sie ist dankbar für die Fürsorge, aber noch dankbarer ist sie, als endlich alle aus ihrem Zimmer verschwinden. Als sie weg sind, setzt sie sich auf. Sie hat Panik. Ihr war es noch gar nicht aufgefallen, aber ihre Mitbewohner haben recht: Ihre Laute sind verstummt, sie hat sich selbst nicht gehört. Natürlich merkt sie es auch nicht immer, aber sie ist sicher, dass die anderen sich nicht getäuscht haben. Seit gestern hat sie keinen einzigen Laut von sich gegeben. Sie hat nicht an ihre Vergangenheit gedacht, nicht an fröhliche, nicht an traurige oder sonstige Erinnerungen. Sie fühlt sich zu benommen, um auch nur einen einzigen Augenblick ihres Lebens aufzugreifen, sie ist beschäftigt mit dem Hier und Jetzt, und das Jetzt ist leer. Aber alles andere schmerzt viel zu sehr. In ihrem Kopf sind keine Erinnerungen, keine Gedanken, keine Gefühle. Nur das Hier, das Jetzt, das Nichts. Langsam verebbt die Panik, und eine große Ruhe breitet sich über sie.

Wenn sie ganz still ist, wird die Welt vielleicht mit ihr zusammen still sein. Und in dem Gedanken findet sie eine enorme Freiheit.

33

Solomon ist entsetzlich frustriert. Wegen der *Starr-Gaze*-Restriktionen können sie mit der Dokumentation über Laura nicht weitermachen. Bos Vater, ein hochkarätiger Anwalt, kümmert sich um den Fall, aber jeglicher Kontakt läuft über die *StarrGaze*-Rechtsabteilung – Laura können sie einfach nicht direkt erreichen. Als Bos Vater fragte, ob *Mouth to Mouth* auch gegen Lyrebird selbst vorgehen wolle, war Solomon froh und erleichtert gewesen, von Bo ein klares und bestimmtes Nein zu hören.

Die ganze Situation ist ein einziger Schlamassel, und in Wahrheit ist ihm die Doku auch total unwichtig, er möchte nur Laura sehen. Er kommt sich vor wie ein Süchtiger, er braucht sie, und je länger er sie nicht sieht, je mehr Leute ihn abweisen, ihm die Tür vor der Nase zuschlagen und Telefongespräche abbrechen, desto größer wird seine Sehnsucht nach ihr. Da die Dreharbeiten zu *Grotesque Bodies* für die laufende Staffel abgeschlossen sind, hat er zurzeit nichts zu tun. Er will nicht mit Bo in der Wohnung herumsitzen und darauf warten, dass endlich etwas passiert. Ihr Leben ist in eine Warteschleife geraten, und das zeigt ihm deutlich, wie viel für sie beide von der mit Laura geplanten Dokumentation abhängt. Wenn nichts daraus wird, haben sie gar nichts mehr. Wenn sie reden, dann reden sie über Laura. Anfangs ging es hauptsächlich darum, wie faszinierend Laura ist, jetzt sprechen sie eher darüber, wie sie sie zurückholen können. Es ist, als hätte man ihnen ein Kind weggenommen. Und schuld daran ist Bos Vorpreschen und ihrer beider Naivität. Als Laura noch bei ihnen war, hat sie sie auseinandergebracht, aber jetzt, wo sie weg ist, ist sie zum einzigen Verbindungsglied zwischen ihnen geworden. Ohne Laura, ohne das Gespräch über sie haben sie nichts mehr. Alles ist schal geworden zwischen ihnen.

Nach seinem gescheiterten Versuch am Kandidatenhaus hat Solomon versucht, über Bianca mit Laura Verbindung aufzunehmen. Doch auch das hat bisher nicht gefruchtet, und er ist nicht sicher, ob Bianca seine Nachrichten überhaupt weiterleitet.

Jetzt hat er vor, nach Galway fahren und Rory zu verprügeln. Das plant er schon, seit die Nachrichten von Lauras Clubnacht in allen Zeitungen auftauchten und obendrein die dämliche Visage seines Bruders auf ungefähr jeder Seite zu bewundern war. Er hat sich in allen Einzelheiten vorgestellt, was er mit seinem Bruder anstellen wird, und jetzt ist er entschlossen, aktiv zu werden.

Die dreistündige Fahrt macht seine Wut nicht

geringer, im Gegenteil. Immer wieder sieht er die Pressefotos vor sich. Laura, die sich nicht mehr aufrecht halten kann und umkippt. Rory, der daneben steht und nichts Besseres zu tun hat, als zu lachen. Er *lacht*! Immer zorniger fährt Solomon durch die aufziehenden Gewitterwolken.

Er ruft seine Mutter an, um sich ganz unauffällig zu erkundigen, ob Rory zu Hause ist. Da Rory ja im selben Betrieb arbeitet wie sein Vater, kommen sie beide zum Lunch nach Hause. Solomon ist ganz ruhig, er fragt ganz gelassen und ist sicher, dass seine Mutter keinen Verdacht schöpft, er sagt nichts darüber, dass er zu Besuch kommt und sogar schon unterwegs ist. Aber Marie kennt ihn viel zu gut. Als er eintrudelt, sind nicht nur seine Eltern, sondern auch seine Brüder Cormac und Donal und auch seine Schwester Cara da. Das gesamte Empfangskomitee sitzt am Küchentisch.

»Was ist denn hier los?«, fragt Solomon ärgerlich.

Marie senkt die Augen auf ihre Hände und sieht schuldbewusst weg. Als sie Solomons Blick nicht mehr erträgt, steht sie auf und füllt den Wasserkocher. Tee. Ablenkung.

»Wir machen Gruppentherapie«, scherzt Donal, aber Solomon ist nicht in der Stimmung, um darüber zu lachen. Er ist hergekommen, um jemanden zu verprügeln, er hat keine Lust auf Gequatsche. Schon seit Tagen wartet er darauf, seinen Frust an jemandem auszulassen, er hat seine Wut viel zu lange unterdrückt. Nachdem er jetzt auch noch stundenlang im Auto gesessen hat, platzt er fast vor Energie, die abgearbeitet werden will. Er möchte sie nicht ungenutzt lassen.

»Wo ist Rory?«, fragt er und macht sich nicht die Mühe zu verschleiern, weshalb er gekommen ist.

»Lass uns doch erst mal reden«, versucht ihn sein Dad zu beschwichtigen.

»Wo ist der Mistkerl?«, knurrt Solomon. »Ihr sitzt hier rum wie Bodyguards, und das macht ihr für ihn immer. Der kleine Schisser musste den Tatsachen nie ins Auge schauen, wenn er was verbockt hatte, sein ganzes Leben nicht. Und jetzt seht euch an, was ihr damit angerichtet habt. Er wohnt noch daheim bei Mammy und Daddy, er kriegt immer noch jeden Tag sein Lunchpaket. Nimm's mir nicht übel, Mam, aber er ist ein verwöhnter kleiner Pisser. Schon immer.«

Marie macht ein gequältes Gesicht. »Es tut ihm echt leid, was passiert ist. Wenn du ihn sehen würdest …«

»Leid?« Solomon lacht höhnisch. »Na gut, sag mir, wo er ist, dann kann ich mich selbst davon überzeugen, wie leid es dem Mistkerl tut.«

Marie zuckt zusammen.

»Das reicht«, sagt Finbar streng.

»Klar, er ist ein Idiot, Solomon«, lenkt Donal diplomatisch ein. »Das wissen wir alle. Er hat Mist gebaut, aber nicht absichtlich. Er hatte keine Ahnung, was er da anrichtet.«

»Leute«, erwidert Solomon etwas ruhiger, schaut in die Runde und versucht, es ihnen zu erklären. »Er hat Lauras Leben ruiniert. Er hat ihren Ruf zerstört, in der ganzen Welt. Sie hatte nichts, hat auf einem Berg gelebt, kannte keinen Menschen, und dann wusste plötzlich die ganze Welt von ihrer Existenz. Sie hatte die Chance, etwas daraus zu machen …« Die Wut wird wieder stärker, aber er bemüht sich ehrlich, sie im Zaum zu halten. »Sie hatte noch nie Alkohol getrunken. Kein Tröpfchen.«

Marie macht ein betroffenes Gesicht.

»Und wohin geht Rory mit ihr? In einen Pub! Und danach in einen Club! Irgendeinen Promiclub, nur damit er da auch mal reinkommt – er hat sie als Eintrittskarte benutzt. Es hatte nichts mit dem zu tun, was *sie* wollte – es ging nur um ihn. Wenn er schon mal in Dublin ist, was kann er da für sich rausholen? Mich hat er nicht mal angerufen. Ich hätte Laura geholfen. Die Fotografen haben sie verfolgt, sie konnte sich kaum noch aufrecht halten, und was macht unser kleiner Pisser? Er schleppt sie mit zu einer Party! Er lässt zu, dass irgendwer Fotos davon macht, wie sie über der Kloschüssel hängt, wie sie hinfällt, wie sie ohnmächtig wird. Wo zum Henker war er da? Er hätte auf sie aufpassen müssen. Er war für sie verantwortlich.«

Die letzten Sätze sagt er fast zu sich selbst. Auch er war für Laura verantwortlich, aber er hat sie gehen lassen – im Grunde hat er das, was ihr passiert ist, ebenfalls zu verantworten. Wenn er Rory jetzt verprügelt, dann tut er das aus Wut darüber, dass er selbst so verantwortungslos war.

»Ich muss mir das echt nicht anhören«, ertönt plötzlich Rorys Stimme, und Solomon wirbelt herum. »In welchem Zeitalter leben wir denn? Sie ist eine erwachsene Frau, Sol, sie braucht doch keinen Babysitter.«

Solomon ballt die Fäuste und sucht sich auf Rorys hübschem Gesicht eine Stelle aus, auf die er zielen kann, ganz in Ruhe, er will es genießen. Dann hört er Stühle über die Küchenfliesen scharren. Seine Brüder und Cara stehen auf. Solomon spürt sie hinter sich.

»Rory«, sagt Finbar. »Du hast Mist gebaut, und das weißt du auch. Gib es einfach zu, entschuldige dich bei Solomon, und dann lass uns die Sache vergessen. Wir sind doch alle erwachsene Menschen.«

»Warum sollte ich mich bei Solomon entschuldigen? Was hat er denn mit Laura zu schaffen? Wenn ich mit jemandem reden sollte, dann mit Laura.«

»Untersteh dich, jemals wieder in ihre Nähe zu kommen«, knurrt Solomon.

»Und für dich gilt das Gleiche, würde ich sagen«, grinst Rory.

Sie starren einander an.

Dann wandert Rorys Blick demonstrativ zu Solomons geballter Faust. »Was willst du jetzt machen? Mich schlagen?« Wieder grinst er, ein spöttisches Lächeln. Auf einmal sieht Solomon ihn vor sich, wie er ihn früher wegen seines Sprachfehlers verspottet hat. Und da überkommt ihn eine solch unkontrollierbare Wut, ein Hass, der so heftig ist, dass er Angst bekommt, er könnte die Beherrschung verlieren. Er möchte Rory weh tun, aber er will ihn ja nicht umbringen.

»Sag endlich, dass es dir leidtut, Rory, los jetzt!«, befiehlt Marie scharf, und nun fühlt sich Solomon selbst wie ein kleiner Junge.

»Es tut mir leid«, sagt Rory schließlich. »Echt. Ich hab nicht damit gerechnet, dass sie gleich so peinlich neben die Spur kommt. Und ich hab dich nicht angerufen, weil *sie* meinte, dass sie es nicht möchte.«

Solomons Herz beginnt zu rasen. Alles, was Rory sagt, ist als Provokation gemeint, er möchte, dass Solomon zuschlägt, denn damit würde er sich ins Unrecht setzen, und alle würden Rory zu Hilfe eilen.

»*Sie* hat einen Namen.«

»Lyrebird.« Rory verdreht die Augen. »Lyrebird hat mir gesagt, sie möchte nicht, dass ich dich anrufe.«

»Sie heißt *Laura*«, stößt Solomon mit zusammengebissenen Zähnen hervor. »Du kennst ja nicht mal ihren verfluchten Namen.«

»Ich wusste nicht, wo ich sie hinbringen soll«, setzt Rory seine Entschuldigung fort und tut cool. »Sie wollte nicht ins Hotel, sie konnte nicht in deine Wohnung, da ihr euch gestritten habt und *Laura* ausziehen musste, also hab ich das nette Hilfsangebot von ein paar Leuten angenommen, denen wir begegnet sind. Die Frauen auf der Party haben sich um sie gekümmert, ich dachte, *Laura* wäre bei ihnen in guten Händen. Ich wusste wirklich nicht, was da abging.«

Rorys Auftreten passt nicht zu seinem Ton. Solomon spürt, dass seine anderen Brüder dicht hinter ihm stehen.

»Aber wir wissen ja wohl alle, dass es eigentlich kein Problem gäbe, wenn Solomon nicht dermaßen eifersüchtig wäre, weil ich *Laura* zu einem Drink eingeladen habe.«

»Hör auf damit!«, ruft Marie.

»Jetzt gebt euch endlich die Hand«, meldet sich nun auch Finbar zu Wort.

Tatsächlich streckt Rory die Hand aus. Solomon nimmt sie. Am liebsten möchte er Rory zu sich zerren und ihm einen Kopfstoß verpassen. Ihm die Nase brechen. Rorys Griff ist fest für einen kleinen Kerl wie ihn, aber er musste ja auch immer zusehen, dass er in dieser Familie Aufmerksamkeit bekam, gesehen und gehört wurde. Er ist es überhaupt nicht gewohnt, dass seine Familie sich gegen ihn zusammenrottet.

Selbst wenn er sich in diesem Moment nichts anmerken lässt und die Ruhe selbst zu sein scheint, nimmt Solomon ihm diese Haltung keine Sekunde ab. Ihm ist ganz klar, dass dies die schlimmstmögliche Situation für Rory ist – die ganze Familie zwingt ihn, sich bei Solomon für einen Fehler zu entschuldigen, einen Fehler, der ihm auch bewusst ist. Auf einmal beginnt Solomon diese Erkenntnis zu genießen – soll Rory doch denken, er hätte Solomon ausgetrickst. In Wirklichkeit zeigt sich nur seine Schwäche. Und im nächsten Augenblick spürt Solomon, wie seine aufgestaute Anspannung sich ganz langsam zu lösen beginnt und seine Schultern sich entspannen.

Vielleicht erkennt Rory, dass er Solomons Wut nicht länger manipulieren kann, weil Solomon sich ihm nicht mehr unterlegen fühlt – jedenfalls greift er wirklich zum allerletzten Mittel.

»Aber sie ist echt super im Bett, die Kleine«, verkündet er. Seine Mutter ist schockiert, sein Vater stößt einen Schrei der Entrüstung aus.

Mit einem Ruck lässt Rory Solomons Hand los. Solomons Mund ist klebrig und trocken, sein Herz klopft wild, wie eine Trommel, die zur Schlacht ruft.

Dann sieht er eine Faust durch die Luft sausen und in Rorys Gesicht landen. Rory taumelt nach hinten. Doch überraschenderweise ist es nicht Solomons Faust, sondern die von Cormac. Völlig perplex starren alle ihn an, Cormac, den verantwortungsbewussten großen Bruder. Keiner macht Anstalten, Rory zu helfen, der am Boden liegt. Aber schließlich reißen Cormacs Schreie sie aus der Schockstarre.

»Ich glaube, ich hab mir die Finger gebrochen«, jault er.

Rory setzt sich auf, hält sich gequält den Kopf und fragt: »Warum knallst du mir die Faust denn auch mitten auf die Stirn?«

Cara fängt an zu lachen, zückt ihre Kamera und macht Fotos.

Später am Abend sitzen die Geschwister zusammen am runden Tisch im Garten und trinken Bier. Marie ignoriert sie alle – sie bestraft sie für ihr Verhalten mit der Schweigefolter, und Finbar fühlt sich verpflichtet, es ihr nachzumachen –, obwohl alle wissen, dass er viel lieber mit ihnen im Garten sitzen und Bier trinken würde.

Cormacs Hand ist in einer Schlinge. Er hat sich tatsächlich zwei Finger gebrochen, und die Mischung aus Schmerzmitteln und Alkohol macht ihn zum Entertainer des Abends.

Rory meidet den Kontakt zu Solomon so weit wie möglich, auf der Stirn hat er eine Beule so groß wie ein Wachtelei. Die Regenwolken haben sich entladen, alles ist durchnässt, aber alle Geschwister haben ein einigermaßen trockenes Plätzchen zum Sitzen gefunden. In Solomons Kopf hat nur ein einziger Gedanke Platz: Hat Rory wirklich mit Laura geschlafen? Er ist fast hundertprozentig sicher, dass sein Bruder die Geschichte frei erfunden hat, um ihm eins auszuwischen, aber er kann trotzdem nicht aufhören, sich diese Frage zu stellen. Zum Glück kommt Cara ihm zu Hilfe.

»Weißt du, Rory, wenn du wirklich mit Laura geschlafen hast, wird die Polizei dir wahrscheinlich ein paar Fragen stellen wollen.«

»Was?«, jault Rory. »Was meinst du denn damit?«

»Es gibt beim Sex so etwas wie gegenseitiges Einvernehmen, obwohl du mit diesem Wort wahrscheinlich nicht allzu viel anfangen kannst …«, erklärt Cara. »Das heißt, die Frau muss einverstanden sein, sie muss ja sagen. So was gibt's, stell dir vor – andere Männer haben tatsächlich Sex mit Frauen, die nicht besinnungslos betrunken sind. Mit Frauen, die ihrem Liebhaber ins Gesicht sehen können. Also, ich weiß ja, dass das normalerweise nicht so deine Art ist, aber …«

»Halt verdammt nochmal den Mund, Cara.«

Cara zwinkert Solomon zu. »Im Ernst, wir haben die Fotos gesehen. Die ganze Welt hat sie gesehen. Laura konnte ja nicht mehr aufrecht gehen. Wenn du sie zu dieser Party mitgenommen und getan hast, was du behauptest, dann könntest du echt Ärger kriegen.«

Rory schaut in die Runde, wobei er allerdings Solomon noch immer ignoriert. »Ach, egal. Natürlich hab ich nicht mit ihr geschlafen – sie konnte sich ja kaum an ihren eigenen Namen erinnern. Außerdem hat sie die ganze Nacht gekotzt.«

Solomon spürt eine überwältigende Erleichterung, aber ihm bricht fast das Herz beim Gedanken an Laura, die diese Tortur ganz allein durchmachen musste.

»Aber mit einem hatte Rory recht«, meint Cormac mit etwas schwerer Zunge.

»Und zwar?«, grinst Donal.

»Es ist deutlich zu erkennen, dass du dich zu dieser Frau hingezogen fühlst, Solomon.« Er muss ein paarmal Anlauf nehmen, um das »hingezogen« über die Lippen zu bringen, aber er legt Wert darauf. »Rory hat Mist gebaut, stimmt, aber du wärst nicht dermaßen sauer, wenn du nichts für sie empfinden würdest.«

»Cormac Fallon, der große Küchenpsychologe«, lacht Solomon.

»Aber er hat nicht ganz unrecht«, meint Donal.

»Nur schade, dass sie den falschen Bruder mag«, meldet Rory sich zu Wort und bekommt dafür eine Kopfnuss von Cormac.

»Lass mich, mein Kopf dröhnt sowieso schon.«

»Dann halt einfach den Mund«, sagt Cormac.

Sie lachen, auch Rory. Ihr älterer Bruder benimmt sich dermaßen untypisch.

»Bo«, fährt Cormac fort und verzieht das Gesicht. »Du und Bo, ihr überzeugt mich nicht.«

»Du und Madeleine, ihr überzeugt mich auch nicht«, kontert Solomon schnell, aber die Bemerkung fuchst ihn, und er muss sie schnell mit einem Schluck Bier hinunterspülen.

Die anderen rufen »Oh-oh« und beobachten die beiden mit großem Interesse.

»Da hast du vollkommen recht«, erklärt Cormac schließlich ernst und erntet ein überraschtes Kichern. »Manchmal bin ich auch nicht überzeugt von Madeleine und mir.«

Rory zieht sein Smartphone heraus und fängt an, die Runde zu filmen.

»Hör auf, dich wie ein Blödmann zu benehmen«, sagt Cara streng und verpasst ihm einen Schlag auf den Hinterkopf. Rory lässt das Telefon fallen.

Cormac fährt fort: »Madeleine ist … manchmal mag ich sie überhaupt nicht.«

Alle lachen, aber Cormac bringt sie zum Schweigen, er will ihnen etwas sagen.

»Aber … aber … jetzt hört mir doch mal zu. Madeleine ist manchmal die nervigste Person der ganzen Welt. Und dann könnte ich sie würgen. Oder verlassen. Aber selbst in den schlimmsten Momenten – und davon haben wir reichlich, vor allem in letzter Zeit … wegen der ganzen verdammten Wechseljahregeschichte. Wenn ich sie verlassen könnte, bis die überstanden ist, würde ich es tun. Ehrlich.«

Die anderen krümmen sich vor Lachen, aber Cara schüttelt den Kopf. »Unglaublich.«

»Aber ich könnte es nicht. Denn selbst in den Momenten, in denen ich Madeleine nicht mag, liebe ich sie, verdammt nochmal.«

Das ist wahrscheinlich die verdrehteste und romantischste Liebeserklärung, die je einer von ihnen gehört oder gemacht hat.

»Aber das nur nebenbei – wo war ich?« Cormac versucht, sich auf Solomon zu konzentrieren, und hält sich ein Auge zu, damit es besser klappt. »Du und Bo, genau. Ich glaube nicht, dass ihr die Richtigen füreinander seid. Ihr passt überhaupt nicht zusammen.«

»Hör mal, Cormac – und ich weiß es durchaus zu schätzen, dass du dir Gedanken um mich machst«, erwidert Solomon behutsam. »Bo und ich können nur selbst entscheiden, ob wir die Richtigen füreinander sind, niemand sonst.«

»Selbstverständlich!« Cormac wirft die Hände in die Luft und verspritzt dabei den Inhalt seiner Bierflasche in die Gegend. Dann streckt er den Arm aus und bohrt Solomon seinen biernassen Zeigefinger in die Brust. »Aber glaubst *du* denn, dass ihr die Richtigen füreinander seid? Solomon, so ist das Leben, Bruder – es ist nichts Böses und auch keine Schande, sich und anderen einzugestehen, wenn etwas nicht funktioniert. Ich weiß wirklich nicht, wozu du dich so daran festklammerst.«

Am nächsten Tag fährt Solomon mit einem mächtigen Kater zurück nach Dublin und macht sich unterwegs heftigst Gedanken über das, was Cormac und seine anderen Geschwister gesagt haben.

Gestern Nacht erschien es ihm so vernünftig und sinnvoll, sich von Bo zu trennen. Cara hatte ihm die passenden Sätze eingetrichtert, sie redeten darüber, bis die Sonne aufging, aber im nüchternen Tageslicht jagt ihm die Vorstellung große Angst ein.

Er schaltet das Radio an, um sich abzulenken.

»Nun einige Nachrichten aus dem Entertainmentbereich: Es ist und bleibt unsicher, ob Lyrebird im StarrQuest-*Finale auf der Bühne sein wird. Die Kandidatin, deren wirklicher Name Laura Button lautet, erhielt in den sozialen Medien nach ihren ersten Auftritt zweihundertfünfzig Millionen Aufrufe, aber nach einem exzessiven Streifzug durch die Clubszene geriet sie in die Schlagzeilen und damit ins Kreuzfeuer der Medien. Auf einer Pressekonferenz mit den Finalisten gab Jack Starr heute folgende Erklärung ab:*

›Wir hoffen sehr, dass Lyrebird teilnehmen wird. Natürlich ist es ihre Entscheidung, aber wir von Starr-Quest *werden ihr jede Ermutigung und Unterstützung zukommen lassen, die sie braucht.‹*

Lyrebirds Mitkandidat Alan von der populären Bauchrednernummer Alan und Mabel *meinte: ›Laura macht das prima. Es geht ihr gut, sie ist einfach nur erschöpft – körperlich und emotional. Für uns alle war die letzte Zeit eine Achterbahnfahrt, und wie es für sie war, kann man sich kaum vorstellen. Ich glaube, sie braucht einfach ein bisschen Ruhe und Erholung an einem ungestörten, abgeschiedenen Ort, um das, was ihr passiert ist, verarbeiten zu können – denn so etwas ist tatsächlich noch nie da gewesen.‹*

Nach ihrer sensationellen Ausgehnacht war Lyrebird auf sämtlichen Titelseiten überall auf der Welt. Alan meint dazu: ›Laura war kaum aus Australien zurück, wo sie zwei Tage mit einem enorm engen Terminplan verbracht hat, da musste sie sich sofort in die Proben für das Halbfinale stürzen. Dort hat sie gewonnen, und danach hat sie zum ersten Mal in ihrem Leben Alkohol getrunken. Sie hatte es absolut verdient, ihren Erfolg zu feiern, und in dem bewussten Nachtclub hat sie nichts Unrechtes getan, es war schlicht ein Missverständnis – sie brauchte Hilfe, und ein paar Leute haben sie und ihren Zustand ausgenutzt. Das war eine harte Lektion, aber Laura hat sie gelernt.‹

›Wird Lyrebird im Finale auftreten?‹

›Das hoffe ich sehr.‹

›Wirklich? Aber sie ist doch Ihre größte Konkurrentin, Alan. Sie sind beide Publikumslieblinge.‹

›Laura ist die angenehmste, natürlichste und talen-

tierteste Person, die ich jemals kennengelernt habe. Ich hoffe, sie wird auf die Bühne kommen und den Menschen zeigen, warum sie so viel Aufmerksamkeit und Zuspruch bekommen hat. Und ich hoffe, dass sie gewinnt.‹

Was Alan und Mabel *für uns natürlich noch sympathischer und liebenswerter macht. Hat Lyrebird tatsächlich ihre Laute verloren? Verpassen Sie nicht das* StarrQuest-*Finale, und überzeugen Sie sich selbst!«*

Solomon steuert sein Auto zum wütenden Hupen zahlreicher anderer Fahrer über drei Fahrspuren hinweg auf den Seitenstreifen. Dort stellt er die Warnblinkanlage an, lässt das Fenster herunter und holt erst einmal tief Luft. Noch nie in seinem Leben hat er sich so nach einem Menschen gesehnt und ihn so sehr gebraucht.

34

Als Laura sich entschieden hat, den Mund nicht mehr aufzumachen, hat sie auch alle Türen um sich herum zugemacht. Kein Kontakt zu ihren Mitkandidaten, mit denen sie zurzeit zusammenwohnt, kein Kontakt zu Curtis, den sie sich zu sehen weigert, kein Kontakt zu Solomon, dem sie nach ihrer Blamage nicht mehr in die Augen sehen kann, kein Kontakt zu Bo, denn laut Anordnung von *StarrGaze* ist es ihr in nächster Zeit nicht gestattet, mit Medienvertretern zu sprechen.

Sosehr Bo sich bemüht hat – ihre Proteste, ihre Versuche, Jack umzustimmen, zuerst freundlich, dann mit drohenden Anwaltsbriefen –, nichts davon hat gefruchtet. Jack ist nicht erreichbar, weil Curtis alles blockiert, außerdem scheinen sämtliche an *StarrQuest* Beteiligten in Panik zu sein, weil die Show überall auf der Welt im Scheinwerferlicht stehen wird – eine Aufmerksamkeit, die man genossen hat, solange Lyrebird hunderte Millionen Onlineklicks bekam, die man in der momentanen Situation aber fürchtet. Die Angriffe haben sich von Lyrebird auf *StarrQuest* und *StarrGaze Entertainment* ausgedehnt. Von allen Seiten bekommen sie ihr Fett weg: In der Presse und in Talkshows wird eifrig debattiert, ob die Show ihren Star im Stich gelassen hat. Schließlich war Lyrebird doch ihre Verantwortung, oder nicht? Haben sie Lyrebirds Zusammenbruch nicht im Grunde billigend in Kauf genommen? Hätte nicht viel mehr zum Schutz der Kandidatin getan werden, hätte man sie nicht von der Auswahlphase an viel genauer im Auge behalten und psychologisch begleiten müssen? Sollten die Macher einer Talentshow nicht deutlich mehr Verantwortung für das Wohl ihrer Kandidaten übernehmen?

Jack Starr gibt Interviews für CNN, Sky News und überall auf der Welt, er erklärt seine enge Beziehung zu allen Kandidaten von *StarrQuest* und beteuert, dass ihr Wohl ihm am Herzen liegt und stets seine oberste Priorität hat. »Niemand hat damit gerechnet, dass Lyrebirds erster Auftritt dermaßen viel Aufmerksamkeit auf sich ziehen würde, darauf war niemand vorbereitet. Niemand konnte vorhersehen, wie sich ein solches Echo auf eine Person auswirkt, das war für alle Beteiligten völlig neu. Deshalb waren und sind auch alle dafür verantwortlich: die Show, die Medien, die Gesellschaft, die Öffentlichkeit, sogar Lyrebird selbst. Einen solchen Fall gab es noch nie. Lyrebird ist immens talentiert, wir möchten sie und ihre Fähigkeiten unterstützen. Und Sie können mir ruhig glauben, dass wir genau das tun. Wir arbeiten in der Unterhaltungsbranche – wenn das jemandem keine Freude macht, was soll das Ganze dann? Wir haben Lyrebird wiederholt gefragt, ob sie weitermachen möchte. Ob sie bei *StarrQuest* bleiben will, ist einzig und allein ihre Entscheidung, von unserer Seite gibt es keinerlei Druck.«

»Jack, wenn man Ihre eigene Geschichte im Musikgeschäft bedenkt, hätten Sie dann nicht besser auf die Auswirkungen vorbereitet sein müssen, die plötzlicher Ruhm auf einen Künstler haben kann? Zu diesem Zweck hat man doch einen Mentor wie Sie – einen Mann mit jeder Menge Insiderwissen über die positiven und negativen Effekte dieser Branche, richtig?«

Überrumpelt starrt Jack den Journalisten an. Er weiß nicht, was er darauf antworten soll. Überraschung, Einsicht, schlechtes Gewissen, alles zeigt sich gleichzeitig auf seinem Gesicht.

»Wird Lyrebird am Finale teilnehmen?«

Endlich gewinnt Jack seine Fassung zurück. »Lyrebird hat eine Menge Fans, aber es gab in letzter Zeit auch viele kritische Stimmen. Sie wird beweisen, dass ihre Kritiker sich irren.«

Laura stellt den Fernseher in ihrem Zimmer ab, und es wird still. Sie ist gern in diesem Zimmer, es fühlt sich an wie ein schützender Kokon. Hier ist sie sicher. Die Vorhänge hält sie Tag und Nacht geschlossen, alles ist in gedeckten Nude-Tönen gehalten, ganz anders als in ihrem Cottage in Cork, wie auch der Rest des Kandidatenhauses ist alles ein bisschen karg. Man hat nicht das Gefühl, dass in diesem Haus jemand wohnt, dass es jemandem gehört. Abgesehen von der Schaukel und der Rutsche, die verlassen im Garten herumstehen, hat es nichts Persönliches an sich. Laura gefällt diese Unpersönlichkeit. Cremefarben, beige, ein heller weicher Teppich. Sie kuschelt sich unter die Decke, schließt die Augen und lauscht auf ihre Laute. Aber nichts kommt.

Gar nichts.

TEIL 3

Die ersten Federn, die das Männchen in der Mauser abwirft, sind zwei feine, schmale, drahtige, wie eine Lyra geformte Daunen, die, wenn der Schwanz gespreizt ist, über den Fächer hinausragen. In der Balz werden diese Federn stets in einem spitzen Winkel zum Hauptgefieder gehalten …
Wenn die Schwanzmauser abgeschlossen ist, ist es für einen flüchtigen Beobachter über mehrere Wochen kaum möglich, das Männchen vom Weibchen zu unterscheiden. In dieser Periode zieht sich das Männchen mehr oder weniger zurück. Es bleibt seinen Stammplätzen fern, seine Stimme ist kaum einmal zu hören … Es tanzt nicht und singt nur noch selten … Sein gesamtes Verhalten wirkt traurig und niedergeschlagen. Genaue und längerfristige Beobachtung legt den Schluss nahe, dass das Lyrebird-Männchen eine extrem stolze und eitle Kreatur ist, die sich, ihrer Pracht beraubt, zutiefst beschämt fühlt und sich am liebsten in einem Versteck aufhält.

Ambrose Pratt, Die Kunde vom Lyrebird

35

Bo sitzt allein in der stillen Wohnung und beobachtet die Uhr. Solomon ist immer noch nicht aus Galway zurück, und er hat kein einziges Mal angerufen. Allerdings hat auch Bo keinen Kontakt aufgenommen. Sie weiß nicht, ob er heute oder morgen zurückkommt, und sie ist nicht sicher, ob ihr etwas daran liegt. In letzter Zeit hatten sie sich wenig zu sagen – vor allem nichts Nettes –, und inzwischen ist Bo überzeugt, dass sie am Ende ihrer Beziehung angekommen sind. In letzter Zeit sind sie nicht einfach nur an Temposchwellen geraten, die ja dem Zweck dienen, innezuhalten, das Geschehen zu verarbeiten, daraus zu lernen und dann weiterzumachen. Nein, diesmal stehen sie vor einem riesigen Stoppschild, das sie zum Anhalten zwingt.

Sie sitzt am Tisch, in ihrem Kopf dreht sich alles. Was bleibt noch von ihrem Leben? Ihre Dokumentation ist gescheitert. Aber sie will gegen Laura kein Verfahren anstrengen, wie ihr Dad es vorschlägt – das war nie ihre Absicht. Sie befindet sich in einer Umbruchsituation, so viel steht fest. Wie soll sie jetzt weitermachen? Aber die Peinlichkeit ist nicht das

Schlimmste an dem ganzen Schlamassel. Ihr Ruf ist ein bisschen angeschlagen, aber das ist es nicht, was sie beunruhigt. Schlimmer ist, dass sie es nicht über sich bringt, mit der nächsten Geschichte anzufangen, ehe sie die von Lyrebird erzählt hat. Egal, was Solomon denken mag – dieses Projekt ist ihr unendlich wichtig, sie will es nicht einfach abblasen.

Das Telefon klingelt, und als sie auf das Display schaut, macht ihr Herz einen Sprung. Seit sie sich von Jack getrennt hat und mit Solomon zusammen ist, hat Jack sie immer in ihren schwächsten Momenten angerufen. Als hätte er geahnt, wann sie am verletzlichsten ist und wann für ihn dadurch eine geringere Wahrscheinlichkeit besteht, von ihr abgewiesen zu werden. Seit das juristische Chaos wegen Lyrebird ausgebrochen ist, hat Bo sich oft gewünscht, dass er anruft, obwohl sie sich diese Anrufe eigentlich verbeten hat.

»Hallo.«

»Hi«, sagt Jack. Er klingt niedergeschlagen.

»Ich weiß es wirklich zu schätzen, dass du mich endlich zurückrufst«, sagt sie und kann nicht verhindern, dass man ihr ihren Ärger anhört.

Jack seufzt. »Bo Peep. Hilfe.«

Sein Ton überrascht sie. Er ist ganz untypisch.

»Es war so verrückt hier in den letzten Tagen. Echt stressig. Ich bin total kaputt, Bo«, sagt er und macht eine kurze Pause, ehe er fortfährt: »Ich dachte, ich hätte aus meinen Fehlern etwas gelernt. Ich dachte, ich wüsste, wie man einem Kandidaten hilft. Ich dachte, ich kann verhindern, dass jemandem das passiert, was mir passiert ist. Ich dachte …« Wieder seufzt er tief. »Aber ich hab es vergeigt. Ich steige von meinem hohen Ross. Die Anwälte sollen mir den Buckel runterrutschen. Mir ist alles egal. Ich brauche deine Hilfe.«

»Meine Hilfe?«

»Lyrebird hat seit Tagen ihr Zimmer nicht mehr verlassen. Sie spricht kein Wort, mit niemandem, sie gibt auch ihre Laute nicht mehr von sich. Wenn wir sie nicht dabeihaben, können wir das Finale vergessen, aber wir können sie auch nicht zwingen weiterzumachen, wir werden von der Öffentlichkeit und den Medien mit Argusaugen beobachtet. Alle warten nur darauf, dass die Show Mist baut. Dass Lyrebird Mist baut. Ich meine, seit wann geht es eigentlich nicht mehr um ihr Talent? Und ich kann ihr keinen Vorwurf machen. Ich war genau dort, wo sie jetzt ist.«

Bo ist völlig überrumpelt, sie hat erwartet, dass Jack einen Streit vom Zaun bricht.

»Bo, wir brauchen deine Hilfe. Du kennst dieses Mädchen besser als wir. Was sollen wir tun?«

»Ich hab euch fürs Halbfinale Tipps gegeben, ich hab euch das Waldthema vorgeschlagen, ich hab euch genau gesagt, was ihr tun sollt. Aber ihr habt es verbockt.«

»Ich weiß, ich weiß. Und es tut mir leid«, gibt er

sofort klein bei. »Wir haben es vermasselt. Ich hab mir eingebildet, Lyrebirds Talent zu schützen, ich hab nicht damit gerechnet, dass es so ausgeht. Weißt du, sie erinnert mich an mich selbst, damals, als bei mir alles schiefgegangen ist. Ich fühle mich zurückversetzt in alte Zeiten …« Er verstummt. »Ich meine, ich werde mich jetzt natürlich nicht betrinken«, sagt er, aber es klingt, als versuche er, sich selbst davon überzeugen. »Das tu ich nicht mehr. Aber ich hab eine Zigarette geraucht. Ich hoffe, das verdirbt mir meine Chancen bei dir nicht endgültig«, scherzt er – schwach und halbherzig.

»Können wir uns treffen?«, fragt Bo und setzt sich auf. Plötzlich strömt all die Energie, die sie verloren hat, mit Macht wieder in sie zurück. Sie macht sich Sorgen um Jack, sie freut sich, dass er sie einbezieht. Endlich haben sie wieder Kontakt.

»Ja, bitte«, seufzt er. »Wir brauchen jede Hilfe, die wir kriegen können, oder richtiger – *ich* brauche jede Hilfe, die ich kriegen kann.«

»Ich werde tun, was ich kann«, verspricht Bo, steht auf, packt ihre Sachen zusammen und wirft sie in ihre Tasche. »Aber als Erstes geb ich dir einen kleinen Tipp.«

»Und zwar?«

»Fang damit an, sie Laura zu nennen«, sagt sie freundlich.

»Gut. Kapiert«, antwortet er.

36

Mit wild pochendem Herzen fährt Laura aus dem Schlaf hoch, in den Ohren gellendes Zwitschern. Falls es ein Albtraum war, hat sie keine Erinnerung daran, aber sie spürt die Panik, die in ihrer Brust zurückgeblieben ist. Irgendetwas hat sie erschreckt. Von unten hört sie die anderen Kandidaten reden und lachen. Nach dem neuesten Drama, im Laufe dessen ein Kandidat gehen musste und an seiner Stelle ein anderer eingezogen ist, sitzen nun alle beieinander und trinken zusammen etwas.

Kevin, der Countrysänger, musste gehen, als rauskam, dass sein Vertrag, den er vor einiger Zeit bei einer Plattenfirma unterschrieben hat, immer noch gültig ist, und natürlich ist alles, was die Rechte von *StarrGaze* an einem Kandidaten einschränken könnte, strikt gegen die Teilnahmeregeln. Nun ist Brendan der Glücklichste im ganzen Haus. Allerdings weiß er nicht, dass Kevin von Alice noch ein Abschiedsgeschenk bekommen hat, als er seine Taschen gepackt hat – Laura hat im Nebenzimmer die Bettfedern im Rhythmus von Kevins heiser gestöhntem »Oh. Mein. Gott!« quietschen hören. Danach diskutierten die beiden ebenso lautstark ihre Medienangebote und ihre Pläne, bei *Promi-Big Brother* mitzumachen, bis Kevin endlich seinen Cowboyhut und seine Cowboystiefel packte und sich aus dem Staub machte.

Seinen Platz hat nun eine zwölfjährige Akrobatin eingenommen. Momentan übt sie draußen ihre Pyro-Show und springt durch brennende Reifen – beaufsichtigt von ihren Eltern in Jogginganzügen mit dem Namen und dem Gesicht ihrer Tochter auf dem Rücken.

Alice' Abschiedstränen sind schnell getrocknet, und jetzt streitet sie auf dem Flur mit Brendan über ihre angeblich mangelhafte Fokussierung. Auf einmal ist Laura hellwach, setzt sich auf und spitzt die Ohren. Brendan sagt, Alice müsse sich auf ihre Karriere konzentrieren, auf ihn und auf sich selbst. Aber Alice sagt, sie habe die Nase voll von ihrer Zweiernummer, sie brauche ein Leben außerhalb des Zirkus, das habe sie in dieser Show gelernt. Für Brendan fühlt es sich an, als hätte sie ihm ein Messer in den Rücken gestoßen.

Während des ganzen Streits hört Laura das Echo des Zwitscherns in ihrem Kopf. Das Zwitschern kam nicht von ihr, da ist sie ganz sicher. Ihres Wissens hat sie noch immer kein Geräusch von sich gegeben, es ist, als hätte jemand einen Vorhang vor ihre Stimme gezogen. Sie knipst die Nachttischlampe an, und sofort erfüllt ein warmer orangefarbener Schimmer das Zimmer.

Doch das Pochen in ihrer Brust will einfach nicht nachlassen.

Sie atmet langsam und regelmäßig, versucht, sich zu beruhigen, dieses seltsame Gefühl verwirrt sie. Seit Tagen ist dieses Zimmer ihr Zufluchtsort. Der Vorhang vor ihrer Stimme ist auch ein Vorhang, der sie vom Rest der Welt abschirmt, und eine Weile hat sie sich dadurch sicher, beschützt und ruhig gefühlt. Aber jetzt fühlt sie sich auf einmal gefangen. Als rückten die Wände immer näher. Was ihr vorher geräumig und weitläufig erschien, beengt sie, als hätte sie nicht genug Luft zum Atmen. Als säße sie in einem Käfig.

Der Gedanke an den Käfig löst erneut das Gezwitscher in ihrem Kopf aus, und auf einmal wird ihr klar, woher es kommt. Entschlossen wirft sie die Decke zurück, zieht sich an und späht nach draußen. Es ist zwei Uhr nachts. Da die Fotografen ihre Belagerung nicht die ganze Nacht durchhalten, kann sie das Haus verlassen, ohne gesehen zu werden. Sie packt ein paar Sachen in ihren Rucksack, unter anderem das Taschengeld, das die Kandidaten täglich erhalten. Doch von hier wegzukommen, ist ein Problem; das Haus liegt in einer abgelegenen Gegend bei Enniskerry, das nächste Dorf ist zwar nicht weit entfernt, aber zu Fuß kann man die Strecke im Dunkeln unmöglich gehen. Sie muss wohl ein Taxi rufen, und alle Telefone sind unten im Erdgeschoss.

Zum Glück haben Alice und Brendan ihren Streit beendet, der Korridor ist leer. Laura öffnet ihre Zimmertür, geht leise den Gang entlang und hofft, dass sie Alice nicht begegnet, die – wie es scheint – jede ihrer Bewegungen sofort an die Presse ausplaudert.

Jedes Mal, wenn eine Diele unter ihren Füßen knarrt, zuckt sie zusammen, aber sie bringt auch die Treppe zum Erdgeschoss hinter sich und stellt fest, dass auch hier niemand mehr ist. Wahrscheinlich liegen alle schon im Bett, um für das Finale morgen fit zu sein. Auf Zehenspitzen schleicht sie in einen der Aufenthaltsräume und will gerade zum Telefon greifen, um ein Taxi zu rufen, als an der Tür eine Gestalt erscheint.

»Alan!«, flüstert sie erschrocken.

»Laura!« Er klingt ebenso überrascht wie sie. »Was machst du denn hier?«

»Ich wollte mir ein Taxi bestellen.«

»Wenn du magst, fahr ich dich gerne.«

»Du weißt doch nicht mal, wo ich hinwill.«

Alan zuckt die Achseln. »Von hier wegzukommen wäre im Moment schon ein großer Anreiz für mich.«

Laura grinst. »Warum bist du denn so spät noch auf?«

»Das ist die einzige Zeit, in der ich in Ruhe üben kann. Tagsüber ist es echt irre mit allen hier im

Haus – es sind einfach zu viele Leute, die sich gegenseitig beobachten. Manchmal beneide ich dich richtig darum, dass du dich oben in deinem Zimmer versteckst.«

»Tut mir leid.«

»Es muss dir nicht leidtun.«

»Ich muss raus«, erklärt sie.

»Kommst du zurück?«

»Ich möchte schon«, antwortet sie ehrlich. Sie möchte jeden, der ihr geholfen hat, dafür belohnen. Es ist allein ihre eigene Schuld, dass alles so gelaufen ist, niemand anderes ist dafür verantwortlich. Aber wie kann sie an der Show teilnehmen, wenn sie keinen Ton herausbringt? Im Radio und im Fernsehen hat sie schon gehört, dass Lyrebird angeblich ihre Laute verloren hat.

Alan sieht müde aus.

»Du solltest lieber schlafen, Alan. Morgen ist dein großer Tag.«

»Ich kann nicht schlafen«, erwidert er und reibt sich die Augen. »Ich war noch nie im Leben so nervös. Immerhin kriegt Mabel ihren Schönheitsschlaf. Den braucht sie nämlich.«

Laura lacht. »Ich wünsche mir wirklich, dass du gewinnst – du hast es mehr verdient als alle anderen zusammen.«

»Na gut – wenn einer von uns gewinnt, haben wir beide gewonnen«, sagt er. »Aber darf ich dich etwas fragen? Warum machst du bei dieser Show mit? Du bist die letzte Person, bei der ich mir vorstellen kann, dass sie sich für diese Art Leben interessiert. Das meine ich nicht wertend. Wenn du sehen würdest, wo ich herkomme, würdest du bestimmt verstehen, warum *ich* mich beworben habe. Ich habe nichts vorzuweisen. Mit meinen gut vierzig Jahren wohne ich immer noch bei meinen Eltern. Für mich gibt es nur Mabel … weiter nichts. Wenn ich mit meiner Nummer keinen Erfolg habe, bin ich am Ende. Ich kann sonst nichts, obwohl ich alles Mögliche versucht habe.« Er schüttelt den Kopf. »Ich bin bei allem gescheitert, Mabel ist meine letzte Hoffnung.«

Nach kurzem Nachdenken antwortet Laura: »Ich glaube, wir haben mehr gemeinsam, als man auf den ersten Blick denkt, Alan. Ich kann auch nichts anderes als das, was ich hier vorführe, aber ich habe nicht geahnt, dass es mein Leben so kompliziert machen würde. Schließlich ist es das, was ich von Natur aus gerne tue und gut kann.«

»Und wir haben Glück. Stell dir vor, wenn wir das nicht hätten?«, meint er mit einem traurigen Lächeln.

Wieder denkt Laura eine Weile nach.

»Ich hole meine Autoschlüssel«, verkündet Alan entschlossen.

Unbemerkt verlassen sie das Haus, aber Laura wäre nicht überrascht, wenn in der Presse als Nächstes Berichte über eine geheime Affäre zwischen ihr und Alan auftauchen würden. Alice scheut vor nichts zurück, wenn es darum geht, die Wettbewerbspositionen der beiden in Gefahr zu bringen, und Laura ist ganz sicher, dass Alice auch dahintersteckte, als der »Streit hinter den Kulissen« zwischen Lyrebird und dem *StarrQuest*-Produzenten durchgesickert ist.

Die Fahrt in die Innenstadt ist ruhig, um diese Zeit gibt es kaum Verkehr auf den Straßen.

»Wohnt hier der Soundmensch?«, fragt Alan, als sie an dem Apartmenthaus ankommen.

»Ja«, antwortet Laura. »Woher wusstest du das?«

»Ich hab dich mit ihm gesehen«, antwortet er. »Mabel hatte das Gefühl, dass zwischen euch etwas läuft.«

Laura lehnt sich zurück. »Da hat Mabel sich geirrt. Zwischen uns war nichts.« Aber sie muss sich anstrengen, die Tränen zurückzuhalten.

»Ich weiß ja nicht, aber Mabel ist ziemlich schlau«, entgegnet Alan und mustert Laura aufmerksam. »Bianca hat seine Nummer hinterlassen, damit du ihn anrufst, weißt du.«

»Ja, ich weiß«, seufzt sie. »Aber ich konnte nicht. Ich habe mich so geschämt.«

»Laura, du musst endlich über diese Nachtclubgeschichte wegkommen. So etwas passiert doch jedem. Bei der Hochzeit meines Bruders war ich so betrunken, dass ich auf dem Schoß seiner Schwiegermutter einen Lapdance gemacht habe. Ich kann mich überhaupt nicht daran erinnern, aber ich habe ein Video gesehen, auf dem ich mein Hemd aufreiße und dabei sämtliche Knöpfe in der Gegend verteile. Um ein Haar hätte einer die Schwiegermutter getroffen und sie womöglich das Augenlicht gekostet. Wenn ich ihr jedes Jahr zu Weihnachten, Ostern und jedem Familienfest unter die Augen treten kann, dann kannst du das auch.«

Laura kichert. »Danke, Alan.«

Nur zögernd lässt er sie vor Solomons Haus aussteigen, aber Laura überzeugt ihn, dass sie klarkommen wird, und trickst ihn damit aus, dass sie sich an die Tür stellt und so tut, als würde sie klingeln. Nachdenklich schaut sie ihm nach, wie er davonfährt, zurück zum Kandidatenhaus, und schon im Auto ganz bestimmt seine Nummer mit einer unsichtbaren Mabel probt.

So steht sie vor der Tür, direkt unter Solomons Balkon, und stellt sich vor, ihn auf seiner Gitarre spielen zu hören. Am liebsten möchte sie die Töne selbst hervorbringen, aber der Vorhang vor ihren Stimmbändern ist immer noch da und lässt sich nicht wegziehen. Sie blickt hinauf zu dem Fenster des Zimmers, in dem sie übernachtet hat, bei seinen Hemden und T-Shirts. Sie hat den Geruch geliebt, das Gefühl, von den Dingen umgeben zu sein, die ihm wichtig sind: seiner Musikanlage, seiner Gitarre in der Ecke des Zimmers, seiner Aufnahmegeräte.

Dann fällt ihr ein, wie Bo und Solomon miteinander geschlafen haben, und ihr Herz tut weh. Sie muss wegbleiben von ihm, sie muss weiterziehen – und sie ist ja auch nicht hergekommen, um den beiden einen Besuch abzustatten.

Wieder hört sie das Zwitschern in ihrem Kopf, das sie heute Morgen geweckt hat, und sieht, dass das Restaurant unter den Wohnungen Tische und Stühle im Freien stehen lassen und vor dem Fenster aufgestapelt hat. Auf einmal kommt ihr eine Idee.

Da sie weiß, wie deutlich Geräusche von draußen oben in ihrem Zimmer zu hören waren, bewegt sie sich möglichst leise. Sicher, sie reagiert auch sensibler auf Geräusche als die meisten Menschen – Solomon ist der Einzige, der Dinge so hört wie sie. Aus seiner Zeit mit der Band und den Aufnahmen sind seine Ohren gut trainiert, sie haben gelernt, auf dieses gewisse Extra zu lauschen.

Behutsam stapelt sie vier Stühle aufeinander und versucht, darauf zu klettern. Aber der Turm ist zu wackelig und außerdem auch nicht hoch genug. Also packt sie einen Tisch, hebt und schiebt ihn abwechselnd, immer näher zum Balkon, und stellt dann die vier Stühle darauf. Leider war der Transport des Tischs nicht lautlos zu bewerkstelligen, und Laura blickt besorgt hinauf zu den Wohnungen. Aber zum Glück ist nirgends Licht angegangen, niemand steht auf dem Balkon, niemand ist am Fenster erschienen.

Mit einem Stuhl als Treppe steigt sie auf den Tisch, hält sich dann am großen Restaurantfenster fest und klettert auf die gestapelten Stühle. Jetzt ist sie hoch genug, um an den Balkon zu kommen, aber ihre Räuberleiter ist unglaublich wackelig. Trotzdem beugt sie sich ein Stück vor und greift nach dem Balkongeländer. Die riskante Aktion gelingt, sie klammert sich ans Geländer und manövriert einen Fuß durch die Stäbe, während der andere auf dem wackeligen Stuhlstapel verharrt. Dann holt sie tief Luft, stemmt sich hoch und zieht auch den anderen Fuß zum Balkon hinauf. Doch als sie sich von ihrem Stuhlstapel abstößt, rutschen die Stühle vom Tisch und fallen mit einem gigantischen Gepolter, das weit über den Kanal hallt, hinunter auf den Vorplatz.

Nun gehen überall Lichter an, Fenster werden aufgerissen, und Laura hat keine andere Wahl, als so schnell sie kann über das Geländer auf den Balkon zu steigen, sich mit klopfendem Herzen an die Hauswand zu kauern und zu hoffen, dass sie in der Dunkelheit niemand sieht. Doch selbst wenn dieser Wunsch in Erfüllung geht, kann sie auf demselben Weg nicht wieder verschwinden, da sie ihre behelfsmäßige Leiter dummerweise umgestoßen hat.

Da hört sie wieder das Zwitschern. Aber wo ist der Käfig? Überall auf dem Boden stehen verschließbare Spielzeugkisten, in denen die Spielsachen vor den Elementen geschützt sind. Anscheinend nutzt

Solomons Nachbarin jeden Zentimeter der winzigen Wohnung.

Jetzt ist Laura bereit, den Vogel zu befreien. Obwohl sie ihm lange zugehört und ihn von Bos und Solomons Balkon beobachtet hat, beherrscht sie die Vogelsprache immer noch nicht, aber immer, wenn sie ihn nachahmte, hatte sie das Gefühl, dass er ihr etwas sagen wollte. *Ich bin gefangen. Hol mich raus.* Aber wo ist der Käfig? Er ist verschwunden.

Auf einmal fühlt sie sich so nutzlos, so hilflos und so jämmerlich, dass sie zu weinen beginnt.

Plötzlich geht in der Wohnung das Licht an, und Laura bekommt Panik. Ihr ist klar, dass es gefährlich wäre, vom Balkon auf den Tisch hinunterzuspringen, unter ihrem Gewicht würde der Tisch kippen, sie würde auf dem Boden landen. Soll sie es trotzdem riskieren?

Der Vorhang geht auf, das Gesicht einer Frau erscheint. Als sie Laura sieht, fängt sie an zu schreien. Auf Polnisch. Laura steht auf und streckt beruhigend die Hände aus.

»Alles okay«, sagt sie, obwohl sie weiß, dass die Frau sie in der Wohnung nicht hören kann, und selbst wenn sie es könnte, würde sie vielleicht kein Englisch verstehen. »Bitte …«

Jetzt geht auch in Solomons Wohnung das Licht an.

Und Laura dreht durch. Er darf sie hier nicht finden, nicht in dieser Situation! Die Balkontür geht auf, Solomon tritt verschlafen auf den Balkon, mit freiem Oberkörper, die Jogginghose tief auf die Hüften gerutscht. Er reibt sich die Augen, als könne er nicht glauben, was er da vor sich sieht.

»Laura?«

Sie fängt wieder an zu weinen, sie fühlt sich lächerlich, erbärmlich, beschämt – und erleichtert, ihn zu sehen. Alles gleichzeitig.

Solomon hämmert an die Tür. Drinnen hört er Katja schreien und ein Kind heulen. Katja kommt nicht zur Tür, aber es klingt, als rede sie mit jemandem in der Wohnung. Sie kreischt und schluchzt, ihr kleiner Sohn weint. Inzwischen sind auch mehrere andere Bewohner aus ihren Apartments auf den Korridor getreten und glotzen Solomon verschlafen an, als wäre die ganze Aufregung womöglich seine Schuld. Aber er ignoriert sie alle. Sein Herz klopft wild, er muss in diese Wohnung kommen!

»Katja!«, ruft er und achtet nicht auf seine Nachbarn, die ihn sofort zur Ruhe mahnen.

Endlich öffnet Katja die Tür, ihre Augen sind rot und verängstigt, sie hält ein Baby im Arm. Tränen strömen ihr übers Gesicht, ein kleiner Junge klammert sich an ihr Bein, sie hat ein Telefon am Ohr.

»Ich bin Solomon, Ihr Nachbar«, erklärt er. Der erschrockene Ausdruck verschwindet langsam, Verwirrung tritt an seine Stelle. Natürlich kennt sie Solomon vom Sehen, man grüßt sich, wenn man sich im Treppenhaus begegnet, aber ansonsten hat Solomon mit Katja noch nie ein Wort gewechselt.

»Auf meinem Balkon ist ein Einbrecher!«, stammelt sie, dann folgt wieder ein polnischer Wortschwall, sie stürmt zurück in die Wohnung, lässt die Tür aber hinter sich offen. An der am weitesten vom Balkon entfernten Wand beginnt sie nervös auf und ab zu wandern, als hätte sie Angst, der Einbrecherin zu nahe zu kommen, die dort auf dem kalten Boden kauert und das Gesicht in den Händen verbirgt.

»Haben Sie die Wachleute angerufen?«

»Wen?«

»Die Polizei.«

»Nein! Ich hab meinen Mann angerufen! Seine Freunde kommen rüber.«

»Nein, nein, nein«, protestiert Solomon und will ihr das Telefon wegnehmen, um dem Mann zu erklären, was los ist, aber zu seiner Überraschung schlägt Katja ihm auf den Arm, das Baby brüllt noch lauter, und der kleine Junge versucht, Solomon zu treten.

»Katja, hören Sie mir zu, bitte«, fleht er sie an und versucht, sie zu beruhigen, damit sie nicht mehr so ins Telefon schreit. »Das ist alles ein Irrtum. Die Frau da draußen ist keine Einbrecherin, sie ist meine Freundin. Die Einbrecherin auf dem Balkon«, wiederholt er sicherheitshalber. »Sie ist meine Freundin.«

Katja verstummt, mustert Solomon aber mit argwöhnischen Blicken.

»Es ist ein Missverständnis. Meine Freundin wollte mich überraschen, aber dann ist sie aus Versehen auf den falschen Balkon geklettert.« Natürlich hat Solomon in Wahrheit nicht die leiseste Ahnung, was Laura auf dem Balkon sucht – soweit er weiß, könnte sie durchaus eine Einbrecherin sein. Aber er ist bereit, sie bis zum bitteren Ende zu verteidigen. Er hat Katjas Ehemann gesehen. Und dessen Freunden möchte er auch lieber nicht begegnen.

»Es ist ein Versehen. Sie hat den falschen Balkon erwischt.«

»Warum will sie denn überhaupt auf einen Balkon klettern?«

»Weil … weil … das sollte romantisch sein, verstehen Sie? Shakespeare. Romeo und Julia. Die Balkonszene. Die kennen Sie doch bestimmt. Glauben Sie mir, sie ist ganz bestimmt keine Einbrecherin. Es ist alles nur ein Irrtum. Sagen Sie bitte Ihrem Mann, dass seine Freunde nicht herkommen müssen, wir regeln das.«

Katja denkt kurz nach, dann feuert sie eine Salve ärgerlicher Worte ins Telefon.

Während sie noch dabei ist, geht Solomon zum Balkon, öffnet die Schiebetür und beugt sich zu Laura hinunter, die immer noch auf dem Boden kauert, beim Aufgehen der Tür den Kopf zwischen den Knien versteckt und die Arme noch enger um sich geschlungen hat.

»Alles okay«, flüstert er, kommt näher und versucht, ihr ins Gesicht zu sehen.

»Ich wollte ihn freilassen«, schluchzt sie.

»Wen wolltest du freilassen?« Er runzelt die Stirn.

»Den Vogel.« Endlich schaut sie zu ihm empor. »Ich hab ihn gehört. Er hat mich geweckt. Er wollte aus dem Käfig fliehen. Ich wollte ihm helfen, aber er ist nicht da …«

Auf einmal weiß Solomon genau, was passiert ist. »Oh, Laura.« Behutsam nimmt er sie in die Arme, drückt sie an sich, fühlt ihre Haut, dort, wo ihr Top über die Taille hochgerutscht ist, küsst sie auf den Kopf und atmet ihren Duft ein. So könnte es für immer bleiben. Sie erwidert seine Umarmung, und er fühlt ihre Nähe mit jeder Faser seines Wesens. Nach diesem Moment hat er sich so sehr gesehnt.

Sie legt ihr Gesicht an seine nackte Brust. Bei der Bewegung streift ihre Stirn sein Kinn, seine Haut prickelt, auch ihre steht in Flammen. Langsam hebt sie das Kinn und schaut ihn an, ihre Lippen sind einander so nah, ihr Atem berührt sich bereits. Sie sucht seine Augen und findet dort ihre Antwort. Seine Pupillen sind groß und weit, sie sieht das Verlangen in ihnen. Und lächelt.

In diesem Moment erscheint Katja an der Tür, das heulende Baby auf der Hüfte.

»Gehen wir«, flüstert Solomon. Obwohl er sich nicht bewegen will, möchte er lieber weg sein, bevor Katjas Mann zurückkehrt. Laura bewegt sich mit ihm, ihre Hände finden und umfassen sich. Als sie aufstehen, sieht Solomon eine Gestalt auf dem Nachbarbalkon. Auf seinem Balkon. Es ist Bo. Sie hat alles beobachtet.

»Es tut mir leid«, schnieft Laura, zieht die Beine unter sich und kuschelt sich tiefer in den Sessel. Ihr ist immer noch kalt, und sie hüllt sich enger in ihre Decke. Aber sie kann Bo und Solomon, die ihr auf der Couch gegenübersitzen, nicht in die Augen schauen. Und obgleich es wieder zwei gegen eine sind, haben die Positionen sich dennoch grundlegend verändert. Bo hat sich ganz am Rand der Couch niedergelassen, so weit wie möglich von Solomon entfernt.

»Ich hatte einen Albtraum, und als ich aufgewacht bin, hatte ich das Gefühl, ich kriege keine Luft, ich sitze in der Falle. Und da habe ich den Vogel gehört.« Ratlos zuckt Laura mit den Achseln.

»Wie klang er denn, der Vogel?«, fragt Bo, um sie zu testen.

Laura denkt einen Moment nach, dann schüttelt sie den Kopf. Noch immer kein Laut. »Ich glaube, ich werde verrückt.« Müde reibt sie sich die Augen. »Was hab ich mir nur dabei gedacht?«

»Nein, du wirst nicht verrückt«, sagt Bo ruhig,

und Solomon wirft ihr einen überraschten Blick zu.

Sie ignoriert ihn, holt einen Stuhl vom Küchentisch und stellt ihn dicht vor Lauras Sessel. Solomon ist nicht sicher, ob Bo ihm absichtlich die Sicht auf die Frau versperrt, von der er vom ersten Moment an die Augen nicht abwenden konnte, oder ob sie nur ihn nicht sehen will. »Was mit dir passiert ist, war total verrückt. Wie man so etwas verdauen kann, ist mir unbegreiflich. Du hast es geschafft, auf deine ganz eigene Art, und bist Fassadenkletterin geworden.«

Laura sieht Bo verwundert an. Dann fangen beide an zu lachen, und die nervöse Spannung verpufft.

»Der Vogel nebenan ist ein Kanarienvogel. Als Kind hatte ich auch mal einen. Er sitzt immer im Käfig und schläft bei Nacht in der Wohnung«, erklärt Bo.

»Oh.« Laura schnieft wieder. »Das hätte ich eigentlich wissen müssen.«

»Ich denke eigentlich, es ging dir weniger darum, den Kanarienvogel zu befreien, als dieses Haus endlich mal verlassen zu können«, meint Bo.

Solomon kann nur staunen. Aber er hält den Mund und hat vielleicht zum ersten Mal das Gefühl, dass Bo mit Laura ziemlich gut umgehen kann.

»Alle waren so nett zu mir«, sagt Laura. »Ich hatte keinen Grund, mich so zu fühlen. Du und Solomon, ihr wart so nett zu mir, so gastfreundlich.« Ihre Augen huschen kurz zu Solomon und dann wieder zu Bo, denn sie möchte der Frau, die so viel Verständnis für sie zeigt, nicht in den Rücken fallen. »Ich wollte nichts kaputtmachen, ich wollte dich nicht blamieren oder im Stich lassen.«

»Das hast du auch nicht«, erwidert Bo ärgerlich – aber sie ärgert sich nicht über Laura, sondern über sich selbst. »Wir … nein, ich kann nur für mich sprechen – *ich* hätte dich beschützen müssen. Stattdessen habe ich dich den Wölfen zum Fraß vorgeworfen und tatenlos zugeschaut, wie sie dich zerfleischt haben. Ich habe es sogar geschafft, mir einzureden, es sei zu deinem eigenen Besten. Aber das war nicht der Fall.«

Fast schockiert starren Laura und Solomon sie an.

»Aber du hast mich gerettet«, entgegnet Laura schließlich. »Und ich bin dir sehr dankbar.«

»Sei mir bitte nicht dankbar«, beharrt Bo ruhig. »Wir waren alle so begeistert von dir, davon, wie kostbar, wie ungewöhnlich und interessant du bist, dass wir uns selbst in dir verloren haben. Dein Talent …«

»Oh, ich habe kein Talent«, fällt Laura ihr ins Wort. »Alan hat Talent. Er ist die ganze Nacht auf, er arbeitet jede Nacht an seiner Nummer. Er schreibt sie, führt sie vor, er flickt sogar seine Puppe, wenn es nötig ist. Seit fünfzehn Jahren reist er durchs Land und nimmt jeden Auftritt an, den er kriegen kann. Man hat ihn beschimpft, ihn ausgelacht und sträflich unterbezahlt, aber er hat alles genutzt und immer am Feinschliff seiner Fähigkeiten gearbeitet.«

Als sie das Wort »Feinschliff« ausspricht, sieht sie Granny mit ihrem Messer vor sich, aber kein Ton entsteht in ihr, nichts kommt heraus. Die Laute sind verschwunden, und das macht sie noch wütender.

»Und Alice – sie hat zwar ihre persönlichen Schwächen, aber sie verbringt jeden Tag vier Stunden im Sportstudio, jeden Tag! Über ihre Lippen kommt nichts, was nicht einem Zweck dient, sie kann sich verrenken und zusammenfalten und hat ihr ganzes Leben dieser Kunst gewidmet. Sparks hat seine Kartentricks eingeübt, seit er sieben Jahre alt ist. Sieben! Jeden Tag trainiert er sechs Stunden. Selena singt wie ein Engel, und dann ist da noch dieses zwölfjährige Mädchen bei uns, das durch brennende Reifen springt. Das nenne ich Talent! Aber ich? Ich bin eine Verrückte, die den Mund aufmacht und es kommen imitierte Geräusche heraus. An mir ist nichts Originelles. Ich bin wie ein Papagei, oder ein … ein … ein Affe. Ich bin eine seltsame Laune der Natur. Ein Freak, ich gehöre in einen Zirkus, nicht in eine Talentshow. Ich bin eine Hochstaplerin, eine Lügnerin. Die Zeitungen haben ganz recht mit dem, was sie über mich schreiben. Ich bin weder einzigartig noch authentisch. Ich ahme Geräusche nach, und die Hälfte der Zeit merke ich nicht einmal, was ich tue. Ich sollte nicht hier sein, das weiß ich. Ich hätte mich nicht in euer Leben drängen, nicht zwischen euch kommen dürfen – ich weiß, dass ich das getan habe, und es tut mir leid …« Tränen rollen über ihre Wangen. »Aber ich wusste nicht, was ich sonst hätte tun können. Ich habe kein Zuhause, ich kann nicht dorthin zurück, wo ich hergekommen bin. Ich bemühe mich wirklich weiterzukommen, ich greife nach allem und kann doch nichts festhalten …« Sie verstummt, die Tränen fließen.

Auch Solomon hat feuchte Augen bekommen. Wenn Bo nicht da wäre, würde er aufstehen und zu Laura laufen, würde sie in den Arm nehmen, sie küssen, jeden Zentimeter, er würde ihr sagen, wie schön sie ist, wie talentiert, wie vollkommen in jeder Beziehung. Dass sie die einzigartigste, talentierteste, authentischste Person ist, die er je kennengelernt hat. Dass sie ihn damit verzaubert, dass sie so ist, wie sie ist. Aber er kann nicht, denn Bo ist da, und mit jedem Geräusch, mit jeder Bewegung würde er sich und Bo verraten. Also schweigt er und bleibt sitzen, fühlt sich in seinem eigenen Körper gefangen und schaut tatenlos zu, wie die Frau, die er liebt, leidet – direkt vor den Augen der Frau, die er zu lieben versucht hat.

Und die Frau, die er zu lieben versucht hat, spricht für ihn, stärker, als er selbst es könnte, stärker, als er jemals sein wird. Und er ist ihr dankbar dafür.

»Laura, ich möchte dir etwas über deine Fähigkeit sagen«, erklärt sie jetzt mit großer Überzeugung. »Ein Teil deiner Fähigkeit besteht darin, dass du anderen Menschen die Schönheit der Welt vor Augen führst. Du nimmst alles wahr bis ins kleinste Detail – Menschen, Tiere, was auch immer. Du hörst Dinge, die wir nicht bemerken oder schon lange ausgeblendet haben. Du fängst sie ein und zeigst sie der Welt. Du erinnerst uns an das, was schön ist.

Manche Leute meinen, dass ich in meinen Dokumentationen das Gleiche mache. Ich zeige der Welt Charaktere und Geschichten, die nicht sofort ins Auge fallen. Ich finde die Geschichte, ich finde die Menschen, und dann helfe ich ihnen, diese Geschichte zu erzählen. Du tust das alles mit einem einfachen Laut. Ein Hauch des Parfüms meiner Mum, und ich bin wieder ein Kind, bin wieder zu Hause. Ein Laut von dir entführt uns alle in eine andere Zeit und an einen anderen Ort. Du berührst sie alle, Laura. Das musst du endlich verstehen.

Solomon hat mir erzählt, dass seine Mutter, als sie dich bei der Geburtstagsparty ihre Harfenmusik imitieren hörte, gesagt hat, es sei die schönste Musik gewesen, die ihr jemals zu Ohren gekommen ist. Sie spielt dieses Stück seit fünfzig Jahren, aber durch dich hat sie es zum ersten Mal wirklich gehört. Verstehst du, wie wichtig das ist? Als du Caroline in der Garderobe begegnet bist, hat es keine Minute gedauert, um sie zu Tränen zu rühren; durch dich hat sie sich gefühlt, als wäre sie wieder ein sechsjähriges Mädchen, das mit seiner Mutter in der Werkstatt sitzt. Ich glaube, du hast keine Ahnung, wie sehr du die Menschen berührst. Du findest die Schönheit in der Welt, die Traurigkeit im Alltäglichen, das Außergewöhnliche im Gewöhnlichen, das Skurrile im Banalen. Laura, du bist in die Show gekommen, weil du eine ganze Minute eine Kaffeemaschine nachgeahmt hast!«

Sie lachen beide.

»Du bist wichtig. Du hast eine Bedeutung. Du bist einzigartig – und du verdienst es genau wie alle anderen, auf der Bühne zu stehen. Wenn du nicht üben musst – na und? Das bedeutet doch nicht, dass du nicht gut genug bist! Müssen wir uns denn immer abstrampeln, um wirklich großartig zu sein? Weil dir das, was du tust, leichtfällt, bist du deshalb weniger talentiert? Oder macht es dich umso erstaunlicher? Das ist die beste Lektion, die du uns erteilen kannst: Deine Gabe kommt von innen. Sie ist etwas Natürliches, etwas Außerordentliches, eine gottgegebene Fähigkeit.«

»Aber sie ist weg«, flüstert Laura.

»Sie ist immer noch in dir. Wie Schluckauf. Du hast einen Schreck gekriegt, und die Laute sind verschwunden, aber sie sind immer noch in deinem Innern. Du wirst sie wiederfinden.«

»Aber wie?«

»Vielleicht indem du dir in Erinnerung rufst, wie es angefangen hat – das könnte helfen. Du hast aufgehört, neugierig zu sein, fasziniert, du hast deine Liebe zur Sache verloren. Aber diese Inspiration wird zurückkommen.« Sie wirft Solomon einen Blick zu, es sieht fast aus, als wolle sie das Staffelholz an ihn weitergeben. Meint sie mit dem, was sie gesagt hat, wirklich das, was Solomon glaubt? Der verlegene Blick, der traurige, aber schicksalsergebene Ton? Sie steht auf. »Du hast Zeit bis morgen Abend. Ich habe Jack heute geholfen, einen Rahmen zu finden, der dir bei deinem Auftritt helfen könnte, dich wohlzufühlen. Keine Tänzer in Stretch mehr, keine sexy Bären im Wald. Du wirst dich wie zu Hause fühlen auf der Bühne. Tja … jetzt lasse ich euch lieber mal allein …« Sie schaut sich unbehaglich um und sammelt unter Solomons wachsamen Blicken ihre Sachen ein. Eigentlich möchte er etwas sagen, aber er weiß nicht, was. Außerdem ist er nicht sicher, ob er Bo richtig verstanden hat. Sie verschwindet im Schlafzimmer, und er hört, wie sie den Reißverschluss eines Koffers aufzieht. Sein Herz klopft bis zum Hals.

Er sieht Laura an und überlegt, ob sie die Bedeutung dessen begreift, was hier gerade geschieht. Aber sie ist in ihrer eigenen Welt versunken und denkt über das nach, was Bo gesagt hat.

Er geht ins Schlafzimmer und findet dort Bo beim Kofferpacken.

»Bo …«, sagen Solomon und Laura gleichzeitig.

»Ja?«, antwortet sie, an Laura gewandt, und kommt zur Tür.

»Du hast gesagt, wenn ich mich daran erinnern könnte, woher die Laute ursprünglich gekommen sind …?«

»Ja, das war nur so eine Idee …«

»Hast du deine Kamera hier?«

Bo bekommt rote Wangen. »So habe ich das nicht gemeint. Ich wollte dir nicht raten, du sollst …«

»Ich weiß. Aber ich möchte es dir erzählen.«

»Laura, wir dürfen mit unserer Dokumentation nicht weitermachen. Die Anwälte von *StarrGaze* waren an diesem Punkt sehr deutlich.«

»Es ist mir egal, was sie sagen, das ist mein Mund, es sind meine Worte, meine Gedanken, und die gehören ihnen nicht.«

Solomon und Bo sehen einander an. Er nickt.

Rachel ist mit Susan im Krankenhaus, Susan liegt in den Wehen. Aber Laura möchte jetzt mit ihnen sprechen, also stellt Bo schließlich eine Kamera auf ein Stativ. Solomon kümmert sich um den Ton. Und Laura macht sich bereit, ihre Geschichte zu erzählen.

37

»Als Mum krank wurde, ging alles sehr schnell, sie wurde rapide schwächer. Sie nahm nur ihre Naturheilmittel ein, alles, was sie und Granny selbst hergestellt hatten. Medikamente kamen für sie nicht in Frage. Sie wollte auch keine Chemotherapie, sondern versuchte es mit alternativen Behandlungsmethoden und speziellem Ernährungsplan. Granny und Mum waren gründlich, und sie hatten Erfahrung – manchmal hatte es den Anschein, als hätten sie ihr Leben lang für diesen Augenblick gelernt. Mum machte eine Leberreinigung und ernährte sich basisch, um den pH-Wert ihres Körpers ins Gleichgewicht zu bringen. Als sie keine feste Nahrung mehr zu sich nehmen konnte, stellte sie auf flüssige Nahrung um.

›*Wenn ich sterben muss, dann sterbe ich auf gesunde Weise*‹, erklärte sie mir, streckte die Hand aus und wischte mir eine Träne von der Wange.

Ich lächelte, schluckte die Tränen hinunter und küsste die Hand meiner Mutter.

Wir hatten die Werkstatt ins Haus verlegt, so dass Granny und ich dort Kleider ändern und uns gleichzeitig um Mum kümmern konnten, aber die Kunden empfing Granny weiterhin in der Garage. Unser Zuhause war strikt privat. Es ging wohl immer noch darum, mich zu schützen, obwohl es Granny nun oft sehr schwerfiel, ihre kranke Tochter zu verlassen. Am Bett von Mum überlegte ich oft, ob Granny nicht lieber selbst bei ihr geblieben wäre. Granny vernachlässigte die Schneiderei, nahm ihren hohen Standard nicht mehr so genau, um mehr bei Mum sein zu können, deren Zustand sich rasch verschlechterte. Nachts saßen wir zu zweit am Krankenbett. Eigentlich wollten wir uns abwechseln, aber keine wollte den letzten Moment verpassen. An einem Tag, als ich mit Mum alleine war – Granny empfing eine Kundin in der Garage –, bemerkte ich plötzlich, dass Mum anders atmete, und mir war sofort klar, dass etwas geschehen würde.

›Mummy‹, sagte Mum mit rauer Stimme, die klang wie die eines Kindes.

Seit Tagen schon hatte sie kein Wort mehr gesprochen.

›Ich bin hier, Mum, ich bin es, Laura.‹ Ich nahm ihre Hand und hielt sie mir an die Lippen.

›Mummy‹, wiederholte sie nur. Ihre Augen waren offen und schauten suchend umher.

Mit klopfendem Herzen eilte ich zum Fenster und spähte durch die Jalousie zur Garage hinüber. Keine Spur von Granny war zu sehen, das Auto der Kundin stand noch in der Auffahrt. Wieder schaute ich zu meiner Mutter, dann zurück zur Garage, plötzlich fühlte ich mich gefangen. So beengt hatte ich mich in meinem ganzen Leben noch nie gefühlt. Wenn ich Granny rief, würde die Kundin mich hören oder sehen, und wir hatten vereinbart, dass ich bis zu meiner Volljährigkeit unsichtbar bleiben sollte. So war es abgemacht, denn der Gedanke, mich vorher in die Welt hinauszuschicken, machte ihnen große Angst.

Ich war hin und her gerissen. Mum atmete nur noch flach und mühsam, ich wusste, sie war dabei, diese Welt zu verlassen. Aber ich konnte Granny doch nicht rufen und riskieren, dass jemand meine Existenz entdeckte! Andererseits konnte ich Mum nicht in dem Gedanken gehen lassen, sie wäre allein.

Ich bekam Panik. Ein heißes Gefühl ergriff meinen Körper. Schweiß lief mir den Rücken hinunter. Das Herzklopfen. Die eiskalte Angst. Ich verlor meine Mum, aber obwohl ich am liebsten die ganze Welt zu Hilfe gerufen hätte, wusste ich doch, dass ich nicht das Risiko eingehen durfte, von Granny weggerissen zu werden. Denn dann hätte ich gar nichts mehr gehabt.

Aber Mum durfte sich auch nicht so allein fühlen. An ihrer Stelle hätte auch ich meine Mutter bei mir haben wollen. Und Granny wollte ihrerseits bei ihrer sterbenden Tochter sein, sie würde den Gedanken nicht ertragen, dass ihre Tochter sich im Sterben verlassen gefühlt hatte. Verzweifelt saß ich am Bett meiner Mutter, schloss die Augen und wünschte mir mit aller Kraft, eine Möglichkeit zu finden, wie ich dieses Dilemma lösen konnte.

Dann öffnete ich den Mund und begann zu singen, und im gleichen Augenblick hörte ich Grannys Stimme. Die Stimme einer älteren Frau mit einem ausgeprägten Yorkshire-Akzent. Mum drückte meine Hand.

Ein gebrochener Baum mit einem gebrochenen Ast
Steht, wo braun ist das Gras und der Himmel finster fast.
Dort, wo die Blumen stets nur Knospen tragen,
Sieht man im grünen Wald als Skelett ihn aufragen.
Keine Spinne krabbelt, kein Tier macht hier Rast,
Auf dem gebrochenen Baum mit dem gebrochenen Ast.
Aber auf dem Zweig lässt sich ein Vogel nieder,
Ein Weibchen ist's, es singt seine Lieder,
Den Schnabel erhoben, die Augen rund.
Weit öffnen die Knospen sich zu Blüten bunt,
die Spinnen krabbeln und weben Netze,
im Gras funkeln Waldbeeren wie Schätze.
Der Baum ist genesen, eh man weiß, was geschieht,
Sobald der Vogel hat begonnen sein Lied.
Der Baum wird lebendig, der Ast ist geheilt,
Die Tiere kommen herbeigeeilt,
Lachende Kinder klettern und spielen daneben.
Doch nur einen einzigen Tag bleibt der Baum so am Leben.

Denn als das Lied dann verstummt und der Vogel fliegt fort,
Ist der gebrochene Baum, wie er immer war, dort.«

Atemlos beobachten Solomon und Bo, was sich vor ihnen abspielt. Nicht nur Lauras Stimme hat sich bei der Erinnerung an das Lied verändert, das am Totenbett ihrer Mutter gesungen wurde, irgendwie hat sie auch dem Geist ihrer Großmutter erlaubt, von ihr Besitz zu ergreifen. Es ist nichts Geringeres als Magie. Bo wendet sich Solomon zu, schaut ihn zum ersten Mal an, seit sie ihn verlassen hat, und ihre Augen sind groß und voller Tränen. Er greift nach ihrer Hand, und Bo überlässt sie ihm. Als Laura die Augen öffnet, fällt ihr Blick auf die ineinander verschlungenen Hände.

Bo wischt sich die Augen, Laura lächelt.

»War das …« Bo räuspert sich und muss noch einmal anfangen, weil ihre Stimme belegt ist. »Hast du damals deine Fähigkeit zum ersten Mal bemerkt?«

»Ja«, antwortet Laura leise. »Es war das erste Mal. Aber dann, als ich es gemerkt habe, wurde mir klar, dass ich es nicht zum ersten Mal gemacht hatte.«

Bo nickt ihr aufmunternd zu, sie soll weitererzählen.

»Mehrere Jahre davor hat Granny es mal angesprochen. Wir lagen im Gras hinter dem Haus, ich habe Gänseblümchenketten geflochten. Mum hat gelesen, sie war verrückt nach Liebesgeschichten und hat manchmal ein paar Sätze daraus vorgelesen, um Granny zu ärgern, die diese Geschichten gehasst hat.« Laura lacht. »Ich höre sie noch, wie sie aufeinander losgegangen sind. Granny hat sich die Ohren zugehalten und *lalalala* gesungen.

Aber an diesem Tag las Mum nicht laut. Alles war still. Auf einmal fing Granny an zu lachen.

›Das war gut, Laura‹, rief sie.

Aber ich hatte keine Ahnung, was sie meinte.

›Hör auf‹, sagte Mum zu ihr und funkelte sie über ihr Buch hinweg an.

›Was denn? Das war ein besonders guter Laut. Sie wird immer besser, Isabel. Das musst du zugeben.‹

Ich setzte mich im hohen Gras auf. ›Womit werde ich immer besser?‹

›Nichts, Liebes, nichts. Achte nicht auf deine Granny, sie wird senil.‹

›Na ja, das wissen wir alle. Aber mit meinen Ohren ist immer noch alles in Ordnung.‹ Granny zwinkerte mir zu.

Ich kicherte. ›Sagt es mir doch.‹

Jetzt senkte Mum ihr Buch und sah Granny an, aber sie wirkte nachgiebig, als hätte sie ihr zugestimmt, ihre Mutter aber daran erinnert, doch bitte behutsam vorzugehen.

›Du gibst diese wunderbaren Laute von dir, liebes Kind. Hast du das nicht bemerkt?‹

›Laute? Nein. Was denn für Laute?‹ Ich war überzeugt, dass Granny mich auf den Arm nehmen wollte.

›Alle möglichen. Gerade eben hast du gesummt wie eine Biene. Ich hab schon befürchtet, ich werde gestochen!‹ Sie lachte, tief aus dem Bauch.

›Nein, das kann nicht sein‹, entgegnete ich verwirrt.

Mum sah zu Granny, ihre Augen wirkten besorgt.

›O doch, es war so, mein kleines Bienchen‹, beharrte sie, schloss dann die Augen und wandte das Gesicht der Sonne zu.

›Nein, das hab ich nicht getan, warum sollte ich?‹, wehrte ich mit zitternder Stimme ab.

›Ich hab dich gehört‹, erwiderte Granny schlicht.

›Jetzt reicht es, Mum.‹

›Na gut‹, antwortete Granny, schaute Mum mit einem Auge an und schloss es dann wieder.

Ich starrte die beiden an. Granny lag faul im Liegestuhl, Mum las ihr Buch. Auf einmal war ich entsetzlich wütend. ›Du lügst doch‹, brüllte ich, rannte aus dem Garten und zurück ins Haus.«

»Wie alt warst du da?«, fragt Bo.

»Sieben. Danach waren meine Laute ziemlich lange kein Thema. Erst ungefähr ein Jahr später wieder, glaube ich. Mum wollte nicht darüber reden, sie wusste, dass ich auf dieses Thema sehr empfindlich reagierte, und Granny hatte strikte Anweisung, kein Wort darüber zu verlieren.«

»Was meinst du, warum du so empfindlich warst?«

»Kannst du dir vorstellen, wie es ist, wenn man dauernd gesagt bekommt, dass man etwas macht, was man selbst gar nicht merkt?«

Bo grinst und beißt sich auf die Lippen. Mit einem frechen Glitzern in den Augen wendet sie sich an Solomon. »Ja, ich glaube, das kenne ich. Nach einer Weile kriegt man Angst, man wird irre. Und man fängt an, die Person zu hassen, die es einem dauernd unter die Nase reibt.«

Natürlich versteht Solomon genau, worauf sie anspielt.

»Selbst wenn man weiß, die anderen meinen es nur gut«, fügt Laura hinzu. »Selbst wenn man ihnen vertraut und weiß, dass sie es bestimmt nicht erfunden haben. Irgendwann stellt man alles in Frage. Einmal habe ich ein Geräusch imitiert, das Mum richtig erschreckt hat.«

»Was war das?«

»Der Polizeifunk.« Laura schluckt. »Ich hab ja nur Geräusche gemacht, die ich irgendwo mal gehört hatte. Natürlich hätte ich es auch aus dem Fernsehen haben können, aber Mum dachte, es wäre real. Sie konnte es nicht ignorieren. Vor diesem Geräusch hatten sie beide seit langer Zeit große Angst, und sie wollte wissen, wo ich es gehört hatte, aber mir war nicht klar, welches Geräusch sie überhaupt meinte, ich hatte es ja nicht wahrgenommen. Aber es gelang uns, es einzukreisen. Es war der Polizeifunk. Ich hatte ihn eines Tages gehört, als Mum und Granny beide nicht da waren. Ich saß in meinem Zimmer, mit vorschriftsmäßig zugezogenen Vorhängen. Weil wir in einem Bungalow wohnten, mussten wir immer ein bisschen aufpassen, denn man konnte bei uns leicht ins Fenster schauen.«

»Sie haben dich mit sieben Jahren allein zu Hause gelassen?«, fragt Bo besorgt.

»Sie waren im Wald und haben Kräuter und Beeren gesammelt, aber ich wollte lieber zu Hause bleiben und lesen. Ich hab gehört, wie ein Auto ganz in der Nähe gehalten hat, und mich sicherheitshalber unter dem Bett versteckt. Dann kamen Schritte den Kiesweg hoch, bis ganz nah zum Fenster, und ich hatte das Gefühl, dass jemand davorsteht. Erst war es still, dann ging dieses komische Knistern und Knacken los – das Funkgerät.« Laura schaudert, als sie die Geschichte erzählt. »Als Mum und Granny heimkamen, habe ich es nicht erwähnt, weil ich nicht wollte, dass sie Angst bekommen. Es war ja nichts passiert, also gab es auch keinen Grund, ihnen davon zu erzählen, aber dann habe ich es doch verraten, indem ich das Geräusch imitierte.«

»Wie hat deine Mutter es aufgenommen?«

»Sie wurde panisch. Und hat Granny gerufen. Ich musste die Geschichte immer wieder erzählen, was ich genau gehört hatte. Ich war verwirrt. Ich wusste, sie waren nervös, wenn es um die Polizei ging, aber ich wusste nie, warum.«

»Haben sie es dir erklärt?«

»An diesem Tag hab ich sie endlich danach gefragt. Ich dachte immer, sie hätten Angst, dass man mich ihnen wegnimmt – wegen dieser Geräusche, die ich dauernd machte. Aber als Mum das hörte, hat sie sich mit mir hingesetzt und mir zusammen mit Granny die ganze Geschichte erzählt. Alles.«

»Alles …?«

Laura schaut Solomon an und holt tief Luft. »Alles über den Tod meines Großvaters.«

Solomon nimmt die Kopfhörer ab. »Laura, bist du sicher, dass du … Vielleicht sollten wir die Kamera lieber ausschalten, Bo …«

»Schon passiert«, antwortet Bo, und als sie sich ihm zuwendet, sieht er, dass ihre Augen groß sind vor Aufregung. Natürlich haben sie beide in den Boulevardblättern die Artikel gelesen, sie wissen, dass Isabel und Hattie angeblich in den Tod von Lauras Großvater verstrickt waren. Schon damals in Cork, als Bo sich im Dorf nach Hattie und Isabel erkundigt hat, wurde ihr die Geschichte aufgetischt. Bei dem Interview, das sie mit Laura auf der Wiese vor dem Button-Bungalow gemacht hat, wollte sie Genaueres darüber in Erfahrung bringen, aber jetzt hat sie plötzlich Angst. Sie ist nicht sicher, ob sie die Wahrheit erfahren und auch noch aufnehmen möchte. Wie rasch sich die Dinge verändern.

»Laura«, sagt Solomon sanft, als er seine Geräte abbaut, »du musst uns das nicht erzählen.«

»Doch, ich denke schon.«

»Nein, du musst es absolut nicht«, beteuert auch Bo. »Bitte fühle dich nicht dazu verpflichtet, ich setze dich bestimmt nicht unter Druck.«

»Und ich auch nicht«, sagt Solomon. »Genau genommen«, fügt er hinzu, »genau genommen sollten wir vielleicht eine Pause machen und uns die Füße vertreten. Es ist schon spät – gleich drei Uhr. Es war eine lange Nacht, voller Gefühle. Morgen ist ein wichtiger Tag, wir sollten …«

»Ich muss es aber erzählen, ihnen zuliebe«, beharrt Laura. »Er kann ihnen nichts mehr antun.«

»Wen meinst du?«, fragt Bo. »Den Polizisten? Oder deinen Granddad?«

»Beide. Ich muss es euch erzählen. Mum und Granny zuliebe. Als sie mich versteckt haben, haben sie auch die Wahrheit versteckt. Sie haben versucht, mich zu beschützen, aber jetzt ist es meine Aufgabe, sie zu beschützen.«

Solomon schaut Laura an und versucht, in ihrem Gesicht zu lesen. Laura erwidert seinen Blick, und Bo mustert sie beide – sie tun das, was sie seit dem Augenblick tun, als sie sich zum ersten Mal begegnet sind. Nonverbale Kommunikation.

Schnell wendet Bo sich ab, um den beiden und sich selbst Raum zu geben – um diese seltsame Situation endlich zu entkrampfen. Von Anfang an hat sie gesehen, dass zwischen Solomon und Laura etwas passiert, und sie hatte nichts Besseres zu tun, als sie zueinander zu schubsen, der Dokumentation zuliebe. Sie hat Solomon benutzt, um sich Laura anzunähern. Sie kann es nicht bestreiten – genau das hat sie getan. Solomon wollte sich zurückziehen, er wusste, was er fühlte. Aber Bo hat ihn immer wieder zu Laura gedrängt. Dafür kann sie keinem der beiden die Verantwortung in die Schuhe schieben. Sie macht auch sich selbst keine Vorwürfe, aber jetzt sieht sie auf einmal, wie es ist, sieht die Lage realistisch und ausgewogen. Zwischen den beiden ist etwas ganz Großes, etwas, was sie verbindet, etwas, was Solomon vielleicht nicht einmal in sich selbst sieht. Solomon, der Bos Fehler so genau wahrnimmt und immer bereit ist, ein Urteil über andere zu fällen, kann nicht weit genug zurücktreten, um sich selbst zu erkennen.

Was immer sich zwischen den beiden abspielt – es zwingt eine Entscheidung herbei.

»Okay«, sagt Solomon und fährt sich mit der Hand durch seine langen Haare. »Wenn du es wirklich willst.« Seine Stimme ist so sanft, so zärtlich, so verständnisvoll, und Bo fragt sich unwillkürlich, ob er ihr gegenüber jemals diesen Ton angeschlagen hat.

Ob er überhaupt weiß, wie er sich in diesem Augenblick anhört.

»Ja, ich will es«, erwidert Laura mit fester Stimme. Und mit einem entschiedenen Nicken setzt sie sich wieder in den Sessel vor die geschlossenen cremefarbenen Vorhänge, neben ihr verströmt die Lampe ihren leichten, warmen Glanz. Ein erdgrünes Kissen und eine gleichfarbige Decke liegen über der Rückenlehne des Sessels und bringen Lauras Augenfarbe noch besser zur Geltung.

Solomon nimmt Platz, ohne sie eine Sekunde aus den Augen zu lassen. Plötzlich hat Bo das Gefühl zu stören, und ihr wird klar, dass sie sich so jedes Mal gefühlt hat, wenn sie alle drei zusammen im selben Zimmer waren. Aus dem Augenwinkel beobachtet sie, wie Solomon die Kopfhörer aufsetzt und seine Geräte wieder einschaltet, und sie muss daran denken, wie oft er unter diesen Kopfhörern in seiner eigenen Welt verschwunden ist, entweder für die Arbeit oder für seine eigene Musik. Das ist seine Zuflucht, und bei Laura ist es genauso. Bo blickt zwischen den beiden hin und her. Anscheinend haben sie keine Ahnung davon. Oder vielleicht haben sie eine Ahnung, sind aber extrem respektvoll ihr gegenüber. Am liebsten würde sie die beiden erst umarmen und dann zusammenquetschen. Diese beiden Idioten.

Doch statt diesem seltsamen Impuls zu folgen,

lässt Bo die Kamera wieder laufen, wendet sich Laura zu und fragt: »Bist du bereit?« Laura nickt erneut und beginnt.

»Mein Granddad hat sie beide misshandelt. Granny und Mum. Er hat getrunken. Granny meinte einmal, er sei die meiste Zeit ein unangenehmer Zeitgenosse gewesen. Aber wenn er betrunken war, wurde er gewalttätig. Sergeant O'Grady, der Ortspolizist, war sein bester Freund. Sie sind zusammen zur Schule gegangen, später haben sie zusammen getrunken. Granny stammte nicht aus der Gegend, sie ist ja in Leeds aufgewachsen, in Yorkshire. Sie kam als Kinderfrau nach Irland und hat bei einer Familie im Dorf gearbeitet. Dort hat sie Granddad kennengelernt und blieb, aber es fiel ihr schwer, sich einzugewöhnen. Sie war gern für sich. Die Einheimischen mochten sie nicht besonders, und so isolierte sie sich noch mehr. Granddad war sehr besitzergreifend, und wenn er und Granny etwas mit anderen zusammen unternahmen, nörgelte er ständig an ihr herum – was sie sagte, wie sie sich benahm. Schließlich beschloss Granny, einfach nicht mehr mit ihm auszugehen. Es war ihr gerade recht, hat sie immer gesagt. Aber dann fing Granddad an, aggressiv zu werden. Er hat sie geschlagen, sie musste mit mehreren gebrochenen Rippen ins Krankenhaus. Schließlich wurde es so schlimm, dass sie Granddads Freund, Garda O'Grady aufsuchte – nicht etwa, um Granddad anzuzeigen, sondern um O'Grady zu bitten, als Freund mit ihm zu sprechen und ihm zu helfen. Aber das gefiel dem Garda überhaupt nicht, und er meinte, es liege doch wohl an ihr, wenn ihr Ehemann so wütend wurde, sie mache anscheinend etwas falsch – er hat alles auf sie abgewälzt.

Granny wäre nie wieder zu Garda O'Grady gegangen, wenn Granddad nicht auch noch angefangen hätte, Mum zu schlagen. Diesmal hat sie dem Polizisten erklärt, wenn er nichts unternehme, würde sie ihn melden. Garda O'Grady hatte nichts Besseres zu tun, als Granddad davon zu erzählen. In dieser Nacht kam Granddad sturzbetrunken aus dem Pub. Er hat Granny geschlagen und damit gedroht, Mum umzubringen. Granny hat sie weggeschickt, hat ihr gesagt, sie soll weglaufen, und Mum ist daraufhin aus dem Haus geflohen und hat sich im Wald verstreckt. Aber Granddad hat sie verfolgt. Da er so betrunken war, hat er sie in der Dunkelheit zum Glück nicht gefunden. Als Granny ihm nachgelaufen ist, hat sie gesehen, wie er im Suff gestürzt ist und sich den Kopf an einem Stein angeschlagen hat. Er hat sie angefleht, ihm zu helfen, den Notarzt zu rufen. Aber sie konnte nicht. Sie war wie erstarrt, hat sie gesagt. Da lag der Mann, den sie geliebt hatte, der Mann, der sie geschlagen und gerade erst damit gedroht hatte, ihre gemeinsame Tochter zu töten. So saß sie da und sah tatenlos zu, wie er im flachen Wasser des Bachs ertrunken ist. Sie hat immer gesagt, das war das Beste, was sie für sich und für ihre Tochter hätte tun können. Sie hat ihn nicht angegriffen, sie hat ihn nicht getötet, aber sie hat auch nicht versucht, ihm das Leben zu retten. Sie hat gesagt, dass sie sich entschieden hat, stattdessen sich und ihre Tochter zu retten.«

Laura hält einen Moment inne und hebt das Kinn. »Ich bin stolz auf sie. Ich bin stolz auf das, was Granny und Mum getan haben, dass sie stark genug waren, um sich zu verteidigen. Auf die einzige Art, die ihnen zur Verfügung stand. Granny hat versucht, mit Granddads Freund zu reden, sie hat versucht, die Gesetzeshüter einzuschalten, und es hat nichts gebracht. Im Grunde ist Granddad von eigener Hand gestorben.«

»Aber warum haben sie sich dann dafür entschieden, *dich* geheim zu halten?«

»Weil Garda O'Grady sie nicht in Frieden gelassen hat. Monatelang hat er Granny fast jeden Tag zum Verhör einbestellt. Er hat ihr das Leben zur Hölle gemacht. Er hat sie überall verleumdet, wo er konnte, und auf diese Weise hat sie fast ihre gesamte Kundschaft verloren. Er hat meine Mum gequält, die damals gerade erst vierzehn war, auch sie musste mehrmals zum Verhör erscheinen. Er hat sie beide des Mordes beschuldigt, zu jeder Tages- und Nachtzeit ist er bei ihnen aufgetaucht. Er hat ihnen Angst gemacht, ihnen gedroht, sie für den Rest ihres Lebens ins Gefängnis zu bringen. So lange mussten sie in Angst leben, aber sie sind nicht weggelaufen.

Als sie so gut wie keine Arbeit mehr hatten, musste Mum sich wohl oder übel nach einem anderen Job umschauen. Damals hat sie angefangen, für die Toolin-Zwillinge zu arbeiten. Ich weiß nicht, wie lange ihre Affäre mit Tom Toolin gedauert hat, aber ich weiß, dass Mum Schluss gemacht hat, als sie schwanger wurde. Sie hat Tom nie etwas von dem Baby erzählt. Sie hatte schreckliche Angst, dass Garda O'Grady eine Möglichkeit finden würde, mich ihr wegzunehmen. Granny ging es genauso. Deshalb haben sie meine Existenz geheim gehalten. Sie wollten verhindern, dass ich das Gleiche durchmachen musste wie sie, sie wollten nicht, dass er mich auch noch quälte. Also haben sie mich beschützt – so gut sie es eben konnten.«

»Glaubst du jetzt, dass es richtig war, was sie getan haben? Dass das Leben, das sie für dich gewählt haben, das richtige war?«

»Sie haben das Beste getan, was sie konnten. Sie haben mich beschützt. Ich hätte das Toolin-Cottage jederzeit verlassen können, aber ich war glücklich dort. Es gefiel mir, im Verborgenen zu leben. Ich schaute mir die Dinge gern von außen an, aus der Ferne. Sonst hätte ich mich auch nicht so in die Geräusche meiner Umgebung vertiefen können. So wurden sie alle ein Teil von mir. Wie ein Schwamm habe ich sie in mich aufgenommen, weil es in meinem Leben Platz dafür gab. Andere Menschen haben Stress und Anstrengung und Leistungsdruck, aber ich nicht. Ich konnte ein ganzer Mensch sein, ohne Abstriche.«

»Ein ganzer Mensch«, wiederholt Bo nachdenklich. »Fühlst du dich auch jetzt noch wie ein ganzer Mensch, nachdem du das Cottage verlassen hast? Jetzt, wo du dich auf die menschliche Gesellschaft eingelassen hast?«

»Nein.« Laura schaut auf ihre Hände. »Ich höre nicht mehr so viel wie vorher. Es gibt zu viel Lärm, zu viel Getöse, zu viel konfuses …« Sie sucht das richtige Wort, findet es aber nicht. »Ich fühle mich ein bisschen, als wäre ich kaputt«, sagt sie stattdessen traurig.

38

Solomon putzt sich die Zähne. Er braucht länger als sonst und starrt dabei in den Spiegel, ohne sich zu sehen. Als er aufblickt, entdeckt er Bo an der Tür, in der Hand hält sie ihre Reisetasche.

Und sie hat Tränen in den Augen.

Hastig spuckt er die Zahncreme aus und wischt sich über den Mund. Als er ins Schlafzimmer zurückgeht, knallt er mit der Hüfte gegen eine offenstehende Schublade. Er stöhnt und zermartert sich weiter den Kopf darüber, was er Bo sagen könnte, es fällt ihm einfach nichts ein, nichts Passendes jedenfalls. Da ist nur ein Gefühl von Panik, weil dieser Moment tatsächlich gekommen ist. Will er das nach allem, was sie zusammen erlebt haben, wirklich geschehen lassen? Er ist nicht erleichtert, er fühlt nur Panik und Schrecken. Das grässliche Gefühl, den Tatsachen ins Auge blicken, mit ihnen umgehen zu müssen, sich nicht mehr vor der Wirklichkeit verstecken zu können. Den ganz natürlichen Impuls, wenn man einer grundlegenden Veränderung gegenübersteht – man zieht alles in Zweifel.

»Willst du mit Jack zusammen sein?«, fragt er und räuspert sich unbeholfen.

»Nein«, erwidert sie mit einem leisen Lächeln. »Einfach nicht mit dir.«

Er ist betroffen, es klingt so hart.

»Ach komm schon, Sol, das kann doch keinen von uns beiden wirklich schocken.«

Er reibt sich gedankenverloren seinen malträtierten Hüftknochen.

»Du bist in sie verliebt«, fügt Bo hastig hinzu und wischt sich dabei eine einzelne Träne von der Wange. Bo war noch nie besonders gut darin, zu weinen.

Solomon sperrt die Augen auf.

»Egal, ob du dir dessen bewusst bist oder nicht, es ist so. Bei dir bin ich mir nie ganz sicher, ob du etwas tatsächlich nicht weißt oder nur so tust, als wüsstest du es nicht … Manchmal siehst du die Dinge so klar, dann wieder kannst du nicht mal dich selbst sehen. Andererseits – ist das nicht bei uns allen so?« Sie lächelt traurig.

Solomon geht zu ihr und nimmt sie in den Arm. Sie lässt ihre Tasche fallen, erwidert seine Umarmung, und er küsst sie sanft auf den Kopf.

»Es tut mir leid, dass ich nicht besser für dich war«, flüstert er.

»Mir auch«, antwortet sie, und er weicht zurück und schneidet ein Gesicht. Sie lacht und hebt ihre

Tasche wieder auf. »Na ja, du kannst kaum behaupten, dass es meine Schuld ist, oder?«

»Nie im Leben«, grinst er kopfschüttelnd, ein bisschen ratlos, als verliere er mit ihr auch einen Teil seiner selbst.

An der Tür bleibt Bo noch einmal stehen und sagt leise: »Du warst übrigens großartig. Wir hatten richtig tolle Momente. Aber als wir Laura getroffen haben, ist etwas mit uns passiert. Genau das, was du mal gesagt hast: Sie hält anderen Menschen den Spiegel vor. Als ich mitbekommen habe, wie du wirklich sein kannst, hat mir das, was ich von uns gesehen habe, auf einmal nicht mehr gefallen.«

Solomon wird rot.

»Ich glaube, Laura hat uns gerettet«, fügt sie hinzu und hat dabei wieder Tränen in den Augen, die sie aber mit aller Kraft zurückhält. »Wer hat je von einem Beziehungsretter gehört, der die Leute dazu bringt, sich zu trennen? Wir waren wohl ein ziemlich schlechtes Paar.«

»Waren wir nicht«, entgegnet Solomon mit fester Stimme. Vielleicht war ihre Beziehung nicht perfekt, aber sie hatten auch gute Zeiten. Und die möchte er sich nicht schlechtreden lassen. »Wo willst du jetzt hin?«

»Jedenfalls nicht zu meinen Eltern«, antwortet sie, verzieht das Gesicht und wendet sich zum Gehen.

»Zu Jack?«, fragt er noch einmal.

»Du musst endlich über ihn wegkommen«, meint sie ärgerlich.

»Und du auch«, kontert er. Sie verdreht die Augen und wendet sich endgültig ab.

Und obwohl er eigentlich keinen Grund mehr dafür hat, hasst Solomon Jack noch mehr, und sein Wunsch, ihn zu verprügeln, ist noch größer geworden.

»Ich helfe *StarrQuest* mit Lauras letztem Auftritt, du brauchst sie morgen nur ins Studio zu bringen. Im Lauf der Woche komme ich vorbei und hole den Rest meiner Sachen. Aber lass gefälligst die Finger von meiner Unterwäscheschublade.«

»Ich werde versuchen, mich zusammenzureißen«, sagt er und verschränkt die Arme, lässt Bo aber nicht aus den Augen. »Aber wenn ich Spitze anfasse, kann ich mich einfach nicht zurückhalten.«

Sie verkneift sich ein Grinsen und öffnet die Tür. »Das ist wirklich die seltsamste Trennung der Welt.«

»Es war ja auch die seltsamste Beziehung der Welt.«

»Da fallen mir aber wesentlich seltsamere ein«, protestiert sie und schaut dabei gezielt über seine Schulter.

Solomon dreht sich um, weil er erwartet, dort Laura stehen zu sehen, aber die Tür zum Gästezimmer ist geschlossen, und als er sich wieder Bo zuwenden will, ist sie verschwunden. Mit einem Klicken fällt die Tür hinter ihr ins Schloss. Erst jetzt merkt er, dass er am ganzen Leib zittert – so heftig ist der Schock, dass er sie verloren hat. Wieder schaut er zu Lauras geschlossener Zimmertür und denkt daran, was Bo vorhin gesagt hat.

Dass er in Laura verliebt ist.

Natürlich ist er in sie verliebt. Das hat er vom ersten Moment an gewusst.

Jetzt weiß er die Lösung für sein Dilemma – die Antwort auf die Frage, ob es besser ist, etwas Kostbares und Einzigartiges zu schützen oder es mit anderen zu teilen. Seine Liebe zu Laura war kostbar und einzigartig. Aber es ist besser, sie für sich zu behalten. Ohne ihn wird sie viel besser zurechtkommen. Er hat sie an diesen Punkt gebracht, und er hat ihr damit keinen Gefallen getan. Für eine Frau wie sie ist er nicht der Richtige. Etwas Kostbares sollte lieber gut geschützt werden.

Jetzt ist es seine Aufgabe, den Schlamassel, in den er sie – innerlich und äußerlich – gebracht hat, wieder in Ordnung zu bringen. Er hat sie aus ihrem Nest geholt, ihr Leben komplett durcheinandergebracht und sie dann im Stich gelassen. Er wird alles tun, um es zu reparieren und wieder aufzubauen. Als er seine Zimmertür zumacht, hört er einen Laut von Laura, der ihm das Herz bricht. Stille.

39

Gegen fünf Uhr morgens wacht Solomon auf, weil im Wohnzimmer der Fernseher läuft. Laura ist immer noch wach. Er macht sich keine Hoffnungen, was ihren Auftritt angeht, der ja heute Abend stattfindet – die Sonne scheint schon, der Morgen hat begonnen, und Solomon weiß nicht, ob es ihn kümmert. Er versucht abzuschätzen, wie schlimm es wäre, wenn sie nicht im Studio auftaucht; Laura ist der Show nichts schuldig – höchstens sich selbst. Die Zuschauer haben einen falschen Eindruck von ihr bekommen. Zwar sollte sich niemand Sorgen darüber machen, was andere Leute – die er meistens nicht einmal kennt – über ihn denken. Aber wenn eine Person der Welt etwas so Schönes zu zeigen hat, wenn ihre bloße Existenz ein Gewinn für die Menschen bedeutet, dann sollte sie dafür sorgen, dass sie gesehen und verstanden wird. Laura ist es sich selbst schuldig, ein letztes Mal aufzutreten, aber diesmal als sie selbst, auf eine Art, die sie selbst wünscht. Solomon hat keine Ahnung, was Bo vorhat, aber er vertraut ihr. Die Frau, als die sie sich in den letzten vierundzwanzig Stunden erwiesen hat, hat seinen

Glauben an ihre innere Größe gefestigt – schließlich ist sie ja auch der Grund dafür, dass Bo in diesem Jahr so viele Preise gewonnen hat. Auf ihrem Gebiet ist sie Meisterin, sie kann allein durch ihre Art zu erzählen Herz und Verstand der Menschen erobern.

Solomon kann nicht mehr schlafen, und obwohl er versucht, Laura vor allem in dieser intimen Umgebung in Ruhe zu lassen, hält es ihn nicht mehr in seinem Bett, wenn sie dort draußen ist. Er wird sie ja nicht ohne ihre Zustimmung zu irgendeiner Form von Körperkontakt nötigen, obwohl er sich so sehr danach sehnt. Am besten sollte er sie meiden. All das ist ihm bewusst, und trotzdem steigt er aus dem Bett, macht sich nicht einmal die Mühe, sein T-Shirt überzuziehen, und öffnet seine Schlafzimmertür. Laura sitzt auf der Couch, sie wendet ihm den Rücken zu. Und sie schaut sich das Video von *The Toolin Twins* an.

Solomon beobachtet sie. Sie trägt eins seiner T-Shirts, hat die langen Beine neben sich auf die Couch gezogen, und ihre Haare fallen ihr locker und zerzaust über die Schultern. Wahrscheinlich hat auch sie sich im Bett herumgewälzt. Sein Herz klopft heftig. Gerade als er etwas sagen will, etwas Tröstliches, etwas Nettes über ihren Vater und ihren Onkel, spult sie das Video ein paar Sekunden zurück und sieht sich dieselbe Stelle noch einmal an. Um keinen Preis möchte er sie dabei stören. Also wartet er und beobachtet sie weiter. Und dann, als das Video zu Ende ist, spult sie zurück, richtet sich auf und beginnt von neuem. Er schaut zum Fernseher, zu den Brüdern, zu Lauras Vater und Onkel, die auf dem Berg ihre Schafe hüten. Laura spult zurück und beginnt von vorn.

Jetzt ist nicht der richtige Zeitpunkt für ihn, wahrscheinlich wird dieser Zeitpunkt nie kommen. Leise schließt er die Tür und hört, wie Laura zurückspult und erneut auf Play drückt. Begleitet von diesem Geräusch schläft er schließlich ein.

Laura wendet den Blick nicht vom Fernseher, als sie hört, wie hinter ihr die Tür aufgeht. Ihr ganzer Rücken prickelt, sie bekommt eine Gänsehaut. Aber sie bleibt stocksteif sitzen. Nur Solomon und sie sind in der Wohnung, sie hat gehört, dass Bo gegangen ist, hat einen Teil des Gesprächs zwischen ihr und Solomon mitbekommen, sich aber bemüht, nicht zu lauschen. Aus Respekt. Nachdem sie die Beziehung der beiden so heftig gestört hat, wollte sie sich wenigstens aus ihrem Abschied heraushalten und ihnen den nicht auch noch wegnehmen. So lag sie im Bett, hellwach trotz der späten Stunde, das Zimmer roch nach Solomon – der gleiche Duft, den sie schon bei ihrer ersten Begegnung im Wald wahrgenommen hatte.

Sie hat ihn gefühlt, bevor sie ihn gerochen hat.

Sie hat seinen Geruch im Wind wahrgenommen, lange bevor sie ihn gesehen hat.

Sie hat ihn beobachtet, lange bevor er auch nur etwas von ihr geahnt hat.

Doch während sie ihn aus ihrem Versteck hinter dem Baum beobachtet hat, überkam sie der unwiderstehliche Wunsch, von ihm gesehen zu werden. Nicht so, wie es ihr als Kind ergangen war. Da hatte sie andere Kinder beobachtet, die im Wald spielten, und sie wollte mit ihnen spielen, aber sie wusste es besser, und die meiste Zeit war sie auch zufrieden damit, nur zuzuschauen. Das reichte ihr. Aber im Wald an jenem Tag, als sie Solomon sah, hat sie den Verstand verloren und sich ganz egoistisch gewünscht, von ihm angeschaut zu werden. Sie hat absichtlich ein Geräusch gemacht, damit er sich umdrehte. Und dieser Moment hat ihr Leben verändert. Nicht der Tod ihrer Mutter, nicht der Umzug ins Cottage, nicht der Tod ihres Vaters. Ein Geräusch von sich zu geben und Solomon auf sich aufmerksam zu machen – das war das Gewagteste, was Laura in ihrem ganzen Leben je getan hat. Sie wollte von diesem Mann gesehen werden.

Und für einen Moment hat er dort im Wald ihr allein gehört.

Danach hat sich für sie alles verändert; für sie gibt es ein Leben vor und ein Leben nach Solomon.

Sie schluckt den Kloß in ihrem Hals hinunter. Sie

träumt von seinen Händen auf ihrem Körper, von seinen Küssen auf ihrer Haut, sie stellt sich seine Berührung vor. Ob er wohl sanft ist oder leidenschaftlich? Wie fühlen sich seine Küsse an? Oft hat sie ihn aus dem Augenwinkel beobachtet, wenn er mit Bo zusammen war, hat die Zärtlichkeit gesehen, zu der er fähig war, und sich gefragt, ob er wohl auch mit ihr so sein würde – oder wäre er dann vielleicht ganz anders? Sie hat sich gefragt, wie seine Haut schmeckt, wie seine Zunge sich anfühlt. Seit dem Moment, als sie ihn zum ersten Mal gesehen hat, kann sie diese Gedanken nicht mehr abschütteln.

Dabei wusste sie, dass es falsch war, so zu empfinden. Sie hat sich bemüht, damit aufzuhören, aber sie wurde immer wieder zu ihm hingezogen. Von ihrer Mum und Granny hat sie gelernt, dass eine Frau keiner anderen den Mann ausspannen darf. Sie hätten Lauras Gefühle missbilligt; sie missbilligt sie ja selbst, obwohl es nur ihre privaten Gedanken sind. Sie hat sich an Solomon geklammert wie an ein Rettungsboot, und nur an sich selbst gedacht. Als sie in Australien war, so weit weg von ihm, auf der anderen Seite der Welt, hat sie gehofft, die Gefühle würden weggehen. Aber nichts dergleichen. Sie hat gehofft, wenn sie andere Männer kennenlernte, würde sie das von ihm ablenken – vielleicht waren ihre Gefühle ja nur deshalb so heftig, weil sie keinen anderen Mann kannte. Aber auch das erwies sich als Irrtum. Anscheinend war ausgerechnet der erste Mann, der ihr begegnete, der einzige, den sie wollte, so absurd, romantisch und total verrückt es sein mochte.

Keine Ablenkung der Welt funktionierte. Und sein Duft … es war nicht nur sein Eau de Cologne, es war seine Haut. In seinem Zimmer zu übernachten, in seiner Wohnung zu wohnen – das war ein Gefühl, als würde er sie umarmen. Wenn sie den Kopf im Kissen vergrub, war es, als vergrabe sie den Kopf an ihm. Dann stöhnte sie leise und frustriert, weil sie damit nicht zufrieden war. Von ihm umgeben zu sein, äußerlich, in seiner Nähe, war nicht genug. Sie ist auf die Couch umgezogen, weil sie sich ablenken musste.

Als sie ihn dann hinter sich spürt, hat sie Angst zu atmen. Sie schließt die Augen, während die Dokumentation läuft, und stellt sich vor, dass er näher kommt, dass er ihren Nacken küsst, die Hände erst auf ihre Hüften legt und sie von dort überall herumwandern lässt. Erschrocken über ihre Gedanken, wo er ihr doch so nahe ist, reißt sie die Augen auf und konzentriert sich angestrengt auf das Video und auf das, was ihr Onkel und ihr Vater sagen. Ihr Herz klopft heftig, und das nicht, weil sie ihren Vater wieder lebendig vor sich sieht.

Die Dokumentation hat sie bisher überhaupt nicht getröstet. Wenn überhaupt, fühlt sie sich dadurch noch einsamer. Sie hat gehofft, sich wieder verbunden, wieder verwurzelt zu fühlen, sie hat sich gewünscht, dass ihr Kopf endlich aufhören würde zu schwimmen, dass sie sich erden könnte in dem, was jetzt für sie ansteht. Dass sie endlich wieder anfangen würde, zu fühlen, zu hören und ihre Laute zu produzieren. Aber stattdessen verfolgt sie die ganze Dokumentation hindurch das Gefühl, dass sie nur ein paar Meter entfernt war und dennoch keine Spur von ihr zu sehen ist, keinerlei Hinweis auf ihre Existenz.

»Wolltest du nie eine Frau oder Kinder?«, fragt Bo in der Dokumentation Joe, und auf einmal setzt Laura sich auf.

Joe schüttelt den Kopf, ein bisschen schüchtern. *Eine Frau?* Als er mit diesem Thema konfrontiert wird, sieht er mit seinem faltigen, alten Gesicht plötzlich aus wie ein Schuljunge.

»Ich hab hier genug zu tun. Mit der Farm. Jede Menge Arbeit.«

»Na klar, wer würde dich denn auch haben wollen?«, neckt ihn Tom.

»Und was ist mit dir, Tom? Hast du dir jemals gewünscht zu heiraten, eine Familie zu gründen?«

Er denkt wesentlich länger über die Frage nach als Joe.

»Alles, was ich habe, alles, was ich brauche, ist hier auf diesem Berg.«

Laura hält das Video an, ihr Herz hämmert, und diesmal ist tatsächlich ihr Vater der Grund. Sie spult zurück und spielt die Stelle noch einmal ab. Bo stellt die gleiche Frage noch einmal, die beiden Männer beugen sich über ihre Heuballen. Zusätzlich zu Rachels phantastischer Kameraführung ist allein schon der Anblick der identischen Zwillinge wunderschön. Sie altern auf genau die gleiche Art.

Laura spielt sich die Szene noch einmal vor.

Ihr Vater spricht wieder.

»Alles, was ich habe, alles, was ich brauche, befindet sich hier auf diesem Berg.«

Auf diesem Berg.

Lauras Herz pocht zum Zerspringen. Um sich nicht in etwas zu verrennen, scannt sie den Hintergrund, um sich zu vergewissern, dass es der richtige Berg ist. Für den Fall des Falles. Vielleicht gibt es auf einem anderen Berg noch ein anderes Kind, eine andere Frau, mit der er nach ihrer Mum zusammen war. Eigentlich ist sie sicher, dass das nicht sein kann, aber bei etwas so Wichtigem muss sie auf Nummer Sicher gehen und genau überprüfen, ob sie alles richtig verstanden hat. Sie spult noch einmal zurück. Und schaut sich die Szene noch einmal an.

Als sie den Ausschnitt zum vierten Mal geprüft hat, ist sie sicher. Ihr Vater hatte reichlich Zeit, darüber nachzudenken, so viel Zeit, dass selbst Joe ihn mit diesem schüchternen Schuljungengrinsen im Gesicht ansieht.

Was war auf Toms Berg? Joe, sein Zuhause, seine

Arbeit, seine Schafe, seine Hunde, seine Erinnerungen und ja, auf diesem Berg wohnte Laura. Folglich hatte er Laura mit eingeschlossen. Vielleicht hatte er sie nicht auf konventionelle Weise geliebt, nicht so, wie gewöhnliche Väter ihre Töchter lieben, aber hier hat er sich zu ihr bekannt, sie anerkannt, sie wertgeschätzt. Und das bedeutet alles für Laura.

Erst als sie sich das alles gründlich hat durch den Kopf gehen lassen, fällt ihr Solomon wieder ein, und sie dreht sich lächelnd zu ihm um. Aber er ist verschwunden. Seine Zimmertür ist geschlossen. Rasch verschwindet ihr Lächeln wieder, aber dann erinnert sie sich wieder an die Worte ihres Vaters, und sie geht mit einem Gefühl ins Bett, als hätte Tom sie gerade umarmt und ihr das gegeben, was sie sich immer gewünscht, aber bis zu diesem Moment nie von ihm bekommen hat.

40

Solomon klopft leise an Lauras Tür. Zuerst zögernd, dann mit etwas mehr Überzeugung.

»Laura, ich …«

Die Tür geht auf, Laura erscheint. Sie trägt sein T-Shirt, sonst nichts. Mit verschlafenen grünen Augen, die sich kaum öffnen lassen, geschweige denn ans Tageslicht gewöhnen wollen, sieht sie ihn an. Sie duftet nach Schlaf, ein warmer, gemütlicher Bettgeruch, und am liebsten möchte er sich in ihr verkriechen, buchstäblich. Während sie sich müde die Augen reibt, wandert sein Blick über ihre langen Beine, die schlanken, nur teilweise von seinem T-Shirt bedeckten Schenkel, auf und ab.

»Entschuldige, ich hab mir einfach dein T-Shirt ausgeliehen«, entschuldigt sie sich. »Ich hätte dich fragen sollen, aber …« Ihr fällt kein richtiger Grund ein. Aber ihn stört es sowieso nicht – im Gegenteil.

»Du brauchst dich nicht zu entschuldigen, das ist vollkommen in Ordnung, großartig. Ich meine, du bist großartig. Es sieht großartig aus an dir.« Er verhaspelt sich völlig. Der Ausschnitt des T-Shirts ist für Laura viel zu groß, alle drei Knöpfe sind offen, so dass er die Rundung ihrer Brüste sehen kann, eine Seite klafft auf, und wenn er sich vorbeugen würde, hätte er wahrscheinlich auch noch Sicht auf …

Laura schaut auf den Teller in seiner Hand.

»Oh. Ja. Ich habe Hühnchensalat gemacht. Mit Granatapfelkernen. Ich glaube, zurzeit findet man kein Rezept ohne Granatapfelkerne.«

Sie lächelt.

»Du solltest etwas essen, bevor wir uns auf den Weg ins Studio machen, und das hier ist bestimmt besser als das Plastikzeug, das du dort kriegst.« Wieder blickt er auf den Teller. »Andererseits – vielleicht auch nicht.« Er merkt, dass er anfängt zu schwafeln. Er ist ein erwachsener Mann, der unbedingt mit dieser Frau ins Bett will, er muss sich entsprechend benehmen. Aber er kann nicht mit ihr ins Bett, das ist das Problem. Damit würde er nur noch mehr Schaden anrichten, er hat sie ja schon fast kaputtgemacht. Als ihm klarwird, dass er sie praktisch mit den Augen verschlingt, tritt er schnell einen Schritt zurück. »In ein paar Stunden müssen wir schon los, du hast den ganzen Vormittag geschlafen.«

»Ja, ich war die ganze letzte Nacht wach.« Anscheinend macht ihr der Gedanke an die Show heute Abend große Angst.

»Ich auch.« Ihre Blicke treffen sich. Solomon zweifelt keine Sekunde daran, dass Laura eine hypnotische Wirkung auf ihn hat, aber er reißt sich zusammen. »Die Show beginnt um acht. Du bist als Letzte dran, vor sechs musst du nicht auftauchen. Später als gewöhnlich, aber sie meinten, du brauchst nicht so lange dort rumzuhängen. Die Soundchecks machen sie ohne dich.«

»Und was ist mit einer Probe?«, fragt Laura etwas verwirrt.

»Anscheinend brauchst du keine. Alles wird klappen, Laura. Es ist die letzte Show. Deine letzten zwei Minuten auf der Bühne. Mach was draus.«

»Bevor du das gesagt hast, ging es mir besser.«

»Ich meine doch nur, dass du ihnen zeigen musst, wer du wirklich bist. Nein, das war schlecht formuliert – du musst nicht zeigen, wer du bist, du musst einfach nur die sein, die du bist, so, wie du bist. Dann werden sie es selbst sehen.« Als sie ihn angrinst, muss er lachen. »Ich bin so schlecht bei so was, stimmt's? Als wir das letzte Mal bei einem Gig die Vorgruppe waren, haben zwanzig Leute den Raum verlassen, bevor der Headliner kam.«

Laura kichert. »Vielleicht solltest du das für mich heute Abend auch machen, dann hätte ich es leichter.«

Sie nimmt ihm den Teller aus der Hand, setzt sich an den Küchentisch und fängt an zu essen. Nachdenklich schaut er ihr zu. Sie schlägt die Beine übereinander. Sie ist barfuß. Solomons Herz klopft. Eigentlich sollte er gehen, aber er kann sie nicht allein in der Wohnung lassen, nicht jetzt, wo man ihm die Aufgabe übertragen hat, sie wohlbehalten ins Studio zu bringen. Womöglich fängt sie wieder mit der Balkonkletterei an.

Beim Gedanken an letzte Nacht muss er lächeln.

»Was?«

»Ach nichts.« Er setzt sich ihr gegenüber an den Tisch. Immer wenn er denkt, er müsse sich von ihr entfernen, tut er genau das Gegenteil. Aber wie sie ihn ansieht, verwirrt ihn einfach. »Ich hab nur daran gedacht, wie du dich letzte Nacht als Super-Ninja betätigt hast.«

Laura beißt sich auf die Unterlippe. »Ich bin froh, dass Katjas Mann nicht aufgetaucht ist.«

»Wenn der heute hier vorbeikommt, hau ich direkt durchs Fenster ab. Das musst du schon allein mit ihm ausmachen.« Er beugt sich vor, legt den Kopf auf die verschränkten Arme und schielt zu ihr hoch.

»Hey!«, ruft sie entrüstet und tritt ihn unter dem Tisch gegen das Schienbein – allerdings mit einem breiten Grinsen.

Schweigen. Eine Weile sieht er ihr wieder stumm beim Essen zu. Und beim Nachdenken. Er studiert ihr Stirnrunzeln. Sie wirkt so ernst, dass er ein bisschen lächeln muss. Genau genommen bringt ihn alles, was sie tut, zum Lächeln, und wenn sie ihn anschaut, bekommt sein Gesicht Zuckungen, weil ihm dann das ganze Geläche peinlich wird, er es aber nicht unterdrücken kann. Er kommt sich vor wie ein aufgedrehter Zwölfjähriger.

»Vor dem letzten Auftritt musste ich zwei Tage lang proben. Eine ausgefeilte Choreographie. Diese Woche soll ich gar nicht proben. Ich weiß nicht recht, was ich davon halten soll.« Sie sieht ihn an. »Hast du den Auftritt eigentlich gesehen?«

Er kann nicht aufhören zu lächeln, und jetzt denkt sie, er mache sich über sie lustig.

»Natürlich hab ich's gesehen«, sagt er. »Es war schrecklich.«

Laura stöhnt und wirft den Kopf in den Nacken, so dass Solomon nichts anderes übrigbleibt, als ihren langen schlanken Hals zu bewundern.

»Es war nicht deine Schuld. Bo hat sie auf die Idee mit dem Wald gebracht, aber dabei ganz bestimmt nicht an Goldlöckchen und die drei Bären gedacht. Du konntest wirklich nichts dafür.«

»Ich hab Jack gesagt, dass ich so was nicht machen will, aber da haben sie mich gefragt, ob ich einen anderen Vorschlag habe, und mir ist einfach nichts eingefallen.«

»Also hattest du doch gar keine andere Wahl.«

Sie nickt. »War es wirklich so schrecklich?«

Solomon überlegt, was er empfunden hat. Es kam ihm vor, als hätte er Laura ewig nicht gesehen: Sie war ins Hotel gezogen, nach Australien gereist, er hatte das Gefühl gehabt, der Kontakt zwischen ihnen wäre abgebrochen. »Ich hab mich einfach nur gefreut, dich endlich wiederzusehen, du warst ja eine ganze Weile weg gewesen.«

Sie lächelt, und ihre Augen strahlen.

»Aber ich weiß einfach, dass du so viel besser bist. Für heute Abend hat Bo selbst etwas ausgearbeitet und eine Menge Energie reingesteckt. Ich glaube, sie möchte etwas wiedergutmachen, dir zeigen, dass ihr dein Talent wichtig ist.« Genau das möchte er natürlich auch, aber er weiß nicht, wie er es anstellen soll.

»Bo schuldet mir nichts.« Laura runzelt wieder die Stirn. »Ich bin diejenige, die all die Fehler gemacht hat.«

»Na gut, wenn wir schon mal beim Thema Fehler sind … apropos Rory …«

Laura zuckt zusammen, es fällt ihr schwer, auch nur daran zu denken.

Solomon setzt sich auf. »Ich hab dich im Stich gelassen. Das werde ich mir niemals verzeihen, aber ich möchte, dass du weißt, wie leid es mir tut. Ich hätte dich besser beschützen müssen. Ich wollte nur nicht … ich dachte, ich muss dir deinen Freiraum lassen. Aus welchen Gründen auch immer, wahrscheinlich meinen eigenen, wollte ich dich nicht bedrängen, ich wollte mich nicht einmischen.« Er schaut sie an und fragt sich, ob und wie er weiterreden soll.

»Ich hab dich vor drei Jahren gesehen«, unterbricht sie ihn plötzlich, als hätte sie kein Wort von dem gehört, was er gesagt hat, dabei weiß er, dass sie jedes Wort mitbekommen hat. »Auf dem Berg. Ich war unterwegs, hab nach einem Holunderstrauch gesucht. Tom hatte sie alle weggemacht, weil sie als Hecke nicht dicht genug sind und die Schafe durchkommen. Darüber hab ich mich geärgert, weil die Beeren im Herbst so lecker sind und die Blüten … ach, spielt keine Rolle.«

»Nein, erzähl bitte weiter«, drängt er.

»Die Blüten sind eigentliche das Beste vom Holunder. Mit ihnen kann man alle möglichen leckeren Getränke herstellen – Wein, Sekt, Limo, Sirup. Oder auch Marmelade. Granny hat einen köstlichen Holunderlikör gemacht. Sechs Monate musste er stehen, dann hat er am besten geschmeckt. Ich hatte also eine Mission, ich wollte unbedingt einen Holunderstrauch finden, den Joe und Tom noch nicht zerstört hatten, deshalb habe ich mich weiter vom Cottage entfernt als üblich. Und als ich aus dem Wald kam, standst du dort, mit geschlossenen Augen, die Kopfhörer um den Hals, die Tasche über der Schulter. Damals wusste ich nicht, was du beruflich machst. Inzwischen ist mir klar, dass du wahrscheinlich gelauscht hast, auf Töne, Geräusche, aber damals war ich einfach nur beeindruckt, wie friedlich du aussahst.«

»Ich hab dich nicht gesehen.«

Laura schüttelt den Kopf. »Ich wollte ja auch nicht, dass du mich siehst.«

»Und das war vor drei Jahren?«

»Ja, im Mai.« Am 4. Mai, das weiß sie noch genau. Und nicht nur, weil der Holunder blühte. »Ich habe mich bei Tom erkundigt, wer du bist, und er hat mir erklärt, dass ihr einen Film macht. Dass du Geräusche genauso magst wie ich. Mehr hat er mir nicht verraten.« Sie schluckt schwer, dann gesteht sie: »Später hab ich dich dann noch mehrere Male beobachtet.«

»Echt?« Solomon lächelt. Sein Herz klopft. »Du hättest hallo sagen sollen.«

»Das hätte ich auch gern«, sagt sie leise. »Wenn ich dich an einem Tag nicht finden konnte, habe ich mir immer gewünscht, du hättest mich das Mal davor entdeckt, aber wenn ich dich dann wiedersah, hab ich es nicht über mich gebracht, mich bemerkbar zu machen – es ging einfach nicht. Als ich dich dann nach so langer Zeit im Wald gesehen habe, konnte ich nicht riskieren, dass so was noch einmal passiert. Deshalb habe ich einen Laut von mir gegeben. Ich wollte dich auf mich aufmerksam machen.«

Sie schaut ihn unter ihren langen Wimpern an. Jetzt war es heraus, jetzt kannte er die Wahrheit.

»Tja, und das ist dir definitiv geglückt«, sagt er, streckt den Arm über den Tisch, schiebt den Teller weg und greift nach Lauras Hand.

Sie möchte gern, dass er sie küsst.

Und er sehnt sich so danach, sie zu küssen. Langsam geht er um den Tisch herum, legt die Hand an ihre Wange und nimmt sie in den Arm. Zuerst ist sein Kuss ganz sanft, und er nimmt sich immer wieder ein Stückchen zurück, um ihr in die Augen zu schauen und sich zu vergewissern, dass es okay ist. Sie leuchten in ihrem faszinierenden Grün, doch dann schließen sie sich, und Laura erwidert hungrig seinen Kuss.

Sie hat ihn gespürt, bevor sie ihn gerochen hat, sie hat ihn gerochen, bevor sie ihn gesehen hat. Sie hat ihn gesehen, bevor er sie gesehen hat. Sie kannte ihn, bevor er sie gekannt hat. Er hat sie geliebt, bevor er sie geküsst hat.

41

Vom *Slaughter House* scheint eine enorme Spannung und Nervosität auszugehen, Laura spürt sie deutlich, als sie darauf zufahren. Hunderte Fans haben sich draußen an den Absperrungen versammelt, schwenken Poster, halten Handys in die Höhe, singen die Songs ihrer Lieblingsbands, die zwar nichts mit der Talentshow, aber dafür umso mehr mit ihrer Verbundenheit als Fangemeinde zu tun haben. Als der SUV sich nähert, bricht Jubel aus, und beim Klang so vieler Stimmen wird Laura flau im Magen. Solomon fühlt es ebenfalls, obwohl er ja nicht einmal in die Nähe einer Bühne kommen wird, und in diesem Moment würde er Laura keinen Vorwurf machen, wenn sie die Flucht ergreift. Sie ist niemandem zu irgendetwas verpflichtet.

Securityleute in schwarzer Kampfmontur, mit Sicherheitswesten und Walkie-Talkies säumen die Sperren und den Eingang zum *Slaughter House.* Auch die Medien haben sich bereits eingefunden, noch mehr Fotografen und Journalisten denn je zuvor, denn die Show wird weltweit ausgestrahlt, und alle versuchen, einen Blick auf die Ankommenden zu erhaschen.

Inzwischen geht es nicht mehr so sehr darum, wer gewinnt, sondern eher um die Frage, ob Lyrebird auf der Bühne erscheinen wird. Die Leute von *StarrGaze* sind nicht dumm, sie wissen, was die Zuschauer und die Medien wollen, und sie haben ganz sicher nicht vor, Laura zu beschützen, schon gar nicht, nachdem sie sie die ganze Woche im Ungewissen gelassen hat, ob sie auftreten wird oder nicht. Trotz Michaels grundsätzlicher Loyalität mit Lyrebird setzt er sie davon in Kenntnis, dass er die Autotür auf der Seite öffnen wird, wo die Medienvertreter stehen.

Sobald Michael aussteigt, wissen Laura und Solomon, dass sie weniger als eine Minute haben, ehe der Irrsinn losbricht. Solomon nimmt Lauras Hand und drückt sie fest. Weit weg ist jetzt ihr gemütliches Bett, wo sie sich gegenseitig in aller Ruhe und Geborgenheit, völlig ungestört und sorgenfrei erforscht haben. Ein ganzer Nachmittag, an dem sie einander so berühren konnten, wie sie es sich so lange erträumt haben.

Nun müssen sie sich der Situation stellen. Die Türen gehen auf, ihre Hände trennen sich – manche Dinge müssen unantastbar bleiben. Sobald Laura den Blick hebt, blendet sie ein Blitzlichtgewitter, vor ihr liegt ein Meer von Kameras und Gesichtern, ein Chaos von Rufen und Applaus. Auch ein paar Buhs sind zu hören von den Leuten, die ihr ihren missglückten Ausgehabend noch immer übelnehmen.

Michael nickt ihr freundlich zu, streckt ihr die Hand entgegen, und Laura nimmt sie dankbar an. Michaels Hand ist groß, warm und kräftig, sie hat schon mehr Leute k.o. geschlagen, als Laura wissen möchte, aber jetzt ist die Berührung sanft und tröstlich. Vorsichtig rutscht sie über den Ledersitz, damit ihr Rock nicht hochrutscht. Inzwischen hat sie gelernt, dass die Kameras oft sehr tief gehalten werden, wenn sie auf einen aus dem Auto steigenden Star zielen. Heute hat Laura eines von Solomons Hemden an, grünkariert, zusammengehalten von ihrem hellbraunen Ledergürtel, dazu hellbraune Stiefel mit Wildlederfransen. Unter dem Hemd trägt sie im angesagten Lagenlook ihr eigenes, deutlich kleineres Jeanshemd, an ihren Armen klappern eine Menge Armreifen. *Lyrebird-Style* – wie das Magazin *Grazia* es genannt hat. Die Menge grölt, die Presseleute verlangen Interviews. Da Laura unsicher ist, wie sie reagieren soll, winkt sie nur und lächelt entschuldigend in Richtung der Buhrufer, dann lässt sie sich von Michael zum Eingang führen. Kaum ist sie drinnen, erscheint Bianca.

»Willkommen zurück«, begrüßt sie Laura lächelnd und ohne jede Spur von Sarkasmus. »Wir gehen direkt zum Styling, wir haben nicht viel Zeit – alle haben schon den Soundcheck hinter sich, sind geschminkt und angezogen, geben ihre Vorinterviews und sind startbereit. Du brauchst keinen Soundcheck und bist als Letzte um Viertel vor acht an der Reihe.« Dann senkt sie die Stimme zu einem aufgeregten Flüstern: »Du wirst es *lieben.* Gehen wir.«

Sie geht voraus, Lyrebird und Solomon folgen.

»Warst du wieder an den Happy-Pillen, Bianca?«, fragt Solomon, und Laura grinst.

»Ach, lass mich in Ruhe, Solomon«, knurrt Bianca.

»Da haben wir's, schon ist sie wieder ganz die Alte.«

Bianca muss sich anstrengen, nicht zu grinsen, während sie zur Garderobe vorangeht. Dort wartet Bo schon auf sie, zusammen mit einem Mann, den Laura noch nie gesehen hat.

»Das sind Laura und Solomon«, stellt Bo sie vor und schaut ein bisschen nervös von einem zum andern. Laura spürt, wie ihr Gesicht heiß wird beim Gedanken an das, was Solomon und sie heute getan haben, und vermutlich verraten sie ihre roten Wangen erst recht. Aber Bo sagt nichts dazu, sondern fährt unbeirrt fort: »Das ist Benoît, der künstlerische Leiter des Finales. Er hat mit Jack schon früher zusammengearbeitet, und jetzt hat Jack ihn gebeten, deinen Auftritt zu gestalten – er ist ein echter Magier«, erklärt Bo, kaum fähig, ihre Begeisterung im Zaum zu halten.

Benoît ist kahl, trägt eine runde Brille mit Goldrand und ist von Kopf bis Fuß schwarz gekleidet – aber Laura hat im Leben noch nie dermaßen stylischen schwarzen Samt und so schicke schwarze Seide gesehen. Doch nicht nur seine Kleidung, sein ganzes Auftreten wirkt unglaublich elegant.

Mit beruhigender, hypnotischer, melodiöser Stimme sagt er: »Es ist mir eine Ehre, dich kennenzulernen, Lyrebird«, und schüttelt Laura herzlich die Hand. »Ich bin ein großer Fan deiner Arbeit. Ich hoffe, dass dir das, was wir für dich heute Abend vorbereitet haben, gefallen wird.«

»Also keine Ausflüge in den Wald mehr?«, fragt Solomon.

Benoît macht ein etwas gekränktes Gesicht, als würde ihn der Gedanke, er könnte die Geschmacklosigkeit des Halbfinales wiederholen, zutiefst beleidigen. »Nein, mein Lieber, heute befindet sich die Show in professionellen Händen. Aber lasst uns beginnen, wir haben nicht viel Zeit«, fügt er erwartungsvoll hinzu.

Auch Caroline begrüßt Laura überschwänglich. »Ich bin ja so froh, dass du hier bist – zuletzt kommt heute wirklich das Beste.«

Dankbar lächelt Laura sie an. Ihr wird ganz warm ums Herz; so viel ehrliche Zuneigung und Anerkennung hat sie lange nicht mehr erfahren. Benoît setzt sich auf den Stuhl neben sie.

»Lyrebird – ich hoffe, es stört dich nicht, wenn ich dich so nenne? Ich habe in meinem Leben schon viele Lauras gekannt, aber noch nie eine Lyrebird.«

Laura grinst. »Natürlich.«

»Danke.« Benoît neigt den Kopf. »Wir haben etwas wirklich Spektakuläres für dich vorbereitet. Was Bo da zustande gebracht hat, ist absolut faszinierend.«

»Was muss ich tun?«

»Du musst nur du selbst sein. Kein Skript, keine grässlichen als Bären verkleidete Oben-ohne-Tänzer, nur du und was immer du tun möchtest.«

Lauras Augen werden groß vor Angst, aber Benoît lacht leise. »Ich weiß, meine Liebe, es kann sehr beängstigend sein, anderen sein wahres Selbst zu zeigen. Für den heutigen Abend …« – er nimmt sein Skizzenbuch zur Hand – »… habe ich einen lebensgroßen Käfig entworfen. Natürlich ist er nicht für einen Vogel gedacht, sondern für dich, liebe Lyrebird. Wir haben dafür polierte Bronze verwendet – ein guter Freund von mir hat ihn eigens für mich nach meinen Vorstellungen angefertigt. Ein kostspieliger, aber notwendiger Auftrag – ich denke, die Produzenten von *StarrQuest* werden mir recht geben. Der Käfig wird von der Bühnendecke herabhängen. Ich musste spezielle Verstärkungen anlöten lassen, um sicherzustellen, dass er hält. Und das wird er, wir haben ihn ausgiebig getestet.« Er schließt die Augen und spreizt die Finger und fährt fast verträumt fort: »Das Ergebnis ist perfekt. Im Innern des Käfigs befindet sich eine Schaukel, darauf wirst du sitzen, mit Blick auf einen Bildschirm, den wir für dich auf die Bühne stellen.

Und bitte schau darauf, nimm die Bilder in dich auf, die dort erscheinen, lass sie wirken, beobachte sie und dann tu, was immer du zu tun wünschst. Bring die Laute und Geräusche hervor, die dir einfallen. Es ist deine Geschichte, dein Augenblick. Wir haben dich in den letzten Wochen gezwungen, dich von dir selbst zu entfernen …« Ehrenwerterweise schließt er sich selbst in den Vorwurf mit ein, obwohl er ja bis zu diesem Moment gar nicht für die Show gearbeitet hat. »Doch nun wollen wir dich dir selbst zurückgeben. Drücke dich so aus, wie du es für richtig hältst.«

Laura schaut auf die einfache Skizze und lächelt. »Danke.«

»Du wirst einen dünnen Bodysuit tragen. Er ist goldfarben, aus feinster Seide, und Caroline hat darauf von Hand dreihundert feinste Kristalle genäht. Natürlich ist dieses Kostüm so geschnitten, dass der Anstand gewahrt bleibt – und es ist wunderschön, nicht wahr?«

»Wow.«

»Siehst du, wie die Kristalle im Licht schimmern? Das ist Carolines Werk.«

Caroline lächelt und wird ein bisschen rot.

Laura streicht über die feine Seide, und die Edelsteine funkeln bei der geringsten Bewegung. Der Anzug kommt ihr zu schmal vor, zu klein für ihren Körper. Sie schaut Solomon an, der vielsagend die Augenbrauen hochzieht.

»*Oui*, alle Männer werden dich in diesem Kostüm begehren«, räumt Benoît lächelnd ein.

Nervös schaut Laura zu Bo, und Solomon senkt schnell den Kopf. Aber Bo bleibt im Hintergrund und schaut demonstrativ zur Wand, zu den Kleiderständern, eigentlich überallhin, nur nicht zu Laura und Solomon. Mit offensichtlicher Begeisterung kehrt Benoît zum Thema zurück. »Caroline, bitte enthülle jetzt das finale Stück.«

Er lässt Laura keine Sekunde aus den Augen, offensichtlich ist ihm ihre Reaktion sehr wichtig. Als sie seine Spannung spürt, nimmt sie sich vor, auf jeden Fall so zu tun, als würde sie es mögen, was immer sie jetzt zu Gesicht bekommt. Schließlich haben sich viele Leute viel Mühe mit ihrer Ausstattung gegeben, sie ist überaus dankbar, und sie spürt die Bedeutung, die dieser Moment für ihn hat.

Aber sie braucht nicht zu heucheln, denn das, was Caroline ihr jetzt zeigt, raubt ihr den Atem. Es ist so schön, dass ihr Tränen in die Augen schießen.

Benoît ist hingerissen von ihrer Reaktion und klatscht entzückt in die Hände. »Nur eine Schönheit wie du verdient solche Schönheit.«

»Wow«, staunt auch Solomon.

Als Krönung des Ganzen präsentiert Caroline ein wunderschönes großes Paar Flügel, auf denen die gleichen Kristalle schimmern wie auf dem Anzug, allerdings noch wesentlich zahlreicher.

»Insgesamt sind es zehntausend Steinchen«, flüstert Caroline, als könne sie die Flügel zerstören, wenn sie normal spricht. Dabei sehen sie gar nicht so zerbrechlich aus, im Gegenteil – sie sind groß und kräftig, mit einer Spannweite von nahezu zwei Metern. Grandios, majestätisch und einfach wunderschön schimmern sie in dem kleinen Garderobenraum, und Laura kann sich kaum vorstellen, wie sie erst auf der Bühne wirken werden.

»Darf ich …?«

»Selbstverständlich, selbstverständlich, sie gehören dir«, bestätigt Benoît.

Laura steht auf und berührt behutsam das Kunstwerk.

»Hast du sie gemacht?«, fragt sie Caroline.

»Wir zusammen. Nach Benoîts Entwurf. Es war …« Auf einmal hat auch Caroline Tränen in den Augen. »Na ja, es war berauschend, etwas so Schönes herzustellen. Es hat mich in meine Collegezeit zurückversetzt, und … du hast sie wirklich verdient.«

»Danke«, flüstert Laura.

Als Laura die Flügel in die Hände nimmt, ist der Raum plötzlich erfüllt vom Rauschen mächtiger Schwingen, doch sicher erkennen nur die wenigsten im Raum, dass es sich um die eines Seeadlers handelt, der im Zeitlupentempo durch die Lüfte schwebt. Starr vor Staunen, fasziniert und hingerissen lauschen alle. Im ersten Moment ist Laura überzeugt, dass die Künstler ihre prächtigen Flügel mit Soundeffekten ausgestattet haben, aber dann erkennt sie, dass sie selbst es ist, die das Geräusch hervorbringt.

Caroline drückt die Hand aufs Herz. »Ich hab es dir gesagt, Benoît«, flüstert sie.

»Und du hattest absolut recht«, antwortet Benoît und schaut Laura an wie unter einem Zauberbann. Groß und aufrecht steht er da, und dann verneigt er sich vor ihr, als begegne er ihr zum ersten Mal. »Machen wir uns an die Arbeit, Lyrebird. Wir haben viel zu tun.«

»Die Idee für den Käfig kam aus einem meiner Lieblingsfilme, *Zouzou.* Kennst du ihn?«, fragt Benoît, als sie sich daranmachen, Laura anzukleiden.

Sie schüttelt den Kopf.

»Oh – ein Sakrileg!«, ruft er entsetzt. »Aber du wirst ihn kennenlernen. Morgen werden alle ihn kennen. Josephine Baker, die erste schwarze Frau, die in einem großen Kinofilm die Hauptrolle spielte, singt darin um ihr Leben, singt wie ein Vogel im Käfig. Und zwar auf einer Schaukel. Das ist eine sehr wichtige Filmszene. Und überhaupt ein sehr wichtiger Film.«

Während Benoît spricht, beobachtet Laura nebenbei den Ablauf der Show. Neben der ihren sind sechs Nummern im Finale. Die Anfang der Woche und noch heute im Lauf des Tages aufgenommenen

Videos von Lauras Mitbewohnern zeigen deutlich, wie wichtig der heutige Abend für das Leben jedes Einzelnen ist.

»Jetzt oder nie.«

»Es geht ums Ganze.«

»Ich singe um mein Leben.«

»Der Auftritt meines Lebens.«

»Ich tu es für meine Kinder, damit sie stolz sein können auf ihre Mum.«

Benoît schnalzt mit der Zunge. »Sie werden sowieso stolz sein, aber das wissen wir, du und ich, nicht wahr, Lyrebird?«

Laura nickt. Benoît hat eine sehr entspannende Wirkung auf sie, er scheint alles zu durchschauen, alles zu wissen, ein abgeklärter, gelassener Mann mit einer großen Erfahrung. Nur seine Kreationen haben Gewicht, sie sind sein Lebensinhalt. Alles wird gut werden. Laura fühlt sich vollkommen ruhig.

Alice' und Brendans Darbietung ist makellos und atemberaubend. Sie haben die Messlatte noch wesentlich höher gelegt, gehen enorme Risiken ein, arbeiten mit Feuer, mit Wasser, mit Schwertern – und alles fliegt durch die Luft. Alice wirkt stark und energisch, Brendan hager und gefährlich, eine ideale Paarung.

Selena, die Sopranistin, bekommt den längsten stehenden Applaus aller bisherigen Teilnehmer in der Geschichte der Show.

Sparks hat seine zitternden Hände hervorragend unter Kontrolle.

Die zwölfjährige Turnerin überschlägt sich, hüpft, springt und macht Purzelbäume durch brennende Reifen.

Keinem unterläuft auch nur der kleinste Fehler.

Als Rachel und Susie mit ihrem neugeborenen Baby Brennan eintreffen, hält Laura das winzige Bündel eine ganze Weile im Arm und lauscht seinen Lauten. Dann steigt Alan auf die Bühne, man hört die Walkie-Talkies auf dem Korridor, gefolgt von einem Klopfen an der Tür, und wie aufs Stichwort fängt Lauras Magen an zu grummeln. Sie wird abgeholt, es ist Zeit. Wie soll sie sich von Solomon verabschieden? Er schielt verlegen zu Bo.

»Ach, jetzt gib ihr schon einen Kuss, um Himmels willen!«, faucht sie ihn an, dreht sich um und starrt an die Wand.

Rachel macht große Augen und weiß nicht, was sie davon halten soll, als sie sieht, wie Solomon und Laura sich lang und innig küssen.

»Sei einfach du selbst«, flüstert er ihr ins Ohr. »So gut du es kannst in einem goldenen Anzug und Flügeln mit zwei Metern Spannweite.«

Laura schnieft, lacht, und sie trennen sich.

»Charmant«, meint Benoît, der tut, als wäre er unbeeindruckt, aber seine schelmisch funkelnden Augen verraten ihn.

Laura wird auf die Bühne gebracht. Da sie nur mit angelegten Flügeln durch die Käfigtür passt, hat Benoît ihr Anweisung gegeben, sie erst im Innern des Käfigs auszubreiten. So steht sie neben der Bühne und beobachtet, wie Alan den verdienten stürmischen Applaus erntet. Sein Auftritt war perfekt und erschien vollkommen mühelos, obwohl er so viele Stunden harter Arbeit hineingesteckt hat. Seine Nummer beginnt damit, dass Mabel ihm sagt, sie wolle sich von ihm trennen, weil sie einen anderen kennengelernt hat. Einen Mann, bei dem sie sich ganz anders fühlt, bei dem sie sich ganz anders anhört. Dieser Mann ist Jack Starr. Unter großem Beifall betritt Jack die Bühne und übernimmt Mabel, was für sie natürlich ungewohnt ist – sie ist sonst immer nur bei Alan. Sobald sie den Mund aufmacht, spricht sie tatsächlich ganz anders, ihre Stimme ist viel tiefer und klingt ziemlich albern. Alan hat daran gearbeitet, dass er ihre Mimik nun per Fernbedienung steuern kann. Alan streitet mit Mabel. Sie will ihn wiederhaben. Aber er will sie nicht mehr. Mit verschränkten Armen steht er direkt neben den Kulissen, und sie schreien sich an, während Jack in der Mitte Tränen lacht. Am Ende ist Alan aber doch bereit, es noch einmal mit Mabel zu versuchen, die beiden versöhnen sich und sind wieder vereint.

Die Zuschauer lieben die Geschichte.

Und Alans Darstellung ist perfekt.

Sobald er fertig ist, wird Lauras Video eingespielt. Sie hört ihre eigene Stimme – diesmal ist sie es wirklich, die von einer Reise erzählt, die ihr Leben verändert hat. Nichts Weltbewegendes, aber authentisch und wahr. Langsam geht sie zur Bühne, und während sie sich selbst zuhört, ihrer Stimme, die jetzt live im ganzen Land ertönt, begegnet sie Alan, der gerade die Bühne verlassen hat. Er nimmt kurz ihre Hand und drückt ihr einen Kuss auf die Wange.

»Du schaffst es!«

Inzwischen senkt sich schon der Käfig von der Decke herab, und obwohl das Publikum still sein soll, geht ein staunendes *Ooh* durch die Reihen. Die Käfigtür öffnet sich, Laura geht hinein. Benoît war bescheiden – der Käfig ist noch viel schöner als auf der Skizze, ein wahres Kunstwerk, filigran, raffiniert, mit Gitterstäben, die geformt sind wie Ranken mit bronzenen Blättern. Laura setzt sich auf die Schaukel, jemand schnallt ihr von hinten einen Sicherheitsgurt um, die Käfigtür schließt sich. Langsam wird der Käfig hochgezogen, bis er ein ganzes Stück über dem Boden hängt. Bei jeder Bewegung glitzern die Kristalle auf Lauras Kostüm, das Publikum lässt sie keine Sekunde aus den Augen. Laura fühlt sich schön, strahlend, magisch und doch verletzlich in ihrem in der Luft hängenden Käfig. Aufrecht sitzt sie auf der Schaukel, ohne genau zu wissen, was nun passieren wird, sie weiß nur, dass sie sich auf den Bildschirm konzentrieren muss.

»Ich bin von weither gekommen«, hört sie sich von dort gerade sagen. »Aber ich habe noch viel vor mir. Mein Traum? Mein Traum ist es, froh und zuversichtlich in die Zukunft emporzusteigen.«

Nun ist ein einzelner Scheinwerfer direkt auf Laura gerichtet. Sie dreht sich zu ihrem Bildschirm und erkennt Szenen aus Bos Dokumentation über die Toolin-Zwillinge. Weite Ausblicke über die Berge von Gougane Barra, Windparks, Schafsfarmen. Ihr Berg, ihre Heimat. Die Spitzen der Bäume. Für einen Moment schließt sie die Augen und atmet tief ein. Fast fühlt sie sich, als wäre sie zu Hause. Sie denkt an ihre morgendlichen Spaziergänge, die Suche nach Kräutern, Pilzen und Beeren. Wie sie dort in der freien Natur die Beine gestreckt, sich Bewegung verschafft, lange Erkundungsgänge unternommen hat. Das Geräusch ihrer Füße auf der weichen Erde. Der Regen auf den Blättern, die vier Jahreszeiten in der sich wandelnden Natur. Die Vögel, mal aufgebracht, mal zufrieden, mal streitlustig, beim Nestbau, beim Füttern der hungrigen Sprösslinge. Der ferne Klang von Traktoren, Kettensägen, Autos.

Ihr Cottage, ihr Zuhause. Sie denkt an das Wasser, das über dem Feuer kocht, die knisternden Flammen an Winterabenden, wenn es so früh dunkel wird, dass man nach drei Uhr nachmittags draußen nichts mehr unternehmen kann. Bratende Zwiebeln, der Duft, der den Raum füllt, Zwiebeln aus ihrem eigenen Garten. Der Hahn, der sie jeden Morgen weckt, ihre beiden Hühner, die ihr jeden Morgen ihre Eier schenken, das Knacken der Schale, wenn sie die Eier am Pfannenrand aufschlägt, das Brutzeln, mit dem der Inhalt sich in der heißen Pfanne verteilt, ihre Ziege, die ihr Milch gibt. Sie erinnert sich an die Geräusche einer stürmischen Nacht, an den Wind, der durch den Schuppen pfeift. An Mossies Schnarchen, an die Eulen, die Fledermäuse.

Dann erscheint vor ihrem inneren Auge ein Bild von Granny und Mum, im Bungalow. Die Werkstatt. Sie hört Jazzmusik, einen Plattenspieler, die Nähmaschine, das heiße Bügeleisen, das plötzliche Zischen des Dampfs, die Schere, die durch den Stoff schneidet und klappernd auf den anderen Utensilien landet, wenn sie zur Seite gelegt wird.

Ein Foto von Mum und Granny. Das Klirren der Gläser, das Kichern und Lachen der beiden Frauen, die einander über alles liebten, die füreinander lebten, die nur einander hatten, nur einander wollten und dann ihr Herz für einen anderen Menschen öffneten, für das Baby, das Isabel zur Welt brachte. Laura.

Das *Slaughter House.* Ihr erster Auftritt. Jack, der auf seinem Kaugummi kaut, Lichter, die Kamera, Action, der Applaus der Menge. Der Countdown, die Funkgeräte der Sicherheitsleute. Der schreckliche

Abend im Club. Die Fotos in den Zeitungen. Blitzlichter, Beschimpfungen, Zwischenrufe, das Mädchen auf der Toilette, das ihr nicht geholfen hat, die Frauen mit ihren Smartphones, die klackernden Absätze auf dem Boden, das Knallen der Toilettentüren, die quietschenden Riegel, die Spülung, das Brausen der Händetrockner. Zerbrechendes Glas, noch mehr Blitzlichter, Pressegeschrei, alle brüllen ihren Namen, verschwommene Gesichter, verschwommene Geräusche. Das Chaos, ihr Kopf über der Kloschüssel, das Echo, das Erbrechen. Alles in Ordnung? Die Scham, Hilfe, Hilfe, und niemand hilft.

Der Lärm der Dubliner Innenstadt. Zu viele Geräusche, sie kommt nicht mehr mit, ihre Ohren schaffen es nicht. Krankenwagen, Sirenen, Cappuccinomaschinen, Geldautomaten, klingelnde Telefone, SMS-Töne, Registrierkassen, Videospiele, das Zischen bremsender Busse, all die neuen Geräusche.

Das Polizeirevier. Die Fotografen, vor denen sie ihr Gesicht zu verstecken versucht, als sie die Station verlässt. »Alles in Ordnung?« Sie hört die Stimme der netten Polizistin.

Dann ist das Video plötzlich zu Ende, und sie sieht sich selbst. Sie beobachtet sich selbst auf der Leinwand, eine Vogelfrau, glitzernd unter den Lichtern. Die Reise bringt sie zurück in die Gegenwart.

Welches Geräusch macht sie jetzt? Für die Gegenwart, für das Ende dieser Reise? Sie ist still.

Nach all der Arbeit, die Benoît sich gemacht hat, hat sie vergessen, ihre Flügel auszubreiten! Panisch zieht sie an der Schnur, sie spannen sich auf und sind so stark, dass sie Laura fast von der Schaukel heben.

Die Zuschauer schnappen hörbar nach Luft. Laura schaut zu ihnen. Sie können die Augen nicht von ihr wenden.

Es ist nicht das Ende ihrer Reise. Sie denkt an Solomon. An sein verlegenes Räuspern, sein wohliges, zufriedenes Seufzen, sein stillvergnügtes Brummen, sein Klimpern auf der Gitarre. An das Glück des vergangenen Nachmittags. An die magische Harfenmusik seiner Mutter. An die Wellen, die bei ihrem Haus ans Ufer plätschern. Die Möwen. Nur sie beide, allein, sie brauchen nichts und niemanden sonst. Das ist nicht das Ende. Sondern der Anfang.

Sie denkt an Rachel und ihr wunderschönes Baby, an Brennan, und auf einmal hört sie den Kleinen schreien, hier im Studio. Anscheinend haben sie und Susie ihn auch hierher mitgenommen, und jetzt ist es ihnen womöglich peinlich, dass er die Stille gestört hat. Aber es scheint niemanden zu kümmern, niemand dreht sich nach dem Geräusch um. Die meisten Leute lächeln, ein paar wischen sich Tränen aus den Augen. Laura mag das Schreien eines Babys, es ist kein trauriger Laut, sie könnte ihm den ganzen Tag zuhören. Also lauscht sie ihm und fängt dabei sanft an zu schaukeln, mit ausgebreiteten Schwingen.

Nach einer Weile schaut sie zur Seite und sieht die Menschen, die sie hergebracht haben.

Bo weint.

Solomon sieht stolz zu ihr herüber, er grinst, seine Augen strahlen.

Bianca schluchzt.

Sogar Rachel kämpft mit den Tränen. Brennan schläft in Susies Armen, und jetzt wird Laura klar, dass es vorhin nicht sein Schrei war, den sie gehört hat, sondern dass sie selbst diesen Laut hervorgebracht hat. Eigentlich hätte sie es wissen müssen.

Langsam senkt der Käfig sich wieder herab. Laura hält sich an der Schaukel fest, bis er weich auf dem Bühnenboden aufsetzt. In der Menge ist es ganz still, als sie von der Schaukel steigt. Aber dann weiß sie nicht, was sie jetzt tun soll. Ihre Zeit ist noch nicht vorbei, ihr bleiben noch fünf Sekunden, der Countdown läuft auf dem Bildschirm über ihr. Doch bei eins öffnet sich die Käfigtür plötzlich automatisch.

Und Laura lächelt – mit diesem wunderbaren Detail hat Benoît sein Kunstwerk vollendet.

42

Flankiert von Laura und Alan steht Jack auf der *StarrQuest*-Bühne. Laura greift hinter seinem Rücken nach Alans Hand. Sie ist kalt und verschwitzt. Mit der anderen umklammert er seine treue Mabel, die sich die Augen zuhält, so gespannt warten alle auf das Ergebnis.

In der Dunkelheit hinter ihnen warten die anderen Kandidaten, denn sobald feststand, dass sie bei der Publikumswahl durchgefallen sind, wurden ihre Scheinwerfer sofort ausgeschaltet.

Alice sieht sehr wütend aus. Die zwölfjährige Turnerin hat sich auf dem Korridor bereits mit ihren Eltern gestritten. Und jetzt, während die letzten Stimmen ausgezählt werden, sind nur noch Alan und Laura im Rennen.

Die Spannung steigt ins Unermessliche, aber Laura fühlt, wie sich in ihr eine große Ruhe ausbreitet. Sie hat schon gewonnen. Sie hat erreicht, was sie wollte – und noch mehr. Sie hat sich aufgeschwungen, wie sie es sich gewünscht hat, es war ihr ganz persönlicher Höhenflug.

Nun fühlt sie sich frei, sie hat sich auf dieses Abenteuer eingelassen, sie hat ihr Leben verändert. So lange hat sie sich versteckt, aber jetzt ist Schluss damit, sie hat sich gezeigt, so, wie sie ist.

Jack Starr reißt den goldenen Umschlag auf. Ihm steht der Schweiß auf der Stirn und auf der Oberlippe.

»Und der Gewinner von *StarrQuest* 2016 ist … ALAN UND MABEL!«

Laura lächelt. Noch einmal öffnet sich die Käfigtür. Und sie ist frei, sie kann gehen, wohin sie will.

TEIL 4

Von etwa Ende Juni bis Mitte Juli verändert sich der Gesang des Männchens grundlegend. In dieser Phase schöpft der Lyrebird nur noch selten sein Nachahmungspotential aus und konzentriert sich stattdessen auf die Wiedergabe seiner eigenen, ganz persönlichen Laute und Rufe sowie auf die langen, lieblich tirilierenden Hochzeitslieder seiner Sippe. Dieser Gesang ist unbestreitbar das Schönste, was sein umfangreiches Repertoire zu bieten hat, und der männliche Lyrebird widmet sich mindestens zwei Wochen im Jahr beharrlich seiner Vervollkommnung, indem er sein Lied immer und immer wieder übt, von früh bis spät. In dieser Periode sind Männchen und Weibchen nie voneinander getrennt. Sie legen im Wald eine feste Route zurück, durch Unterholz oder Farngestrüpp, von einem Erdhügel zum nächsten, und bei jedem einzelnen hält das Männchen inne, um zu balzen und zu singen.

Ambrose Pratt, Die Kunde vom Lyrebird

43

Laura sitzt auf dem Balkon, natürlich wieder in einem von Solomons T-Shirts. Sie hat die langen Beine zum Balkongeländer ausgestreckt, auf dem sie sich mit überkreuzten Knöcheln abstützt, ihre Hände sind fest um eine Tasse grünen Tee geschlungen. Mit geschlossenen Augen hebt sie das Gesicht der Morgensonne entgegen.

Träge und zufrieden beobachtet Solomon sie von der Couch aus, wo er leise auf seiner Gitarre herumklimpert und Stück für Stück einen neuen Song zusammensetzt, gelegentlich ein paar Worte murmelt und versucht, alles in Einklang zu bringen. In Bos Anwesenheit konnte er das nie, er war immer gehemmt, aber in Lauras Gesellschaft ist er völlig entspannt. Sie hört ihm zu und imitiert gelegentlich auch sein Geklimper. Dann hält er inne, um ihr zu lauschen, während sie die Töne ein paarmal wiederholt, bis sie den Klang perfektioniert hat. So übt er seinen Song, und sie übt ihren. Er lächelt und schüttelt staunend den Kopf darüber, wie wunderbar und seltsam das alles ist.

Irgendwann schlägt Laura die Augen auf und

sieht die gefaltete Zeitung, die Solomon neben sie gelegt hat – gerade vorhin, bevor er sich mit seiner Gitarre auf der Couch niedergelassen hat, sie hat es gespürt.

Ihr Blick fällt auf die Schlagzeile: »*GRANDIOSER LYREBIRD-AUFTRITT.*«

»Du hast mir doch gesagt, ich soll so was niemals lesen.«

Ohne sein Klimpern zu unterbrechen, antwortet er: »Das ist eine Ausnahme von dieser Regel, lies es ruhig.«

Laura seufzt und nimmt ihre Füße von der Balkonbrüstung. Sie muss festen Boden unter sich haben, muss sich auf eine Attacke gefasst machen, obwohl sie weiß, dass der Artikel positiv sein muss, wenn Solomon ihn ihr so ans Herz legt. Die Fernsehkritikerin Emilia Belvedere hat über das *StarrQuest*-Finale geschrieben. Laura wappnet sich und beginnt zu lesen.

Meine Mutter war Hebamme, aber ich sehe sie eigentlich eher als eine leidenschaftliche Gärtnerin. Den größten Teil ihrer Freizeit verbrachte sie damit, einen Krieg gegen unerwünschte Pflanzen in den Ritzen ihres Gartenwegs zu führen. Ritzen und Spalten sind bequeme, hinterhältige Verstecke für vom Wind herbeigetragene Unkrautsamen, und sie wieder aus den Ritzen zu rupfen, ist letztlich vergebliche Liebesmüh.

Löwenzahn, Disteln, Labkraut, Giersch, Schafgarbe – das waren die Erzfeinde meiner Mutter. Diese Analogie fällt mir mit Vorliebe dann ein, wenn ich darüber nachdenke, welche Rolle die Castingshows in unserer Gesellschaft spielen.

Weder die Jury noch die Entdecker potentieller Talente sind der Wind, der die Samen herbeiträgt. Viel eher haben sie in einem Aspekt große Ähnlichkeit mit meiner Mutter, nämlich insofern, als sie wahrnehmen und ausrupfen. Ihre Absicht ist dabei nicht, etwas zu vernichten – auch wenn dies leider nur allzu oft das Ergebnis ihrer Bemühungen ist. Sie sehen etwas Besonderes, etwas Hübsches, aber es wächst am falschen Platz, und schon entwurzeln sie es. Die Entdecker stellen das Gefundene – eine Art Unkraut, könnte man fast sagen – in eine schöne Vase oder in ein schönes Glas, an einen Platz, wo es ihrer Meinung nach vorteilhaft wirkt und von allen betrachtet werden kann. Sie überzeugen es mit allen erdenklichen Mitteln, dass es hier genau richtig ist, dass es hierhergehört. Sie überreden das Unkraut, mit allen anderen Unkräutern zu konkurrieren, die zuvor in ihren eigenen Ritzen zwischen ihren eigenen Pflastersteinen gelebt haben und nie anderen in die Quere gekommen sind oder gar mit ihnen um ihr kleines Fleckchen Erde kämpfen mussten. Und hier liegt sowohl die Kunst als auch der Niedergang der Talentshow. Ihre Macher entwurzeln, jäten, pflanzen um, und bald verliert das Un-

kraut in seinem neuen Lebensraum seine Schönheit. Es kann nicht mehr wachsen, es gedeiht nicht mehr, es hat die Nische verloren, in der es zuvor seine Lebenskraft entfalten und sich nach Herzenslust entwickeln konnte. Es ist verloren im großen Unbekannten, in einer unnatürlichen Welt, die es nicht versteht.

Die Absicht des Entdeckers besteht darin, etwas Schönes, etwas Besonderes ans Licht zu bringen, aber allzu oft ist dieses Licht viel zu grell, die Entdeckten verfallen in Schockstarre oder sind geblendet.

Ich habe Castingshows im Fernsehen von Anfang an gehasst. Eine Stunde lang wird ein neuentdecktes Talent am völlig falschen Ort gezeigt und – wenn überhaupt – auf die völlig falsche Art unterstützt und genährt. Vielleicht wird vor unseren Augen zwar keine Essigessenz auf die Unkräuter gespritzt, aber das Vorgehen ist in etwa das Gleiche.

Dieses Jahr jedoch hat eine Talentshow meine Meinung geändert. Es war die Entdeckung des seltensten Unkrauts, das in der abgelegensten Mauerritze gewachsen und erblüht ist.

Alan und Mabel waren absolut verdiente Gewinner von StarrQuest, *ihre Nummer ist liebenswert, man applaudiert aus vollem Herzen, man lacht, man ist gerührt, ob man will oder nicht. Aber Lyrebird hat die Herzen unseres Landes gestohlen – ich korrigiere, die Herzen der ganzen Welt. Ihre Darbietung hat mich zurückversetzt in meine Kindheit, und das passiert wirk-*

lich nicht oft. Für gewöhnlich sehnen wir uns danach, zu fliehen – aus dem Alltagstrott, weg von dem, was wir so gut kennen. Aber Lyrebird hat mich mitten in mein Innerstes gebracht.

Ihre Laute kamen schnell, manchmal schwappten sie in Wellen über mich hinweg, sich auf wundersame Weise überschneidend, nicht einmal bei einer Wiederholung hätte man alles hören können. Während man noch mit dem Nachhall des einen beschäftigt war, ertönte auch schon der nächste. In mir haben sich Türen geöffnet, Gefühle brachen hervor, hier, dort, von allen Seiten. Ein Flattern in meinem Herzen, ein Beben in meinem Magen, ein Kloß in meinem Hals, ein Stich in meinen Tränendrüsen. Ich habe meine Kindheit gehört, meine Pubertät, meine Jugend, meine Zeit als erwachsene Frau, meine Ehe, meine Mutterschaft – und das alles innerhalb von zwei Minuten. Es war großartig, es war überwältigend, ich habe den Atem angehalten, und mir liefen die Tränen über die Wangen, während ich diese stille Kreatur beobachtete, die dort in einem Käfig auf einer Schaukel saß und die Geschichte ihres Lebens erzählte. Mein Leben in Lauten, ihren Lauten, aber dennoch Ausschnitte des Lebens, die uns allen gemeinsam sind. Wir waren vereint, wir alle, es war ein kollektives Treffen in Herz und Geist.

Vielleicht fehlte die Brillanz anderer Finale, sicherlich ist die Abwesenheit von Pyrotechnik ein Aspekt, den die Kritiker aufs Korn nehmen werden, aber die Stärke dieses Auftritts war gerade seine Zartheit und Würde. Solche Feinheit benötigt große Kraft, und natürlich sollte uns so etwas bei Benoît Moreau, der von der Dokumentarfilmerin Bo Healy unterstützt wurde, eigentlich nicht überraschen. Aber dennoch. Die Darbietung war erfüllt von Menschlichkeit, von tiefem Gefühl und Herzlichkeit. Es war direkt, mutig, weich und sanft. Es stieg auf, senkte sich und erhob sich wieder. Harte Laute bei dezenten Bildern, leise Seufzer der Akzeptanz angesichts großen Kummers.

Lyrebirds Auftritt war fesselnd, bezaubernd, ein echter Moment nicht nur der TV-Magie, sondern einer Magie, wie sie im Leben selten auftritt. Was immer im Hauptquartier von StarrQuest *passiert ist, welche Diskussionen oder angeblichen Auseinandersetzungen auch stattgefunden haben mögen, es war richtig, es war fair, es war notwendig. Das Richtige hat die Oberhand behalten. Die Menschen werden vergessen, was sie in diesen zwei Minuten empfunden haben, das ist meistens so. Es hat sich vielleicht ungefähr so schnell verflüchtigt, wie sie brauchten, um Wasser zu kochen, die Kinder ins Bett zu bringen, eine SMS zu verschicken oder den Kanal zu wechseln, aber das Gefühl war da, in diesem Moment, und das kann niemand leugnen.*

Etwas hat sich verändert, nicht nur in der Show. Es ist auch in mir passiert. Die Folge davon: Ich bin eine

Fernsehkritikerin, eine Frau in zwei Teilen – die Frau, die ich war, bevor ich Lyrebirds Auftritt gesehen habe, und die, die ich danach geworden bin.

Laura Button zu fragen, in welchem Moment ihre Fähigkeit begonnen hat, wäre ungefähr so, als würde man die Menschheit zwingen, den Moment zu definieren, in dem sie kein Affe mehr war. Dieses Talent ist auf die gleiche Art Teil ihrer Entwicklung. Wir wissen, dass Laura einen großen Teil ihres Lebens sehr zurückgezogen verbracht hat, zehn Jahre allein und davor sechzehn Jahre in großer Abgeschiedenheit zusammen mit ihrer Mutter und Großmutter. Wir wissen, dass Tiere, die so lange ohne sozialen Kontakt leben, oft überwältigende und eigentümliche Entwicklungen durchmachen. Bei Laura ist es nicht anders.

Die Kunde von Lyrebird hat sich verbreitet wie ein Lauffeuer, so schnell, so tief und weit, von einem Spalt, einem Riss hinein ins Herz und in den Geist der Menschen.

Nicht das Rampenlicht regt die Entwicklung an, sondern das Licht der Sonne. Das hat auch Jack Starr gestern Abend erfahren.

Die Entdecker haben Lyrebird entdeckt, ihre Anhänger werden – wie ich – sorgfältig die Geschenke aufbewahren, die sie uns gemacht hat, aber lassen wir sie jetzt in Ruhe, damit sie frei und ungehindert ihre Flügel ausbreiten und losfliegen kann.

Atemlos, die Augen voller Tränen, liest Laura den Artikel zu Ende. Als sie fertig ist, schaut sie zu Solomon hinüber, der aufgehört hat zu klimpern und sie aufmerksam beobachtet.

Er lächelt, als er sieht, wie sie reagiert. »Ich hab dir doch gesagt, dass es ein guter Artikel ist.«

In diesem Moment klopft jemand an die Tür. Um zehn Uhr vormittags an einem Sonntagmorgen bekommt Solomon eigentlich nie Besuch.

»Bleib ruhig sitzen«, sagt er, während er die Gitarre weglegt. Dann geht er leise zur Tür und späht durch den Spion. Es ist Bo.

»Laura, Bo ist hier«, sagt er schnell, damit sie sich fassen kann, ehe er die Tür aufmacht. »Hallo, Bo«, begrüßt er sie und streicht sich ein wenig verlegen die Haare hinter die Ohren.

Mit einem kurzen Blick nimmt sie sein zerzaustes Äußeres zur Kenntnis. »Hoffentlich störe ich nicht bei irgendwas …« Dann entdeckt sie Laura auf dem Balkon und scheint erleichtert, dass sie nicht mit einer womöglich peinlichen Situation konfrontiert ist. »Kann ich reinkommen? Ich bleib auch nicht lange.«

»Klar, sicher.«

Laura stellt ihre Tasse ab und will aufstehen.

»Nein, bleib sitzen«, ruft Bo mit einer beschwichtigenden Handbewegung. Allem Anschein nach fühlt sie sich als Gast in der Wohnung, in der sie noch vor ein paar Tagen selbst gewohnt hat, nicht richtig wohl.

»Dann setz du dich aber bitte auch«, meint Laura und zieht den zweiten Balkonstuhl in ihre Nähe.

Bo nimmt Platz und bemerkt sofort die Zeitung neben Laura, Solomon bleibt zurück.

»O gut, ich freue mich, dass du den Artikel gesehen hast.«

Laura lächelt. »Sie erwähnt dich übrigens auch. Danke, Bo. Ich bin wirklich sehr dankbar für alles, was du in den letzten Tagen für mich getan hast.«

Bo bekommt rote Wangen. »Du brauchst mir nicht zu danken, es war einfach das Richtige. Endlich. Ich hätte schon früher damit anfangen sollen, aber ich wusste nicht, wie. Hast du eine Ahnung, was du jetzt machen willst? Bestimmt hast du jede Menge Angebote.«

Laura schüttelt den Kopf. »Ich muss erst einmal nachdenken. Du hast schon recht, es gab Angebote. Sogar für eine Kochsendung«, grinst sie.

»Da wärst du großartig!«, lacht Bo.

»Ich würde gern etwas über das Sammeln von Wildpflanzen machen … aber draußen«, beginnt Laura, lässt den Satz aber unvollendet. »Ich weiß nicht, alles, was ich tun möchte, was wirklich zu mir gehört, bedeutet, dass ich nach Hause gehen muss. Ich habe das Gefühl, dass ich nicht weiter vorwärtskomme, ohne erst einmal zurückzukehren. Ich möchte mich mit Joe zusammensetzen. Es gibt so vieles, worüber ich mit ihm sprechen muss, was ich ihn fragen, was ich ihm erklären will. Bestimmt ist er tief verletzt von dem, was Tom getan hat, vielleicht kann ich ihm manches erklären. Und ich möchte auch, dass ihr wisst, dass ich mein Versprechen hinsichtlich eurer Dokumentation einlösen werde. Ich werde Wort halten, aber wenn Joe jemals bereit ist, mit mir zu reden, denke ich, dass wir dabei allein sein müssen.«

»Meine Güte, Laura, das ist doch selbstverständlich«, sagt Bo. »Ich bin hier, weil ich dir das hier geben wollte.« Sie greift in ihre Tasche und holt einen Umschlag heraus. »Das habe ich von *StarrGaze Entertainment* bekommen.«

Solomon beäugt den Umschlag argwöhnisch. Er möchte nichts von *StarrGaze* in seiner Wohnung haben, und obwohl sich die Firma am Ende Laura gegenüber doch anständig verhalten hat, ist er äußerst misstrauisch, was weitere von ihr angebotene »Hilfe« angeht.

Bo spürt seine Vorbehalte. »Du vertraust mir immer noch nicht«, sagt sie leise, und es hört sich ziemlich enttäuscht und fast ein wenig resigniert an.

»Bo«, erwidert er sanft. »Es liegt nicht an dir, es liegt an denen. Tut mir leid. Natürlich vertraue ich dir, ganz besonders nach all dem, was du für das Finale getan hast.«

Erleichtert sieht Bo ihn an. »Es hat dir also gefallen?«

»Ich fand es toll. Aber du hast Filmmaterial aus deiner Doku benutzt.«

Sie zuckt die Achseln. »Na ja, das gehört ja noch mir, es ist zwar nicht mehr exklusiv, aber ich denke, damit kann ich leben. Es war das Richtige. Und das da – also, sie haben es mir nicht gerade aufgedrängt, verstehst du?«

»Wir werden kein Wort verraten«, stimmt Solomon sofort zu, während er zusieht, wie Laura den Umschlag umdreht und große Augen macht, als sie den Absender liest.

»Was ist?«, fragt er besorgt.

»Hier steht *Joe Toolin, Toolin Farm, Gougane Barra*«, liest Laura vor und zieht hastig den Brief heraus.

Überrascht schaut Solomon zu Bo, und beide beobachten gespannt, wie Laura den Brief mit zitternden Händen auseinanderfaltet. Dann beginnt sie vorzulesen:

Bescheinigung

Laura Button ist in Gougane Barra, County Cork, Irland, geboren. Ihre Mutter war Isabel Button (Murphy), ihr Vater war Tom Toolin. Bis zu ihrem sechzehnten Lebensjahr lebte sie bei Hattie Button und Isabel Button, dann wohnte sie bis vor kurzem auf meinem Anwesen, im Toolin Cottage, Toolin Farm, Gougane Barra, County Cork.

Ich bin ihr Onkel. Ich hoffe, das ist alles, was Sie für den Pass benötigen.
Viel Glück für Laura.

Joe Toolin.

Laura schaut Bo an, die Augen voller Tränen.

»Er muss dich im Radio gehört haben«, meint Bo. »Jack sagt, er hat das ohne Aufforderung an *Starr-Gaze* geschickt. Ich hätte es dir schon früher gesagt, aber ich habe es selbst gerade erst erfahren.«

Auch Solomon sieht Bo an, und ihm fällt auf, dass ihre Klamotten heute ziemlich zusammengewürfelt aussehen, ganz untypisch für sie. Irgendwie sieht sie anders aus als sonst. Als hätte sie sich furchtbar beeilt. Und das an einem Sonntagvormittag um zehn. Sie ist hergekommen, so schnell sie konnte. Unter welchen Bedingungen sie wohl von dem Brief erfahren hat? Warum hatte sie das Gefühl, gleich hierhersausen zu müssen? Die vertraute Eifersucht beginnt in ihm aufzusteigen, ein Brennen in der Brust, aber er unterdrückt das Gefühl sofort und hasst sich dafür, dass er immer noch so etwas empfindet.

»Ich dachte, es könnte dir helfen bei deinen … deinen verschiedenen Optionen«, erklärt Bo und lächelt.

»Ja. Ja, bestimmt. Ganz herzlichen Dank.«

Laura steht auf und nimmt Bo in den Arm. Bo

erwidert die Umarmung, und so stehen sie auf dem Balkon und halten einander fest. Der einen tut es leid, die andere weiß es zu schätzen, die eine hat es wiedergutgemacht, die andere kann neu beginnen. Und beide sind einander von Herzen dankbar.

Kurz vor sechs am späten Nachmittag fährt Solomon durch das Eingangstor zur Toolin-Farm in Gougane Barra. Joe könnte überall auf seinem weitläufigen Hügelland sein, es könnte den ganzen Tag dauern, bis sie ihn finden, aber Laura hat Glück – er ist dabei, den Zaun vor seinem Haus zu flicken.

Als er das Auto hört, blickt er auf und kneift die Augen zusammen, um besser erkennen zu können, wer darin sitzt. Ein aggressives Starren für den Fall, dass es sich um Journalisten handelt, die ihn wegen Lyrebird belästigen wollen. Solomon lässt sein Fenster herunter und winkt ihm zu. Als Joe ihn und sein Auto erkennt, scheint er sich ein wenig zu entspannen. Vor dem Farmhaus hält Solomon an.

Laura wirft ihm einen fragenden Blick zu.

»Lass dir so viel Zeit, wie du brauchst«, sagt er. »Egal, wo du deinen Erdhügel baust, ich folge dir und lasse dich nicht aus den Augen.«

Laura grinst. »Danke«, flüstert sie, beugt sich zu ihm und legt die Hände auf seine Wangen. Dann küsst sie ihn, diesen Mann, den sie beobachtet und bewundert hat, dem sie vertraut hat und gefolgt ist, bis sie sich selbst gefunden hat. Sobald sie ausgestiegen ist, kommt Ring zusammen mit einem Welpen angerannt, und beide tanzen aufgeregt um ihre Beine, um sie nach ihrer langen Abwesenheit angemessen zu begrüßen. Nun steigt auch Solomon aus, stützt sich mit den Ellbogen aufs Autodach, und schaut Laura nach.

Unbeirrt klettert sie über den Zaun und geht langsam, mit im Wind flatternden Haaren den Abhang hinunter, auf ihren Onkel zu. Joe blickt ihr entgegen und wartet, wie sie ihn begrüßen wird, aber sie sagt kein Wort. Stattdessen hebt sie den nächsten Zaunpfahl vom Boden auf und hält ihn gerade, damit er die Drähte umeinander wickeln kann. Einen Moment beobachtet er sie, nimmt sie zur Kenntnis und versucht, aus ihr schlau zu werden und zu ergründen, was sie vorhat, warum sie ihm hilft. Aber dann nimmt er den Draht, den sie ihm hinhält, und sie beginnen gemeinsam zu arbeiten.

Wenn wir alle Fäden zusammenführen, die uns zu einem besseren Verständnis des Lyrebird zu Verfügung stehen, sind wir genötigt, den nebelhaften Bereich zu betreten, in dem sich die Intelligenz vom Instinkt abspaltet und zu einer, wenn auch vagen, Form spirituellen Bewusstseins wird.
Wie wir gesehen haben, unterwirft der Lyrebird sein Leben bereitwillig der Herrschaft eines eindeutigen Kodex von Leitmaximen.
Er hat einen ausgeprägten Sinn für Eigentumsrechte und -werte.
Er respektiert die Territorialrechte seiner Nachbarn und verteidigt seine eigenen.
Er besitzt die Fähigkeit, Ideen durch eine Art Sprache zu vermitteln.
Er ist monogam und seiner Partnerin / seinem Partner absolut treu – wie es scheint, selbst dann (obgleich dies noch nicht vollständig bewiesen werden konnte), nachdem er seinen Lebenspartner verloren hat.
Er besitzt eine tiefe Liebe zur Melodik, die er in entzückendster Weise und mit vollendeter Kunstfertigkeit auszudrücken vermag.

Er tanzt sehr hübsch und begleitet seine Schritte mit einer seltsam elfenhaften Musik, deren pulsierendem Rhythmus er seine Schritte anpasst.
Er wird unwiderstehlich zu Wohnorten von größter Schönheit und Erhabenheit hingezogen, die beständig von den angenehmsten Düften des Buschlands durchströmt sind.
Sein Naturell ist liebenswert und freundlich, und er besitzt einen entschieden sozialen Charakter.
Er ist zu einer loyalen Freundschaft mit menschlichen Wesen fähig, doch diese Freundschaft lässt sich – wie die aller anderen wilden Kreaturen – nicht durch Nahrungsangebote gewinnen.
Sein Familienleben ist beispielhaft und wird niemals von Zank und Streit beeinträchtigt.

Ambrose Pratt, Die Kunde vom Lyrebird

Lesen Sie weiter:

CECELIA AHERN

Frauen, denen Flügel wachsen

Leseprobe

Die Frau, die im Boden versank und dort jede Menge anderer Frauen traf

Es passierte alles nur, weil sie im Büro eine Präsentation machen musste. Sie hasste Präsentationen seit jeher, schon in der Schule, wo die beiden Idioten hinten im Klassenzimmer jedes Mal »ssssss« zischten, wenn sie rot wurde. Zwar machten die beiden sich über jeden gnadenlos lustig, aber sie war ein leichtes Opfer – ihr Gesicht lief knallrot an, sobald sie ihre eigene Stimme hörte und Blicke auf sich spürte, die sie zu durchbohren drohten.

Zwar hatte sich das Rotwerden im Lauf der Zeit gemildert, aber nun bahnte die Nervosität sich einen Weg durch ihren Körper und manifestierte sich in heftig zitternden Knien. Sie wusste nicht, was schlimmer war. Das knallrote Gesicht damals, das sie zumindest nicht beim Sprechen beeinträchtigt hatte, oder jetzt das Knieschlottern, das ihren ganzen Körper so zum Zittern brachte, als wäre ihr kalt, obwohl ihre Achselhöhlen schweißnass waren. Wenn sie Röcke trug, bebten sie, dass sie aussah wie eine Comicfigur, sie konnte beinahe ihre Knochen klappern hören. Ihre Hände musste sie entweder verstecken oder zu Fäusten ballen. Wenn sie ein Blatt Papier in der Hand hielt, war es noch schlimmer, denn Papier konnte nicht lügen. Da war es besser, es gleich auf den Tisch zu legen und die Fäuste zu ballen oder einen Stift zu umklammern. Wenn möglich zu sitzen, lieber Hosen als Röcke zu tragen, und zwar am besten schmal geschnittene, denn je weniger Stoff da war, desto weniger konnte zittern. Allerdings durfte die Hose um den Bauch nicht einengen, sondern musste reichlich Platz zum Luftholen lassen. Möglichst legere Kleidung also. Für Kaffee und Tee benutzte sie Pappbecher, um zu verhindern, dass in ihren zitternden Händen Tasse und Untertasse zu klirren anfingen.

Nicht, dass die Frau etwa ihre Materie nicht beherrschte. Das tat sie sehr wohl, und wie. Zum Üben marschierte sie in ihrer Wohnung umher, als hielte sie einen TED-Talk. Zu Hause war sie kompetent, niemand konnte so interessant und inspirierend über die Quartalsumsätze berichten wie sie. Sie dozierte wie Sheryl Sandberg, sie redete wie Michelle Obama, bei der alles interessant klang, sie war eine Kriegerin, die Zahlen und Fakten abspulte – in ihrer Wohnung, nachts, allein, war ihr Selbstvertrauen unerschütterlich.

Zunächst lief die Präsentation im Büro gut, wenn auch vielleicht nicht ganz so kurzweilig und weltbewegend wie der Probelauf in der Nacht zuvor. Es gab nicht so viele lehrreiche Zwischenbemerkungen aus ihrem Privatleben und überhaupt keinen Humor – für ihre Phantomzuhörer hatte sie witzige Nebenbemerkungen nur so aus dem Ärmel geschüttelt –, aber definitiv war ihr Vortrag gradliniger und präziser. Sie war nicht besser und nicht schlechter als sonst immer, abgesehen von dem nervigen »per se«, das sie ständig wiederholte, obwohl sie den Ausdruck noch nie in ihrem ganzen Leben benutzt hatte. Nun kam er plötzlich in fast jedem Satz vor! Sie freute sich jetzt schon darauf, es nachher mit ihren Freunden in der Kneipe auseinanderzunehmen und sich darüber lustig zu machen. Sie würden mit einem »Per se!« anstoßen, es den ganzen Abend in jedem Satz benutzen und vielleicht sogar eine Challenge draus machen oder ein Trinkspiel.

»Entschuldigung, Mr Bartender«, könnte eine Freundin sagen und sich mit hochgezogener Augenbraue über den Tresen beugen, »könnte ich wohl noch einen Cosmo kriegen, per se?«

Und dann würden sich alle biegen vor Lachen.

Aber da war ihre Phantasie wohl etwas vorschnell gewesen, und sie war übermütig geworden. Bis zu diesem Punkt war mit der Präsentation alles gutgegangen, aber jetzt hatte sie sich in einem Tagtraum verirrt und den gegenwärtigen Moment aus den Augen verloren. Um sie herum stand das zwölfköpfige Team – wer seinen Teil der Präsentation bereits hinter sich hatte, ganz entspannt, der Rest voller Erwartung, endlich selbst im Rampenlicht stehen zu dürfen. Und da öffnete sich die Tür, und Jasper Godfries kam herein. Der CEO der Firma. Der neue Boss, der überhaupt noch nie bei einem Verkaufsmeeting anwesend gewesen war. Die Frau bekam Herzklopfen, und wie aufs Stichwort setzten Knieschlottern und Fingerzittern ein, ihr wurde heiß, sie bekam keine Luft mehr. Plötzlich war ihr ganzer Körper im Fluchtmodus.

»Entschuldigt, dass ich zu spät komme«, sagte Jasper Godfries zu den überraschten Gesichtern. »Ich war in einer Telco mit Indien.«

Weil keiner ihn erwartet hatte, war kein Stuhl mehr frei. Das Team rutschte zusammen, machte Platz, und auf einmal stand die Frau nicht all ihren Kollegen, sondern auch noch ihrem CEO gegenüber. Mit schlotternden Knien und wild klopfendem Herzen.

Natürlich bemerkte das ganze Team sofort, dass die Papiere in der Hand der Frau angefangen hatten zu zittern; ein paar reagierten amüsiert, andere wandten mitleidig den Blick ab. Nur Jasper Godfries schaute der Frau weiter in die Augen. Verzweifelt versuchte sie, sich zu beruhigen, ihren Atem zu kontrollieren, aber sie konnte keinen klaren Gedanken mehr fassen. *Der Boss, der Boss, der Boss,* das war alles, was sie noch im Kopf hatte. Da hatte sie letzte

Woche bestimmt hundert verschiedene Szenarien eingeübt, aber darauf war sie überhaupt nicht gefasst gewesen.

Denk nach, denk nach, redete sie sich gut zu, während die anderen sie gespannt anstarrten.

»Fang doch einfach noch mal von vorn an«, schlug Claire, ihre Chefin, schließlich vor.

Claire, diese blöde Kuh.

Jetzt kreischte die Stimme in ihrem Kopf nur noch panisch, aber die Frau rang sich ein Lächeln ab. »Vielen Dank, Claire.«

Nervös blickte sie auf ihre Notizen, blätterte zurück zu Seite eins, aber alles verschwamm vor ihren Augen. Sie war praktisch blind, ihr Gehirn war leer, nur das Gefühl war noch da, eine körperliche Nervosität. Alles passierte in ihrem Körper, sie fühlte, wie sie zitterte, ihre Knie, ihre Beine, ihre Finger, wie ihr Herz raste, so schnell, dass man sein Vibrieren wahrscheinlich durch ihre Bluse sehen konnte. Dann ein Bauchkrampf. Nur in ihrem Kopf herrschte immer noch gähnende Leere.

Claire sagte irgendetwas, vermutlich, um der Frau auf die Sprünge zu helfen, die anderen blätterten in ihren Unterlagen, zurück zum Anfang. Aber die Frau konnte unmöglich noch einmal von vorn anfangen, so eine Präsentation schaffte sie nicht zweimal, darauf war sie nicht vorbereitet.

Auf einmal schnürte sich ihre Kehle zu, ihr verkrampfter Bauch lockerte sich, und langsam und leise entwich aus ihrem Hintern eine Luftblase. Gut, dass es wenigstens leise passierte, aber es dauerte nicht lange, bis der heiße, penetrante Geruch ihrer Panik sich im Raum ausbreitete. Zuerst erreichte er Colin, das erkannte sie genau. Sie beobachtete, wie er zusammenzuckte und die Hand zur Nase führte. Garantiert wusste er, dass sie es war. Bald würde der Geruch auch Claire erreichen. Da. Die Augen der Teamchefin wurden groß, fast unmerklich wanderte ihre Hand zu Mund und Nase.

Heftiger zitternd als je zuvor blickte die Frau auf ihr Blatt, und zum ersten Mal seit fünfundzwanzig Jahren fühlte sie wieder die heiße Röte in ihre Wangen steigen, wo sie brannte und brannte, ihre Haut versengte.

Und dann hörte sie, wie die Worte »per se« aus ihrem Mund kamen, gefolgt von einem nervösen Kichern. Die anderen blickten von ihren Unterlagen auf, um die Frau erneut anzustarren, erstaunt, amüsiert oder auch irritiert. Beurteilend. Eine schreckliche, lange, aufgeladene Stille entstand, und die Frau hatte nur noch den Wunsch wegzulaufen. Oder dass der Boden sich unter ihren Füßen öffnen und sie verschlingen würde.

Und da geschah es. Zwischen ihr und dem Konferenztisch erschien ein schönes, einladendes schwarzes Loch. Dunkel, vielversprechend, tief, verlockend, sie brauchte nicht lange nachzudenken. Sie wollte nur weg.

Schon sprang sie hinein.

Stürzte durch Dunkelheit und landete in Dunkelheit.

»Autsch.« Sie rieb sich den Hintern. Dann erinnerte sie sich daran, was passiert war, und schlug die Hände vors Gesicht. »Ach du Scheiße.«

»Du auch, was?«

Als sie aufblickte, stand neben ihr eine andere Frau, die ein Hochzeitskleid mit dem Namensschild *Anna* trug, aber es interessierte sie nicht, was diese Anna getan hatte, sie wollte an nichts anderes denken als an ihre eigene Blamage und sie immer wieder analysieren.

»Wo sind wir hier?«, fragte sie.

»In Peinlichsdorf«, antwortete Anna. »O Gott, ich bin so blöd«, fuhr sie fort und sah die Frau mit schmerzverzerrtem Gesicht an. »Ich hab Benjamin zu ihm gesagt. Ich hab *Benjamin* zu ihm gesagt!« Sie war völlig durch den Wind, schaute die Frau aber an, als müsste jeder Mensch in der Lage sein, nachzuvollziehen, wie schwerwiegend dieser Fehler gewesen war.

»Er heißt also nicht Benjamin?«, fragte die Frau vorsichtig nach.

»Nein, natürlich nicht!«, blaffte Anna, und die Frau zuckte zusammen. »Er heißt Peter. *Peter*.«

»Oh. Hm. Also, das ist ja nicht mal ähnlich«, meinte die Frau verständnisvoll.

»Überhaupt nicht, nein. Benjamin war mein erster Mann.« Anna wischte sich die Augen. »Mitten in meiner Hochzeitsrede spreche ich meinen neuen Mann mit dem falschen Namen an. Sein Gesichtsausdruck!«

»Der von Benjamin?«

»Nein, der von *Peter* natürlich!«

»Oh.«

Anna schloss die Augen und kniff sie fest zusammen. Als könnte sie damit alles ungeschehen machen.

»Du Arme«, sagte die Frau und konnte die Peinlichkeit der Situation so gut nachvollziehen, dass sie ihren eigenen Ausrutscher schon ein bisschen weniger schlimm fand. Wenigstens war er ihr nicht bei ihrer eigenen Hochzeit, sondern nur vor ihrem Chef und ihren langjährigen Kollegen passiert. Aber nein, es war trotzdem schlimm. Sie seufzte und schauderte erneut.

»Was hast du denn gemacht?«, fragte Anna.

»Ich habe bei einer Präsentation im Büro Panik gekriegt und vor meinen versammelten Arbeitskollegen gepupst – und vor dem neuen CEO, den ich eigentlich positiv beeindrucken wollte.«

»Oh.«

Annas Stimme bebte, und die Frau ahnte, dass sie sich das Lachen verbeißen musste.

»Das ist überhaupt nicht komisch«, entgegnete sie, schauderte und hielt sich die Hände vor ihre schon wieder knallroten Wangen. Plötzlich öffnete sich die Decke über ihnen, ein greller Lichtstrahl blendete ihre Augen, Sand rieselte auf sie herab, und neben ihnen auf dem Boden landete eine Gestalt.

»O Gott«, wimmerte sie. Auf ihrem Namensschildchen stand *Yukiko*.

»Was ist passiert?«, fragte die Frau den Neuzugang, um sich von ihrer eigenen Blamage abzulenken und die Gesichter ihrer Kollegen in dem Augenblick, als der Pups ihnen in die Nase stieg, für eine Weile vergessen zu können.

Gequält blickte Yukiko auf. »Ich bin gerade den ganzen Hotelstrand langgewandert, ohne zu merken, dass meine Brust raushängt.« Beim Gedanken daran begann sie sofort wieder an ihrem Bikini herumzunesteln. »Ich hab mich gefragt, warum alle mich so angrinsen, aber ich dachte, sie wären einfach freundlich … o Gott. Danke für dieses Loch im Boden«, stöhnte sie und blickte sich um.

Im nächsten Augenblick öffnete sich die Decke erneut, Klaviermusik war zu hören, und ein köstlicher Essensduft wehte zu ihnen herab.

Eine Frau fiel durch das Loch und landete auf den Füßen. *Marie*. Offenbar hatte sich ihr Rock beim Anziehen in der Unterhose verfangen, denn sie zerrte ihn gerade hektisch über die Pobacken. Dann wanderte sie, leise auf Französisch vor sich hinmurmelnd, allein weiter in die Dunkelheit hinein. Die drei anderen sahen ihr nach, sagten aber nichts.

»Wie lange bleiben wir wohl hier unten?«, fragte Yukiko.

»Für immer hoffentlich«, antwortete die Frau und machte es sich in einer dunklen Ecke gemütlich. Wieder dachte sie voller Entsetzen an ihre Präsentation und an den Gesichtsausdruck ihrer Kollegen.

»Ich bin hier schon eine ganze Weile. Irgendwann öffnet die Decke sich wieder an der Stelle, durch die man reingesprungen ist, und man klettert wieder nach oben. Vor mir haben das schon zwei Frauen gemacht«, erklärte Anna. »Vermutlich wussten sie, dass es für sie Zeit war zu gehen.«

»Wahrscheinlich kann man wieder hoch, wenn das Schaudern aufhört«, fügte die Frau hinzu und hoffte dabei, dass es bei ihr wenigstens noch in diesem Leben geschehen würde.

»Bei mir wird das nie passieren«, jammerte Yukiko, setzte sich hin und kauerte sich fröstelnd in ihrem knappen Bikini zusammen. Offensichtlich erlebte sie in Gedanken den Augenblick am Strand noch einmal. »Mein Nippel hing raus, ich war so gut wie nackt …«, stöhnte sie und vergrub das Gesicht in den Händen.

Ein Stück weiter entstand erneut eine Öffnung. »Du bist echt so blöd, Nora – warum denkst du nicht einfach mal nach, bevor du losplapperst!«, schimpfte die Gestalt, die nun zu ihnen herunterpurzelte.

Anna lachte, ohne auf die Neue zu achten, sie war noch immer ganz mit ihrer eigenen Situation beschäftigt. »Womöglich denkt Peter ja, es war lustig, dass ich ihn Benjamin genannt habe. Vorher haben wir nämlich sogar Witze darüber gemacht, dass mir der Name rausrutschen könnte, aber ich hab es echt nicht erwartet. Vielleicht sollte ich einfach so tun, als wäre es ein Witz gewesen.«

Direkt über ihr erschien ein schmaler Spalt in der Decke.

»Du könntest auch einfach die Wahrheit zugeben«, schlug die Frau vor.

»Was ist denn überhaupt passiert?«, wollte Yukiko wissen.

»Sie hat den Namen ihres Manns bei der Hochzeit mit dem ihres Exmanns verwechselt.«

Yukiko riss die Augen auf.

Sofort schloss sich der Spalt wieder. Allem Anschein nach war Anna noch nicht bereit für die Rückkehr nach oben, aber jetzt wussten wenigstens alle, wie die Sache lief. Man konnte die Schauderhöhle erst verlassen, wenn man wirklich dazu bereit war. Was möglicherweise bedeutete, dass sie alle noch eine Weile hier schmoren mussten.

»Ihr beide seid nicht gerade hilfreich«, klagte Anna und versteckte wieder ihr Gesicht. »O Gott«, stöhnte sie, »seine Eltern, seine Brüder, seine grässliche Schwester! Die werden die Geschichte niemals vergessen.«

»Aber es war doch eigentlich nicht so schlimm«, gab die Frau zu bedenken. »Peter wird dich doch bestimmt nicht verlassen, weil dir so ein kleiner Patzer unterlaufen ist. Eine Hochzeit ist immer eine emotionale Angelegenheit, da warst du einfach nervös. Wahrscheinlich wolltest du diesen Namen auf gar keinen Fall in den Mund nehmen, und da ist er dir rausgerutscht. Das ist doch echt nichts Weltbewegendes – keiner von euch beiden hat eine schreckliche Krankheit, keiner ist fremdgegangen, es gab keinen Krach zwischen euch.«

»Und es ist auch keiner mit raushängendem Busen vor den Altar getreten«, fügte Yukiko hinzu.

»Oder hat vor versammelter Gemeinde gepupst«, ergänzte die Frau, worauf Yukiko sie anschaute und jetzt, da sie über die peinliche Geschichte Bescheid wusste, amüsiert die Nase kräuselte.

Anna lachte. »Stimmt.«

»Du hast bloß die Namen verwechselt«, sagte die Frau freundlich.

»Ich schätze schon«, lächelte Anna und sah auf einmal erleichtert aus. »Ihr habt recht. Danke, Ladys.«

Über ihnen öffnete sich das gleiche Loch wie vorhin. Sie hörten eine Toilettenspülung, und eine Männerstimme rief: »Anna! Anna! Bitte komm raus!«

»Hast du dich auf der Toilette versteckt?«, fragte die Frau.

Anna nickte und sah hinauf zu der Öffnung. »Zeit, der Sache ins Gesicht zu sehen.«

»Viel Glück«, wünschte ihr die Frau.

»Danke. Dir auch.«

Um besser klettern zu können, raffte sie ihr Hochzeitskleid bis zum Knie, und die anderen beobachteten, wie sie noch eine Weile auf die geschlossene Toilettentür starrte, um sich zu sammeln, und schließlich tief Luft holte. Als sie die Hand nach dem Riegel ausstreckte, schloss sich der Boden unter ihr, und sie war verschwunden.

Im gleichen Augenblick öffnete sich die Decke schon wieder, und sie blickten erneut in eine Toilettenkabine.

»Ist da wieder Anna?«, fragte Yukiko.

»Nein. Andere Toilette«, erklärte die Frau und kam näher, um besser nach oben spähen zu können.

Doch der Geruch, der zu ihnen herabwehte, war so durchdringend und scheußlich, dass alle sich unwillkürlich Mund und Nase zuhielten und ein Stück von der neuen Öffnung zurückwichen.

Die Frau, die gerade herabgestürzt war, stand auf, blickte zu dem Loch empor, das sich gerade wieder schloss, dann musterte sie die anderen. Auf ihrem Namensschildchen stand *Luciana*.

»Irks«, sagte die Frau und zog eine Grimasse. »Was für ein Gestank.«

»Ich weiß«, gab Luciana ihr schaudernd recht. »Und es stand auch noch eine ewig lange Schlange vor der Tür, alle haben mich gehört. Ekelhaft. Ich bleibe hier unten, bis der Gestank sich gelegt hat.«

»Möglicherweise wirst du Miete bezahlen müssen«, grummelte Yukiko und hielt sich die Nase zu.

Wieder öffnete sich ein Loch, die Nächste fiel herunter, warf einen kurzen Blick auf die Anwesenden, biss sich auf die Unterlippe und fing an, auf und ab zu gehen. Schließlich hielt sie inne. Auf ihrem Namensschild war *Zoe* zu lesen.

»Ich habe gerade am Schultor eine Mutter gefragt, wann ihr Baby kommen soll. Aber es gibt gar kein Baby, sie ist einfach nur dick. Als wäre sie hochschwanger. Ich sehe sie jeden Tag, und ich hab sie vor allen anderen gefragt.« Zoe stöhnte.

Ein Stück weiter öffnete sich bereits der nächste Spalt, und eine Gestalt landete wimmernd auf dem Boden. »Ich bin auf dem Weg zur Bar gestolpert, direkt neben seinem Tisch.«

Aus dem dunklen Gang ertönte eine Stimme: »Ich konnte bei der Beerdigung einfach nicht aufhören zu lachen.«

Und noch eine entferntere Stimme, hohl und gequält, fügte hinzu. »Ich wollte ihn bloß umarmen, und wir haben uns auf den Mund geküsst.«

»Also bitte, das sind doch alles Lappalien«, sagte Marie, deren Kleid im Slip feststeckte. Sie sprach mit französischem Akzent und trat, eine Zigarette im Mundwinkel, ein Stück aus der Dunkelheit hervor – eine Szene wie aus einem phantasielosen Spionagefilm. »Nicht wie wenn man mit dem Rock in der Unterhose quer durchs ganze Restaurant marschiert«, fügte sie mit zusammengebissenen Zähnen hinzu.

Die anderen, die zuhörten, holten hörbar Luft.

Erneut öffnete sich ein Spalt in der Decke, schon wieder stürzte jemand herab, nackt, in ein Laken gewickelt, einen gehetzten Ausdruck im Gesicht. Auf ihrer Brust ein Namensschild mit *Sofia*. Niemand machte sich die Mühe zu fragen, welcher Situation Sofia gerade entflohen war, und sie ignorierte die anderen sowieso, offenbar war sie vollkommen in Gedanken.

Dann ließ sich von ziemlich weit weg eine zarte Stimme hören, und als die Augen der Frau sich etwas an die Dunkelheit gewöhnt hatten, sah sie eine Gestalt auf dem Boden sitzen, die sie bislang noch gar nicht bemerkt hatte, obwohl sie schon bei ihrer Ankunft hier gewesen sein musste. Vorsichtig legte die schemenhafte Figur etwas auf den Boden und schob es der Frau zu. Als es bei ihr ankam, sah sie, dass es ein Namensschildchen war, auf dem *Guadalupe* stand.

Guadalupes Stimme klang heiser und tief, als wäre sie schon lange hier, ohne Wasser. »Schieb es mir zurück«, verlangte sie.

Da die Information also wohl vertraulich gehandhabt werden sollte, gab die Frau das Schildchen zurück, Guadalupe hob es auf und zog sich damit wieder ein Stück zurück. Offensichtlich brachte sie es nicht mal über sich, das Ding zu tragen.

»Ich hab einem kleinen Jungen gesagt, dass er seinem Vater gleicht wie ein Ei dem anderen. Vor allen Leuten. Wie sich herausstellt, ist der Vater, den ich gemeint habe, nicht mit der Mutter verheiratet. Und der Vater, der dachte, er wäre der Vater, stand direkt vor mir.« Mit großen Augen schaute Guadalupe zu den anderen, dann verkroch sie sich wieder in ihrer dunklen Ecke.

»Wie lange bist du schon hier?«, fragte die Frau.

»Ich geh hier nie mehr weg«, antwortete Guadalupe mit ihrer kratzigen Stimme.

Marie schnaubte und zog an ihrer Zigarette. Die Frau beschloss, dass sie nicht so lange in dieser Höhle bleiben wollte. Schließlich konnte sie doch nicht ewig vor sich hin schaudern und ihren Fauxpas bereuen, sie hatte ein Leben zu leben.

Das nächste Loch ging auf, und herab purzelte eine sehr elegante Dame in einem wunderschönen Abendkleid. Schockiert blickte sie um sich. »Ich hab gewonnen.«

»Du hast gewonnen?«, wiederholte die Frau verwundert. »Glückwunsch. Was hast du denn gewonnen?«

»Einen Preis. Eine Auszeichnung, für die ich mein ganzes Leben gearbeitet habe.«

»Toll. Aber du siehst nicht aus, als wärst du glücklich.«

»Weil ich hingefallen bin«, flüsterte sie, immer noch etwas benommen. »Ich bin auf der Treppe zur Bühne gestolpert. Vor allen Leuten. Alle haben es gesehen. Live im Fernsehen.«

»Ooouh«, machten alle wie aus einem Munde.

»Aaautsch«, fügte Luciana hinzu.

Über ihnen ging die Decke schon wieder auf, und die Frau erkannte die hölzerne Wandverkleidung im Konferenzraum, den Tisch, Colins Fuß, seine in allen Farben des Regenbogens gestreiften Socken. Eigentlich wollte sie nicht länger hier unten bleiben, aber sie war noch nicht bereit zurückzukehren und geriet in Panik.

»Tief durchatmen«, riet Zoe.

Die Frau tat es, und sie atmeten zusammen.

»Durch die Nase einatmen«, sagte Marie.

»Und aus durch den Mund«, fuhr Yukiko fort.

Als die Frau sich einigermaßen gefasst hatte, blickte sie wieder nach oben. Das waren nur Menschen, Menschen, die sie kannte. Sie beherrschte die Materie, sie war sogar übervorbereitet – um auch Augenblicken wie diesem jetzt gewachsen zu sein. Sie würde es schaffen.

Immerhin hatte sie ihren Mann nicht am Hochzeitstag mit dem falschen Namen angeredet, hatte ihren Rock nicht versehentlich in den Slip gestopft und auch ihre Brüste waren nicht in Gefahr, aus ihrer Bluse zu rutschen. Sie hatte keine übergewichtige Kollegin nach ihrer Schwangerschaft gefragt. Und keine Affäre publik gemacht, indem sie einem kleinen Jungen gegenüber eine unüberlegte Bemerkung gemacht hatte. Sie hatte lediglich ihre Präsentation vermasselt und sich blamiert. Aber nicht live im Fernsehen. Sie konnte ihren Fehler ausbügeln.

Die anderen in der Höhle schauten sie an und warteten gespannt, was sie jetzt machen würde. Das nächste Loch öffnete sich, eine junge weibliche Gestalt purzelte herab und sah verwirrt um sich. »Kanada liegt doch in den Staaten, richtig?«, fragte sie unsicher, erkannte an den Gesichtern der anderen aber sofort, dass sie sich geirrt hatte. »Nein! Natürlich nicht. Idiot.« Sie schlug sich mit der Hand gegen die Stirn und murmelte: »Das schlimmste Vorstellungsgespräch, das ich je hatte.«

Die Frau aber schaute immer noch durch das Loch hinauf. Wenigstens hatte sie ihr Thema voll im Griff. Es könnte also wirklich schlimmer sein, außerdem war sie nur ein Mensch, und jeder wurde mal nervös. Aber der Pups … sie würde ihn jemand anderem in die Schuhe schieben müssen. Sie musste diesen Augenblick herunterspielen und weitermachen, als wäre nichts geschehen.

»Rauf oder runter?«, fragte Marie und nahm den letzten Zug an ihrer Zigarette.

Die Frau lächelte. »Ich will nach oben.«

»Na, dann viel Glück. Ich geh nie wieder da rauf«, verkündete Yukiko.

»Doch, das wirst du, glaub mir. Es gibt immer noch etwas Schlimmeres, was passieren könnte«, erklärte die Frau.

In der Ferne hörte sie jemanden mit einem Schrei in der Höhle landen. »Aber sie sah wirklich aus wie ein Mann!«

Die Frau holte tief Luft und kletterte durch den Spalt nach oben.

In Sekundenschnelle stand sie wieder dort, wo sie gewesen war, vor dem Konferenztisch, in der Hand ihre Notizen. Für sie war einige Zeit vergangen, aber hier war es, als hätte sie den Raum nie verlassen. Die Blicke ihrer Kollegen ruhten immer noch abwartend auf ihr. Aber sie zitterte nicht mehr. Das Schlimmste war schon passiert. Sie hatte es hinter sich. Und sie hatte es überlebt.

»Entschuldigung, Leute«, begann sie mit fester Stimme. »Fangen wir noch mal von vorne an, ja? In dem Schaubild habe ich die Verkäufe in Südafrika dargestellt, und wie ihr alle sehen könnt, gibt es einen deutlichen Anstieg gegenüber dem letzten Quartal, mit dem ich sehr zufrieden bin. Trotzdem ist noch reichlich Luft nach oben, und hier kommt nun der Vorschlag auf Seite zwei ins Spiel.«

Als sie umblätterte, sah sie, dass die Frauen im schwarzen Loch ihr zulächelten und die Daumen in die Höhe reckten. Dann schloss sich der Boden unter ihren Füßen.